ullstein

Das Buch

Es ist ein heißer Sommer, wie ihn Schweden seit Jahren nicht mehr erlebt hat. Die hochschwangere Erica und ihr Mann Patrik freuen sich auf ihr erstes Kind und genießen die Tage am Meer. Doch dann wird der junge Kommissar ins Revier gerufen: In der Königsschlucht hat man die Leiche einer Frau entdeckt. Dabei handelt es sich um eine deutsche Touristin, die auf grausame Art gefoltert wurde. Nicht genug damit – unter dem leblosen Körper finden sich die Skelette zweier Frauen, die vor fünfundzwanzig Jahren spurlos verschwunden waren; sie weisen die gleichen Misshandlungen wie das jüngste Opfer auf. Das neuerliche Verbrechen kann nur gelöst werden, wenn die alten Gräueltaten aufgeklärt werden. Alle Spuren führen unweigerlich zur Familie des freikirchlichen Predigers Ephraim Hult. Obwohl er längst verstorben ist, stehen seine Söhne und Enkel noch immer im Bann dieses charismatischen Mannes. Es ist nicht der Gott der Versöhnung, dem die Mitglieder der Familie dienen. Es ist der Gott der Rache, der Gott der blutigen Vergeltung.

Die Autorin

Camilla Läckberg, Jahrgang 1974, stammt aus Fjällbacka – der kleine Ort und seine Umgebung sind Schauplatz ihrer Kriminalromane. Weltweit hat Läckberg inzwischen zwölf Millionen Bücher verkauft, sie ist Schwedens erfolgreichste Autorin. Heute lebt Camilla Läckberg mit ihren Kindern in einer großen Patchworkfamilie in Stockholm. www.camillalackberg.com

Von Camilla Läckberg sind in unserem Hause bereits erschienen:

In der Serie »Ein Falck-Hedström-Krimi«:
Die Eisprinzessin schläft
Der Prediger von Fjällbacka
Die Töchter der Kälte
Die Totgesagten
Engel aus Eis
Meerjungfrau
Der Leuchtturmwärter
Die Engelmacherin
Die Schneelöwin

Außerdem:
Schneesturm und Mandelduft

Camilla Läckberg

Der Prediger von Fjällbacka

Kriminalroman

Aus dem Schwedischen
von Gisela Kosubek

Ullstein

Besuchen Sie uns im Internet:
www.ullstein-taschenbuch.de

MIX
Papier aus verantwortungsvollen Quellen
FSC® C083411
FSC www.fsc.org

Neuausgabe im Ullstein Taschenbuch
1. Auflage Februar 2015
2. Auflage 2016

Titel der schwedischen Originalausgabe: *Predikanten* (Forum, Schweden 2004)
Published by agreement with Bengt Nordin Agency, Sweden,
and Agentur Literatur, Berlin
Umschlaggestaltung: bürosüd° GmbH, München
Titelabbildung: © Plainpicture
Druck und Bindearbeiten: CPI books GmbH, Leck
Printed in Germany
ISBN 978-3-548-28644-0

1

Der Tag begann vielversprechend. Er wachte zeitig auf, noch vor dem Rest der Familie, und nachdem er sich so lautlos wie möglich angezogen hatte, konnte er unbemerkt nach draußen entwischen. Es gelang ihm, Ritterhelm und Holzschwert mitzunehmen, und letzteres schwang er nun glücklich, während er die hundert Meter vom Haus bis zum Eingang der Königsschlucht rannte. Er blieb einen Augenblick stehen und blickte ehrfürchtig in die Kluft mitten im Berg. Es war nicht viel Platz zwischen den Felswänden, die gut zehn Meter zum Himmel aufragten, wo die Sommersonne gerade begonnen hatte, nach oben zu klettern. Drei große Felsblöcke waren für ewig mitten in der Spalte hängengeblieben und boten einen eindrucksvollen Anblick. Der Ort hatte eine magische Anziehungskraft für einen Sechsjährigen, und die Tatsache, daß die Königsschlucht verbotenes Gebiet war, machte sie um so verlockender.

Den Namen hatte sie erhalten, als Oscar II. Ende des 19. Jahrhunderts Fjällbacka besucht hatte, aber davon wußte der Junge nichts, und es interessierte ihn auch nicht, als er sich jetzt vorsichtig zwischen die Schatten schlich, das Holzschwert zum Angriff erhoben. Sein Papa aber hatte ihm erzählt, daß die Szenen in der Höllenschlucht aus dem Film »Ronja Räubertochter« in der Königsschlucht gedreht worden waren, und als er den Film dann selber sah, war er ganz besonders aufgeregt, als der Räuberhäuptling Mattis dort durchritt. Manchmal spielte er hier Räuber, heute aber war er ein Ritter. Ein Ritter der Tafelrunde, wie in dem großen, schönen Bilderbuch, das er von Großmutter zum Geburtstag bekommen hatte.

Vorsichtig schlich er über die großen Felsbrocken, die den Boden bedeckten, und machte sich bereit, den gewaltigen feuerspeienden Drachen mit seinem Schwert kühn anzugreifen.

Die Strahlen der Sommersonne reichten nicht bis in den Spalt hinunter, wodurch es hier kalt und dunkel war. Der perfekte Ort für einen Drachen. Bald würde er dem Ungeheuer den Hals aufschlitzen, so daß das Blut nur so spritzte, und nach einem lang andauernden Todeskampf würde es leblos vor seine Füße stürzen.

Irgend etwas im Augenwinkel erregte seine Aufmerksamkeit. Ein Stück roter Stoff lockte hinter einem großen Stein, und die Neugier siegte. Vielleicht war dort ein Schatz verborgen. Er nahm Anlauf, sprang auf den Stein und schaute auf die andere Seite. Fast wäre er rückwärts hinuntergefallen, aber nachdem er ein paar Sekunden mit den Armen rudernd hin und her geschwankt war, fand er das Gleichgewicht wieder. Hinterher würde er nicht zugeben, daß er Angst bekommen hatte, aber genau in diesem Augenblick hatte er mehr Angst gehabt als in seinem ganzen bisherigen Leben. Eine Frau lag dort und belauerte ihn. Sie lag auf dem Rücken und schaute mit starrem Blick direkt zu ihm hoch. Seine erste Reaktion war zu fliehen, bevor sie ihn packte und dahinterkam, daß er hier spielte, obwohl es verboten war. Vielleicht würde sie aus ihm herauspressen, wo er wohnte, und ihn nach Hause zu Papa und Mama schleppen, die furchtbar böse werden und fragen würden, wie oft sie es ihm denn noch verbieten sollten, ohne Erwachsene zu der Schlucht zu gehen.

Aber das merkwürdige war, daß sich die Frau nicht rührte. Sie hatte auch keine Sachen an, und einen Moment wurde er ganz verlegen, weil er dastand und eine nackte Frau anschaute. Das Rote, was er bemerkt hatte, war kein Stück Stoff, sondern eine Tasche, die direkt neben ihr lag, aber er konnte nirgendwo Kleider sehen. Komisch, hier einfach nackt dazuliegen. Es war doch so kalt.

Dann kam ihm der unmögliche Gedanke, daß die Frau vielleicht tot war! Ihm fiel keine andere Erklärung dafür ein, weshalb sie so still dalag. Diese Erkenntnis ließ ihn vom Stein springen und langsam zum Eingang der Schlucht zurückweichen. Nachdem er ein paar Meter zwischen sich und die tote Frau gebracht hatte, drehte er sich um und rannte, so schnell er konnte, nach Hause. Es war ihm jetzt egal, ob man ihn ausschimpfte.

Der Schweiß ließ das Laken am Körper kleben. Erica wälzte sich im Bett hin und her, aber es war unmöglich, eine bequeme Schlafposition zu finden. Die helle Sommernacht machte das Einschlafen nicht gerade leichter, und zum tausendstenmal nahm sie sich vor, Verdunklungsgardinen zu kaufen und sie schnell anzubringen – vielmehr es von Patrik machen zu lassen.

Sein zufriedenes Schnaufen neben ihr brachte sie zur Weißglut. Wie konnte er sich unterstehen, neben ihr leise vor sich hin zu schnarchen, während sie Nacht für Nacht wach lag? Es war ja schließlich auch sein Baby. Müßte er nicht aus Sympathie oder dergleichen ebenfalls wach liegen? Sie stupste ihn ein bißchen, in der Hoffnung, daß er aufwachte. Keine Regung. Sie puffte ihn ein bißchen derber. Er grunzte, zog die Decke um sich und drehte sich auf die andere Seite.

Seufzend legte sie sich auf den Rücken, verschränkte die Arme über der Brust und starrte an die Decke. Der Bauch wölbte sich wie ein großer Globus in die Luft, und sie versuchte das Baby vor sich zu sehen, wie es dort drinnen im Dunkeln im Fruchtwasser schwamm. Vielleicht hatte es den Daumen im Mund. Doch noch war alles zu unwirklich, als daß ihr irgendwelche Säuglingsbilder vor Augen kamen. Sie war im achten Monat schwanger, aber konnte noch immer nicht begreifen, daß es da drinnen ein Baby gab. Nun ja, sehr bald würde das nur allzu wirklich sein. Erica wurde zwischen Sehnsucht und Furcht hin und her gerissen. Es war schwierig, sich die Zeit nach der Geburt vorzustellen. Wenn sie ehrlich sein sollte, konnte sie im Moment kaum über das Problem hinaussehen, nicht mehr auf dem Bauch schlafen zu können. Sie schaute auf die leuchtenden Ziffern des Weckers. Vier Uhr zweiundvierzig. Vielleicht sollte sie Licht machen und lieber ein bißchen lesen?

Dreieinhalb Stunden und einen schlechten Krimi später war sie gerade dabei, sich aus dem Bett zu wälzen, als das Telefon durchdringend klingelte. Sie reichte den Hörer wie gewohnt an Patrik weiter.

»Hallo, hier Patrik.« Seine Stimme klang schlaftrunken. »Ja, natürlich, o verdammt, ja, ich bin in einer Viertelstunde da. Wir sehen uns dort.«

Er drehte sich zu Erica um. »Wir haben einen Einsatz. Ich muß los.«

»Aber du hast doch Urlaub. Kann das nicht jemand anders machen?« Sie hörte, daß sie nörglig klang, aber eine Nacht ohne Schlaf war nicht gerade gut für die Stimmung.

»Es geht um Mord. Mellberg will, daß ich mitkomme. Er fährt auch raus.«

»Ein Mord? Wo denn?«

»Hier in Fjällbacka. Ein kleiner Junge hat heute morgen in der Königsschlucht eine tote Frau gefunden.«

Patrik kleidete sich rasch an, was dadurch erleichtert wurde, daß man sich mitten im Juli befand und nur luftige Sommersachen brauchte. Bevor er aus der Tür stürmte, stieg er noch einmal ins Bett und gab Erica einen Schmatz auf den Bauch, ungefähr dort, wo ihrer schwachen Erinnerung nach früher einmal der Nabel gesessen hatte.

»Mach's gut, Bambino. Sei jetzt lieb zu Mama, dann bin ich bald wieder zu Hause.«

Er küßte Erica rasch auf die Wange und eilte los. Seufzend hievte sich Erica aus dem Bett und streifte eins der Zeltkleider über, zwischen denen sie im Moment nur wählen konnte. Obwohl sie es besser hätte wissen müssen, hatte sie massenweise Babybücher gelesen, und ihrer Meinung nach sollte man all die Leute, die vom freudvollen Dasein in der Schwangerschaft berichteten, auf den Marktplatz stellen und verprügeln. Kein Schlaf, Gliederschmerzen, Schwangerschaftsstreifen, Hämorrhoiden, Schweißausbrüche und Hormonstörungen allgemeinster Art entsprachen der Wahrheit viel mehr. Und sie leuchtete weiß Gott auch nicht, weil in ihr eine seligmachende Glut glomm. Brummelnd schlurfte sie die Treppe hinunter auf der Jagd nach der ersten Tasse Kaffee des Tages. Die würde hoffentlich dafür sorgen, daß sich die Nebel lichteten.

Als Patrik ankam, herrschte bereits fieberhafte Aktivität. Der Eingang zur Königsschlucht war mit gelbem Plastikband abgesperrt, und er zählte drei Streifenwagen und eine Ambulanz. Die Spurensicherung aus Uddevalla war bereits in die Arbeit vertieft, und er war erfahren genug, um nicht direkt in den Fundort hineinzutrampeln. Das waren Anfängerfehler, was seinen Chef, Kommissar Mellberg, jedoch nicht hinderte, direkt zwischen den Kriminaltechnikern herumzutapsen. Verzweifelt starrten die auf seine Kleidung und seine Schuhe, die in diesem Augenblick Tausende von Fasern und Partikeln an ihrem empfindlichen Arbeitsplatz hinterließen. Als Patrik vor dem Band stehenblieb und Mellberg zuwinkte, stieg der zur großen Erleichterung der Kollegen endlich über die Absperrung nach draußen.

»Grüß dich, Hedström.«

Seine Stimme klang herzlich, ja fast erfreut, und Patrik zuckte vor Verwunderung zusammen. Einen Augenblick lang glaubte er, Mellberg sei im Begriff, ihn zu umarmen, aber glücklicherweise war das nur ein Gefühl. Der Mann wirkte wie verwandelt! Es war nicht länger als eine Woche her, daß Patrik in Urlaub gegangen war, aber sein Chef war wirklich nicht mehr jener Mann, der mit mürrischer Miene am Schreibtisch gesessen und gebrummelt hatte, daß Urlaub überhaupt abgeschafft werden müßte.

Mellberg schüttelte Patrik eifrig die Hand und klopfte ihm auf den Rücken.

»Und wie steht's mit der Legehenne zu Hause? Wird's nun bald was, oder?«

»Nicht eher als in anderthalb Monaten, laut den Ärzten.«

Patrik konnte noch immer nicht verstehen, was bei Mellberg diese Freudenäußerung hervorgerufen hatte, aber er schob die Neugier beiseite und versuchte sich auf den Anlaß seines Hierseins zu konzentrieren.

»Was habt ihr gefunden?«

Mellberg machte eine Kraftanstrengung, um das Lächeln aus seinem Gesicht zu verbannen, und wies in das schattige Innere der Schlucht.

»Ein kleiner Junge, etwa sechs Jahre alt, hat sich heute früh zeitig aus dem Haus geschlichen, während seine Eltern noch schliefen. Er wollte wohl hier zwischen den Felsblöcken den mutigen Ritter spielen. Statt dessen fand er eine tote Frau. Wir sind Viertel nach sechs alarmiert worden.«

»Wie lange hat die Spurensicherung den Fundort schon untersucht?«

»Sie sind vor einer Stunde gekommen. Der Krankenwagen war zuerst da, und der Notarzt konnte sofort bestätigen, daß irgendwelche medizinischen Maßnahmen nicht erforderlich waren, von da an hatte die Spurensicherung freie Hand. Sind ja wirklich ein bißchen penibel, diese Burschen … Ich wollte mich dort drinnen nur ein wenig umsehen, und ich muß schon sagen, sie haben sich richtig ungehobelt benommen. Ja, ja, man wird wohl ziemlich anal, wenn man den ganzen Tag auf der Erde rumkriecht und mit der Pinzette nach Fasern sucht.«

Jetzt erkannte Patrik seinen Chef wieder. Das hier waren schon eher Mellbergs Töne. Doch wußte Patrik, aus Erfahrung weise geworden, daß es sich nicht lohnte, dessen Auffassungen zu korrigieren. Es war leichter, das Ganze einfach zum einen Ohr rein und zum anderen wieder rauszulassen.

»Was wissen wir über die Frau?«

»Im Moment nichts. Vermutlich um die fünfundzwanzig. Das einzige Kleidungsstück, wenn man es nun so nennen kann, ist eine Handtasche, ansonsten ist sie splitternackt. Übrigens ziemlich anständige Titten.«

Patrik schloß die Augen und wiederholte in Gedanken, gleich einem stillen Mantra: Es dauert nicht mehr lange, bis er in Pension geht. Es dauert nicht mehr lange …

Mellberg fuhr ungerührt fort: »Es läßt sich keine offensichtliche Todesursache feststellen, aber sie ist ziemlich übel zugerichtet. Am ganzen Körper blaue Flecken und so einige Wunden, vermutlich Messerstiche. Und, ach ja, sie liegt auf einer grauen Decke. Der Gerichtsmediziner ist hier und sieht sie sich an, so daß wir hoffentlich recht bald eine vorläufige Einschätzung erhalten.«

»Es ist niemand in ihrem Alter als vermißt gemeldet?«

»Nein, nicht mal annähernd. Neulich wurde das Verschwinden eines Kerls gemeldet, aber es stellte sich heraus, daß er es nur satt hatte, mit seiner Alten eingeklemmt im Wohnwagen zu hocken. Statt dessen ist er mit einer Mieze abgezogen, die er in der ›Galeere‹ kennengelernt hatte.«

Patrik sah, daß das Team um die tote Frau jetzt dabei war, sie vorsichtig in einen Leichensack zu heben. Über Hände und Füße hatte man, wie es Vorschrift war, Plastiktüten gezogen, um keine eventuellen Spuren zu vernichten. Routiniert verstauten die Kriminaltechniker aus Uddevalla die Frau im Sack. Dann mußte auch die Decke, auf der sie gelegen hatte, in einer Plastiktüte verwahrt werden, damit man sie später gründlich untersuchen konnte.

Der verblüffte Ausdruck in den Gesichtern der Männer und die Art, wie sie mitten in der Bewegung erstarrten, sagten Patrik, daß etwas Unerwartetes eingetroffen war.

»Was ist los?«

»Ihr werdet es nicht glauben, aber hier liegen Knochen. Und zwei Totenköpfe. Bei der Menge der Gebeine würde ich vermuten, daß sie ziemlich genau zwei Skelette ergeben.«

2

Sommer 1979

Sie schlingerte ziemlich, als sie in der Mittsommernacht nach Hause radelte. Die Feier war etwas heftiger ausgefallen, als sie geplant hatte, aber das spielte keine Rolle. Sie war schließlich erwachsen, also konnte sie ja wohl machen, was sie wollte. Das Beste von allem war, daß sie von dem Kind ein Weilchen losgekommen war. Diese Göre mit ihrem Geschrei, ihrem Bedürfnis nach Zärtlichkeit und ihren Forderungen nach etwas, das sie ihr nicht zu geben vermochte. Das Kind hatte schuld daran, daß sie noch immer zu Hause bei Mutter wohnen mußte und daß die Alte sie kaum vor die Tür ließ, obwohl sie bereits zwanzig war. Es war ein Wunder, daß man sie heute abend weggelassen hatte, damit sie Mittsommer feiern konnte.

Hätte sie das Kind nicht gehabt, würde sie zu diesen Zeitpunkt allein wohnen und eigenes Geld verdienen. Könnte ausgehen, wann sie wollte, und nach Hause kommen, wenn sie es selbst für richtig hielt, ohne daß jemand das Recht hätte, sich in die Sache einzumischen. Aber mit dem Kind ging das nicht. Am liebsten hätte sie die Göre weggegeben, aber darauf ließ sich die Mutter nicht ein, und den Preis dafür hatte ganz allein sie zu bezahlen. Wenn die Alte das Kind nun so gern behalten wollte, konnte sie sich ja wohl auch um die Göre kümmern.

Ganz sicher würde es ein Mordstheater geben, wenn sie im Morgengrauen so hier reingestolpert kam. Ihr Atem stank nach Alkohol, und das würde sie am nächsten Tag garantiert ausbaden dürfen. Aber das war die Sache wert gewesen. Soviel Spaß hatte sie nicht mehr gehabt, seit das Balg geboren war.

An der Tankstelle fuhr sie direkt über die Kreuzung und blieb noch ein Stück auf der Straße. Dann bog sie nach links Richtung Bräcke ab, wobei sie fast im Straßengraben gelandet wäre. Das Fahrrad richtete sich wieder auf, und sie beschleunigte das Tempo, um für das erste steile Stück ein bißchen Extraschwung zu haben. Der Fahrtwind ließ ihr

Haar wehen, und die helle Sommernacht war völlig still. Für einen Moment schloß sie die Augen und dachte an jene helle Sommernacht, als sie von dem Deutschen schwanger geworden war. Es war eine herrliche und verbotene Nacht gewesen, aber das Ganze war den Preis nicht wert, den sie hatte bezahlen müssen.

Plötzlich öffnete sie wieder die Augen. Etwas hielt das Rad abrupt an, und das letzte, woran sie sich erinnerte, war die Erde, die ihr mit rasender Geschwindigkeit entgegenkam.

Zurück im Revier, versank Mellberg ganz gegen seine Gewohnheit in tiefe Gedanken. Patrik sagte ebenfalls nicht viel, als er ihm im Pausenzimmer gegenübersaß, sondern überdachte die Ereignisse des Morgens. Eigentlich war es zu warm, um Kaffee zu trinken, aber er brauchte etwas Stärkendes, und Alkohol war kaum das richtige. Beide wedelten sich zerstreut Luft zu. Die Ventilation war seit zwei Wochen außer Betrieb, und es war ihnen noch immer nicht gelungen, jemanden zu bekommen, der sie reparieren konnte. Vormittags war es bisher noch erträglich, aber um die Mittagszeit erreichte die Hitze qualvolle Temperaturen.

»Was geht da vor sich, verdammt?« Mellberg kratzte sich nachdenklich irgendwo mitten in dem Haarnest, das auf seinem Kopf aufgebaut war, um den kahlen Scheitel zu verdekken.

»Um ehrlich zu sein, ich habe keine Ahnung. Eine Frauenleiche, die auf zwei Gerippen liegt. Wenn nicht wirklich jemand getötet worden wäre, hätte ich gedacht, daß es nach einem Dummejungenstreich aussieht. Skelette, die aus irgendeinem Biologieraum oder ähnlichem gestohlen wurden, aber es läßt sich ja nicht leugnen, daß die Frau ermordet worden ist. Ich habe auch eine Bemerkung von einem von der Spurensicherung gehört, der gesagt hat, daß die Gebeine nicht sonderlich frisch aussähen. Aber das hängt ja natürlich davon ab, wo sie sich befunden haben. Ob sie Wind und Wetter ausgesetzt waren oder irgendwo geschützt gelegen haben. Hoffentlich kann der Gerichtsmediziner eine ungefähre Angabe darüber machen, wie alt sie sind.«

»Ja, genau, wann, glaubst du, daß wir seinen ersten Bericht bekommen?« Mellberg legte die Stirn bekümmert in Falten.

»Im Laufe des Tages erhalten wir wohl die erste Einschätzung, dann dauert es vermutlich ein paar Tage, bevor er alles genauer durchgegangen ist. Also bis auf weiteres müssen wir mit dem arbeiten, was wir in Händen haben. Wo sind die anderen?«

Mellberg seufzte. »Gösta hat einen freien Tag. Irgendein verdammtes Golfturnier oder so was. Ernst und Martin sind auf einem Einsatz. Annika ist auf Teneriffa. Hatte wohl gedacht, es würde auch diesen Sommer hier bloß regnen. Das arme Luder. Muß nicht gerade Spaß gemacht haben, bei solchem Wetter aus Schweden wegzufahren.«

Patrik schaute Mellberg von neuem erstaunt an, verwundert über dessen ungewöhnliche Sympathieäußerung. Irgend etwas Merkwürdiges war im Gange, soviel war klar. Aber es lohnte sich nicht, sich jetzt darüber den Kopf zu zerbrechen. Sie hatten wichtigere Dinge zu bedenken.

»Du hast zwar noch die ganze Woche Urlaub, aber könntest du dir vielleicht vorstellen, wieder herzukommen und bei der Sache mitzuhelfen? Ernst ist zu phantasielos und Martin zu unerfahren, um eine Ermittlung zu führen, also könnten wir deine Hilfe wirklich brauchen.«

Die Anfrage schmeichelte Patriks Eitelkeit so sehr, daß er stehenden Fußes akzeptierte, ohne groß darüber nachzudenken. Zwar würde ihm daheim vermutlich der Kopf gewaschen, aber er tröstete sich damit, daß es ja nur eine Viertelstunde bis nach Hause war, falls Erica ihn dringend benötigte. Außerdem waren sie sich bei der Hitze leicht auf die Nerven gegangen, also war es vielleicht sogar gut, daß er aus dem Haus war.

»Zunächst würde ich kontrollieren wollen, ob es Nachforschungen nach irgendeiner vermißten Frau gibt. Wir sollten die Suche deutlich ausweiten, zum Beispiel von Strömstad bis nach Göteborg runter. Ich werde Martin und Ernst bitten, die Sache zu verfolgen. Es klang so, als wären sie im Anmarsch.«

»Das ist gut, wirklich gut. Das ist der richtige Geist, mach weiter so!«

Mellberg erhob sich vom Kaffeetisch und klopfte Patrik heiter auf die Schulter. Patrik begriff, daß die Arbeit wie gewöhnlich an ihm hängenbleiben und Mellberg dann die Lorbeeren einheimsen würde, aber es brachte einfach nichts, sich noch weiter darüber aufzuregen.

Seufzend stellte er seine und auch Mellbergs Kaffeetasse in den Geschirrspüler. Heute würde er keinen Sonnenschutzfaktor benötigen.

»Raus mit euch, glaubt ihr, das hier ist eine verdammte Pension, wo ihr euch tagelang im Bett wälzen könnt?«

Die Stimme durchschnitt die dicken Nebelschichten und hallte schmerzhaft am Stirnbein wider. Johan öffnete vorsichtig ein Auge, schloß es aber sofort wieder, als es vom blendenden Licht der Sommersonne getroffen wurde.

»Scheiße ...« Robert, sein ein Jahr älterer Bruder, drehte sich im Bett um und vergrub den Kopf unterm Kissen. Das wurde ihm brutal weggerissen, und er setzte sich brummend auf.

»Daß man in diesem Haus nie ausschlafen kann.«

»Ihr macht das hier schließlich jeden Tag, ihr Taugenichtse. Jetzt ist es schon fast zwölf. Wenn ihr euch nicht Nacht für Nacht rumtreiben und weiß der Himmel was machen würdet, dann müßtet ihr ja vielleicht nicht ewig im Bett liegen. Ich brauche einfach ein bißchen Hilfe bei allem. Ihr wohnt gratis und eßt gratis, erwachsene Kerle, die ihr seid, und da finde ich es nicht zuviel verlangt, daß ihr eurer armen Mutter ein bißchen zur Hand geht.«

Solveig Hult hielt die Arme vor ihrem enormen Leib verschränkt. Sie war krankhaft fett und hatte die Blässe einer Person, die nie vor die Tür geht. Die Haare waren ungewaschen und hingen in dunklen Strähnen um ihr Gesicht.

»Fast dreißig seid ihr jetzt und lebt noch immer von eurer Mutter. Wenn das keine echten Männer sind! Und wie könnt ihr es euch eigentlich leisten, jeden Abend einen draufzumachen, wenn ich mal fragen darf? Arbeiten tut ihr ja nicht, und einen Beitrag zum Haushaltsgeld bekomme ich auch nie zu sehen. Ich sage nur, wenn euer Vater jetzt hier gewesen wäre, dann gäbe es solche Faxen nicht! Habt ihr schon was vom Arbeitsamt gehört? Ihr solltet doch vorvorige Woche dorthin!«

Jetzt war es Johan, der sein Gesicht unter dem Kissen verbarg. Auch er versuchte dem ständigen und immergleichen Gemecker zu entgehen, doch auch ihm wurde das Kissen weggerissen, und er mußte sich aufsetzen. In seinem benebelten Kopf dröhnte es, als spielte dort eine ganze Blaskapelle.

»Das Frühstück habe ich schon lange weggeräumt. Jetzt müßt ihr euch selber was aus dem Kühlschrank holen.«

Solveigs gewaltiger Hintern schaukelte aus dem kleinen Zimmer, das sich die Brüder noch immer teilten, und sie knallte die Tür hinter sich zu. Die Burschen wagten es nicht, sich noch einmal hinzulegen, sondern griffen nach einer Schachtel Zigaretten und zündeten sich jeder eine an. Auf Frühstück konnten sie verzichten, aber die Kippe brachte die Lebensgeister in Schwung und brannte schön in der Kehle.

»Was für ein irrer Bruch gestern abend, stimmt's?« Robert lachte und blies Ringe in die Luft. »Ich hab' ja gesagt, daß die tolles Zeug zu Hause haben. Direktor in irgendeiner Stockholmer Firma, klar, daß die sich nur das Beste gönnen.«

Johan gab keine Antwort. Im Unterschied zu seinem älteren Bruder brachten ihm die Einbrüche nie einen Adrenalinkick, statt dessen lief er tagelang, sowohl vor als auch nach einer Aktion, mit einem riesigen kalten Angstklumpen im Bauch herum. Aber er hatte immer getan, was Robert gesagt hatte, und er kam nicht einmal auf die Idee, daß es anders sein könnte.

Der gestrige Einbruch hatte ihnen die größte Beute seit langem beschert. Sonst waren die Leute vorsichtig damit geworden, sich teure Sachen in die Ferienhäuser zu stellen, brachten vor allem alten Mist dahin, mit dem sie nichts mehr anzufangen wußten, oder Auktionskäufe, die sie für einen guten Fang hielten, die aber bloß einen Dreck wert waren. Gestern jedoch hatten sie einen neuen Fernseher, einen DVD-Player, Nintendo-Spiele und einen Haufen Schmuck von der Frau des Hauses erwischt. Robert würde die Sachen über die üblichen Kanäle verkaufen, und das würde ihnen ein hübsches Sümmchen einbringen. Nicht, daß es besonders lange reichen würde. Gestohlenes Geld brannte in der Tasche, und nach ein paar Wochen war davon nichts mehr übrig. Es wäre ausgegeben für Spiele, wildes Nachtleben mit großzügigen Einladungen und die eine oder andere Erwerbung. Johan betrachtete die teure Uhr, die er am Arm trug. Zum Glück verstand sich Mutter nicht darauf, Wertvolles zu erkennen, wenn sie es sah. Wüßte sie, was die hier gekostet hatte, würde das Gemecker kein Ende mehr nehmen.

Machmal war ihm, als säße er in einem Mäuserad fest, das sich immer nur drehte und drehte, während die Jahre vergingen. Nichts hatte sich eigentlich verändert, seit sie Teenager gewesen waren, und auch jetzt sah er kein Licht am Horizont. Das einzige, was seinem Leben inzwischen einen Sinn gab, war auch das einzige, was er Robert jemals verheimlicht hatte. Ein Urinstinkt sagte ihm, daß nichts Gutes dabei herauskäme, wenn er sich dem Bruder anvertraute. Robert mit seinen vulgären Kommentaren würde nur etwas Schmutziges daraus machen.

Eine Sekunde erlaubte er sich daran zu denken, wie weich doch ihr Haar seine rauhe Wange streichelte und wie klein ihre Hand wirkte, wenn er sie zwischen seinen Pranken hielt.

»Hör mal, sitz nicht da und träume. Wir haben was zu erledigen.«

Robert stand auf, die Zigarette im Mundwinkel, und ging durch die Tür voraus. Wie gewöhnlich folgte ihm Johan. Er konnte nicht anders.

In der Küche saß Solveig auf ihrem üblichen Platz. Seit seiner Kindheit, als das mit Papa passiert war, hatte er sie in ihrem Stuhl am Fenster sitzen sehen, während ihre Finger eifrig mit dem beschäftigt waren, was vor ihr auf dem Tisch lag. Nach seinen ersten Erinnerungen war sie schön gewesen, doch mit den Jahren hatte sich das Fett immer dicker auf Körper und Gesichtszüge gelegt.

Wie sie jetzt dasaß, wirkte es, als sei sie in Trance; die Finger lebten ein eigenes Leben, es war ein unablässiges Fummeln und Streicheln. Mehr als zwanzig Jahre lang hatte sie schon mit diesen verdammten Fotoalben zugebracht, hatte sortiert und umsortiert. Hatte neue Alben gekauft und die Fotos und Zeitungsausschnitte noch einmal eingesetzt. Schöner und besser. Er war nicht so dumm, daß er nicht verstand, daß sie auf diese Weise versuchte, glückliche Zeiten am Leben zu erhalten, aber irgendwann mußte sie wohl begreifen, daß all das seit langem vorbei war.

Die Bilder stammten aus den Jahren, als Solveig schön gewesen war. Der Höhepunkt ihres Lebens war der Augenblick, als sie Johannes Hult geheiratet hatte, den jüngsten Sohn von Ephraim Hult, dem berühmten Freikirchenpastor und Besitzer des größten Hofes der Gegend. Johannes sah gut aus und war reich, und sie war zwar arm, doch war sie das schönste Mädchen, das Bohuslän zu bieten hatte, das sagten damals alle. Und wenn es weiterer Beweise bedurfte, dann reichten die Artikel, die sie von damals aufgehoben hatte, als man sie zwei Jahre hintereinander zur Maikönigin gekrönt hatte. Diese Artikel und die vielen Schwarzweißfotos von ihr selbst als junges Mädchen waren es, die sie Tag für Tag seit über zwanzig Jahren sorgfältig sortierte. Sie wußte, daß dieses Mädchen noch irgendwo unter den Fettschichten existierte, und durch die Bilder konnte sie es lebendig halten, auch wenn es ihr mit jedem weiteren Jahr mehr und mehr entglitt.

Mit einem letzten Blick über die Schulter verließ Johan seine Mutter, die in der Küche sitzen blieb, und folgte Robert dicht auf den Fersen. Es war, wie Robert gesagt hatte: Sie hatten was zu erledigen.

Erica überlegte, ob sie einen Spaziergang machen sollte, kam aber zu dem Schluß, daß es vielleicht nicht besonders klug war, ihn ausgerechnet jetzt zu machen, wo die Sonne am höchsten stand und die Luft vor Hitze flimmerte. Sie hatte sich die ganze Schwangerschaft über großartig gefühlt, bis zu dem Moment, wo die Hitzewelle angebrochen war. Seitdem kam sie sich meist wie ein verschwitzter Wal vor, und sie versuchte verzweifelt irgendwo Kühle zu finden. Patrik, Gott segne ihn, war auf den Einfall gekommen, ihr einen Tischventilator zu kaufen, und den schleppte sie jetzt wie eine Kostbarkeit überall im

Haus mit sich herum. Der Nachteil war, daß er mit Strom betrieben wurde, also konnte sie nie weiter von einer Steckdose entfernt sitzen, als die Schnur zuließ, was die Wahlmöglichkeiten begrenzte.

Aber in der Veranda war die Dose perfekt angebracht, und so konnte sich Erica auf dem Sofa ausbreiten, den Ventilator vor sich auf dem Tisch. Keine Position war länger als fünf Minuten bequem, weshalb sie sich ständig hin und her warf bei dem Versuch, eine günstige Stellung zu finden. In manchen Positionen bekam sie einen Fuß in die Rippen, oder etwas, das vermutlich eine Hand war, bestand darauf, sie in die Seite zu boxen, und da war sie gezwungen, sich erneut zu drehen. Wie sie das noch mehr als einen Monat aushalten sollte, war ihr ein Rätsel.

Patrik und sie waren erst ein halbes Jahr zusammen gewesen, als sie schwanger wurde, aber merkwürdigerweise bereitete das keinem von ihnen irgendwelches Kopfzerbrechen. Sie waren beide nicht mehr blutjung, wußten etwas besser, was sie wollten, und fanden, daß es keinen Grund zum Warten gab. Erst jetzt bekam Erica kalte Füße, und das kam ihr reichlich verspätet vor. Vielleicht hatten sie ja zuwenig Alltag miteinander erlebt, bevor sie sich auf das hier eingelassen hatten. Wie würde es ihrer Beziehung bekommen, wenn plötzlich ein kleiner Fremdling auftauchte, der all die Aufmerksamkeit erforderte, die sie bisher einander widmen konnten?

Zwar war die stürmische, blinde Verliebtheit der ersten Zeit vorbei, und ihre Beziehung hatte eine realistischere, im Alltag verankerte Grundlage bekommen, die einen gesunden Einblick in die guten und schlechten Seiten des anderen gewährte, aber was, wenn in der abklingenden Erregung nach dem Kind nur die schlechten Seiten zurückblieben? Wie viele Male hatte sie von der Statistik gehört, laut der im ersten Kindsjahr unzählige Beziehungen in die Brüche gegangen waren? Nun ja, es hatte, wie gesagt, keinen Zweck, jetzt darüber nachzugrübeln. Geschehen ist geschehen, und es ließ sich auch nicht leugnen, daß sie und genauso Patrik sich mit jeder Faser ihres Leibes nach diesem Kind gesehnt hatten. Hoffentlich würde diese Sehnsucht ausreichen, um die umwälzende Veränderung zu überstehen.

Sie zuckte zusammen, als das Telefon klingelte. Mühsam kämpfte sie sich vom Sofa hoch und hoffte, daß der Anrufer genügend Geduld aufbrachte, um nicht aufzulegen, bevor sie den Apparat erreicht hatte.

»Ja, hallo? – Ach, grüß dich, Conny. – Danke, gut, ist nur ein bißchen zu warm für diesen Zustand. – Besuchen? Ja, sicher ... ihr seid zum Kaffee eingeladen. – Übernachten? Jaaa ...« Erica seufzte im Inneren. »Ja, selbstverständlich. Wann kommt ihr? – Heute abend! Ja, nein, das ist natürlich kein Problem. Ich richte das Gästezimmer her.«

Müde legte sie den Hörer auf. Ein Haus in Fjällbacka zu besitzen hatte im Sommer einen großen Nachteil. Plötzlich tauchten alle möglichen Verwandten und Bekannten auf, die in den zehn kälteren Monaten nichts von sich hatten hören lassen. Im November zeigten sie sich nicht sonderlich an einem Zusammentreffen interessiert, aber im Juli sahen sie die Chance, eine kostenlose Unterkunft mit Meeresblick zu erhalten. Erica hatte geglaubt, daß sie diesen Sommer verschont blieben, da der halbe Juli vergangen war, ohne daß sich jemand gemeldet hatte. Aber jetzt hatte ihr Cousin Conny angerufen und war mit Frau und zwei Kindern schon unterwegs von Trollhättan nach Fjällbacka. Es ging nur um eine Nacht, also würde sie es wohl aushalten. Zwar hatte sie keinen ihrer beiden Cousins je besonders gemocht, aber ihre Erziehung machte es ihr unmöglich, ihnen das Kommen zu verweigern, obwohl sie das eigentlich tun müßte, denn ihrer Meinung nach waren diese Leute die reinsten Schmarotzer.

Erica war allerdings dankbar dafür, daß sie und Patrik ein Haus in Fjällbacka besaßen, in dem sie Gäste, uneingeladen oder nicht, empfangen konnten. Nach dem plötzlichen Ableben ihrer Eltern hatte ihr Schwager versucht, den Verkauf des Hauses durchzudrücken. Aber ihre Schwester Anna hatte schließlich von seinen physischen und psychischen Übergriffen genug gehabt. Sie hatte sich von Lucas scheiden lassen und war jetzt zusammen mit Erica Eigentümerin des Hauses. Da Anna mit ihren zwei Kindern in Stockholm wohnen blieb, hatten Patrik und Erica in dem Haus in Fjällbacka zusammenziehen können und dafür sämtliche Kosten übernommen. Noch früh genug würden sie eine endgültige Lösung für dieses Problem finden müssen, doch bis dahin war Erica einfach nur froh, daß sie das Haus noch immer besaß und jetzt das ganze Jahr über hier wohnen konnte.

Erica schaute sich um, und ihr wurde klar, daß sie ein bißchen in Trab kommen mußte, wenn die Räume bis zur Ankunft der Gäste standesgemäß aussehen sollten. Sie überlegte, was Patrik wohl sagen würde, wenn sie hier so überfallen würden, doch gleich warf sie den Kopf in den Nacken und dachte, wenn er sie mitten im Urlaub allein lassen konnte und einfach wieder arbeiten ging, dann hatte sie ja wohl das Recht, Gäste zu empfangen, wann immer sie wollte. Sie hatte bereits vergessen, daß sie es eigentlich ganz schön gefunden hatte, ihn nicht ständig zu Hause zu haben.

Patrik hatte beschlossen, Ernst und Martin als erstes mit der Angelegenheit bekannt zu machen. Er rief sie in sein Zimmer, und sie nahmen vor seinem Schreibtisch Platz. Es ließ sich nicht übersehen, daß Ernst vor Empörung darüber, daß man Patrik zum Leiter der Ermittlungen bestimmt hatte, hochrot im Gesicht war, aber Patrik zog es vor, die Sache einfach zu ignorieren. Das war eine Angelegenheit, die Mellberg zu verantworten hatte, schlimmstenfalls kam er auch ohne Hilfe von Ernst aus, falls der Kollege die Zusammenarbeit verweigerte.

»Ich vermute, daß ihr bereits gehört habt, was passiert ist.«

»Ja, wir haben es über den Polizeifunk erfahren.« Martin, jung und voller Enthusiasmus, saß im Unterschied zu Ernst kerzengerade auf dem Stuhl, einen Notizblock auf dem Schoß und den Kuli in Bereitschaft.

»Eine Frau ist also in der Königsschlucht von Fjällbacka ermordet aufgefunden worden. Sie war unbekleidet und sah aus, als wäre sie so zwischen zwanzig und dreißig. *Unter* ihrem Körper fand man zwei menschliche Gerippe unbekannten Ursprungs und Alters, aber Karlström von der Spurensicherung gab mir inoffiziell zu verstehen, daß sie vermutlich nicht direkt frisch sind. Also haben wir wohl eine Menge Arbeit vor uns, neben all den alkoholbedingten Krawallen und dem Ärger mit den Betrunkenen am Steuer, mit denen wir schon bis über die Ohren ausgelastet sind. Und sowohl Annika als auch Gösta haben ja Urlaub, also müssen wir so lange selbst die Ärmel hochkrempeln. Ich habe zwar diese Woche auch frei, aber bin einverstanden, statt dessen zu arbeiten, und auf Wunsch Mellbergs werde ich also diese Untersuchung hier leiten. Fragen dazu?«

Die Frage war in erster Linie an Ernst gerichtet, der es jedoch vorzog, einer Konfrontation auszuweichen, bestimmt aber würde er hinter Patriks Rücken seinem Unmut Luft machen.

»Sag, was ich machen soll.« Martin glich einem nervösen Pferd im Pferch und ließ jetzt seinen Stift ungeduldig über dem Notizblock kreisen.

»Ich möchte, daß du zu Beginn im SIS kontrollierst, was es für Anzeigen über Frauen gibt, die in, sagen wir, den letzten zwei Monaten verschwunden sind. Besser, wir fassen den Zeitraum etwas weiter, bis wir von der Gerichtsmedizin Näheres erfahren. Obwohl ich annehmen würde, daß der Todesfall zeitlich bedeutend näher liegt, vielleicht ist das Ganze erst vor wenigen Tagen passiert.«

»Hast du es nicht gehört?« fragte Martin.

»Was nicht gehört?«

»Daß die Datenbank streikt. Wir müssen auf das SIS pfeifen und es auf die alterprobte Weise tun.«

»Scheiße. Was für ein Timing. Also, nachdem bei uns keine offene Meldung über ein Verschwinden vorzuliegen scheint, würde ich vorschlagen, daß du bei allen im Umkreis gelegenen Ämtern anrufst. Geh kreisförmig vor, beginne von innen und dehne den Aktionsradius dann aus, verstehst du?«

»Ja, klar, wie weit soll ich das Ganze treiben?«

»So weit wie nötig, also bis wir jemanden finden, der paßt. Ruf nach der Besprechung auch gleich in Uddevalla an, damit du eine vorläufige Personenbeschreibung erhältst, mit der du suchen kannst.«

»Und was soll *ich* machen?« Der Enthusiasmus in der Stimme von Ernst wirkte nicht gerade ansteckend.

Patrik schaute in die Notizen, die er nach dem Gespräch mit Mellberg rasch zu Papier gebracht hatte.

»Ich möchte, daß du zunächst die Leute befragst, die um den Eingang zur Königsschlucht wohnen. Ob sie heute nacht irgendwas gesehen oder gehört haben oder auch am frühen Morgen. Die Schlucht ist ja tagsüber voller Touristen, also muß die Leiche, oder die Leichen, wenn man es genau nehmen will, irgendwann im Laufe der Nacht oder am Morgen hintransportiert worden sein. Wir können davon ausgehen, daß sie durch den großen Eingang gebracht worden sind, man hat sie wohl kaum die Treppen vom Ingrid-Bergman-Platz hochgetragen. Der kleine Bursche hat die Frau gegen sechs gefunden, also würde ich mich auf die Zeit zwischen neun Uhr abends und sechs Uhr morgens konzentrieren. Persönlich werde ich mich ein bißchen in den Archiven umsehen. Was die zwei Skelette angeht, rumort da irgendwas in meinem Gedächtnis. Ich habe das Gefühl, ich müßte wissen, worum es sich handelt, aber ... Ihr habt keine Idee? Nichts, was sich in eurer Erinnerung rührt ...?«

Patrik hob resigniert die Hände und wartete mit hochgezogenen Augenbrauen auf eine Antwort, aber erntete von seinen Kollegen nur Kopfschütteln. Er seufzte. Ja, dann blieb wohl nichts anderes übrig, als sich in die Katakomben hinunter zu begeben ...

Nicht ahnend, daß er in Ungnade gefallen war, obwohl er es vielleicht hätte erraten können, wenn er Zeit gehabt hätte, darüber nachzudenken, saß Patrik tief unten in den Domänen des Tanumsheder Polizeireviers und wühlte in alten Papieren. Auf den meisten Akten hatte sich Staub angesammelt, aber sie schienen glücklicherweise gut geordnet zu sein. Das meiste war in chronologischer Reihenfolge archiviert, und obwohl er nicht genau wußte, wonach er suchte, so war ihm doch klar, daß es sich hier befinden mußte.

Er saß im Schneidersitz direkt auf dem Steinfußboden und durchstöberte methodisch Karton um Karton und Akte um Akte. Jahrzehnte von Menschenschicksalen gingen ihm durch die Hände, und allmählich wurde ihm bewußt, wie viele Menschen und Familien ein ums andere Mal in den polizeilichen Dokumenten auftauchten. Mitunter schienen Verbrechen von Eltern an die Kinder vererbt zu werden, ja sogar an die Enkel, dachte er, als derselbe Familienname erneut auftauchte.

Das Handy klingelte, und er sah auf dem Display, daß es Erica war.

»Hallo Liebling, alles in Ordnung?« Er wußte, wie die Antwort lauten würde. »Ja, ich weiß, daß es heiß ist. Du mußt dich ganz einfach vor den Ventilator setzen, viel mehr ist da nicht zu machen. – Du, wir haben hier einen Mord am Hals, und Mellberg will, daß ich die Ermittlungen leite. Wärst du sehr traurig, wenn ich das übernehme und ein paar Tage arbeite?«

Patrik hielt den Atem an. Er wußte, daß er selbst hätte anrufen sollen, um zu berichten, daß er vielleicht arbeiten mußte, aber auf typisch männliche Weise hatte er es vorgezogen, das Unausweichliche vor sich her zu schieben. Andererseits wußte Erica schließlich ganz genau, wie die Bedingungen seines Berufes waren. Der Sommer war die hektischste Zeit für die Polizei der Kommune Tanum, und sie konnten nur abwechselnd kürzere Urlaubsperioden nehmen, und nicht einmal die wenigen Tage, die sie hintereinander frei bekamen, waren garantiert, denn es hing stets davon ab, wie viele Trunkenheitsdelikte, Schlägereien und andere Nebeneffekte des Tourismus auf das Revier zukamen. Und Mord nahm sozusagen einen ganz eigenen Platz ein.

Sie sagte etwas, das er beinahe überhört hätte.

»Besuch, sagst du? Wer denn? Dein Cousin?« Patrik seufzte. »Nein, was soll ich sagen? Natürlich wäre es schöner gewesen, wenn wir den heutigen Abend für uns gehabt hätten, aber wenn sie schon unterwegs sind, dann ist es eben so. Sie bleiben ja wohl nur eine Nacht? – Okay, dann werde ich ein bißchen was an Krabben einkaufen. Die können wir dann servieren. Das ist leicht gemacht, und du brauchst dich nicht in die Küche zu stellen. Ich bin gegen sieben zu Hause. Küßchen.«

Er steckte das Telefon wieder in die Tasche und blätterte weiter im Inhalt der vor ihm stehenden Kisten. Eine Akte mit dem

Vermerk »Verschwinden« weckte sein Interesse. Irgendein eifriger Mensch hatte gelegentlich sämtliche Anzeigen über verschwundene Personen zusammengestellt, die bei polizeilichen Ermittlungen eine Rolle gespielt hatten. Patrik fühlte, daß er genau das gefunden hatte, wonach er suchte. Seine Finger waren von all dem Staub schmutzig geworden, und er wischte sie an den Shorts ab, bevor er die ziemlich dünne Mappe öffnete. Nachdem er ein Weilchen geblättert und hier und da gelesen hatte, wußte er, daß sein Gedächtnis genau den Anstoß bekommen hatte, den es brauchte. Das hier hätte ihm sofort einfallen müssen, wenn man bedenkt, wie wenige Menschen hier im Umkreis wirklich verschwunden waren, ohne jemals wiedergefunden zu werden, aber es war wohl das Alter, das sich allmählich bemerkbar machte. Jetzt hatte er jedenfalls diese Anzeigen vor sich, und er spürte, daß das hier kein Zufall sein konnte. Zwei Frauen, die 1979 als vermißt gemeldet und nie aufgefunden worden waren. Zwei Skelette, die man in der Königsschlucht entdeckt hatte.

Er nahm den ganzen Ordner mit ans Tageslicht und legte ihn auf seinen Schreibtisch.

Die Pferde waren der einzige Grund, weshalb sie hierblieb. Mit geübter Hand striegelte sie den braunen Wallach. Die körperliche Arbeit diente ihr als Ventil, um die Frustration loszuwerden. Es war ganz einfach Scheiße, wenn man siebzehn Jahre alt war und nicht selbst über sein Leben bestimmen konnte. Sobald sie volljährig war, würde sie aus diesem verdammten Nest abhauen. Dann würde sie das Angebot jenes Fotografen annehmen, der sie angesprochen hatte, als sie in Göteborg durchs Zentrum gebummelt war. Wenn sie erst Model in Paris wäre und jede Menge Geld verdiente, würde sie ihnen schon zu verstehen geben, wo sie sich ihre verdammte Ausbildung hinstekken konnten. Der Fotograf hatte gesagt, mit jedem weiteren Jahr sinke ihr Wert als Model, und ein Jahr ihres Lebens wäre ohnehin schon vergeudet, bevor sie überhaupt die Chance bekäme, bloß weil der Alte sich diese Ausbildung in den Kopf gesetzt hatte. Man brauchte ja wohl keine Ausbildung, um über den Laufsteg zu gehen, und dann, wenn sie so fünfundzwanzig geworden und für diese Sache langsam zu alt war, würde sie bestimmt einen Millionär heiraten, und dann konnte sie über die Drohung nur lachen, daß er sie enterben wollte. Sie könnte dann an einem einzigen Tag genausoviel für Einkäufe ausgeben, wie sein ganzes Vermögen ausmachte.

Und ihr großartiger blöder Bruder machte die Sache ja nicht gerade besser. Zwar war es angenehmer, bei ihm und Marita zu wohnen, als zu Hause, aber nicht wesentlich. Er war so verdammt »rechtschaffen«. Nichts, was er tat, war jemals falsch, während sie automatisch an allem die Schuld bekam.

»Linda?«

Typisch, nicht mal hier im Stall hatte sie ihre Ruhe.

»Linda?« Die Stimme klang immer fordernder. Er wußte, daß sie hier war, also hatte es keinen Sinn abzuhauen.

»Ja, was für ein verdammtes Gerufe. Was ist los?«

»Du brauchst wirklich nicht in einem solchen Ton mit mir zu reden. Ich finde, es ist nicht zuviel verlangt, wenn ich erwarte, daß du ein bißchen höflich bist.«

Sie brummelte nur ein paar Flüche zur Antwort, und Jacob ließ es durchgehen.

»Du bist schließlich mein Bruder und nicht mein Vater, ist dir das klar?«

»Ich bin mir dessen sehr wohl bewußt, aber solange du unter meinem Dach wohnst, habe ich schließlich eine gewisse Verantwortung für dich.«

Nur weil er fast fünfzehn Jahre älter war, glaubte Jacob, er wüßte alles, aber es war leicht, auf dem hohen Roß zu sitzen, wenn man sein Schäfchen im trocknen hatte. Vater hatte Hunderte Male betont, daß Jacob wirklich ein Sohn sei, auf den man stolz sein könne, und daß er den Familienhof gut verwalte, also nahm Linda an, daß er eines schönen Tages den ganzen Kladderadatsch erbte. Bis dahin konnte er so tun, als sei Geld nicht wichtig für ihn, aber Linda durchschaute die Sache. Alle bewunderten Jacob, weil er mit Jugendlichen arbeitete, die auf Abwege geraten waren, aber alle wußten auch, daß er, wenn es soweit war, sowohl den Gutshof als auch das ganze Vermögen bekäme, und dann würde man ja sehen, wieviel von seinem Interesse an ideeller Arbeit übrigbliebe.

Sie kicherte leise. Wenn Jacob wüßte, daß sie abends nach draußen entwischte, würde er verrückt werden, und wenn er wüßte, wen sie traf, müßte sie vermutlich die Standpauke ihres Lebens über sich ergehen lassen. Es war leicht, davon zu reden, daß man mit weniger Begüterten solidarisch sein solle, solange man sie nicht vor der eigenen Schwelle hatte. Daß Jacob an die Decke gehen würde, wenn er erführe, daß sie sich mit Johan traf, hatte außerdem noch tiefer gehende Ursachen. Johan war ihr Cousin, und die Fehde zwischen beiden Familienteilen währte schon geraume Zeit. Sie selbst war damals noch nicht einmal geboren, auch Jacob nicht. Den Grund für das Zerwürfnis kannte sie nicht, sie wußte nur, daß es so war, und deshalb prickelte es ganz besonders, wenn sie sich zum Treffen mit Johan nach draußen schlich. Außerdem fühlte sie sich wohl mit ihm. Er war zwar ziemlich zurückhaltend, aber er war schließlich zehn Jahre älter als sie und besaß dadurch eine Sicherheit, von der Jungs in ihrem Alter nur träumen konnten. Daß sie Cousin und Cousine waren, kümmerte sie nicht. Heutzutage durften die sogar heiraten, und obwohl das in ihren eigenen Zukunftsplänen nicht vorgesehen war, hatte sie nichts dagegen, mit Johan dieses und jenes auszuprobieren, nur herauskommen durfte es nicht.

»Wolltest du irgendwas, oder hattest du nur vor, mich ganz allgemein zu überwachen?«

Jacob seufzte tief und legte ihr die Hand auf die Schulter. Sie versuchte sich loszureißen, aber sein Griff war fest.

»Ich begreife wirklich nicht, woher all diese Aggression kommt. Die Jugendlichen, mit denen ich arbeite, hätten alles dafür gegeben, wenn sie ein solches Zuhause und eine solche Kindheit gehabt hätten wie du. Ein bißchen Dankbarkeit und Reife wären wirklich angebracht, verstehst du. Und ja, ich wollte etwas. Marita hat das Abendbrot fertig, also kannst du dich ja wohl mit dem Umziehen beeilen und zum Essen kommen.«

Er löste seinen Griff und verließ den Stall, um sich zum Wohnhaus zu begeben. Maulend legte Linda die Kardätsche weg und ging, um sich fertigzumachen. Sie hatte trotz allem ziemlich großen Hunger.

Wieder einmal hatte man Martin das Herz gebrochen. Zum wievielten Mal hintereinander, wußte er nicht, aber es tat nicht weniger weh, bloß weil er daran gewöhnt war. Wie all die Male zuvor hatte er gedacht, daß es diesmal die Richtige war, die den Kopf neben ihm aufs Kissen legte. Zwar hatte er genau gewußt, daß sie bereits vergeben war, aber mit der ihm eigenen Naivität glaubte er, mehr als nur ein Zeitvertreib für sie zu sein, und erwartete, daß die Tage des Mannes, mit dem sie zusammen lebte, gezählt waren. Er ahnte nicht, daß er mit seiner unschuldigen Miene und seinem regelrecht niedlichen Äußeren wie Honig auf Bienen wirkte, wenn es um ein wenig ältere, gesetztere Frauen ging, die mit ihrer besseren Hälfte im gewohnten Alltagstrott lebten. Männer, die sie nicht wegen eines netten fünfundzwanzigjährigen Polizisten zu verlassen gedachten. Allerdings zögerten sie nicht, sich mit selbigem auf der Matratze zu vergnügen, wenn die Lust und das Bedürfnis nach Bestätigung es verlangten. Nicht, daß Martin etwas gegen den physischen Teil eines Verhältnisses einzuwenden hatte, er war sogar besonders talentiert auf diesem Gebiet, aber sein Problem bestand darin, daß er auch ein ungewöhnlich gefühlvoller junger Mann war. Die Verliebtheit fand ganz einfach guten Nährboden in Martin Molin. Aus diesem Grund endeten seine kleinen Amouren für ihn stets mit Heulen und Zähneknirschen, wenn die Frauen Dankeschön sagten und in ihren vielleicht öden, aber geordneten und wohlvertrauten Alltag heimkehrten.

Er seufzte tief, als er jetzt am Schreibtisch saß, zwang sich jedoch, nichts anderes als die vor ihm liegende Aufgabe zu sehen. Die Anrufe, die er bisher getätigt hatte, waren ergebnislos geblieben, aber noch hatte er eine Menge Polizeidienststellen abzuarbeiten. Daß die Datenbank gerade dann zusammenbrechen mußte, wenn sie am dringendsten benötigt wurde, war wohl sein übliches Pech. Deshalb saß er jetzt hier und wählte eine Telefonnummer nach der anderen, um jemanden zu finden, auf den die Beschreibung der toten Frau zutreffen konnte.

Zwei Stunden später lehnte er sich zurück und warf voller Enttäuschung den Stift gegen die Wand. Bei keinem von denen, die als vermißt gemeldet waren, konnte es sich um das Mordopfer handeln. Was sollten sie jetzt tun?

Es war so verdammt ungerecht. Er war älter als dieser Rotzjunge und hätte derjenige sein müssen, dem man das Kommando bei der Ermittlung übertrug, aber Undank war der Welten Lohn. Schon seit dieser verdammte Mellberg hier war, hatte er sich zielbewußt bei ihm lieb Kind gemacht, ohne daß es ihm etwas gebracht hätte. Ernst nahm die Kurven auf dem Weg nach Fjällbacka mit Bravour, und hätte er nicht in einem Polizeiwagen gesessen, wären im Rückspiegel bestimmt eine Menge Stinkefinger zu sehen gewesen. Jetzt sollten sie es sich nur erlauben, diese Scheiß-Touris, dann würden sie was erleben.

Die Nachbarn befragen. Das war eine Aufgabe für einen Polizeianwärter, nicht für einen Mann mit fünfundzwanzigjähriger Berufserfahrung. Das hätte ja wohl dieser Grünschnabel Martin machen können, dann hätte er, Ernst, in den umliegenden Ämtern anrufen und mit den Kollegen ein Weilchen plaudern können.

Er kochte förmlich, aber das war schon von Kindheit an sein natürlicher Gemütszustand, also irgendwie nichts, was über das Normale hinausging. Diese cholerische Veranlagung machte ihn für einen Beruf, der so viele soziale Kontakte mit sich brachte, nicht besonders geeignet, aber andererseits konnte er sich bei dem Gesindel Respekt verschaffen, da es instinktiv spürte, daß man sich, falls einem die eigene Gesundheit lieb war, mit diesem Ernst Lundgren nicht anlegen sollte.

Als er durch den Ort fuhr, wurden überall die Hälse gereckt. Man folgte ihm mit dem Blick und wies mit dem Finger auf den Wagen, und er verstand, daß sich die Neuigkeit schon in ganz Fjällbacka verbreitet hatte. Über den Ingrid-Bergman-Platz mußte er wegen all den unerlaubt geparkten Autos im Schneckentempo fahren, und er bemerkte zu seiner Zufriedenheit, daß sein Auftauchen zu einer Reihe überstürzter Aufbrüche aus dem Gartenrestaurant des Café Bryggan führte. Das war auch besser so. Standen die Autos noch da, wenn er zurückkam, hatte er nichts dagegen, ein Stündchen dafür aufzubringen, den Falschparkern den Urlaubsfrieden zu verderben. Er würde sie vielleicht ein bißchen ins Röhrchen pusten lassen. Mehrere von ihnen hatten bei einem kalten Bier gesessen, als er an ihnen vorbeigefahren war. Wenn er Glück hatte, konnte er vielleicht ein paar Fahrerlaubnisse einziehen.

Es war kaum Platz zum Parken auf dem kleinen Straßenstück vor der Königsschlucht, aber er klemmte sich irgendwo dazwischen und begann mit seiner Befragung. Wie erwartet, hatte niemand etwas gesehen. Leute, die normalerweise sogar registrierten, wenn der Nachbar in den eigenen vier Wänden einen Furz ließ, wurden blind und taub, wenn die Polizei auftauchte. Ernst mußte allerdings zugeben, daß sie vielleicht tatsächlich nichts gehört hatten. Im Sommer war der Geräuschpegel in der Nacht, wenn all die betrunkenen Leute gegen Morgen nach Hause wanderten, so hoch, daß man gelernt hatte, die Geräusche vor der Tür auszublenden, um seinen guten Nachtschlaf zu behalten. Aber verflixt irritierend war es schon.

Erst im letzten Haus hatte er Glück. Es war zwar kein großer Fang, aber immerhin etwas. Der Alte in dem Haus, das am weitesten vom Eingang der Schlucht entfernt lag, hatte gegen drei ein Auto kommen hören, als er aufgestanden war, um sein Wasser abzuschlagen. Er konnte die Zeit sogar auf Viertel vor drei präzisieren, aber er hatte sich nicht die Mühe gemacht, aus dem Fenster zu sehen, also vermochte er nichts über das Aussehen des Fahrers oder des Wagens zu sagen. Aber da er ein alter Fahrschullehrer war, der in seinem Leben so manches Lenkrad in den Händen gehalten hatte, war er sich völlig sicher, daß es kein neueres Modell gewesen war; vermutlich hatte es schon ein paar Jahre auf dem Buckel.

Großartig, das einzige, was er nach zwei Stunden Befragung erfahren hatte, war, daß der Mörder die Leiche mit größter Wahrscheinlichkeit gegen drei Uhr hergefahren hatte und daß er eventuell ein Auto älteren Typs fuhr. Damit konnte man nicht gerade Staat machen.

Seine Stimmung verbesserte sich jedoch um einiges, als er

auf dem Rückweg ins Revier wieder an dem Platz vorbeikam und feststellen konnte, daß neue Parksünder die vorigen abgelöst hatten. Jetzt würde er sie hier ins Röhrchen blasen lassen, daß die Lungen nur so flatterten.

Ein anhaltendes Klingeln an der Tür unterbrach Erica, die sich gerade mühsam mit dem Staubsauger durchs Haus arbeitete. Der Schweiß rann in Strömen an ihr herunter, und sie strich sich ein paar feuchte Haarsträhnen aus dem Gesicht, bevor sie die Tür öffnete. Sie mußten wie Autodiebe über die Straßen gefegt sein, um jetzt schon hierzusein.

»Tagchen, Dicke!«

Er umarmte sie mit festem Griff, und sie fühlte, daß nicht nur sie schwitzte. Mit der Nase tief in Connys Achselhöhle verankert, begriff sie, daß sie, im Vergleich zu ihm, wahrscheinlich nach Rosen und Maiglöckchen duftete.

Nachdem sie sich aus der Umarmung freigekämpft hatte, begrüßte sie Connys Frau Britta, doch gab sie ihr nur höflich die Hand, da sich beide nur wenige Male begegnet waren. Brittas Handschlag war feucht und schlapp, es war fast so, als halte man einen toten Fisch in der Hand. Erica schauderte, und sie bekämpfte den Impuls, ihre Hand an der Hose abzuwischen.

»Was für ein Bauch! Hast du Zwillige da drin, oder?«

Es gefiel ihr ganz und gar nicht, ihren Leibesumfang derart kommentiert zu bekommen, aber sie hatte schon früher verstanden, daß Schwangerschaft ein Zustand war, der es einem jeden Erdenklichen erlaubte, sich zur Körperform der zukünftigen Mutter zu äußern und ihr auf viel zu familiäre Weise an den Bauch zu fassen. Sie hatte sogar erlebt, daß Fremde auf sie zugekommen waren und ganz selbstverständlich ihren Bauch betatscht hatten. Erica wartete nur darauf, daß das obligatorische Begrapschen begann, und es dauerte auch nur wenige Sekunden, bevor Connys Hände zur Stelle waren, um die Sache zu untersuchen.

»Oh, was für einen kleinen Fußballspieler ihr da drin habt. Ganz klar ein Junge, bei den Tritten. Kommt her, Kinder, dann könnt ihr mal fühlen!«

Erica vermochte nicht zu protestieren und wurde von zwei Paar eisklebrigen Händen attackiert, die auf ihrem weißen Umstands-T-Shirt Abdrücke hinterließen. Glücklicherweise verloren Lisa und Victor bald das Interesse.

»Und was sagt der stolze Vater? Zählt er die Tage, oder?« Conny wartete die Antwort nicht ab, und Erica erinnerte sich, daß Dialoge nicht gerade seine starke Seite waren. »Ja, verdammt, man erinnert sich schließlich, wie es gewesen ist, als diese kleinen Rotzgören zur Welt gekommen sind. Ein wirklich tolles Erlebnis. Aber sag ihm, er soll es lassen, sich das da unten anzugucken. Das nimmt einem für ziemlich lange die Lust.«

Er lachte glucksend und stieß Britta mit dem Ellbogen in die Seite. Sie sah ihn nur sauer an. Erica begriff, daß dieser Tag lang werden würde. Hoffentlich kam Patrik rechtzeitig nach Hause.

Patrik klopfte vorsichtig an Martins Tür. Er war ein bißchen neidisch auf die Ordnung da drinnen. Der Schreibtisch war so sauber, daß man ihn als Operationstisch hätte benutzen können.

»Wie läuft's? Hast du was gefunden?«

Martins deprimierte Miene war Antwort genug, bevor noch das Kopfschütteln kam. Was für ein Mist. Das wichtigste beim jetzigen Stand der Ermittlung war, die Identität der Frau festzustellen. Irgendwo saßen Leute und machten sich Sorgen um sie. Verflucht, jemand mußte sie doch vermissen!

»Und bei dir?« Martin wies mit dem Kopf auf die Akte, die Patrik in der Hand hielt. »Hast du gefunden, wonach du gesucht hast?«

»Ich denke schon.«

Patrik zog einen Stuhl näher und setzte sich neben Martin.

»Sieh mal hier. Zwei Frauen verschwanden Ende der siebziger Jahre aus Fjällbacka. Ich begreife nicht, warum mir das nicht sofort eingefallen ist, das stand doch damals groß in allen Zeitungen, aber hier ist jedenfalls das Ermittlungsmaterial, das noch vorhanden ist.«

Der Ordner, den er auf den Tisch gelegt hatte, war mächtig

staubig, und er sah, daß es Martin in den Fingern juckte, ihn abzuwischen. Ein warnender Blick hielt ihn davon ab. Patrik öffnete die Akte und zeigte die Fotos, die zuoberst lagen.

»Das hier ist Siv Lantin, sie verschwand am Mittsommertag 1979. Sie war neunzehn Jahre alt.« Patrik zog das nächste Foto hervor. »Das hier ist Mona Thernblad, sie verschwand zwei Wochen später und war damals achtzehn Jahre alt. Keine von beiden ist jemals gefunden worden, trotz eines enormen Aufgebots. Man suchte den Wald und den Grund des Sees ab und machte alles, was du dir denken kannst. Sivs Fahrrad wurde in einem Straßengraben entdeckt, aber das war alles, was man gefunden hat. Und von Mona gab es als einzige Spur lediglich einen Turnschuh.«

»Ja, jetzt, wo du es sagst, erinnere ich mich auch daran. Es gab ja wohl einen Verdächtigen, stimmt's?«

Patrik blätterte in den vergilbten Papieren und zeigte mit dem Finger auf einen maschinengeschriebenen Namen.

»Johannes Hult. Ausgerechnet sein Bruder, Gabriel Hult, ist es gewesen, der die Polizei angerufen und berichtet hat, daß er seinen Bruder mit Siv Lantin auf dem Weg zu dessen Hof in Bräcke gesehen hat, und zwar in der Nacht, als sie verschwand.«

»Wie ernst hat man diesen Hinweis genommen? Ich meine, es muß etwas anderes dahinterstecken, wenn man seinen Bruder als Mordverdächtigen anzeigt!«

»Die Hults haben sich damals schon viele Jahre bekriegt, und die Sache war wohl allen bekannt. Also wurden die Angaben mit gewisser Skepsis aufgenommen, denke ich, aber der Fall mußte ja trotzdem geklärt werden, also wurde Johannes ein paarmal zum Verhör vorgeladen. Aber es gab nie irgendwelche Beweise, außer den Angaben des Bruders, und da stand Aussage gegen Aussage, also ließ man ihn laufen.«

»Wo ist er heute?«

»Ich bin nicht sicher, aber mir ist, als hätte sich Johannes Hult kurze Zeit später das Leben genommen. Verdammt, jetzt könnten wir Annika gut gebrauchen, sie würde alles im Handumdrehen auf den neuesten Stand bringen. Was sich in diesem Ordner befindet, ist, gelinde gesagt, dürftig.«

»Das klingt, als wärst du dir ziemlich sicher, daß die gefundenen Skelette die der beiden Frauen sind.«

»Was heißt sicher. Ich gehe einfach nach der Wahrscheinlichkeit. Wir haben hier zwei Frauen, die in den Siebzigern verschwunden sind, und jetzt tauchen zwei Skelette auf, die einige Jahre auf dem Buckel haben. Wieso sollte das nur ein zufälliges Zusammentreffen sein? Ich bin mir natürlich nicht sicher, das können wir nicht eher sein, bevor der Gerichtsmediziner sein Urteil abgegeben hat. Aber ich werde dafür sorgen, daß er diese Angaben umgehend erhält.«

Patrik warf einen Blick auf die Uhr. »Verdammt, ich sollte einen Zahn zulegen. Ich habe versprochen, zeitig zu Hause zu sein. Ericas Cousin ist zu Besuch, und ich muß für heute abend Krabben und so besorgen. Kannst du dich darum kümmern, daß der Gerichtsmediziner diese Information erhält? Und stimm dich mit Ernst ab, wenn er zurückkommt, falls er was Wichtiges gefunden hat.«

Brütende Hitze schlug ihm entgegen, als er das Polizeigebäude verließ. Mit raschen Schritten eilte Patrik zum Auto, um schnell wieder in eine klimatisierte Umgebung zu gelangen. Wenn diese Hitze schon ihn fertigmachte, wie sollte es dann erst seiner armen Liebsten ergehen?

Wirklich Pech, daß sie gerade jetzt Besuch bekamen, aber er verstand, daß es ihr schwerfiel, nein zu sagen. Und da die Familie Flood am nächsten Tag wieder fahren würde, ging ja nur ein Abend verloren. Er drehte die Klimaanlage voll auf und nahm Kurs auf Fjällbacka.

»Hast du mit Linda geredet?«

Laine rang nervös die Hände. Das war eine Geste, die er inzwischen verabscheute.

»Da gibt es nicht viel zu reden. Sie hat einfach zu tun, was man ihr sagt.«

Gabriel schaute nicht einmal auf, sondern fuhr ruhig mit seiner Tätigkeit fort. Sein Ton war abweisend, aber Laine ließ sich nicht so leicht mundtot machen. Leider. Seit vielen Jahren wünschte er, daß seine Frau es vorziehen würde, öfter zu schweigen. Das würde an ihrer Persönlichkeit Wunder vollbringen.

Gabriel Hult selbst war mit Leib und Seele Buchhalter. Er liebte es, Einnahmen und Ausgaben gegeneinander aufzurechnen und am Ende ein ausgeglichenes Saldo zu erhalten. Aus tiefster Seele verabscheute er alles, was mit Gefühlen und nicht mit Logik zusammenhing. Ordentlichkeit war sein Ideal, und trotz der Sommerwärme war er mit Anzug und Oberhemd bekleidet; letzteres bestand zwar aus etwas dünnerem Stoff, war aber nichtsdestoweniger korrekt. Das dunkle Haar war mit den Jahren ausgedünnt, aber er trug es nach hinten gekämmt und machte keinen Versuch, die kahle Scheitelpartie zu verbergen. Das Tüpfelchen auf dem I war die Brille mit ihren runden Gläsern, die ständig vorn auf der Nasenspitze saß, so daß er über ihren Rand herablassend auf denjenigen blicken konnte, mit dem er gerade sprach. Recht hatte Recht zu bleiben, das war das Motto, nach dem er lebte, und er wünschte nur, daß sich auch die Menschen in seiner unmittelbaren Umgebung danach richteten. Statt dessen schien es, als würden sie all ihre Kraft und Energie dafür einsetzen, sein perfektes Gleichgewicht zu stören und ihm das Leben schwerzumachen. Alles wäre soviel einfacher, wenn sie nur tun würden, was er ihnen sagte, statt ihre unzähligen Dummheiten in die Tat umzusetzen.

Der größte Unruhefaktor in seinem Leben war im Augenblick Linda. Als Jacob in ihrem Alter war, hatte es doch nicht halb soviel Schwierigkeiten gegeben! In Gabriels Vorstellungswelt waren Mädchen ruhiger und gefügiger als Jungen. Statt dessen mußten sie sich mit einem aufmüpfigen Gör herumschlagen. Überhaupt tat Linda ihr Bestes, um das eigene Leben in möglichst kurzer Zeit zu zerstören. Auf ihren dummen Einfall, Model zu werden, gab er nicht viel. Sicher war sie ein hübsches Mädel, aber sie hatte leider den Verstand ihrer Mutter geerbt und würde nicht eine Stunde in der harten Modewelt zurechtkommen.

»Diese Diskussion haben wir doch schon früher geführt, Laine, und meine Meinung hat sich seitdem nicht geändert. Es kommt nicht in Frage, daß Linda in die Stadt fährt, um sich von irgendeinem zwielichtigen Fotografen knipsen zu lassen, der sie ja doch nur ausziehen will. Linda soll eine Ausbildung machen, daran gibt es überhaupt nichts zu rütteln.«

»Ja, aber in einem Jahr ist sie achtzehn, und da macht sie ja doch, was sie will. Ist es nicht besser, daß wir sie jetzt unterstützen, statt zu riskieren, daß sie in einem Jahr endgültig von hier verschwindet?«

»Linda weiß, wo das Geld herkommt, also würde es mich schon sehr wundern, wenn sie der Quelle einfach den Rücken kehrt. Wenn sie aber weiter die Schule besucht, dann soll das ihr Schaden nicht sein. Ich habe ihr versprochen, daß sie jeden Monat Geld erhält, wenn sie nur weiterlernt, und dieses Versprechen gedenke ich zu halten. Jetzt will ich von der Sache wirklich nichts mehr hören.«

Laine stand noch immer da und rang die Hände. Sie wußte, daß sie verloren hatte, und verließ mit hängenden Schultern sein Arbeitszimmer. Vorsichtig zog sie die Schiebetür hinter sich zu, und Gabriel seufzte erleichtert auf. Dieses Genörgel ging ihm auf die Nerven. Sie sollte ihn nach all den gemeinsamen Jahren gut genug kennen, um zu wissen, daß er seine Meinung nicht änderte, wenn er sich einmal festgelegt hatte.

Zufriedenheit und Ruhe kehrten zurück, als er sich wieder dem vor ihm liegenden Buch widmen konnte. Er verabscheute die modernen Abrechungsprogramme per Computer, statt dessen liebte er es, ein großes Kassenbuch vor sich zu haben, mit fein säuberlich geschriebenen Zahlenkolonnen, die auf jeder Seite zusammengerechnet wurden. Als er fertig war, lehnte er sich behaglich zurück. Das hier war eine Welt, die er unter Kontrolle hatte.

Einen Augenblick lang fragte sich Patrik, ob er vor der falschen Tür stand. Das hier konnte doch nicht das friedliche Zuhause sein, das er am Morgen verlassen hatte. Der Geräuschpegel lag weit über der Norm, und im Haus sah es aus, als hätte jemand eine Granate hineingeschleudert. Fremde Sachen lagen überall verstreut, und vertraute Gegenstände hatten ihren angestammten Platz verlassen. Nach Ericas Gesichtsausdruck zu urteilen, hätte er schon vor Stunden hier sein sollen.

Verwundert kam er bei seiner Zählung auf nur zwei Kinder und zwei zusätzliche Erwachsene, so daß er sich fragte, wie in aller Welt sie den Lärm eines ganzen Kindergartens zustande brachten. Der Fernseher war eingeschaltet, das Disney-Programm lief auf voller Lautstärke, und ein kleiner Bursche jagte ein noch kleineres Mädchen mit einer Spielzeugpistole durch die Zimmer. Die Eltern der beiden Früchtchen saßen in aller Ruhe draußen auf der Veranda, und ein großer Trampel von Mann winkte Patrik fröhlich zu, machte aber keine Anstalten, sich vom Korbsofa zu erheben und sich somit von dem vor ihm stehenden Kuchenteller zu entfernen.

Patrik ging zu Erica in die Küche, und sie brach in seinen Armen zusammen.

»Bring mich hier weg, bitte. Ich muß in meinem früheren Leben eine schreckliche Sünde begangen haben, um so gestraft zu werden. Die Kinder sind kleine Teufel in Menschengestalt, und Conny ist – ja, er ist eben Conny. Seine Frau hat kaum piep gesagt und macht ein so griesgrämiges Gesicht, daß die Milch sauer wird. O Gott, wenn sie doch bloß wieder fahren würden.«

Er strich ihr tröstend über den Rücken. »Nimm du in aller Ruhe eine Dusche, dann kümmere ich mich ein Weilchen um die Gäste. Du bist ja völlig durchgeschwitzt.«

»Danke, du bist ein Engel. Da ist eine Kanne mit fertigem Kaffee. Sie sind jetzt bei der dritten Tasse, aber Conny hat durchsickern lassen, daß er sich stärkere Sachen vorstellen könnte, also kannst du ja vielleicht nachsehen, was wir in dieser Hinsicht zu bieten haben.«

»Ich mach das schon, Liebling, jetzt ab mit dir, bevor ich es mir anders überlege.«

Er bekam einen dankbaren Schmatz, und dann watschelte Erica mühsam die Treppe in Richtung Dusche hoch.

»Ich will ein Eis.«

Victor hatte sich hinter Patrik geschlichen und zielte mit der Pistole auf ihn.

»Wir haben leider kein Eis da.«

»Dann mußt du eben welches kaufen.«

Das freche Auftreten des Kindes ließ Patrik in Harnisch geraten, aber er versuchte ein freundliches Gesicht zu behalten und sagte so sanft wie möglich: »Nein, das werde ich nicht tun. Dort draußen auf dem Tisch gibt es Kekse, da könnt ihr euch welche nehmen.«

»Ich will ein Eiiiis!!!« Der Junge brüllte und hopste wütend auf der Stelle. Er war jetzt knallrot im Gesicht.

»Wir haben kein Eis, habe ich gesagt!« Patrik verlor langsam die Geduld. »EIS, EIS, EIS, EIS …«

Victor ergab sich nicht so schnell. Aber er mußte an Patriks Blick erkannt haben, daß die Grenze erreicht war, denn er verstummte allmählich und zog sich langsam aus der Küche zurück. Dann rannte er heulend zu seinen Eltern, die draußen auf der Veranda saßen und den Tumult in der Küche ignorierten.

»PAPAAAA, der Onkel ist böse! Ich will ein EIIIS!«

Mit der Kaffeekanne in der Hand versuchte Patrik sich taub zu stellen und ging auf die Veranda, um seine Gäste zu begrüßen. Conny erhob sich und streckte ihm die Hand hin, und als Britta ihm die ihre reichte, hatte Patrik das Gefühl, einen kalten Fisch in Händen zu halten.

»Victor befindet sich gerade in einer Phase, in der er die Grenzen seines Willens austestet. Wir möchten nicht, daß er in seiner persönlichen Entwicklung gehemmt wird, also lassen wir ihn selber herausfinden, wo die Grenze zwischen seinen eigenen Wünschen und denen der Umgebung verläuft.«

Britta betrachtete ihren Sohn zärtlich, und Patrik erinnerte sich, von Erica gehört zu haben, daß Britta Psychologin war. Wenn das hier ihre Vorstellung von Kindererziehung war, dann würde Klein-Victor, wenn er groß war, häufig mit dieser Berufsgruppe zu tun bekommen. Conny machte kaum den Eindruck, als hätte er registriert, was da vor sich ging. Er brachte seinen Sohn zum Schweigen, indem er ihm einfach ein ordentliches Stück Kuchen in den Mund stopfte. Nach der Molligkeit des Kindes zu urteilen, war das eine beliebte Methode. Patrik mußte jedoch zugeben, daß sie in all ihrer Einfachheit wirkungsvoll und verlockend war.

Als Erica frisch geduscht und mit einem bedeutend froheren Gesichtsausdruck die Treppe herunterkam, hatte Patrik schon den Tisch mit den Krabben samt Zubehör gedeckt. Er hatte es auch geschafft, für jedes Kind eine Pizza zu besorgen, so daß eine vollständige Katastrophe abgewendet werden konnte.

Sie setzten sich zu Tisch, und Erica wollte gerade den Mund aufmachen, um »bitte, bedient euch« zu sagen, als Conny mit beiden Händen in die Krabbenschüssel faßte. Eine, zwei, drei große Portionen landeten auf seinem Teller, und in der Schüssel blieb kaum die Hälfte der ursprünglichen Menge zurück.

»Hmm, wie lecker. Vor euch sitzt einer, der bei Krabben wirklich zuschlagen kann.« Conny klopfte sich stolz auf den Bauch und fiel über seinen Krabbenberg her.

Patrik seufzte bloß und nahm sich lediglich eine Handvoll. Erica tat es ihm gleich und gab dann die Schüssel wortlos an Britta weiter, die sich mißmutig den Rest nahm.

Nach dem mißglückten Abendessen richteten sie dem Besuch im Gästezimmer die Betten her und entschuldigten sich frühzeitig mit dem Vorwand, daß Erica Ruhe brauchte. Patrik zeigte Conny, wo der Whisky stand, und stieg dann erleichtert die Treppe in die Stille des Obergeschosses hoch.

Als sie endlich in den Betten lagen, erzählte Patrik, womit er sich tagsüber beschäftigt hatte. Schon lange hatte er keine Geheimnisse mehr vor Erica, wußte er doch, daß sie Ermittlungsdetails für sich behielt. Als er zu der Episode mit den beiden verschwundenen Frauen kam, sah er, daß sie die Ohren spitzte.

»Ich erinnere mich, daß ich davon gelesen habe. Ihr glaubt also, das sind die beiden, die ihr da gefunden habt?«

»Ich bin mir ziemlich sicher. Sonst wäre das wirklich ein großer Zufall. Aber sobald wir den Bericht des Gerichtsmediziners haben, können wir anfangen, die Sache gründlich zu untersuchen, bis dahin müssen wir uns noch alle Optionen offenhalten.«

»Du kannst keine Hilfe gebrauchen, um Hintergrundinformationen einzuholen?«

Sie drehte sich eifrig zu ihm hin, und er erkannte die Glut in ihren Augen wieder.

»Nein, nein, nein. Du sollst dich schonen. Vergiß nicht, daß du krank geschrieben bist.«

»Ja, aber der Blutdruck war bei der letzten Untersuchung doch wieder in Ordnung. Und ich werde verrückt, wenn ich nur zu Hause sitze. Ich habe ja nicht mal anfangen können, etwas Neues zu schreiben.«

Das Buch über Alexandra Wijkner und ihren tragischen Tod war ein großer Verkaufsschlager gewesen und hatte dazu geführt, daß man Erica einen Vertrag über ein weiteres Buch zu einem echten Mordfall angeboten hatte. Dieses zweite Buch hatte von ihr enorme Anstrengungen erfordert, körperlich wie mental, und seit sie es im Mai an den Verlag geschickt hatte, war sie nicht in der Lage gewesen, mit einem neuen Projekt zu beginnen. Um sich zu schonen, hatte sie jegliche Arbeit an einem neuen Buch aufschieben müssen, bis das Baby geboren sein würde. Aber nur zu Hause herumzusitzen und Däumchen zu drehen war nicht ihre Sache.

»Annika ist doch im Urlaub. Und zu recherchieren ist nicht so leicht, wie man denkt. Man muß wissen, wo man suchen soll, und ich kenne mich aus. Da könnte ich doch wenigstens ein bißchen nachgucken ...«

»Nein, kommt nicht in Frage. Wollen wir hoffen, daß Conny und sein wilder Anhang morgen zeitig losfahren, und danach sollst du dich einfach schonen, hörst du? Und jetzt mach den Mund zu, denn ich will ein Weilchen mit dem Bambino reden. Wir müssen uns Gedanken über seine Fußballkarriere machen ...«

»Oder ihre.«

»Oder ihre. Obwohl Golf in dem Fall besser wäre. Mit Damenfußball kann man noch nicht das große Geld verdienen.«

Erica seufzte nur, legte sich jedoch brav auf den Rücken, um die Kommunikation zu erleichtern.

»Merken die es denn nicht, wenn du dich rausschleichst?«

Johan lag, auf den Ellbogen gestützt, neben Linda und kitzelte sie mit einem Strohhalm im Gesicht.

»Nein, denn Jacob vertraut mir, weißt du.« Sie legte die Stirn in tiefe Falten und ahmte den ernsten Tonfall ihres Bruders nach. »Das ist etwas, was er auf all den von ihm besuchten Find-einen-guten-Draht-zu-den-Jugendlichen-Kursen gelernt hat. Das schlimmste ist, daß die meisten tatsächlich darauf reinzufallen scheinen, für manche ist Jacob ganz einfach Gott. Aber wenn man ohne Vater aufgewachsen ist, ist man vielleicht zu allem bereit.« Irritiert schlug sie den Strohhalm zur Seite, mit dem Johan sie ärgerte. »Laß das.«

»Was denn, darf man nicht mal ein bißchen Spaß machen?«

Sie sah, daß er gekränkt war, beugte sich vor und gab ihm als Trost einen Kuß. Heute war einfach kein guter Tag. Am Morgen hatte sie ihre Regel bekommen, also würde sie eine Woche lang nicht mit Johan schlafen können, und außerdem ging es ihr zunehmend auf die Nerven, noch immer bei ihrem großartigen Bruder und seiner ebenso großartigen Frau zu wohnen.

»Wenn doch nur dieses eine Jahr schnell vorübergeht, damit ich endlich aus diesem verdammten Nest weg kann!«

Sie waren gezwungen zu flüstern, damit man sie in ihrem Versteck auf dem Heuboden nicht entdeckte, dennoch schlug sie mit der Hand gegen die Bretter, um ihren Worten Nachdruck zu verleihen.

»Sehnst du dich auch danach, von mir wegzukommen?«

Johan stand die Verbitterung ins Gesicht geschrieben, und sie biß sich auf die Zunge. Wenn sie erst draußen in der weiten Welt war, würde sie so jemanden wie Johan überhaupt nicht angucken, aber solange sie hier zu Hause hockte, war er als Zeitvertreib gut genug. Mehr als das war es nicht. Das brauchte er aber nicht zu begreifen. Sie rollte sich wie ein verschmustes Kätzchen zusammen und drückte sich an ihn. Es erfolgte keine Reaktion, also nahm sie seinen Arm und legte ihn sich um den Leib. Wie von selbst begannen seine Finger über ihren Körper zu wandern, und sie lächelte vor sich hin. Männer waren so leicht zu manipulieren.

»Du kannst ja wohl mitkommen?«

Sie sagte es in der Gewißheit, daß er sich nie würde von Fjällbacka losreißen können, vor allem nicht von seinem Bruder. Manchmal fragte sie sich, ob er überhaupt aufs Klo ging, ohne vorher Robert zu fragen.

Er gab keine Antwort darauf. Statt dessen sagte er: »Hast du denn mit deinem Vater geredet? Was sagt er dazu, daß du weg willst?«

»Was soll er sagen? Ein Jahr noch kann er über mich bestimmen, aber sobald ich achtzehn bin, hat er überhaupt nichts mehr zu sagen. Und das macht ihn wütend. Manchmal glaube ich, daß er sich wünscht, uns in seine verdammten Rechnungsbücher einschreiben zu können. Jacob als Debet und Linda als Kredit.«

»Wie, was Debet?«

Linda lachte. »Das sind Finanzbegriffe, nichts, um das du dich zu kümmern brauchst.«

»Ich frage mich, was geworden wäre, wenn …« Johans Blick wirkte irgendwie starr, als er ihn auf etwas hinter ihr richtete, während er zugleich auf einem Strohhalm kaute.

»Wenn was geworden wäre?«

»Wenn mein Vater nicht alles Geld verloren hätte. Dann würden wir jetzt vielleicht in dem feinen Gutshaus sitzen, und du würdest mit Onkel Gabriel und Tante Laine in unserer Hütte hocken.«

»Ja, das wäre vielleicht ein Anblick gewesen: Mama auf dem Altenteil in der Hütte. Arm wie eine Kirchenmaus.«

Linda legte den Kopf zurück und lachte schallend, so daß Johan sie beschwichtigen mußte, damit man sie nicht bis zu Jacobs und Maritas Haus hörte, das nur einen Steinwurf entfernt lag.

»Vielleicht würde Vater dann heute noch leben. Und Mutter würde sich nicht von früh bis spät mit ihren verdammten Fotoalben beschäftigen.«

»Es war ja nicht wegen Geld, daß er …«

»Wie kannst du das wissen. Was, zum Teufel, weißt du denn, warum er es gemacht hat!« Seine Stimme rutschte eine Oktave höher und wurde schrill.

»Das wissen doch wohl alle.«

Linda gefiel es nicht, daß ihre Unterhaltung eine solche Wende genommen hatte, und sie wagte es nicht, Johan in die Augen zu blicken. Die Familienfehde und alles, was damit zusammenhing, war bisher stillschweigend tabu gewesen.

»Alle glauben, daß sie es wissen, aber niemand weiß auch nur das geringste. Und dann dein Bruder, der auf unserem Hof wohnt, das ist wirklich das allerbeschissenste!«

»Jacob ist doch nicht schuld daran, daß es so ist, wie es ist.« Es war ein merkwürdiges Gefühl, den Bruder zu verteidigen, den sie so oft mit Beschimpfungen überhäufte, aber Blut war eben dicker als Wasser. »Er hat den Hof von Großvater bekommen, und übrigens ist er immer der erste gewesen, der Johannes verteidigt hat.«

Johan wußte, daß sie recht hatte, und die Wut legte sich wieder. Es tat nur manchmal so verdammt weh, wenn Linda über ihre Familie sprach, weil es ihn daran erinnerte, was er selbst verloren hatte. Er wagte nicht, ihr das zu sagen, aber oft fand er, daß sie ziemlich undankbar war. Sie und ihre Sippe hatten alles, und seine eigene Familie hatte nichts. Wo blieb da die Gerechtigkeit?

Zugleich sah er ihr alles nach. Er hatte noch nie jemanden so heiß geliebt, und allein der Anblick ihres schlanken Körpers brachte ihn in Wallung. Manchmal konnte er nicht glauben, daß es wahr war. Daß ein solcher Engel seine Zeit mit ihm vergeudete. Aber er wollte sein Glück nicht in Frage stellen. Statt dessen versuchte er die Augen vor der Zukunft zu verschließen und die Gegenwart zu genießen. Jetzt zog er sie näher an sich und machte die Augen zu, während er den Duft ihres Haares einsog. Er nestelte an dem obersten Hosenknopf ihrer Jeans, aber sie hielt ihn zurück.

»Ich kann nicht, ich hab' meine Tage. Laß mich statt dessen ...«

Sie knöpfte seine Hose auf, und er legte sich auf den Rücken. Hinter seinen geschlossenen Augen flimmerte der Himmel.

Es war erst einen Tag her, daß sie die tote Frau gefunden hatten, aber die Ungeduld setzte Patrik bereits zu. Irgendwo saß jemand und fragte sich, wo sie geblieben war. Überlegte, machte sich Sorgen, ließ die Gedanken in immer angstvolleren Bahnen kreisen. Und das furchtbare war, daß sich in diesem Fall selbst die schlimmsten Befürchtungen bewahrheitet hatten. Um alles in der Welt wollte er herausfinden, wer die Frau war, um denen

Bescheid geben zu können, die sie liebten. Nichts war schlimmer als die Ungewißheit, nicht einmal der Tod. Die Trauerarbeit konnte nicht beginnen, bevor man wußte, was man betrauerte. Es würde nicht einfach sein, die Nachricht zu überbringen, doch Patrik hatte sich der Verantwortung im stillen bereits gestellt, denn er wußte, daß sie ein wichtiger Teil seiner Arbeit war. Die Angehörigen hatten ein Recht darauf – doch vor allen Dingen war er ihnen die Aufklärung dieses schrecklichen Mordes schuldig.

Daß Martin gestern zu keinem Ergebnis gekommen war, erschwerte die Identifizierungsarbeit um ein vielfaches. Die Frau war nirgendwo im näheren Umfeld als vermißt gemeldet, und dadurch mußte die Suche auf ganz Schweden ausgedehnt werden, vielleicht sogar auf das Ausland. Einen Moment lang hielt er diese Aufgabe für undurchführbar, aber diesen Gedanken verjagte er gleich wieder.

Martin klopfte diskret an die Tür. »Wie soll ich jetzt weitermachen? Wollen wir den Suchbereich ausdehnen oder mit den Großstädten anfangen oder …?« Er hob fragend die Augenbrauen und die Schultern.

Patrik spürte mit einemmal das Gewicht der Verantwortung. Eigentlich gab es nichts, was in eine von beiden Richtungen wies, aber irgendwo mußten sie ja anfangen.

»Überprüfe die Großstädte. Göteborg ist ja schon erledigt, also nimm dir als nächstes Stockholm und Malmö vor. Wir müßten bald den ersten Bericht von der Gerichtsmedizin erhalten, und wenn wir Glück haben, dann haben sie vielleicht was Brauchbares für uns.«

»Okay.« Martin schlug beim Hinausgehen mit der Hand gegen die Tür und begab sich zu seinem Zimmer. Ein schrilles Klingeln von der Rezeption ließ ihn auf dem Absatz kehrtmachen und zum Eingang gehen, um den Besucher einzulassen. Normalerweise war das Annikas Aufgabe, aber während ihrer Abwesenheit mußten sie sich einfach gegenseitig unterstützen.

Das Mädchen sah beunruhigt aus. Sie war zart, hatte zwei lange blonde Zöpfe und einen enormen Rucksack auf dem Rücken.

»I want to speak to someone in charge.«

Ihr Englisch hatte einen starken Akzent, der darauf schließen ließ, daß sie Deutsche war. Martin öffnete die Tür und bedeutete ihr hereinzukommen. Er rief in den Korridor: »Patrik, du hast Besuch.«

Zu spät dachte er daran, daß er sich vielleicht zuerst nach ihrem Anliegen hätte erkundigen sollen, aber Patrik hatte bereits den Kopf aus der Tür gesteckt, und das Mädchen war zu seinem Zimmer unterwegs.

»Are you the man in charge?«

Einen Augenblick lang war Patrik versucht, sie zu Mellberg zu schicken, der ja rein technisch der Chef war, aber er überlegte es sich anders, als er ihren verzweifelten Gesichtsausdruck sah, und beschloß, ihr dieses Erlebnis zu ersparen. Ein hübsches Mädchen an Mellberg weiterzureichen war so, als würde man ein Schaf zur Schlachtbank führen; sein natürlicher Beschützerinstinkt hielt ihn davon ab.

»Yes, how can I help you?«

Er gab ihr durch eine Handbewegung zu verstehen, sie möge eintreten und auf dem Stuhl vor seinem Schreibtisch Platz nehmen. Mit überraschender Mühelosigkeit streifte sie den gewaltigen Rucksack ab und lehnte ihn vorsichtig neben der Tür gegen die Wand.

»My English is very bad. You speak German?«

Patrik dachte an seine alten Schulkenntnisse. Die Antwort hing ganz davon ab, was sie unter »speak German« verstand. Er konnte ein Bier bestellen und um die Rechnung bitten, aber er fürchtete, daß sie nicht als Serviererin hergekommen war.

»Wenig deutsch nur spreche«, antwortete er holprig, und seine vage Handbewegung unterstrich das Gesagte.

Sie schien zufrieden mit dem Bescheid und sprach langsam und deutlich, um ihm die Chance zu geben, alles zu verstehen, was sie sagte. Zu seiner Verwunderung bemerkte Patrik, daß er mehr mitbekam, als er zuerst geglaubt hatte, und selbst wenn er nicht jedes Wort verstand, begriff er den Zusammenhang.

Sie stellte sich als Liese Forster vor. Offenbar war sie vor einer Woche schon mal hier gewesen und hatte ihre Freundin Tanja als vermißt gemeldet. Sie hatte hier im Revier mit einem Polizisten gesprochen und den Bescheid erhalten, daß er sich bei ihr melden würde, wenn er mehr wüßte. Jetzt hatte sie eine ganze Woche gewartet und noch immer nichts gehört. Die Sorge stand ihr deutlich ins Gesicht geschrieben, und Patrik nahm das, was sie erzählte, äußerst ernst.

Tanja und Liese hatten sich im Zug nach Schweden getroffen. Sie stammten beide aus Norddeutschland, kannten sich vorher aber nicht. Sie hatten sich sofort gut verstanden, und Liese sagte, daß sie wie Schwestern füreinander geworden waren. Liese hatte kein festes Reiseziel gehabt, und deshalb hatte Tanja vorgeschlagen, daß sie mit zu einem kleinen Ort an der schwedischen Westküste kommen sollte, der Fjällbacka hieß.

»Warum gerade zu Fjällbacka?« fragte Patrik, ohne auf die Grammatik Rücksicht zu nehmen.

Die Antwort erfolgte zögernd. Das sei die einzige Sache gewesen, die Tanja nicht offen und fröhlich mit ihr diskutiert habe, und Liese mußte zugeben, daß sie den Grund nicht genau wußte. Tanja hatte lediglich erzählt, daß sie in dem Ort etwas zu erledigen habe. Wenn die Sache erst geregelt wäre, könnten sie ihre Reise durch Schweden fortsetzen, aber zuerst müßte sie etwas suchen, hatte sie gesagt. Das Thema schien heikel zu sein, und Liese hatte nicht weiter gefragt. Sie war einfach froh gewesen, eine Reisegefährtin gefunden zu haben, und begleitete Tanja gern, egal, welchen Grund sie auch haben mochte, in diesen Ort zu fahren.

Die beiden hatten drei Tage auf Sälviks Campingplatz gewohnt, als Tanja verschwand. Sie war morgens losgegangen, hatte gesagt, daß sie tagsüber was zu erledigen habe und daß sie am Nachmittag wieder zurück sei. Als sie am nächsten Morgen noch immer nicht zurück war, hatte sich Liese voller Sorge zur Touristeninformation am Ingrid-Bergman-Platz aufgemacht, um zu erfahren, wo das nächste Polizeirevier sei. Die Anzeige war aufgenommen worden, und nun würde sie gern erfahren, was man herausgefunden hatte.

Patrik war verblüfft. Soweit ihm bekannt war, hatten sie keine Vermißtenanzeige aufgenommen, und jetzt spürte er, wie sich in seiner Magengegend etwas zusammenzog. Die Antwort auf seine Nachfrage zu Tanjas Personenbeschreibung bestätigte seine Befürchtungen. Alles, was Liese über ihre Freundin berichtete, traf auf die Frau in der Königsschlucht zu, und als er schweren Herzens ein Foto der Toten zeigte, bestätigte Lieses Schluchzen das, was er bereits geahnt hatte. Martin konnte mit dem Telefonieren aufhören, und jemand würde zur Verantwortung gezogen werden, weil Tanjas Verschwinden nicht korrekt weitergemeldet worden war. Sie hatten viele kostbare Stunden vergeudet, und Patrik war sich ziemlich im klaren darüber, wohin er sich zu wenden hatte, um den Schuldigen zu finden.

Erica hatte ausnahmsweise tief und traumlos geschlafen. Es war neun, Patrik war bereits zur Arbeit gefahren, und aus dem Erdgeschoß war kein Ton zu hören.

Ein Weilchen später war eine Kanne Kaffee aufgesetzt, und sie begann für sich und ihre Gäste den Frühstückstisch zu dekken. Nach und nach kam die Familie ihres Cousins in die Küche getrudelt, einer verschlafener als der andere. Als sie sich jedoch über das Frühstück hermachten, wurden sie rasch munter.

»War es Koster, wohin ihr als nächstes wolltet?« fragte Erica hoffnungsvoll.

Conny wechselte einen Blick mit seiner Gattin und sagte: »Na ja, Britta und ich haben gestern abend ein bißchen über die Sache geredet, und wir dachten, wo wir nun schon mal hier sind und das Wetter so gut ist, könnten wir wohl tagsüber zu einer der Inseln rausfahren. Ihr habt doch ein Boot?«

»Ja, sicher haben wir das ...«, gab Erica widerstrebend zu. »Aber ich bin ein bißchen unsicher, ob Patrik wirklich bereit ist, es zu verborgen. Wegen der Versicherung und so ...«, improvisierte Erica. Der Gedanke, daß diese Leute auch nur wenige Stunden länger als angekündigt hierbleiben würden, ließ ihre Beine heftig kribbeln.

»Nein, aber wir dachten, du könntest uns vielleicht zu irgendeiner schönen Stelle rausbringen, und wenn wir wieder zurück wollen, können wir ja anrufen.«

Daß sie in diesem Moment keine Worte fand, wertete Conny

als schweigende Zustimmung. Erica flehte die höheren Mächte um Geduld an und redete sich ein, daß es die Konfrontation mit der Familie nicht wert war, sich ein paar Stunden ihrer Gesellschaft zu ersparen. Am Tag würde sie außerdem nichts mit ihnen zu tun haben, und wenn Patrik vom Dienst nach Hause kam, waren sie hoffentlich schon weg. Erica hatte bereits beschlossen, etwas Besonderes zu essen zu machen, damit der Abend gemütlich wurde. Trotz allem war es schließlich Patriks Urlaub. Und wer weiß, wieviel Zeit sie füreinander hatten, wenn das Baby erst da war.

Als die ganze Familie Flood nach vielem Wenn und Aber ihre Strandsachen zusammen hatte, begab man sich hinunter zum Liegeplatz bei Badholmen. Das Boot, ein kleiner blauer Holzkahn, war flach und vom Kai aus nicht leicht zu besteigen, und so erforderte es einige Mühe, bevor es Erica bei ihrer Leibesfülle gelang, dort hinunterzukommen. Nachdem sie eine Stunde lang auf der Jagd nach einer »einsamen Klippe oder am besten einem Strand« für die Gäste herumgekreuzt war, fand sie schließlich eine kleine Bucht, die andere Touristen wie durch ein Wunder verpaßt zu haben schienen. Dort setzte sie ihre Fracht ab und nahm dann Kurs auf zu Hause. Am Kai ohne Hilfe wieder an Land zu kommen erwies sich als Unmöglichkeit, also mußte sie die Demütigung hinnehmen und ein paar vorbeipromenierende Badegäste um Beistand bitten.

Verschwitzt, müde und stinksauer fuhr sie in Richtung ihres Hauses, aber überlegte es sich anders, kurz bevor sie das Klubhaus des Segelvereins erreichte. Dort bog sie rasch nach links ab, statt geradeaus nach Sälvik weiterzufahren. Sie nahm die Rechtskurve um den Berg, fuhr am Sportplatz und dem Wohnkomplex Kullen vorbei und parkte dann vor der Bibliothek. Sie würde vollkommen verrückt werden, wenn sie den ganzen Tag untätig zu Hause saß. Patrik konnte hinterher protestieren, Hilfe bei seinen Nachforschungen würde er trotzdem erhalten, ob er es nun wollte oder nicht!

Als Ernst ins Revier kam, begab er sich mit weichen Knien zu Hedströms Zimmer. Schon als Patrik ihn auf dem Handy angerufen und ihn mit granitener Stimme beordert hatte, umgehend im Revier zu erscheinen, ahnte er, daß Gefahr im Verzug war. Er durchpflügte sein Gedächtnis, um auf etwas zu kommen, bei dem man ihn ertappt haben konnte, aber er mußte einsehen, daß die Auswahl ein bißchen zu groß war, als daß er eine zutreffende Vermutung hätte anstellen können. Er war ja de facto ein Meister der Verkürzung und hatte Stümperei zu einer eigenen Kunstart erhoben.

»Setz dich.«

Folgsam gehorchte er Patriks Befehl und setzte eine trotzige Miene zum Schutz gegen den herannahenden Sturm auf.

»Was ist denn so wahnsinnig dringend? Ich habe mitten in einer Sache gesteckt, und nur weil man dir momentan die Verantwortung für eine Ermittlung übertragen hat, kannst du mich nicht einfach so herdiktieren.«

Angriff war die beste Verteidigung, aber nach Patriks immer düsterer werdendem Gesichtsausdruck zu urteilen, war das in diesem Fall der völlig falsche Weg.

»Hast du vor einer Woche eine Vermißtenanzeige entgegengenommen. Eine deutsche Touristin war verschwunden?«

Scheiße. Die Sache hatte er vergessen. Das kleine blonde Mädel war direkt vor der Mittagspause erschienen, und er hatte sie nur möglichst schnell loswerden wollen, um es noch zum Essen zu schaffen. Es war doch nie was dran an diesen Berichten über verschwundene Freunde und Freundinnen. Meist lagen sie stinkbesoffen irgendwo im Straßengraben, oder sie waren zu irgendeinem Jüngling mit nach Hause gegangen. Verdammt auch. Für diese Sache würde er büßen müssen, das war ihm klar. Wieso hatte er das aber auch nicht mit dieser Frau, die sie gestern gefunden haben, in Verbindung gebracht? Ja, hinterher ist man immer klüger. Nun kam es darauf an, den Schaden möglichst gering zu halten.

»Ja doch, das habe ich wohl.«

»Habe ich wohl!« Patriks normalerweise so ruhige Stimme dröhnte donnergleich durch den Raum. »Entweder hast du eine Anzeige aufgenommen, oder du hast es nicht. Es gibt nichts dazwischen. Und wenn du also eine Anzeige aufgenommen hast, wo verdammt ist sie geblieben?« Patrik war so wütend, daß er über die Worte stolperte. »Begreifst du, was das für die Ermittlung an Zeitverlust bedeuten kann?«

»Ja, ist klar, das war nicht sehr glücklich, aber wie hätte ich wissen sollen …«

»Du sollst nichts wissen, du sollst nur deine Arbeit machen! Ich hoffe, daß ich so was nicht noch mal erleben muß. Und jetzt haben wir wertvolle Stunden aufzuholen.«

»Kann ich da was tun …« Ernst ließ seine Stimme so untertänig klingen, wie es ihm nur möglich war, und er setzte ein äußerst reuevolles Gesicht auf. Im Inneren spuckte er Gift und Galle, weil ihn ein Rotzbengel derart herunterputzen durfte, aber da Hedström nun mal bei Mellberg ein offenes Ohr zu finden schien, wäre es dumm, die eigene Situation noch weiter zu verschlimmern.

»Du hast bereits genug getan. Martin und ich werden die Ermittlung weiterführen. Du wirst dich um die eingehenden Angelegenheiten kümmern. Wir haben eine Anzeige über einen Hauseinbruch in Skeppstad erhalten. Ich habe mit Mellberg gesprochen, und der hat es abgesegnet, daß du das allein erledigst.«

Als Zeichen, daß das Gespräch beendet war, drehte Patrik seinem Kollegen den Rücken zu und begann auf die Tasten einzuhämmern.

Brummelnd zog Ernst ab. Es war ja wohl nicht so wahnsinnig schlimm, mal einen einzigen kleinen Bericht nicht zu schreiben. Bei passender Gelegenheit würde er mit Mellberg reden, ob es wirklich günstig war, daß jemand mit so labilem Temperament verantwortlich für eine Morduntersuchung war. Ja, verdammt, das würde er wirklich tun.

An dem pickligen Jüngling vor ihm ließ sich studieren, was Lethargie war. An dessen Gesichtszügen konnte man Hoffnungslosigkeit ablesen, denn von Kindesbeinen an war ihm die Sinnlosigkeit des Lebens eingeprügelt worden. Jacob erkannte die Zeichen sehr wohl wieder, und er konnte nicht anders, als darin eine Herausforderung zu sehen. Er wußte, daß es in seiner

Macht stand, dem Leben des Jungen eine ganz andere Wendung zu geben, und wie gut ihm das gelingen würde, hing allein davon ab, ob der Junge selbst irgendwie den Wunsch verspürte, auf den richtigen Weg gedrängt zu werden.

In ihrer Glaubensgemeinschaft war Jacobs Arbeit mit den Jugendlichen gut bekannt und respektiert. Groß war die Zahl der gebrochenen Seelen, die er unter seinem Dach aufgenommen hatte, um sie dann später als produktive Mitglieder in die Gesellschaft zu entlassen. Der religiöse Aspekt wurde vor der Öffentlichkeit allerdings heruntergespielt, weil die staatlichen Zuschüsse alles andere als sicher waren. Es gab immer Menschen ohne Gottesglauben, die sofort »Sekte« schrien, wenn etwas außerhalb dessen lag, was ihre plumpe Sicht auf die Religion zuließ.

Den größten Teil des Respekts, den man ihm entgegenbrachte, hatte er durch eigenes Tun erworben, aber er konnte nicht leugnen, daß ein Teil davon auch der Tatsache zugeschrieben werden konnte, daß sein Großvater Ephraim Hult, »der Prediger«, gewesen war. Zwar hatte sein Großvater nicht dieser Gemeinschaft hier angehört, aber sein Ruf war an der Küste von Bohuslän so weit verbreitet, daß er in allen freikirchlichen Gruppierungen Widerhall fand. Die rechtgläubige schwedische Kirche sah in dem Prediger natürlich einen Scharlatan, aber seinetwegen konnten sie sich ja darauf beschränken, sonntags vor leeren Kirchenbänken zu predigen, die freieren christlichen Gruppierungen brauchten von dieser Meinung nicht weiter Notiz zu nehmen.

Die Arbeit mit den Unangepaßten und Süchtigen hatte Jacobs Leben fast ein Jahrzehnt lang ausgefüllt, aber sie befriedigte ihn nicht mehr auf dieselbe Weise wie zuvor und konnte das Vakuum, mit dem er sein Leben lang gelebt hatte, nicht länger ausfüllen. Ihm fehlte etwas, und die Jagd nach diesem unbekannten Etwas erschreckte ihn. Er, der so lange gemeint hatte, auf festem Boden zu stehen, spürte nun, wie es unter seinen Füßen bedenklich zu schwanken begann, und es schauderte ihn vor dem Abgrund, der sich auftun und der ihn verschlingen konnte, mit Leib und Seele. Wie oft hatte er nicht, absolut sicher in seiner Überzeugung, oberschlau darauf hingewiesen, daß der Zweifel das wichtigste Werkzeug des Teufels sei, ohne zu ahnen, daß er sich eines Tages selbst damit herumschlagen müßte.

Er stand auf und wandte dem Jungen den Rücken zu. Er schaute aus dem Fenster, das auf den See hinausging, aber er sah nur sein eigenes Spiegelbild im Glas. Ein starker, gesunder Mann, dachte er ironisch. Das dunkle Haar trug er kurz, und Marita, die es ihm zu Hause stutzte, machte ihre Sache wirklich gut. Das Gesicht war fein geschnitten, hatte empfindsame Züge, ohne unmännlich zu wirken. Er war weder schmächtig noch sonderlich kräftig gebaut. Das auffallendste waren seine Augen. Sie waren von einem scharfen Blau und hatten die einzigartige Fähigkeit, zugleich sanft als auch durchbohrend zu blicken. Diese Augen hatten ihm geholfen, viele auf den rechten Weg zu bringen. Er wußte es, und er nutzte es.

Aber nicht heute. Die eigenen Dämonen machten es ihm schwer, sich auf die Probleme eines anderen einzustellen, und es war leichter, das, was der Junge sagte, in sich aufzunehmen, wenn er ihn nicht ansehen mußte. Er löste den Blick von seinem Spiegelbild und schaute statt dessen auf den See hinaus und auf den Wald, der sich meilenweit vor ihm ausbreitete. Es war so heiß, daß er sah, wie die Luft über dem Wasser vibrierte. Sie hatten den großen Hof billig erworben, weil er nach Jahren der Vernachlässigung total heruntergewirtschaftet war, und nach unzähligen Stunden gemeinsamer Plackerei hatten sie ihn renoviert und in den Zustand versetzt, in dem er heute war. Das Ganze war nicht luxuriös, doch alles wirkte frisch, sauber und behaglich. Die Abgesandten der Gemeinde ließen sich von dem Haus und der schönen Umgebung stets beeindrucken und ergingen sich darüber, welchen positiven Einfluß das alles auf die armen unangepaßten Jungen und Mädchen haben würde. Bisher hatte es nie Probleme bei der Bewilligung von Mitteln gegeben, und ihre Tätigkeit hier war in den zehn Jahren, die sie den Hof betrieben, bestens gelaufen. Das Problem existierte also nur in seinem Kopf, oder war es die Seele, die Schwierigkeiten machte?

Vielleicht war er, bei all der Belastung im täglichen Leben, an einer entscheidenden Weggabelung in die falsche Richtung geraten? Er hatte nie gezögert, die Schwester in seinem Haus aufzunehmen. Wer, wenn nicht er, würde ihre innere Unruhe lindern und ihren rebellischen Sinn beschwichtigen können? Aber sie hatte sich in dem psychologischen Kampf zwischen ihnen als überlegen erwiesen, und während ihr eigenes Ich mit jedem Tag stärker wurde, spürte er, wie die ständige Irritation seine eigene Grundlage untergrub. Manchmal erwischte er sich dabei, daß er die Fäuste ballte und dachte, daß sie eine dumme, einfältige Gans sei, die es verdiente, daß die Familie die Hand von ihr abzog. Aber es war nicht christlich, so zu denken, und die Folge eines jeden solchen Gedankens waren stets Stunden der Selbstprüfung und der eifrigen Bibelstudien, in der Hoffnung, dadurch neue Kraft zu finden.

Nach außen erschien er noch immer als ein Fels der Sicherheit und Zuversicht. Jacob wußte, daß die Menschen in seiner Umgebung ihn als jemanden brauchten, an den sie sich jederzeit anlehnen konnten, und noch war er nicht bereit, dieses Bild von sich zu opfern. Von dem Punkt an, als er über die Krankheit, die eine Zeitlang in ihm gewütet hatte, als Sieger hervorgegangen war, kämpfte er darum, nicht die Kontrolle über das Dasein zu verlieren. Aber schon die Anstrengung, nur die Fassade aufrechtzuerhalten, zehrte an seinen letzten Ressourcen, und der Abgrund rückte mit Riesenschritten näher. Wieder dachte er über die Ironie nach, die darin lag, daß sich der Kreis nach so vielen Jahren geschlossen hatte. Der Bescheid hatte ihn eine Sekunde dazu gebracht, das Unmögliche zu tun. Zu zweifeln. Der Zweifel währte nur einen Augenblick, aber er hatte einen winzigen Riß in dem starken Gewebe hinterlassen, das sein Leben zusammengehalten hatte, und dieser Riß erweiterte sich immer mehr.

Jacob verjagte die Gedanken und tat sein Bestes, sich auf den Burschen vor ihm und dessen klägliches Leben zu konzentrieren. Die Fragen, die er ihm stellte, kamen automatisch, genau wie das einfühlsame Lächeln, das er für jedes neue schwarze Schaf in seiner Herde stets übrig hatte.

Ein weiterer Tag. Ein weiterer zerbrochener Mensch, der instand gesetzt werden mußte. Es nahm nie ein Ende. Aber sogar Gott hatte am siebten Tag ruhen dürfen.

Nachdem Erica die jetzt schweinchenrosafarbene Familie draußen von der Schäre abgeholt hatte, wartete sie eifrig auf Patriks Heimkehr. Sie suchte auch nach Anzeichen, daß Conny und seine Familie ihre Siebensachen packten, aber jetzt war es halb sechs, und sie machten keine Anstalten zum Aufbruch. Erica entschloß sich, noch ein Weilchen zu warten, bevor sie sich auf irgendwie feinfühlige Weise erkundigen wollte, ob sie nicht bald losfuhren, aber das Geschrei der Kinder hatte bei ihr heftige Kopfschmerzen ausgelöst, und dieses Weilchen durfte also nicht zu lange währen. Erleichtert hörte sie Patrik draußen auf der Treppe und ging ihm mit schweren Schritten entgegen.

»Hallo Liebling.« Sie mußte sich auf die Zehenspitzen stellen, um ihn küssen zu können.

»Hallo. Sind sie noch nicht weg?« Patrik sprach mit leiser Stimme und spähte zum Wohnzimmer.

»Nein, und sie machen auch keinerlei Anstalten. Verdammt, was sollen wir nur tun?« Erica antwortete mit ebenso leiser Stimme und verdrehte die Augen, um ihre Unzufriedenheit mit der Situation auszudrücken.

»Die können doch wohl nicht einfach einen Tag länger bleiben, ohne zu fragen? Oder können sie das?« sagte Patrik mit nervösem Gesicht.

Erica schnaufte verächtlich. »Du kannst dir nicht vorstellen, wie viele Gäste meine Eltern über die Jahre Sommer für Sommer gehabt haben, die eigentlich nur kurz vorbeischauen wollten und dann eine Woche geblieben sind, um sich möglichst rundum bedienen und gratis beköstigen zu lassen. Die Leute sind nicht ganz dicht. Und die Familie ist dabei immer am schlimmsten.«

Patrik wirkte erschrocken. »Sie können doch wohl nicht eine ganze Woche bleiben! Wir müssen irgendwas machen. Kannst du ihnen nicht sagen, daß sie fahren müssen?«

»*Ich*, warum soll *ich* es denn sagen?«

»Es sind doch schließlich deine Verwandten.«

Erica mußte zugeben, daß er da irgendwie recht hatte. Dann mußte sie wohl in den sauren Apfel beißen. Sie begab sich ins Wohnzimmer, um sich nach den Plänen der Gäste zu erkundigen, aber kam gar nicht erst dazu.

»Was gibt es zu essen?« Vier Augenpaare richteten sich erwartungsvoll auf sie.

»Äh …« Erica kam aus reiner Verblüffung über soviel Frechheit völlig aus dem Konzept. Sie nahm in Gedanken rasch eine Inventur des Tiefkühlers vor. »Spaghetti mit Fleischsoße. In einer Stunde.«

Erica wollte sich am liebsten selbst einen Tritt in den Hintern verpassen, als sie zu Patrik in die Küche zurückkehrte.

»Was haben sie gesagt? Wann fahren sie?«

Erica sah Patrik nicht in die Augen, sondern erwiderte: »Ich habe keine Ahnung. Aber in einer Stunde gibt es Spaghetti mit Fleischsoße.«

»Hast du nichts gesagt?« Jetzt war Patrik an der Reihe, die Augen zu verdrehen.

»Das ist nicht so einfach. Versuch es doch selber, dann wirst du schon sehen.« Erica fauchte ihn gereizt an und zog scheppernd Töpfe und Pfannen aus dem Schrank. »Wir müssen noch einen Abend durchhalten. Ich werde sie morgen auffordern zu fahren. Fang jetzt lieber an, Zwiebeln zu hacken, ich schaffe es nicht allein, das Essen für sechs Personen zu machen.«

Unter lastendem Schweigen arbeiteten sie ein Weilchen jeder an seinem Platz, bis Erica nicht mehr an sich halten konnte.

»Ich war heute in der Bibliothek und habe ein bißchen Material herausgesucht, das dir vielleicht nützen kann. Es liegt dort.« Sie deutete mit dem Kopf in Richtung Küchentisch, wo sich ein umfangreicher Stapel kopierter Seiten befand.

»Ich habe doch gesagt, du sollst nicht …«

»Nein, nein, ich weiß. Aber jetzt ist es getan, und es hat zur Abwechslung richtig Spaß gemacht, das war was anderes, als immer nur zu Hause zu sitzen und die Wände anzustarren. Also reg dich bitte nicht auf.«

Patrik hatte inzwischen gelernt, wann er besser den Mund

hielt, und er setzte sich an den Küchentisch und begann das Material durchzugehen. Es waren Zeitungsartikel über das Verschwinden der beiden Mädchen, und er las mit großem Interesse.

»Mann, wirklich gut! Du, ich werde das hier morgen mit ins Büro nehmen und es mir etwas genauer anschauen, aber es sieht wirklich hervorragend aus.«

Er kam zu ihr an den Herd, stellte sich hinter sie und legte die Arme um ihren prallen Bauch. »Ich rege mich doch nicht auf. Ich mache mir nur Sorgen um dich und das Bambino.«

»Ich weiß.« Erica drehte sich um und schlang ihm die Arme um den Hals. »Aber ich bin wirklich nicht aus Porzellan, und wenn die Frauen früher auf dem Acker arbeiten konnten, bis sie womöglich an Ort und Stelle ihr Kind bekamen, dann kann ich ja wohl in einer Bibliothek sitzen und in Papieren blättern, ohne daß irgendwas passiert.«

»Ja. Okay. Ich weiß.« Er seufzte. »Wenn wir nur erst unsere Untermieter wieder los sind, damit wir uns mehr umeinander kümmern können. Und du mußt versprechen, daß du Bescheid sagst, wenn du willst, daß ich an einem Tag zu Hause bleiben soll. Im Revier wissen sie, daß ich auf eigenen Wunsch arbeite und daß du vorgehst.«

»Ich verspreche es. Aber hilf mir jetzt lieber, das Essen fertigzumachen, vielleicht beruhigen sich dann die Kinder da draußen.«

»Das glaube ich kaum. Vielleicht sollten sie vor dem Essen jeder einen Schluck Whisky kriegen, dann würden sie bestimmt einschlafen.« Er lächelte sarkastisch.

»Uuh, wie gemein du bist. Schenke lieber Conny und Britta ein Glas ein, dann halten wir wenigstens sie bei guter Laune.«

Patrik tat, was sie ihm vorgeschlagen hatte, und betrachtete traurig den rasch sinkenden Spiegel der Flasche mit seinem besten Maltwhisky. Wenn sie noch ein paar Tage blieben, konnte er seine Whiskysammlung vergessen.

3

Sommer 1979

Sie öffnete die Augen mit äußerster Vorsicht, denn ihr war, als würde ihr der Kopf zerspringen – der Schmerz zerrte an den Haarwurzeln. Doch merkwürdigerweise sah sie auch dann nichts, nachdem sie die Augen aufgeschlagen hatte. Es herrschte noch immer totale Finsternis. Einen Augenblick lang dachte sie voller Schrecken, sie sei blind geworden. Vielleicht war der Selbstgebrannte, den sie gestern gebechert hatten, nicht in Ordnung gewesen, so was hatte sie schon öfter gehört: Jugendliche waren blind geworden, weil sie Selbstgebrannten getrunken hatten. Ein paar Sekunden später begann sich die Umgebung schwach abzuzeichnen, und sie begriff, daß an ihren Augen nichts auszusetzen war, aber daß sie sich irgendwo befand, wo es kein Licht gab. Sie schaute nach oben, um zu kontrollieren, ob sie den Sternenhimmel sehen konnte oder eine Mondsichel, falls sie nun irgendwo draußen lag, erinnerte sich aber im selben Moment, daß es im Sommer nie so dunkel wurde. Statt dessen müßte sie das schimmernde Licht der nordischen Sommernacht sehen.

Sie befühlte den Untergrund, auf dem sie lag, und bekam sandige Erde zu fassen, die zwischen ihren Fingern durchrieselte. Die Krümel rochen stark nach Humus, ein süßlicher, Übelkeit erregender Geruch, und sie hatte das Gefühl, sich unter der Erde zu befinden. Panik erfaßte sie. Klaustrophobie. Ohne zu wissen, wie groß der Raum war, sah sie Wände vor sich, die sich ihr langsam näherten, die sie einschlossen. Sie griff sich an den Hals, als sie meinte, gleich keine Luft mehr zu bekommen, aber zwang sich dann, ein paarmal ruhig und tief durchzuatmen, um die Panik zu bekämpfen.

Es war kalt, und sie verstand mit einemmal, daß sie fast nackt war. Nur den Slip hatte sie noch an. Ihre Haut schmerzte an mehreren Stellen, und sie zitterte vor Kälte, hatte die Arme um den Leib geschlungen und die Knie zum Kinn hochgezogen. Das erste Gefühl der Panik wich jetzt einer Angst, die so stark war, daß sie zu spüren meinte, wie sie sich in die Knochen einfraß. Wie war sie hier gelandet? Und weshalb? Wer hatte sie ausgezogen? Alles, was ihr Gehirn darauf erwidern konnte, war, daß sie die Antwort auf diese Fragen vermutlich nicht wissen wollte. Etwas Schlimmes war ihr zugestoßen, und sie wußte nicht, was es war, wodurch sich die Angst, die sie lähmte, noch vervielfachte.

Ein Lichtstreifen offenbarte sich auf ihrer Hand, und sie hob automatisch die Augen zu dessen Quelle. Ein kleiner Lichtspalt zeigte sich in dem samtdunklen Schwarz, und sie zwang sich, auf die Füße zu kommen, und schrie um Hilfe. Keine Reaktion. Sie stellte sich auf die Zehenspitzen und versuchte, die Lichtquelle zu erreichen, aber gelangte nicht einmal in ihre Nähe. Statt dessen fühlte sie, wie etwas auf ihr nach oben gewandtes Gesicht tropfte. Wassertropfen wurden zu einem Rinnsal, und sie spürte plötzlich, wie durstig sie war. Instinktiv öffnete sie den Mund, um das Getränk aufzunehmen, und schluckte gierig. Zuerst floß das meiste vorbei, aber nach einem Weilchen hatte sie die richtige Technik gefunden. Dann schien sich über alles ein Nebel zu legen, und der Raum begann sich zu drehen. Schließlich war da nur noch Dunkelheit.

Linda wachte ausnahmsweise zeitig auf, aber versuchte trotzdem, wieder einzuschlafen. Der gestrige Abend mit Johan oder die Nacht, wenn man pedantisch sein wollte, war spät geworden, und sie fühlte sich vor Schlafmangel fast ein wenig schwindlig. Aber zum erstenmal seit Monaten hörte sie Regen auf dem Dach. Das Zimmer, das Jacob und Marita für sie hergerichtet hatten, lag direkt unter dem Dachfirst, und das Geräusch des Regens auf den Dachziegeln war so laut, daß ihr war, als würde das Pladdern zwischen ihren Schläfen widerhallen.

Gleichzeitig war das hier seit langem der erste Morgen, an dem sie in einem kühlen Raum wach wurde. Die Hitze hatte fast zwei Monate angehalten und diesen Sommer zum wärmsten seit hundert Jahren gemacht. In der ersten Zeit hatte sie die sengende Sonne willkommen geheißen, aber schon vor mehreren Wochen hatte das Neue seinen Reiz verloren, und statt dessen hatte sie es gehaßt, jeden Morgen auf schweißnassem Laken aufzuwachen. Die frische, kühle Luft, die jetzt unter den Dachbalken hereindrang, war deshalb um so willkommener. Linda warf die dünne Decke von sich und genoß die angenehme Temperatur. Völlig untypisch für sie, beschloß sie aufzustehen, bevor man sie aus dem Bett jagte. Konnte ja vielleicht mal nett sein, zur Abwechslung nicht allein zu frühstükken. Von unten hörte sie das Geklapper des Geschirrs, und so streifte sie einen kurzen Kimono über und steckte die Füße in die Pantoffeln.

In der Küche begegnete man ihrem frühen Eintreffen mit verwunderten Mienen. Die ganze Familie war versammelt, Jacob, Marita, William und Petra, und ihr gedämpftes Gespräch wurde abrupt unterbrochen, als sie sich auf einen der freien Stühle fläzte und sich ein Brot zu schmieren begann.

»Es ist nett, daß du uns ausnahmsweise mal Gesellschaft leisten willst, aber ich würde es begrüßen, wenn du dir etwas mehr anziehen würdest, bevor du runterkommst. Denk an die Kinder.«

Jacob war so verdammt scheinheilig, daß ihr übel wurde. Nur um ihn zu ärgern, ließ sie den dünnen Kimono ein bißchen auseinandergleiten, so daß man die eine Brust durch die Öffnung schimmern sah. Vor Wut wurde er weiß im Gesicht, aber aus irgendeinem Grund war er nicht fähig, den Kampf mit ihr aufzunehmen, sondern ließ sie gewähren. William und Petra schauten sie fasziniert an, und sie schnitt ihnen Grimassen, die beide in Kicherkrämpfen zusammensacken ließen. Die Kinder waren eigentlich richtig süß, mußte sie zugeben, aber Jacob und Marita würden sie wohl beizeiten kleinkriegen. Wenn die Eltern mit ihrer religiösen Erziehung fertig waren, hätten beide garantiert nichts mehr von ihrer Lebensfreude.

»Jetzt beruhigt ihr euch aber. Sitzt beim Essen ordentlich am Tisch. Nimm das Bein vom Stuhl, Petra, und setz dich wie ein großes Mädchen hin. Und du machst den Mund beim Kauen zu, William. Ich will dir nicht dabei zuschauen.«

Das Lachen verschwand aus den Gesichtern der Kinder, und sie setzten sich kerzengerade wie Zinnsoldaten hin, mit leer starrendem Blick. Linda seufzte still. Manchmal konnte sie es einfach nicht fassen, daß Jacob und sie wirklich verwandt waren. Es gab keine anderen Geschwister, die so verschieden waren wie Jacob und sie, davon jedenfalls war sie fest überzeugt. Und es war verdammt ungerecht, daß er der Liebling ihrer Eltern war und ständig in den Himmel gehoben wurde, während man auf ihr nur herumhackte. Konnte sie was dafür, daß sie als nicht geplanter Nachkömmling auf die Welt gekommen war, als die Eltern die Kleinkindjahre schon hinter sich wähnten? Oder daß Jacobs Krankheit, viele Jahre vor ihrer Geburt, den Eltern jede Lust genommen hatte, sich dieser Sache noch einmal auszusetzen. Sicher verstand sie, daß es damals sehr ernst gewesen war, als er beinahe gestorben wäre, aber deshalb mußte *sie* doch nicht bestraft werden? Es war doch schließlich nicht ihre Schuld, daß er krank geworden war.

Später ist Jacob irgendwie immer weiter gehätschelt worden, auch nachdem man erklärt hatte, er sei völlig gesund. Es war, als würden ihre Eltern jeden Tag seines Lebens als ein Geschenk des Himmels betrachten, während ihr Leben den Eltern nur Ärger und Verdruß bereitete. Um ganz zu schweigen von Großvater und Jacob. Zwar verstand sie, daß nach dem, was Großvater für Jacob getan hatte, ein besonderes Band zwischen den beiden existierte, aber das bedeutete ja wohl nicht, daß es da keinen Platz mehr für seine anderen Enkelkinder gab. Großvater war zwar noch vor ihrer Geburt gestorben, also hatte sie seine Gleichgültigkeit nicht persönlich erleben müssen, aber sie wußte von Johan, daß er und Robert nichts von der Gunst des Großvaters zu spüren bekommen hatten und zusehen mußten, wie er seine ganze Aufmerksamkeit auf ihren Cousin Jacob richtete. Bestimmt wäre bei ihr dasselbe passiert, wenn er da noch gelebt hätte.

Diese Ungerechtigkeit ließ hinter Lindas Augenlidern heiße Tränen hervorquellen, aber sie zwang sie, wie schon so oft, wieder zurück. Sie wollte Jacob nicht die Befriedigung bereiten, daß er sie weinen sah und somit die Möglichkeit hatte, sich von neuem als Retter der Welt aufzuspielen. Sie wußte, daß es ihm in den Fingern juckte, sie auf den rechten Weg zu bringen, aber sie würde lieber sterben, als sich in einen solchen Fußabtreter zu verwandeln, wie er selbst es war. Brave Mädchen kamen vielleicht in den Himmel, aber sie gedachte viel, viel weiter zu kommen. Lieber wollte sie mit Donner und Getöse untergehen, als sich wie ihr älterer Bruder feige durchs Leben zu drükken, überzeugt davon, daß ihn alle liebten.

»Hast du für heute irgendwelche Pläne? Ich könnte hier zu Hause ein bißchen Hilfe gebrauchen.«

Marita schmierte in aller Ruhe noch weitere Brote für die Kinder, während sie ihre Frage an Linda richtete. Sie war eine mütterliche Frau mit alltäglichem Gesicht und leichtem Übergewicht. Linda hatte immer gefunden, Jacob hätte sich was Besseres suchen können. Sie stellte sich den Bruder und die Schwägerin im Schlafzimmer vor. Sicher machten sie es pflichtgemäß einmal im Monat, bei ausgeschalteter Lampe, die Schwägerin im fußlangen, hochgeschlossenen Nachthemd. Das Bild ließ sie loskichern, und die anderen schauten sie erstaunt an.

»Hallo, Marita hat dir eine Frage gestellt. Kannst du heute mal zu Hause mithelfen? Das hier ist keine Pension, wie du ja weißt.«

»Ja, ja, ich hab's schon das erste Mal gehört. Du brauchst nicht gleich so zu meckern. Und nein, ich kann heute nicht helfen. Ich muß ...« Sie suchte nach einer guten Ausrede. »Ich muß mich um Scirocco kümmern. Er hat gestern ein bißchen gehinkt.«

Ihre Ausrede traf auf skeptische Blicke, und Linda setzte ihre kampflustigste Miene auf. Aber zu ihrer Verwunderung war heute keiner imstande, sich mit ihr anzulegen, trotz der offensichtlichen Lüge. Der Sieg – und ein weiterer Tag voller Faulheit – gehörte ihr.

Er hatte eine unbändige Lust, nach draußen zu gehen und sich in den Regen zu stellen, das Gesicht zum Himmel gerichtet, um das Wasser auf sich herabrieseln zu lassen. Aber bestimmte Dinge konnte man sich als Erwachsener nicht erlauben, zumal, wenn man bei der Arbeit war. Martin mußte also diesen kindlichen Impuls bremsen. All das Stickige und Heiße, das sie in den letzten zwei Monaten gefangengehalten hatte, wurde von diesem einzigen heftigen Regenguß weggespült. Da er das Fenster weit aufgerissen hatte, konnte er den Geruch des Regens spüren. Wasser spritzte auf den Teil des Schreibtischs, der dem Fenster am nächsten stand, aber er hatte alle Papiere von dort weggenommen, so daß es keine Rolle spielte. Den Duft der Kühle spüren zu können lohnte die Mühe.

Patrik hatte angerufen und mitgeteilt, daß er verschlafen habe, so daß Martin zur Abwechslung mal als erster am Platz war. Die Stimmung im Revier war gestern gedrückt gewesen, nachdem der grobe Schnitzer von Ernst bekanntgeworden war. Daher empfand Martin es als schön, jetzt hier in aller Ruhe sitzen zu können und den Gang der jüngsten Ereignisse zu überdenken. Er beneidete Patrik nicht um die Aufgabe, die Verwandten der Frau zu informieren, doch auch ihm war klar, daß Gewißheit der erste Schritt zur Heilung des Schmerzes war. Aber vermutlich wußten diese Leute nicht einmal, daß das Mädchen verschwunden war, also würde die Nachricht einen Schock auslösen. Jetzt kam es in erster Linie darauf an, die Familie der Toten zu finden, und eine von Martins heutigen Aufgaben war, Kontakt zu seinen deutschen Kollegen aufzunehmen. Hoffentlich war es möglich, mit ihnen auf englisch zu kommunizieren, andernfalls würde er Probleme bekommen. Ihm war sein Schuldeutsch noch so weit in Erinnerung, daß er Patriks Sprachkünste nicht gerade als Aktivposten betrachtete, nachdem er gehört hatte, wie der Kollege sich durch das Gespräch mit Tanjas Freundin stakste.

Er wollte gerade den Hörer abnehmen, um in Deutschland anzurufen, als ein durchdringendes Klingeln ertönte. Sein Pulsschlag erhöhte sich, als er hörte, daß der Anruf von der Gerichtsmedizin in Göteborg kam, und er streckte den Arm nach seinem vollgekritzelten Notizblock aus. Eigentlich hätte der Bericht an Patrik gehen sollen, aber da er noch nicht im Haus war, mußte Martin genügen.

»Ihr scheint da oben in der Wildnis ja langsam viel um die Ohren zu kriegen.«

Die Bemerkung des Gerichtsmediziners Tord Pedersen zielte auf die Obduktion, die er anderthalb Jahre zuvor an Alex

Wijkner vorgenommen hatte und die für die Tanumsheder Polizei den Auftakt zu einer der bisher äußerst seltenen Mordermittlungen dargestellt hatte.

»Ja, man kann sich langsam fragen, ob man uns irgendwas ins Wasser getan hat. Wir haben Stockholm in der Mordstatistik wohl bald eingeholt.«

Der leicht sarkastische Tonfall war in dieser Sparte, ebenso wie bei vielen anderen Berufsgruppen, die oft mit Tod und Unglück in Berührung kamen, nur eine Methode, die tägliche Arbeitssituation zu bewältigen, und deutete keinesfalls darauf hin, daß sie den Ernst der Angelegenheit nicht sahen.

»Seid ihr schon dazu gekommen, sie zu obduzieren? Ich könnte mir vorstellen, bei dieser Hitze haben sich weit mehr Leute als gewöhnlich gegenseitig den Kopf eingeschlagen«, fuhr Martin fort.

»Ja, an sich hast du recht. Wir kriegen es zu spüren, daß die Leute bei diesen Temperaturen schneller in die Luft gehen, aber in den letzten Tagen herrschte hier Flaute, also haben wir eure Sache schneller als gedacht erledigt.«

»Dann laß mal hören.« Martin hielt die Luft an. Der Erfolg der Ermittlung hing zu großen Teilen von dem Ergebnis ab, das die Gerichtsmedizin zu bieten hatte.

»Ja, ihr habt es da eindeutig mit keiner besonders sympathischen Figur zu tun. Die Todesursache ließ sich ziemlich leicht feststellen, die Frau wurde erwürgt, doch das wirklich Bemerkenswerte ist das, was vor Eintritt des Todes mit ihr passiert ist.«

Pedersen legte eine Pause ein, und es klang, als setzte er sich die Brille auf.

»Ja?« Martin konnte seine Ungeduld kaum zügeln.

»Wollen mal sehen ... Das hier kommt auch als Fax zu euch ... Hmmm«, Pedersen brummelte vor sich hin, und Martins Hand wurde von dem krampfhaften Griff um den Hörer schweißnaß.

»Ja, hier haben wir es. Vierzehn Frakturen an verschiedenen Stellen des Skeletts. Sämtlich zugefügt vor Eintritt des Todes, zu urteilen nach dem variierenden Grad der Heilung.«

»Du meinst ...«

»Ich meine, daß jemand ihr im Laufe von schätzungsweise einer Woche Arme, Beine, Finger und Zehen gebrochen hat.«

»Sind sie bei einer einzigen Gelegenheit gebrochen worden oder bei mehreren, könnt ihr das sehen?«

»Wie ich gesagt habe, wurde bei den Frakturen ein unterschiedlicher Heilungsgrad erreicht, also gehe ich davon aus, daß sie während der gesamten Periode entstanden sind. Ich habe eine Skizze mit der Reihenfolge angefertigt, in der die Knochenbrüche meiner Ansicht nach erfolgt sind. Die liegt den Papieren bei, die ich an euch gefaxt habe. An der Leiche fanden sich auch eine Reihe äußerlicher Schnittwunden. Auch diese in verschiedenen Stadien der Heilung.«

»Pfui Teufel.« Martin konnte diese spontane Äußerung nicht unterdrücken.

»Ich bin geneigt, deinem Urteil zuzustimmen.« Pedersens Stimme klang trocken. »Der Schmerz, den sie erlitten hat, muß unerträglich gewesen sein.«

Schweigend sannen sie ein Weilchen über die menschliche Grausamkeit nach. Dann faßte sich Martin wieder, und er fragte weiter: »Habt ihr irgendwelche Spuren an der Leiche gefunden, die uns von Nutzen sein können?«

»Ja, wir haben Sperma gefunden. Wenn ihr erst einen Verdächtigen habt, kann er mittels der DNA mit dem Mord in Verbindung gebracht werden. Selbstverständlich werden wir auch die Datenbank durchforsten, aber es passiert nicht oft, daß wir auf diesem Weg Treffer erzielen. Das Register ist bisher noch zu wenig ausgebaut. Man kann nur von dem Tag träumen, an dem wir von jedem Bürger die DNA zur Verfügung haben. Dann ist die Situation eine ganz andere.«

»Ja, träumen ist wohl das richtige Wort. Das gilt als Eingriff in die Freiheit des Individuums, und das dürfte dem wohl im Weg stehen.«

»Wenn das, was dieser Frau hier zugestoßen ist, nicht als Eingriff in die Freiheit des Individuums bezeichnet werden kann, dann weiß ich ja nicht ...«

Das war eine ungewöhnlich philosophische Bemerkung für den ansonsten so sachlichen Tord Pedersen, und Martin verstand, daß er sich entgegen aller Gewohnheit vom Schicksal der Frau hatte berühren lassen. Normalerweise durfte sich ein Gerichtsmediziner so etwas nicht leisten, wenn er nachts noch gut schlafen wollte.

»Kannst du mir sagen, wann sie schätzungsweise gestorben ist?«

»Ja, ich habe die Ergebnisse der Proben erhalten, die die Spurensicherung vor Ort entnommen hat, und die habe ich mit meinen eigenen Beobachtungen ergänzt, so daß ich eine ziemlich zuverlässige Zeitangabe machen kann.«

»Laß hören.«

»Nach meiner Beurteilung ist sie irgendwann zwischen sechs und elf gestorben, also an dem Abend, bevor man sie in der Königsschlucht gefunden hat.«

Martin klang enttäuscht. »Du kannst dich nicht genauer festlegen?«

»Bei uns in Schweden ist es Praxis, in solchen Fällen nie einen engeren Zeitraum als fünf Stunden anzugeben, also das hier ist das Beste, was ich zu bieten habe. Aber die Wahrscheinlichkeit, daß es in dieser Zeit geschehen ist, liegt bei fünfundneunzig Prozent, also ist die Angabe andererseits sehr zuverlässig. Hingegen kann ich bestätigen, was ihr bestimmt schon vermutet habt, nämlich daß die Königsschlucht nur der sekundäre Tatort ist. Ermordet wurde sie woanders, und da hat sie auch noch ein paar Stunden nach dem Tod gelegen, das läßt sich unter anderem an den Leichenflecken ablesen.«

»Das ist ja immerhin etwas.« Martin seufzte. »Und die Skelette, haben die irgendwas ergeben? Patrik hat dir ja wohl mitgeteilt, was wir da vermuten, also um wen es sich handeln könnte?«

»Ja, die Angaben habe ich bekommen. Doch damit sind wir noch nicht ganz fertig. Zahnkarten aus den siebziger Jahren aufzutreiben ist nicht ganz so einfach, wie man glauben könnte, aber wir sind da dran, und sobald wir mehr wissen, erhaltet ihr Nachricht. Aber ich kann schon sagen, daß es zwei Frauenskelette sind, und was das Alter angeht, könnte es ungefähr stimmen. Die Beckenknochen der einen Frau deuten auch darauf hin, daß sie ein Kind geboren hat, und das stimmt ja mit den Angaben sehr gut überein. Aber das Interessanteste von allem ist – beide Skelette weisen ähnliche Frakturen wie die tote Frau auf. Unter uns gesagt, würde ich sogar so weit gehen und behaupten, daß die Frakturen an den drei Opfern nahezu identisch sind.«

Vor lauter Verblüffung fiel Martin der Stift aus der Hand. Was hatten sie da eigentlich in die Finger bekommen? Ein sadistischer Mörder, der vierundzwanzig Jahre zwischen seinen üblen Taten verstreichen ließ? An die Alternative wollte er nicht einmal denken. Nämlich daß der Mörder keine vierundzwanzig Jahre gewartet hatte und die anderen Opfer ganz einfach noch nicht gefunden worden sind.

»Haben sie auch Stichverletzungen gehabt?«

»Da kein organisches Material mehr vorhanden ist, läßt sich das nicht so leicht sagen, aber es gibt ein paar Kratzspuren an den Gebeinen, die darauf hinweisen könnten, daß sie derselben Behandlung ausgesetzt worden waren, ja.«

»Und was war die Todesursache bei ihnen?«

»Dieselbe wie bei dem deutschen Mädchen. Knochen, die direkt am Hals eingedrückt sind, deuten auf Erdrosseln hin.«

Martin machte sich während des Gesprächs rasch Notizen.

»Ist da noch mehr von Interesse, was du mir mitteilen kannst?«

»Nichts anderes, als daß die Skelette höchstwahrscheinlich irgendwo vergraben gewesen sind. Es gibt Reste von Erde an ihnen, aus denen wir bei der Analyse vielleicht etwas Näheres herausbekommen. Aber so weit sind wir noch nicht, ihr müßt euch also gedulden. Auch an Tanja Schmidt und an der Decke, auf der sie lag, haben wir Erde gefunden, die werden wir also mit den Proben von den Skeletten vergleichen.« Pedersen machte eine Pause, fuhr dann aber fort: »Ist Mellberg derjenige, der die Ermittlung leitet?«

In seiner Stimme schien leichtes Unbehagen mitzuschwingen. Martin grinste ein wenig, doch konnte er ihn in diesem Punkt beruhigen.

»Nein, die Verantwortung dafür hat Patrik übertragen bekommen. Aber wer die Ehre einheimst, wenn wir die Sache lösen, ist eine ganz andere Frage ...«

Beide lachten über seinen Kommentar, aber zumindest Martin blieb das Lachen ein wenig im Halse stecken.

Nachdem er das Gespräch mit Tord Pedersen beendet hatte, holte er die Seiten, die das Faxgerät des Reviers ausgespuckt hatte, und als Patrik ein Weilchen später zur Arbeit kam, war Martin bereits bestens informiert. Nach seinem summarischen Bericht war Patrik genauso deprimiert wie er. Das hier entwikkelte sich zu einem verdammt komplizierten Fall.

Am Bug des Segelbootes, ausgestreckt im Bikini, ließ sich Anna von der Sonne braten. Die Kinder hielten ihren Mittagsschlaf unten in der Kajüte, und Gustav stand am Ruder. Salzige Spritzer trafen sie jedesmal, wenn der Bug auf die Wasseroberfläche aufschlug, und das kühlte wunderbar. Wenn sie die Augen schloß, konnte sie für einen Moment vergessen, daß sie Sorgen hatte, und sich einreden, das hier sei ihr wirkliches Leben.

»Anna, Telefon für dich.« Gustavs Stimme weckte sie aus ihrem geradezu meditativen Zustand.

»Wer ist dran?« Sie hielt die Hand über die Augen und sah, daß er mit ihrem Handy wedelte.

»Das wollte er nicht sagen.«

Scheiße noch mal. Sie begriff sofort, wer da anrief, und mit einem kleinen harten Unruheknoten im Bauch balancierte sie vorsichtig nach hinten zu Gustav.

»Ja, hier ist Anna.«

»Verdammt, wer war denn das?« zischte Lucas.

Anna zögerte. »Ich habe doch gesagt, daß ich mit einem Kumpel segeln gehe.«

»Und du willst mir weismachen, das da ist ein Kumpel.« Die Antwort war blitzschnell erfolgt. »Wie heißt er?«

»Das geht dich nichts ...«

Lucas unterbrach sie. »Wie HEISST er, Anna?«

Der Widerstand in ihr brach mit jeder Sekunde, die sie seine Stimme am Telefon hörte, mehr in sich zusammen. Leise erwiderte sie: »Gustav af Klint.«

»Mann o Mann. Ist ja nicht zu fassen, wie vornehm man werden kann.« Die bisher höhnische Stimme klang jetzt drohend: »Wie kannst du es wagen, meine Kinder in den Urlaub mit einem anderen Mann zu nehmen.«

»Wir sind geschieden, Lucas«, sagte Anna. Sie legte die Hand auf die Augen.

»Du weißt genausogut wie ich, Anna, daß sich dadurch nichts ändert. Du bist die Mutter meiner Kinder, und das bedeutet, daß wir beide nie getrennt werden können. Du gehörst mir, und die Kinder gehören mir.«

»Warum versuchst du sie mir dann wegzunehmen?«

»Weil du labil bist, Anna. Du hast schon immer schwache Nerven gehabt, und ehrlich gesagt, traue ich dir nicht zu, daß du dich so um meine Kinder kümmern kannst, wie sie es verdienen. Sieh dir nur an, wie sie leben. Du arbeitest den ganzen Tag, und sie sind in der Kita. Ist das ein gutes Leben für die Kinder, findest du das, Anna?«

»Aber ich muß arbeiten, Lucas. Und wie würdest du das Problem lösen, für den Fall, daß du dich um die Kinder zu kümmern hättest? Du mußt doch auch arbeiten. Wer sollte sie dann also betreuen?«

»Es gibt eine Lösung, Anna, das weißt du.«

»Bist du verrückt? Sollte ich zu dir zurückkehren, nachdem du Emma den Arm gebrochen hast? Nicht zu vergessen, was du mir angetan hast!« Ihre Stimme rutschte ins Falsett. Instinktiv wußte sie im selben Augenblick, daß sie zu weit gegangen war.

»Das war nicht meine Schuld! Das war ein Unfall! Außerdem, wenn du dich nicht ständig gegen mich gestellt hättest, hätte ich nicht so oft ärgerlich werden müssen!«

Es war, als würde man ins Blaue hinein reden. Es war sinnlos. Anna wußte nach all den Jahren mit Lucas, daß er meinte, was er sagte. Es war nie seine Schuld. An allem, was passierte, hatten immer die anderen schuld. Jedesmal wenn er sie geschlagen hatte, war es ihm gelungen, daß sie sich schuldig fühlte, weil sie nicht verständnisvoll genug, nicht liebevoll genug, nicht untertänig genug gewesen war.

Als sie dank bis dahin verborgener Kraftressourcen die Scheidung durchgesetzt hatte, fühlte sie sich zum erstenmal seit vielen Jahren stark und unbesiegbar. Endlich würde sie ihr Leben zurückgewinnen können. Sie und die Kinder würden von vorn beginnen. Aber die Sache war ein wenig zu leicht gegangen. Lucas war wirklich schockiert gewesen, daß er der Tochter bei einem seiner Wutanfälle den Arm gebrochen hatte, und verhielt sich ungewöhnlich nachgiebig. Ein hektisches Junggesellenleben nach der Scheidung hatte ebenfalls dazu beigetragen, daß er Anna und die Kinder in Ruhe gelassen hatte, weil er mit einer Eroberung nach der anderen beschäftigt war. Aber gerade als Anna geglaubt hatte, daß es ihr gelungen war, sich zu retten, hatte Lucas sein neues Leben satt bekommen und den Blick wieder zurück auf die Familie gerichtet. Als er mit Blumen, Geschenken und der Bitte um Verzeihung keinen Erfolg gehabt hatte, waren die Samthandschuhe wieder abgelegt worden. Er verlangte, das alleinige Sorgerecht für die Kinder zugesprochen zu bekommen, und begründete das mit einer Menge grundloser Beschuldigungen, die Annas Unfähigkeit als Mutter belegen sollten. Nichts davon stimmte, aber wenn Lucas wollte, konnte er so überzeugend und charmant auftreten, daß sie davor zitterte, daß ihm der Versuch womöglich gelang. Sie wußte auch, daß es ihm eigentlich nicht um die Kinder ging. Es würde sich mit seinem Berufsleben nicht vereinbaren lassen, zwei kleine Kinder betreuen zu müssen, doch er hatte die Hoffnung, Anna so sehr zu erschrecken, daß sie zu ihm zurückkam. In schwächeren Stunden war sie genau dazu auch bereit. Zugleich begriff sie, daß es unmöglich war. Dann würde sie untergehen.

Sie nahm sich zusammen. »Lucas, diese Diskussion hier führt zu nichts. Nach der Scheidung ist mein Leben weitergegangen, und das sollte das deine auch tun. Es stimmt, daß ich einen neuen Mann kennengelernt habe, und das ist eine Sache, die du einfach akzeptieren mußt. Den Kindern geht es gut, und mir geht es gut. Können wir nicht versuchen, damit wie erwachsene Menschen umzugehen?«

Ihr Ton war bittend, aber vom anderen Ende der Leitung begegnete ihr nur kompaktes Schweigen. Sie begriff, daß sie die

Grenze überschritten hatte. Als sie das Tuten hörte, das anzeigte, daß Lucas einfach aufgelegt hatte, war ihr klar, daß sie das hier auf irgendeine Weise bezahlen mußte. Und zwar teuer.

4

Sommer 1979

Das höllische Bohren in ihrem Kopf peinigte sie so sehr, daß sie die Finger ins Gesicht grub. Wenn ihre Nägel lange Kratzer in die Haut rissen, konnte sie das unerträgliche Ziehen einen Moment fast vergessen.

Um sie herum war noch immer alles schwarz, aber etwas hatte sie aus ihrer tiefen, traumlosen Betäubung gerissen. Ein kleiner Lichtspalt zeigte sich über ihrem Kopf, und während sie blinzelnd nach oben schaute, wurde er langsam breiter. Sie hörte, daß jemand durch den zur Öffnung erweiterten Spalt kam und eine Treppe herunterstieg. Jemand, der im Dunkeln immer näher kam. Die Verwirrung machte es ihr schwer herauszufinden, ob sie Angst oder Erleichterung empfinden sollte. Beide Gefühle waren vorhanden, vermischten sich miteinander, mal gewann das eine, dann wieder das andere die Oberhand.

Die letzten Schritte bis zu ihr, die sie zusammengekrümmt auf dem Boden lag, waren fast lautlos. Ohne daß ein Wort geäußert worden wäre, fühlte sie, wie eine Hand über ihren Kopf strich. Vielleicht hätte sie diese Geste beruhigen sollen, doch die Schlichtheit der Bewegung führte dazu, daß sich ihr Herz vor Schreck zusammenkrampfte.

Die Hand setzte ihren Weg über ihren Körper fort, und sie zitterte in der Dunkelheit. Eine Sekunde lang meldete sich der Gedanke, dem gesichtslosen Fremden Widerstand zu leisten. Der Gedanke verschwand genauso schnell, wie er gekommen war. Die Dunkelheit war zu überwältigend, und die Kraft in der Hand, die sie streichelte, drang ihr durch Haut, Nerven und Seele. Unterwerfung war ihre einzige Möglichkeit, das wußte sie, eine entsetzliche Erkenntnis.

Als die Hand dazu überging, zu biegen und zu drehen, zu ziehen und zu reißen, kam das für sie nicht überraschend. In gewisser Weise hieß sie den Schmerz willkommen. Es war leichter, mit der Gewißheit des Schmerzes umzugehen als mit dem Schrecken des Ungewissen.

Nur ein paar Stunden nach Patriks Gespräch mit Martin hatte Tord Pedersen zum zweitenmal angerufen. Eins der Skelette war identifiziert. Mona Thernblad, das zweite 1979 verschwundene Mädchen, war eine von denen, die man in der Königsschlucht wiedergefunden hatte.

Patrik und Martin saßen nebeneinander und gingen die Informationen durch, die sie bisher zusammengetragen hatten. Mellberg glänzte mit Abwesenheit, aber Gösta Flygare war nach getaner Arbeit während des Golfwettkampfs wieder an seinem Platz. Er hatte dort zwar nicht gewonnen, aber zu seiner großen Verwunderung und Freude ein Hole-in-one geschafft, und man hatte ihn im Klubhaus zu Champagner eingeladen. Bisher hatten Patrik und Martin sich dreimal en detail anhören müssen, wie der Ball gleich beim ersten Schlag ins sechzehnte Loch gegangen war, und sie zweifelten nicht daran, daß sie es bis zum Ende des Tages noch wiederholt tun würden. Aber das machte nichts. Sie gönnten Gösta die Freude, und Patrik gewährte ihm ein Weilchen Aufschub, bevor er ihn in die Ermittlungsarbeit einzubeziehen gedachte. Im Augenblick saß Gösta daher an seinem Tisch und rief bei all seinen Golffreunden an, um über das GROSSE EREIGNIS zu berichten.

»Wir haben es hier also mit irgendeinem Scheißkerl zu tun, der den Mädels erst die Knochen bricht, bevor er sie ermordet«, sagte Martin. »Und ihnen Schnittwunden zufügt«, ergänzte er.

»Ja, was Besseres ist es nicht. Wenn man mich fragt, steckt da bestimmt ein sexuelles Motiv dahinter. Irgendein sadistischer Teufel, der sich an den Schmerzen anderer aufgeilt. Daß bei Tanja Sperma entdeckt wurde, deutet ja auch in diese Richtung.«

»Sprichst du mit Monas Angehörigen? Informierst du sie, daß wir sie gefunden haben, meine ich?«

Martin wirkte nervös, und Patrik beruhigte ihn, indem er die Aufgabe übernahm.

»Ich werde heute nachmittag zu ihrem Vater rausfahren, hab' ich mir gedacht. Ihre Mutter ist seit vielen Jahren tot, also braucht man nur den Vater zu benachrichtigen.«

»Woher weißt du das? Kennst du die Leute?«

»Nein, aber Erica war gestern in der Bibliothek von Fjällbacka und hat alles rausgesucht, was in der Presse über Siv und Mona gestanden hat. Ihr Verschwinden ist in regelmäßigen Abständen aufgegriffen worden, und vor ein paar Jahren gab es da unter anderem ein Interview mit den Familien. Bei Mona ist, wie gesagt, nur noch der Vater am Leben, und Siv hatte schon damals, als sie verschwand, nur noch ihre Mutter. Es gab auch eine kleine Tochter, also werde ich wohl auch mit ihr reden – sobald wir die Bestätigung haben, daß es sich bei der anderen Frau um Siv handelt.«

»Es wäre wohl ein verdammter Zufall, wenn es nicht so wäre.«

»Ja, ich rechne auch damit, aber es hat schon die merkwürdigsten Dinge gegeben.«

Patrik blätterte in den Papieren, die Erica für ihn herausgesucht hatte, und legte einige davon in Fächerform auf den Schreibtisch. Er hatte auch die Ermittlungsakte herausgelegt, die er im Kellerarchiv ausgegraben hatte, damit sie alle Informationen zusammenstellen konnten, die sie über das Verschwinden der Mädchen besaßen. In den Zeitungsartikeln stand vieles, was in den Ermittlungspapieren nicht erwähnt war, also wurden beide Quellen benötigt, um ein vollständiges Bild zu erhalten.

»Sieh dir das an. Siv verschwand zu Mittsommer 1979, und zwei Wochen später verschwand dann Mona.«

Um die Sache zu verdeutlichen und dem Material eine Struktur zu geben, war Patrik vom Schreibtisch aufgestanden und schrieb die Daten auf die Tafel an der Wand.

»Siv Lantin wurde das letzte Mal lebend gesehen, als sie nach der Feier mit Freunden auf dem Rad nach Hause fuhr. In der allerletzten Zeugenaussage steht, daß sie von der Fernverkehrsstraße abgebogen und in Richtung Bräcke geradelt sei. Da war es zwei Uhr nachts, und sie wurde von einem Autofahrer gesehen, der sie unterwegs überholte. Danach hat niemand mehr etwas von ihr gesehen oder gehört.«

»Wenn man von Gabriel Hults Angaben absieht«, fügte Martin hinzu.

Patrik nickte. »Ja, wenn man von Gabriel Hults Zeugenaussage absieht, was wir, wie ich finde, bis auf weiteres tun sollten.« Er fuhr fort: »Mona Thernblad verschwand zwei Wochen später. Im Unterschied zu Siv verschwand sie am hellen Nachmittag. Sie verließ ihr Elternhaus gegen drei, um zu joggen, und kam nie wieder heim. Einer ihrer Sportschuhe wurde an ihrer üblichen Laufstrecke gefunden, sonst aber nichts.«

»Gab es irgendwelche Ähnlichkeiten zwischen den Mädchen? Also außer daß sie Mädchen waren und ungefähr im selben Alter?«

Patrik konnte nicht anders, als leise zu lächeln. »Hast so einige *Profiler*-Sendungen gesehen, wie ich merke. Leider muß ich dich enttäuschen. Wenn wir es mit einem Serienmörder zu tun haben, und ich vermute, darauf bist du aus, so gibt es jedenfalls keine offensichtlichen äußeren Ähnlichkeiten zwischen den Mädchen.« Er befestigte zwei Schwarzweißfotos an der Tafel.

»Siv war neunzehn Jahre alt. Klein, dunkel und kurvenreich. Sie hatte den Ruf, ziemlich schwierig zu sein, und sorgte wohl für so was wie einen Skandal in Fjällbacka, als sie im Alter von siebzehn Jahren ein Kind bekam. Sowohl sie als auch das Kind lebten bei ihrer Mutter, aber nach dem, was die Zeitungen behaupten, war Siv nicht sonderlich begeistert davon, zu Hause zu sitzen, sondern machte gern einen drauf. Mona hingegen wird als richtiges Familienmädchen beschrieben, brachte gute Leistungen in der Schule, hatte viele Freunde und war ganz allgemein beliebt. Sie war hochgewachsen, blond und trieb viel Sport. Achtzehn Jahre alt, aber wohnte noch immer zu Hause, da ihre Mutter kränkelte und ihr Vater sie nicht allein versorgen konnte. Niemand schien etwas Schlechtes über sie zu sagen zu haben. Also das einzige, was diese Mädchen gemeinsam haben, ist, daß sie vor über zwanzig Jahren spurlos von der Erdoberfläche verschwanden und dann als Skelett wieder in der Königsschlucht auftauchten.«

Nachdenklich stützte Martin den Kopf in die Hand. Patrik und er saßen ein Weilchen schweigend da und studierten die Zeitungsausschnitte und Notizen auf der Tafel. Wie jung die

Mädchen doch aussahen. Sie hätten noch so viele Lebensjahre vor sich gehabt, wenn ihnen nicht etwas Böses begegnet wäre. Und dann Tanja, von der sie noch kein Foto besaßen, das sie vor ihrem Tod zeigte. Auch sie ein junges Mädchen mit einem Leben vor sich, dem die Zukunft offengestanden hatte. Aber nun war auch sie tot.

»Es wurde massive Verhörarbeit geleistet.« Patrik nahm ein dickes Bündel maschinenbeschriebenen Papiers aus dem Ordner. »Freunde und die Familien der Mädchen wurden befragt. Man ging in dem entsprechenden Gebiet von Tür zu Tür, und die üblichen Strolche hat man sich ebenfalls vorgenommen. Insgesamt wurden, soviel ich sehen kann, rund hundert Verhöre durchgeführt.«

»Hat es was ergeben?«

»Nein, nichts. Erst mit dem Tip von Gabriel Hult hatte man etwas in der Hand. Er rief persönlich bei der Polizei an und erzählte, daß er Siv im Auto seines Bruders gesehen hatte, genau in der Nacht, als sie verschwand.«

»Und? Das kann ja wohl kaum gereicht haben, um ihn des Mordes zu verdächtigen?«

»Nein, aber als Gabriels Bruder, Johannes Hult, verhört wurde, bestritt er, daß er mit ihr geredet oder sie überhaupt gesehen hatte, und in Ermangelung einer heißeren Spur hat man sich auf ihn konzentriert.«

»Führte das irgendwohin?« Martins Augen waren vor ungewollter Faszination weit aufgerissen.

»Nein, mehr hat es nicht ergeben. Und ein paar Monate später erhängte sich Johannes Hult in seiner Scheune, also kann man wohl sagen, die Spur wurde total kalt.«

»Daß er sich so kurz darauf das Leben genommen hat, wirkt mysteriös.«

»Ja, aber wenn *er* der Schuldige gewesen ist, dann muß es jetzt wohl sein Geist sein, der Tanja ermordet hat. Tote Männer morden nicht ...«

»Und was war das mit seinem Bruder, der sich gemeldet und das eigene Fleisch und Blut angezeigt hat? Warum sollte man so was tun?« Martin runzelte die Stirn. »Gott, was bin ich dumm.

Hult – das müssen doch Verwandte von Johan und Robert sein, unseren alten Bekannten von der Diebeszunft.«

»Ja, das stimmt. Johannes war ihr Vater. Nachdem ich etwas mehr über die Familie Hult weiß, verstehe ich wirklich besser, wie es kommt, daß die beiden uns so oft besuchen. Sie waren nicht älter als fünf bzw. sechs Jahre, als Johannes sich erhängt hat, und Robert hat ihn in der Scheune gefunden. Man kann sich ja vorstellen, wie das auf einen sechsjährigen Jungen gewirkt haben muß.«

»O Gott, ja.« Martin schüttelte den Kopf. »Du, ich brauche einen Schluck Kaffee, bevor wir weitermachen. Mein Koffeinspiegel ist langsam im roten Bereich. Willst du auch eine Tasse?«

Patrik nickte, und ein paar Minuten später kam Martin zurück, in jeder Hand einen Becher dampfenden Kaffee. Ausnahmsweise war das Wetter mal geeignet für heiße Getränke.

Patrik fuhr mit seiner Erläuterung fort. »Johannes und Gabriel sind die Söhne eines Mannes namens Ephraim Hult, auch ›der Prediger‹ genannt. Ephraim war ein äußerst bekannter oder, wenn man so will, berüchtigter Freikirchenpastor in Göteborg. Er hielt große Meetings ab, auf denen er seine Söhne, die damals noch klein waren, in Zungen reden und Kranke und Gebrechliche gesunden ließ. Die meisten sahen in ihm einen Betrüger und Scharlatan. Dann landete er einen Volltreffer. Als eine der Damen seiner treuen Gemeinde, Margareta Dybling, starb, erbte er alles, was sie besaß. Außer einem erheblichen Barvermögen hinterließ sie ihm auch große Waldgebiete sowie ein stattliches Gutshaus in der Gegend von Fjällbacka. Ephraim verlor plötzlich jede Lust, Gottes Wort zu predigen, zog mit seinen Söhnen hierher, und von da an hat die Familie vom Geld der Alten gelebt.«

Die Tafel war jetzt mit Notizen vollgekritzelt, und Papiere lagen überall auf Patriks Schreibtisch verstreut.

»Nicht, daß ein bißchen Familiengeschichte nicht interessant wäre, aber was hat das mit unseren Fällen zu tun? Wie du erwähnt hast, ist Johannes mehr als zwanzig Jahre vor Tanjas Ermordung gestorben, und tote Männer morden nicht, hast du ja selber so treffend gesagt.« Martin fiel es schwer, seine Ungeduld zu verbergen.

»Stimmt schon, aber ich bin das gesamte alte Material durchgegangen, und Gabriels Zeugenaussage ist wirklich das einzig Interessante, was ich darin finden konnte. Ich hatte auch gehofft, mit Errold Lind reden zu können, der damals die Ermittlung geleitet hat, aber er ist leider 1989 an Herzinfarkt gestorben, also ist dieses Material hier alles, was uns zur Verfügung steht. Soweit du keine besseren Vorschläge hast, sollten wir vielleicht damit anfangen, etwas mehr über Tanja herauszufinden, während wir gleichzeitig mit den Eltern von Siv und Mona reden, sofern sie noch leben. Hinterher werden wir dann entscheiden, ob es Sinn hat, noch einmal mit Gabriel Hult zu sprechen.«

»Das klingt vernünftig. Womit soll ich anfangen?«

»Nimm du die Tanja-Nachforschungen in die Hand. Und kümmere dich darum, daß Gösta von morgen an auch einbezogen wird. Jetzt ist Schluß mit den schönen Tagen.«

»Und wie sieht's mit Mellberg und Ernst aus? Was hast du dir bei ihnen gedacht?«

Patrik seufzte. »Meine Strategie besteht darin, sie möglichst aus dem Ganzen rauszuhalten. Das bringt zwar eine größere Arbeitsbelastung für uns drei, aber ich glaube, auf die Dauer ist das nur nützlich. Mellberg ist froh, wenn er nichts tun muß, und außerdem hat er sich im Prinzip von der Ermittlung verabschiedet. Ernst kann weitermachen wie bisher, indem er soviel wie möglich von den laufenden Angelegenheiten übernimmt. Wenn er Hilfe braucht, dann schicken wir Gösta, du und ich sollten, soweit es geht, für diese Ermittlung frei bleiben. Hast du verstanden?«

Martin nickte eifrig. »Yes, Boss.«

»Dann legen wir los.«

Als Martin das Zimmer verlassen hatte, setzte sich Patrik mit dem Gesicht zur Tafel, verschränkte die Hände hinterm Kopf und versank in tiefe Gedanken. Es war eine gigantische Aufgabe, die da vor ihnen lag, und sie hatten hier mit Mordfällen kaum Erfahrung. Eine plötzliche Mutlosigkeit überkam ihn, und er war nahe daran zu verzagen. Er hoffte innigst, daß das, was ihnen an Erfahrung fehlte, durch Enthusiasmus ersetzt werden konnte. Martin war bereits voll engagiert, und der Teufel sollte ihn holen, wenn es ihm nicht gelingen würde, auch Flygare aus seinem Dornröschenschlaf zu wecken. Schafften sie es darüber hinaus noch, Mellberg und Ernst von den Ermittlungen fernzuhalten, dann, glaubte Patrik, hatten sie vielleicht eine Chance, die Morde aufzuklären. Groß war sie allerdings nicht, besonders wenn man bedachte, daß die Spur bei zwei von den Fällen schon so kalt war, daß sie fast tiefgefroren genannt werden konnte. Er wußte, die beste Chance hatten sie, wenn sie sich auf Tanja konzentrierten, aber zugleich sagte ihm sein Instinkt, daß es einen so starken, offensichtlichen Zusammenhang zwischen den Morden gab, daß man die Fälle parallel bearbeiten mußte. Es würde nicht leicht sein, die alte Ermittlung wieder anzukurbeln, aber sie mußten es einfach versuchen.

Er nahm einen Schirm aus dem Ständer, kontrollierte eine Adresse im Telefonbuch und machte sich schweren Herzens auf den Weg. Daß man bestimmte Aufgaben erledigen mußte, war einfach nicht menschlich.

Der Regen prasselte ausdauernd gegen die Scheiben, und unter anderen Umständen hätte Erica die Kühle, die er brachte, willkommen geheißen. Aber das Schicksal und aufdringliche Verwandte wollten es anders, und sie fühlte sich statt dessen langsam, aber sicher an den Rand des Wahnsinns getrieben.

Die Kinder rannten durchs Haus, völlig frustriert, daß sie drinnen hocken mußten, und Conny und Britta hatten angefangen, sich wie bedrängte Hunde gegeneinander zu wenden. Es war noch nicht zum offenen Streit gekommen, aber die Plänkeleien hatten sich immer mehr verstärkt und waren nun in ein Fauchen und Zischen übergegangen. Alte Sünden und Kränkungen wurden ans Licht gezerrt, und Erica wollte am liebsten nach oben gehen und sich die Decke über den Kopf ziehen. Aber wieder stand dem ihre gute Erziehung im Weg, drohte mit dem Finger und zwang sie, sich mitten in der Kriegszone so zivilisiert wie möglich zu verhalten.

Sie hatte sehnsüchtig zur Tür geblickt, als Patrik zur Arbeit ging. Er hatte seine Erleichterung darüber, daß ihm die Flucht ins Revier möglich war, nicht verbergen können, und einen Moment lang war sie versucht gewesen, die gestrige Zusicherung zu testen, nämlich daß er zu Hause bleiben würde, wann immer sie es wollte. Aber sie wußte, es wäre nicht richtig, wenn sie das nur täte, weil sie nicht mit »diesen furchtbaren Leuten« allein bleiben wollte, und so winkte sie ihm statt dessen wie eine pflichtbewußte kleine Ehefrau vom Küchenfenster aus hinterher.

Das Haus war nicht so groß, daß die allgemeine Unordnung keine katastrophalen Formen angenommen hätte. Erica hatte ein paar Gesellschaftspiele für die Kinder vorgekramt, aber das Ergebnis war nur, daß jetzt ein heilloses Gemisch von Scrabble-Steinen, Monopoly-Häusern und Spielkarten überall im Wohnzimmer verstreut lag. Mühsam beugte sie sich hinunter, hob kleine Spielfiguren auf und versuchte ein bißchen Ordnung zu schaffen. Die Konversation draußen auf der Veranda, wo Britta und Conny saßen, wurde immer aufgeregter, und sie verstand allmählich, warum die Kinder so wenig Manieren hatten. Mit Eltern, die sich wie Fünfjährige benahmen, war es nicht leicht, Respekt vor anderen und ihrem Eigentum zu lernen. Wäre dieser Tag doch nur schon überstanden! Sobald der Regen aufhörte, würde sie die Familie Flood vor die Tür setzen. Gute Erziehung und Gastfreundschaft in allen Ehren, aber da sie nicht die heilige Birgitta war, würde sie einfach explodieren, wenn die Leute noch viel länger blieben.

Der Tropfen, der das Faß zum Überlaufen brachte, fiel beim Mittagessen. Mit brennenden Füßen und dumpfem Schmerz im Kreuz hatte sie eine Stunde lang am Herd gestanden, um eine Mahlzeit zu bereiten, die sowohl Connys Heißhunger als auch der Mäkeligkeit der Kinder gerecht werden konnte, und nach eigener Ansicht war ihr das ziemlich gut gelungen. Fleischwurstauflauf mit Makkaroni in weißer Soße würde ihrer Meinung nach alle Seiten zufriedenstellen, aber es zeigte sich nur zu bald, daß sie sich gründlich getäuscht hatte.

»Bäääh, ich hasse Fleischwurst. Wie eklig!«

Lisa schob demonstrativ den Teller weg, verschränkte die Arme und blieb mit mürrischem Gesicht sitzen.

»Tut mir leid, das gibt es nun mal.«

»Aber ich habe Huuunger. Ich will was anderes!«

»Es gibt nichts anderes. Wenn du keine Fleischwurst magst, dann kannst du ja die Makkaroni mit Ketchup essen.« Erica gab sich Mühe, ihre Stimme sanft klingen zu lassen, obwohl sie kochte.

»Makkaroni sind eklig! Ich will was anderes. Mamaaaa!«

»Könntest du ihr vielleicht etwas anderes vorsetzen?« Britta tätschelte ihrer kleinen Quengelliese die Wange und wurde mit einem Lächeln belohnt. Mit vor Triumph glühendrotem Gesicht schaute das Kind Erica auffordernd an. Aber jetzt war die Grenze überschritten. Jetzt herrschte Krieg.

»Es gibt nichts anderes. Entweder ißt du, was vor dir auf dem Tisch steht, oder du läßt es.«

»Aber Erica, jetzt finde ich, du bist uneinsichtig. Conny, erkläre du ihr doch, wie wir es zu Hause machen, wie unser Erziehungskonzept aussieht.«

Britta wartete seine Antwort nicht erst ab. »Wir zwingen unsere Kinder zu nichts. Das hemmt ihre Entwicklung. Wenn meine Lisa etwas anderes haben möchte, dann betrachten wir es als recht und billig, daß sie es auch bekommt. Ich meine, sie hat als Individuum schließlich das gleiche Recht, sich zu äußern, wie wir anderen. Und wie würdest du es finden, wenn dich jemand zu einem Essen zwingt, das du nicht magst? Ich glaube nicht, daß du das akzeptieren würdest.«

Britta dozierte mit Psychologinnenstimme, und Erica spürte plötzlich, daß das Maß voll war. Eiskalt nahm sie den Teller des Kindes, hob ihn Britta über den Kopf und kippte ihn aus. Vor lauter Verblüffung verstummte Britta mitten im Satz; die Makkaroni glitten über ihr Haar und rutschten in ihre Bluse.

Zehn Minuten später waren die Gäste verschwunden. Vermutlich, um nie wiederzukommen. Mit größter Wahrscheinlichkeit würde sie nun bei diesem Teil der Familie auf der schwarzen Liste stehen, aber selbst beim besten Willen konnte Erica nicht behaupten, daß sie darüber traurig war. Ebensowenig schämte sie sich, obwohl man ihr Benehmen bestenfalls als kindisch bezeichnen konnte. Es war ein wundervolles Gefühl gewesen, den Aggressionen, die sich während des zweitägigen Besuchs in ihr angestaut hatten, freien Lauf zu lassen, und sie hatte absolut nicht vor, dafür um Verzeihung zu bitten.

Den Rest des Tages plante sie auf dem Verandasofa zu verbringen, mit einem guten Buch und der ersten Tasse Tee des Sommers. Das Leben erschien ihr mit einemmal viel lichter zu sein.

Obwohl es nicht sehr umfangreich war, konnte sich das üppige Grün in seiner Glasveranda mit den besten Gärten messen. Jede Blume war liebevoll aus Samen oder aus einem Steckling gezogen, und dank der großen Sommerhitze war die Atmosphäre im Augenblick geradezu tropisch. In einer Ecke der Veranda züchtete er Gemüse, und nichts konnte sich mit dem Gefühl der Zufriedenheit messen, wenn man hierhergehen und eigenhändig gezogene Tomaten, Zucchini, Zwiebeln, ja sogar Melonen und Weintrauben ernten konnte.

Das kleine Reihenhaus lag am Dinglevägen, an der südlichen Einfahrt nach Fjällbacka, und war klein, aber zweckmäßig. Seine Veranda hob sich wie ein grünes Ausrufezeichen von den übrigen Reihenhäusern ab.

Nur wenn er draußen auf seiner Veranda saß, vermißte er das alte Haus nicht. Das Haus, in dem er selber aufgewachsen war und in dem er sich dann mit Frau und Tochter ein Zuhause geschaffen hatte. Sie waren jetzt beide nicht mehr da, und in der Einsamkeit hatte sich der Schmerz immer mehr verstärkt, so lange, bis er eines Tages eingesehen hatte, daß er sich auch von dem alten Haus und all den in den Wänden steckenden Erinnerungen verabschieden mußte.

Sicher fehlte diesem Reihenhaus der Charakter, den er an dem alten Haus so geliebt hatte, aber es war auch dieses Unpersönliche, was den Schmerz in der Brust lindern konnte. Inzwischen war die Trauer zu einem dumpfen Grummeln geworden, das ständig im Hintergrund zu hören war.

Als Mona verschwand, glaubte er, Linnea würde vor Kummer sterben. Sie war schon zuvor krank gewesen, aber hatte sich als zäher erwiesen, als er geglaubt hatte. Weitere zehn Jahre war sie am Leben geblieben. Seinetwegen, da war er sich ganz sicher. Sie wollte ihn mit seiner Trauer nicht allein lassen. Jeden Tag kämpfte sie sich durch ein Leben, das für sie beide nur noch ein Schattendasein war.

Mona war das Licht ihres Lebens gewesen. Sie kam, als sie beide schon die Hoffnung auf ein Kind aufgegeben hatten, und sie blieb ihr einziges Kind. All die Liebe, der sie fähig waren, war in diesem blonden fröhlichen Wesen verkörpert, dessen Lachen in seiner Brust kleine Feuer entfachte. Daß sie einfach verschwinden konnte, erschien ihm völlig unfaßbar. Damals war es gewesen, als müßte die Sonne aufhören zu scheinen. Als müßte der Himmel einstürzen. Aber nichts war geschehen. Vor ihrem Trauerhaus ging das Leben wie gewohnt weiter. Menschen lachten, lebten und arbeiteten. Doch Mona war nicht mehr da.

Lange lebten sie mit der Hoffnung. Vielleicht war sie ja irgendwo. Vielleicht führte sie ein Leben ohne sie und hatte es aus freien Stücken vorgezogen zu verschwinden. Zugleich kannten sie beide die Wahrheit. Das andere Mädchen war schließlich kurz zuvor verschwunden. Außerdem war Mona nicht der Typ Mädchen, der ihnen bewußt einen solchen Schmerz zufügen würde. Sie war eine gute Tochter, die sich liebevoll um ihre Eltern kümmerte.

Als Linnea starb, bekam er den endgültigen Beweis, daß Mona im Himmel war. Krankheit und Kummer hatten seine geliebte Frau dahinsiechen lassen, bis sie nur noch ein Schatten ihrer selbst war, und als sie dort im Bett lag und seine Hand hielt, wußte er, daß der Tag gekommen war, an dem er allein zurückbleiben würde. Nach Stunden des Wachens hatte sie seine Hand ein letztes Mal gedrückt, und dann hatte sich ein Lächeln auf ihrem Gesicht ausgebreitet. Zugleich war ein Licht in Linneas Augen aufgeflammt, ein Licht, das er seit zehn Jahren nicht gesehen hatte – nicht, seit sie Mona das letzte Mal angeschaut hatte. Sie hielt den Blick auf etwas hinter ihm geheftet und starb. Da wußte er es sicher. Linnea war glücklich gestorben, weil die Tochter ihr im Tunnel entgegenkam. In vieler Hinsicht ließ ihn das die Einsamkeit leichter ertragen. Jetzt waren wenigstens die beiden zusammen, die er am meisten geliebt hatte. Es war nur eine Zeitfrage, bis er mit ihnen vereint wäre. Jenem Tag sah er entgegen, aber bis dahin war es seine Pflicht, das eigene Leben nach bestem Vermögen zu leben. Der Herr hatte wenig Verständnis für jene, die sich drückten, und er wagte nichts zu tun, was seinen Platz im Himmel an Linneas und Monas Seite gefährden konnte.

Ein Klopfen an der Tür riß ihn aus seinen melancholischen Gedanken. Mühsam erhob er sich aus dem Sessel und kämpfte sich, gestützt auf den Stock, durch das Grün, dann durch den Flur und bis zur Haustür vor. Ein ernster junger Mann stand davor, die Hand gerade zum nochmaligen Klopfen erhoben.

»Albert Thernblad?«

»Ja, das bin ich. Aber ich will nichts haben, falls er irgendwas verkaufen will.«

Der Mann lächelte. »Nein, ich verkaufe nichts. Ich heiße Patrik Hedström, und ich komme von der Polizei. Könnte ich vielleicht einen Moment reinkommen?«

Albert sagte nichts, aber trat beiseite, um ihn einzulassen. Er führte ihn in die Veranda hinaus und bedeutete ihm, auf dem Sofa Platz zu nehmen. Er hatte nicht nach dem Anliegen gefragt. Das brauchte er nicht. Auf diesen Besuch hatte er über zwanzig Jahre gewartet.

»Was für phantastische Pflanzen. Hier waltet wirklich ein grüner Finger, das kann ich sehen.« Patrik lachte nervös.

Albert sagte nichts, aber schaute Patrik mit sanften Augen an. Er verstand, daß es für den Polizisten nicht einfach war, in dieser Angelegenheit herzukommen, aber der Mann brauchte sich keine Gedanken zu machen. Nach all den Jahren des Wartens war es ein Segen, endlich Bescheid zu erhalten. Getrauert hatte er schließlich ohnehin.

»Ja, die Sache ist die, daß wir Ihre Tochter gefunden haben.« Patrik räusperte sich und fing von vorn an. »Wir haben Ihre Tochter gefunden und können bestätigen, daß sie ermordet worden ist.«

Albert nickte nur. Zugleich verspürte er einen inneren Frieden. Endlich würde er sie zur Ruhe betten können. Ein Grab haben, zu dem er gehen konnte. Er würde sie mit Linnea zusammenlegen.

»Wo hat man sie gefunden?«

»In der Königsschlucht.«

»In der Königsschlucht?« Albert runzelte die Stirn. »Wenn sie dort gelegen hat, wieso ist sie dann nicht früher entdeckt worden? Dort laufen doch so viele Leute rum.«

Patrik Hedström erzählte ihm von der ermordeten deutschen Touristin und daß sie vermutlich auch Siv gefunden hatten. Daß sie glaubten, jemand habe Mona und Siv zur Nachtzeit dorthin gebracht, aber daß sie all die Jahre eigentlich woanders gelegen hatten.

Albert begab sich nicht mehr häufig unter Menschen, also hatte er im Unterschied zum übrigen Fjällbacka nichts vom Mord an dem jungen Mädchen gehört. Das erste, was er verspürte, als er vom Schicksal des Mädchens erfuhr, war ein Hieb in der Magengegend. Irgendwo würde jemand denselben Schmerz erleiden wie er und Linnea. Irgendwo gab es einen Vater und eine Mutter, die ihre Tochter nie mehr wiedersehen würden. Das überschattete die erhaltenen Neuigkeiten. Verglichen mit der Familie des toten Mädchens, konnte er sich glücklich schätzen. Für ihn hatte der Kummer seine scharfen Kanten verloren, war nur noch ein dumpfes Gefühl. Diese Leute hatten viele Jahre vor sich, bevor auch sie so weit gelangten, und er empfand tiefes Mitleid mit ihnen.

»Weiß man, wer das getan hat?«

»Leider nicht. Aber wir werden alles, was in unserer Macht steht, tun, um es herauszufinden.«

»Weiß man, ob es dieselbe Person ist?«

Der Polizist ließ den Kopf hängen. »Nein, nicht mal das wissen wir bisher sicher. Es gibt gewisse Übereinstimmungen, das ist alles, was ich im Moment sagen kann.«

Patrik schaute den alten Mann beunruhigt an. »Gibt es jemanden, den ich anrufen soll? Jemanden, der herkommen und Ihnen Gesellschaft leisten kann?«

Das Lächeln war mild und väterlich. »Nein, da ist niemand.«

»Soll ich beim Pfarrer anrufen und fragen, ob er vorbeikommen kann?«

Wieder dasselbe milde Lächeln. »Nein, danke, es ist kein Pfarrer nötig. Mach er sich keine Sorgen, ich habe diesen Tag in Gedanken immer wieder erlebt, es kommt also nicht als Schock. Ich will nur in Frieden hier zwischen meinen Pflanzen sitzen und nachdenken. Kein Grund zur Beunruhigung. Ich mag alt sein, aber ich bin zäh.«

Er legte seine Hand auf die des Polizisten, so als würde er es sein, der ihn tröstete. Und vielleicht war es ja auch so.

»Ich würde gern ein paar Fotos von Mona zeigen, wenn er nichts dagegen hat, und ein bißchen von ihr erzählen. Um zu zeigen, wie sie wirklich gewesen ist, als sie noch gelebt hat.«

Der junge Mann nickte, ohne zu zögern, und Albert humpelte hinaus, um die alten Fotoalben zu holen. Mehr als eine Stunde zeigte er Bilder und erzählte von seiner Tochter. Das waren die besten Augenblicke, die er seit langem gehabt hatte, und er begriff, daß es viel zu lange her war, seit er sich das letzte Mal gestattet hatte, in die Erinnerungen einzutauchen.

Als sie sich an der Tür verabschiedeten, drückte er Patrik eins der Fotos in die Hand. Es zeigte Mona an ihrem fünften Geburtstag, sie hatte eine große Torte mit fünf Kerzen vor sich und lächelte übers ganze Gesicht. Sie war unglaublich süß, mit blonden Locken und vor Lebenslust glitzernden Augen. Es war ihm wichtig, daß die Polizisten dieses Bild auf der Netzhaut hatten, wenn sie nach dem Mörder seiner Tochter suchten.

Als der Besucher gegangen war, setzte sich Albert wieder auf die Veranda. Er schloß die Augen und sog den süßen Blumenduft ein. Dann schlummerte er ein und träumte von einem langen, lichten Tunnel, an dessen Ende Mona und Linnea als Schatten auf ihn warteten. Er meinte sie winken zu sehen.

Die Tür zu seinem Arbeitszimmer flog krachend auf. Solveig stürmte herein, und hinter ihr sah er Laine angerannt kommen, hilflos mit den Händen wedelnd.

»Du Satan. Du verdammter geiler Saukerl!«

Er verzog automatisch das Gesicht bei ihrem Sprachgebrauch. Er hatte es immer als äußerst unangenehm empfunden, wenn Leute in seiner Nähe heftige Gefühle zeigten, und über eine solche Sprache konnte er nicht hinwegsehen.

»Um was geht es denn jetzt? Solveig, ich finde, du solltest dich beruhigen und nicht in dieser Weise mit mir reden.«

Er begriff zu spät, daß sein schulmeisterlicher Ton, der ihm ganz natürlich vorkam, sie nur weiter anheizen würde. Es sah aus, als sei sie bereit, ihm an die Kehle zu springen, und zur Sicherheit zog er sich hinter den Schreibtisch zurück.

»Beruhigen soll ich mich! Sagst du, ich soll mich beruhigen, du scheinheiliger Drecksack! Du Schlappschwanz!«

Er sah, daß sie es genoß, ihn bei jedem obszönen Wort zusammenzucken zu sehen, und Laine hinter ihr wurde bleicher und bleicher.

Solveig senkte die Stimme eine Kleinigkeit, aber ein giftiger Ton schlich sich ein. »Was ist denn, Gabriel? Warum siehst du so bedrückt aus? Du hast es doch gern gehabt, wenn ich dir Schweinereien ins Ohr geflüstert habe, das hat dich doch geil gemacht. Erinnerst du dich, Gabriel?«

Solveig stieß die Worte jetzt zischend hervor, während sie sich dem Schreibtisch näherte.

»Es gibt keinen Grund, alte Geschichten aufzuwärmen. Hast du irgendein Anliegen, oder bist du nur einfach betrunken und unerträglich, wie üblich?«

»Ob ich ein Anliegen habe? Ja, darauf kannst du einen lassen. Ich war unten in Fjällbacka, und soll ich dir mal was sagen? Sie haben Mona und Siv gefunden.«

Gabriel zuckte zusammen, und die Verblüffung stand ihm deutlich ins Gesicht geschrieben.

»Haben sie die Mädchen gefunden? Wo denn?«

Solveig beugte sich über den Schreibtisch und stützte sich auf die Hände, so daß ihr Gesicht nur wenige Zentimeter von Gabriels entfernt war.

»In der Königsschlucht. Zusammen mit einer jungen Deutschen, die ermordet wurde. Und sie glauben, es ist derselbe Mörder. Also Schande über dich, Gabriel Hult. Schande über dich, der seinen eigenen Bruder angezeigt hat, dein eigen Fleisch und Blut. Ihn, der in den Augen der Leute die Schuld für die Sache bekam, obwohl es nie auch nur den geringsten Beweis gegen ihn gab. All das Geflüster und die ausgestreckten Finger hinter seinem Rücken haben ihm das Genick gebrochen. Aber du wußtest vielleicht, daß es so kommen würde. Du wußtest ja, daß er schwach war. Daß er sensibel war. Er ertrug die Schande nicht und hängte sich auf, und es würde mich nicht wundern, wenn du genau damit gerechnet hast, als du bei der Polizei anriefst. Du konntest es nicht ertragen, daß Ephraim ihn mehr geliebt hat.«

Solveig stieß ihm mit dem Finger so heftig gegen die Brust, daß er bei jedem Stoß nach hinten gedrückt wurde. Er stand bereits mit dem Rücken gegen das Fenster gedrängt und konnte nicht weiter entfliehen. Er war gefangen. Mit den Augen versuchte er Laine zu signalisieren, daß sie etwas gegen diese unbehagliche Situation unternehmen sollte, aber wie üblich stand sie nur da und glotzte völlig paralysiert.

»Mein Johannes wurde immer mehr geliebt als du, von allen, und das konntest du nicht ertragen, oder?« Sie erwartete keine Antwort auf ihre Behauptungen, die als Fragen maskiert waren, und setzte ihren Monolog fort. »Selbst als Ephraim Johannes enterbt hatte, liebte er ihn noch immer mehr als dich. Dir hat er den Hof und das Geld gegeben, aber die Liebe deines Vaters konntest du niemals bekommen. Obwohl du derjenige gewesen bist, der alles für den Hof getan hat, während Johannes es sich gutgehen ließ. Und als er dir dann dein Mädchen weggenommen hat, war das der Tropfen, der das Faß zum Überlaufen brachte, stimmt's? War das der Moment, wo du angefangen hast, ihn zu hassen, Gabriel? Hast du da angefangen, deinen Bruder zu hassen? Sicher, es war vielleicht ungerecht, aber das gab dir nicht das Recht, das zu tun, was du getan hast. Du hast Johannes' Leben vernichtet, und meins und das der Kinder dazu. Glaubst du etwa, ich weiß nicht, was die Jungs treiben? Und das ist deine Schuld, Gabriel Hult. Endlich werden die Leute sehen, daß nicht Johannes das getan hat, wovon sie die ganzen Jahre geflüstert haben. Endlich werden die Jungs und ich wieder hocherhobenen Hauptes durch den Ort gehen können.«

Ihre Wut schien endlich zu verebben, und statt dessen kamen die Tränen. Gabriel wußte nicht, was schlimmer war. Einen Augenblick lang hatte er in ihrem Zorn ein Bild der alten Solveig aufblitzen sehen. Der anmutigen Schönheitskönigin, die zur Verlobten zu haben ihn so stolz gemacht hatte, bevor sein Bruder kam und sie ihm wegnahm, wie er auch alles andere, was er haben wollte, einfach nahm. Doch als die Tränen ihren Zorn endgültig abgelöst hatten, war es, als würde Solveig wie ein Luftballon punktiert, und er sah wieder nur das fette, ungepflegte Wrack, das seine Tage in Selbstmitleid verbrachte.

»Mögest du in der Hölle brennen, Gabriel Hult, zusammen mit deinem Vater.«

Sie flüsterte die Worte und verschwand dann genauso schnell, wie sie gekommen war. Zurück blieben Gabriel und Laine. Er verspürte einen Schock, als wäre eine Granate neben ihm explodiert. Er ließ sich schwer auf den Schreibtischstuhl fallen und schaute seine Frau stumm an. Es war ein Blick des Einvernehmens. Sie verstanden beide, was es bedeutete, daß alte Gebeine buchstäblich wieder auf der Erdoberfläche erschienen waren.

Mit Eifer und Zuversicht nahm Martin sich der Aufgabe an, Tanja Schmidt, wie sie laut Paß hieß, näher kennenzulernen. Liese hatte auf Ansuchen der Polizei Tanjas gesamte Sachen abgegeben, und er war ihren Rucksack minutiös durchgegangen. Ganz unten hatte der Paß gelegen. Er sah neu aus und hatte nur wenige Stempel. Entweder war sie nie zuvor weiter weg gewesen, oder sie hatte aus irgendeinem Grund einen neuen Paß erhalten.

Das Paßfoto war erstaunlich gut, und er kam zu dem Schluß, daß sie nett ausgesehen, aber einen Zug ins Ordinäre hatte. Braune Augen und braunes Haar, etwas über Schulterlänge. Einen Meter fünfundsechzig groß, normal gebaut, was immer das auch heißen mochte.

Ansonsten hatte der Rucksack nichts Interessantes zu bieten.

Kleider zum Wechseln, ein paar abgegriffene Taschenbücher, Toilettenartikel und irgendwelches Bonbonpapier. Überhaupt nichts Persönliches, was er eigentlich merkwürdig fand. Hätte man nicht wenigstens ein Foto von der Familie oder dem Freund dabei haben müssen, vielleicht auch ein Adreßbuch? Allerdings hatten sie ja eine Handtasche bei der Leiche gefunden. Liese hatte bestätigt, daß Tanja eine rote Handtasche besessen hatte. Vermutlich hatte sie die persönlichen Dinge darin aufbewahrt. Jetzt waren sie jedenfalls verschwunden. Könnte es sich um Raub handeln? Oder hatte der Mörder ihre persönlichen Sachen als Souvenir behalten? Er hatte bei Discovery in einer Sendung über Serienmörder gesehen, daß es für diese typisch war, Dinge von ihren Opfern aufzubewahren, es war ein Teil des Rituals.

Martin besann sich. Noch deutete nichts auf einen Serienmörder hin. Er tat gut daran, sich nicht in dieser Gedankenspur festzufahren.

Er begann sich ein paar Punkte zu notieren, wie er bei den Nachforschungen im Fall Tanja vorgehen wollte. Als erstes Kontaktaufnahme zur deutschen Polizei, was er gerade hatte tun wollen, als er durch den Anruf von Tord Pedersen gestört worden war. Dann würde er etwas ausführlicher mit Liese reden, und als letztes gedachte er, Gösta zu bitten, mit ihm zum Campingplatz zu fahren, wo sie sich ein bißchen umhören würden. Möglicherweise hatte Tanja dort ja mit jemandem gesprochen. Oder vielleicht war es das beste, Patrik zu bitten, daß er Gösta diese Aufgabe übertrug. Bei dieser Ermittlung hatte Patrik die Befugnis, Gösta Anweisungen zu erteilen, aber nicht Martin. Und die Dinge hatten die Tendenz, weitaus reibungsloser abzulaufen, wenn das Protokoll vorschriftsmäßig eingehalten wurde. Erneut machte er sich daran, die Nummer der deutschen Polizei zu wählen, und diesmal hatte er Erfolg.

Es wäre übertrieben, zu behaupten, das Gespräch sei glatt gelaufen, aber als er auflegte, war er sich relativ sicher, die notwendigen Angaben auf richtige Weise hervorgestottert zu haben. Man versprach, sich zu melden, sobald man über mehr Informationen verfügte. Jedenfalls glaubte er, daß die Person am anderen Ende das gesagt hatte. Wenn es nötig sein sollte, weiteren Kontakt mit den deutschen Kollegen aufzunehmen, würden sie wohl einen Dolmetscher brauchen.

Im Hinblick auf die Zeit, die es dauern konnte, Angaben aus dem Ausland zu erhalten, wünschte er sich innigst, hier einen genauso guten Internet-Anschluß zu besitzen wie zu Hause. Aber aufgrund des Risikos, daß sich Hacker einschalten konnten, besaß das Polizeirevier nicht einmal einen beschissenen analogen Anschluß. Er versuchte sich einzuprägen, daß er zu Hause im deutschen Telefonbuch nach Tanja Schmidt suchen wollte, falls das ins Netz gestellt war. Doch wenn er sich recht erinnerte, war Schmidt einer der gewöhnlichsten deutschen Nachnamen, also war die Chance gering, etwas zu finden.

Da er nicht viel mehr tun konnte, als auf die Information aus Deutschland zu warten, konnte er sich ebensogut der nächsten Aufgabe widmen. Er hatte die Handy-Nummer von Liese erhalten, und um sicherzugehen, daß sie noch hier war, rief er sie zuerst an. Eigentlich war sie nicht verpflichtet zu bleiben, aber sie hatte versprochen, die nächsten Tage noch nicht weiterzufahren, damit sie Gelegenheit erhielten, mit ihr zu sprechen.

Ihre Reise mußte für sie zum Horrortrip geworden sein. Nach dem, was sie Patrik erzählt hatte, waren die beiden Mädchen sich in kurzer Zeit sehr nahe gekommen. Jetzt saß sie allein in einem Zelt auf Sälviks Campingplatz in Fjällbacka und trauerte um ihre Reisebegleitung. Vielleicht war auch sie in Gefahr? Das war ein Szenario, an das Martin bisher noch nicht gedacht hatte. Es war vielleicht das beste, darüber mit Patrik zu reden, sobald er ins Revier zurückkam. Es konnte ja sein, daß der Mörder die Mädchen auf dem Platz gesehen und sich aus irgendeinem Grund für die beiden entschieden hatte. Aber wie paßten dann die Gebeine von Mona und Siv ins Bild? Mona und *eventuell* Siv, berichtigte er sich sofort. Man sollte nie etwas als sicher betrachten, was nur fast sicher war, hatte einer der Dozenten auf der Polizeischule bei einer Gelegenheit gesagt, und dieser Leitlinie versuchte Martin treu zu bleiben.

Bei näherem Nachdenken glaubte er nicht, daß Liese in Gefahr war. Auch das hatte mit Wahrscheinlichkeit zu tun, und die sprach dafür, daß Liese nur aufgrund der unglücklichen Wahl ihrer Reisebekanntschaft in die Sache hineingezogen worden war.

Trotz seiner früheren Befürchtungen entschloß er sich, Gösta auf geschickte Weise zu etwas konkreter Polizeiarbeit mitzulocken. Er ging den Korridor zu dessen Zimmer hinunter.

»Gösta, darf ich mal stören?«

Noch immer voller Enthusiasmus über seine sportliche Großtat, saß Gösta am Telefon, und als Martin den Kopf ins Zimmer steckte, legte er sofort schuldbewußt auf.

»Ja?«

»Patrik hat uns gebeten, zu Sälviks Campingplatz zu fahren. Ich soll mich mit der Reisegefährtin des Opfers treffen, und du sollst dort wohl ein bißchen rumfragen, soviel ich weiß.«

Gösta brummelte ein bißchen, aber stellte die Richtigkeit von Martins Behauptung nicht in Frage. Er nahm seine Jacke und folgte Martin dicht auf den Fersen zum Auto. Der strömende Regen war in leichtes Nieseln übergegangen, aber die Luft war frisch und klar. Es war, als hätte der Guß Wochen voller Staub und Hitze weggespült, und alles sah sauberer aus als gewöhnlich.

»Man kann nur hoffen, daß dieser Regen bloß ein Zwischenspiel ist, sonst geht es mit meinem Golfen in die Binsen«, knurrte Gösta verdrossen, als sie im Auto saßen, und Martin begriff, daß der Kollege wohl im Moment der einzige war, der die kleine Pause von der Sommerhitze nicht begrüßte.

»Also ich finde es ziemlich schön. Diese sengende Hitze hat mich fast umgebracht. Und denk doch mal an Patriks Frau. Muß verdammt stressig sein, wenn man mitten im Juli hochschwanger ist. Ich wäre damit nie klargekommen, soviel ist sicher.«

Martin redete drauflos, sich durchaus bewußt, daß Gösta die Tendenz hatte, ein ziemlich schweigsamer Begleiter zu sein, wenn es um etwas anderes als Golfspielen ging. Und da sich Martins Golfkenntnisse auf das Wissen beschränkten, daß der Ball weiß und rund war und daß sich Golfspieler gewöhnlich an karierten Clownshosen erkennen ließen, stellte er sich darauf ein, das Gespräch allein in Fluß zu halten. Deshalb registrierte er Göstas verhaltenen Kommentar zunächst überhaupt nicht.

»Unser Junge wurde Anfang August geboren, in so einem warmen Sommer hier.«

»Du hast einen Sohn, Gösta, das wußte ich gar nicht.«

Martin versuchte sich an Kommentare über Göstas Familie zu erinnern. Er wußte, daß seine Frau vor ein paar Jahren gestorben war, aber er konnte sich nicht erinnern, je etwas von Kindern gehört zu haben. Er drehte sich verwundert zu dem neben ihm sitzenden Kollegen um. Der reagierte nicht auf Martins Blick, sondern schaute auf seine Hände hinunter, die in seinem Schoß lagen. Ohne daß er sich dessen bewußt zu sein schien, drehte er an dem goldenen Ehering, den er noch immer trug. Es war, als hätte er Martins Frage nicht gehört. Mit tonloser Stimme fuhr er fort: »Majbritt nahm dreißig Kilo zu. Sie wurde riesig. Und schaffte es auch nicht, sich in der Wärme zu bewegen. Gegen Ende saß sie nur noch keuchend im Schatten. Ich holte ihr eine Kanne Wasser nach der anderen, aber es war, als würde man ein Kamel tränken, der Durst nahm einfach nie ab.«

Er lachte auf, ein lustiges, nach innen gekehrtes, leicht liebevolles Lachen, und Martin begriff, daß Gösta sich so tief auf der Allee der Erinnerungen befand, daß er nicht länger zu ihm sprach. Gösta fuhr fort: »Der Junge war perfekt, als er kam. Dick und prächtig. Mir wie aus dem Gesicht geschnitten, behaupteten sie. Aber dann ging alles so schnell.« Gösta drehte den Ehering schneller und schneller. »Ich war bei ihnen zu Besuch im Zimmer, als er plötzlich zu atmen aufhörte. Es herrschte eine Riesenaufregung. Leute kamen von allen Seiten angerannt, und sie nahmen ihn uns weg. Dann haben wir ihn erst wiedergesehen, als er im Sarg lag. Es war ein schönes Begräbnis. Dann wollten wir irgendwie nicht mehr. Wenn es nun wieder schiefgehen würde. Das hätten wir nicht ertragen, Majbritt und ich. Also mußten wir uns miteinander zufriedengeben.«

Gösta fuhr zusammen, als würde er aus einem Trancezustand

erwachen. Er schaute Martin vorwurfsvoll an, als wäre der schuld daran, daß die Worte mit ihm durchgegangen waren.

»Das ist eine Sache, über die wir nicht mehr reden, klar. Und das ist auch nichts, worüber ihr euch beim Kaffee den Mund zerreißen müßt. Das ist jetzt vierzig Jahre her und geht niemanden etwas an.«

Martin nickte. Dann konnte er sich nicht zurückhalten und klopfte Gösta leicht auf die Schulter. Der brummte, aber Martin spürte dennoch, daß von diesem Augenblick an ein dünnes Band zwischen ihnen geknüpft worden war, an der Stelle, wo sich zuvor auf beiden Seiten nur mangelnder Respekt befunden hatte. Schon möglich, daß Gösta noch immer nicht der beste Polizist war, aber das hieß nicht, daß er keine Erfahrungen und Kenntnisse besaß, von denen er selbst etwas lernen konnte.

Sie waren beide erleichtert, beim Campingplatz anzukommen.

Gösta zog auf eigene Faust los, die Hände in den Taschen vergraben und mit niedergeschlagener Miene, um sich unter den Campingplatzbesuchern umzuhören. Martin fragte sich zu Lieses Behausung durch und fand ein Zelt, das kaum größer war als ein Taschentuch. Es stand zwischen zwei größere Zelte geklemmt und sah neben diesen noch winziger aus. Im Zelt rechts von ihr betrieb eine Familie irgendwelche lärmenden Spiele, und auf der linken Seite saß ein Muskelprotz um die Fünfundzwanzig und trank unter seinem Vorzelt Bier. Alle schauten Martin neugierig an, als er sich Lieses Zelt näherte.

Anzuklopfen war keine Alternative, und deshalb rief er leise ihren Namen. Dem Geräusch eines Reißverschlusses, der aufgezogen wurde, folgte ihr blonder Schopf in der Öffnung.

Zwei Stunden später fuhren sie wieder ab, ohne etwas Neues in Erfahrung gebracht zu haben. Liese hatte nicht mehr zu sagen gewußt als das, was sie Patrik schon auf dem Revier erzählt hatte, und keiner der anderen Camper hatte in bezug auf Tanja und Liese etwas bemerkt, das es wert war, festgehalten zu werden.

Aber irgend etwas, das Martin gesehen hatte, rumorte in seinem Hinterkopf. Fieberhaft ließ er die optischen Eindrücke vom Besuch auf dem Campingplatz Revue passieren, blieb aber ratlos. Er hatte etwas gesehen, das er hätte registrieren müssen. Irritiert trommelte er mit den Fingern auf dem Lenkrad herum, doch er kam partout nicht darauf.

Während der Heimfahrt sprachen sie kein einziges Wort.

Patrik hoffte, daß er wie Albert Thernblad werden würde, wenn er einmal alt war. Nicht so einsam natürlich, aber so fein. Albert hatte sich nach dem Tod seiner Frau nicht verkommen lassen, was mit so vielen älteren Männern passierte, wenn sie allein zurückblieben. Er war gut angezogen, mit Hemd und Weste, und sein weißes Haar und der Bart waren sorgfältig frisiert. Trotz seiner Schwierigkeiten beim Gehen bewegte er sich würdig und mit erhobenem Kopf, und nach dem wenigen zu urteilen, was Patrik vom Haus gesehen hatte, schien er alles sauber und ordentlich zu halten. Die Art, wie er die Nachricht aufgenommen hatte, daß seine ermordete Tochter gefunden worden war, hatte Patrik ebenfalls imponiert. Es schien, als hätte er Frieden mit seinem Schicksal geschlossen und führte sein Leben so gut wie möglich.

Die Bilder von Mona, die ihm Albert gezeigt hatte, hatten Patrik tief berührt. Wie so viele Male zuvor hatte er begriffen, daß man es sich viel zu leicht machte, die Opfer von Verbrechen, mit denen er es zu tun hatte, zu einer Zahl in der Statistik werden zu lassen oder sie mit dem Etikett »Kläger« oder »Opfer« zu belegen. Es wurde nie ein Unterschied gemacht, ob nun jemand einem Raubüberfall ausgesetzt worden war oder ob es sich, wie in diesem Fall, um ein Mordopfer handelte. Albert hatte recht damit getan, ihm die Fotos zu zeigen. Jetzt hatte er Monas Weg von der Entbindungsklinik bis zum drallen Kleinkind, vom Schulmädchen bis zur Oberschülerin folgen können und gesehen, was für ein gesundes und fröhliches Mädchen sie bis zu ihrem Verschwinden gewesen war.

Aber es gab ein weiteres Mädchen, über das er mehr in Erfahrung bringen mußte. Außerdem kannte er die Gegend gut genug, um zu wissen, daß die Gerüchte bereits Flügel bekommen hatten und sich mit der Geschwindigkeit eines Blitzes durch den Ort bewegten. Es war das beste, ihnen zuvorzukommen und mit Siv Lantins Mutter zu sprechen, obwohl ihnen Sivs Identität noch nicht bestätigt worden war. Sicherheitshalber hatte er auch ihre Adresse herausgesucht, bevor er das Revier verlassen hatte. Es war etwas schwieriger gewesen, sie zu lokalisieren, da Gun nicht mehr Lantin hieß, sondern wieder geheiratet oder überhaupt erst geheiratet haben mußte, eins von beidem jedenfalls. Nach ein bißchen Detektivarbeit hatte er herausgefunden, daß sie heute Struwer hieß und daß es in Fjällbackas Norra Hamngatan eine Sommerwohnung gab, die auf Gun und Lars Struwer eingetragen war. Der Name Struwer kam ihm bekannt vor, aber er konnte ihn nicht richtig unterbringen.

Er hatte Glück und fand einen Parkplatz unterhalb von Badrestaurangen und ging die letzten hundert Meter zu Fuß. Im Sommer war Norra Hamngatan eine Einbahnstraße, aber auf dem kurzen Stück, das er entlanglief, begegneten ihm gleich drei Idioten, die offenbar keine Verkehrsschilder lesen konnten und ihn zwangen, sich gegen eine Hauswand zu pressen, als sie sich ihrerseits an dem entgegenkommenden Verkehr vorbeiquetschen wollten. Das Gelände, in dem sie wohnten, war offenbar auch so vertrackt, daß sie gezwungen waren, einen großen Jeep zu fahren. Dieser Autotyp war bei den Sommergästen über die Maßen populär, und er vermutete, daß es die Stockholmer Gegend war, die in den entsprechenden Fällen als unwegsames Terrain galt.

Patrik hatte gute Lust, seine Polizeimarke herauszureißen und ihnen die Leviten zu lesen, verzichtete jedoch darauf. Wollten sie hier versuchen, den Badegästen normale Manieren beizubringen, würden sie kaum zu etwas anderem kommen.

Als er die richtige Adresse erreicht hatte, ein weißes Haus mit blauen Ecken, das linker Hand direkt gegenüber der Reihe roter Bootshäuser lag, die Fjällbacka seine charakteristische Silhouette verliehen, waren die Besitzer gerade dabei, ein paar ansehnliche Koffer aus einem goldfarbenen Volvo V70 auszuladen. Oder richtiger gesagt, ein älterer Herr in zweireihigem Jackett hievte mit eigener Hand keuchend die Koffer heraus, während eine kleingewachsene, stark geschminkte Frau daneben stand und gestikulierte. Sie waren beide im wahrsten Sinne des Wortes braungebrannt, und wäre der Sommer nicht so sonnenreich gewesen, hätte Patrik auf einen Auslandsurlaub getippt.

Er ging zu ihnen hin und zögerte eine Sekunde, bevor er sich räusperte, um ihre Aufmerksamkeit zu erwecken. Beide hielten in ihren Bewegungen inne und drehten sich zu ihm um.

»Ja?« Gun Struwers Stimme klang ein wenig zu schrill, und Patrik registrierte einen grantigen Zug in ihrem Gesicht.

»Mein Name ist Patrik Hedström, und ich komme von der Polizei. Könnte ich ein paar Worte mit Ihnen reden?«

»Endlich!« Die Hände mit den rot lackierten Nägeln fuhren in die Luft, und sie verdrehte die Augen. »Wieso kann das nicht schneller gehen! Begreif einer, wofür wir Steuern zahlen! Den ganzen Sommer haben wir darauf hingewiesen, daß die Leute sich unerlaubt auf unseren Parkplatz stellen, aber keinen Ton haben wir von euch gehört. Wollt ihr euch nun endlich um diese Unsitte kümmern? Wir haben schließlich teures Geld für das Haus bezahlt und finden, daß wir das Recht haben, unseren Parkplatz selber zu nutzen, aber das ist vielleicht zuviel verlangt!«

Sie stemmte die Arme in die Hüften und sah Patrik scharf an. Der Gatte hinter ihr wirkte, als wollte er in der Erde versinken. Offenbar fand er die Angelegenheit nicht genauso empörend.

»Ich komme allerdings nicht wegen einer Ordnungswidrigkeit zu Ihnen. Zunächst muß ich fragen: War Ihr Name Gun Lantin, bevor Sie verheiratet waren, und hatten Sie eine Tochter, die Siv hieß?«

Gun verstummte augenblicklich und schlug sich die Hand vor den Mund. Einer anderen Antwort bedurfte es nicht. Ihr Mann faßte sich zuerst und wies Patrik zur Haustür, die für den Koffertransport offenstand. Kurz entschlossen packte Patrik zwei der Koffer und half Lars Struwer beim Reintragen, während Gun ins Haus vorauseilte.

Sie setzten sich ins Wohnzimmer, und Gun und Lars nahmen nebeneinander auf dem Sofa Platz, während sich Patrik für den Sessel entschied. Gun klammerte sich an Lars, aber sein tröstendes Tätscheln wirkte vor allem mechanisch.

»Was ist passiert? Was habt ihr erfahren? Es ist ja mehr als zwanzig Jahre her, wie kann sich etwas nach so langer Zeit herausstellen?« Sie plapperte nervös drauflos.

»Ich möchte betonen, daß wir es noch nicht sicher wissen, aber es *kann* sein, daß wir Siv gefunden haben.«

Guns Hand flog zur Kehle hoch, und sie schien ausnahmsweise einmal sprachlos zu sein.

Patrik redete weiter: »Wir warten noch immer darauf, daß der Gerichtsmediziner eine endgültige Identifizierung vornimmt, aber höchstwahrscheinlich ist es Siv.«

»Aber wie, wo …?« Sie stammelte die Fragen hervor, und es waren dieselben, die Monas Vater gestellt hatte.

»Eine junge Frau ist tot in der Königsschlucht endeckt worden. Und als man den Fundort untersuchte, stieß man auch auf Mona Thernblad und wahrscheinlich Siv.«

Er erklärte ihnen wie zuvor Albert Thernblad, daß die Mädchen dorthin gebracht worden waren und daß die Polizei jetzt alles tue, um herauszufinden, wer oder welche Personen die Morde begangen haben könnten.

Gun legte das Gesicht an die Brust ihres Mannes, aber Patrik registrierte, daß sie mit trockenen Augen weinte. Er hatte den Eindruck, daß ihre Trauerbezeugung in gewisser Weise nur Theater war, doch war das vor allem ein unbestimmtes Gefühl.

Als sich Gun gefaßt hatte, zog sie einen kleinen Handspiegel aus der Tasche und kontrollierte die Schminke, bevor sie Patrik fragte: »Was passiert jetzt? Wann können wir die sterblichen Überreste meiner armen kleinen Siv zurückbekommen?« Ohne seine Antwort abzuwarten, drehte sie sich zu ihrem Mann um. »Wir müssen eine ordentliche Beerdigung für meinen armen Liebling ausrichten, Lars. Wir könnten hinterher im Festsaal des Stadthotels zu einem kleinen Imbiß und zu Kaffee einladen. Vielleicht sogar zu einem richtigen Dinner mit drei Gängen. Glaubst du, wir könnten die Einladung auch …« Sie nannte den Namen einer der Koryphäen des Wirtschaftslebens, die, wie Patrik wußte, eins der Häuser weiter unten an der Straße besaß.

Gun fuhr fort: »Zu Beginn des Sommers bin ich seiner Frau im Supermarkt über den Weg gelaufen, und sie hat gesagt, wir müßten uns bei Gelegenheit wirklich treffen. Sie würden es sicher gut finden, wenn wir sie einladen.«

Ihre Stimme hatte einen aufgeregten Ton angenommen, und zwischen den Augenbrauen ihres Mannes tauchte eine mißbilligende Falte auf. Mit einemmal wußte Patrik, woher er den Nachnamen kannte. Lars Struwer hatte eine von Schwedens größten Supermarktketten gestartet, aber war jetzt, wenn sich Patrik recht erinnerte, seit vielen Jahren pensioniert, und die Läden waren an ausländische Besitzer verkauft. Kein Wunder, daß sie sich ein Haus in dieser Lage leisten konnten. Der Mann war viele, viele Millionen schwer. Sivs Mutter war wirklich die Treppe hinaufgefallen seit Ende der siebziger Jahre, als sie mit Tochter und Enkelin das ganze Jahr über in einem kleinen Sommerhaus gewohnt hatte.

»Meine Liebe, wollen wir die praktischen Fragen nicht ein bißchen später besprechen? Du brauchst doch erst etwas Zeit, um diese Nachrichten zu verdauen.«

Er warf ihr einen vorwurfsvollen Blick zu, und Gun schaute sofort nach unten und erinnerte sich an ihre Rolle als trauernde Mutter.

Patrik blickte sich im Zimmer um und mußte sich trotz seines düsteren Anliegens das Lachen verbeißen. Das Ganze war geradezu eine Parodie jener Badegästehäuser, über die sich Erica lustig zu machen pflegte. Der ganze Raum war im Stil einer Bootskajüte mit maritimen Farben eingerichtet, an den Wänden Seekarten, Leuchttürme als Kerzenhalter, Gardinen mit Muschelmuster und sogar ein altes Ruder als Sofatisch. Ein klares Beispiel dafür, daß viel Geld und guter Geschmack nicht unbedingt Hand in Hand gingen.

»Könnten Sie vielleicht ein bißchen von Siv erzählen. Ich bin gerade bei Albert Thernblad, dem Vater von Mona, gewesen und habe auch ein paar Bilder aus Monas Kindheit angeschaut. Könnte ich vielleicht auch ein paar solcher Bilder von Ihrer Tochter zu sehen bekommen?«

Im Unterschied zu Albert, dessen Gesicht aufleuchtete bei der Aussicht, von seinem geliebten Kind erzählen zu können, rutschte Gun betreten auf dem Sofa hin und her.

»Na ja, ich weiß nicht recht, was das bringen soll. Es wurden ja jede Menge Fragen über Siv gestellt, als sie verschwand, und das steht ja wohl noch in den alten Papieren ...«

»Ja, natürlich, aber ich dachte mehr an etwas Persönliches. Wie sie gewesen ist, was sie mochte, was sie werden wollte und so ...«

»Werden wollte – ja, viel hätte aus ihr nicht werden können. Sie kriegte ja 'nen dicken Bauch von diesem Deutschen, als sie siebzehn war, und da habe ich zugesehen, daß sie keine Zeit mehr mit Lernen vergeudete. Es war ja sowieso zu spät, und ich hatte nicht vor, mich alleine um ihr Kind zu kümmern, soviel stand fest.«

Ihre Stimme klang höhnisch, und als Patrik sah, mit welchem Blick Lars seine Frau ansah, dachte er, was immer Lars auch bei der Heirat in ihr gesehen haben mochte, so war von der Illusion nicht mehr viel übriggeblieben. Müdigkeit und Resignation waren in seinem Gesicht zu lesen, das die Enttäuschungen zerfurcht hatten. Es war auch offensichtlich, daß die Ehe einen Punkt erreicht hatte, wo Gun ihre wahre Persönlichkeit nur noch notdürftig maskierte. Vielleicht war es von Lars' Seite anfangs echte Liebe gewesen, aber Patrik hätte wetten können, daß die Verlockung für Gun von all den Millionen ausging, die sich auf Lars Struwers Bankkonto befanden.

»Sivs Tochter, ja, wo befindet sie sich heute?« Patrik beugte sich vor, neugierig auf die Antwort.

Noch einmal Krokodilstränen. »Nachdem Siv verschwunden war, konnte ich mich ja nicht alleine um sie kümmern. Ja, ich hätte es natürlich gern gewollt, aber zur damaligen Zeit war ich ein bißchen knapp bei Kasse, und ein kleines Mädchen zu versorgen, ja das ging einfach nicht. Also habe ich das Beste aus der Situation gemacht und sie nach Deutschland geschickt, zu ihrem Vater. Ja, er war wohl nicht besonders begeistert, so mir nichts, dir nichts ein Kind aufgehalst zu bekommen, aber er konnte nicht viel dagegen machen, schließlich war er ja ihr Vater, das hatte ich schriftlich.«

»Also wohnt sie heute in Deutschland?« Ein Gedanke tauchte in Patriks Kopf auf. Könnte es sein, daß ... nein, das war ja wohl doch nicht möglich.

»Nein, sie ist tot.«

Patriks Idee verschwand genauso schnell, wie sie gekommen war. »Tot?«

»Ja, bei einem Autounfall, als sie fünf war. Nicht mal zu einem Anruf hatte es bei diesem Deutschen gereicht. Ich bekam nur einen Brief, in dem er mitteilte, daß Malin gestorben ist. Ich wurde nicht mal zur Beerdigung eingeladen, man stelle sich das nur vor! Mein eigenes Enkelkind, und ich durfte nicht mal bei ihrem Begräbnis dabeisein.«

Ihre Stimme zitterte vor Empörung.

»Er hat auch nie auf die Briefe geantwortet, die ich ihm geschrieben habe, während das Kind noch lebte. Finden Sie nicht, daß es nur recht und billig gewesen wäre, wenn er der Großmutter seines armen, mutterlosen Kindes ein bißchen geholfen hätte? Schließlich bin ich es doch gewesen, die sich darum gekümmert hat, daß sein Kind in den ersten zwei Jahren Essen auf den Tisch und Kleider auf den Leib bekam. Hätte ich nicht das Recht gehabt, eine kleine Entschädigung dafür zu erhalten?«

Gun hatte sich jetzt in Wut über die Ungerechtigkeiten hineingesteigert, denen sie ihrer Meinung nach ausgesetzt gewesen war, und beruhigte sich erst, als ihr Lars die Hand auf die Schulter legte und diese sanft, aber bestimmt drückte, um ihr zu verstehen zu geben, sie möge sich besinnen.

Patrik unterließ es, sich zu der Sache zu äußern. Er wußte, daß Gun Struwer seine Antwort nicht gutheißen würde. Warum, um alles in der Welt, sollte der Vater des Kindes ihr Geld schicken? Begriff sie wirklich nicht, wie unverschämt ihr Ansinnen war? Offensichtlich nicht, denn er sah, wie sich auf ihren sonnengebräunten, lederartigen Wangen Zornesröte abzeichnete, obwohl das Enkelkind nun schon über zwanzig Jahre tot war.

Er machte einen letzten Versuch, um etwas Persönliches über Siv zu erfahren. »Gibt es möglicherweise irgendwelche Fotos?«

»Na ja, ich habe nicht so viele Bilder von ihr gemacht, aber irgendeins werde ich schon vorkramen können.«

Sie ging und ließ Patrik mit Lars allein im Wohnzimmer zurück. Sie saßen ein Weilchen schweigend da, aber dann ergriff Lars das Wort. Er sprach leise, damit Gun es nicht hören konnte.

»Sie ist nicht so kalt, wie sie wirken mag. Sie hat eine Reihe wirklich guter Seiten, die Gun.«

Na klar, dachte Patrik. Mit Strindberg ließe sich das als *Plädoyer eines Toren* bezeichnen. Aber Lars Struwer bemühte sich wohl nur, die Wahl der Gattin zu rechtfertigen. Patrik schätzte, daß er rund zwanzig Jahre älter war als Gun, und die Vermutung war wohl nicht gerade weit hergeholt, daß die Wahl der Ehefrau von einem anderen Körperteil als dem Kopf bestimmt worden war. Andererseits mußte sich Patrik eingestehen, daß ihn sein Beruf vielleicht ein bißchen zu zynisch gemacht hatte. Vielleicht war es ja wahre Liebe, was wußte er denn schon.

Gun kehrte zu ihnen zurück, nicht mit dicken Fotoalben, wie es bei Albert Thernblad der Fall gewesen war, sondern mit einer einzigen kleinen Schwarzweißaufnahme, die sie Patrik mürrisch entgegenstreckte. Diese zeigte Siv als widerborstigen Teenager mit ihrer neugeborenen Tochter im Arm, aber im Unterschied zu dem Foto von Mona fand sich in ihrem Gesicht keinerlei Freude.

»Nein, jetzt müssen wir zusehen, daß es hier ein bißchen ordentlich wird. Wir sind gerade aus der Provence zurückgekommen, wo Lars' Tochter wohnt.« An der Art, wie Gun das Wort »Tochter« aussprach, verstand Patrik, daß es zwischen ihr und der Stieftochter keine zärtlichen Gefühle gab.

Er begriff auch, wann seine Anwesenheit nicht länger erwünscht war, und verabschiedete sich.

»Und vielen Dank, daß ich das Foto ausleihen darf. Ich verspreche, es in gutem Zustand zurückzugeben.«

Gun wedelte desinteressiert mit der Hand. Dann erinnerte sie sich wieder an ihre Rolle und verzog das Gesicht zu einer Grimasse.

»Benachrichtigen Sie mich bitte, wenn Sie Genaueres wissen. Ich möchte meine kleine Siv gern endlich begraben.«

»Ich melde mich selbstverständlich, sobald ich etwas weiß.«

Sein Ton war unnötig schroff, aber die ganze Theatervorstellung flößte ihm starkes Unbehagen ein.

Als er wieder auf die Straße hinaustrat, öffnete sich der Himmel über ihm. Er stand ein Weilchen still im Regenguß und ließ das klebrige Gefühl abspülen, das der Besuch bei den Struwers hinterlassen hatte. Jetzt wünschte er nur noch, nach Hause zu kommen, Erica zu umarmen und das pulsierende Leben zu fühlen, wenn er ihr die Hand auf den Bauch legte. Er mußte spüren, daß die Welt kein so böser und grausamer Ort war, wie man zuweilen glauben konnte. Es durfte einfach nicht so sein.

5

Sommer 1979

Ihr war, als seien Monate vergangen. Aber sie wußte, daß es nicht so lange sein konnte. Dennoch wirkte jede Stunde hier unten in der Dunkelheit wie eine ganze Lebenszeit.

Viel zuviel Zeit, um nachzugrübeln. Viel zuviel Zeit, um nachzufühlen, wie der Schmerz an jedem einzelnen Nerv riß. Zeit, um über all das nachzudenken, was sie verloren hatte. Oder verlieren würde.

Jetzt wußte sie, daß sie nicht mehr von hier wegkam. Niemand konnte einem solchen Schmerz entfliehen. Dennoch hatte sie nie weichere Hände gespürt als die seinen. Keine Hände hatten sie je mit solcher Liebe gestreichelt, und das ließ sie nach dieser Berührung hungern. Nicht nach der entsetzlichen, der schmerzhaften, aber nach der weichen, die danach kam. Hätte sie eine solche Berührung früher erleben dürfen, wäre alles anders gewesen, das wußte sie jetzt. Das Gefühl, wenn er seine Hände über ihren Körper führte, war so rein, so unschuldig, daß es zu dem harten Kern in ihr vordrang, den zuvor niemand hatte erreichen können.

In dieser Dunkelheit war er ihr ein und alles geworden. Kein Wort war gefallen, aber sie malte sich aus, wie seine Stimme wohl klingen würde. Väterlich, warm. Doch wenn der Schmerz kam, haßte sie ihn. Dann hätte sie ihn töten können. Wenn sie es nur vermocht hätte.

Robert fand ihn draußen im Schuppen. Sie kannten einander so gut, und er wußte, daß sich Johan an diesen Ort zurückzog, wenn er über etwas nachgrübelte. Als er gesehen hatte, daß keiner im Haus war, ging er direkt in den Schuppen und fand, wie erwartet, seinen Bruder dort auf dem Boden sitzend, die Knie angezogen und die Arme fest um die Beine geschlungen.

Sie waren so verschieden, daß Robert es zuweilen kaum glauben konnte, daß sie wirklich Brüder waren. Er persönlich war stolz darüber, daß er keine Minute seines Lebens vergeudet hatte, um über irgend etwas nachzudenken oder sich irgendwelche Konsequenzen vorzustellen. Er handelte, und danach sollte kommen, was wollte. Die Zukunft wird es zeigen, war sein Motto, es gab keinen Grund, über Dinge nachzugrübeln, die man nicht steuern konnte. Das Leben trickste einen so oder so ja doch aus, das war einfach der Gang der Dinge.

Johan hingegen war viel zu tiefsinnig, und das tat ihm nicht gut. In äußerst seltenen Sekunden der Klarsicht verspürte Robert schmerzliches Bedauern, weil der jüngere Bruder sich entschieden hatte, ihm auf seiner schiefen Bahn zu folgen, aber andererseits war es vielleicht am besten so. Johan wäre sonst nur enttäuscht worden. Sie waren die Söhne von Johannes Hult, und es schien, als würde auf diesem ganzen verdammten Zweig der Familie ein Fluch liegen. Es gab nicht die geringste Chance, daß jemand von ihnen das schaffen könnte, was er sich vorgenommen hatte, warum es dann erst versuchen?

Er würde es nicht einmal unter der Folter eingestehen, aber er liebte seinen Bruder mehr als alles andere auf der Welt, und es versetzte ihm einen Stich, als er Johans Silhouette im Halbdunkel des Schuppens erblickte. Der Bruder schien mit seinen Gedanken meilenweit weg zu sein, und eine Traurigkeit hatte ihn befallen, wie sie Robert von Zeit zu Zeit an ihm bemerkte. Es war, als würde Johans Sinn von Melancholie überschattet, die ihn für Wochen an einen dunklen, widerwärtigen Ort zwang. Den ganzen Sommer über hatte er nichts davon bemerkt, aber jetzt spürte er es förmlich körperlich, schon als er durch die Tür trat.

»Johan?«

Er bekam keine Antwort. Robert ging mit leichten Schritten tiefer in die Dunkelheit hinein. Er hockte sich neben seinen Bruder und legte ihm die Hand auf die Schulter.

»Johan, sitzt du wieder hier?«

Sein Bruder nickte nur. Als Johan ihm das Gesicht zudrehte, sah Robert zu seiner Verwunderung, daß es vom Weinen ganz verschwollen war. Das war anders als sonst, wenn Johan die Schwermut packte. Sorge erfaßte ihn.

»Was ist, Johan? Was ist passiert?«

»Papa ...«

Der Rest des Satzes ging in Schluchzen unter, und Robert bemühte sich zu verstehen, was der Bruder sagte.

»Was ist mit Papa, Johan?«

Johan atmete ein paarmal tief durch, um sich zu beruhigen, und sagte dann: »Alle werden jetzt verstehen, daß Papa unschuldig am Verschwinden dieser Mädchen war. Verstehst du, die Leute werden begreifen, daß er es nicht gewesen ist!«

»Wovon faselst du?« Er schüttelte Johan, aber spürte, wie sein eigenes Herz einen Schlag aussetzte.

»Mutter war unten im Ort und hat gehört, daß man ein Mädchen ermordet aufgefunden hat, und zusammen mit ihr fanden sie die verschwundenen Mädels. Begreifst du? Das Mädchen wurde *jetzt* ermordet. Keiner kann wohl behaupten, daß das Vater gewesen ist!«

Johan lachte in einem Anflug von Hysterie. Robert konnte noch immer nicht fassen, was der Bruder da sagte. Seit dem Moment, als er seinen Vater gefunden hatte, der mit einer Schlinge um den Hals auf dem Boden der Scheune lag, hatte er davon geträumt, diese Worte zu hören, die Johan jetzt hervorstieß.

»Du machst dich wohl nicht über mich lustig? Denn dann kannst du was erleben.«

Er ballte die Faust, aber Johan lachte immer weiter dieses hysterische Lachen, und Tränen, Freudentränen, wie Robert jetzt verstand, liefen ihm über die Wangen. Johan drehte sich zu ihm um und umarmte Robert so fest, daß der kaum Luft bekam, und als ihm klar wurde, daß der Bruder die Wahrheit gesagt hatte, umarmte er ihn ebenfalls mit aller Kraft.

Endlich würde ihr Vater rehabilitiert werden. Endlich würden Mutter und sie mit erhobenem Kopf durch den Ort gehen können, ohne daß hinter ihrem Rücken geflüstert wurde und Finger dezent in ihre Richtung wiesen, wenn die Leute glaubten, sie merkten es nicht. Jetzt würden sie es bereuen, diese verdammten Klatschmäuler. Vierundzwanzig Jahre lang waren sie über ihre Familie hergezogen, und jetzt würden sie vor Scham in die Erde versinken.

»Wo ist Mutter?«

Robert entzog sich Johans Armen und schaute den Bruder fragend an, der unkontrolliert zu kichern begann. Er stieß etwas Unverständliches zwischen den Kicherattacken hervor.

»Was sagst du? Beruhige dich und rede ordentlich. Wo ist Mutter, habe ich gefragt?«

»Sie ist bei Onkel Gabriel.«

Roberts Gesicht verfinsterte sich. »Was, zum Teufel, macht sie bei dem Scheißkerl?«

»Ihm die Meinung sagen, glaube ich. Ich habe Mutter noch nie so wütend gesehen wie vorhin, als sie aus dem Ort zurückkam und erzählte, was sie erfahren hat. Sie wollte zum Hof hoch und Gabriel verklickern, was er für einer sei, sagte sie. Also hat er wohl was zu hören gekriegt. Nee, du hättest sie sehen sollen. Die Haare standen ihr zu Berge, und es fehlte nicht viel, dann wäre ihr Rauch aus den Ohren gestiegen, kannst du mir glauben.«

Das Bild ihrer Mutter mit abstehenden Haaren und Rauchwölkchen, die aus den Ohren pufften, brachte jetzt auch Robert zum Kichern. Solange er sich erinnern konnte, war sie nichts anderes als ein dahinschlappender, brummelnder Schatten gewesen, also fiel es ihm schwer, sie sich als wütende Furie vorzustellen.

»Ich hätte nur gern Gabriels Miene gesehen, als sie dort auftauchte. Und kannst du dir Tante Laine vorstellen?«

Johan imitierte sie treffend, ihre ängstliche Miene und wie sie die Hände vor der Brust rang. Er sprach mit schriller Stimme: »Aber Solveig. Aber liebe Solveig, du kannst doch nicht solche Wörter benutzen.«

Beide Brüder sackten in Lachkrämpfen zusammen.

»Du, denkst du manchmal an Vater?«

Johans Frage ließ sie wieder ernst werden, und Robert schwieg ein Weilchen, bevor er antwortete.

»Ja, sicher. Obwohl es mir schwerfällt, an etwas anderes zu denken als daran, wie er an diesem Tag ausgesehen hat. Du kannst froh sein, daß du ihn nicht sehen mußtest. Und du, denkst du an ihn?«

»Ja. Oft. Aber das ist, als würde ich einen Film sehen, wenn du verstehst, was ich meine. Ich erinnere mich, wie fröhlich er immer gewesen ist, wie er Späße gemacht hat, herumgetanzt ist und mich in die Luft geschwenkt hat. Aber ich sehe es irgendwie von außen, genau wie bei einem Film.«

»Ich verstehe, was du meinst.«

Sie lagen Seite an Seite und starrten zur Decke hoch, während der Regen über ihnen auf das Blechdach trommelte.

Johan sagte leise: »Er hat uns doch geliebt, Robert?«

Robert erwiderte genauso still: »Klar hat er das, Johan, klar hat er das.«

Sie hörte, wie Patrik einen Schirm auf der Vortreppe ausschüttelte, und hievte sich mühsam vom Sofa, um ihn an der Tür zu empfangen.

»Hallo?«

Sein Ton war fragend, und er schaute verwundert umher. Ruhe und Frieden waren vermutlich nicht das, was er erwartet hatte.

Eigentlich müßte sie etwas sauer auf ihn sein, weil er den ganzen Tag nicht angerufen hatte, aber sie war viel zu froh, ihn daheim zu haben, als daß sie verschnupft reagieren wollte. Sie wußte schließlich, daß er nie weiter als einen Handy-Anruf entfernt war, und zweifelte auch nicht daran, daß er tausendmal am Tag an sie gedacht hatte. Dieses Gefühl von Geborgenheit bestimmte ihre Beziehung, und es war wundervoll, sich darin aufgehoben zu wissen.

»Wo sind Conny und die Banditen?« Er flüsterte, noch immer unsicher, ob sie sich nicht doch noch hier befanden.

»Britta bekam einen Teller Makkaroni mit Fleischwurst über den Kopf gestülpt, also wollten sie nicht länger hierbleiben. Diese undankbaren Menschen.«

Erica genoß Patriks verblüffte Miene.

»Ich bin ganz einfach ausgerastet. Irgendwann ist Schluß. Wir dürften das nächste Jahrhundert keine Einladungen mehr von diesem Teil der Familie bekommen, aber das ist nichts, was ich direkt bedauere. Du etwa?«

»Nein, weiß Gott nicht.« Er verdrehte die Augen. »Hast du das wirklich gemacht? Ihr einen Teller mit Essen über den Kopf gekippt?«

»Ehrenwort. Meine ganze gute Erziehung ging flöten. Jetzt komme ich wohl nicht mehr in den Himmel.«

»Hmm, du bist doch selber ein kleines Stück Himmel, also das brauchst du nicht …«

Er schnappte scherzend nach ihrem Hals, genau dort, wo sie, wie er wußte, so kitzlig war, und sie jagte ihn lachend weg.

»Ich mache ein bißchen Kakao, dann mußt du mir alles über den großen Zusammenstoß erzählen.« Patrik nahm ihre Hand und führte sie in die Küche, wo er sie auf einen Stuhl verfrachtete.

»Du siehst müde aus«, sagte sie. »Wie läuft's?«

Er seufzte, während er das Kakaopulver mit der Milch verrührte.

»Ja, es geht wohl so, mehr aber auch nicht. Ein Glück, daß die Spurensicherung am Tatort fertig geworden ist, bevor dieses Wetter einsetzte. Wären wir statt vorgestern erst heute auf das Mädchen gestoßen, dann wäre kein bißchen mehr dagewesen, was uns die Suche erleichtern könnte. Danke übrigens für das Material, das du rausgesucht hast. Es war wirklich von Nutzen.«

Er setzte sich ihr gegenüber auf einen Stuhl, während er wartete, daß der Kakao warm wurde.

»Und du, wie geht es euch? Alles gut mit dem Bambino?«

»Mit uns ist alles okay. Unser zukünftiger kleiner Fußballer hat wie üblich wild herumgetollt, aber ich hatte einen wundervollen Tag, nachdem Conny und Britta gefahren waren. Vielleicht habe ich genau das gebraucht, um mich entspannen und ein bißchen lesen zu können – also eine Bande verrückter Verwandter.«

»Wie gut, dann brauche ich mir um euch keine Sorgen zu machen.«

»Nein, kein bißchen.«

»Soll ich versuchen, morgen zu Hause zu bleiben? Ich kann ja vielleicht einiges von hier aus machen, dann bin ich jedenfalls in der Nähe?«

»Wie lieb von dir, aber mir geht es wirklich gut. Ich finde, es ist wichtiger, daß du jetzt alle Kraft darauf verwendest, den Mörder zu finden, bevor die Spur kalt ist. Ich werde schon noch früh genug verlangen, daß du in unmittelbarer Reichweite bist.« Sie lächelte und tätschelte ihm die Hand. Dann sagte sie: »Außerdem macht sich wohl leider eine allgemeine Hysterie breit. Ich habe im Laufe des Tages eine Reihe Anrufe erhalten von Leuten, die mich darüber auszuhorchen versuchten, wieviel ihr wißt – und ich sage natürlich nichts, auch wenn ich etwas wissen sollte, was ich ja nicht tue.« Hier war sie gezwungen, Luft zu holen. »Und offenbar hat unter anderem das Tourismusbüro eine Menge Absagen von Leuten erhalten, die es nicht riskieren wollten herzukommen, und ein großer Teil der Segler ist in andere Häfen aufgebrochen. Also, auch wenn das lokale Tourismusgewerbe noch keinen Druck gemacht haben sollte, ist es wohl das beste, daß ihr euch darauf einstellt.«

Patrik nickte. Er hatte befürchtet, daß genau das geschehen würde. Die Hysterie würde sich ausbreiten und immer weiter zunehmen, bis sie jemanden hinter Schloß und Riegel setzen konnten. Für einen Ort wie Fjällbacka, der vom Tourismus lebte, war das hier eine Katastrophe. Er erinnerte sich an einen Sommer vor ein paar Jahren, als ein Sexualverbrecher im Juli vier Vergewaltigungen begangen hatte, bevor sie ihn schließlich schnappen konnten. Die Gewerbetreibenden des Ortes waren damals in die Knie gegangen, weil die Touristen es vorgezogen hatten, in eine der umliegenden Gemeinden zu fahren, nach Grebbestad oder Strömstad. Mord hätte noch schlimmere Folgen. Glücklicherweise war es Aufgabe des Chefs der Dienststelle, sich mit solchen Fragen zu befassen. Er überließ es Mellberg nur zu gern, sich um diese Dinge zu kümmern.

Mit den Fingern rieb er sich die Nasenwurzel. Ein heftiger Kopfschmerz war im Anzug. Patrik war im Begriff, eine Kopfschmerztablette zu nehmen, als ihm plötzlich bewußt wurde, daß er den ganzen Tag nichts gegessen hatte. Essen war ansonsten eins der Laster, die er sich im Leben gönnte, wovon eine leichte Schlaffheit um die Taille zeugte, und er konnte sich nicht erinnern, wann er das letzte Mal eine Mahlzeit oder sogar zwei vergessen hatte. Er war zu müde, um etwas zuzubereiten, und machte sich statt dessen ein paar Käsebrote mit ein paar Tupfern Kaviarcreme und tunkte sie in den heißen Kakao. Erica verzog wie gewöhnlich leicht angewidert das Gesicht beim Anblick dieser nach ihrem Geschmack abstoßenden Kombination, aber für Patrik war es eine göttliche Kost. Drei Brote später waren die Kopfschmerzen nur noch eine Erinnerung, und er fühlte, daß er neue Kräfte bekam.

»Du, wollen wir am Wochenende nicht Dan und sein Mädel zu uns einladen? Wir können ein bißchen grillen.«

Erica zog die Nase kraus und wirkte nicht übermäßig entzückt.

»Hör mal, du hast Maria ja überhaupt keine Chance gegeben. Wie oft hast du sie getroffen? Zweimal?«

»Ja, ja, ich weiß. Aber sie ist einfach so …«, sie suchte nach dem passenden Wort, »eben so einundzwanzig.«

»Dafür kann sie doch nichts. Also, daß sie jung ist. Sicher stimme ich dir zu, daß sie manchmal ein bißchen dusselig wirkt, aber wer weiß, vielleicht ist sie nur schüchtern? Und Dan zuliebe können wir uns ruhig ein bißchen anstrengen. Ich meine, er hat sie sich nun mal ausgesucht. Und nach der Scheidung von Pernilla ist es ja wohl nicht so verwunderlich, daß er eine Neue kennengelernt hat.«

»Nicht zu glauben, wie tolerant du plötzlich geworden bist«, sagte Erica säuerlich, aber sie mußte sich dennoch eingestehen, daß Patrik nicht ganz unrecht hatte.

»Wie kommt es, daß du so großmütig bist?«

»Ich bin immer großmütig, wenn es um einundzwanzigjährige Mädels geht. Sie haben so manche Qualitäten.«

»Ach ja, und welche?« sagte Erica verschnupft, bevor sie begriff, daß Patrik sie aufzog. »Äh, laß das. Ja, du hast wohl recht. Sicher werden wir Dan und seinen kleinen Teenie zu uns einladen.«

»Also hör mal.«

»Ja, ja, Dan und MARIA. Das wird sicher nett. Ich kann Emmas Puppenhaus rausstellen, dann hat sie was zu tun, während wir Erwachsenen zu Abend essen.«

»Erica ...«

»Ich WERDE aufhören. Es fällt mir nur so schwer, das zu lassen. Es ist wie 'ne Art Tick.«

»Böses Weib, komm ein bißchen schmusen, statt weiter Ränke zu schmieden.«

Sie nahm ihn beim Wort, und sie schmiegten sich auf dem Sofa aneinander. Für Patrik war das hier das Mittel, das ihm half, mit den dunkleren Seiten des Menschen, wie sie ihm in seinem Job begegneten, fertig zu werden. Der Gedanke daran, daß er vielleicht dazu beitragen konnte, wenn auch vielleicht nicht viel, die Welt für das Kind sicherer zu machen, das jetzt die Füße gegen seine Handfläche stemmte, dort unter der gespannten Haut von Ericas Bauch. Vor dem Fenster flaute der Wind mit einbrechender Dunkelheit immer mehr ab, und die Farbe des Himmels ging von Grau in flammendes Rosa über. Er vermutete, daß morgen wieder die Sonne scheinen würde.

Patriks Vorahnungen in bezug auf die Sonne erwiesen sich als richtig. Am Tag darauf war es, als hätte es nie geregnet, und um die Mittagszeit dampfte der Asphalt von neuem. Martin schwitzte, obwohl er nur Shorts und T-Shirt trug, aber das schien fast schon der normale Zustand zu sein. An die Kühle des gestrigen Tages erinnerte er sich nur noch wie an einen Traum.

Er war etwas ratlos, wie er mit der Arbeit weitermachen sollte. Patrik saß bei Mellberg, so daß er sich nicht mit ihm absprechen konnte. Eins seiner Probleme war die Information aus Deutschland. Man konnte sich von dort jeden Moment wieder bei ihm melden, und er befürchtete, daß er aufgrund mangelnder Deutschkenntnisse irgend etwas mißverstehen könnte. Das beste war es wohl, sich schon jetzt nach jemandem umzusehen, der ihm beim Dolmetschen helfen konnte, mittels einer Konferenzschaltung. Aber wen sollte er um Hilfe bitten? Die Dolmetscher, die sie früher hinzugezogen hatten, waren meist Dolmetscher für baltische Sprachen, auch für Russisch und Polnisch, aufgrund so einiger Probleme mit gestohlenen Autos, die in diese Länder gegangen waren, aber bei Deutsch hatten sie bisher keine Hilfe benötigt. Er nahm das Telefonbuch zur Hand und blätterte ein bißchens aufs Geratewohl, noch unsicher, wonach er eigentlich suchte. Eine Rubrik brachte ihn auf eine großartige Idee. Wenn man die Menge deutscher Touristen bedachte, die Jahr für Jahr durch Fjällbacka strömten, mußte das Tourismusbüro in Fjällbacka doch wohl jemanden haben, der die Sprache beherrschte. Eifrig wählte er die Nummer und wurde von einer hellen, fröhlichen Frauenstimme begrüßt.

»Touristeninformation Fjällbacka, hier spricht Pia.«

»Hallo, ich bin Martin Molin von der Polizeidienststelle in Tanumshede. Ich wollte gern wissen, ob ihr jemanden habt, der gut deutsch spricht.«

»Ja, das wäre in dem Fall wohl ich. Worum geht es?«

Die Stimme klang mit jeder Sekunde sympathischer, und Martin hatte eine Idee.

»Könnte ich vielleicht zu dir runterkommen und über die Sache reden? Hast du Zeit dafür?«

»Ja, sicher. Ich habe in einer halben Stunde Mittag. Wenn du es bis dahin schaffst, könnten wir vielleicht im Café Bryggan zusammen essen?«

»Das klingt perfekt. Dann sehen wir uns dort in einer halben Stunde.«

Guter Dinge legte Martin den Hörer auf. Er war sich nicht ganz sicher, ob es nicht nur verrücktes Zeug war, was ihm da durch den Kopf ging, aber ihre Stimme hatte so nett geklungen.

Als er eine halbe Stunde später das Auto vor Järnboden geparkt hatte und sich durch die Sommergäste auf dem Ingrid-Bergman-Platz schlängelte, bekam er etwas kalte Füße. Das hier ist kein Date, das ist eine Polizeiangelegenheit, redete er sich zu, aber mußte sich eingestehen, daß er grausam enttäuscht wäre, wenn Pia von der Touristeninformation 200 Kilo wog oder vorstehende Zähne hatte.

Er ging zur Anlegebrücke hoch und sah sich suchend zwischen den Tischen des Cafés um. Ganz hinten winkte ein Mädchen in blauer Bluse und mit einem farbenfrohen Tuch, auf dem das Logo der Touristeninformation prangte. Ein Seufzer der Erleichterung entfuhr ihm, dem sofort darauf ein Gefühl des Triumphes folgte, weil er recht gehabt hatte. Pia war süß wie ein Stück Schokolade. Große braune Augen und dunkles, lockiges Haar. Ein fröhliches Lächeln mit weißen Zähnen und bezaubernde Grübchen in den Wangen. Das hier würde ein bedeutend angenehmeres Mittagessen werden, als sich mit Hedström in der Küche des Reviers kalten Nudelsalat einzuverleiben. Nicht, daß er Hedström nicht mochte, aber mit so einer Superpuppe konnte er es nicht aufnehmen!

»Martin Molin.«

»Pia Löfstedt.«

Nachdem die Vorstellung erledigt war, bestellten sie sich jeder eine Fischsuppe bei der großen blonden Serviererin.

»Wir haben Glück. Der *Hering* ist diese Woche hier.«

Sie sah, daß Martin nicht verstand, wovon sie redete.

»Christian Hellberg. 2001 Koch des Jahres. Er stammt aus Fjällbacka. Du wirst schon sehen, wenn du die Fischsuppe gekostet hast. Einfach göttlich.«

Während sie redete, gestikulierte sie ununterbrochen, und Martin erwischte sich dabei, wie er sie fasziniert anstarrte. Pia war ganz anders als die Mädchen, die er zu treffen pflegte, und vielleicht war gerade das der Grund dafür, daß es so angenehm war, hier mit ihr zu sitzen.

»Ich muß zugeben, daß wir nicht gerade jeden Tag von der Polizei angerufen werden. Ich nehme an, es hat mit der Leiche in der Königsschlucht zu tun?«

Die Frage war eine trockene Feststellung, hatte nichts Sensationslüsternes an sich, und Martin nickte bestätigend.

»Ja, das stimmt. Das Mädchen war eine deutsche Touristin, wie ihr sicher gehört habt, und wir können vielleicht etwas Hilfe beim Dolmetschen gebrauchen. Glaubst du, daß du das hinkriegst?«

»Ich war zwei Jahre in Deutschland auf der Schule, also das dürfte kein Problem sein.«

Sie bekamen ihre Suppe, und schon nach einem Löffel war Martin geneigt, Pias Urteil, sie sei »göttlich«, zuzustimmen. Er ertappte sich selbst bei dem Versuch, nicht zu schlürfen, aber gab es schließlich auf. Er mußte einfach hoffen, daß sie den Michel-Film von Astrid Lindgren gesehen hatte: »Wenn man nicht schlürft, weiß man nicht, daß es Suppe ist …«

»Irgendwie ist das ein bißchen lustig …« Pia machte eine Pause und nahm einen weiteren Löffel Suppe. Eine schwache Brise wehte in Abständen zwischen die Tische und brachte für ein, zwei Sekunden Kühlung. Sie sahen beide einem schönen alten Kutter nach, der sich mit flatternden Segeln vorankämpfte. Es herrschte nicht genug Wind, also hatten die meisten Segelboote auch den Motor angeworfen. Pia fuhr fort: »Dieses deutsche Mädchen, Tanja hieß sie, stimmt's? Sie kam vor gut einer Woche zu uns herein und wollte Hilfe bei der Übersetzung einiger Artikel.«

Martins Interesse war sofort geweckt. »Was denn für Artikel?«

»Über diese Mädchen, die zusammen mit ihr gefunden worden sind. Es waren Artikel über deren Verschwinden. Alte Artikel, von denen sie Kopien hatte, vermutlich aus der Bibliothek, denke ich mal.«

Der Löffel klirrte gegen die Schüssel, als er ihm vor lauter Erregung aus der Hand fiel. »Hat sie gesagt, warum sie diese Hilfe wollte?«

»Nein, nichts. Und ich habe auch nicht gefragt. Eigentlich sollen wir so was in der Arbeitszeit nicht machen, aber es war mitten am Tag, und alle Touristen waren draußen auf den Klippen, um zu baden, also war bei uns nichts los. Und außerdem schien es ihr so wichtig zu sein, und sie tat mir leid.« Pia zögerte: »Hat das hier was mit dem Mord zu tun? Ich hätte vielleicht anrufen und es früher erzählen sollen …«

Sie klang besorgt, und Martin beeilte sich, sie zu beruhigen. Aus irgendeinem Grund fand er es äußerst unerfreulich, daß sie wegen ihm irgendwelche unangenehmen Gefühle bekam.

»Nein, das konntest du ja nicht wissen. Aber es war gut, daß du es jetzt erzählt hast.«

Sie setzten das Essen mit Gesprächen über angenehmere Dinge fort, und die Stunde, die Pia frei hatte, verging im Nu. Sie mußte rasch zu dem kleinen Tourismushäuschen zurück, das mitten auf dem Markt stand, damit die Kollegin, die ihrerseits zum Essen wollte, nicht verärgert war. Ehe er sich's versah, war sie verschwunden, nach einem viel zu hastigen Aufbruch. Er hatte die Frage nach einem Treffen auf der Zungenspitze gehabt, konnte sie aber irgendwie nicht herausbringen. Brummend und fluchend begab er sich zum Auto, aber auf dem Weg nach Tanumshede kamen seine Gedanken widerstrebend auf das zurück, was Pia erzählt hatte, nämlich daß Tanja um Hilfe mit der Übersetzung von Artikeln über die verschwundenen Mädchen gebeten hatte. Warum war sie an ihnen so interessiert? Wer war sie? Welchen Zusammenhang gab es zwischen ihr und Siv und Mona, der ihnen verborgen blieb?

Das Leben war gut. Das Leben war sogar äußerst gut. Er erinnerte sich nicht, wann ihm die Luft so sauber, die Düfte so stark und die Farben so klar erschienen waren. Das Leben war wirklich gut.

Mellberg betrachtete Hedström auf dem Stuhl vor sich. Fescher Junge und ein tüchtiger Polizist. Ja, das hätte er früher vielleicht nicht gerade mit diesen Worten ausgedrückt, aber jetzt wollte er die Gelegenheit beim Schopf fassen. Es war wichtig, daß die Mitarbeiter sich geschätzt wußten. Ein guter Chef äußert Kritik genauso uneingeschränkt, wie er Lob erteilt, hatte er irgendwo gelesen. Mit der Kritik war er bisher wohl ein bißchen zu freigebig gewesen, erkannte er jetzt mit seiner neu erworbenen Klarsicht, aber das war keine Sache, die sich nicht ausgleichen ließe.

»Wie steht es mit der Ermittlung?«

Hedström berichtete in großen Zügen über die Maßnahmen, die bisher ergriffen worden waren.

»Ausgezeichnet, ausgezeichnet.« Mellberg nickte jovial. »Ja, ich habe im Laufe des Tages so einige unangenehme Anrufe bekommen. Man ist außerordentlich daran interessiert, daß die Sache rasch erledigt wird, damit es keine weitgehenden Auswirkungen auf die Tourismusbranche hat, wie man es so fein ausdrückte. Aber, Hedström, das ist nichts, worum du dich zu kümmern brauchst. Ich habe persönlich versichert, daß einer der Besten unseres Standes rund um die Uhr arbeitet, um den Täter hinter Schloß und Riegel zu bringen. Also mach du nur so hochklassig wie bisher weiter, dann werde ich mich schon um die Gemeindebonzen kümmern.«

Hedström schaute ihn merkwürdig an. Mellberg gab den Blick zurück und feuerte ein breites Lächeln ab. Ja, wenn der Junge nur wüßte ...

Die Besprechung bei Mellberg hatte eine gute Stunde gedauert, und auf dem Rückweg hielt er nach Martin Ausschau. Aber der war nirgendwo zu sehen, also nutzte Patrik die Gelegenheit und kaufte sich bei Hedemyrs ein belegtes Brot, das er dann im Pausenraum bei einer Tasse Kaffee direkt aus der Plastikverpackung verschlang. Gerade als er fertig war, hörte er Martins Schritte auf dem Korridor und winkte ihm, mit in sein Zimmer zu kommen.

Zur Einleitung sagte er: »Hast du in letzter Zeit irgendwas Komisches an Mellberg bemerkt?«

»Außer daß er nicht jammert, nicht kritisiert, die ganze Zeit lächelt, jede Menge abgenommen hat und Sachen trägt, die man zumindest der Mode der neunziger Jahre zurechnen kann – nein, nichts.« Martin grinste.

»Irgendwas ist da faul. Nicht, daß ich mich beschweren will. Er mischt sich nicht in die Ermittlung ein, und heute habe ich so viel Lob von ihm bekommen, daß ich rot geworden bin. Aber irgendwas ist da ...«

Patrik schüttelte den Kopf, um sich dann wieder dringenderen Fragen zu widmen.

Martin erzählte von dem ergebnislosen Besuch auf dem Campingplatz und daß er von Liese nichts Brauchbares mehr erfahren hatte. Als er berichtete, was Pia erzählt hatte, nämlich daß Tanja dort vorbeigekommen war, um Artikel über Mona und Siv übersetzt zu bekommen, erwachte Patriks Interesse.

»Ich wußte doch, daß es da einen Zusammenhang gab! Aber, verdammt, was kann es sein?« Er kratzte sich am Kopf.

»Was haben denn die Eltern gestern gesagt?«

Die beiden Fotos, die Patrik von Albert und Gun erhalten hatte, lagen auf dem Tisch, und er nahm sie auf und gab sie Martin. Er beschrieb das Treffen mit Monas Vater und Sivs

Mutter und konnte seine Abneigung, was letztere anging, nicht verbergen.

»Es muß ja wohl doch eine Erleichterung gewesen sein, daß die Mädchen gefunden wurden. Jahraus und jahrein herumzulaufen und nicht zu wissen, wo sie sind, muß doch wirklich schrecklich sein. Die Ungewißheit ist das schlimmste, sagen diejenigen, die es wissen müssen.«

»Ja, aber nun wollen wir wirklich hoffen, von Pedersen die Bestätigung zu erhalten, daß das andere Skelett das von Siv Lantin ist, sonst sitzen wir in der Klemme.«

»Stimmt, aber ich wage fast zu behaupten, daß wir davon ausgehen können. Gibt es noch immer nichts über die Analyse der Erde, die sich an den Gerippen befunden hat?«

»Nein, leider. Und die Frage ist, wieviel uns das wohl bringt. Sie können ja überall vergraben gewesen sein, und selbst wenn wir erfahren, um welche Art Erde es sich handelt, ist das nicht anders, als würde man nach der Nadel im Heuhaufen suchen.«

»Die größte Hoffnung setze ich wohl auf die DNA. Wenn wir erst die richtige Person haben, wissen wir sofort Bescheid, nachdem wir die Möglichkeit hatten, ihre DNA zu analysieren und mit dem zu vergleichen, was uns vorliegt.«

»Ja, nur muß man dazu erst die richtige Person finden.«

Sie grübelten ein Weilchen schweigend darüber nach, bis Martin aufstand.

»Nein, so wird nichts aus der Sache. Am besten, man legt wieder los.«

Hinter ihm blieb ein sehr nachdenklicher Patrik an seinem Schreibtisch zurück.

Die Stimmung beim Abendessen war gedrückt. An sich nichts Ungewöhnliches, seit Linda eingezogen war, aber jetzt konnte man die Luft mit dem Messer schneiden. Ihr Bruder hatte nur so knapp wie möglich von Solveigs Besuch beim Vater erzählt, aber war nicht sonderlich erpicht darauf, das Thema weiter zu diskutieren. Für Linda kein Grund, sich hindern zu lassen.

»Also war es nicht Onkel Johannes, der diese Mädels ermordet hat. Papa muß sich jetzt wirklich beschissen fühlen, daß er den eigenen Bruder angezeigt hat, und dann stellt sich raus, daß der unschuldig ist.«

»Halt den Mund, rede nicht über Dinge, von denen du keine Ahnung hast.«

Alle um den Tisch zuckten zusammen. Es kam so gut wie nie vor, daß Jacob die Stimme erhob. Sogar Linda war einen Moment erschrocken, schluckte dann aber und fuhr unverdrossen fort: »Warum hat Papa eigentlich gedacht, daß es Onkel Johannes gewesen ist? Das hat mir nie jemand erzählt.«

Jacob zögerte einen Moment, aber begriff, daß es nicht möglich sein würde, sie von ihren Fragen abzubringen, also entschloß er sich, ihr entgegenzukommen. Wenigstens teilweise.

»Papa hat eins der Mädchen im Auto von Johannes gesehen, in der Nacht damals, als sie verschwand.«

»Warum war Papa mitten in der Nacht auf der Straße unterwegs?«

»Er war bei mir im Krankenhaus gewesen und hatte sich entschlossen, nach Hause zu fahren, statt dort zu übernachten.«

»Also mehr war es nicht? Das war der Grund, weshalb er bei der Polizei angerufen und Johannes angezeigt hat? Ich meine, es muß ja eine Menge anderer Erklärungen dafür geben, er hat sie vielleicht nur ein Stück mitgenommen oder so?«

»Vielleicht. Aber Johannes stritt ab, daß er das Mädchen an dem Abend überhaupt gesehen hatte, und sagte, er habe zu der Zeit zu Hause im Bett gelegen und geschlafen.«

»Aber was hat Großvater gesagt? Wurde er nicht wütend, als Gabriel wegen Johannes bei der Polizei angerufen hatte?«

Linda war total fasziniert. Sie war erst nach dem Verschwinden der Mädchen geboren worden und hatte nur bruchstückhaft von dem Geschehenen gehört. Keiner wollte darüber reden, was eigentlich passiert war, und das meiste von dem, was Jacob jetzt sagte, war ihr völlig neu.

Jacob schnaufte verächtlich. »Ob Großvater wütend wurde? Ja, das kann man wohl sagen. Er lag außerdem gerade in der Klinik, um mir das Leben zu retten, also geriet er völlig in Rage über Papa, daß der so etwas hatte tun können.«

Die Kinder hatten den Tisch verlassen dürfen. Andernfalls

hätten ihre Augen jetzt gestrahlt, als erwähnt wurde, daß der Urgroßvater ihrem Papa das Leben gerettet hatte. Diese Geschichte hatten sie viele, viele Male gehört und konnten nie genug davon bekommen.

Jacob fuhr fort: »Offenbar war er so erbost, daß er die Absicht hatte, das Testament erneut zu ändern und Johannes als einzigen Erben einzusetzen, aber er kam nicht mehr dazu, bevor Johannes starb. Wäre der nicht gestorben, würden vielleicht wir jetzt im Försterhäuschen wohnen und nicht Solveig mit den Jungs.«

»Aber warum konnte Papa Johannes nicht leiden?«

»Also, ich weiß es nicht genau. Papa war, was die Sache anging, nie sehr gesprächig, aber Großvater hat so einiges erzählt, das es vielleicht erklären kann. Großmutter ist bei Johannes' Geburt gestorben, und dann sind die Kinder mit Großvater unterwegs gewesen, wenn er die Westküste hoch- und runtergefahren ist, um zu predigen und Gottesdienste abzuhalten. Großvater erzählte mir, daß er frühzeitig erkannt hatte, daß sowohl Johannes als auch Gabriel die Fähigkeit hatten zu heilen, also wurde jeder Gottesdienst damit beendet, daß sie Menschen aus dem Publikum geheilt haben, die von Krankheiten oder Behinderungen geplagt wurden.«

»Hat Papa das gemacht? Menschen geheilt, meine ich? Kann er das jetzt noch?«

Vor Verwunderung blieb Linda der Mund offenstehen. Die Tür zu einem ganz neuen Raum ihrer Familiengeschichte öffnete sich weit, und sie wagte kaum zu atmen vor Angst, daß Jacob sich wieder verschließen und es ablehnen würde, das, was er wußte, mitzuteilen. Sie hatte gehört, daß ihn und Großvater etwas ganz Besonderes verband, speziell nachdem sich herausgestellt hatte, daß sich Großvaters Knochenmark zur Transplantation für den leukämiekranken Jacob eignete, aber sie wußte nicht, daß Großvater soviel erzählt hatte. Zwar hatte sie gehört, daß Großvater im Volksmund »der Prediger« genannt wurde, und auch das Getuschel war ihr zu Ohren gekommen, daß Großvater sich das Vermögen auf irgendeine Weise erschwindelt hatte, aber die Geschichten über Ephraim waren für sie nie etwas anderes als übertriebene Legenden gewesen. Als Großvater starb, war sie ja auch noch so klein gewesen; für sie war er nur ein strenger älterer Mann auf den Familienfotos.

»Nein, ich glaube kaum, daß er das kann.« Jacob lächelte ein wenig, als er sich seinen korrekten Vater in der Rolle des Heilers von Kranken und Gebrechlichen vorstellte. »Was Papa anbelangt, ist die Sache wohl überhaupt nicht passiert. Und wie Großvater sagte, ist es nicht ungewöhnlich, daß man die Fähigkeit verliert, wenn man in die Pubertät kommt. Man kann sie möglicherweise wiedererlangen, aber das ist nicht leicht. Ich glaube, daß weder Gabriel noch Johannes diese Fähigkeit besaßen, als sie über das Jungenalter hinauskamen. Der Grund, warum Papa Johannes verabscheute, war wohl, daß sie so verschieden waren. Johannes sah sehr gut aus, und mit seinem Charme gelang es ihm außerdem, daß sich jede x-beliebige für ihn hinlegte, aber wenn es um Verantwortung ging, war bei ihm nichts zu holen. Jeder Sohn hatte von Großvater schon zu dessen Lebzeiten eine große Summe Geld bekommen, aber es dauerte nur ein paar Jahre, bis Johannes seinen Teil verschleudert hatte. Das machte Großvater fuchsteufelswild, und er trug Gabriel als Haupterbe ins Testament ein, statt das Vermögen auf beide Söhne aufzuteilen. Aber wie gesagt, wenn Johannes etwas länger gelebt hätte, wäre die Sache noch einmal geändert worden.«

»Aber da muß doch noch was anderes gewesen sein, Papa kann Johannes doch nicht so sehr gehaßt haben, nur weil er hübscher und charmanter gewesen ist als er? Deswegen zeigt man seinen Bruder doch nicht bei der Polizei an?«

»Nein, ich schätze mal, das Faß kam zum Überlaufen, weil Johannes Papa das Mädel weggenommen hat.«

»Äh! War Papa mit Solveig zusammen? Mit der fetten Kuh?«

»Hast du keine Bilder von Solveig aus dieser Zeit gesehen? Ich kann dir sagen, nach der haben sich alle die Finger geleckt, und sie und Papa waren verlobt. Aber dann eines Tages teilte sie ihm einfach mit, daß sie sich in Johannes verliebt habe und ihn heiraten werde. Ich glaube, das hat Papa total das Genick gebrochen. Du weißt, wie sehr er Unordnung und Dramatik in seinem Leben haßt.«

»Ja, das hat ihn bestimmt völlig ausflippen lassen.«

Zum Zeichen, daß das Gespräch beendet war, stand Jacob vom Tisch auf. »Nein, jetzt reicht es mit den Familiengeheimnissen. Aber du verstehst vielleicht, warum es zwischen Papa und Solveig ein bißchen kritisch ist.«

Linda kicherte. »Ich hätte sonst was dafür gegeben, Mäuschen zu spielen, als sie dort aufgetaucht ist und ihn heruntergeputzt hat. Was für ein Zirkus das doch gewesen sein muß.«

Selbst Jacob verzog leicht den Mund. »Ja, Zirkus ist wohl das richtige Wort. Aber bitte versuch ein bißchen ernsthafter zu sein, wenn du Papa triffst. Ich glaube kaum, daß er die Sache so lustig sieht.«

»Ja, ja, ich werde ein liebes Mädchen sein.«

Sie stellte den Teller in die Spülmaschine, dankte Marita fürs Essen und ging in ihr Zimmer hoch. Es war das erste Mal seit langem, daß sie und Jacob über etwas zusammen gelacht hatten. Er konnte ja richtig nett sein, wenn er sich nur etwas Mühe gab, dachte Linda und übersah geflissentlich, daß sie in den letzten Jahren auch nicht gerade ein Charmebolzen gewesen war.

Sie nahm den Hörer ab und versuchte Johan zu erreichen. Zu ihrem Erstaunen spürte sie, daß es ihr tatsächlich nicht egal war, wie es ihm ging.

Laine fürchtete sich im Dunkeln. Fürchtete sich entsetzlich. Trotz all der Abende, die sie ohne Gabriel auf dem Hof verbracht hatte, war sie noch immer nicht daran gewöhnt. Früher hatte sie wenigstens Linda zu Hause gehabt und davor Jacob, aber jetzt war sie ganz allein. Sie wußte, daß Gabriel gezwungen war, ziemlich viel herumzureisen, dennoch konnte sie ein bitteres Gefühl nicht unterdrücken. Das hier war nicht das Leben, was sie sich erträumt hatte, als sie mit ihrer guten Partie vor dem Traualtar stand. Nicht, daß das Geld an sich so wichtig gewesen wäre. Es war die Sicherheit, die sie gelockt hatte. Die Sicherheit durch Gabriels Eintönigkeit und die Sicherheit durch das Geld auf der Bank. Sie wollte ein Leben, das ganz anders war als das ihrer Mutter.

Als Kind hatte sie in Angst vor den Tobsuchtsanfällen ihres betrunkenen Vaters gelebt. Er hatte die ganze Familie tyrannisiert und seine Kinder zu unsicheren, nach Liebe und Zärtlichkeit dürstenden Menschen werden lassen. Von den Geschwistern war jetzt nur noch sie selbst übrig. Sowohl ihr Bruder als auch die Schwester waren der Finsternis erlegen, die eine, indem sie diese Finsternis nach innen richtete, der andere, indem er sie nach außen wandte. Sie selbst war das Kind dazwischen, war nur unsicher und schwach, nicht stark genug, um ihre Unsicherheit nach innen oder nach außen zu wenden. Sie ließ sie nur Jahr für Jahr vor sich hin schwelen.

Diese Unsicherheit war nie so greifbar wie dann, wenn sie abends einsam durch die stillen Räume ging. Dann erinnerte sie sich am deutlichsten an den stinkenden Atem, die Schläge und das Streicheln, die heimlich in der Nacht kamen.

Als sie Gabriel geheiratet hatte, glaubte sie wirklich, daß sie den Schlüssel gefunden hatte, der den dunklen Schrein in ihrer Brust öffnete. Aber sie war nicht dumm. Sie wußte, daß sie ein Trostpreis war. Eine, die er nahm, da er die nicht bekam, die er wirklich haben wollte. Aber das spielte keine Rolle. Auf eine Weise war es leichter so. Keine Gefühle, die die stille Oberfläche aufwühlen konnten. Nur triste Vorhersehbarkeit in einer unendlichen Kette von sich aneinanderfügenden Tagen. Sie glaubte, das sei das einzige, was sie sich wünschte.

Fünfunddreißig Jahre später wußte sie, wie sehr sie sich getäuscht hatte. Nichts war schlimmer als Einsamkeit in der Zweisamkeit, und genau darauf hatte sie sich eingelassen, als sie in der Kirche von Fjällbacka ja gesagt hatte. Gabriel und sie hatten parallele Leben gelebt. Den Hof besorgt, ihre Kinder erzogen und über Wind und Wetter geredet, mangels anderer Gesprächsthemen.

Nur sie allein wußte, daß Gabriel auch ein anderer gewesen war als der, den er seiner Umwelt täglich zur Schau stellte. Sie hatte ihn all die Jahre beobachtet, hatte ihn heimlich studiert und langsam jenen Mann kennengelernt, der er hätte sein können. Es verwunderte sie, welche Sehnsucht das in ihr geweckt hatte. Dieser andere war so tief begraben, daß sie glaubte, er wisse nicht einmal selbst davon, aber hinter der tristen, beherrschten Fassade verbarg sich ein leidenschaftlicher Mann. Sie sah viel angesammelten Zorn, aber glaubte, daß ebenso große Mengen Liebe vorhanden waren, wenn sie nur die Fähigkeit gehabt hätte, diese hervorzulocken.

Nicht einmal als Jacob im Krankenhaus gelegen hatte, war es ihnen gelungen, sich einander zu nähern. Seite an Seite hatten sie bei ihrem Sohn gesessen, auf den Kanten des Bettes, das sie für sein Totenbett hielten, doch ohne einander Trost schenken zu können. Und oft hatte sie das Gefühl gehabt, daß Gabriel nicht einmal wollte, daß sie dort war.

Die Schuld für Gabriels Verschlossenheit konnte zum großen Teil seinem Vater angelastet werden. Ephraim Hult war ein beeindruckender Mann gewesen, der alle, die mit ihm in Kontakt kamen, in zwei Lager spaltete, in Freunde oder Feinde. Keiner stand dem Prediger gleichgültig gegenüber, aber Laine verstand, wie schwer es gewesen sein mußte, im Schatten eines solchen Mannes aufzuwachsen. Seine Söhne hätten nicht unterschiedlicher werden können. Johannes war stets ein großes Kind geblieben, ein Genießer, der sich nahm, was er haben wollte, und nie lange genug blieb, um die Spuren des von ihm angerichteten Chaos zu bemerken. Gabriel beschloß, die entgegengesetzte Richtung einzuschlagen. Sie hatte gesehen, wie er sich für Bruder und Vater geschämt hatte, für deren ausladende Gesten, ihre Fähigkeit, bei allen Gelegenheiten wie eine Leuchtbake zu blinken. Er selbst wollte anonym sein und deutlich machen, daß er mit seinem Vater nichts gemein hatte. Mehr als alles andere strebte Gabriel Respektabilität, Ordnung und Gerechtigkeit an. Seine Kindheit und die Jahre des Herumreisens mit Ephraim und Johannes erwähnte er mit keinem Wort. Sie wußte dennoch so manches und verstand, wie wichtig es für ihren Gatten war, diesen Teil seiner Vergangenheit zu verbergen, der ja so schlecht zu dem Bild paßte, das er nach außen zeigen wollte. Daß es Ephraim gewesen war, durch den Jacob dem Leben zurückgegeben wurde, hatte bei Gabriel gemischte Gefühle ausgelöst. Die Freude darüber, einen Weg gefunden zu haben, die Krankheit zu besiegen, war von der Tatsache getrübt, daß sein Vater und nicht er selbst als Ritter in glänzender Rüstung zu Hilfe geeilt war. Er hätte alles dafür gegeben, in den Augen seines Sohnes als Held dazustehen.

Laine wurde in ihren Überlegungen durch ein Geräusch gestört. Im Augenwinkel sah sie einen Schatten, dann zwei rasch durch den Garten huschen. Erneut packte sie die Angst. Sie suchte nach dem schnurlosen Telefon und wurde von Panik ergriffen, bevor sie es schließlich an seinem Platz im Aufladegerät fand. Mit zitternden Fingern wählte sie die Nummer von Gabriels Handy. Etwas krachte ins Fenster, und sie schrie laut auf. Die Scheibe war durch einen Stein zu Bruch gegangen, der jetzt zwischen den Glassplittern auf dem Boden lag. Ein weiterer Stein zerschlug die Scheibe daneben, und schluchzend rannte sie aus dem Zimmer hoch ins Obergeschoß, wo sie sich im Badezimmer einschloß, während sie krampfhaft darauf wartete, Gabriels Stimme zu hören. Statt dessen kam eine eintönige Mobilboxmitteilung, und sie vernahm das Entsetzen in ihrer eigenen Stimme, als sie ihm eine unzusammenhängende Nachricht hinterließ.

Zitternd saß sie dann auf dem Boden, die Arme krampfhaft um die Knie geschlungen, und lauschte auf Geräusche vor der Tür. Nichts weiter war zu hören, aber sie wagte es nicht, sich vom Fleck zu rühren.

Als der Morgen kam, saß sie noch immer auf derselben Stelle.

Erica wachte vom Klingeln des Telefons auf. Sie schaute auf die Uhr. Halb elf Uhr vormittags. Sie mußte wieder eingeschlafen sein, nachdem sie sich, verschwitzt und keine richtige Lage findend, die halbe Nacht herumgewälzt hatte.

»Hallo.« Ihre Stimme klang schlaftrunken.

»Tag, Erica, habe ich dich geweckt?«

»Ja, Anna, aber das macht nichts. Am hellichten Vormittag sollte ich ohnehin nicht mehr im Bett liegen.«

»Doch, doch, nutze nur die Zeit und schlafe, soviel du kannst. Später bleibt für so was nicht viel Gelegenheit. Wie geht's dir übrigens?«

Erica nutzte die Chance, um sich bei ihrer Schwester ein bißchen über die Strapazen der Schwangerschaft zu beklagen. Die wußte ja genau, wovon Erica sprach, nachdem sie selbst Mutter von zwei Kindern war.

»Du Ärmste … Der einzige Trost ist, daß man weiß, es geht früher oder später vorbei. Und wie ist es, Patrik jetzt die ganze Zeit zu Hause zu haben? Geht ihr euch nicht auf die Nerven? Ich erinnere mich, daß ich in den letzten Wochen vor allem meine Ruhe haben wollte.«

»Ja, ich muß zugeben, daß ich fast die Wände hochgegangen bin. Also habe ich nicht besonders protestiert, als man ihm einen Mordfall übertragen hat.«

»Einen Mordfall? Was ist denn passiert?«

Erica erzählte von der jungen Deutschen und den zwei verschwundenen Frauen, die man jetzt gefunden hatte.

»Puh, wie furchtbar.« Es knisterte in der Leitung.

»Wo seid ihr denn? Habt ihr es gut auf dem Boot?«

»Ja, es läuft wunderbar. Emma und Adrian lieben es, auf dem Wasser zu sein, und wenn es nach Gustav geht, sind sie bald richtige Segler.«

»Gustav, ja. Wie steht's damit? Kann er demnächst der Familie vorgestellt werden?«

»Aus dem Grund rufe ich übrigens an. Wir sind jetzt in Strömstad und hatten vor, die Küste runterzusegeln. Du mußt sagen, wenn es dir zuviel wird, anderenfalls würden wir gern morgen in Fjällbacka Station machen und euch besuchen. Wir wohnen auf dem Boot, also hast du keine Mühe mit uns. Und du mußt sagen, wenn es dir zu anstrengend wird. Es wäre nur richtig toll, wenn man mal den Bauch zu sehen bekäme.«

»Natürlich könnt ihr kommen. Morgen abend erwarten wir ohnehin Dan und sein Mädel zum Grillabend, da ist es ja ein Klacks, noch ein paar Burger mehr auf den Grill zu schmeißen.«

»O klasse, dann lerne ich endlich mal den Teenie kennen.«

»Du, Patrik hat mich schon gemahnt, nett zu sein, fang nicht auch noch damit an …«

»Ja, aber vor so was sind doch ein paar extra Vorbereitungen nötig. Wir müssen doch erst mal checken, was für Musik bei den Kids angesagt ist und welche Klamotten up to date sind und ob Lipgloss mit Geschmack noch immer in Mode ist. Wir machen es so: Wenn du dir MTV reinziehst, dann kaufe ich *Vecko-Revyn* und mache mich ein bißchen schlau. Übrigens, gibt es eigentlich die *Starlet* noch immer? Wenn ja, dann wäre das wohl auch eine gute Idee.«

Erica hielt sich den Bauch vor Lachen. »Hör auf, ich sterbe. Und du, wer im Glashaus sitzt, sollte nicht mit Steinen werfen. Nach allem, was wir wissen, könnte Gustav ja ein richtiger Snob sein.«

»Na ja, Snob würde ich nicht gerade auf Gustav beziehen.«

Erica hörte, daß Anna über ihre scherzhafte Bemerkung sauer geworden war. Daß die Schwester aber auch immer so wahnsinnig empfindlich sein mußte.

»Ich bin der Meinung, ich habe wirklich Glück gehabt, daß ein Mann wie Gustav überhaupt nach mir geguckt hat, alleinerziehende Mutter und so. Er hätte zwischen all den Mädels im Adelskalender frei wählen können und hat sich trotzdem für mich entschieden, ich finde, das sagt eine ganze Menge über ihn. Ich bin die erste Frau, mit der er zusammen ist, die nicht im Adelskalender steht, also halte ich mich für einen ziemlichen Glückspilz.«

Erica fand ebenfalls, daß die Sache so einiges über diesen Gustav aussagte, aber leider nicht auf die Weise, die ihre Schwester meinte. Anna hatte, was Männer anging, noch nie sehr viel Urteilsvermögen besessen, und die Art, wie sie von Gustav sprach, klang ein wenig beunruhigend. Aber Erica beschloß, nicht schon im voraus zu urteilen; hoffentlich würden sich ihre Befürchtungen in nichts auflösen, sobald sie den Mann kennenlernte.

Sie sagte fröhlich: »Wann seid ihr hier?«

»Gegen vier, ist das okay?

»Das paßt wunderbar.«

»Dann sehen wir uns später, Küßchen und tschüs.«

Nachdem sie den Hörer aufgelegt hatte, war Erica leicht bekümmert. Annas vielleicht allzu munterer Ton ließ sie darüber nachgrübeln, wie gut die Beziehung zu dem phantastischen Gustav af Klint ihrer Schwester eigentlich tat.

Sie war so froh gewesen, als Anna sich von Lucas Maxwell, dem Vater ihrer Kinder, hatte scheiden lassen. Anna hatte sich sogar ihren Traum erfüllt und angefangen, Kunstgeschichte zu studieren, und außerdem hatte sie das große Glück gehabt, einen Teilzeitjob bei der Stockholmer Versteigerungsanstalt zu finden. Dort hatte sie Gustav kennengelernt. Er stammte aus einer der blaublütigsten Familien Schwedens und verbrachte seine Zeit damit, das Familiengut in Hälsingland zu verwalten, das sein Ahnherr einst als Lehen von Gustav Vasa erhalten hatte. Seine Familie verkehrte mit der Königsfamilie, und wenn sein Vater verhindert war, pflegte er selbst eine Einladung zur jährlichen Jagd des Königs zu erhalten. All das hatte Anna ihrer Schwester ehrfürchtig berichtet, die um den Stureplan in Stockholm ein bißchen zuviel von den Highsociety-Flegeln gesehen hatte, um sich nicht ein bißchen Sorgen zu machen. Sie hatte Gustav noch nie getroffen, vielleicht war er ja ganz anders als die reichen Erben, die an Orten wie dem »Riche« und der »Spy Bar« die Sau rausließen. Spätestens morgen würde sie das wissen. Sie drückte die Daumen, daß sie sich irrte und Gustav von ganz anderem Kaliber war. Niemandem wünschte sie es mehr als Anna, daß sie ein bißchen Glück und Stabilität fand.

Sie stellte den Ventilator an und überlegte, womit sie sich den Tag vertreiben sollte. Ihre Hebamme hatte ihr erklärt, daß, je näher man der Entbindung kam, immer mehr von dem Hormon Oxytocin ausgeschüttet wurde, das bei schwangeren Frauen Nestbauinstinkte hervorrief. Das erklärte, warum sich Erica in den letzten Wochen geradezu manisch mit dem Sortieren, Numerieren und Katalogisieren aller Dinge im Haus beschäftigte hatte. Sie wurde von der fixen Idee verfolgt, daß alles fertig und in Ordnung sein mußte, wenn das Baby kam, und jetzt näherte sie sich einem Stadium, wo es nicht mehr viel zu tun gab. Die Schränke waren ausgemistet, das Kinderzimmer eingerichtet, die Besteckschubladen ausgewischt. Das einzige, was noch blieb, war das Gerümpel im Keller. Schnaufend stand sie auf und klemmte sich resolut den Tischventilator unter den Arm. Am besten, sie beeilte sich, bevor Patrik sie erwischte.

Er hatte sich fünf Minuten Pause gegönnt, saß in der Sonne vor dem Polizeirevier und aß ein Eis, als Gösta den Kopf aus einem der Fenster steckte und ihn rief.

»Patrik, hier ist ein Anruf, den du meiner Meinung nach annehmen solltest.«

Patrik leckte rasch das letzte bißchen auf und ging hinein. Er nahm den Hörer von Göstas Schreibtisch und war etwas verwundert, als er hörte, wer da anrief. Nach einem kurzen Gespräch, bei dem er gleichzeitig ein paar Notizen aufs Papier kritzelte, legte er auf und sagte zu Gösta, der auf seinem Bürostuhl gesessen und ihn beobachtet hatte: »Bei Gabriel Hult sind die Scheiben eingeworfen worden. Kommst du mit, dann sehen wir uns das mal an.«

Gösta schien ein bißchen verwundert, daß Patrik ihn und nicht Martin fragte, aber er nickte nur.

Als sie ein Weilchen später die Allee zum Gutshaus entlangfuhren, konnten sie nicht anders, als neidisch zu seufzen. Der Herrenhof, in dem Gabriel Hult residierte, war weiß Gott prachtvoll. Er schimmerte wie eine weiße Perle mitten in all dem Grün, und die Ulmen, die den Weg zum Haus säumten, neigten sich ehrfürchtig im Wind. Patrik dachte, daß Ephraim Hult ein Mordskerl von Prediger gewesen sein mußte, um das alles geschenkt zu bekommen.

Selbst das Knirschen des Kieswegs unter den Füßen, als sie auf die Treppe zugingen, erschien ihm besonders luxuriös, und Patrik war mächtig neugierig darauf, das Haus von innen zu sehen.

Gabriel Hult öffnete die Tür persönlich, und Patrik und Gösta traten sich beide gründlich die Füße ab, bevor sie in die Diele gingen.

»Vielen Dank, daß Sie so rasch gekommen sind. Meine Frau hat das Ganze sehr aufgeregt. Ich war in Geschäften unterwegs, so daß sie gestern abend allein zu Hause war, als die Sache passierte.«

Während er sprach, geleitete er die Besucher in ein großes,

schönes Zimmer mit hohen Fenstern, die viel Sonnenlicht hereinließen. Auf einem weißen Sofa saß eine Frau mit ängstlichem Gesichtsausdruck, die sich bei ihrem Eintreten erhob, um sie zu begrüßen.

»Laine Hult.«

Sie nahm wieder Platz, und Gabriel Hult bedeutete Patrik und Gösta, daß sie sich auf das Sofa setzen könnten. Beide fühlten sich ein bißchen fehl am Platz. Keiner von ihnen hatte sich für die Arbeit feingemacht, sondern sie trugen einfach Shorts. Patrik hatte wenigstens ein passables T-Shirt an, während Gösta ein wirklich antiquiertes kurzärmliges Hemd mit minzgrünem Muster aus irgendeinem synthetischen Material trug. Der Kontrast war um so deutlicher, da Laine mit einem Kostüm aus kühlem naturfarbenem Leinen bekleidet war und Gabriel die volle Anzugmontur angelegt hatte. Muß heiß sein, dachte Patrik und wünschte Gabriel, daß er in der Sommerhitze nicht ständig so herumzulaufen brauchte. Allerdings fiel es ihm schwer, sich den Mann in etwas Salopperem vorzustellen, und Gabriel sah auch nicht so aus, als würde er in seinem dunkelblauen Anzug schwitzen, während Patrik schon bei dem Gedanken, in dieser Jahreszeit etwas Derartiges tragen zu müssen, der Achselschweiß ausbrach.

»Ihr Mann hat am Telefon in kurzen Zügen berichtet, was passiert ist, aber vielleicht könnten Sie es uns ein bißchen ausführlicher schildern?«

Patrik lächelte Laine Hult beruhigend zu und zog zugleich seinen kleinen Notizblock und einen Stift hervor. Er wartete.

»Ja, ich war gestern allein zu Hause. Gabriel ist oft auf Reisen, und das bedeutet viele einsame Nächte.«

Patrik vernahm die Traurigkeit in ihrer Stimme, als sie das sagte, und fragte sich, ob auch Gabriel Hult es hörte. Sie fuhr fort: »Ich weiß, daß es albern ist, aber ich fürchte mich wirklich schrecklich in der Dunkelheit, also halte ich mich, wenn ich allein bin, meist nur in zwei Räumen auf, meinem Schlafzimmer und dem Fernsehzimmer, das direkt daneben liegt.«

Patrik registrierte, daß sie »mein« Schlafzimmer sagte, und konnte nicht anders, als darüber nachzusinnen, wie traurig es doch war, daß verheiratete Leute nicht mal mehr zusammen schliefen. Das würde ihm und Erica nie passieren.

»Ich wollte Gabriel gerade anrufen, als ich draußen eine Bewegung sah. Eine Sekunde darauf kam etwas durch eins der Fenster an der Schmalseite geflogen, links von dem Platz, wo ich stand. Ich sah noch, daß es ein großer Stein war, als das Fenster daneben schon von einem zweiten zertrümmert wurde. Dann hörte ich nur noch das Geräusch rennender Füße und sah zwei Schatten in Richtung Waldrand verschwinden.«

Patrik notierte sich alles in ein paar Stichpunkten. Gösta hatte außer seinem Namen bei der Begrüßung noch kein Wort gesagt. Patrik schaute ihn fragend an, um zu sehen, ob er in bezug auf den Zwischenfall irgendeine Auskunft wünschte, aber der Kollege saß nur still da und studierte seine Fingernägel. Ich hätte ebensogut einen Türstopper mitnehmen können, dachte Patrik.

»Können Sie sich irgendeinen Grund vorstellen?«

Gabriels Antwort kam schnell, und er schien Laine zuvorkommen zu wollen, die den Mund geöffnet hatte, um etwas zu sagen.

»Nein, es ist wohl nur der übliche pure Neid. Den Leuten hat es nie geschmeckt, daß unsere Familie jetzt hier auf dem Hof wohnt, und im Laufe der Jahre hat es unter Alkoholeinfluß so manchen derartigen Vorfall gegeben. Unschuldige Jungenstreiche, und dabei wäre es auch diesmal geblieben, wenn meine Frau nicht darauf bestanden hätte, daß die Polizei Kenntnis von der Sache erhält.«

Er warf Laine einen verdrossenen Blick zu, die zum erstenmal während des Gesprächs eine nennenswerte Reaktion zeigte, indem sie wütend zurückstarrte. Trotzig und ohne ihren Gatten anzusehen, sagte sie: »Ich denke, Sie sollten sich mit Robert und Johan Hult unterhalten, den Neffen meines Mannes, und sie fragen, wo sie gestern abend gewesen sind.«

»Laine, das ist doch völlig unnötig!«

»Du bist gestern nicht hier gewesen, also weißt du nicht, wie gräßlich es ist, wenn nur einen Meter neben dir Steine durchs Fenster fliegen. Sie hätten mich ja treffen können. Und du weißt genausogut wie ich, daß es diese beiden Idioten waren!«

»Laine, wir waren doch übereingekommen ...« Er preßte die Worte zwischen den Zähnen hindurch, und seine Kaumuskeln waren hart angespannt.

»*Du* bist übereingekommen!« Sie ignorierte ihn und wandte sich an Patrik, gestärkt von ihrem eigenen Mut.

»Ich habe die beiden, wie gesagt, nicht gesehen, aber könnte darauf wetten, daß es Johan und Robert gewesen sind. Ihre Mutter, Solveig, war im Laufe des Tages hier und hat sich sehr unangenehm aufgeführt, und diese Jungs sind ja gehörige Früchtchen, also ... Ja, Sie wissen doch Bescheid, Sie hatten ja wohl schon einiges mit ihnen zu tun.«

Sie gestikulierte in Richtung Patrik und Gösta, die nicht anders konnten, als zustimmend zu nicken. Natürlich hatten die berüchtigten Brüder mit erschreckender Regelmäßigkeit Anlaß zum Eingreifen gegeben, und zwar schon, als sie noch picklige Jüngelchen waren.

Laine schaute Gabriel provozierend an, wie um zu sehen, ob er ihr zu widersprechen wagte, aber der zuckte nur resigniert mit den Schultern, eine Geste, die andeutete, daß er seine Hände in Unschuld wasche.

»Was war denn der Grund für die Scherereien mit der Mutter?« fragte Patrik.

»Nicht, daß diese Person groß einen Grund braucht, sie hat uns immer gehaßt, aber das, was sie gestern ganz aus dem Konzept gebracht hat, war die Neuigkeit über die Mädchen, die in der Königsschlucht gefunden worden sind. Mit ihrer begrenzten Intelligenz hat sie die Sache so ausgelegt, daß Johannes, also ihr Mann, damals unschuldig bezichtigt worden ist, und daran gab sie Gabriel die Schuld.«

Ihre Stimme wurde schrill vor Empörung, und sie wies mit der offenen Handfläche auf ihren Mann, der jetzt so aussah, als hätte er das Gespräch im Geiste verlassen.

»Ja, ich bin die alten Papiere aus der Zeit, in der die Mädchen verschwanden, durchgegangen und habe gesehen, daß Sie Ihren Bruder bei der Polizei als Verdächtigen gemeldet hatten. Könnten Sie ein bißchen davon erzählen?«

Ein kaum spürbares Zucken war in Gabriels Gesicht zu sehen, eine einzige kleine Andeutung, daß ihm die Frage unangenehm war, aber seine Stimme klang ruhig, als er antwortete.

»Das ist viele, viele Jahre her. Aber wenn Sie mich fragen, ob ich noch immer daran festhalte, daß es mein Bruder gewesen ist, den ich zusammen mit Siv Lantin gesehen habe, dann lautet meine Antwort ja. Ich war im Krankenhaus in Uddevalla gewesen, bei meinem Sohn, der damals an Leukämie erkrankt war, und befand mich auf dem Heimweg. Als ich nach Bräcke hochfuhr, begegnete ich dem Auto meines Bruders. Ich fand es etwas merkwürdig, daß er mitten in der Nacht unterwegs war, also schaute ich genauer hin und bemerkte das Mädchen, das auf dem Beifahrersitz saß, den Kopf an die Schulter meines Bruders gelehnt. Es sah aus, als ob sie schlief.«

»Woher wußten Sie denn, daß es Siv Lantin war?

»Das wußte ich nicht. Aber ich habe sie wiedererkannt, als ich das Bild in der Zeitung gesehen habe. Hingegen möchte ich unterstreichen, daß ich nie gesagt habe, daß mein Bruder die Mädchen ermordet hat. Auch habe ich ihn nie als Mörder hingestellt, wie es die Leute hier im Ort so gern auslegen. Ich habe lediglich gemeldet, daß ich ihn mit dem Mädchen gesehen habe, denn das sah ich als meine Bürgerpflicht an. Das hatte nichts mit einem eventuellen Konflikt zwischen uns zu tun oder mit Rache, wie manche behaupteten. Ich habe berichtet, was ich gesehen habe. Dann war es Sache der Polizei, herauszufinden, was es bedeutete. Und offenbar hat man nie einen Beweis gegen Johannes gefunden, also halte ich die ganze Diskussion für unnötig.«

»Aber was haben Sie selbst geglaubt?« Patrik sah Gabriel neugierig an. Es fiel ihm schwer, zu verstehen, wie jemand so gewissenhaft sein konnte, daß er den eigenen Bruder anzeigte.

»Ich denke, nichts. Für gewöhnlich halte ich mich an Fakten.«

»Aber Sie kannten doch Ihren Bruder. Hielten Sie ihn für fähig, einen Mord zu begehen?«

»Mein Bruder und ich hatten nicht viel gemein. Manchmal fragte ich mich, ob wir wirklich dieselben Gene hatten, so verschieden waren wir. Sie fragen, ob ich glaube, daß er imstande gewesen war, jemandem das Leben zu nehmen?« Gabriel hob die Hände. »Ich habe wirklich keine Ahnung. Ich kannte meinen Bruder nicht gut genug, um diese Frage beantworten zu können. Und außerdem scheint es ja jetzt überflüssig zu sein, so wie sich die Dinge entwickelt haben, nicht wahr?«

Damit betrachtete er die Diskussion als abgeschlossen und erhob sich aus dem Sessel. Patrik und Gösta verstanden den nicht sonderlich zarten Wink und verabschiedeten sich.

»Was meinst du, sollen wir zu den Jungs fahren und mal mit ihnen über den gestrigen Abend reden?«

Es war nur eine rhetorische Frage, und Patrik war bereits in Richtung Johans und Roberts Zuhause unterwegs, ohne Göstas Antwort abzuwarten. Die Schlappheit des älteren Kollegen beim Verhör ärgerte ihn. Was war denn noch nötig, um diesen alten Kauz wachzurütteln? Zwar hatte er nicht mehr lange bis zur Rente, aber, verdammt noch mal, noch war er im Dienst und hatte seine Arbeit zu machen.

»Nun, was hältst du von alldem hier?« Die Verärgerung war Patriks Stimme deutlich anzuhören.

»Ich weiß nicht, welche Alternative schlimmer ist. Daß es einen Mörder gibt, der innerhalb von zwanzig Jahren drei Mädchen getötet hat, und wir haben nicht die geringste Ahnung, wer es ist, oder daß es wirklich Johannes Hult gewesen ist, der Siv und Mona gefoltert und getötet hat, und jetzt ist da jemand, der ihn kopiert. Was die erste Alternative angeht, sollten wir uns vielleicht die Gefängnisregister vornehmen. Gibt es jemanden, der in der Zeit zwischen dem Verschwinden von Siv und Mona und dem Mord an dem deutschen Mädchen im Knast gesessen hat? Das würde die Pause erklären.« Gösta klang nachdenklich, und Patrik schaute ihn verwundert an. Der Alte war nicht so weit weggetreten, wie er gedacht hatte.

»Das müßte sich ziemlich leicht herausfinden lassen. Wir haben in Schweden nicht viele, die zwanzig Jahre gesessen haben. Kontrollierst du das, wenn wir wieder im Revier sind?«

Gösta nickte und saß dann schweigend da und schaute aus dem Seitenfenster.

Der Weg zu der alten Försterei wurde immer holpriger, und

die Fahrt zog sich hin, auch wenn die Strecke zwischen der Residenz von Gabriel und Laine und dem kleinen Haus der Jungen per Luftlinie nur kurz war. Das Grundstück sah aus wie ein Schrottplatz. Drei ramponierte Autos in verschiedenen Stadien des Verfalls erweckten den Eindruck, als hätte man sie dort entsorgt, und es gab auch eine Menge anderes Gerümpel von undefinierbarem Charakter. Die Familie gehörte offenbar zu den Messis, und Patrik hatte den Verdacht, wenn sie an diesem Ort ein bißchen herumstöbern würden, käme wohl auch einiges Diebesgut zu Tage, das bei Einbrüchen in Ferienhäusern dieser Gegend als verschwunden gemeldet worden war. Aber nicht deshalb waren sie heute hier. Es war wichtig, für seine Aktionen den geeigneten Zeitpunkt zu wählen.

Robert kam ihnen aus einem Schuppen entgegen, in dem er an einem der alten Autowracks gebastelt hatte. Er trug einen verdreckten Arbeitsoverall von ausgeblichener blaugrauer Farbe. Seine Hände waren ölverschmiert, und er hatte sich offenbar ins Gesicht gefaßt, denn auch dieses war voller Flecken. Er wischte sich die Hände an einem Lappen ab, während er auf sie zukam.

»Scheiße, was wollt ihr denn jetzt? Wenn ihr vorhabt, hier rumzuschnüffeln, will ich erst die richtigen Papiere sehen, bevor ihr irgendwas anfaßt.« Er hatte einen ungezwungenen Ton angeschlagen. Mit Recht, immerhin waren sie im Laufe der Jahre alte Bekannte geworden.

Patrik hob abwehrend die Hände. »Immer mit der Ruhe. Wir wollen hier nichts suchen. Wir wollen nur ein bißchen reden.«

Robert schaute sie mißtrauisch an, nickte dann aber.

»Und wir wollen auch deinen Bruder dabei haben. Ist er zu Hause?«

Unwillig nickte Robert von neuem und brüllte zum Haus hin: »Johan, die Bullen sind hier. Die wollen mit uns reden!«

»Könnten wir nicht reingehen und uns setzen?«

Ohne eine Antwort abzuwarten, ging Patrik auf die Tür zu, Gösta im Schlepptau. Robert blieb nichts anderes übrig, als mitzugehen. Er machte sich nicht die Mühe, den Blaumann auszuziehen oder sich zu waschen. Von seinen früheren Überraschungsbesuchen her wußte Patrik, daß es dazu auch keinen Anlaß gab. Dreck klebte an allem, was sich in den Räumen befand. Vor vielen Jahren war das Häuschen, in dem sie wohnten, bestimmt richtig gemütlich gewesen, selbst wenn es nur klein war. Aber nach jahrelanger Vernachlässigung wirkte alles wie kurz vor dem Zusammenfallen. Die Tapeten waren von düsterem Braun, einige Bahnen hatten sich gelöst, und außerdem hatte man das Gefühl, alles sei von einem Fettfilm überzogen.

Die beiden Beamten nickten Solveig zu, die an dem wackligen Küchentisch saß, voll beschäftigt mit ihren Fotoalben. Das dunkle Haar hing ihr in Strähnen ins Gesicht, und als sie es nervös aus den Augen strich, glänzten die Finger vor Fett. Unbewußt wischte sich Patrik die Hände an den Shorts ab und setzte sich dann vorsichtig auf den äußersten Rand eines der Sprossenstühle. Johan kam aus einem der angrenzenden kleinen Zimmer und nahm mürrisch neben Bruder und Mutter auf der Küchenbank Platz. Als sie dort so nebeneinander saßen, bemerkte Patrik die Ähnlichkeit. Solveigs alte Schönheit war noch in den Gesichtern der Jungen zu finden. Nach dem, was Patrik gehört hatte, war Johannes ein gutaussehender Mann gewesen, und wenn seine Söhne den Rücken durchdrücken würden, wären sie auch nicht zu verachten. Jetzt hatten sie etwas Ungreifbares an sich, das irgendwie ein schlüpfriges Gefühl hinterließ. »Ganovenhaft« war wohl das Wort, nach dem Patrik suchte. Wenn ein Aussehen ganovenhaft sein konnte, so traf es zumindest auf Robert zu. Was Johan anging, hatte Patrik immer noch ein bißchen Hoffnung. In den Fällen, wo er dienstlich mit den beiden zu tun gehabt hatte, war ihm der jüngere Bruder immer etwas weniger verhärtet erschienen. Manchmal hatte Patrik ihm gewisse Zweifel angemerkt, was die Wahl seines Lebenswegs im Kielwasser von Robert anging. Es war schade, daß der ältere einen solchen Einfluß auf den jüngeren Bruder ausübte, sonst hätte Johans Leben sich ganz anders gestalten können. Doch es war nun mal, wie es war.

»Scheiße, was wollt ihr denn jetzt?« Johan stellte dieselbe verdrossene Frage wie sein Bruder.

»Wir wollten mal hören, was ihr gestern abend gemacht habt.

Wart ihr möglicherweise drüben bei eurem Onkel und eurer Tante und habt euch mit ein bißchen Steinewerfen amüsiert?«

Ein konspiratorischer Blick ging zwischen den Brüdern hin und her, bevor sie sich total unwissend stellten.

»Nein, warum sollten wir? Wir waren gestern den ganzen Abend zu Hause, stimmt's, Mama?«

Sie drehten sich beide zu Solveig um, und die nickte nur bestätigend. Die Fotoalben hatte sie vorübergehend zugeschlagen und lauschte nun eifrig dem Gespräch zwischen ihren Söhnen und der Polizei.

»Ja, sie waren gestern beide hier. Wir haben zusammen ferngesehen. Hatten einen gemütlichen Familienabend.«

Sie gab sich keine Mühe, den ironischen Tonfall zu verdecken.

»Und Johan und Robert sind auch nicht für kurze Zeit nach draußen gegangen? So gegen zehn?«

»Nein, sie waren nicht eine Minute weg. Sind nicht mal aufs Klo gegangen, soweit ich mich erinnere.«

Noch immer derselbe ironische Ton, und ihre Söhne konnten das Grinsen nicht lassen.

»Also jemand hat denen gestern die Scheiben eingeschmissen. Da haben die sich wohl in die Hosen gemacht?«

Das Grinsen ging jetzt in regelrechtes Gelächter über, und Patrik mußte an Beavis und Butt-Head denken.

»Na ja, allerdings nur eure Tante. Gabriel war gestern verreist, also war sie allein zu Hause.«

Enttäuschung stand in ihren Gesichtern geschrieben. Sie hatten wohl gehofft, beide aufzuschrecken, und nicht damit gerechnet, daß Gabriel abwesend sein könnte.

»Ich habe gehört, Solveig, daß auch du gestern dem Herrenhaus einen kleinen Besuch abgestattet hast. Und daß eine ganze Menge Drohungen fielen. Hast du was dazu zu sagen?«

Gösta hatte das Wort ergriffen, und sowohl Patrik als auch die Gebrüder Hult schauten ihn verwundert an.

Sie lachte vulgär. »Ach ja, haben die gesagt, daß ich sie bedroht habe. Ja also, ich habe jedenfalls nichts gesagt, was sie nicht verdient hätten. Gabriel hat meinen Mann als Mörder hingestellt. Aber *er* hat ihn umgebracht, genausogut als wenn er ihm eigenhändig die Schlinge um den Hals gelegt hätte.«

Ein Muskel zuckte in Roberts Gesicht, und Patrik erinnerte sich plötzlich an das, was er gelesen hatte, nämlich daß Robert den erdrosselten Vater gefunden hatte.

Solveig fuhr mit ihrem Geschwätz fort. »Gabriel hat Johannes schon immer gehaßt. Er war neidisch auf ihn, schon von klein auf. Johannes war all das, was Gabriel nicht war, und das wußte er. Ephraim hat Johannes immer vorgezogen, und ich kann ihn auch verstehen. Zwar soll man zwischen seinen Kindern keinen Unterschied machen«, sie wies mit dem Kopf auf die Jungen neben sich auf der Bank, »aber Gabriel war kalt wie ein Fisch, während Johannes vor Leben pulsierte. Ich muß das ja wohl wissen, ich war schließlich erst mit dem einen verlobt und dann mit dem anderen. Gabriel konnte man beim besten Willen nicht in Wallung bringen, egal, was man auch versuchte. Er war ständig so verdammt korrekt und wollte warten, bis wir verheiratet waren, ja. Das ist mir auf die Nerven gegangen. Dann kam sein Bruder und machte sich an mich heran, und das war etwas ganz anderes. Diese Hände konnten einfach überall gleichzeitig sein, und er brachte einen zum Brennen, nur indem er einen ansah.« Sie lachte glucksend und schaute blicklos vor sich hin, als würde sie die heißen Jugendnächte von neuem erleben.

»Verdammt, Mutter, halt die Klappe!«

Widerwille zeichnete sich deutlich im Gesicht der Söhne ab. Sie wollten offenbar keine amourösen Details aus der Vergangenheit ihrer Mutter wissen. Vor Patriks innerem Auge erschien das Bild der nackten Solveig, die ihren fetten Körper wollustig wand, und er blinzelte, um es wieder loszuwerden.

»Als ich dann von dem Mädchen gehört habe, das man ermordet aufgefunden hat, und daß auch Siv und Mona gefunden worden waren, da bin ich zu denen hin, um ihnen mal ein wahres Wörtchen zu sagen. Aus reinem Neid und reiner Bosheit hat Gabriel das Leben von Johannes zerstört und auch meins und das der Jungs, aber jetzt endlich müssen die Leute der Wahrheit ins Gesicht blicken. Müssen sich schämen, weil sie auf den falschen Bruder gehört haben, aber für Gabriel hoffe ich nur, daß er für seine Sünden in der Hölle schmoren muß!«

Sie hatte sich allmählich in dieselbe Raserei gebracht wie am Tag zuvor, und Johan legte ihr beruhigend und zugleich warnend die Hand auf den Arm.

»Ja, egal, aus welchem Grund, jedenfalls kann man nicht zu den Leuten rennen und sie bedrohen. Und man darf auch niemandem Steine ins Fenster schmeißen!«

Patrik zeigte vielsagend auf Robert und Johan und gab zu verstehen, daß er keine Sekunde an das glaubte, was ihre Mutter von einem gemütlichen Abend vor dem Fernseher gesagt hatte. Sie wußten, daß er es wußte, und er teilte ihnen jetzt mit, daß er sie im Auge behalten würde. Sie brummten nur irgend etwas zur Antwort. Solveig schien die angedeutete Warnung jedoch zu ignorieren und hatte noch immer rote Wutflecken im Gesicht.

»Übrigens sollte nicht nur Gabriel sich schämen! Wann wird sich die Polizei eigentlich bei uns entschuldigen! So wie ihr auf Västergården rumgesprungen seid, alles auf den Kopf gestellt habt und dann Johannes mit dem Streifenwagen zum Verhör geholt habt, damit habt ihr wahrhaftig euer Möglichstes dazu getan, ihn in den Tod zu treiben. Ist es nicht an der Zeit, um Entschuldigung zu bitten!«

Zum zweitenmal ergriff Gösta das Wort: »Bevor wir nicht ordentlich geklärt haben, was mit den drei Mädchen geschehen ist, wird hier für nichts um Entschuldigung gebeten. Und bis wir das Ende dieser Sache nicht gesehen haben, will ich, daß du dich benimmst, wie es sich gehört, Solveig.«

Die Festigkeit in Göstas Stimme überraschte alle Anwesenden.

Wieder draußen im Auto, fragte Patrik verwundert: »Solveig und du, habt ihr euch gekannt?«

Gösta grunzte. »Was heißt gekannt. Sie ist genauso alt wie mein jüngster Bruder und war wohl ziemlich viel bei uns zu Hause, als wir Kinder waren. Dann im Teenageralter gab es wohl keinen, der Solveig nicht kannte. Sie war das hübscheste Mädchen im Umkreis, kann ich dir sagen, auch wenn das bei ihrem heutigen Aussehen schwer vorstellbar ist. Ja, wirklich verdammt traurig, daß es ihr und den Jungs so übel ergangen ist.« Er schüttelte bedauernd den Kopf. »Und ich kann ihr ja nicht mal bestätigen, daß sie recht hat und Johannes unschuldig gestorben ist. Zum Teufel, wir wissen doch überhaupt nichts!«

Frustriert schlug er sich die Faust auf den Schenkel. Patrik fand, es wirkte, als würde ein Bär aus langem Winterschlaf erwachen.

»Nimmst du dir also die Gefängnisse vor, wenn wir zurück sind?«

»Ja, ja, das habe ich doch schon gesagt! Ich bin noch nicht so verkalkt, daß ich eine Anweisung nicht verstehe, wenn sie das erste Mal gegeben wird. Daß man Befehle von einem grünen Jungen, der kaum trocken hinter den Ohren ist, entgegennehmen muß ...« Gösta starrte düster durch die Windschutzscheibe.

Noch blieb da eine Menge zu tun, dachte Patrik müde.

Erica freute sich auf ein gemeinsames Wochenende. Patrik hatte versprochen, Samstag und Sonntag freizunehmen, und jetzt tuckerten sie mit ihrem Holzboot zu den Felsinseln hinaus. Sie hatten das Glück gehabt, fast genau so ein Boot zu finden, wie es Ericas Vater besessen hatte. Eine andere Art Boot hatte Erica sich nicht vorstellen können. Vom Segeln war sie nie sehr begeistert gewesen, obwohl sie ein paar Kurse in der Segelschule besucht hatte, und ein Motorboot aus Plastik lief zwar schneller, aber wer hatte es schon eilig?

Das Motorgeräusch erinnerte sie an die Kindheit. Als sie noch klein war, hatte sie oft auf dem warmen Holzboden geschlummert, das einschläfernde Tuckern im Ohr. Normalerweise zog sie es vor, nach vorn zu klettern und sich auf den erhöhten Bug vor den Windschutzscheiben zu setzen, aber in ihrem augenblicklichen, nicht ganz so graziösen Zustand traute sie sich so etwas nicht zu, sondern blieb auf einer der Bänke hinter den schützenden Scheiben sitzen. Patrik stand am Ruder, den Wind im braunen Haar und mit einem Lächeln im Gesicht. Sie waren frühzeitig aufgebrochen, um vor den Touristen unterwegs zu sein, und die Luft war frisch und klar. Kleine Spritzer duschten das Boot in regelmäßigen Abständen, und Erica konnte beim Einatmen das Salz des Meeres schmecken. Es war schwer, sich vorzustellen, daß sie einen kleinen Menschen in sich trug, der in ein paar Jahren neben Patrik im Heck sitzen würde, bekleidet mit einer unförmigen orangefarbenen Schwimmweste mit großem Kragen, so wie sie früher selbst oft neben ihrem Vater gesessen hatte.

Als sie daran dachte, daß ihr Vater sein Enkelkind nie kennenlernen würde, wurden ihre Augen naß. Auch ihrer Mutter war das verwehrt, aber da sie an ihren Töchtern nie sonderliches Interesse gehabt hatte, glaubte Erica, daß auch ein Enkel bei der Mutter nicht viel an Gefühlen geweckt hätte. Schon deshalb nicht, weil die Mutter stets unnatürlich steif reagiert hatte, wenn sie Annas Kindern begegnet war. Von neuem stieg Bitterkeit in Erica auf, doch sie schluckte, um sie zu bezwingen. In ihren dunkleren Stunden fürchtete sie, daß die Mutterschaft für sie ebenso belastend werden könnte, wie sie für Elsy gewesen war, und daß sie selbst sich mit einem Schlag in ihre kalte unzugängliche Mutter verwandeln würde. Die Logik sagte ihr, daß es lächerlich sei, überhaupt so zu denken, doch die Angst war nicht logisch und trotzdem da. Andererseits konnte sie sehen, daß Anna eine warmherzige und liebevolle Mutter für Emma und Adrian war, also weshalb sollte sie selbst dann nicht so werden? versuchte sie sich zu beruhigen. Sie hatte zumindest den richtigen Vater für ihr Kind ausgewählt, dachte sie, als sie Patrik anschaute. Seine Ruhe und Zuversicht glichen ihre eigene Rastlosigkeit auf eine Weise aus, wie es bei keinem ihrer früheren Männer gewesen war. Er würde einen großartigen Vater abgeben.

In einer kleinen, geschützten Bucht gingen sie an Land und legten die Handtücher auf die glatt gewaschenen Felsen. Das hier hatte ihr gefehlt, als sie in Stockholm gewohnt hatte. Die Schären dort waren so ganz anders, mit all ihrem Wald und ihrer Vegetation, und das hatte auf sie irgendwie chaotisch und aufdringlich gewirkt. »Überschwemmter Garten« nannten die Westküstenbewohner diese der Stadt vorgelagerten Inseln verächtlich. Die Westküstenschären waren in ihrer Einfachheit so klar. Der grau-rosafarbene Granit reflektierte die Kristalle des Wassers und hob sich beklemmend schön vor dem wolkenlosen Himmel ab. Winzige Blumen, die in den Spalten wuchsen, waren die einzige Vegetation, und in der kargen Umgebung kam ihre Schönheit zur vollen Geltung. Erica schloß die Augen und fühlte, wie sie beim leisen Gluckern des Wassers und dem leichten Schlagen des Bootes gegen die Vertäuung in einen behaglichen Schlaf glitt.

Als Patrik sie vorsichtig weckte, wußte sie zunächst nicht genau, wo sie sich befand. Das grelle Sonnenlicht machte sie für ein paar Sekunden blind, und Patrik wirkte nur wie ein dunkler Schatten, der sich über ihr auftürmte. Nachdem sie sich orientiert hatte, wurde ihr klar, daß sie fast zwei Stunden geschlafen hatte, und jetzt freute sie sich auf den mitgebrachten Kaffee. Sie gossen ihn aus der Thermoskanne in große Henkeltassen und aßen Zimtschnecken dazu. Nirgends schmeckte der Kaffee so gut wie draußen auf einer Insel. Erica konnte sich nicht verkneifen, das Tabuthema anzuschneiden.

»Wie läuft es bei euch eigentlich?«

»So lala. Einen Schritt vor und zwei zurück.«

Patriks Antwort war knapp. Ganz offensichtlich wollte er nicht, daß das Böse, das ihn in seinem Beruf bedrängte, die sonnendurchtränkte Stille eroberte. Aber ihre Neugier war zu groß, und sie mußte einfach etwas mehr aus ihm herauslocken.

»Glaubt ihr, daß die Sache tatsächlich was mit der Familie Hult zu tun haben könnte, oder hatte Johannes Hult einfach nur Pech, als er da hineingezogen wurde?«

Patrik seufzte, als er jetzt mit der alten Doppelhenkeltasse zwischen den Händen dasaß. »Wenn ich das wüßte. Die ganze Familie Hult kommt mir wie ein verdammtes Wespennest vor, und am liebsten würde ich es mir ersparen, in ihren Angelegenheiten herumzustochern. Aber da ist irgend etwas, was nicht ganz sauber wirkt, ob das mit den Morden zu tun hat oder nicht, das weiß ich nicht. Vielleicht ist es nur der Gedanke, daß wir von der Polizei zum Tod eines Unschuldigen beigetragen haben könnten, der mich hoffen läßt, daß wir damals nicht völlig auf dem Holzweg waren. Gabriels Zeugenaussage war trotz allem das einzig Vernünftige, was die Kollegen beim Verschwinden der Mädchen in der Hand hatten. Aber wir können uns nicht nur auf die Hults konzentrieren, sondern müssen die Sache ziemlich breit angehen.« Er verstummte, aber fuhr nach wenigen Sekunden Pause fort: »Ich möchte am liebsten nicht darüber reden. Im Moment habe ich das Bedürfnis, alles, was mit Mord zu tun hat, völlig wegzuschieben und an andere Dinge zu denken.«

Sie nickte. »Ich verspreche, nicht mehr zu fragen. Noch eine Zimtschnecke?«

Dazu sagte er nicht nein, und nach ein paar Stunden Sonnenbad und Lektüre auf der Insel war es an der Zeit, nach Hause zurückzukehren, um alles für die Ankunft der Gäste vorzubereiten. In letzter Minute hatten sie beschlossen, auch Patriks Vater mit Frau einzuladen, so daß sie neben den Kindern acht Erwachsene waren, die begrillt werden mußten.

Gabriel packte stets Rastlosigkeit, wenn das Wochenende kam und von ihm erwartet wurde, daß er sich entspannen und die Arbeit ruhen lassen sollte. Das Problem war, daß er nicht wußte, was er ohne Arbeit mit seiner Zeit anfangen sollte. Die Arbeit war sein Leben. Er hatte keine Hobbys, kein Interesse daran, mit seiner Frau zusammen zu sein, und die Kinder waren aus dem Haus, selbst wenn sich Lindas Status vielleicht diskutieren ließe. Also zog er sich meist in sein Büro zurück und steckte die Nase in die Buchführung. Wenn er sich auf irgend etwas im Leben verstand, dann waren es Zahlen. Im Unterschied zu den Menschen mit ihrer Gefühlsduselei und Irrationalität folgten die Zahlen festen Regeln. Er konnte sich immer auf sie verlassen und fühlte sich ruhig und sicher in ihrer Welt. Man mußte kein Genie sein, um zu begreifen, woher sein Wunsch nach Ordnung rührte, Gabriel hatte ihn selbst seit langem der eigenen chaotischen Kindheit zugeschrieben, aber er sah keinen Grund, sich damit irgendwie zu befassen. Die Sache funktionierte und hatte ihm gute Dienste geleistet, und der Ursprung für dieses Bedürfnis war deshalb von geringfügiger oder überhaupt keiner Bedeutung.

Die Zeit des Reisens mit dem Prediger war etwas, an das er nicht zu denken versuchte. Aber wenn er sich an seine Kindheit erinnerte, tauchte stets das Bild des Vaters als Prediger auf. Eine gesichtslose, furchteinflößende Gestalt, die die Tage der Kinder mit schreienden, brabbelnden, hysterischen Menschen ausfüllte. Männer und Frauen, die versuchten, ihn und Johannes zu berühren. Die mit klauengleichen Händen nach ihnen griffen, damit sich die Brüder ihnen zuwandten und den physischen oder psychischen Schmerz, der sie plagte, linderten. Die glaubten, daß er und sein Bruder die Antwort auf ihre Gebete besaßen. Daß sie den direkten Draht zu Gott darstellten.

Johannes hatte diese Jahre geliebt. Er war in der Aufmerksamkeit gediehen und hatte sich gern ins Scheinwerferlicht gestellt. Manchmal hatte ihn Gabriel abends im Bett dabei ertappt, wie er fasziniert seine Hände betrachtete, als wollte er herausfinden, woher die erstaunlichen Wunder eigentlich kamen.

Während Gabriel gewaltige Dankbarkeit verspürt hatte, als diese Gabe aufhörte, war Johannes verzweifelt gewesen. Er konnte sich nicht damit abfinden, daß er jetzt ein ganz gewöhnlicher Junge war, ohne jede besondere Gabe, einfach wie jeder andere. Er hatte geweint und den Prediger gebeten, ihm zu helfen, die Gabe zurückzuerhalten, aber ihr Vater hatte nur kurz und bündig erklärt, daß dieses Leben nun beendet sei und ein anderes beginnen würde, die Wege des Herrn seien unergründlich.

Als sie auf das Gut in der Nähe von Fjällbacka gezogen waren, wurde der Prediger in Gabriels Augen zu Ephraim, nicht zu Vater, und er liebte dieses Dasein von der ersten Minute an. Nicht, weil er seinem Vater nähergekommen war, Johannes war immer dessen Liebling gewesen und blieb es auch weiterhin, sondern weil er endlich ein Zuhause gefunden hatte. Einen Ort, an dem man bleiben und nach dem man sein Leben ausrichten konnte. Glockenschläge und feste Zeiten. Eine Schule, in die man ging. Er liebte auch den Hof und träumte davon, ihn eines Tages nach seiner eigenen Vorstellung führen zu können. Er wußte, daß er ihn besser verwalten würde als Ephraim und Johannes und betete abends darum, daß sein Vater, wenn sie groß waren, nicht die Dummheit begehen würde, den Hof seinem Lieblingssohn zu überlassen. Es machte ihm nichts aus, wenn Johannes dessen ganze Liebe und Aufmerksamkeit bekam, wenn er, Gabriel, nur den Hof erhielt.

So war es auch gekommen. Doch nicht auf die Weise, wie er es sich gedacht hatte. In seiner Vorstellungswelt war Johannes trotz allem immer an diesem Ort gewesen. Erst als der Bruder gestorben war, hatte Gabriel begriffen, wie sehr er seinen sorglosen Bruder brauchte, damit er sich um ihn Sorgen machen und sich über ihn ärgern konnte. Dennoch hatte er nicht anders handeln können.

Laine hatte er jedoch gebeten, nichts zu sagen von ihrem Verdacht, daß Johann und Robert ihnen die Steine ins Fenster geworfen hatten. Er war selbst darüber verwundert gewesen. Begann er das Gefühl für Recht und Ordnung zu verlieren, oder hatte er unterbewußt ein schlechtes Gewissen wegen des Schicksals dieser Familie? Er wußte es nicht, aber im nachhinein war er froh, daß Laine beschlossen hatte, sich ihm zu widersetzen und der Polizei alles zu erzählen. Doch auch das hatte ihn verwundert. Er hatte seine Frau immer mehr für eine jammernde, rückgratlose Jasagerin gehalten und nicht für einen Menschen mit eigenem Willen, und die Schärfe ihres Tonfalls und der Trotz, den er in ihren Augen gelesen hatte, waren für ihn überraschend gewesen. All das hatte ihn stark beunruhigt. Hinzu kamen die Geschehnisse der letzten Woche, so daß er das Gefühl nicht los wurde, die gesamte Weltordnung würde sich ändern. Für einen Mann, der Veränderungen verabscheute, war das eine erschreckende Zukunftsvision. Gabriel floh noch tiefer in die Welt der Zahlen hinein.

Die ersten Gäste kamen pünktlich. Patriks Vater Lars und seine Frau Bittan erschien genau um vier Uhr und brachten Blumen und eine Flasche Wein für die Gastgeber mit. Patriks Vater war ein großer, kräftiger Mann mit Schmerbauch. Bittan, seit zwanzig Jahren seine Frau, war klein und rund wie ein Ball. Aber es stand ihr, und die Falten um die Augen zeigten, daß sie ein sonniges Gemüt hatte. Erica wußte, daß Patrik fand, mit Bittan ließe sich in vieler Beziehung besser umgehen als mit seiner eigenen Mutter Kristina, die viel strenger und kantiger war. Die Scheidung war streckenweise bitter gewesen, aber mit der Zeit hatten Lars und Kristina wenn auch nicht gerade eine Freundschaft, so doch zumindest eine friedliche Beziehung entwikkelt, und bei familiären Anlässen konnten sie sogar miteinander verkehren. Das einfachste war aber dennoch, jeden für sich einzuladen, und da Kristina im Augenblick in Göteborg weilte, wo sie Patriks jüngere Schwester besuchte, hatte es keinen Grund gegeben, sich Gedanken darüber zu machen, daß sie nur Lars und Bittan zum heutigen Grillabend eingeladen hatten.

Eine Viertelstunde später tauchten Dan und Maria auf, und sie hatten gerade draußen im Garten Platz nehmen und Lars und Bittan höflich begrüßen können, da hörte Erica schon Emmas fröhliches Rufen auf der Steigung, die zum Haus hochführte. Sie ging den Gästen entgegen, und nachdem sie die Kinder umarmt hatte, lernte sie den neuen Mann an Annas Seite kennen.

»Guten Tag, wie nett, daß wir uns endlich treffen!«

Sie streckte Gustav af Klint die Hand hin. Als sollten sich ihre Vorurteile bestätigen, ließ sich bei ihrem ersten Eindruck kein Unterschied zu den anderen Östermalmburschen vom Stureplan feststellen. Die dunklen Haare trug er in einer Art zurückgekämmter Pagenfrisur. Hemd und Hose waren trügerisch salopp, aber Erica wußte ungefähr, was auf dem Preisschild stand, und über den Schultern hing der obligatorische Pullover. Sie mußte sich ermahnen, ihn nicht im voraus zu verurteilen. Er hatte ja noch kaum den Mund aufmachen können, und trotzdem überschüttete sie ihn in Gedanken schon mit Verachtung. Eine Sekunde lang fragte sie sich, ob es reiner Neid war, der sie sofort die Stacheln ausfahren ließ, sobald es um Menschen ging, denen das Geld schon in die Wiege gelegt worden war. Sie hoffte, daß dem nicht so war.

»Wie geht's denn Tante Ericas Baby? Bist du lieb zur Mama?«

Ihre Schwester legte das Ohr an den Bauch, als wollte sie eine Antwort hören, aber lachte dann und umarmte Erica herzlich.

Nachdem auch Patrik mit einer Umarmung bedacht worden war, wurden die Neuankömmlinge in den Garten gelotst, wo man die Gäste einander vorstellte. Die Kinder durften sich austoben, während die Erwachsenen Wein oder in Ericas Fall Cola tranken. Dann wurde der Grill bestückt. Wie üblich versammelten sich die Männer dort und fühlten sich als echte Mannsbilder, während die Frauen beisammensaßen und redeten. Erica hatte das mit den Männern und dem Grillen noch nie verstanden. Männer, die normalerweise behaupteten, sie hätten keine Ahnung, wie man ein Stück Fleisch in der Pfanne zubereitet, hielten sich für ausgesprochene Virtuosen, wenn es um die Frage ging, wann etwas, das man im Freien grillte, ausreichend knusprig und auch saftig war. Den Frauen konnte man möglicherweise das Zubehör anvertrauen, und ausgezeichnet funktionierten sie auch beim Bierholen.

»Gooott, wie schön ihr's hier habt!« Maria war schon bei ihrem zweiten Glas Wein, während die anderen kaum an ihrem Getränk genippt hatten.

»Vielen Dank, ja, wir fühlen uns hier wohl.« Erica fiel es schwer, sich zu Dans Freundin anders als nur korrekt zu verhalten. Sie konnte nicht verstehen, was er an ihr fand, besonders im Vergleich zu seiner Exfrau Pernilla, aber sie vermutete, das war erneut eins dieser Mysterien, das Frauen nicht verstehen konnten. Das einzige, was sie begriffen hatte, war, daß er Maria nicht wegen ihrer Fähigkeit zur Konversation ausgewählt hatte. Offenbar weckte sie Bittans Muttergefühle, denn diese nahm sich ihrer besonders an, und Anna und Erica hatten die Chance, allein miteinander zu reden.

»Sieht er nicht toll aus?« Anna schaute Gustav bewundernd an. »Daß ein solcher Mann sich für mich interessiert!«

Erica betrachtete ihre schöne kleine Schwester und fragte sich, wie es kam, daß ein Mensch wie Anna ihr Selbstvertrauen so völlig verlieren konnte. Früher war ihre Schwester eine starke, freie und selbständige Person gewesen, aber die Jahre mit Lucas und die Mißhandlungen, die sie mit sich brachten, hatten die Schwester zerbrochen. Erica mußte ihre Lust bekämpfen, sie wachzurütteln. Sie schaute zu Emma und Adrian, die wie die Wilden um sie herum jagten, und fragte sich, warum Anna keinen Stolz und kein Selbstbewußtsein empfand, wenn sie sah, was für wunderbare Kinder sie zur Welt gebracht und aufgezogen hatte. Trotz allem, was sie in ihrem kurzen Leben mitgemacht hatten, waren sie so fröhlich und stark. Was allein Annas Verdienst war.

»Ich habe noch nicht viel mit ihm reden können, aber er wirkt nett. Eine endgültige Benotung muß ich auf später verschieben, wenn ich ihn etwas besser kennengelernt habe. Aber es scheint ja gut gelaufen zu sein, mit ihm eingepfercht auf einem kleinen Segelboot zu sitzen, also das ist ja wohl ein gutes Zeichen, vermute ich.« Ihr Lächeln empfand sie als steif und aufgesetzt.

»Tja, was heißt klein.« Anna lachte. »Er hat sich die Najad 400 von einem Kumpel ausgeliehen, und darauf könnten wir gut und gern eine kleinere Armee unterbringen.«

Ihre Unterhaltung wurde unterbrochen, als das Fleisch auf den Tisch kam, und der männliche Teil der Gesellschaft gesellte sich zu ihnen, hochzufrieden damit, die moderne Variante der Säbeltigerschlachtung erledigt zu haben.

»Und ihr Mädels, was habt ihr hier so bequasselt?«

Dan legte den Arm um Maria, die sich gurrend an ihn schmiegte. Die Schmuserei ging in regelrechtes Geknutsche über, und obwohl viele Jahre vergangen waren, seit Erica und Dan eine Beziehung hatten, so mißfiel es ihr doch, mit ansehen zu müssen, wie sich die Zungen der beiden verhakten. Gustav blickte ebenfalls höchst mißbilligend, aber Erica bemerkte unfreiwillig, daß er die Gelegenheit nutzte, unauffällig Marias tiefen Ausschnitt anzupeilen, der ins Blickfeld rückte.

»Lars, du mußt ja wohl kein Dressing aufs Fleisch kippen. Du weißt, du solltest auf dein Gewicht achten, wegen dem Herzen.«

»Wieso, ich bin stark wie ein Pferd! Das hier sind reine Muskeln«, verkündete Patriks Vater lautstark und klatschte sich auf den Bauch. »Und Erica hat gesagt, daß da nur Olivenöl drin ist, also das ist alles höchst gesund. Olivenöl ist gut fürs Herz, so steht es doch überall.«

Erica schluckte die Bemerkung hinunter, daß man einen Deziliter Dressing vielleicht nicht gerade eine gesundheitsfördernde Menge nennen konnte. Die beiden hatten diese Diskussion schon häufig geführt, und Lars war Experte darin, nur jene Ernährungsratschläge zu beachten, die ihm behagten. Essen war sein großes Vergnügen, und alle Versuche, ihm diese Freude zu beschneiden, betrachtete er als reine Sabotage gegenüber seiner Person. Bittan hatte seit langem resigniert, aber versuchte dennoch hin und wieder klarzustellen, was sie von seinen Eßgewohnheiten hielt. Alle Versuche, ihn auf Diät zu setzen, waren an der Tatsache gescheitert, daß er, sobald sie ihm den Rücken zudrehte, heimlich an den Kühlschrank ging. Und dann riß er vor Verblüffung, weil er nicht abgenommen hatte, die Augen auf, denn nach eigener Aussage aß er schließlich nicht mehr als ein durchschnittliches Kaninchen.

»Kennst du E-Type?« Maria hatte mit ihrer oralen Untersuchung von Dans Mund aufgehört und schaute Gustav voller Faszination an. »Ich meine, er hängt doch mit Viktoria und ihren Kumpels rum, und Dan sagte, ihr seid Freunde der Königsfamilie, also habe ich gedacht, du kennst ihn vielleicht. Er ist doch einfach super!«

Gustav schien völlig verblüfft, daß es für irgend jemanden cooler sein konnte, den Musiker E-Type zu kennen als den König, aber er faßte sich und antwortete kühl auf Marias Frage: »Ich bin ja etwas älter als die Kronprinzessin, aber mein jüngerer Bruder kennt sie und auch Martin Eriksson.«

Maria wirkte verwirrt. »Wer ist Martin Eriksson?«

Gustav seufzte schwer und sagte nach kurzer Pause widerstrebend: »E-Type.«

»Ach so. Cool.« Sie lachte und sah ungemein beeindruckt aus.

Mein Gott, war sie überhaupt einundzwanzig, wie Dan behauptet hatte? Erica selbst hätte eher auf siebzehn getippt. Aber natürlich war sie hübsch, das mußte sie zugeben. Traurig sah sie an sich herab und konstatierte, daß die Tage, wo die Brustwarzen wie bei Maria zum Himmel zeigten, wohl auf jeden Fall vorbei waren.

Das Fest gehörte wohl nicht gerade zu den gelungensten. Erica und Patrik taten ihr Bestes, um die Konversation in Gang zu halten, aber Dan und Gustav hätten ebensogut von zwei verschiedenen Planeten stammen können, und Maria trank viel zuviel Wein und dazu noch in viel zu raschem Tempo und mußte sich plötzlich auf der Toilette übergeben. Der einzige, der sich wohlfühlte, war Lars, der mit großer Konzentration alle Reste von den Platten vertilgte, die mörderischen Blicke Bittans glücklich ignorierend.

Schon um acht Uhr waren alle wieder aufgebrochen und hatten Patrik und Erica allein mit dem Abwasch zurückgelassen.

Sie beschlossen, darauf zu pfeifen, und setzten sich jeder mit einem Glas in den Garten.

»Oh, wie gern würde ich jetzt Wein trinken.« Erica schaute düster auf ihre Cola hinunter.

»Ja, nach diesem Essen verstehe ich, daß du ein Glas gebrauchen könntest. Mein Gott, wie ist es uns nur gelungen, eine solch bunte Schar zusammenzuwürfeln? Und was, verdammt noch mal, haben wir uns dabei gedacht?«

Er lachte und schüttelte den Kopf. »Kennt du E-Type?«

Patriks Stimme glitt ins Falsett, weil er Maria nachmachte, und Ericas Gekicher ging in ungebremstes Gelächter über.

»Meine Mutter sagt, es macht nichts, wenn man ein bißchen blöd ist, Hauptsache, man ist hüüübsch!«

Patrik legte den Kopf auf herzige Weise schräg, und Erica mußte sich den Bauch halten und keuchte: »Hör auf, ich kann nicht mehr. Hast du nicht zu mir gesagt, *ich* sollte nett sein?«

»Ja, doch, ich weiß.« Patrik wurde ernst. »Du, was hältst du von diesem Gustav? Er schien mir nicht gerade die herzlichste Person zu sein. Glaubst du wirklich, daß er gut für Anna ist?«

Ericas Lachen erstarb, und sie runzelte die Stirn.

»Nein, ich bin ziemlich beunruhigt. Man könnte ja meinen, alles ist besser als ein Mann, der seine Frau mißhandelt, und natürlich ist es das auch, aber ich hätte nur ...«, sie zögerte und suchte nach Worten, »ich hätte mir für Anna nur mehr gewünscht. Hast du gesehen, wie mißbilligend er geguckt hat, als die Kinder hier herumtobten? Ich könnte wetten, er ist so ein

Typ, der findet, Kinder sollte man sehen, aber nicht hören. Anna braucht jedoch jemanden, der nett ist, Herzenswärme hat und liebevoll ist. Jemanden, der es schafft, daß sie sich wohl fühlt. Egal, was sie auch sagt, ich sehe ihr doch an, daß es jetzt nicht so ist.«

Vor ihnen tauchte die Sonne als glutrote Kugel ins Meer. Die Sorge um die Schwester belastete Erica. Wenn sie schon für ihre Schwester soviel Verantwortung empfand, wie sollte es dann bei dem neuen kleinen Wesen werden?

Sie lehnte den Kopf an Patriks Schulter, bis sich die Dunkelheit herabsenkte.

Der Montag begann mit guten Neuigkeiten. Annika war aus dem Urlaub zurück. Braungebrannt und blühend und noch immer beseelt von einer Menge Liebe und Wein, saß sie auf ihrem Platz in der Rezeption und strahlte Patrik an, als er hereingeschlendert kam. Normalerweise haßte er den Montagmorgen, aber Annikas Anblick ließ den Tag gleich viel leichter erscheinen. Sie war in gewisser Weise die Nabe, um die sich alles im Revier drehte. Sie organisierte, diskutierte, schimpfte und lobte, ganz nach Bedarf. Egal, welches Problem man auch hatte, man konnte sicher sein, ein kluges und tröstendes Wort von ihr zu erhalten. Selbst Mellberg hatte allmählich einen gewissen Respekt vor ihr und wagte keine verstohlenen Kniffe und feuchten Blicke mehr, mit denen er sie in seiner ersten Zeit im Revier allzu häufig bedacht hatte.

Nach Patriks Ankunft verging nicht mehr als eine Stunde, bevor Annika mit ernstem Gesicht an seine Tür klopfte.

»Patrik, hier ist ein Ehepaar. Sie wollen das Verschwinden ihrer Tochter melden.«

Sie sahen einander an und wußten beide, was der andere dachte.

Annika geleitete die beunruhigten Leute zu ihm hinein, und mit hängenden Schultern nahmen sie vor Patriks Schreibtisch Platz. Sie stellten sich als Bo und Kerstin Möller vor.

»Unsere Tochter Jenny ist gestern abend nicht nach Hause gekommen.«

Der Vater hatte das Wort ergriffen. Er war ein kleiner, untersetzter Mann um die Vierzig. Während er sprach, fummelte er nervös an den grell gemusterten Shorts herum und hielt den Blick starr auf die Schreibtischplatte gerichtet. Die Tatsache, daß sie bei der Polizei saßen und das Verschwinden ihrer Tochter meldeten, schien ihre Panik erst richtig anzuheizen. Ihm stockte die Stimme, und seine Frau, auch sie klein und drall, fuhr fort: »Wir wohnen auf dem Campingplatz in Grebbestad, und Jenny wollte gegen sieben mit ein paar Freunden, die sie dort kennengelernt hatte, nach Fjällbacka fahren. Sie wollten ausgehen, glaube ich, aber sie hat versprochen, um eins wieder zu Hause zu sein. Sie hatten wohl irgendwie organisiert, daß man sie nach Hause mitnimmt, und hin wollten sie mit dem Bus.«

Auch ihre Stimme wurde rauh, und sie mußte eine Pause einlegen, bevor sie weitersprechen konnte: »Als sie nicht nach Hause kam, wurden wir unruhig. Wir weckten eins der anderen Mädels, mit der sie hatte fahren wollen, und sie sagte, daß Jenny nicht, wie verabredet, zur Bushaltestelle gekommen war und daß sie da geglaubt hatten, daß sie nicht mitkommen will. Da wußten wir, daß etwas Ernsthaftes passiert ist. Jenny würde uns so etwas nie antun. Sie ist unser einziges Kind und informiert uns immer, falls sie sich verspätet oder so. Was kann ihr zugestoßen sein? Wir haben ja von diesem Mädchen gehört, das sie in der Königsschlucht gefunden haben, glauben Sie, daß ...«

Hier versagte ihr die Stimme, und sie brach in verzweifeltes Schluchzen aus. Ihr Mann legte tröstend die Arme um sie, aber auch in seinen Augen zeigten sich Tränen.

Patrik war beunruhigt. Sehr beunruhigt, aber er bemühte sich, es die Leute nicht merken zu lassen.

»Ich glaube nicht, daß ein Grund besteht, im Augenblick solche Parallelen zu ziehen.«

Verdammt, klinge ich korrekt, dachte er, aber es fiel ihm einfach sehr schwer, mit solchen Situationen umzugehen. Die Angst dieser Leute schnürte auch ihm die Kehle zu, aber er konnte es sich nicht erlauben, dem nachzugeben, so hielt er sich zum Selbstschutz an eine nahezu bürokratische Korrektheit.

»Wir fangen mit ein paar Angaben zu Ihrer Tochter an. Sie heißt Jenny, sagten Sie. Wie alt ist sie?«

»Siebzehn, bald achtzehn.«

Kerstin Möller weinte noch immer, das Gesicht ans Hemd ihres Mannes gedrückt, also mußte der die notwendigen Angaben machen. Als Antwort auf die Frage, ob sie eine neuere Aufnahme von der Tochter hätten, wischte sich Jennys Mutter mit einer Papierserviette das Gesicht trocken und zog ein Schulfoto in Vierfarbendruck aus der Tasche.

Patrik nahm das Foto behutsam entgegen und betrachtete es. Das Mädchen war eine typische Siebzehnjährige, mit etwas zuviel Schminke im Gesicht und einem Anflug von Trotz in den Augen. Er lächelte den Eltern zu und versuchte sich zuversichtlich zu geben.

»Ein hübsches Mädchen, auf das Sie stolz sind, wie ich mir denke.«

Sie nickten beide eifrig, und sogar auf Kerstins Gesicht zeigte sich ein leichtes Lächeln.

»Sie ist ein gutes Mädchen. Aber natürlich haben Teenager so ihren eigenen Kopf. In diesem Jahr wollte sie nicht mit uns in Urlaub fahren, obwohl wir das mit unserem Wohnwagen jedes Jahr tun, schon seit sie klein war. Aber wir haben gebettelt und gesagt, daß es doch vermutlich der letzte Sommer ist, in dem wir so etwas gemeinsam unternehmen könnten, und da hat sie nachgegeben.«

Als Kerstin Möller hörte, was sie da über den letzten Sommer sagte, verlor sie erneut die Beherrschung, und Bo strich ihr beruhigend übers Haar.

»Sie nehmen das hier doch wohl ernst? Man hat ja gehört, daß vierundzwanzig Stunden vergehen müssen, bevor mit der Suche und so begonnen wird, aber Sie müssen uns glauben, wenn wir sagen, daß etwas passiert sein muß, sonst hätte sie sich gemeldet. Sie ist nicht der Typ Mädchen, dem einfach alles egal ist und das sich nicht darum kümmert, wenn wir uns ängstigen.«

Erneut versuchte Patrik so ruhig wie möglich zu erscheinen, aber in seinem Kopf jagte bereits ein Gedanke den anderen. Das Bild von Tanjas nacktem Körper in der Königsschlucht tauchte vor seinem inneren Auge auf, und er blinzelte, um es zu vertreiben.

»Wir warten keine vierundzwanzig Stunden, so ist es nur in amerikanischen Filmen, doch bevor wir etwas wissen, müssen Sie versuchen, sich keine Sorgen zu machen. Auch wenn ich Ihnen glaube, daß Jenny ein sehr ordentliches Mädchen ist, so habe ich so etwas schon früher erlebt. Die jungen Leute lernen jemanden kennen, vergessen Zeit und Raum, vergessen, daß sich Vater und Mutter zu Hause Sorgen machen. Das ist nichts Ungewöhnliches. Aber wir werden sofort mit dem Herumfragen beginnen. Lassen Sie uns eine Nummer hier, über die wir Sie erreichen können, dann melde ich mich, wenn ich mehr weiß. Und bitte geben Sie uns Nachricht, wenn Sie etwas von Ihrer Tochter hören sollten oder wenn sie zu Hause auftaucht. Die Sache wird sich aufklären, Sie werden schon sehen.«

Als die Leute gegangen waren, fragte sich Patrik, ob er zuviel versprochen hatte. Er verspürte ein Ziehen in der Magengegend, das nichts Gutes verhieß. Er betrachtete das Foto von Jenny, das die Besucher hiergelassen hatten. Gott gebe, daß sie sich nur ein bißchen herumtrieb.

Er stand auf und ging zu Martin hinüber. Es war das beste, sofort mit der Suche zu beginnen. Sollte das Schlimmste geschehen sein, hatten sie keine Minute zu verlieren. Laut dem Bericht der Gerichtsmedizin hatte Tanja ungefähr eine Woche in Gefangenschaft gelebt, bevor sie gestorben war. Die Uhr hatte angefangen zu ticken.

6

Sommer 1979

Schmerz und Dunkelheit ließen die Zeit in einem traumlosen Nebel versinken. Tag oder Nacht, Leben oder Tod, es spielte keine Rolle. Nicht einmal die Schritte über ihr, die Gewißheit des sich nähernden Bösen, konnten die Wirklichkeit dazu bringen, in ihren dunklen Horst vorzudringen. Das Geräusch brechender Knochen vermischte sich mit jemandes schmerzvollen Schreien. Vielleicht waren es ihre eigenen. Sie wußte es nicht genau.

Die Einsamkeit war am schwersten zu ertragen. Das totale Fehlen jedes Geräuschs, von Bewegungen, dem Gefühl einer Berührung auf der Haut. Sie hätte sich nie vorstellen können, wie quälend das Fehlen jedes menschlichen Kontakts sein konnte. Das trotzte jedem Schmerz, schnitt wie mit einem Messer in die Seele und brachte sie dazu, in Fieberschauern zu erbeben, die ihren ganzen Körper zum Zittern brachten.

Der Geruch des Fremden war ihr inzwischen gut bekannt. Er roch nicht schrecklich. Nicht so, wie sie sich vorgestellt hätte, daß das Böse riecht. Sein Duft war vielmehr frisch und voller Versprechungen von Sommer und Wärme. Das spürte man um so deutlicher im Kontrast zu dem dunklen, klammen Geruch, der ständig in ihrer Nase war. Der sie umgab wie eine feuchte Decke und Stück für Stück die Reste derjenigen vertilgte, die sie gewesen war, bevor sie hier landete. Deshalb sog sie gierig den Geruch der Wärme ein, wenn der Fremde näher kam. Das Schlimme zu durchleben war es wert, wenn man dafür nur einen Augenblick den Geruch des Lebens einatmen konnte, das irgendwo dort oben seinen gewohnten Gang nahm. Zugleich weckte dieser die dumpfe Sehnsucht nach all dem, was fehlte. Sie war nicht mehr dieselbe, die sie gewesen war, und sie vermißte die Person, die sie nun nie mehr werden würde. Es war schmerzhaft, sich davon zu verabschieden, aber um zu überleben, war sie dazu gezwungen.

Was sie hier unten sonst am meisten plagte, war der Gedanke an das

Kind. Ihr ganzes kurzes Leben lang hatte sie der Tochter den Vorwurf gemacht, überhaupt geboren zu sein, aber jetzt im allerletzten Augenblick verstand sie, daß die Tochter statt dessen ein Geschenk gewesen war. Die Erinnerung an die weichen Arme des Kindes um ihren Hals oder an die großen Augen, die sie sehnsüchtig angesehen hatten, peinigten sie in ihren Träumen. Sie konnte jedes Detail vor sich sehen. Jede kleine Sommersprosse, jedes Haar, den kleinen Wirbel im Nacken, der sich an genau derselben Stelle befand wie der ihre. Wieder und wieder gab sie sich und Gott das Versprechen, daß sie, falls sie diesem Gefängnis entkam, an der Kleinen jede Sekunde wiedergutmachen würde, die sie ihr die Mutterliebe vorenthalten hatte. Falls …

»So gehst du mir nicht raus!«

»Ich gehe, wie ich will, darum hast du dich einen Scheißdreck zu kümmern.«

Melanie starrte ihren Vater wütend an, der genauso zurückstarrte. Der Anlaß des Streits war der übliche: wieviel oder vielmehr wie wenig sie anhatte.

Sicher war an den Sachen, die sie ausgesucht hatte, nicht gerade viel Stoff, das mußte Melanie zugeben, aber sie fand diese Kleidung schick, und ihre Freundinnen zogen sich ganz genauso an. Und schließlich war sie schon siebzehn und kein Kind mehr, also was sie anhatte, war ganz allein ihre Sache. Verächtlich studierte sie ihren Vater, der vom Nacken an vor Zorn rot angelaufen war. Pfui Deibel, so alt und verlottert zu sein. Seine blanken Adidas-Shorts waren schon vor fünfzehn Jahren unmodern gewesen und paßten überhaupt nicht zu dem melierten kurzärmligen Hemd. Der Bauch, den er von zu vielen Tüten Chips auf dem Fernsehsofa bekommen hatte, drohte die obersten Hosenknöpfe zu sprengen, und die Krönung des Ganzen waren die häßlichen Plastikbadelatschen, die er an den Füßen trug. Sie schämte sich, neben ihm gesehen zu werden, und haßte es, den ganzen Sommer auf diesem verdammten Campingplatz verbringen zu müssen.

Als sie klein war, hatte sie die Campingurlaube im Wohnwagen geliebt. Da gab es immer eine Menge Kinder zum Spielen, und sie konnten baden und frei zwischen den Stellplätzen herumrennen. Aber jetzt hatte sie ja ihre Kumpels zu Hause in Jönköping, und das schlimmste war, daß sie sich von Tobbe hatte trennen müssen. Jetzt, wo sie ihre Interessen nicht wahrnehmen konnte, würde er bestimmt mit dieser blöden Madde rummachen, die ständig wie ein Pflaster an ihm klebte, und wenn das eintraf, gelobte sie hoch und heilig, daß sie die Eltern bis an ihr Lebensende hassen würde.

Auf einem Campingplatz in Grebbestad festzusitzen war ätzend, und obendrein behandelten ihre Eltern sie, als sei sie gerade fünf und nicht siebzehn. Nicht mal, was ihre Sachen anging, durfte sie allein bestimmen. Sie warf trotzig den Kopf in den Nacken und zog das Top zurecht, das nicht viel größer war als ein Bikinioberteil. Die knappen Jeansshorts schnitten zwar ziemlich zwischen den Hinterbacken, aber die Blicke, die sie bei den Jungs hervorriefen, waren jedes Unbehagen wert. Das Tüpfelchen auf dem I waren die haushohen Plateauschuhe, die ihren eins sechzig mindestens zehn Zentimeter hinzufügten.

»Solange wir für dich das Essen und das Dach über dem Kopf bezahlen, solange bestimmen wir, wo's langgeht, und jetzt sei so gut, und …«

Ihr Vater wurde von einem lauten Klopfen an der Tür unterbrochen, und dankbar für die Frist, beeilte sich Melanie zu öffnen. Draußen stand ein dunkelhaariger Mann um die fünfunddreißig, und sie richtete sich automatisch auf und drückte die Brust heraus. Vielleicht ein bißchen zu alt für ihren Geschmack, aber er sah nett aus, und auf jeden Fall ärgerte es ihren Vater.

»Ich heiße Patrik Hedström und komme von der Polizei. Könnte ich vielleicht einen Moment hereinkommen, es geht um Jenny?«

Melanie trat beiseite, um ihn hereinzulassen, aber nicht weiter, als daß er sich an ihrer leicht gekleideten Erscheinung vorbeischieben mußte.

Nachdem sie sich begrüßt hatten, quetschten sie sich alle drei um den kleinen Eßtisch.

»Soll ich auch meine Frau holen, sie ist unten an der Badestelle?«

»Nein, nein, nicht nötig, es ist Melanie, mit der ich gern ein paar Worte wechseln möchte. Wie Sie vielleicht wissen, haben Bo und Kerstin Möller ihre Tochter Jenny als verschwunden gemeldet, und sie sagten, ihr hattet euch gestern verabredet, um nach Fjällbacka reinzufahren, stimmt das?«

Unmerklich zog Melanie ein bißchen an ihrem Top, um die Furche tiefer werden zu lassen, und feuchtete die Lippen an, bevor sie antwortete. Ein Polizeibeamter, das war richtig sexy.

»Ja, wir wollten uns um sieben an der Haltestelle treffen und dann zehn nach den Bus nehmen. Ein paar Jungs, die wir kennengelernt hatten, wollten in Tanum Strand zusteigen, und wir wollten einfach nur in den Ort fahren, um zu sehen, was so passiert. Wir hatten keine besonderen Pläne.«

»Aber Jenny ist nicht gekommen?«

»Nein, das war superkomisch. Wir kennen uns nicht so irre gut, aber sie schien ganz in Ordnung, also war ich ziemlich verwundert, daß sie irgendwie nicht aufgetaucht ist. Ich kann nicht sagen, daß ich wahnsinnig enttäuscht war, denn sie ist es gewesen, die sich an mich gehängt hat, und es machte mir nichts aus, mit Mille und Fredde, also den Jungs aus Tanum Strand, allein zu bleiben.«

»Also Melanie!«

Ihr Vater warf ihr einen bösen Blick zu, und sie starrte zurück.

»Was denn, ich kann es nun mal nicht ändern, daß ich sie ziemlich öde fand. Es ist doch nicht meine Schuld, daß sie verschwunden ist. Sie hat sich bestimmt nur nach Karlstad, also nach Hause, verdrückt. Sie hat von einem Jungen geredet, den sie da kennt, und wenn sie ein bißchen Verstand im Kopf hatte, dann hat sie auf diesen verdammten Campingurlaub geschissen und ist zu dem zurück.«

»Du solltest so was nur wagen! Dieser Tobbe …«

Patrik sah sich gezwungen, den Streit zwischen Vater und Tochter zu unterbrechen, und fuchtelte vorsichtig mit der Hand, um die Aufmerksamkeit auf sich zu lenken. Glücklicherweise verstummten sie.

»Du hast also keine Ahnung, warum sie nicht aufgetaucht ist?«

»Nein, keinen Schimmer.«

»Weißt du, ob sie hier auf dem Platz noch mit jemandem Kontakt hatte, dem sie sich vielleicht anvertraut haben könnte?«

Wie aus Versehen stieß Melanie mit ihrem nackten Bein an das des Polizisten, und sie genoß es, zu sehen, wie er zusammenzuckte. Männer waren so verdammt einfach gestrickt. Egal, wie alt sie waren, sie hatten nur eins im Kopf, und wenn man das wußte, konnte man sie dahin kriegen, wohin man wollte. Sie berührte sein Bein von neuem, und auf seiner Oberlippe zeigte sich leichter Schweiß. Allerdings war es hier im Wohnwagen auch ziemlich schwül.

Sie ließ ihn ein Weilchen auf die Antwort warten.

»Da war ein Junge, so 'n blöder Typ, den sie hier anscheinend jeden Sommer getroffen hat, schon seit sie klein war. Verdammt öde, aber wie gesagt, sie war ja selber nicht gerade supercool, also kamen sie wohl gut miteinander aus.«

»Weißt du vielleicht, wie er heißt oder wo ich ihn finden kann?«

»Seine Eltern haben ihren Wohnwagen zwei Reihen weiter. Es ist der mit dem braun-weiß gestreiften Vorzelt und all den verdammten Geranientöpfen davor.«

Patrik bedankte sich für die Hilfe und preßte sich errötend wieder an Melanie vorbei.

Sie versuchte eine möglichst verführerische Position einzunehmen, als sie dem Polizeibeamten in der Türöffnung hinterherwinkte. Der Vater hatte wieder mit seinem Sermon angefangen, aber sie stellte sich taub. Er sagte ja doch nichts von Belang.

Verschwitzt, auch aus anderen Gründen als der drückenden Hitze, entfernte sich Patrik mit raschen Schritten. Es war eine Erleichterung, aus dem engen kleinen Raum zu dem Wagengewirr zurückzukehren. Er war sich wie ein Pädophiler vorgekommen, als ihm dieses junge Mädchen ihre kleinen Brüste entgegengestreckt hatte, und dann, als sie angefangen hatte, ihr Bein an seins zu pressen, hatte er nicht gewußt, was er tun sollte, so unangenehm war ihm die Sache gewesen. Sie hatte auch nicht gerade viel auf dem Leib gehabt. Ungefähr genausoviel Stoff wie ein Taschentuch, aber verteilt über dem ganzen Körper. Eine plötzliche Einsicht ließ ihn erkennen, daß in siebzehn Jahren vielleicht seine Tochter sich so anzog und nach älteren Männern schmachtete. Bei dem Gedanken schauderte ihn, und er hoffte mit einemmal, daß Erica einen Sohn in sich trug. Mit dem Verhalten von Jungen im Teenageralter kannte er sich wenigstens aus. Dieses Mädel hier war ihm wie ein Wesen aus dem All erschienen, mit der riesigen Menge Schminke und dem großen, baumelnden Schmuck. Auch der Ring in ihrem Nabel hatte ihm nicht entgehen können. Vielleicht war er langsam zu alt für solche Dinge, aber für ihn war so was keineswegs sexy. Vielmehr dachte er an die Infektionsgefahr und das Risiko, eine Narbe zurückzubehalten. Aber, wie gesagt, das hatte wohl mit dem Alter zu tun. Noch immer hatte er in guter Erinnerung, wie sehr ihn seine Mutter gescholten hatte, als er mit einem Ring im Ohr nach Hause gekommen war, und da war er schließlich schon neunzehn gewesen. Blitzschnell hatte er sich davon verabschieden müssen, und dabei war das schon das Kühnste gewesen, was er sich je herausgenommen hatte.

Er verirrte sich zwischen den Wagen, die Wand an Wand standen. Er persönlich konnte nicht verstehen, wie Leute ihren Urlaub freiwillig so dicht gedrängt wie die Heringe verbringen konnten. Rein intellektuell begriff er schon, daß das hier für viele zum Lebensstil geworden war und daß die Gemeinschaft mit anderen Campern, die jedes Jahr an denselben Ort zurückkehrten, die Verlockung ausmachte. Einige der Unterkünfte konnte man kaum noch Wohnwagen nennen, da sie mit Zelten in alle Richtungen ausgebaut waren und mehr an feste kleine Häuser erinnerten, die Jahr für Jahr dort standen, wo sie nun mal standen.

Nachdem er um Hilfe gebeten hatte, fand Patrik endlich den Wohnwagen, den Melanie beschrieben hatte, und sah einen schlaksigen und extrem pickligen Burschen davor sitzen.

Die Sonne schien Patrik direkt in die Augen, als er vor dem Burschen stehenblieb, und er mußte sie mit der Hand abschirmen. Die Sonnenbrille hatte er im Revier vergessen.

»Grüß dich, ich komme von der Polizei. Ich habe mit Melanie dort drüben gesprochen, die sagte, du kennst Jenny Möller, stimmt das?«

Der Junge nickte nur stumm. Patrik setzte sich neben ihm ins Gras und sah, daß der Bursche, im Unterschied zu der Teenager-Lolita ein paar Wagen weiter, aufrichtig besorgt aussah.

»Ich heiße Patrik, und wie heißt du?«

»Per.«

Patrik hob die Augenbrauen, um zu verdeutlichen, daß er noch mehr erwartete.

»Per Thorsson.« Er rupfte ungeduldig Grasbüschel aus der Erde und blickte starr auf das hinunter, was er da tat. Ohne Patrik anzusehen, sagte er: »Ich bin schuld, daß ihr was passiert ist.«

»Wie meinst du das?« Patrik stutzte.

»Wegen mir hat sie den Bus verpaßt. Wir haben uns hier jeden Sommer seit unserer Kindheit getroffen, und wir hatten immer unheimlich viel Spaß zusammen. Aber seit sie diese blöde Gans Melanie getroffen hat, war sie so verdammt fies geworden. Es hieß immer nur, Melanie hier und Melanie da und Melanie hat gesagt und so 'n Scheiß. Früher konnte man mit Jenny über wichtige Sachen reden, die wirklich was bedeuteten, aber jetzt ging es nur um Schminke, Klamotten und so 'n Zeug, und sie traute sich nicht mal, Melanie zu erzählen, wenn sie mich treffen sollte, denn Melanie fand anscheinend, daß ich ziemlich öde war oder so.«

Er rupfte in immer schnellerem Tempo Gras aus dem Boden. Neben ihm hatte sich bereits ein kahler Fleck gebildet, der mit jedem Büschel, das er herauszog, größer wurde. Der Geruch von Gegrilltem lag schwer über ihren Köpfen, drang in die Nasenlöcher und brachte Patriks Magen zum Knurren.

»Mädchen in dem Alter sind so. Das geht vorbei, kannst du mir glauben. Dann werden sie wieder vernünftig.« Patrik lächelte, wurde aber wieder ernst. »Aber was meinst du damit, daß es deine Schuld ist? Weißt du, wo sie ist? Denn in dem Fall solltest du wissen, daß ihre Eltern mächtig beunruhigt sind ...«

Per fuchtelte abwehrend mit der Hand.

»Ich habe keine Ahnung, wo sie ist, ich weiß nur, daß ihr irgendwie was passiert sein muß. Sie würde nie einfach so abhauen. Und weil sie trampen wollte …«

»Trampen? Wohin denn? Wann ist sie getrampt?«

»Genau deshalb bin ich ja schuld.« Per artikulierte sich übertrieben deutlich, als spräche er zu einem kleinen Kind. Er fuhr fort: »Ich fing an, mit ihr zu streiten, genau als sie losgehen wollte, um Melanie an der Bushaltestelle zu treffen. Ich war so verdammt sauer, weil sie nur dann mit mir zusammen sein wollte, wenn diese Scheiß-Melanie es nicht wußte, und ich griff mir Jenny, als sie hier vorbeiging, und habe ihr gesagt, was ich davon hielt. Sie wurde traurig, aber widersprach mir nicht, stand nur da und ließ es über sich ergehen. Nach einer Weile sagte sie nur, daß sie jetzt den Bus verpaßt hat und nun nach Fjällbacka trampen müßte. Dann ging sie.«

Per hob den Blick von dem kahlen Grasfleck und schaute Patrik an. Seine Unterlippe zitterte leicht, und Patrik sah, daß er fieberhaft kämpfte, um sich die Demütigung zu ersparen, hier mitten unter all den Campern in Tränen auszubrechen.

»Deshalb ist es meine Schuld. Hätte ich nicht angefangen, sie auszumeckern wegen etwas, das jetzt im nachhinein so verdammt sinnlos erscheint, hätte sie diesen Bus gekriegt, und dann wäre das nicht passiert. Sie ist beim Trampen an irgendeinen verdammten Psychopathen geraten, und das ist meine Schuld.«

Die Stimme ging eine Oktave höher und sprang, typisch für den Stimmbruch, ins Falsett. Patrik schüttelte beharrlich den Kopf.

»Das ist nicht deine Schuld. Und wir wissen auch gar nicht, ob was passiert ist. Das wollen wir ja herausbekommen. Wer weiß, vielleicht taucht sie ja jeden Augenblick wieder auf und hat nur irgendwelchen Unfug getrieben.«

Er wollte beruhigend klingen, aber Patrik hörte selbst, wie falsch sich das anhörte. Er wußte, daß die Unruhe, die er in den Augen des Jungen sah, auch in seinen eigenen zu finden war. Nur etwa hundert Meter entfernt saßen die Eheleute Möller in ihrem Wohnwagen und warteten auf ihre Tochter. Er hatte das eisige Gefühl, daß Per recht hatte und sie vielleicht vergeblich warteten. Jemand hatte Jenny mitgenommen. Jemand, der keine guten Absichten verfolgte.

Während Jacob und Marita auf der Arbeit und die Kinder bei der Tagesmutter waren, wartete Linda auf Johan. Es war das erste Mal, daß sie sich im Wohnhaus auf Västergården treffen wollten statt wie sonst auf dem Heuboden der Scheune, und Linda fand es äußerst spannend. Dieses Wissen, daß sie unerlaubterweise im Haus ihres Bruders zusammen waren, gab dem Treffen eine ganz besondere Würze. Erst als sie Johans Miene beim Eintreten sah, begriff sie, daß es in ihm ganz andere Gefühle hervorrief, wieder in diesem Haus zu weilen.

Er war nicht mehr hier gewesen, seit sie den Hof nach seines Vaters Tod hatten verlassen müssen. Mit zögernden Schritten ging Johan durchs Haus, zuerst ins Wohnzimmer, dann in die Küche und sogar auf die Toilette. Es war, als wollte er jede Einzelheit in sich aufnehmen. Vieles war verändert. Jacob hatte gezimmert und gestrichen, und das Haus sah nicht mehr aus, wie er es in Erinnerung hatte. Linda folgte ihm dicht auf den Fersen.

»Es ist lange her, seit du hier warst.«

Johan nickte und strich mit der Hand über den Kaminsims im Wohnzimmer.

»Vierundzwanzig Jahre. Ich war erst fünf, als wir von hier wegzogen. Er hat viel am Haus gemacht.«

»Ja, bei Jacob muß ja alles wahnsinnig fein sein. Er baut und bastelt unentwegt. Alles muß perfekt sein.«

Johan gab keine Antwort. Es war, als befinde er sich in einer anderen Welt. Linda bereute es schon ein wenig, daß sie ihn hierher eingeladen hatte. Sie war auf eine sorglose Bettstunde eingestellt und nicht auf eine Reise durch Johans traurige Kindheitserinnerungen. Am liebsten wollte sie an diesen Johan überhaupt nicht denken, an all die Gefühle und Erlebnisse, die sie selbst nicht einschlossen. Johan war so fasziniert von ihr gewesen, hatte sie fast angebetet, und diese Bestätigung war es, die sie von ihm haben wollte, nicht diesen nachdenklichen, grübelnden erwachsenen Mann, der jetzt hier durchs Haus ging.

Sie zog ihn am Arm, und er fuhr zusammen, als würde er aus einem Trancezustand geweckt.

»Wollen wir nicht hochgehen? Mein Zimmer ist auf dem Dachboden.«

Johan folgte ihr willenlos die steile Treppe hinauf. Sie kamen zum Obergeschoß, aber als Linda die Stufen zum Dachboden hinaufstieg, blieb Johan stehen. Hier oben hatten Robert und er ihre Zimmer gehabt, und auch das Schlafzimmer der Eltern hatte hier gelegen.

»Einen Moment, ich komme gleich. Ich will nur was nachsehen.«

Er kümmerte sich nicht um Lindas Proteste, sondern öffnete mit zitternder Hand die erste Tür auf dem Flur. Dahinter hatte sein Kinderzimmer gelegen. Es war noch immer das Zimmer eines kleinen Jungen, aber jetzt waren es Williams Spielzeug und seine Kleider, die überall verstreut lagen. Er setzte sich auf das kleine Bett und dachte daran, wie das Zimmer ausgesehen hatte, als es noch ihm gehörte. Nach ein paar Minuten erhob er sich und ging nach nebenan, wo Roberts Zimmer gelegen hatte. Das war noch mehr verändert als sein eigenes. Jetzt wohnte hier ganz unverkennbar ein Mädchen, die Farbe Rosa, Tüll und Flitter dominierten. Er ging fast sofort wieder nach draußen. Statt dessen zog ihn das Zimmer am Ende des Flurs magnetisch an. Oft war er nachts über den Teppich getappt, den seine Mutter ausgelegt hatte, hin zu der weißen Tür, die er vorsichtig aufgeschoben hatte, um dann ins Bett der Eltern zu kriechen. Dort hatte er ruhig schlafen können, frei von Alpträumen und Gespenstern. Am liebsten hatte er sich an seinen Vater gedrückt und war, ganz dicht bei ihm liegend, eingeschlafen. Er sah, daß Jacob und Marita das mächtige alte Bettgestell behalten hatten; das ehemalige Schlafzimmer seiner Eltern war am wenigsten verändert.

Tränen brannten unter seinen Lidern, und er zwinkerte, um zu verhindern, daß sie ihm über die Wangen liefen, wenn er sich zu Linda umdrehte. Vor ihr wollte er sich nicht so schwach zeigen.

»Bist du jetzt bald fertig mit dem Nachsehen? Hier gibt's nichts zu klauen, falls du das gedacht hast.«

Ihre Stimme hatte einen hämischen Ton, den er bisher noch nie wahrgenommen hatte. Zorn stieg in ihm auf. Der Gedanke an all das, was hätte sein können, fachte die Wut noch weiter an, und Johan packte Linda hart beim Arm.

»Scheiße, was redest du da! Glaubst du, ich gucke hier rum, weil ich sehen will, ob's hier was zu klauen gibt? Verdammt, du bist doch nicht ganz dicht. Du, ich habe hier gewohnt, lange bevor dein Bruder eingezogen ist, und wenn dein verdammter Vater nicht gewesen wäre, dann hätten wir den Hof noch heute. Also halte deine blöde Klappe.«

Eine Sekunde lang war Linda sprachlos vor Verwunderung, als der sanfte Johan sich derart verwandelte, dann riß sie ihren Arm heftig an sich und fauchte: »Du, mein Papa ist nicht schuld, daß dein Vater all sein Geld verspielt und verschleudert hat. Und egal, was Papa auch gemacht hat, er konnte nichts dafür, daß dein Vater so feige war, sich das Leben zu nehmen. Er hat es vorgezogen, euch zu verlassen, und das kannst du nicht auf meinen Papa schieben.«

Die Wut ließ in seinem Blickfeld weiße Flecken entstehen. Er ballte die Fäuste. Linda sah so schmal und zerbrechlich aus, daß er sich fragte, ob er sie vielleicht mittendurch brechen konnte, aber er zwang sich, tief Luft zu holen, um sich zu beruhigen. Mit merkwürdig zischender Stimme sagte er: »Es gibt eine Menge, für das ich Gabriel die Schuld geben kann und will. Dein Vater hat unser Leben aus Neid zerstört. Mama hat erzählt, wie es gewesen ist. Daß alle meinen Vater liebten und daß keiner in Gabriel etwas anderes als einen langweiligen Griesgram gesehen hat, und genau das hat er nicht ertragen. Aber Mama ist gestern bei ihm auf dem Hof gewesen und hat ihm ordentlich die Meinung gegeigt. Nur schade, daß sie ihm nicht auch eins übergebraten hat, aber sie hat's wohl nicht über sich gebracht, ihn auch bloß anzufassen.«

Linda lachte höhnisch. »Früher jedenfalls war er gut genug dafür. Es ekelt mich, wenn ich mir vorstelle, daß er mit deiner dreckigen Mutter zusammen gewesen ist, aber genauso war es, bis sie kapiert hatte, daß es wohl leichter war, deinen Vater auszunehmen als meinen. Und dann hat sie eben von einem zum anderen gewechselt. Du weißt ja wohl, wie man so jemanden nennt. Eine Hure!«

Kleine Speichelspritzer landeten in Johans Gesicht, als Linda, die fast genauso groß war wie er, ihm die Worte entgegenschleuderte.

Aus Angst davor, sich nicht beherrschen zu können, wich Johan langsam zur Treppe zurück. Am liebsten hätte er ihr die Hände um den schmalen Hals gelegt und zugedrückt, einfach um sie zum Schweigen zu bringen, doch statt dessen floh er.

Verwirrt darüber, wie die Situation plötzlich ausgeartet war, und voller Wut, weil sich gezeigt hatte, daß sie ihm nicht so überlegen war, wie sie geglaubt hatte, beugte sie sich übers Geländer und schrie ihm giftig hinterher: »Hau doch ab, du verdammter Loser, du warst ja doch nur für eine Sache zu gebrauchen. Und nicht mal da warst du besonders gut.«

Sie beendete den Satz, indem sie ihm den Finger zeigte, aber er verschwand bereits durch die Haustür und sah es nicht.

Langsam ließ sie den Finger sinken und bereute bereits, was sie gesagt hatte. Sie war nur so scheißwütend geworden.

Als das Fax aus Deutschland eintraf, hatte Martin, der mit Patrik gesprochen hatte, den Hörer gerade aufgelegt. Die Nachricht, daß Jenny vermutlich beim Trampen von einem Auto mitgenommen worden war, machte die Lage nicht besser. Jeder beliebige konnte das Mädchen aufgelesen haben, jetzt blieb nur noch, sich auf das alles sehende Auge der Allgemeinheit zu verlassen. Die Presse hatte Mellberg förmlich belagert, und nun hoffte Martin, daß ein Zeuge die Meldung las. Es war nur zu wünschen, daß sie aus der Menge der sinnlosen Anrufe die echten Goldkörnchen herauswaschen konnten.

Annika war mit der Faxnachricht erschienen, die kurz und bündig war. Er quälte sich durch die wenigen Sätze und kam dahinter, daß man einen Ex-Mann von Tanja als nächsten Angehörigen ausfindig gemacht hatte. Es verwunderte Martin, daß sie trotz ihrer Jugend bereits geschieden war, aber so stand es da, schwarz auf weiß. Nach einem Moment des Zögerns und einer kurzen Beratung mit Patrik über Handy wählte er die

Nummer von Fjällbackas Touristeninformation und lächelte unwillkürlich, als er Pias Stimme im Hörer vernahm.

»Hallo, hier ist Martin Molin.« Es wurde eine Sekunde zu lange still. »Von der Polizei in Tanumshede.« Es ärgerte ihn ungemein, daß er erklären mußte, wer er war. Er selbst hätte vermutlich sogar ihre Schuhgröße angeben können, wenn man das aus unerfindlichen Gründen von ihm verlangt hätte.

»Ja, hallo, entschuldige. Ich bin unheimlich schlecht, was Namen angeht, aber Gott sei Dank um so besser, was Gesichter betrifft. Wirklich ein Glück bei diesem Beruf.« Sie lachte. »Und womit kann ich dir heute helfen?«

Wo soll ich anfangen, dachte Martin, aber erinnerte sich an den Grund seines Anrufs und riß sich sofort am Riemen. »Ich muß einen wichtigen Anruf in Deutschland tätigen und wage es nicht, mich auf meine mäßigen Schulkenntnisse zu verlassen. Könntest du vielleicht an einer Dreierkonferenz teilnehmen und dolmetschen?«

»Absolut.« Die Antwort erfolgte ohne Zögern. »Ich muß nur meine Kollegin bitten, sich in der Zwischenzeit hier um den Laden zu kümmern.«

Er hörte, wie sie mit jemandem im Hintergrund sprach, bevor sie wieder am Apparat war. »Die Sache ist klar. Wie funktioniert das? Du rufst mich an, oder?«

»Ja, ich schalte dich ein, warte also nur in der Nähe des Telefons, ich rufe in wenigen Minuten an.«

Genau vier Minuten später hatte er sowohl Tanjas Ex-Mann Peter Schmidt als auch Pia an der Strippe. Er eröffnete das Gespräch vorsichtig, indem er sein Beileid aussprach und bedauerte, daß er unter so traurigen Umständen anrufen müsse. Die deutsche Polizei hatte Peter Schmidt bereits über den Tod seiner Ex-Frau informiert, also das blieb ihm erspart, aber es war dennoch ein unangenehmes Gefühl, so kurz nach der Todesnachricht anzurufen.

»Wieviel wußten Sie über Tanjas Schwedenreise?«

Pia übersetzte flüssig ins Deutsche und die Antwort des Mannes dann ins Schwedische.

»Überhaupt nichts. Wir haben uns leider nicht in Freundschaft getrennt, also haben wir nach der Scheidung kaum miteinander gesprochen. Während unserer Ehe hat sie nie erwähnt, daß sie nach Schweden fahren will. Sie war mehr von der Sonne angetan, Urlaub in Spanien oder Griechenland. Ich hätte gedacht, daß sie Schweden für viel zu kalt hält, als daß sie da hinfahren will.«

Kalt, dachte Martin ironisch und schaute durchs Fenster auf den kochenden Asphalt. Ja, ja, und Eisbären spazieren auf den Straßen … Er fuhr mit seiner Befragung fort: »Sie hat also nie erwähnt, daß sie etwas in Schweden zu erledigen oder eine andere Verbindung hierher hat? Nichts von einem Ort, der Fjällbacka hieß?«

Peter Schmidt verneinte erneut, und Martin fiel keine weitere Frage ein. Er wußte noch immer nicht, was es gewesen ist, das Tanja ihrer Freundin über den Zweck ihrer Reise angedeutet hatte. Als er sich schon bedanken und das Gespräch beenden wollte, kam er noch auf eine Idee: »Gibt es jemand anderen, den wir fragen könnten? Der einzige Angehörige, den uns die deutsche Polizei genannt hat, waren Sie, aber vielleicht irgendeine Freundin?«

»Sie könnten sich bei ihrem Vater melden. Er wohnt in Österreich. Deshalb hat die Polizei ihn hier wohl nicht in ihrem Register. Einen Moment, ich habe seine Telefonnummer.«

Martin hörte, wie sich Peter Schmidt entfernte und daß einige Dinge herumgeschoben wurden. Nach einem Weilchen kam er zurück. Pia fuhr mit dem Übersetzen fort und sprach besonders deutlich, als sie die Nummer wiederholte, die er vorgelesen hatte.

»Ich bin nicht sicher, ob er ihnen etwas sagen kann. Vor zwei Jahren, kurz nach unserer Scheidung, kam es zum heftigen Streit zwischen ihm und Tanja. Sie wollte nicht erzählen, weshalb, ich glaube, daß sie schon lange nicht miteinander geredet haben. Aber man weiß ja nie. Grüßen Sie ihn vielmals von mir.«

Das Gespräch hatte nicht viel ergeben, aber Martin bedankte sich für die Hilfe und bat darum, sich wieder melden zu dürfen, falls sich noch weitere Fragen ergäben. Pia blieb in der Leitung und kam ihm mit der Frage zuvor, ob er Tanjas Vater unmittelbar anrufen wollte, so daß sie ihm bei der Übersetzung helfen konnte.

Wieder und wieder war das Freizeichen zu hören. Niemand schien zu Hause zu sein. Die Bemerkung von Tanjas Ex-Mann, also daß es einen Streit gegeben hatte zwischen Tanja und ihrem Vater, hatte jedoch Martins Neugier geweckt. Worüber konnten sich ein Vater und seine Tochter in die Haare kriegen, was so ernst war, daß sie den Kontakt zueinander völlig abbrachen? Und hatte das einen Zusammenhang mit Tanjas Reise nach Fjällbacka und ihrem Interesse für das Verschwinden der beiden Mädchen?

Tief in seine Überlegungen versunken, vergaß er fast, daß Pia noch am Hörer war, und dankte ihr überstürzt für die Hilfe. Sie kamen überein, daß sie ihm helfen würde, Tanjas Vater morgen von neuem anzurufen.

Martin betrachtete lange und grüblerisch das Bild von Tanja in der Leichenhalle. Was hatte das Mädchen in Fjällbacka gesucht, und was hatte es gefunden?

Vorsichtig den Bauch vor sich herschiebend, ging Erica die Stege entlang. Es war äußerst ungewöhnlich, daß man zu dieser Zeit des Jahres Lücken bei den Bootsliegeplätzen fand. Normalerweise lagen die Segelboote in zwei, ja sogar in drei Reihen hintereinander. Aber der Mord an Tanja hatte einen Teil der Segler dazu gebracht, andere Häfen aufzusuchen. Erica hoffte wirklich, daß Patrik und seine Kollegen die Sache bald in den Griff bekamen, denn sonst würde es ein harter Winter werden für viele von denen, die ihren Lebensunterhalt mit den Sommereinkünften bestritten.

Anna und Gustav hatten es jedoch vorgezogen, gegen den Strom zu schwimmen und ein paar Tage zusätzlich in Fjällbacka zu verbringen. Als Erica das Boot sah, kapierte sie, warum es ihr nicht gelungen war, die Schwester und ihren Freund zu überreden, bei ihr und Patrik im Haus zu wohnen. Das Boot war einfach prächtig. Blendendweiß mit einem Deck aus Holz und groß genug, um mindestens noch zwei weitere

Familien aufnehmen zu können, thronte es ganz am Ende des Stegs.

Anna winkte erfreut, als sie Erica näher kommen sah, und half ihr an Deck. Erica war gehörig außer Atem, als sie sich ins Cockpit setzte, und bekam von ihrer Schwester sofort ein großes Glas kalte Cola serviert.

»Gegen Ende hat man die Sache ziemlich satt, stimmt's?«

Erica verdrehte die Augen. »Und ob. Aber ich vermute, das hat die Natur wohl so eingerichtet, damit man die Entbindung herbeisehnt. Wenn es bloß nicht so heiß wäre.« Sie wischte sich mit einer Serviette die Stirn, aber fühlte kurz darauf, daß sich neue Schweißperlen bildeten und ihr die Schläfen hinunterliefen.

»Du Ärmste.« Anna lächelte mitleidig.

Gustav kam aus der Kajüte und begrüßte Erica zuvorkommend. Er war genauso untadelig gekleidet wie beim letztenmal, und seine weißen Zähne blitzten in dem braungebrannten Gesicht. In mißbilligendem Ton sagte er zu Anna: »Das Frühstück steht unten noch immer auf dem Tisch. Ich habe dir doch gesagt, ich möchte, daß du hier auf dem Boot ein bißchen auf Ordnung achtest. Das funktioniert sonst nicht.«

»O entschuldige. Ich mache es gleich.«

Das Lächeln verschwand aus Annas Gesicht, und mit gesenktem Blick eilte sie in die unteren Regionen des Bootes. Gustav nahm mit einem kalten Bier in der Hand neben Erica Platz.

»Man kann auf einem Boot nicht wohnen, wenn man nicht für Ordnung sorgt. Besonders mit Kindern, sonst gibt es ein einziges Durcheinander.«

Erica fragte sich im stillen, warum er das Frühstück nicht selbst hatte wegräumen können, wenn das nun schon eine so große Sache war. Er schien seine Arme ja trotz allem bewegen zu können.

Die Stimmung zwischen ihnen war etwas gedrückt, und Erica spürte, wie sich der Abgrund, der durch die Unterschiede in Herkunft und Erziehung bedingt war, immer weiter auftat. Sie sah sich gezwungen, das Schweigen zu brechen.

»Ein wirklich tolles Boot.«

»Ja, das ist eine richtige Schönheit.« Gustav platzte fast vor Stolz. »Ich habe es von einem guten Freund ausgeliehen, aber jetzt bin ich richtig wild darauf, mir selbst eins anzuschaffen.«

Wieder Schweigen. Erica war dankbar, als Anna zu ihnen zurückkam und sich neben Gustav setzte. Sie stellte das Trinkglas, das sie mitgebracht hatte, auf die andere Seite. Eine Falte zeigte sich zwischen Gustavs Brauen.

»Kannst du das Glas da bitte wegnehmen. Das hinterläßt Flecke auf dem Holz.«

»Entschuldige.« Anna bat mit dünner Stimme um Nachsicht. Sie nahm das Glas schnell wieder an sich.

»Emma.« Gustav verlagerte seine Aufmerksamkeit von der Mutter auf die Tochter. »Ich habe doch gesagt, daß du nicht mit dem Segel spielen sollst. Geh dort sofort weg.« Annas vierjährige Tochter stellte sich taub und ignorierte ihn total. Gustav war im Begriff, sich zu erheben, als Anna aufsprang.

»Ich kümmere mich um sie. Sie hat dich bestimmt nur nicht gehört.«

Das Kind brüllte vor Wut, weil es dort weggeholt wurde, und setzte seine böseste Schmollmiene auf, als Anna es mit zu den Erwachsenen nahm.

»Du bist blöd.« Emma stieß Gustav mit dem Fuß gegen das Schienbein, und Erica lächelte verstohlen.

Gustav nahm Emma beim Arm, um sie auszuschimpfen, und zum erstenmal sah Erica einen Funken in Annas Augen aufblitzen. Sie riß Gustavs Hand weg und zog Emma an sich.

»Du faßt sie nicht an!«

Er hob abwehrend die Hände. »Entschuldige, aber deine Kinder sind schrecklich wild, jemand muß ihnen doch ein bißchen Manieren beibringen.«

»Meine Kinder sind bestens erzogen, vielen Dank, und um die Erziehung kümmere ich mich selber. Kommt jetzt, wir gehen rüber zu ›Ackes‹ und kaufen Eis.«

Sie nickte Erica auffordernd zu, die mehr als froh war, ihre Schwester und deren Kinder ein Weilchen für sich zu haben, ohne den Herrn von Protz. Sie setzten Adrian in den Wagen, und Emma durfte fröhlich vor ihnen her hüpfen.

»Sag mal, findest du, daß ich zu empfindlich reagiere? Er hat sie ja nur am Arm angefaßt? Ich meine, ich weiß ja, daß ich durch Lucas bei den Kindern ein bißchen übervorsichtig geworden bin …«

Erica hakte ihre Schwester unter. »Ich finde dich kein bißchen übervorsichtig. Meiner Meinung nach verfügt deine Tochter über außerordentliche Menschenkenntnis, und du hättest es ruhig zulassen können, daß sie ihm einen ordentlichen Tritt gegen das Schienbein versetzt.«

Annas Gesicht verfinsterte sich. »Jetzt finde ich, daß du ein bißchen übertreibst. So schlimm ist es auch wieder nicht gewesen, wenn ich es recht bedenke. Ist man nicht an Kinder gewöhnt, ist es kein Wunder, wenn man unter Streß gerät.«

Erica seufzte. Einen Moment lang hatte sie geglaubt, die Schwester würde endlich ein bißchen Rückgrat beweisen und die Behandlung verlangen, die ihr und den Kindern zustand, aber Lucas hatte gründliche Arbeit geleistet.

»Wie läuft es mit dem Streit um das Sorgerecht?«

Anna sah zuerst aus, als wollte sie die Frage wieder einmal abtun, antwortete dann aber mit leiser Stimme: »Es läuft überhaupt nicht. Lucas hat beschlossen, alle miesen Tricks zu nutzen, auf die er nur kommen kann, und das hier, also daß ich Gustav kennengelernt habe, hat ihn nur noch wütender gemacht.«

»Aber er hat doch wohl nichts in der Hand? Ich meine, womit könnte er es begründen wollen, daß du eine schlechte Mutter bist? Wenn einer gute Gründe hat, ihm das Sorgerecht streitig zu machen, dann bist das ja wohl du!«

»Ja, aber Lucas scheint zu glauben, daß auf jeden Fall etwas hängenbleibt, wenn er sich nur genug einfallen läßt.«

»Aber was ist mit deiner Anzeige gegen ihn, also wegen Kindesmißhandlung? Müßte die nicht schwerer wiegen als alles, was er zusammenlügen kann?«

Anna gab keine Antwort, und ein schrecklicher Verdacht tauchte in Ericas Gehirn auf.

»Du hast ihn nie angezeigt, oder? Du hast mir direkt ins Gesicht gelogen, als du gesagt hast, du hättest ihn angezeigt. Aber getan hast du es nie.«

Die Schwester traute sich nicht, ihrem Blick zu begegnen.

»Ja, was ist, antworte mir jetzt. Stimmt es? Habe ich recht?«

Annas Antwort klang unwirsch. »Ja, du hast recht, meine liebe große Schwester. Aber du kannst mich nicht verurteilen. Du hast nicht in meiner Haut gesteckt, also weißt du einen Scheißdreck darüber, wie so was ist. Ständig in Angst leben zu müssen vor dem, was er sich einfallen lassen kann. Hätte ich ihn angezeigt, hätte er mich verfolgt, bis ich nicht mehr hätte fliehen können. Ich hatte gehofft, daß er uns in Ruhe läßt, wenn ich nicht zur Polizei gehe. Und zuerst schien das ja auch zu funktionieren, oder?«

»Ja, sicher, aber jetzt funktioniert es nicht mehr. Mensch, Anna, du mußt lernen, weiter zu denken, als deine Nase reicht.«

»Du hast leicht reden! Sitzt da so sicher und geborgen, wie man es sich überhaupt nur wünschen kann, mit einem Mann, der dich anbetet und dir nie weh tun würde und jetzt nach dem Buch über Alex auch noch mit Geld auf der Bank. Für dich ist es superleicht, so was zu sagen! Du weißt nicht, wie es ist, allein mit zwei Kindern dazustehen und sich abzurackern, um ihnen das tägliche Essen und die Kleider zum Anziehen zu beschaffen. Bei dir läuft immer alles so wahnsinnig gut, und denke nicht, daß ich nicht gesehen habe, wie du Gustav von oben herab gemustert hast. Du glaubst, so verdammt viel zu wissen, aber du weißt überhaupt nichts!«

Anna gab Erica keine Chance, auf ihre Attacke zu reagieren, sondern verschwand fast rennend in Richtung Markt, Emma fest an der Hand und Adrian im Wagen schiebend. Erica blieb allein auf dem Bürgersteig zurück, war dem Weinen nahe und fragte sich, wie alles hatte so schieflaufen können. Es war von ihr doch nicht böse gemeint. Das einzige, was sie wollte, war, daß es Anna so gut gehen sollte, wie sie es verdiente.

Jacob küßte seiner Mutter die Wange und gab seinem Vater förmlich die Hand. Die Beziehung zwischen ihnen beiden war noch nie anders gewesen. Eher distanziert und korrekt als warm und herzlich. Es war eigenartig, seinen Vater als Fremden zu betrachten, aber diese Beschreibung kam der Sache am nächsten. Sicher hatte man ihm erzählt, wie sein Vater zusammen mit seiner Mutter Tag und Nacht im Krankenhaus gewacht hatte, aber seine Erinnerung daran war nur vage, verschwamm wie im Nebel, und sie waren sich auch dadurch nicht nähergekommen. Nähe hatte er indessen bei Ephraim gespürt, in dem er meist mehr einen Vater als einen Großvater gesehen hatte. Von dem Augenblick an, da Ephraim dem Enkel das Leben gerettet hatte, indem er ihm vom eigenen Knochenmark spendete, hatte er in Jacobs Augen einen Glorienschein besessen.

»Arbeitest du heute nicht?«

Seine Mutter klang genauso ängstlich wie immer, als sie da neben ihm auf dem Sofa saß. Jacob fragte sich, was es wohl für Gefahren waren, die ihrer Befürchtung nach an der nächsten Ecke lauerten. Solange er sich erinnern konnte, hatte sie gelebt, als würde sie am Rand des Abgrunds entlangbalancieren.

»Ich hatte gedacht, heute etwas später hinzufahren. Und lieber abends noch etwas zu arbeiten. Ich hatte das Gefühl, herkommen zu müssen und zu sehen, wie es mit euch steht. Ich habe von den eingeschlagenen Scheiben gehört. Mutter, warum hast du nicht mich angerufen statt Papa? Ich hätte doch in Null Komma nichts zu Hause sein können?«

Laine lächelte liebevoll. »Ich wollte dich nicht beunruhigen. Es bekommt dir nicht, dich aufzuregen.«

Er gab keine Antwort, sondern lächelte milde in sich hinein.

Sie legte ihre Hand auf die seine. »Ich weiß, ich weiß, aber laß mich doch. Es ist schwer, alten Hunden das Sitzen beizubringen, verstehst du.«

»Du bist doch nicht alt, Mama, du bist doch noch immer das reinste junge Mädchen.«

Sie errötete vor Entzücken. Solche Sätze zwischen ihnen waren beiden wohl vertraut, und er wußte, daß sie es liebte, derartige Kommentare zu hören. Er gab sie auch gern. Sie hatte wohl nicht gerade viel Spaß gehabt in all den Jahren mit seinem Vater, und Komplimente waren kaum Gabriels starke Seite.

Gabriel schnaufte ungeduldig in seinem Sessel, dann stand er auf.

»Nun ja, jetzt hat die Polizei mit deinen Taugenichtsen von Cousins gesprochen, und sie halten sich hoffentlich ein Weilchen zurück.« Er ging langsam auf sein Büro zu. »Hast du Zeit, einen Blick auf die Zahlen zu werfen?«

Jacob küßte seiner Mutter die Hand, nickte und folgte seinem Vater. Gabriel hatte vor einigen Jahren begonnen, den Sohn in die Geschäfte des Hofes einzuführen, und die Ausbildung dauerte noch immer an. Sein Vater wollte sichergehen, daß Jacob eines Tages ganz und gar imstande war, das Anwesen zu übernehmen. Glücklicherweise hatte Jacob die natürliche Veranlagung, einen Hof zu führen, und bewältigte die Aufgaben, sowohl was die Zahlen als auch die praktischeren Dinge anging, ohne alle Schwierigkeiten.

Nachdem sie die Köpfe ein Weilchen über den Büchern zusammengesteckt hatten, richtete sich Jacob auf und sagte: »Ich hatte vor, mal wieder oben bei Großvater reinzuschauen. Es ist so lange her, daß ich dort gewesen bin.«

»Hmm, wie? Ja, mach das nur.« Gabriel war tief in die Welt der Zahlen versunken.

Jacob stieg die Treppen zum Obergeschoß hoch und ging langsam auf die Tür zu, die zum linken Flügel des Gutshauses führte. Dort hatte Großvater Ephraim bis zu seinem Tod gelebt, und Jacob hatte viele Stunden seiner Kindheit hier oben verbracht.

Er betrat die Wohnung. Alles war unberührt. Jacob hatte seine Eltern gebeten, nichts in dem Flügel umzustellen oder zu verändern, und sie hatten seinen Wunsch respektiert, sich der besonderen Beziehung wohlbewußt, die ihn mit Ephraim verbunden hatte.

Die Zimmer zeugten von Stärke. Die Einrichtung war maskulin und dunkel. Sie unterschied sich drastisch von der ansonsten hellen Möblierung des Hauses, und Jacob hatte immer das Gefühl, eine andere Welt zu betreten.

Er setzte sich in den Ledersessel, der an dem einen Fenster stand, und legte die Füße auf den Schemel davor. So hatte Ephraim dagesessen, wenn Jacob hier war, um ihn zu besuchen. Er selbst hatte, wie ein Welpe zusammengerollt, vor ihm auf dem Boden gehockt und andächtig den Geschichten von früher gelauscht.

Die Erzählungen von den Erweckungsversammlungen hatten ihn mitgerissen. Ephraim hatte anschaulich die Ekstase in den Gesichtern der Menschen beschrieben und ihre totale Konzentration auf ihn und seine Söhne. Der Großvater hatte eine Donnerstimme besessen, und Jacob hatte nie daran gezweifelt, daß sie Menschen in den Bann ziehen konnte. Die Teile der Geschichten, die er am meisten geliebt hatte, waren jene, in denen Ephraim von den Wundertaten berichtete, die Gabriel und Johannes vollbracht hatten. Jeder Tag hatte ein neues Mirakel herbeigeführt, und Jacob erschien es als etwas vollkommen Wunderbares. Er hatte nie begriffen, warum sein Vater nicht über diese Zeit seines Leben sprechen wollte, ja sich dafür sogar zu schämen schien. Sich vorzustellen, daß man die Gabe hatte zu heilen! Kranke gesund zu machen und Krüppel auf die Beine zu bringen. Wieviel Trauer die Brüder empfunden haben mußten, als die Gabe verschwand. Laut Ephraim war sie von einem Tag auf den anderen weg gewesen. Gabriel hatte mit den Schultern gezuckt, aber Johannes war verzweifelt gewesen. Abend für Abend flehte er zu Gott, ihm die Gabe zurückzugeben, und sobald er ein verletztes Tier sah, rannte er hin und versuchte die Kraft heraufzubeschwören, die er einmal besessen hatte.

Jacob verstand nie, warum Ephraim auf so lustige Weise lachte, wenn er von dieser Zeit berichtete. Für Johannes mußte es ein großer Kummer gewesen sein, und das hätte ein Mann, der Gott so nahestand wie der Prediger, doch verstehen müssen. Aber Jacob liebte seinen Großvater und stellte nicht in Frage, was er sagte oder wie er es sagte. In seinen Augen war der Großvater unfehlbar. Schließlich hatte er ihm das Leben gerettet. Vielleicht nicht durch Handauflegen, aber indem er Jacob etwas aus seinem eigenen Körper gespendet und ihm auf diese Weise wieder Leben eingegeben hatte. Dafür verehrte er ihn.

Aber das Beste von allem waren die Worte, mit denen Ephraim seine Geschichten stets beendete. Er pflegte dramatisch zu verstummen, sah dem Enkelsohn tief in die Augen und sagte:

»Und du, Jacob, du hast die Gabe auch in dir. Irgendwo, tief dort drinnen, wartet sie darauf, hervorgelockt zu werden.«

Jacob liebte diese Worte.

Die Gabe hervorzulocken war ihm nie geglückt, aber es reichte ihm, zu wissen, daß der Großvater gesagt hatte, es gebe diese Kraft dort. Als er krank geworden war, hatte er die Augen geschlossen und versucht, sie herbeizurufen, um sich selbst zu heilen, doch wenn er die Augen zugemacht hatte, war da nur Dunkelheit gewesen, dieselbe Dunkelheit, die ihn jetzt mit eisernem Griff gepackt hielt.

Vielleicht hätte er zu der Kraft finden können, wenn der Großvater länger gelebt hätte. Gabriel und Johannes hatte er es ja auch beigebracht, also wieso sollte es bei ihm nicht gelingen?

Die lauten Schreie eines Vogels weckten ihn aus seinen Grübeleien. Die Dunkelheit in ihm lag erneut wie ein enges Band um sein Herz, und er fragte sich, ob es sich so stark zuziehen konnte, daß es das Herz zum Stillstand brachte. In letzter Zeit war die Dunkelheit öfter gekommen und zugleich schwärzer geworden als je zuvor.

Er zog die Beine in den Sessel hoch und schlang die Arme um die Knie. Wenn nur Ephraim hier gewesen wäre. Dann hätte er ihm helfen können, das heilende Licht zu finden.

»Wir gehen in dieser Phase davon aus, daß Jenny Möller nicht freiwillig fernbleibt. Wir möchten auch die Öffentlichkeit um Hilfe ersuchen und bitten darum, daß man sich bei uns meldet, falls sie gesehen worden ist, insbesondere wenn sie sich in einem Auto oder in dessen Nähe aufgehalten hat. Nach den uns vorliegenden Angaben hatte sie die Absicht, nach Fjällbacka zu trampen, und alle Beobachtungen im Zusammenhang damit sind von größtem Interesse.«

Patrik schaute jedem einzelnen der versammelten Journalisten ernst in die Augen. Gleichzeitig ließ Annika das Foto von Jenny Möller herumgehen, damit es alle Zeitungen abdruckten. Das machte man nicht immer so, aber in dieser Phase konnte ihnen die Presse von Nutzen sein.

Zu Patriks großer Verwunderung war der Vorschlag, daß

er selbst die kurzfristig einberufene Pressekonferenz abhalten sollte, von Mellberg gekommen. Der saß im Hintergrund des kleinen Sitzungszimmers im Revier und beobachtete Patrik, der vor den Versammelten stand.

Mehrere Hände waren in die Luft gereckt.

»Hat das Verschwinden von Jenny irgendeinen Zusammenhang mit dem Mord an Tanja Schmidt? Und haben Sie etwas gefunden, das diesen Mord mit dem Wiederauffinden von Mona Thernblad und Siv Lantin verbindet?«

Patrik räusperte sich. »Erstens gibt es noch keine sichere Identifizierung von Siv Lantin, also wäre ich dankbar, wenn Sie nicht darüber schreiben würden. Ansonsten möchte ich aus ermittlungstaktischen Gründen nicht kommentieren, was wir haben oder nicht haben.«

Die Journalisten seufzten, weil man auf ihre Fragen stets und ständig mit ermittlungstaktischen Gründen reagierte, aber sie behielten die Hände unverdrossen in der Luft.

»Die Touristen kehren Fjällbacka ja immer mehr den Rücken zu. Haben die Leute Grund, sich Sorgen um ihre Sicherheit zu machen?«

»Es gibt keinen Grund zur Beunruhigung. Wir arbeiten äußerst hart daran, diesen Fall zu lösen, aber im Moment müssen wir uns darauf konzentrieren, Jenny Möller zu finden. Das ist alles, was ich zu sagen habe. Vielen Dank.«

Er verließ den Raum unter dem Protest der Journalisten, aber sah aus dem Augenwinkel, daß Mellberg noch zu bleiben gedachte. Hoffentlich würde der Kerl jetzt nichts Dummes sagen.

Er ging zu Martin hinein und setzte sich auf den Rand des Schreibtischs.

»Scheiße, es ist, als würde man freiwillig die Hand ins Wespennest stecken.«

»Ja, aber im Augenblick können sie uns tatsächlich von Nutzen sein.«

»Ja, jemand muß doch gesehen haben, wie Jenny in ein Auto gestiegen ist, wenn sie nun wirklich getrampt ist, wie der Bursche behauptet. Bei all dem Verkehr auf der Straße nach Grebbestad wäre es ein Wunder, wenn keiner etwas gesehen hat.«

»Es sind schon ganz andere Dinge passiert.« Martin seufzte. »Du hast Tanjas Vater immer noch nicht erreicht?«

»Ich habe es noch nicht wieder versucht. Wollte bis heute abend warten. Vermutlich ist er ja zur Arbeit.«

»Ja, da hast du recht. Weißt du, ob Gösta die Sache mit den Gefängnissen gecheckt hat?«

»Ja, man kann es kaum glauben, doch er hat es tatsächlich getan. Aber nichts. Es gibt niemanden, der die ganze Zeit bis heute eingebuchtet war. Das hast du ja wohl auch kaum erwartet. Ich meine, man könnte ja sogar den König erschießen und trotzdem wegen guter Führung nach ein paar Jahren wieder freikommen. Hafturlaub würdest du wohl schon nach ein paar Wochen kriegen.« Mißgelaunt ließ er den Stift auf die Schreibplatte fallen.

»Also jetzt sei nicht so zynisch. Dazu bist du viel zu jung. Nach zehn Jahren in diesem Beruf kannst du vielleicht bitter werden, bis dahin hast du noch immer naiv zu sein und mußt an dieses System glauben.«

»Ja, alter Herr.« Martin salutierte lässig, und Patrik erhob sich mit einem Lachen.

»Übrigens«, fuhr Patrik fort, »wir können nicht voraussetzen, daß Jennys Verschwinden im Zusammenhang mit den Morden von Fjällbacka steht, also bitte Gösta doch sicherheitshalber, daß er untersucht, ob jemand, der für Vergewaltigungen oder ähnliches bekannt ist, aus dem Gefängnis entlassen wurde. Bitte ihn, daß er alle checkt, die wegen Vergewaltigung, schwereren Vergehen an Frauen oder ähnlichen Geschichten gesessen haben und von denen wir wissen, daß sie normalerweise hier in der Gegend zuschlagen.«

»Guter Gedanke, aber es kann doch ebensogut jemand von auswärts sein, der als Tourist hier ist.«

»Stimmt, aber irgendwo müssen wir anfangen, und dieser Anfang hier ist genauso gut wie jeder andere.«

Annika steckte den Kopf durch die Tür. »Die Herren mögen die Störung entschuldigen, aber Patrik, für dich ist die Gerichtsmedizin am Apparat. Soll ich hierher verbinden, oder willst du, daß ich das Gespräch in dein Zimmer lege?«

»Lege es zu mir. Gib mir nur eine halbe Minute.«

In seinem Zimmer angekommen, nahm er auf dem Stuhl Platz und wartete darauf, daß das Telefon klingelte. Sein Herz klopfte etwas schneller. Wenn sich die Gerichtsmedizin meldete, war es ein bißchen so, als warte man auf den Weihnachtsmann. Man wußte nie, was für Überraschungen in den Paketen steckten.

Zwei Minuten später war er wieder bei Martin zurück, blieb aber in der Türöffnung stehen.

»Wir haben die Bestätigung, daß es sich bei dem zweiten Skelett um Siv Lantin handelt, genau wie wir es uns gedacht hatten. Und die Analyse der Bodenprobe ist abgeschlossen. Da kann sich was von Nutzen ergeben haben.«

Martin beugte sich interessiert in seinem Stuhl vor und faltete die Hände.

»Ja, spann mich nicht auf die Folter. Was haben sie gefunden?«

»Erstens ist die Erde, die sich an Tanjas Körper und auf der Decke befunden hat, von derselben Art wie die an den Skeletten. Das bedeutet, daß sie sich wenigstens bei einer Gelegenheit am selben Ort befunden haben. Dann hat das SKL, also das oberste Kriminallabor, ein Düngemittel in der Erde gefunden, das nur auf Bauernhöfen verwendet wird. Es ist ihnen sogar gelungen, das Fabrikat und den Namen des Herstellers herauszufinden. Das allerbeste jedoch ist – es wird nicht einfach so über den Ladentisch verkauft, sondern direkt vom Hersteller bezogen und ist außerdem keins der allerüblichsten Fabrikate, die auf dem Markt sind. Also wenn du gleich mal bei ihnen anrufen und sie bitten könntest, die Listen der Kunden herauszusuchen, die dieses Mittel gekauft haben, dann kommen wir vielleicht endlich voran. Hier ist ein Zettel mit dem Namen des Düngemittels und des Herstellers. Die Nummer steht wohl in den Gelben Seiten.«

Martin wedelte beruhigend mit der Hand. »Wird erledigt. Ich gebe Bescheid, sobald ich die Listen erhalten habe.«

»Super.« Patrik zeigte ihm den Daumen und trommelte leicht gegen den Türrahmen.

»Du, übrigens …«

Patrik war schon auf dem Weg zum Flur und drehte sich beim Klang von Martins Stimme wieder um. »Ja?«

»Haben die was über die DNA gesagt, die sie gefunden haben?«

»Da sitzen sie noch dran. Solche Analysen werden auch vom SKL gemacht, und bei diesen Tests ist der Andrang anscheinend verdammt groß. Eine Masse Vergewaltigungen um diese Jahreszeit, verstehst du?«

Martin nickte düster. Er wußte genau Bescheid. Das war einer der großen Vorteile des Winterhalbjahrs. Viele Vergewaltiger fanden es draußen einfach zu kalt, um die Hosen herunterzulassen, aber im Sommer gab es da kein Hindernis.

Patrik summte leicht vor sich hin, als er in sein Zimmer ging. Endlich sahen sie so etwas wie einen Anfang. Auch wenn es nicht viel war, was sie hatten, so gab es nun wenigstens eine Spur.

Ernst gönnte sich auf dem Markt von Fjällbacka eine Wurst mit Kartoffelbrei. Er setzte sich auf eine der Bänke, die zum Meer zeigten, und bewachte mißtrauisch die Möwen, die ihn umkreisten. Wenn sie die Chance hätten, würden sie ihm die Wurst stibitzen, also ließ er sie keine Sekunde aus den Augen. Verdammte Scheißvögel. Als Kind hatte er sich einen Spaß daraus gemacht, einen Fisch an eine Schnur zu binden und das andere Ende der Schnur festzuhalten. Auf diese Weise erhielt er, wenn die Möwe, nichts Böses ahnend, den Fisch verschlungen hatte, seinen eigenen leibhaftigen Drachen, der hilflos und in Panik durch die Luft flatterte. Eine zweite Lieblingsbeschäftigung hatte darin bestanden, etwas von Vaters Selbstgebranntem zu mausen, in den er dann Brotstückchen tunkte, die er den Möwen hinwarf. Der Anblick, wie sie taumelnd hin und her flogen, brachte ihn immer derart zum Lachen, daß er sich auf die Erde schmiß und sich den Bauch hielt. An solche Jungenstreiche wagte er sich heute nicht mehr, obwohl er große Lust dazu hatte. Verdammte Geier, die sie waren.

Aus dem Augenwinkel nahm er ein bekanntes Gesicht wahr. Gabriel Hult hielt mit seinem BMW am Bürgersteig vor dem

Zentrumskiosk. Ernst richtete sich auf seiner Bank auf. Vor lauter Wut darüber, daß er bei den Mädchenmorden übergangen worden war, hatte er sich über die Ermittlungen auf dem laufenden gehalten. Deshalb war ihm auch Gabriels Zeugenaussage gegen seinen Bruder bestens bekannt. Vielleicht, ja vielleicht, dachte Ernst, war aus diesem hochnäsigen Scheißkerl ja noch mehr herauszuquetschen. Allein der Gedanke an den Hof und die Ländereien, die in Gabriel Hults Besitz waren, ließ Neidern das Wasser im Mund zusammenlaufen, und es wäre ein schönes Gefühl, ihm ein bißchen zuzusetzen. Und wenn es auch nur eine kleine Chance gäbe, den Ermittlungen etwas Neues hinzuzufügen und es somit diesem Scheiß-Hedström zu zeigen, dann wäre das einfach super.

Er warf den Rest seiner Wurstportion in den nächstgelegenen Papierkorb und schlenderte gemächlich auf Gabriels Wagen zu. Der silberfarbene BMW glänzte in der Sonne, und er konnte nicht widerstehen, mit der Hand sehnsüchtig über das Dach zu streichen. Verdammt, so einen sollte man haben. Er zog die Hand rasch zurück, als Gabriel mit einer Zeitung aus dem Kiosk kam. Er schaute Ernst, der lässig an der Beifahrertür lehnte, mißtrauisch an.

»Entschuldigen Sie, aber das Auto, an dem Sie lehnen, gehört mir.«

»So ist es, ja.« Ernsts Ton war so unverschämt wie möglich. Es war das beste, sich sofort Respekt zu verschaffen. »Ernst Lundgren von der Polizei in Tanumshede.«

Gabriel seufzte. »Was ist es denn jetzt? Haben Johan und Robert schon wieder was angestellt?«

Ernst grinste. »Das haben sie bestimmt, wenn ich diese Früchtchen richtig kenne, aber jedenfalls nichts, was mir im Moment bekannt wäre. Nein, ich habe ein paar Fragen in bezug auf die Frauen, die wir in der Königsschlucht gefunden haben.« Er deutete mit dem Kopf in Richtung Holztreppe, die sich über die Felswand dort hinaufwand.

Gabriel verschränkte die Arme, die Zeitung unter den einen geklemmt.

»Was, um Himmels willen, sollte ich denn darüber wissen?

Es geht doch wohl nicht wieder um diese alte Geschichte mit meinem Bruder? Dazu habe ich schon ein paar Kollegen von Ihnen auf Fragen geantwortet. Einerseits ist das Ganze schon höllisch viele Jahre her, und wenn man die Ereignisse der letzten Tage bedenkt, dürfte es ja wohl bewiesen sein, daß Johannes nichts damit zu tun hatte! Schauen Sie selbst!«

Er wickelte die Zeitung auf und hielt sie Ernst vor die Nase. Auf der Frontseite prangte ein Foto von Jenny Möller neben einem verschwommenen Paßbild von Tanja Schmidt. Nicht ganz unerwartet war das Ganze mit einer reißerischen Schlagzeile aufgemacht.

»Glauben Sie, daß mein Bruder aus dem Grab gestiegen ist und das hier getan hat?« Gabriels Stimme zitterte vor Erregung. »Wieviel Zeit wollt ihr noch damit verschwenden, in meiner Familie zu stöbern, während der wirkliche Mörder frei herumläuft? Das einzige, was ihr gegen uns vorzubringen habt, ist eine Zeugenaussage, die ich vor zwanzig Jahren gemacht habe, und damals bin ich mir zwar sicher gewesen, aber weiß der Himmel, es war nicht ganz hell draußen, ich hatte am Krankenbett meines todkranken Sohnes gewacht und habe mich vielleicht ganz einfach geirrt!«

Abrupt eilte er um das Auto und drückte auf den Schlüssel, so daß sich die Zentralverriegelung öffnete. Bevor er in den Wagen stieg, überschüttete er Ernst mit einem letzten empörten Wortschwall: »Wenn das hier so weitergeht, werde ich unsere Anwälte einschalten. Ich habe es satt, daß sich alle Leute neuerdings fast die Augen ausstarren, wenn sie mich zu Gesicht bekommen, und ich gedenke nicht zuzulassen, daß ihr weitere Gerüchte über meine Familie verbreitet, nur weil ihr nichts Besseres zu tun habt.«

Gabriel knallte die Tür zu und fuhr mit quietschenden Reifen an, dann brauste er die Steigung mit einem solchen Tempo hoch, daß die Fußgänger sich zur Seite warfen.

Ernst lachte kollernd vor sich hin. Geld hatte Gabriel Hult vielleicht, aber als Polizist hatte Ernst die Macht, dessen privilegierte Welt ein wenig durcheinanderzubringen. Das Leben kam ihm mit einemmal sehr viel besser vor.

»Wir stehen vor einer Krise, die Einfluß auf unseren ganzen Bezirk haben wird.« Stig Thulin, der starke Mann im Bezirk, sah Mellberg scharf an, der nicht sonderlich beeindruckt zu sein schien.

»Ja, wie ich dir und all den anderen, die davor angerufen haben, schon sagte, arbeiten wir mit voller Kraft an diesem Fall.«

»Ich erhalte täglich ein Dutzend Anrufe von besorgten Geschäftsleuten, und ich verstehe ihre Unruhe. Hast du gesehen, wie es auf den Campingplätzen aussieht und in den Häfen hier im Umkreis? Die Sache beeinflußt nicht nur die Wirtschaft von Fjällbacka, was an und für sich schon schlimm genug wäre. Seit dem Verschwinden des letzten Mädchens fliehen die Touristen nun auch aus den umliegenden Orten. In Grebbestad, Hamburgsund, Kämpersvik, ja sogar bis Strömstad hoch ist es schon zu spüren. Ich will wissen, was ihr konkret unternehmt, um diese Situation zu bereinigen!«

Der ansonsten wie auf einer Zahnpastawerbung ständig lächelnde Stig Thulin hatte jetzt Falten der Erregung auf der edlen Stirn.

Seit über einem Jahrzehnt war er der vorderste Repräsentant des Bezirks, und er stand auch im Ruf, so was wie der Begatter der ganzen Umgebung zu sein. Mellberg mußte zugeben, daß er die hiesigen Frauen verstand, die für den Charme dieses Mannes so empfänglich waren. Nicht etwa, weil Mellberg eine Veranlagung in diese Richtung gehabt hätte, wie er rasch vor sich selbst betonte, aber nicht mal ein Mann konnte übersehen, daß Stig Thulin für einen Fünfzigjährigen ausnehmend gut durchtrainiert war, und dann war da noch dieser Charme der grauen Schläfen, kombiniert mit den jungenhaft blauen Augen.

Mellberg lächelte beruhigend. »Du weißt genausogut wie ich, Stig, daß ich keine Details nennen kann, wie wir bei dieser Ermittlung vorgehen, aber du mußt mir einfach glauben, wenn ich sage, daß wir alle Ressourcen einsetzen, um die junge Möller und denjenigen zu finden, der für diese schrecklichen Taten verantwortlich ist.«

»Habt ihr wirklich die Kapazität, um eine solch komplizierte

Ermittlung zu führen? Solltet ihr nicht Unterstützung von, ja, was weiß ich, von Göteborg zum Beispiel anfordern?«

Stigs graue Schläfen waren vor Erregung schweißnaß. Sein Status basierte in hohem Maße darauf, wie zufrieden die Geschäftsleute der Gegend mit seiner Arbeit waren, und die Aufregung, die sie in den letzten Tagen gezeigt hatten, verkündete nichts Gutes für die nächste Wahl. Er fühlte sich äußerst wohl auf den Korridoren der Macht und wußte sehr gut, daß seine Stellung viel zu seinem Erfolg in den Betten beitrug.

Jetzt wurde auch auf Mellbergs bei weitem nicht so edler Stirn eine gereizte Falte sichtbar.

»Wir brauchen dabei keine Hilfe, das kann ich dir versichern. Und ich muß schon sagen, daß mir das Mißtrauen in bezug auf unsere Kompetenz nicht gefällt, das du durch diese Frage zeigst. Bisher ist an unserer Arbeit nichts ausgesetzt worden, und ich sehe keinen Grund, daß in der herrschenden Situation irgendwelche unberechtigte Kritik angebracht wäre.«

Dank der guten Menschenkenntnis, die ihm politisch bestens gedient hatte, verstand Stig Thulin, wann es an der Zeit war, einen Rückzieher zu machen. Er holte tief Luft und sagte sich, daß es seinem Anliegen nicht nützen würde, sich mit der örtlichen Polizeivertretung zu überwerfen.

»Nun ja, es war vielleicht ein bißchen übereilt von mir, eine solche Frage zu stellen. Selbstverständlich genießt ihr unser volles Vertrauen. Aber ich möchte dennoch unterstreichen, von welchem Gewicht es ist, daß dieser Fall hier so bald wie möglich gelöst wird!«

Mellberg nickte lediglich zur Antwort, und nach den üblichen Höflichkeitsphrasen zum Abschied fegte der starke Mann des Bezirks aus dem Polizeigebäude.

Sie musterte sich kritisch im Standspiegel, dessentwegen sie ihre Eltern so lange gelöchert hatte, bis er im Wohnwagen aufgestellt worden war. Gar nicht übel. Allerdings könnte ein Kilo weniger nicht schaden. Melanie zupfte prüfend an der Haut ihres Bauches und zog ihn versuchsweise ein. Ja, das sah besser aus. Sie wollte nicht, daß auch nur ein Gramm Fett zu sehen war, und beschloß, in den nächsten Wochen zu Mittag nur einen Apfel zu essen. Ihre Mutter konnte sagen, was sie wollte, sie würde alles dafür tun, nicht genauso fett und eklig zu werden wie sie.

Nachdem sie den Stringbikini ein letztes Mal zurechtgezogen hatte, nahm sie die Strandtasche und das Badelaken und wollte gerade zum Badeplatz gehen. Ein Klopfen an der Tür unterbrach sie. Bestimmt war das einer der Kumpels, die auch zum Baden wollten und sich erkundigen kamen, ob sie mitging. Sie öffnete. Die Sekunde darauf flog sie rückwärts in den Wohnwagen und schlug mit dem Kreuz gegen den kleinen Eßtisch. Vor Schmerz wurde ihr schwarz vor Augen, und der Schlag hatte ihr die Luft aus den Lungen gedrückt und jeden Laut erstickt. Ein Mann drängte sich herein, und sie durchkämmte ihre Erinnerung, ob sie ihn schon einmal gesehen hatte. Er wirkte irgendwie bekannt, aber der Schock und der Schmerz machten es ihr schwer, sich zu konzentrieren. Ein Gedanke aber tauchte sofort auf, der Gedanke an Jennys Verschwinden. Die Panik ließ nun den letzten Rest ihrer Vernunft verschwinden, und sie sank wehrlos auf dem Boden zusammen.

Sie protestierte nicht, als er sie an einem Arm nach oben zog und sie zum Bett stieß. Aber als er an den Bikinibändern zu zerren begann, die im Rücken verknotet waren, gab die Angst ihr Kraft, und sie holte aus, um ihm nach hinten in den Schritt zu treten. Sie verfehlte ihr Ziel und traf statt dessen den Schenkel, und die Reaktion erfolgte unmittelbar. Eine Faust landete in ihrem Kreuz auf derselben Stelle, wo sie der Tisch getroffen hatte, und ihr blieb von neuem die Luft weg. Sie sackte auf dem Bett zusammen und gab auf. Angesichts der Kraft des Mannes fühlte sie sich klein und wehrlos, und der einzige Gedanke, der in ihrem Kopf Platz hatte, war der, überleben zu wollen. Mit einem Schlag wußte sie, daß Jenny tot war.

Ein Geräusch brachte den Mann dazu, sich umzudrehen, gerade als er Melanies Bikinihöschen bis zu den Knien gezerrt hatte. Bevor er noch reagieren konnte, traf ihn etwas am Kopf, und mit einem gurgelnden Laut sackte er zu Boden. Hinter ihm sah Melanie Per, den blöden Typen, mit einem Brennballschläger in der Hand. Dem schweren Schläger, konnte sie gerade noch feststellen, bevor alles schwarz wurde.

»Verdammt, ich hätte ihn wiedererkennen müssen!«

Martin trat aus reiner Frustration von einem Fuß auf den anderen und gestikulierte in Richtung des Mannes, den man jetzt in Handschellen auf den Rücksitz eines Streifenwagens drückte.

»Mann, wie hätte das gehen sollen? Er hat doch im Gefängnis mindestens zwanzig Kilo zugelegt, und dann noch die blondierten Haare. Nicht mal seine eigene Mutter hätte ihn wiedererkannt. Außerdem hast du ihn doch nur auf einem Foto gesehen.«

Patrik versuchte Martin, so gut es ging, zu trösten, aber vermutete, daß er auf taube Ohren stieß. Sie standen auf dem Campingplatz von Grebbestad, neben dem Wohnwagen, in dem Melanie und ihre Eltern wohnten, und um sie herum hatte sich eine große Schar Neugieriger versammelt, die sehen wollte, was hier passiert war. Melanie war bereits mit einem Krankenwagen in die Klinik nach Uddevalla gebracht worden. Ihre Eltern waren im Einkaufszentrum von Svinesund gewesen, als Patrik sie über das Handy erreicht hatte, und sie waren geschockt auf geradem Weg zum Krankenhaus gefahren.

»Ich habe ihn direkt angesehen, Patrik. Ich glaube sogar, daß ich ihm zugenickt habe. Er muß sich totgelacht haben, als wir wieder abgefahren sind. Außerdem lag sein Zelt direkt neben Tanjas und Lieses. Verdammt, wie blöd darf man eigentlich sein?«

Er schlug sich mit der Faust gegen die Stirn, um seine Worte zu unterstreichen, und fühlte, wie Angst in seiner Brust aufstieg und immer mehr zunahm. Das böse Wenn hatte bereits sein teuflisches Spiel mit ihm begonnen. Wenn er nur Mårten Frisk wiedererkannt hätte, dann wäre Jenny jetzt vielleicht zu Hause bei ihren Eltern. Wenn, wenn, ja wenn.

Patrik war sich sehr wohl bewußt, was in Martins Kopf ablief, aber hatte keine Ahnung, was für Worte er finden sollte, um dessen Qual zu lindern. Vermutlich hätte er das gleiche empfunden, wenn er an Martins Stelle gewesen wäre, selbst wenn er wußte, daß die Selbstkritik unbegründet war. Es war nahezu unmöglich gewesen, den Sexualverbrecher wiederzuerkennen, der fünf Sommer zuvor wegen vier Vergewaltigungen gefaßt worden war. Damals war Mårten Frisk erst siebzehn Jahre alt und ein schmächtiger, dunkelhaariger Bursche gewesen, der ein Messer benutzt hatte, um seine Opfer zu unterwerfen. Jetzt war er ein blonder Muskelprotz, der anscheinend der Meinung war, daß er sich nur auf seine eigene Kraft zu verlassen brauchte, um einer Situation Herr zu werden. Patrik hatte auch den Verdacht, daß Steroide, die man sich in den Anstalten des Landes ziemlich leicht beschaffen konnte, eine Rolle bei Mårtens physischer Verwandlung gespielt hatten, wodurch die dem Mann eigene Aggressivität nicht eben gemildert, sondern die schwelende Glut statt dessen in ein rasendes Inferno verwandelt worden war.

Martin wies auf den jungen Burschen, der ein bißchen verloren abseits vom Zentrum der Ereignisse stand und nervös auf den Nägeln kaute. Der Brennballschläger war bereits von der Polizei beschlagnahmt worden, und Nervosität stand dem Jungen deutlich ins Gesicht geschrieben. Vermutlich war er sich nicht sicher, ob man ihn einen Helden nennen würde oder ob der lange Arm des Gesetzes aus ihm sogar einen Verbrecher machte. Patrik bedeutete Martin, ihm zu folgen, und ging zu dem unruhig auf der Stelle tretenden Burschen hinüber.

»Per Thorsson war der Name, stimmt's?«

Der Bursche nickte.

Patrik erklärte Martin: »Er ist ein Freund von Jenny Möller. Er war es, der erzählt hat, daß sie nach Fjällbacka trampen wollte.«

Patrik wandte sich erneut Per zu. »Du hast ja hier so was wie eine Großtat vollbracht. Woher wußtest du, daß Melanie kurz davor war, vergewaltigt zu werden?«

Per starrte zu Boden. »Es macht mir Spaß, die Leute zu beobachten, die hierherkommen. Diesen Typen habe ich sofort bemerkt, als er vor ein paar Tagen sein Zelt aufgeschlagen hat. Der hatte irgendwas an sich, wie er da so vor den kleinen Mädchen rumsprang und sich großtat. Glaubte wohl, daß er cool aussah mit seinen verdammten Gorillaarmen. Ich habe auch gesehen, wie er die Mädchen anstarrte. Besonders wenn sie nicht soviel anhatten.«

»Und was ist heute passiert?« Martin half ihm ungeduldig auf die Sprünge.

Den Blick immer noch zu Boden gerichtet, fuhr Per fort: »Ich habe gesehen, wie er dasaß und beobachtete, daß Melanies Eltern wegfuhren, dann blieb er einfach sitzen und wartete.«

»Wie lange denn?« fragte Patrik.

Per dachte nach. »Ungefähr fünf Minuten. Dann ging er, irgendwie entschlossen, auf Melanies Wohnwagen zu, und ich dachte, er wollte sie vielleicht anmachen oder so, aber als sie die Tür aufmachte, warf er sich einfach nur rein, und da dachte ich, Scheiße, das muß der sein, der Jenny geschnappt hat, da bin ich los und habe mir einen Brennballschläger von den Kindern geholt, und dann bin ich hin und habe ihm eins auf den Kopf gegeben.«

Hier mußte er Schluß machen, um Luft zu holen, und zum erstenmal hob er den Blick und schaute Patrik und Martin direkt an. Sie sahen, daß seine Unterlippe zitterte.

»Werde ich deswegen Ärger kriegen? Weil ich ihm auf den Kopf gehauen habe, meine ich?«

Patrik legte ihm beruhigend die Hand auf die Schulter. »Ich denke, ich kann dir versprechen, daß die Sache keine Folgen für dich haben wird. Verstehe mich nicht falsch, es ist nicht so, daß wir Zivilisten zu so was ermuntern, aber die Wahrheit ist schließlich, daß Melanie vermutlich vergewaltigt worden wäre, wenn du nicht eingegriffen hättest.«

Die Erleichterung ließ Per förmlich in sich zusammensinken, aber er richtete sich schnell wieder auf und sagte: »Kann der es gewesen sein, der … also bei Jenny …?«

Er konnte den Satz nicht mal weitersprechen, und hier war auch Patrik mit seinen beruhigenden Versicherungen am Ende. Denn Pers Frage kleidete seine eigenen Überlegungen in Worte.

»Ich weiß nicht. Hast du gesehen, ob er auch Jenny mal auf diese Weise angesehen hat?«

Per dachte fieberhaft nach, aber schüttelte schließlich den Kopf. »Ich weiß nicht. Ich meine, er hat es bestimmt getan, er hat alle Mädels fixiert, die vorbeigegangen sind, aber ich kann nicht sagen, daß er sie besonders angestarrt hätte.«

Sie dankten Per und überließen ihn seinen beunruhigten Eltern. Dann fuhren sie in Richtung Dienststelle. Dort, bereits in sicherem Gewahrsam, befand sich vielleicht der, den sie so fieberhaft suchten. Ohne zu wissen, daß sie beide dasselbe taten, drückten Patrik und Martin buchstäblich die Daumen, damit es tatsächlich so war.

Die Atmosphäre im Vernehmungszimmer war mehr als angespannt. Der Gedanke an Jenny Möller setzte alle unter Streß bei ihrem Eifer, aus Mårten Frisk die Wahrheit herauszubekommen, aber sie wußten auch, daß sich bestimmte Dinge nicht beschleunigen ließen. Patrik leitete das Verhör, und niemanden hatte es gewundert, daß er Martin dazu gebeten hatte. Nachdem sie die obligatorische Prozedur mit Namen, Datum und Uhrzeit für das Aufnahmegerät erledigt hatten, begannen sie mit ihrer Arbeit.

»Du bist festgenommen wegen des Versuchs der Vergewaltigung an Melanie Johansson, hast du etwas dagegen anzuführen?«

»Ja, und ob!«

Mårten hatte sich auf den Stuhl gefläzt und seinen enormen Bizeps auf der Rückenlehne plaziert. Er trug ein weit ausgeschnittenes Shirt und knappe Shorts, sowenig Stoff wie möglich, um soviel wie möglich an Muskeln zu zeigen. Die blondierten Haare waren etwas zu lang und hingen ihm ständig in die Augen.

»Ich habe nichts gemacht, mit dem sie nicht einverstanden gewesen wäre, und wenn sie was anderes sagt, dann lügt sie! Wir hatten uns verabredet, für wenn ihre Eltern weg waren, und hatten gerade angefangen, es uns ein bißchen schön zu machen, als dieser verdammte Idiot mit seinem Brennballschläger reinplatzte. Übrigens will ich eine Anzeige wegen Körperverletzung erstatten. Das könnt ihr also dort in eure Notizbücher schreiben.« Er wies grinsend auf die Blöcke, die Patrik und auch Martin vor sich liegen hatten.

»Darüber können wir später reden, jetzt sprechen wir über die Beschuldigungen, die gegen dich erhoben werden.«

Patriks schroffe Reaktion zeigte die ganze Verachtung, die er für diesen Mann empfand. Große Kerle, die sich über kleine Mädchen hermachten, zählten in seinen Augen zum Übelsten vom Üblen.

Mårten zuckte die Schultern, als wäre es ihm egal. Die Jahre im Gefängnis waren eine harte Schule gewesen. Als er das letzte Mal vor Patrik gesessen hatte, war er ein schmächtiger, unsicherer Siebzehnjähriger gewesen, der fast sofort, nachdem sie Platz genommen hatten, mit dem Geständnis der vier Vergewaltigungen herausgerückt war. Jetzt hatte er bei den großen Jungs gelernt, und seine physische Verwandlung stimmte mit seiner mentalen bestens überein. Was hingegen gleich geblieben war, waren sein Haß und seine Aggression Frauen gegenüber. Soviel sie wußten, hatte das früher nur brutale Vergewaltigungen, aber keinen Mord zur Folge gehabt, doch Patrik befürchtete jetzt, daß die Jahre im Gefängnis größeren Schaden angerichtet hatten, als sie ahnen konnten. War Mårten Frisk vom Vergewaltiger zum Mörder avanciert? Wo war dann Jenny Möller, und wie hing das mit Monas und Sivs Tod zusammen? Zum Zeitpunkt ihres Mordes war Mårten Frisk noch nicht einmal geboren!

Patrik seufzte und setzte das Verhör fort. »Wollen wir mal so tun, als würden wir dir glauben. Aber da gibt es schließlich ein auffälliges Zusammentreffen, das uns Sorgen macht, nämlich daß du auf dem Campingplatz von Grebbestad gewohnt hast, als ein Mädchen mit Namen Jenny Möller verschwand, und du bist auf Sälviks Campingplatz in Fjällbacka gewesen, als eine deutsche Touristin verschwand, die dann ermordet aufgefunden wurde. Du hast sogar das Zelt neben Tanja Schmidt und ihrer Freundin gehabt. Ein bißchen merkwürdig, finden wir.«

Mårten erbleichte spürbar. »Nein, Scheiß, damit habe ich nichts zu tun.«

»Aber du weißt, welches Mädchen wir meinen?«

Widerstrebend sagte er: »Ja, klar habe ich diese Lesben im

Zelt nebenan gesehen, aber solche waren nie ganz mein Bier, und außerdem waren sie ein bißchen zu alt für meinen Geschmack. Sahen beide in Richtung alte Tanten aus.«

Patrik dachte an Tanjas vielleicht etwas mittelmäßiges, aber freundliches Gesicht auf dem Foto und beherrschte sich, um Mårten nicht seinen Block ins Gesicht zu werfen. Mit eiskaltem Blick sah er den Mann vor sich an.

»Und Jenny Möller? Siebzehn Jahre, hübsches blondes Mädchen. Das ist ja wohl genau dein Geschmack, oder?«

Schweißperlen erschienen auf Mårtens Stirn. Er hatte kleine Augen, mit denen er, wenn er nervös wurde, unentwegt blinzelte, und jetzt blinzelte er wie rasend.

»Scheiße, ich habe nicht das geringste damit zu tun. Ich hab sie nicht angerührt, ich schwöre!«

Er warf die Arme in die Luft mit einer Geste, die signalisieren sollte, daß er unschuldig war, und gegen seinen Willen meinte Patrik aus Mårtens Beteuerung einen echten Ton herauszuhören. Sein Verhalten, als Tanja und Jenny zur Sprache kamen, war ganz anders als bei ihren Fragen nach Melanie. Aus dem Augenwinkel bemerkte Patrik, daß auch Martin nachdenklich wirkte.

»Okay, ich gebe zu, daß diese Tussi heute vielleicht nicht ganz mit von der Partie war, aber ihr müßt mir glauben, daß ich keine Ahnung habe, wovon ihr redet, was die anderen beiden angeht. Ich schwöre!«

Die Panik in Mårtens Stimme war deutlich, und nachdem sie wortlos miteinander konferiert hatten, beschlossen Martin und Patrik das Verhör abzubrechen. Leider glaubten sie ihm. Das hieß, daß ein anderer Jenny Möller irgendwo festhielt, falls sie nicht schon tot war. Und die Erfüllung des Versprechens an Albert Thernblad, daß sie den Mörder seiner Tochter finden würden, erschien mit einemmal in weite Ferne gerückt.

Gösta verspürte Angst. Ihm war, als würde plötzlich ein Körperteil lebendig, der seit langem taub gewesen war. Die Arbeit hatte ihn so lange gleichgültig gelassen, daß es merkwürdig war, etwas, das erneut an so was wie Engagement erinnerte, zu empfinden. Er klopfte vorsichtig an Patriks Tür.

»Kann ich mal reinkommen?«

»Was? Äh, ja sicher.« Patrik blickte geistesabwesend vom Schreibtisch auf.

Gösta latschte herein und setzte sich auf den Besucherstuhl. Er sagte nichts, und nach einem Weilchen mußte ihm Patrik auf die Sprünge helfen: »Ja? Hattest du etwas auf dem Herzen?«

Gösta räusperte sich und studierte aufmerksam seine Hände, die auf seinen Knien lagen. »Ich habe gestern die Liste bekommen.«

»Was für eine Liste?« Patrik zog die Brauen hoch.

»Die mit den Sexualverbrechern aus der Gegend, die aus dem Gefängnis entlassen worden sind. Es standen nur zwei Namen drauf, wovon der eine Mårten Frisk war.«

»Und warum machst du deshalb so ein langes Gesicht?«

Gösta blickte auf. Die Angst lag ihm wie ein harter Klumpen im Magen.

»Ich habe meine Arbeit nicht getan. Ich hatte vor, die Namen zu kontrollieren, also wo sie jetzt sind, was sie machen, wollte mit ihnen reden. Aber ich konnte mich nicht dazu aufraffen. Das ist die Wahrheit des Tages, Hedström. Ich konnte mich nicht aufraffen. Und jetzt ...«

Patrik gab keine Antwort, sondern wartete nur nachdenklich auf die Fortsetzung.

»Jetzt muß ich mir sagen, daß, wenn ich meine Arbeit gemacht hätte, das Mädel heute vielleicht nicht belästigt, ja fast vergewaltigt worden wäre, und wir hätten auch die Möglichkeit gehabt, ihn einen Tag früher wegen Jenny zu befragen. Wer weiß, vielleicht hätte das für sie den Unterschied zwischen Leben und Tod ausgemacht. Gestern hat sie vielleicht noch gelebt, und heute ist sie vielleicht tot. Und das nur, weil ich so verdammt träge bin und meine Arbeit nicht tue!« Er schlug sich mit Nachdruck die Faust auf den Schenkel.

Patrik saß ein Weilchen schweigend da, aber beugte sich dann über den Schreibtisch und faltete die Hände. Der Ton seiner Stimme war tröstend, nicht vorwurfsvoll, wie Gösta erwartet hatte. Verwundert schaute er auf.

»Zwar läßt deine Arbeit manchmal einiges zu wünschen übrig, Gösta, das wissen wir beide. Aber das aufzugreifen ist nicht meine Angelegenheit, sondern das hat unser Chef zu erledigen. Was Mårten Frisk angeht und daß du ihn dir gestern nicht vorgenommen hast, so kannst du die Sache vergessen. Erstens hättest du ihn nie so schnell auf dem Campingplatz gefunden, das hätte mindestens ein paar Tage gedauert. Und zweitens glaube ich tatsächlich, zu meinem großen Bedauern, daß nicht er Jenny Möller entführt hat.«

Gösta sah Patrik verwundert an. »Aber ich dachte, das ist so gut wie klar?«

»Ja, das habe ich wohl auch geglaubt. Und ganz sicher bin ich mir auch nicht, aber weder Martin noch ich haben beim Verhör diesen Eindruck gewonnen.«

»O verdammt.« Gösta sann schweigend darüber nach. Die Angst hatte sich jedoch noch nicht völlig gelegt. »Gibt es etwas, was ich tun kann?«

»Wir sind uns, wie gesagt, nicht ganz sicher, aber wir haben bei Frisk eine Blutprobe entnommen, die uns endgültig sagen wird, ob er der richtige Kerl ist. Sie ist schon ans Labor abgegangen, und wir haben erklärt, daß es eilig ist, aber ich fände es gut, wenn du dort ein bißchen Druck machst. Wenn es wider Erwarten doch er sein sollte, so kann jede Stunde für das Mädchen Möller von Wichtigkeit sein.«

»Ja sicher, ich kümmere mich darum. Ich werde wie ein Pitbull hinter ihnen her sein.«

Patrik lächelte über dieses Bild. Wollte er Gösta mit einer Hunderasse vergleichen, dann würde er eher an einen müden alten Beagle denken.

Voller Eifer, es Patrik recht zu machen, sprang Gösta vom Stuhl auf und verschwand mit zuvor nie gezeigter Geschwindigkeit aus dem Zimmer. Die Erleichterung darüber, daß der Fehler, den er begangen hatte, nicht ganz so groß war, wie er geglaubt hatte, gab ihm das Gefühl zu fliegen. Er gelobte sich selbst, daß er jetzt härter arbeiten würde als je zuvor, vielleicht heute abend sogar etwas über die Zeit! Nein, ging ja nicht, er hatte ja um fünf einen Golftermin. Nun ja, er konnte an einem anderen Tag länger bleiben.

Sie haßte es, sich in den Dreck und das Gerümpel hineinbegeben zu müssen. Es war, als würde sie eine andere Welt betreten. Vorsichtig stieg sie über alte Zeitungen, Mülltüten und wer weiß was sonst.

»Solveig?« Keine Antwort. Sie drückte ihre Handtasche gegen den Leib und ging weiter in den Flur hinein. Da saß diese Frau. Sie spürte den Widerwillen im ganzen Körper. Sie haßte das Weib mehr, als sie je einen Menschen gehaßt hatte, einschließlich ihrem Vater. Gleichzeitig war sie von ihr abhängig. Der Gedanke bereitete ihr stets Übelkeit.

Solveigs Gesicht zierte ein Lächeln, als sie Laine erblickte.

»Nein, sieh an. Pünktlich wie immer. Ja, Laine, du weißt, was Ordnung ist.« Sie schlug ihr Album zu, mit dem sie sich beschäftigt hatte, und bedeutete Laine, sich zu setzen.

»Ich will es am liebsten sofort übergeben, ich habe es etwas eilig …«

»Hör mal Laine, du kennst die Spielregeln. Erst einen Kaffee in aller Ruhe und dann die Bezahlung. Es wäre doch furchtbar unmanierlich von mir, so einem feinen Gast nichts anzubieten.«

Ihre Stimme triefte vor Hohn. Laine wußte, es hatte keinen Sinn zu protestieren. Das hier war ein Tanz, den sie im Laufe der Jahre viele Male getanzt hatten. Sie wischte vorsichtig über ein Stück der Küchenbank und konnte sich eine Grimasse des Ekels nicht verkneifen, als sie Platz nahm. Immer, wenn sie hier gewesen war, hatte sie sich hinterher noch stundenlang schmutzig gefühlt.

Solveig erhob sich mühsam von ihrem Sprossenstuhl und steckte ihre Fotoalben sorgfältig weg. Sie stellte für jeden eine angeschlagene Tasse auf den Tisch, und Laine mußte den Wunsch bekämpfen, auch diese abzuwischen. Danach folgte ein Korb mit zerbrochenen trockenen Keksen, und Solveig forderte Laine auf, sich zu bedienen. Sie nahm ein kleines Stück und betete, daß der Besuch bald überstanden sein mochte.

»Haben wir es nicht nett, sag mal?«

Solveig tunkte ihren Keks genüßlich in den Kochkaffee und sah Laine mit halbgeschlossenen Augen an, die zur Antwort schwieg.

Solveig fuhr fort: »Wenn wir hier so wie zwei alte Freundinnen zusammen sitzen, kann man doch nicht glauben, daß die eine von uns in einem Gutshaus und die andere in einer beschissenen Bruchbude wohnt, stimmt doch, Laine?«

Laine schloß die Augen und hoffte, daß die Demütigung bald vorüber war. Bis zum nächsten Mal. Sie faltete die Hände unterm Tisch und erinnerte sich selbst daran, warum sie sich dieser Sache wieder und wieder aussetzte.

»Weißt du, was mir Sorgen macht, Laine?« Solveig redete, den Mund voller Kekse, und kleine Brocken fielen auf den Tisch. »Daß du meinen Jungs die Polizei auf den Hals hetzt. Weißt du, Laine, ich dachte, wir beide haben eine Übereinkunft. Aber wenn die Polizei hier auftaucht und etwas so Absurdes behauptet wie, daß du gesagt hast, meine Jungs hätten bei euch die Scheiben eingeschlagen, dann mache ich mir natürlich so meine Gedanken.«

Laine vermochte nur zu nicken.

»Ich finde, ich verdiene eine Entschuldigung dafür, meinst du nicht auch? Denn wie wir es schon der Polizei erklärt haben, waren die Jungs den ganzen Abend hier. Also können sie nicht oben auf dem Gut Steine geworfen haben.« Solveig nahm einen Schluck Kaffee und wies mit der Tasse auf Laine. »Nun – ich warte.«

»Ich bitte um Entschuldigung.« Laine murmelte den Satz auf ihren Schoß hinunter, völlig gedemütigt.

»Wie, ich habe nicht richtig gehört, was du gesagt hast.« Solveig hielt die Hand demonstrativ hinters Ohr.

»Ich bitte um Entschuldigung. Ich muß mich geirrt haben.« Ihr Blick war trotzig, als sie Solveig ansah, aber die Schwägerin schien sich damit zufriedenzugeben.

»Dann ist die Sache aus der Welt. Das war ja wohl nicht so schwer? Wollen wir sehen, auch die andere kleine Angelegenheit zu bereinigen?«

Sie beugte sich über den Tisch und leckte sich die Lippen. Laine nahm widerwillig ihre Handtasche hoch und zog ein Kuvert heraus. Solveig griff gierig danach und zählte den Inhalt mit ihren fettigen Fingern sorgfältig durch.

»Stimmt bis zur letzten Öre. Wie gewöhnlich. Ja, ich habe es ja schon immer gesagt, du weißt, was Ordnung ist, Laine. Du und Gabriel, bei euch ist wirklich alles in Ordnung.«

Mit dem Gefühl, in einem Laufrad festzusitzen, erhob sich Laine und ging zur Tür. Endlich draußen, atmete sie in der frischen Sommerluft tief durch. Hinter ihr rief Solveig, bevor die Tür zufiel: »Immer nett, dich zu treffen, Laine. Das wiederholen wir ja wohl nächsten Monat!«

Laine schloß die Augen und zwang sich, ruhig zu bleiben. Manchmal fragte sie sich, ob es das wirklich wert war.

Dann erinnerte sie sich an den stinkenden Atem ihres Vaters an ihrem Ohr und warum die Sicherheit des Lebens, das sie sich selbst geschaffen hatte, um jeden Preis bewahrt werden mußte. Es mußte das hier einfach wert sein.

Sobald er das Haus betreten hatte, sah er, daß etwas nicht stimmte. Erica saß in der Veranda, mit dem Rücken zu ihm, doch ihre ganze Haltung zeigte, daß etwas nicht in Ordnung war. Eine Sekunde lang packte ihn Sorge, bevor er einsah, daß sie ihn auf dem Handy angerufen hätte, wenn etwas mit dem Baby wäre.

»Erica?«

Sie drehte sich zu ihm um, und er sah, daß ihre Augen rotgeweint waren. Mit nur wenigen Schritten war er bei ihr und setzte sich neben sie auf das Korbsofa.

»Aber Schatz, was ist los?«

»Ich habe mich mit Anna gestritten.«

»Was ist es denn diesmal?«

Ihm waren all die Wendungen in der komplizierten Beziehung der Schwestern nur zu gut bekannt, ebenso wie die Gründe, warum sie ständig auf Kollisionskurs gerieten. Doch seit Anna sich von Lucas getrennt hatte, schienen sie eine Art vorläufigen Frieden geschlossen zu haben, und Patrik fragte sich, was wohl diesmal schiefgelaufen war.

»Sie hat Lucas für das, was er Emma angetan hat, nie angezeigt.«

»Verdammt, was sagst du da!«

»Ja, und jetzt, wo Lucas den Streit ums Sorgerecht vom Zaun gebrochen hat, dachte ich doch, das wäre ihre Trumpfkarte. Aber nun spricht da also nichts gegen ihn, während er natürlich so viele Lügen, wie er nur kann, vorbringen wird, um zu beweisen, daß Anna als Mutter ungeeignet ist.«

»Ja, aber er hat doch keine Beweise für seine Behauptungen.«

»Nein, das wissen wir. Aber was ist, wenn er sie nun mit so viel Dreck bewirft, daß etwas davon hängenbleibt. Du weißt, wie durchtrieben er ist. Ich wäre kein bißchen verwundert, wenn es ihm gelingen würde, das Gericht mit seinem Charme einzuwickeln und auf seine Seite zu ziehen.« Erica legte ihr Gesicht verzweifelt an Patriks Schulter. »Wenn Anna nun die Kinder verliert. Dann geht sie zugrunde.«

Patrik legte den Arm um sie und zog sie beruhigend an sich.

»Jetzt wollen wir die Phantasie nicht mit uns durchgehen lassen. Es war dumm von Anna, ihn nicht anzuzeigen, aber ich kann sie irgendwie sogar verstehen. Lucas hat immer wieder gezeigt, daß mit ihm nicht zu spaßen ist, also ist es kein Wunder, daß sie Angst hat.«

»Ja, du hast bestimmt recht. Aber am meisten hat mich wohl enttäuscht, daß sie mich die ganze Zeit angelogen hat. Jetzt im nachhinein fühle ich mich auch ziemlich an der Nase herumgeführt. Jedesmal wenn ich sie gefragt habe, was sich seit der Anzeige getan hat, gab sie nur ausweichende Antworten, sagte, daß die Polizei in Stockholm soviel zu tun hat und viel Zeit braucht, um all die eingehenden Anzeigen zu bearbeiten. Ja, du weißt ja selber, was sie gesagt hat. Und alles war nur gelogen. Und irgendwie gelingt es ihr immer, mich zum Buhmann zu machen.« Von neuem krampfhaftes Weinen.

»Schon gut, Liebling. Beruhige dich jetzt. Wir wollen doch nicht, daß unser Bambino den Eindruck bekommt, er gerate hier in ein Jammertal.«

Erica konnte nicht anders, als trotz der Tränen ein wenig zu lachen, und sie wischte sich die Augen mit dem Ärmel ihres Shirts.

»Hör mir mal zu. Manchmal besteht zwischen dir und Anna mehr eine Mutter-Tochter-Beziehung als eine Beziehung zwischen Geschwistern, und das ist es, was es die ganze Zeit so kompliziert für euch macht. Du hast dich anstelle eurer Mutter um Anna gekümmert, und deshalb hat Anna das Bedürfnis, von dir bemuttert zu werden, während sie sich zugleich von dir frei machen will. Verstehst du, was ich meine?«

Erica nickte. »Ja, ich weiß. Aber mir kommt es so furchtbar ungerecht vor, daß ich dafür bestraft werde, daß ich mich um sie gekümmert habe.« Sie schluchzte ein wenig.

»Jetzt bemitleidest du dich wohl ein bißchen zu sehr, oder …« Er strich Erica eine Locke aus der Stirn. »Du und Anna, ihr werdet diese Sache schon ins reine bringen, so wie ihr früher oder später schon immer alles ins reine gebracht habt, und außerdem finde ich wirklich, daß du diesmal die Großzügige sein kannst. Anna hat es im Moment ja wohl nicht gerade leicht. Lucas ist ein mächtiger Gegner, und ehrlich gesagt, ich kann verstehen, wenn sie völlig verängstigt ist. Also denk ein bißchen daran, bevor du dir selber allzu leid tust.«

Erica machte sich aus Patriks Armen los und schaute ihn beleidigt an. »Solltest du nicht auf meiner Seite stehen?«

»Das tue ich doch, Liebling, das tue ich.« Er strich ihr übers Haar und wirkte mit einemmal meilenweit weg in Gedanken.

»Entschuldige, hier sitze ich und flenne über meine Probleme – wie läuft es denn bei euch?«

»Puh, sprich nicht von dieser Misere. Heute war wirklich ein richtig furchtbarer Tag.«

»Aber du kannst keine Details nennen«, ergänzte Erica.

»Nein, das kann ich nicht. Aber es ist, wie gesagt, ein richtig schrecklicher Tag gewesen.« Er seufzte, aber raffte sich wieder auf. »Nein, wollen wir es uns heute abend nicht ein bißchen schön machen? Es scheint, als könnten wir alle beide eine Aufmunterung gebrauchen. Ich fahre mal schnell zum Fischladen und kaufe etwas Gutes, und du kannst inzwischen decken. Wie klingt das?«

Erica nickte und drehte das Gesicht nach oben, um ein Küßchen zu bekommen. Er hatte seine guten Seiten, der Vater ihres Kindes.

»Kauf bitte auch Chips und etwas Dip. Am besten, man nutzt die Gelegenheit, wenn man ohnehin schon dick ist!«

Er lachte. »Wird gemacht, Chef.«

Verärgert trommelte Martin mit dem Stift auf den Tisch. Die Verärgerung war gegen ihn selbst gerichtet. Die Ereignisse des gestrigen Tages hatten ihn völlig vergessen lassen, Tanja Schmidts Vater anzurufen. Er hätte sich selbst in den Hintern treten können. Seine einzige Entschuldigung war, daß er nach der Festnahme von Mårten Frisk geglaubt hatte, es sei nicht mehr wichtig. Vermutlich würde er ihn nicht vor heute abend erwischen, aber er konnte es ja wenigstens versuchen. Er schaute auf die Uhr. Genau neun. Er beschloß, erst zu sehen, ob Herr Schmidt zu Hause war, bevor er sich bei Pia meldete und sie ums Dolmetschen bat.

Der Ruf ging raus, das Freizeichen ertönte ein zweites, ein drittes, ein viertes Mal, und er überlegte gerade, ob er auflegen sollte. Aber nach dem fünften Klingelzeichen war eine schlaftrunkene Stimme zu hören. Beschämt darüber, ihn geweckt zu haben, gelang es Martin in seinem holprigen Deutsch zu erklären, wer er war und daß er gleich noch einmal anrufen würde. Er hatte Glück, bei der Touristeninformation war Pia sofort am Apparat. Sie sagte zu, ihm noch einmal zu helfen, und ein paar Minuten später hatte er sie beide an der Strippe.

»Zunächst möchte ich Ihnen mein Beileid aussprechen.«

Der Mann am anderen Ende dankte zurückhaltend für die Aufmerksamkeit, aber Martin konnte seine Trauer spüren, die sich wie ein dichter Schleier auf das Gespräch legte. Er war sich nicht schlüssig, wie er weiter vorgehen sollte. Pias weiche Stimme übersetzte alles, was gesagt wurde, aber während er nachdachte, was er als nächstes vorbringen sollte, war nichts anderes als die Atemzüge der beiden zu hören.

»Wissen Sie, wer meiner Tochter das angetan hat?«

Die Stimme zitterte leicht, doch Pia hätte eigentlich nicht übersetzen müssen. Martin verstand es trotzdem.

»Noch nicht. Aber wir werden es herausfinden.«

Genau wie Patrik, als er Albert Thernblad begegnet war,

fragte sich Martin, ob er zuviel versprach, aber er konnte einfach nicht anders, er versuchte die Trauer des Mannes auf die einzige Weise zu lindern, die ihm zur Verfügung stand.

»Wir haben mit Tanjas Reisegefährtin gesprochen, und sie behauptete, daß Tanja mit einem Anliegen hier nach Schweden, also nach Fjällbacka, gekommen wäre. Aber als wir Tanjas Ex-Mann danach fragten, fiel ihm kein Grund dafür ein, weshalb sie hätte herkommen sollen. Haben Sie eine Erklärung?«

Martin hielt den Atem an. Ein langes, unerträglich langes Schweigen folgte. Dann begann Tanjas Vater zu sprechen.

Als er schließlich den Hörer auflegte, fragte sich Martin, ob er wirklich seinen Ohren trauen konnte. Die Geschichte war einfach unvorstellbar. Aber sie klang dennoch absolut wahr, und er glaubte Tanjas Vater. Als er gerade selbst auflegen wollte, fiel Martin ein, daß Pia noch immer in der Leitung war. Zögernd fragte sie: »Hast du erfahren, was du wissen wolltest? Ich glaube, ich habe alles richtig übersetzt.«

»Ich bin sicher, daß die Übersetzung völlig korrekt war. Und ja, ich habe erfahren, was ich wissen wollte. Ich weiß, daß ich es nicht zu betonen brauche, aber …«

»Ich weiß, ich darf keinem davon erzählen. Ich verspreche, ich werde kein Wort verlauten lassen.«

»Ist gut. Du, übrigens …«

»Ja?«

Hörte er richtig, klang ihre Stimme hoffnungsvoll? Aber der Mut ließ ihn im Stich, und er spürte auch, daß es nicht die richtige Gelegenheit war.

»Nein, nichts. Wir können ein anderes Mal darüber reden.«

»Okay.«

Jetzt meinte er fast so etwas wie Enttäuschung zu hören, aber sein Selbstvertrauen war nach seinem letzten Mißerfolg an der Liebesfront noch immer viel zu angegriffen, als daß er glauben konnte, es sei etwas anderes als Einbildung.

Nachdem er sich bei Pia bedankt und aufgelegt hatte, gingen seine Gedanken jedoch zu anderen Dingen über. Er schrieb die Notizen von dem Gespräch rasch ins Reine und ging mit dem

Ausdruck zu Patrik hinüber. Endlich hatten sie einen Durchbruch in dem Fall erzielt.

Sie verhielten sich beide abwartend, als sie sich trafen. Es war das erste Mal seit der katastrophalen Begegnung auf Västergården, und beide warteten darauf, daß der andere den ersten Schritt zur Versöhnung machte. Da Johan es gewesen war, der angerufen hatte, und Linda tatsächlich ein ziemlich schlechtes Gewissen wegen ihrem Anteil an dem Streit verspürte, ergriff sie das Wort.

»Du, ich habe da neulich ziemlichen Mist geredet. Das war nicht meine Absicht. Ich war nur so scheißwütend.«

Sie saßen auf ihrem üblichen Platz auf dem Heuboden der Scheune von Västergården, und Johans Profil war wie in Stein gemeißelt, als Linda ihn ansah. Dann bemerkte sie, daß seine Züge weicher wurden.

»Äh, vergiß es. Ich habe wohl auch ein bißchen heftig reagiert. Es war nur …« Er zögerte und suchte nach dem richtigen Wort. »Es war nur so verdammt schwer, mit all den Erinnerungen und so dorthin zu kommen. Das hatte nicht soviel mit dir zu tun.«

Noch immer irgendwie vorsichtig in den Bewegungen, schmiegte sich Linda von hinten an und schlang die Arme um ihn. Der Streit hatte den unerwarteten Effekt gehabt, daß sie ein gewisses Maß an Respekt vor ihm gewonnen hatte. Zuvor hatte sie in ihm immer nur den Jungen gesehen, einen, der seiner Mutter und dem großen Bruder am Rockzipfel hing, aber an jenem Tag hatte sie einen Mann zu Gesicht bekommen. Das reizte sie. Das reizte sie ungeheuer. Sie hatte auch einen gefährlichen Zug wahrgenommen, und in ihren Augen erhöhte auch der seine Anziehungskraft. Johan war wirklich kurz davor gewesen, auf sie einzuschlagen, das hatte sie in seinem Blick gesehen, und als sie jetzt so dahockte, die Wange an seinem Rücken, ließ die Erinnerung sie innerlich vibrieren. Es war, wie dicht um eine Kerzenflamme zu fliegen, nahe genug, um die Hitze zu spüren, aber dennoch so kontrolliert, daß man sich nicht verbrannte. Wenn jemand diesen Balanceakt beherrschte, dann wohl sie.

Sie ließ die Hände weiter nach vorn wandern. Hungrig und fordernd. Noch immer konnte sie einen leichten Widerstand spüren, aber sie war sich sicher, daß noch immer sie die Macht in ihrer Beziehung hatte. Die erklärte sich ja trotz allem nur aus der körperlichen Perspektive, und was das anging, waren ihrer Meinung nach die Frauen im allgemeinen und sie persönlich im besonderen die Stärkeren. Und das nutzte sie jetzt aus. Mit Zufriedenheit bemerkte sie, daß seine Atemzüge tiefer wurden und sein Widerstand dahinschmolz.

Linda legte sich auf seinen Schoß, und als sich ihre Zungen begegneten, wußte sie, daß sie als Siegerin aus diesem Kampf hervorgegangen war. In dieser Illusion lebte sie, bis sie spürte, wie Johan ihre Haare packte und ihr den Kopf mit purer Kraft nach hinten bog, bis er ihr von oben in die Augen sehen konnte. Falls es seine Absicht war, daß sie sich klein und hilflos fühlen sollte, so hatte die Sache den gewünschten Effekt. Einen Moment lang sah sie dasselbe Blitzen in seinen Augen wie bei dem Streit auf Västergården, und sie merkte, daß sie überlegte, ob ihre Stimme wohl für einen Hilferuf bis zum Hauptgebäude reichte. Vermutlich nicht.

»Du weißt, daß du nett zu mir sein mußt. Sonst singt vielleicht ein Vögelchen der Polizei ins Ohr, was ich hier auf dem Hof gesehen habe.«

Lindas Augen weiteten sich. Ihre Stimme war nur ein Flüstern. »Das würdest du doch wohl nicht tun? Du hast es versprochen, Johan.«

»Nach dem, was die Leute sagen, bedeutet ein Versprechen von einem aus der Familie Hult nicht gerade viel. Das solltest du wissen.«

»Du darfst es nicht tun, Johan. Bitte, ich mache, was du willst.«

»Also jetzt zeigt sich doch, daß Blut dicker als Wasser ist.«

»Du sagst doch selber, daß du nicht verstehen kannst, was Gabriel Onkel Johannes angetan hat. Willst du jetzt dasselbe machen?« Ihre Stimme war flehend. Die Situation war ihr völlig aus den Händen geglitten, und verwirrt fragte sie sich, wie sie in eine solch unterlegene Position geraten konnte. Sie war es doch gewesen, die ihre Beziehung unter Kontrolle hatte.

»Warum sollte ich es denn nicht tun? Irgendwie könnte man sagen, es ist Karma. Der Kreis schließt sich ganz einfach.« Er lächelte böse. »Aber du hast da vielleicht einen Pluspunkt. Ich halte also wohl die Klappe. Aber vergiß nicht, das kann sich jederzeit ändern, also ist es wohl das beste, daß du nett zu mir bist – Liebling.«

Er streichelte ihr Gesicht, aber hielt ihre Haare mit der anderen Hand noch immer schmerzhaft gepackt. Dann führte er ihren Kopf weiter nach unten. Sie protestierte nicht. Das Gleichgewicht der Kräfte war endgültig verschoben.

7

Sommer 1979

Sie wachte von dem Geräusch auf, daß jemand in der Dunkelheit weinte. Es war schwer festzustellen, woher das Geräusch kam, aber sie rutschte langsam darauf zu, bis sie Stoff unter den Fingern und eine Bewegung spürte. Das Bündel auf dem Boden begann vor Entsetzen zu schreien, aber sie beruhigte das Mädchen, indem sie ihm übers Haar strich und beschwichtigend murmelte. Wenn jemand wußte, wie die Angst an einem zerrte und riß, bevor dumpfe Hoffnungslosigkeit an ihre Stelle trat, dann war das sie.

Ihr war bewußt, daß es egoistisch war, aber sie konnte nicht anders, als sich zu freuen, daß sie nicht mehr allein zu sein brauchte. Es kam ihr wie eine Ewigkeit vor, seit sie die Gesellschaft eines anderen Menschen gehabt hatte, aber sie glaubte dennoch nicht, daß es sich um mehr als ein paar Tage gehandelt hatte. Es war so schwer, hier unten in der Dunkelheit die Zeit im Blick zu behalten. Zeit war etwas, das nur dort oben existierte. Im Licht. Hier unten war die Zeit ein Feind, der dich festhielt in dem Bewußtsein, daß es ein Leben gab, das jetzt vielleicht schon vorüber war.

Als das Weinen des Mädchens verebbte, kam eine Sturzflut von Fragen. Sie hatte keine Antworten für sie. Statt dessen versuchte sie zu erklären, wie wichtig es war, einfach nachzugeben, nicht gegen das unbekannte Böse anzukämpfen. Aber das Mädchen wollte nicht verstehen. Es weinte und fragte, bettelte und betete zu einem Gott, an den sie selbst keinen einzigen Augenblick geglaubt hatte, mit Ausnahme vielleicht irgendwann in der Kindheit. Aber zum erstenmal ertappte sie sich dabei, daß sie hoffte, sich zu irren und daß es tatsächlich einen Gott gab. Wie sollte sich sonst das Leben für ihr Kind gestalten, ohne Mutter und ohne Gott, an die es sich wenden konnte. Es war wegen der Tochter gewesen, daß sie der Angst nachgegeben, sich einfach sinken gelassen hatte, und die Art des anderen Mädchens, sich aufzulehnen, weckte Zorn in ihr. Immer und immer wieder versuchte sie zu erklären, daß es nichts nützte, aber das Mädchen wollte nicht auf sie hören. Bald würde auch sie von ihrem Kampfgeist angesteckt sein, und dann dauerte es nicht lange, bevor auch die Hoffnung wiederkehrte und sie verwundbar machte.

Sie hörte, wie die Luke weggezogen wurde und sich Schritte näherten. Hastig schob sie das Mädchen weg, das mit dem Kopf auf ihrem Schoß lag. Vielleicht hatte sie Glück, vielleicht würde er diesmal der anderen weh tun und nicht ihr.

Die Stille war ohrenbetäubend. Jennys Geplapper hatte den engen Raum des Wohnwagens früher stets ausgefüllt, aber jetzt herrschte nur Schweigen. Sie saßen sich an dem kleinen Tisch gegenüber, jeder eingeschlossen in seine eigenen Gedanken, in seine eigene Welt der Erinnerung.

Siebzehn Jahre flimmerten rasch vorbei wie auf einem inneren Film. Kerstin spürte das Gewicht der kleinen neugeborenen Jenny an ihrer Brust. Unbewußt formte sie die Arme zu einer Wiege. Das Kind wuchs heran, und jetzt hinterher schien es, als sei das alles sehr schnell gegangen. Viel zu schnell. Warum hatten sie in letzter Zeit so viele der kostbaren Stunden mit Zank und Streit verschwendet? Wenn sie gewußt hätte, was passieren würde, hätte sie zu Jenny kein einziges böses Wort gesagt. Wie sie jetzt dort am Tisch saß, im Herzen ein tiefes Loch, schwor sie sich, nie mehr die Stimme gegen Jenny zu erheben, wenn alles nur wieder gut werden würde.

Bo schien das Spiegelbild ihres eigenen inneren Chaos zu sein. In nur wenigen Tagen war er um ein Jahrzehnt gealtert, und sein Gesicht war zerfurcht und resigniert. Jetzt war die Zeit, wo sie sich zueinander strecken, sich aneinander lehnen sollten, aber die Angst bewirkte, daß sie wie gelähmt waren.

Die Hände auf dem Tisch zitterten. Bo faltete sie in dem Versuch, das Vibrieren zu bekämpfen, aber ließ es rasch sein, weil es aussah, als würde er beten. Noch wagte er es nicht, irgendwelche höheren Mächte anzurufen. Das würde ihn zwingen, das anzuerkennen, was er noch nicht an sich heranzulassen wagte. Er klammerte sich an die sinnlose Hoffnung, daß die Tochter sich in irgendein leichtsinniges Abenteuer gestürzt hatte. Doch tief im Inneren wußte er, daß zuviel Zeit vergangen war, als daß man so etwas annehmen konnte. Jenny war viel zu rücksichtsvoll und liebevoll, als daß sie ihnen wissentlich derartige Sorgen bereiten würde. Sicher hatten sie auch Auseinandersetzungen gehabt, besonders in den letzten zwei Jahren, doch war er sich immer des starken Bandes bewußt, das es zwischen ihnen gab. Er hatte nie daran gezweifelt, daß Jenny ihre Eltern liebte, und die einzige Antwort, warum sie nicht nach Hause kam, konnte nur eine schreckliche sein. Es war etwas passiert. Jemand hatte ihrer geliebten Jenny etwas angetan. Er brach das Schweigen. Die Stimme versagte, und er war gezwungen, sich zu räuspern, bevor er weiterreden konnte.

»Wollen wir noch mal bei der Polizei anrufen und hören, ob sie etwas in Erfahrung gebracht haben?«

Kerstin schüttelte den Kopf. »Wir haben doch heute schon zweimal angerufen. Die melden sich, wenn sie was wissen.«

»Aber zum Teufel, wir können doch nicht nur hier rumsitzen!« Er stand erregt auf und stieß gegen den Schrank über sich. »Verdammt, wie eng das hier ist! Warum mußten wir sie wieder zu einem Scheißwohnwagenurlaub überreden, sie wollte doch nicht mit! Wären wir doch nur zu Hause geblieben! Da hätte sie was mit ihren Kumpels unternehmen können, statt mit uns hier eingesperrt in dieser blöden Kiste sitzen zu müssen!«

Er drosch auf den Schrank ein, an dem er sich den Kopf gestoßen hatte. Kerstin ließ ihn gewähren, und als der Zorn in Weinen überging, stand sie wortlos auf und schlang die Arme um ihn. Schweigend standen sie da, lange Zeit, endlich vereint in ihrer Angst und der Trauer, die sie, obwohl sie sich an die Hoffnung klammerten, schon im voraus verspürten.

Kerstin fühlte noch immer das Gewicht des Säuglings in ihren Armen.

Diesmal schien die Sonne, als er auf Norra Hamngatan entlangging. Patrik zögerte eine Sekunde, aber dann besann er sich auf seine Pflicht und klopfte nachdrücklich ein paarmal an die Tür. Niemand öffnete. Er versuchte es ein zweites Mal, noch nachdrücklicher. Noch immer keine Antwort. Typisch, er hätte anrufen sollen, bevor er herfuhr. Aber als Martin gekommen war und erzählt hatte, was Tanjas Vater ihm berichtet hatte, war er sofort aufgebrochen. Er schaute sich um. Vor dem Nachbarhaus pusselte eine Frau an ihren Blumentöpfen.

»Entschuldigung, wissen Sie, wo Struwers sind? Das Auto steht hier, also nehme ich an, daß sie zu Hause sind.«

Sie unterbrach ihre Beschäftigung und nickte. »Sie sind im Bootshaus.« Sie wies mit ihrer kleinen Gartenschaufel auf einen der roten Bootsschuppen, die aufs Meer hinaus gingen.

Patrik bedankte sich und stieg eine kleine Steintreppe hinunter, die zur Vorderseite des Schuppens führte. Ein Liegestuhl stand auf dem Anlegesteg, und er sah, daß Gun sich in einem minimalen Bikini der Sonne präsentierte. Er bemerkte, daß sie am ganzen Körper genauso pfefferkuchenbraun war wie im Gesicht und auch ebenso runzlig. Manche Leute kümmerten sich anscheinend nicht um das Risiko, Hautkrebs zu bekommen. Er räusperte sich, um auf sich aufmerksam zu machen.

»Guten Tag, entschuldigen Sie, daß ich hier so am Vormittag störe, aber könnte ich vielleicht ein paar Worte mit Ihnen wechseln?« Patrik bediente sich seines formellen Tons, wie immer, wenn er einen traurigen Bescheid zu übermitteln hatte. Er kam als Polizist, nicht als Mensch, das war die einzige Möglichkeit, um hinterher nach Hause gehen zu können und ruhig zu schlafen.

»Ja, sicher.« Die Antwort klang wie eine Frage. »Einen Augenblick, ich will mir nur was überziehen.« Sie verschwand im Bootsschuppen.

Patrik setzte sich solange an einen Tisch und gestattete sich, einen Moment die Aussicht zu genießen. Der Hafen war leerer als gewöhnlich, aber das Meer glitzerte, und über den Stegen zogen die Möwen unberührt ihre Kreise auf der Jagd nach Futter. Es dauerte eine ganze Weile, aber als Gun endlich wieder erschien, trug sie Shorts und ein Top und hatte Lars im Schlepptau. Er begrüßte Patrik mit ernstem Gesicht und nahm zusammen mit seiner Frau am Tisch Platz.

»Was ist passiert? Haben Sie den Kerl erwischt, der Siv ermordet hat?« Guns Stimme klang eifrig.

»Nein, ich bin nicht aus diesem Grund hier.« Patrik machte eine Pause und überlegte, wie er fortfahren sollte. »Die Sache ist die, daß wir heute morgen mit dem Vater der jungen Deutschen gesprochen haben, die wir zusammen mit Siv aufgefunden hatten.« Erneut eine Pause.

Gun hob fragend die Brauen: »Ja?«

Patrik nannte den Namen von Tanjas Vater und wurde von Guns Reaktion nicht enttäuscht. Sie fuhr zusammen und schnappte nach Luft. Lars schaute sie fragend an, nicht ausreichend informiert, um den Zusammenhang zu begreifen.

»Aber das ist doch Malins Papa. Was sagen Sie da? Malin ist doch tot?«

Es war schwer, sich diplomatisch auszudrücken. Aber schließlich war es nicht seine Aufgabe, hier den Diplomaten zu spielen. Patrik beschloß, ganz einfach zu sagen, wie es sich verhielt.

»Sie ist nicht gestorben. Er hatte es nur behauptet. Nach seiner eigenen Aussage meinte er offensichtlich, daß Ihr Wunsch nach Entschädigung ein bißchen, wie soll ich sagen, ja – lästig zu werden begann. Deshalb hat er die Geschichte erfunden, daß Ihr Enkelkind umgekommen ist.«

»Aber das Mädchen, das hier gestorben ist, hieß doch Tanja, nicht Malin?« Gun machte ein fragendes Gesicht.

»Anscheinend hat er auch ihren Namen geändert, in einen mehr deutsch klingenden. Aber es besteht kein Zweifel, daß Tanja Ihre Enkeltochter Malin ist.«

Ausnahmsweise blieb Gun Struwer stumm. Dann sah Patrik, daß sie zu kochen begann. Lars legte ihr beruhigend die Hand auf die Schulter, aber sie schüttelte sie ab.

»Verdammt, was glaubt er eigentlich, wer er ist! Hast du schon mal so was Unverschämtes gehört, Lars! Mir direkt ins Gesicht zu lügen und zu erklären, daß meine Enkeltochter, mein eigen Fleisch und Blut, tot ist! All die Jahre hat sie gesund und munter gelebt, und ich bin hier herumgelaufen und habe geglaubt, daß mein armer Liebling einen entsetzlichen Tod erlitten hat! Und die Frechheit zu besitzen und zu behaupten, er hat es getan, weil ich lästig geworden bin, hast du diese Unverschämtheit gehört, Lars! Nur weil ich das verlangt habe, was mir zustand, wird gesagt, man wurde lästig!«

Noch einmal versuchte Lars, sie zu beruhigen, aber sie schüttelte seine Hand erneut ab. Gun war so aufgebracht, daß sich in ihren Mundwinkeln kleine Speichelbläschen zeigten.

»Ich werde wahrhaftig mal ein Wörtchen mit ihm reden. Sie haben doch seine Telefonnummer. Geben Sie mir die bitte, dann werde ich diesem Scheißdeutschen verklickern, was ich von dieser ganzen Geschichte halte!«

Im Inneren seufzte Patrik tief. Er konnte verstehen, daß sie Grund hatte, aufgewühlt zu sein, aber seiner Meinung nach ging sie am Kernpunkt dessen, was er erzählt hatte, vollkommen vorbei. Er ließ sie ein Weilchen toben und sagte dann ruhig: »Ich verstehe, daß es schwerfällt, diese Nachricht zu erhalten, aber es ist also Ihre Enkeltochter, die wir vor einer Woche ermordet aufgefunden haben. Zusammen mit Siv und Mona. Also muß ich jetzt fragen: Sie hatten keinerlei Kontakt zu einem Mädchen, das sich Tanja Schmidt nannte? Sie hat nicht irgendwie versucht, mit Ihnen Verbindung aufzunehmen?«

Gun schüttelte heftig den Kopf, aber Lars wirkte nachdenklich. Er sagte zögernd: »Hier hat jemand ein paarmal angerufen, ohne etwas zu sagen. Du erinnerst dich wohl, Gun? Das war ungefähr vor zwei, drei Wochen, und wir glaubten, jemand wolle sich einen Spaß machen. Meinen Sie, das könnte …?«

Patrik nickte. »Sehr gut möglich. Der Vater hat seiner Tochter vor zwei Jahren die ganze Geschichte gebeichtet, und sie fand es vielleicht schwierig, nach all dem, was gewesen ist, Kontakt zu Ihnen aufzunehmen. Sie hat auch die Bibliothek besucht und die Artikel über das Verschwinden ihrer Mutter kopiert, also vermutlich ist sie hergekommen, um Klarheit zu erhalten, was ihrer Mutter passiert ist.«

»Mein armes Herzchen.« Gun hatte eingesehen, was man von ihr erwartete und vergoß Krokodilstränen. »Man bedenke nur, daß mein kleiner Liebling noch immer gelebt hat und daß sie so nahe gewesen ist. Wenn wir uns doch nur hätten treffen können, bevor … Was ist das für ein Mensch, der mir so etwas antut? Erst Siv und dann meine kleine Malin.« Ein Gedanke kam ihr in den Sinn. »Glauben Sie, daß ich in Gefahr bin? Will man an mich ran? Brauche ich Polizeischutz?«

Guns Blick flackerte erregt zwischen Patrik und Lars hin und her.

»Das halte ich nicht für notwendig. Wir glauben nicht, daß die Morde irgend etwas mit Ihnen zu tun haben, also an Ihrer Stelle würde ich mir keine Sorgen machen.« Dann konnte er der Versuchung nicht widerstehen: »Außerdem scheint der Mörder ja nur auf *junge* Frauen aus zu sein.«

Er bereute es sofort und stand auf, um deutlich zu machen, daß das Gespräch beendet war. »Ich bedauere wirklich, daß ich Ihnen eine solche Nachricht bringen mußte. Aber ich wäre dankbar, wenn Sie mich anrufen würden, falls Ihnen noch etwas dazu einfällt. Als erstes werden wir das mit den Telefonanrufen kontrollieren.«

Bevor er ging, warf er einen letzten neidischen Blick auf die Aussicht. Gun Struwer war der beste Beweis dafür, daß die guten Dinge nicht nur jemand erhielt, der es verdiente.

»Was hat sie gesagt?«

Martin saß zusammen mit Patrik im Pausenraum. Wie üblich hatte der Kaffee viel zu lange auf der Wärmeplatte gestanden, aber sie hatten sich daran gewöhnt und tranken ihn gierig.

»Ich sollte so was nicht sagen, aber puh, was für ein furchtbares Weib. Was sie am meisten aufgeregt hat, war nicht, daß sie so viele Jahre vom Leben ihrer Enkeltochter verpaßt hatte, und auch nicht, daß das Mädchen gerade ermordet worden ist, sondern daß ihr Papa eine so wirkungsvolle Weise gefunden hatte, ihre Entschädigungsforderung loszuwerden.«

»Nicht zu glauben.«

Die Stimmung war düster, als sie jetzt so zusammen saßen und über die Niederträchtigkeit des Menschen sinnierten. Es war ungewöhnlich still auf der Dienststelle. Mellberg war nicht aufgetaucht, offenbar gedachte er sich heute morgen richtig auszuschlafen, und Gösta und Ernst waren unterwegs und jagten Straßenpiraten. Oder im Klartext, sie machten auf irgendeinem Rastplatz Pause und hofften, daß die Piraten sich bei ihnen einstellten und darum baten, in Haft genommen zu werden. »Präventive Polizeiarbeit« nannten sie das offenbar. Und darin hatten sie in gewisser Weise sogar recht. Der betreffende Rastplatz war zumindest so lange sicher, wie sie sich dort aufhielten.

»Was hat diese Tanja deiner Meinung nach mit ihrem Herkommen bezweckt? Sie hatte ja wohl kaum vor, Detektiv zu spielen, um herauszufinden, wohin ihre Mutter verschwunden ist?«

Patrik schüttelte den Kopf. »Nein, das glaube ich nicht. Aber ich kann verstehen, daß sie neugierig war und wissen wollte, was passiert ist. Es mit eigenen Augen sehen wollte. Früher oder später hätte sie bestimmt auch mit der Großmutter Verbindung aufgenommen. Aber ich kann mir vorstellen, daß die Beschreibung, die sie von ihrem Vater bekommen hat, nicht gerade schmeichelhaft ausgefallen ist, also verstehe ich schon, warum sie gezögert hat. Ich wäre kein bißchen verwundert, wenn die Auskünfte, die wir von Telia erwarten, ergeben, daß die Anrufe bei Lars und Gun Struwer von einer der Telefonzellen in Fjällbacka kamen, vermutlich aus der Nähe des Campingplatzes.«

»Aber wie konnte sie in der Königsschlucht landen, zusammen mit den Skeletten von ihrer Mutter und von Mona Thernblad?«

»Ich bin genauso ratlos wie du. Was ich mir vorstellen kann, ist aber, daß sie irgendwie auf etwas oder, besser gesagt, jemanden gestoßen ist, der mit dem Verschwinden ihrer Mutter und von Mona zu tun hat.«

»Wenn dem so ist, schließt das Johannes automatisch aus. Er liegt ja sicher verwahrt in einem Grab auf dem Friedhof von Fjällbacka.«

Patrik schaute auf. »Wissen wir das? Besteht kein Zweifel, daß er wirklich tot ist?«

Martin lachte. »Machst du Scherze, oder? Er hat sich doch 1979 aufgehängt. Noch toter kann man wohl kaum sein!«

Patriks Stimme zeigte eine gewisse Erregung. »Ich weiß, daß es verrückt klingt, aber hör dir mal folgendes an: Was, wenn die Polizei damals der Wahrheit ein bißchen zu nahe gekommen ist, so daß ihm der Boden unter den Füßen zu heiß wurde. Er ist ein Hult und kann große Geldsummen auftreiben, wenn nicht persönlich, dann über seinen Vater. Ein bißchen Bestechung hier, ein bißchen Bestechung da, und schwuppdiwupp hat man einen falschen Totenschein und einen leeren Sarg.«

Martin mußte sich den Bauch halten vor Lachen. »Mensch, du bist doch nicht ganz dicht! Hier reden wir von Fjällbacka – nicht vom Chicago der zwanziger Jahre! Bist du sicher, daß du vorhin auf der Anlegebrücke nicht zu lange in der Sonne gesessen hast? Es klingt wirklich, als hättest du einen Sonnenstich. Nimm doch nur die Tatsache, daß er von seinem Sohn gefunden worden ist. Wie kriegt man einen Sechsjährigen dazu, solche Sachen zu erzählen, wenn es nicht stimmt.«

»Ich weiß nicht, aber das gedenke ich herauszufinden. Kommst du mit?«

»Wohin denn?«

Patrik verdrehte die Augen und artikulierte extra deutlich: »Natürlich zu Robert, um mit ihm zu reden.«

Martin seufzte, aber stand auf. Er brummte: »Als hätten wir nicht schon genug zu tun.« Auf dem Weg nach draußen fiel ihm etwas ein: »Und was ist mit dem Düngemittel? Ich wollte mich jetzt am Vormittag darum kümmern.«

»Bitte Annika darum«, rief ihm Patrik über die Schulter zu.

Martin machte in der Rezeption halt und gab Annika die Informationen, die sie brauchte. Bei ihr war nicht viel Betrieb, und sie war dankbar dafür, daß sie etwas Konkretes zu tun bekam.

Martin konnte nicht anders, als sich zu fragen, ob sie nicht wertvolle Zeit vergeudeten. Patriks Idee erschien allzu weit hergeholt, allzu phantastisch, als daß sie etwas mit der Wirklichkeit zu tun haben konnte. Aber bei dieser Ermittlung war schließlich er der Chef …

Annika machte sich über die Aufgabe her. Die vergangenen Tage waren hektisch gewesen, sie hatte hier wie die Spinne im Netz gesessen und die Suchaktionen im Fall Jenny organisiert. Aber jetzt, nach dreitägiger ergebnisloser Suche, waren die Aktionen abgeblasen worden, und da ein Großteil der Touristen die Gegend als direkte Folge der Ereignisse verlassen hatte, blieb das Telefon des Reviers geradezu gespenstisch still. Sogar die Journalisten verloren allmählich das Interesse zugunsten neuer sensationeller Meldungen.

Sie schaute auf den Zettel, auf dem sie Martins Angaben notiert hatte, und suchte nach der Nummer im Telefonbuch. Nachdem man sie durch verschiedene Abteilungen der Firma geschleust hatte, bekam sie am Ende den Namen des Verkaufsleiters. Sie wurde in die Warteschleife eingeordnet, und mit der Musikberieselung im Ohr nutzte sie die Zeit, um sich in die Griechenlandwoche zurückzuträumen, die jetzt so unendlich lange her zu sein schien. Als sie nach ihrem Kurzurlaub auf der Arbeit erschienen war, hatte sie sich ausgeruht, stark und schön gefühlt. Nachdem sie erst wieder im Mahlstrom der Dienststelle steckte, waren die Urlaubseffekte rasch dahin gewesen. Voller Sehnsucht sah sie die weißen Strände, das türkisfarbene Meer und große Schüsseln mit Tsatsiki vor sich. Sie und auch ihr Mann hatten aufgrund des guten Mittelmeeressens ein paar Kilo zugelegt, aber das kümmerte sie beide nicht. Keiner von ihnen war je von sonderlich mickriger Gestalt gewesen, und sie hatten es als eine der Tatsachen des Lebens akzeptiert und waren glücklich unbeeinflußt von allen Abspeckempfehlungen der Illustrierten. Wenn sie dicht beieinander lagen, paßten ihre Kurven perfekt zueinander, und sie wurden zu einer einzigen warmen Welle wogenden Fleisches. Von der Sache hatte es während der freien Woche eine Menge gegeben …

Annikas Urlaubserinnerungen wurden brüsk von einer melodischen Männerstimme unterbrochen, die den unverkennbaren Lysekildialekt mit seinen spitzen I sprach. Es wurde allgemein behauptet, daß die i-betonte Aussprache vornehmer Stockholmer ihren Grund darin hatte, daß man demonstrativ unterstreichen wollte, man sei betucht genug, um ein Ferienhaus an der Westküste zu besitzen. Wieviel Wahrheit darin steckte, wußte sie nicht, aber auf jeden Fall war es ein guter Witz.

Annika brachte ihr Anliegen vor.

»Oh, wie interessant. Eine Mordermittlung. Obwohl ich

schon dreißig Jahre in der Branche bin, ist es wohl das erste Mal, daß ich bei einer solchen Sache behilflich sein kann.«

Schön, daß wir dir deinen Tag vergolden, dachte Annika ärgerlich, aber hielt ihre ironische Bemerkung zurück, um seinen Eifer nicht zu bremsen, ihr mit Informationen zu dienen. Manchmal war die Sensationsgier der sogenannten Öffentlichkeit schon geradezu krank.

»Wir hätten gern Hilfe durch die Erstellung einer Kundenliste in bezug auf Ihr Düngemittel FZ-302.«

»Oh, das ist nicht ganz leicht. Wir haben 1985 mit dem Verkauf dieses Düngers aufgehört. Verdammt gutes Produkt, aber neue Umweltbestimmungen haben uns leider gezwungen, die Produktion einzustellen.« Der Verkaufsleiter seufzte tief über die Ungerechtigkeit, daß der Schutz der Umwelt den Verkauf einer erfolgreichen Ware behindern konnte.

»Aber ich vermute, daß Sie irgendeine Form von Dokumentation besitzen?« bohrte Annika nach.

»Ja, ich muß das mit der Verwaltung abklären, aber es ist ziemlich wahrscheinlich, daß sich unten in unserem alten Archiv Angaben dazu befinden. Ja, bis 1987 wurden solche Dinge ja manuell gespeichert, danach wurde alles in den Computer eingegeben. Aber ich glaube nicht, daß wir was weggeworfen haben.«

»Sie können sich nicht an jemanden aus dieser Gegend erinnern, der ...«, sie kontrollierte noch einmal auf dem Zettel, »das Produkt FZ-302 gekauft hat?«

»Nein, meine Liebe, das ist so viele Jahre her, daß ich es nicht ohne weiteres sagen kann.« Er lachte. »Seitdem ist viel Wasser den Fluß hinuntergeflossen.«

»Ja, ich hatte mir auch nicht vorgestellt, daß es so leicht gehen würde. Wie lange könnte es dauern, bis Sie die Angaben zusammen haben?«

Er überlegte ein Weilchen. »Tja, wenn ich die Mädchen in der Verwaltung mit etwas Kuchen und ein paar freundlichen Worten aufsuche, könnte ich mir vorstellen, daß Sie heute am Ende des Tages oder spätestens morgen früh eine Antwort erhalten könnten. Genügt das?«

Das war schneller, als Annika zu hoffen gewagt hatte, als das alte Archiv zur Sprache kam, also bedankte sie sich erfreut. Sie schrieb Martin einen Zettel über das Resultat ihres Gesprächs und legte ihn auf seinen Schreibtisch.

»Du, Gösta?«

»Ja, Ernst?«

»Kann das Leben eigentlich viel besser sein als im Moment?«

Sie saßen auf einem Rastplatz kurz vor Tanumshede und hatten einen der dort stehenden Picknicktische mit Beschlag belegt. Sie waren keine Amateure in dieser Beziehung, also hatten sie vorausschauend bei Ernst zu Hause eine Thermoskanne mit Kaffee geholt und eine ordentliche Tüte voll Gebäck in der Bäckerei von Tanumshede erstanden. Ernst hatte das Polizeihemd aufgeknöpft und hielt seine weiße, eingesunkene Brust in die Sonne. Aus dem Augenwinkel schielte er nach einer Gruppe Mädchen um die Zwanzig, die unter Lärm und Gelächter eine Pause während der Fahrt einlegten.

»Hör mal, nimm die Zunge rein. Und stopf auch das Hemd in den Bund. Stell dir vor, irgendwelche Kollegen kommen vorbei. Es muß doch so aussehen, als würden wir arbeiten.«

Gösta schwitzte in seiner Uniform. Er war beim Ignorieren der Arbeitsvorschriften nicht so dreist wie Ernst und wagte es auch nicht, das Hemd zu lockern.

»Äh, hab dich nicht so. Die sind total damit beschäftigt, nach dieser Tussi zu suchen. Keiner kümmert sich darum, was wir machen.«

Göstas Gesicht verfinsterte sich. »Sie heißt Jenny Möller. Nicht ›diese Tussi‹. Und sollten wir eigentlich nicht auch mithelfen, statt hier rumzusitzen wie zwei verdammte geifernde Pädophile?« Er deutete mit dem Kopf auf die leichtbekleideten Mädchen ein paar Tische weiter, von denen Ernst seinen Blick nur schwer lösen konnte.

»Nicht zu fassen, wie ordentlich du geworden bist. Bisher hast du dich noch nie beschwert, daß ich dich ein Weilchen aus der Tretmühle geholt habe. Sag nicht, der Teufel wird jetzt auf seine alten Tage noch fromm.«

Ernst drehte ihm das Gesicht zu, und seine Augen waren zu beunruhigenden schmalen Schlitzen geworden. Gösta schwante nichts Gutes. Es war vielleicht dumm, so etwas zu sagen. Er hatte immer ein bißchen Angst vor Ernst gehabt. Der erinnerte zuviel an die Jungs, die vor der Schule gestanden und nur darauf gewartet hatten, daß man herauskam. Die jede Schwäche riechen konnten und ihre Überlegenheit dann rücksichtslos ausnutzten. Gösta hatte selbst gesehen, wie es denen ergangen war, die sich Ernst widersetzten, und er bereute seine Worte sofort. Zur Antwort murmelte er nur: »Äh, das sollte doch nichts heißen. Mir tun nur ihre Eltern leid. Das Mädel ist erst siebzehn.«

»Die wollen doch unsere Hilfe nicht. Aus irgendeinem Grund kriecht Mellberg doch diesem Scheiß-Hedström in den Arsch, also habe ich nicht vor, mich unnötig anzustrengen.« Er redete so laut und haßerfüllt, daß die Mädchen sich umdrehten und zu ihnen hinschauten.

Gösta wagte es nicht, Ernst zum Leisersprechen aufzufordern, aber er senkte die Stimme und hoffte, der Kollege würde seinem Beispiel folgen. Er traute sich auch nicht, darauf hinzuweisen, daß ein gewisser Herr selbst daran schuld war, daß er nicht an der Ermittlung beteiligt wurde. Ernst persönlich hatte es zweckmäßigerweise verdrängt, daß er Tanjas Verschwinden nicht gemeldet hatte.

»Ich finde jedenfalls, daß Hedström eine ziemlich gute Arbeit macht. Und auch Molin ist rund um die Uhr dabei. Und um ehrlich zu sein, habe ich ja wohl nicht gerade so viel dazu beigetragen, wie ich gekonnt hätte.«

Ernst sah aus, als würde er seinen Ohren nicht trauen. »Zum Teufel, was sagst du da, Flygare! Behauptest du hier, daß zwei junge Spunde, die nicht einen Bruchteil unserer gesammelten Erfahrungen haben, einen besseren Job machen können als wir? Was? Willst du das sagen, du Scheißkerl!«

Wenn Gösta ein bißchen nachgedacht hätte, bevor er den Mund aufmachte, hätte er sicher voraussehen können, welche Wirkung sein Kommentar auf das verletzte Ego des Kollegen haben würde. Jetzt blieb ihm nur, so schnell es ging, einen Rückzieher zu machen.

»Na ja, so habe ich es nicht gemeint. Ich habe doch nur gesagt … nein, natürlich haben die nicht unsere Erfahrungen. Und die haben ja auch noch keine richtigen Ergebnisse vorgelegt, also …«

»Ja, genau«, stimmte Ernst ein wenig zufriedener zu. »Die haben noch nicht das mindeste vorgelegt, sag' ich doch.«

Erleichtert atmete Gösta auf. Sein Wunsch, ein bißchen Rückgrad zu zeigen, hatte sich schnell wieder gelegt.

»Ja, was meinst du Flygare. Nehmen wir noch einen Schluck Kaffee und ein Hefestück?«

Gösta nickte nur. Er hatte so lange nach dem Gesetz des geringsten Widerstands gelebt, daß ihm diese Methode als einzig natürliche erschien.

Martin blickte sich neugierig um, als sie bei dem kleinen Haus einbogen. Er war noch nie bei Solveig und ihren Jungs gewesen und betrachtete fasziniert das Durcheinander.

»Mensch, wie kann man nur so wohnen?«

Sie stiegen aus dem Auto, und Patrik hob die Arme. »Das übersteigt meinen Verstand. Es juckt einen in den Fingern, hier aufzuräumen. Ich denke, manche der Autowracks standen schon hier, als Johannes noch lebte.«

Nachdem sie angeklopft hatten, hörten sie schlurfende Schritte. Solveig hatte bestimmt auf ihrem üblichen Platz am Küchentisch gesessen und beeilte sich nicht, an die Tür zu kommen.

»Was ist denn nun schon wieder los? Können ehrliche Leute denn nie ihre Ruhe haben?«

Martin und Patrik warfen sich einen Blick zu. Solveigs Behauptung widersprach das Strafregister der Söhne, das eine ganze A4-Seite füllte.

»Wir wollten uns mal mit dir unterhalten. Und mit Johan und Robert auch, wenn sie zu Hause sind.«

»Sie schlafen.«

Mürrisch trat sie zur Seite und ließ die Polizisten hereinkommen. Martin konnte den Ekel nicht verbergen, und Patrik stieß ihn in die Seite, damit er sich zusammennahm. Schnell ordnete der wieder seine Gesichtszüge und folgte Patrik und Solveig in die Küche. Dort ließ Solveig sie sitzen, während sie die Söhne wecken ging, die, genau wie sie gesagt hatte, in ihrem gemeinsamen Zimmer in den Betten lagen: »Hoch mit euch, Jungs, die Bullen sind hier schon wieder aufgetaucht. Wollen was fragen, sagen sie. Beeilt euch ein bißchen, damit wir die Polypen wieder aus dem Haus kriegen.«

Sie kümmerte sich nicht groß darum, daß Patrik und Martin hören konnten, was sie sagte, sondern kam in aller Ruhe in die Küche zurückgewatschelt und setzte sich auf ihren Platz. Völlig verschlafen tauchten Johan und Robert, bloß mit Unterhosen bekleidet, bei ihnen auf.

»Was ist denn das hier für ein ewiges Gerenne. Wirkt ja schon wie die reinste Schikane.«

Robert gab sich cool wie immer. Johan schielte unter den in die Stirn hängenden Haaren zu ihnen hinüber und streckte die Hand nach der Zigarettenschachtel auf dem Tisch aus. Er zündete sich eine Kippe an und dribbelte nervös mit der Schachtel, bis Robert ihn anfauchte, damit aufzuhören.

Martin fragte sich im stillen, wie Patrik es wohl anstellen wollte, die heikle Frage anzusprechen. Er war sich noch immer ziemlich sicher, daß der Kollege auf dem Holzweg war.

»Wir haben ein paar Fragen in bezug auf den Tod Ihres Mannes.«

Solveig und die Söhne sahen Patrik äußerst verwundert an.

»Den Tod von Johannes? Warum denn das? Er hat sich aufgehängt, und viel mehr ist dazu nicht zu sagen, außer daß es solche wie ihr waren, die ihn dazu getrieben haben!«

Robert forderte seine Mutter verärgert auf, still zu sein. Er starrte Patrik an: »Worauf willst du hinaus? Mama hat recht. Er hat sich aufgehängt, und das ist alles, was es zu sagen gibt.«

»Wir möchten bei der Sache nur völlig klarsehen. Du warst es, der ihn gefunden hat?«

Robert nickte. »Ja, und mit dem Bild muß ich für den Rest meines Lebens klarkommen.«

»Könntest du vielleicht ganz genau erzählen, was an diesem Tag damals passiert ist?«

»Ich verstehe nicht richtig, was das bringen soll«, sagte Robert mürrisch.

»Ich wäre dennoch dankbar, wenn du es tun könntest«, redete ihm Patrik zu und bekam nach kurzem Warten ein gleichgültiges Achselzucken zur Antwort.

»Ja also, wenn du auf so was aus bist, dann …« Er zündete sich wie sein Bruder eine Zigarette an, und der Rauch hing jetzt schwer über der kleinen Küchenecke.

»Ich war aus der Schule nach Hause gekommen und ging auf den Hof, um ein bißchen zu spielen. Ich sah, daß die Tür zur Scheune offenstand, und wurde neugierig. Ging hin, um nachzusehen. Wie üblich war es ziemlich dunkel dort drinnen, nur zwischen den Brettern fiel Licht herein. Es roch nach Heu.« Robert sah aus, als wäre er in eine eigene Welt abgetaucht. Er fuhr fort: »Irgendwas stimmte nicht.« Er zögerte: »Ich kann es nicht richtig beschreiben, aber ich hatte das Gefühl, daß es irgendwie anders war.«

Johan sah seinen Bruder fasziniert an. Martin hatte den Eindruck, daß Johan zum erstenmal in allen Einzelheiten von jenem Tag hörte, an dem sich sein Vater aufgehängt hatte.

Robert fuhr fort. »Vorsichtig ging ich noch weiter rein. Tat so, als wollte ich Indianer belauschen. Ganz, ganz leise schlich ich in Richtung Heuboden, und als ich ein paar Schritte in die Scheune hineingegangen war, entdeckte ich, daß da was auf dem Boden lag. Ich ging hin. Als ich sah, daß es Papa war, freute ich mich. Ich dachte, er machte es aus Spaß. Daß ich also zu ihm hinkommen sollte, und dann würde er aufspringen und mich kitzeln oder so.« Robert schluckte. »Aber er rührte sich nicht. Ich stieß ihn vorsichtig mit dem Fuß an, aber er lag ganz still. Dann bemerkte ich, daß er ein Seil um den Hals hatte. Als ich nach oben sah, entdeckte ich, daß an dem Balken darüber auch ein Stück Seil hing.«

Die Hand mit der Zigarette zitterte. Martin warf einen verstohlenen Blick auf Patrik, um zu sehen, wie dieser auf die Schilderung reagierte. Für ihn war es ziemlich offensichtlich, daß Robert sich die Sache nicht ausdachte. Sein Schmerz war so spürbar, daß Martin das Gefühl hatte, er könnte ihn mit

Händen greifen. Er sah, daß sein Kollege dasselbe dachte. Entmutigt fragte Patrik weiter: »Was hast du dann gemacht?«

Robert blies einen Rauchring in die Luft und betrachtete ihn, während er sich auflöste und verschwand.

»Ich habe natürlich Mutter geholt. Sie kam und sah nach, schrie so laut, daß ich dachte, meine Trommelfelle würden platzen, und dann hat sie Großvater angerufen.«

Patrik stutzte. »Nicht die Polizei?«

Solveig kratzte nervös an der Tischdecke und sagte: »Nein, ich habe Ephraim angerufen. Das war das erste, was mir einfiel.«

»Also war die Polizei nie hier?«

»Nein. Ephraim hat sich um alles gekümmert. Er rief Doktor Hammarström an, der damals hier Provinzarzt war, und der kam und untersuchte Johannes, und dann schrieb der Doktor so einen Zettel mit der Todesursache aus, ja, wie der nun auch heißen mag, und sorgte dafür, daß der Bestattungsunternehmer kam und Johannes abholte.«

»Aber keine Polizei?« beharrte Patrik.

»Nein, habe ich doch gesagt. Ephraim hat sich darum gekümmert. Doktor Hammarström hat bestimmt mit der Polizei gesprochen, aber sie waren jedenfalls nie hier draußen und haben es untersucht. Warum sollten sie auch? Es war schließlich Selbstmord!«

Patrik unterließ es zu erklären, daß die Polizei immer zum Ort eines Selbstmordes gerufen werden mußte. Offenbar hatten Ephraim Hult und dieser Doktor Hammarström nach eigenem Ermessen beschlossen, die Polizei nicht einzuschalten, bevor die Leiche bereits vom Ort entfernt war. Die Frage war nur, warum? Sie hatten jedenfalls das Gefühl, im Augenblick nicht weiterzukommen. Dann kam Martin noch eine Idee.

»Ihr habt hier im Umkreis nicht vielleicht eine Frau gesehen? Fünfundzwanzig Jahre alt, brünett, normale Figur?«

Robert lachte. Der ernste Ton des Gesprächs hatte keine Spur in seiner Stimme hinterlassen. »Bei den vielen Weibern, die hier rumspringen, mußt du schon ein bißchen genauer sein.«

Johan betrachtete sie intensiv. Er sagte zu Robert. »Du hast ein Bild von ihr gesehen. Das ist die aus der Zeitung. Die Deutsche, die sie zusammen mit den anderen Mädels gefunden haben.«

Solveig explodierte. »Scheiße, was soll denn das heißen? Warum sollte sie denn hier gewesen sein? Wollt ihr uns jetzt schon wieder durch den Dreck ziehen! Erst beschuldigt ihr Johannes, und jetzt kommst du her und stellst meinen Jungs verdächtige Fragen. Raus mit euch! Ich will euch hier nicht noch einmal sehen! Schert euch zum Teufel!«

Sie war aufgestanden und trieb die Polizisten mit Hilfe ihres gewaltigen Körperumfangs buchstäblich vor sich her. Robert lachte, aber Johan sah nachdenklich aus.

Als Solveig schnaubend zurückkam, nachdem sie die Tür hinter Martin und Patrik mit voller Kraft zugeknallt hatte, ging Johan ohne ein Wort ins Schlafzimmer zurück. Er zog die Decke über den Kopf und tat so, als schliefe er. Er war gezwungen nachzudenken.

Anna fühlte sich elend, als sie da auf dem luxuriösen Segelboot saß. Gustav hatte, ohne zu fragen, eingewilligt, sofort in See zu stechen, und ließ sie in Ruhe, als sie sich an die Spitze des Bugs zurückzog, wo sie jetzt dahockte, die Arme fest um die Knie geschlungen. Er hatte voller Großmut ihre Entschuldigungen akzeptiert und versprochen, sie und die Kinder nach Strömstad zu bringen, von wo aus sie den Zug nach Hause nehmen konnten.

Ihr ganzes Leben war ständig so ein verdammtes Chaos. Die Ungerechtigkeit in Ericas Worten ließ Tränen der Wut hinter ihren Lidern brennen, aber der Zorn mischte sich mit Trauer darüber, daß sie ständig auf Kollisionskurs gerieten. Mit Erica war es einfach immer so kompliziert. Sie konnte sich nie damit zufriedengeben, nur die große Schwester zu sein, Anna zu unterstützen und mit aufmunternden Worten zu kommen. Statt dessen hatte sie unaufgefordert die Mutterrolle übernommen, ohne zu begreifen, daß dadurch die Leere, die von der eigenen Mutter nicht ausgefüllt wurde, nur noch spürbarer wurde.

Im Unterschied zu Erica hatte Anna ihre Mutter Elsy nie wegen der Gleichgültigkeit getadelt, die sie gegenüber ihren Töchtern an den Tag legte. Anna hatte geglaubt, sie hätte diese Kälte als eine der harten Tatsachen des Lebens akzeptiert, aber als beide Eltern unerwartet starben, begriff sie, daß sie dennoch gehofft hatte, Elsy würde mit den Jahren weicher werden und ihre Mutterrolle ausfüllen. Das hätte auch Erica mehr Möglichkeit gegeben, nichts anderes als ihre Schwester zu sein. Der Tod der Mutter hatte jedoch dazu geführt, daß sie jetzt in ihren Rollen feststeckten und nicht wußten, wie sie sich daraus befreien sollten. Perioden eines im stillen geschlossenen Friedens wurden unfehlbar von Stellungskriegen abgelöst, und jedesmal wenn das geschah, hatte Anna das Gefühl, ihr würde ein Stück ihrer Seele aus dem Leib gerissen.

Gleichzeitig waren Erica und die Kinder das einzige, was sie jetzt hatte. Selbst wenn sie es vor Erica nicht eingestehen wollte, so sah sie sehr wohl, wer Gustav war, ein oberflächlicher, verwöhnter großer Junge. Dennoch konnte sie der Versuchung nicht widerstehen, denn ihrem Selbstvertrauen tat es nur zu gut, sich mit einem Mann wie Gustav zu zeigen. An seinem Arm wurde sie sichtbar. Die Leute flüsterten und fragten sich, wer sie ist, und die Frauen musterten anerkennend die schönen Markenklamotten, mit denen Gustav sie überschüttete. Auch hier auf dem Wasser drehten sich die Bootsbesitzer um und zeigten auf das prächtige Segelboot, und sie hatte idiotischen Stolz empfunden, wenn sie wie zur Zierde auf dem Bug in der Sonne lag.

Aber sie schämte sich, wenn sie in stärkeren Momenten einsah, daß die Kinder unter ihrem Bedürfnis nach Bestätigung zu leiden hatten. Während der Jahre, als noch ihr Vater mit ihnen lebte, hatten sie genug ausstehen müssen, und Anna konnte auch beim besten Willen nicht behaupten, daß Gustav ein guter Vaterersatz war. Er war kalt, ungelenk und ungeduldig den Kindern gegenüber, und sie ließ ihn nur ungern mit ihnen allein.

Manchmal war sie so neidisch auf Erica, daß sie hätte kotzen können. Während sie selbst mit Lucas im Streit um das Sorgerecht lag, Probleme mit ihrer finanziellen Lage hatte und in einer Beziehung steckte, die, ehrlich gesagt, schal und leer war, segelte Erica wie eine schwangere Madonna durch die Gegend. Der Mann, den die Schwester zum Vater ihres Kindes erkoren hatte, war genau der Typ Mann, den sie selber, wie sie wußte, brauchte, um glücklich zu werden. Aber aufgrund irgendeines ihr angeborenen Triebes zur Selbstzerstörung sortierte sie diese möglichen Anwärter stets wieder aus. Daß Erica jetzt ein finanziell sorgenfreies Leben führte und außerdem einen gewissen Promi-Status innehatte, brachte die kleinen neidischen Teufel der Geschwisterrivalität dazu, die Köpfe zu heben. Anna wollte nicht kleinlich sein, aber es fiel ihr schwer, der Verbitterung zu widerstehen, jetzt, wo ihr eigenes Leben nur noch schmutziggraue Farben hatte.

Die übermütigen Schreie der Kinder, gefolgt von Gustavs frustriertem Gebrüll, rissen sie aus ihren sich selbst bemitleidenden Gedanken und zwangen sie zurück in die eigene Wirklichkeit. Sie zog die Segeljacke fester um sich und ging vorsichtig an der Reling entlang zum Heck. Nachdem sie die Kinder beschwichtigt hatte, zwang sie sich, Gustav zuzulächeln. Selbst wenn man miese Karten hatte, mußte man mit denen spielen, die einem zugeteilt worden waren.

Wie schon so viele Male in letzter Zeit irrte sie planlos durch das große Haus. Gabriel war wieder unterwegs auf einer seiner Geschäftsreisen, und sie war erneut allein. Die Begegnung mit Solveig hatte einen scheußlichen Nachgeschmack hinterlassen, und wie schon so oft verfolgte sie die Hoffnungslosigkeit der Situation. Sie würde niemals freikommen. Solveigs schmutzige, deformierte Welt hing an ihr fest wie ein ekelhafter Geruch.

Sie blieb vor der Treppe stehen, die ins oberste Geschoß des linken Flügels führte. Zu Ephraims Wohnsitz. Laine war nicht in diesen Räumen gewesen, seit er gestorben war. Auch zuvor hatte sie die Wohnung des Schwiegervaters äußerst selten betreten. Das war immer Jacobs und im Ausnahmefall Gabriels Domäne gewesen. Ephraim hatte dort oben gesessen und wie ein Feudalherr den Männern Audienz gewährt. Frauen hatten in seiner Welt nur als Randfiguren existiert, sie hatten die Aufgabe, zu gefallen und den Bodendienst zu verrichten.

Zögernd stieg sie die Treppe hinauf. Vor der Tür blieb sie stehen. Dann schob sie diese entschlossen auf. Es sah genauso aus, wie sie es in Erinnerung hatte. Ein Hauch von Maskulinität lag noch immer über den stillen Räumen. Also hier hatte ihr Sohn so viele Stunden seiner Kindheit verbracht. Sie war so eifersüchtig gewesen. Im Vergleich zu Großvater Ephraim waren sowohl sie als auch Gabriel zu kurz gekommen. Für Jacob waren sie beide nur gewöhnliche, langweilige Sterbliche, während Ephraim fast den Status einer Gottheit besaß. Als er so unerwartet verstorben war, hatte Jacob zunächst nur mit Verblüffung reagiert. Ephraim konnte doch nicht so einfach verschwinden. Einen Tag hier und am nächsten weg. Er war wie eine uneinnehmbare Festung gewesen, eine unumstößliche Tatsache.

Sie schämte sich dafür, aber als sie begriff, daß Ephraim tot war, hatte sie als erstes Erleichterung verspürt. Aber auch eine Art triumphierender Freude, weil nicht einmal er Herr über die Naturgesetze gewesen war. Manchmal hatte sie daran schon gezweifelt. Er hatte so sicher gewirkt in seiner Gewißheit, daß auch Gott jemand war, den er manipulieren und beeinflussen konnte.

Sein Sessel stand am Fenster mit Aussicht auf den Wald vor dem Haus. Genau wie Jacob konnte auch sie der Versuchung nicht widerstehen, sich auf Ephraims Platz zu setzen. Einen Augenblick lang meinte sie, seinen Geist im Zimmer zu spüren, als sie sich dort niederließ. Ihre Finger folgten nachdenklich den Linien des Stoffes.

Die Geschichten über die Fähigkeit von Gabriel und Johannes, Menschen zu heilen, hatten Jacob beeinflußt. Ihr hatte das überhaupt nicht gefallen. Manchmal kam er mit einem Gesichtsausdruck nach unten, der fast an Trance erinnerte. Das hatte sie immer erschreckt. Da hatte sie ihn fest umarmt, sein Gesicht an ihren Leib gepreßt, bis sie fühlte, daß seine Anspannung sich löste. Wenn sie ihn dann freigegeben hatte, war alles wie immer gewesen. Bis zum nächsten Mal.

Aber jetzt war der Alte seit langem tot und begraben. Gott sei Dank.

»Glaubst du wirklich, daß an deiner Theorie etwas dran ist? Also, daß Johannes nicht tot ist?«

»Ich weiß nicht, Martin. Aber im Augenblick bin ich bereit, nach jedem Strohhalm zu greifen, den ich zu fassen bekommen kann. Du mußt doch zugeben, es ist ein bißchen merkwürdig, daß die Polizei Johannes am Ort seines Selbstmords nie zu Gesicht bekommen hat.«

»Ja, sicher, aber das würde doch voraussetzen, daß sowohl der Arzt als auch der Bestattungsunternehmer in die Sache verwickelt waren«, erwiderte Martin.

»Das ist nicht so weit hergeholt, wie es klingt. Vergiß nicht, daß Ephraim ein äußerst wohlhabender Mann war. Für Geld hat man schon größere Gefallen getan. Es würde mich auch nicht wundern, wenn die Männer sich ziemlich gut gekannt hatten. Angesehene Männer der Gemeinde, bestimmt aktiv im Vereinsleben, Lions Club, you name it.«

»Aber einem, der unter Mordverdacht steht, zur Flucht zu verhelfen?«

»Nicht unter Mordverdacht, nur unter dem der Entführung. Soviel ich weiß, war Ephraim Hult außerdem ein Mann mit einer ungewöhnlich großen Überredungsgabe. Vielleicht überzeugte er die anderen, daß Johannes unschuldig war, die Polizei ihm aber die Sache zuschieben wollte, und daß das hier der einzige Weg war, ihn zu retten.«

»Aber trotzdem. Hätte Johannes seine Familie so einfach ihrem Schicksal überlassen? Seine beiden kleinen Söhne?«

»Vergiß nicht, wie man seine Person beschrieben hat. Ein Spieler, ein Mann, der immer dem Gesetz des geringsten Widerstands folgte. Der sich um Regeln und Verpflichtungen nicht groß kümmerte. Wenn jemand dazu bereit gewesen wäre, seine eigene Haut auf Kosten seiner Familie zu retten, dann bestimmt Johannes. Das paßte perfekt zu ihm.«

Martin war immer noch skeptisch. »Aber wo ist er in diesem Fall all die Jahre gewesen?«

Patrik schaute sorgfältig nach beiden Seiten, bevor er links nach Tanumshede abbog. Er sagte: »Vielleicht im Ausland. Die Tasche vollgestopft mit Papas Geld.« Er blickte Martin an. »Du scheinst von meiner brillanten Theorie nicht gerade überzeugt zu sein.«

Martin lachte. »Nein, so kann man es gut und gern ausdrükken. Ich finde, es klingt, als wärst du völlig auf dem Holzweg, aber andererseits ist bei diesem Fall bis jetzt nichts normal gewesen, also warum nicht?«

Patrik wurde ernst. »Ich sehe bloß Jenny Möller vor mir. Irgendwo gefangen von jemandem, der sie quält, unmenschlicher, als man es sich überhaupt vorstellen kann. Wegen ihr versuche ich in anderen Bahnen als den üblichen zu denken. Wir können es uns nicht leisten, genauso ungeschickt vorzugehen wie gewöhnlich. Wir haben zuwenig Zeit dafür. Wir müssen sogar das scheinbar Unmögliche in Erwägung ziehen. Es kann sein, vermutlich ist es sogar so, daß dieser Einfall nur eine verrückte Idee von mir ist, aber ich habe nichts gefunden, was mir das Gegenteil beweist, und deshalb bin ich es dem Möller-Mädchen schuldig, die Sache zu untersuchen, auch wenn man mich dafür zum Idioten erklärt.«

Martin verstand Patriks Überlegungen jetzt besser. Und war sogar geneigt zuzugeben, daß er vielleicht recht hatte. »Aber wie willst du mit diesen schwachen Gründen eine Exhumierung erreichen, und dann noch so schnell?«

Patriks Miene wirkte grimmig, als er erklärte: »Mit Hartnäkkigkeit, Martin, mit Hartnäckigkeit.«

Sie wurden von Patriks Handy unterbrochen. Er nahm ab und sprach nur in kurzen Silben, während Martin ihn gespannt ansah und herauszufinden suchte, worum es ging. Nach ein, zwei Minuten beendete Patrik das Gespräch und legte das Telefon weg.

»Wer war das?«

»Es war Annika. Das Labor hat wegen des DNA-Tests zurückgerufen, den wir von Mårten Frisk erbeten haben.«

»Und?« Martin hielt die Luft an. Er hoffte innig, daß sie sich beide geirrt hatten. Daß es Tanjas Mörder war, den sie dort in Haft hatten.

»Die Proben stimmten nicht überein. Das Sperma, das an Tanja gefunden wurde, stammt nicht von Mårten Frisk.«

Erst jetzt, als Martin die Luft langsam in einem einzigen Atemzug ausstieß, begriff er, daß er sie angehalten hatte.

»Scheiße auch. Aber das kam ja wohl kaum überraschend, oder?«

»Nein, aber man konnte ja immerhin hoffen.«

Düster schweigend saßen sie ein Weilchen da. Dann ließ Patrik einen schweren Seufzer hören, als wollte er Kraft holen für die Aufgabe, die sich noch immer wie der Mount Everest vor ihnen auftürmte.

»Ja, dann heißt es wohl nur, in Rekordzeit die Exhumierung zu erreichen.«

Patrik nahm das Handy auf und schritt zu Werke. Er würde überzeugender wirken müssen als je zuvor in seinem ganzen Berufsleben. Und nicht einmal er war sich seines Vorhabens auch nur annähernd sicher.

Ericas Stimmung näherte sich rasch dem Tiefpunkt. Der Mangel an Beschäftigung trieb sie durchs Haus, mal hier was wegräumend, mal da was zurechtrückend. Der Streit, den sie mit Anna gehabt hatte, bewirkte, daß ihr der Kopf schwer war wie nach einem Trinkgelage, was die Stimmung noch weiter drückte. Außerdem tat sie sich selbst etwas leid. Zwar hatte sie es irgendwie begrüßt, daß Patrik zurück zur Arbeit gegangen war, aber sie hatte nicht damit gerechnet, daß er so darin versinken würde. Auch wenn er zu Hause war, sah sie, daß sein Gehirn ständig mit dem Fall beschäftigt war, und während sie zugleich den Ernst der Sache begriff, mit der er beschäftigt war, und auch Verständnis für Patrik hatte, gab es da eine dünne klägliche Stimme in ihr, die egoistisch wünschte, daß sich seine Aufmerksamkeit mehr auf sie konzentrierte.

Sie rief Dan an. Vielleicht war er zu Hause und hatte Zeit, auf einen Kaffee vorbeizukommen. Seine älteste Tochter ging an den Apparat und sagte, der Papa sei mit Maria im Boot draußen. Typisch. Alle waren mit ihren Dingen beschäftigt, und sie saß hier mit einem Bauch wie ein Ballon und drehte Däumchen.

Als das Telefon klingelte, stürzte sie sich so eifrig darauf, daß sie es fast vom Bord gerissen hätte.

»Hier Erica Falck.«

»Ja, hallo. Ich möchte Patrik Hedström sprechen.«

»Er ist auf der Dienststelle. Kann ich mit etwas behilflich sein, oder möchten Sie seine Handynummer?«

Der Mann am anderen Ende zögerte.

»Ja, es ist so, daß ich die Nummer von Patriks Mutter bekommen habe. Unsere Familien kennen sich seit langem, und als ich das letzte Mal mit Kristina sprach, meinte sie, ich soll mich doch mal bei Patrik melden, wenn wir in der Nähe sind. Und jetzt, wo ich mit meiner Frau gerade nach Fjällbacka gekommen bin, da …«

Eine großartige Idee, dachte Erica. Die Lösung für ihre Beschäftigungsprobleme lag plötzlich direkt vor ihr.

»Könnt ihr nicht vorbeikommen? Patrik ist wohl gegen fünf zu Hause, da können wir ihn überraschen. Und wir haben Zeit, uns miteinander bekanntzumachen. Ihr seid Jugendfreunde, hast du gesagt?«

»Also, das wäre wirklich phantastisch. Ja, wir sind als Kinder ziemlich viel zusammen gewesen. Als Erwachsene haben wir uns wohl nicht gerade oft gesehen, aber so ist es ja manchmal. Die Zeit läuft einem davon.« Er lachte ein leicht kollerndes Lachen.

»Ja, aber dann ist es ja höchste Zeit, daß wir dem Abhilfe verschaffen. Wann könnt ihr hier sein?«

Er murmelte zu jemandem im Hintergrund und war dann wieder zurück, um Bescheid zu geben.

»Wir haben nichts Besonderes eingeplant, also könnten wir sofort kommen, wenn das in Ordnung geht?«

»Super!«

Erica fühlte, wie ihr Enthusiasmus angesichts einer Unterbrechung des gewohnten Trotts zurückkehrte. Sie erläuterte ihnen rasch, wie sie zu fahren hatten, und beeilte sich, Kaffee aufzusetzen. Als es an der Tür klingelte, fiel ihr ein, daß sie vergessen hatte zu fragen, wie die Besucher hießen. Nun ja, sie mußten eben mit der gegenseitigen Vorstellung anfangen.

Drei Stunden später war Erica dem Heulen nahe. Sie zwinkerte mit den Augen und aktivierte ihre letzten Reserven bei dem Versuch, interessiert auszusehen.

»Einige der spannendsten Aspekte meiner Arbeit bestehen darin, dem Fluß der CDRs zu folgen. Wie ich schon erklärt habe, steht dieses CDR für ›Call Data Record‹, also die Werte, welche die Information enthalten, wie lange eine Person telefoniert, wo sie anruft und so weiter. Wenn man dann die CDRs zusammenträgt, hat man eine ganz phantastische Informationsquelle über das Verhaltensmuster unserer Kunden ...«

Ihr war, als hätte er schon eine Ewigkeit geredet. Der Kerl hörte einfach nicht auf! Jörgen Berntsson war so öde, daß es ihr die Tränen in die Augen trieb, und seine Frau stand ihm in nichts nach. Nicht, weil sie dieselbe Art langer, total uninteressanter Vorträge wie ihr Mann hielt, sondern weil sie seit ihrer Ankunft nicht mehr als ihren Namen gesagt hatte.

Als Erica Patriks Schritte auf der Treppe vor dem Haus hörte, fuhr sie dankbar vom Sofa auf, um ihn in Empfang zu nehmen.

»Wir haben Besuch«, zischte sie leise.

»Wen denn?« flüsterte er zurück.

»Einen Jugendfreund von dir. Jörgen Berntsson. Mit Frau.«

»O nein, sag, daß du scherzt.« Ein Stöhnen entschlüpfte ihm.

»Leider nicht.«

»Verdammt, wie sind die denn hier gelandet?«

Erica schlug schuldbewußt die Augen nieder. »Ich habe sie eingeladen. Als Überraschung für dich.«

»Du hast was gemacht?« Seine Stimme klang etwas lauter, als er vorgehabt hatte, und er fragte flüsternd: »Warum hast du sie herkommen lassen?«

Erica hob ratlos die Arme. »Ich hatte solch entsetzliche Langeweile, und er hat gesagt, daß er ein alter Freund aus deiner Kindheit ist, also habe ich gedacht, du freust dich!«

»Hast du eine Ahnung, wie oft ich als Kind mit dem Kerl zusammengepfercht worden bin? Und er war damals kein bißchen lustiger als heute.«

Sie sahen ein, daß sie sich verdächtig lange in der Diele aufgehalten hatten, und holten gleichzeitig tief Luft, um Kräfte zu sammeln.

»Ja, also, hallo! Was für eine Überraschung!«

Erica war beeindruckt von Patriks Schauspieltalent. Sie selbst lächelte nur matt, als sie sich bei Jörgen und Madeleine niederließen.

Eine Stunde später war sie bereit, Harakiri zu begehen. Patrik hatte noch Kraftreserven, und es gelang ihm, weiter relativ interessiert auszusehen.

»Seid ihr auf der Durchreise?«

»Ja, wir hatten vor, die Küste hochzufahren. Wir waren zu Besuch bei einer alten Klassenkameradin von Madeleine in Smögen und bei einem Lehrgangskollegen von mir in Lysekil. Zwei Fliegen mit einer Klappe: Urlaub machen und zugleich alte Bekanntschaften erneuern!«

Jörgen Berntsson klopfte ein imaginäres Staubkörnchen von der Hose und wechselte einen Blick mit seiner Frau, bevor er sich wieder Patrik und Erica zuwandte. Er brauchte eigentlich nicht erst den Mund aufzumachen. Sie wußten, was kommen würde.

»Ja, jetzt, wo wir gesehen haben, wie nett ihr hier wohnt – und so geräumig«, er blickte sich anerkennend im Wohnzimmer um, »da wollten wir fragen, ob es vielleicht eine Möglichkeit gibt, ein, zwei Nächte hierzubleiben? Die meisten Pensionen sind ja voll ausgebucht.«

Sie schauten Patrik und Erica erwartungsvoll an. Für Erica war keine Telepathie vonnöten, um die Rachegedanken spüren zu können, die Patrik in ihre Richtung aussandte. Aber die Gastfreundschaft war wie ein Naturgesetz. Es gab keine Möglichkeit, ihm zu entkommen.

»Sicher könnt ihr hier übernachten, wenn ihr das wollt. Wir haben ein Gästezimmer, wo ihr wohnen könnt.«

»Wunderbar! Mann, wieviel Spaß wir haben werden! Wo war ich übrigens stehengeblieben? Ja, wenn wir genügend CDR-Material zusammenbekommen haben, um statistische Analysen auf dieser Grundlage vorzunehmen, dann …«

Der Abend verschwand wie im Nebel. Sie lernten jedoch mehr über die Technik des Fernmeldeverkehrs, als sie hoffen konnten, je wieder zu vergessen.

Niemand nahm ab. Nur die Mobilbox schaltete sich ein: »Hallo, hier ist Linda. Nach dem Piepton kannst du eine Nachricht hinterlassen, dann rufe ich zurück, sobald ich kann.« Johan drückte irritiert auf die Löschtaste. Er hatte bereits vier Nachrichten hinterlassen, und sie hatte ihn noch immer nicht angerufen. Zögernd gab er die Nummer von Västergården ein. Er hoffte, daß Jacob bei der Arbeit war. Er hatte Glück. Marita ging an den Apparat.

»Hallo, ist Linda zu Hause?«

»Ja, sie ist in ihrem Zimmer. Wer will sie sprechen?«

Er zögerte von neuem. Aber vermutlich würde Marita seine Stimme nicht wiedererkennen, auch wenn er seinen Namen sagte.

»Hier ist Johan.«

Er hörte, daß sie das Telefon weglegte und die Treppe hochging. In seinem Innern sah er das Interieur von Västergården vor sich, jetzt viel klarer als kürzlich.

Nach einem Weilchen war Martina zurück. Jetzt klang ihre Stimme reserviert.

»Sie sagt, daß sie nicht mit dir reden will. Darf ich fragen, welcher Johan es ist?«

»Danke für die Hilfe.« Eilig legte er auf.

Widerstreitende Gefühle quälten ihn. Er hatte nie jemanden so sehr geliebt, wie er Linda liebte. Wenn er die Augen schloß, konnte er noch immer ihre weiche nackte Haut spüren. Gleichzeitig haßte er sie. Die Kettenreaktion hatte bereits eingesetzt, als sie auf Västergården aneinandergeraten waren. Sein Haß und der Wunsch, ihr zu schaden, waren so stark gewesen, daß er sich beinahe nicht hatte beherrschen können. Wie war es möglich, daß zwei so unterschiedliche Gefühle Seite an Seite existierten?

Vielleicht war es dumm von ihm gewesen, zu glauben, daß es zwischen ihnen beiden etwas Echtes geben konnte. Daß es für sie mehr war als nur ein Spiel. Als er jetzt am Telefon saß, kam er sich wie ein Idiot vor, und dieses Gefühl ließ den Zorn in ihm weiter auflodern. Aber es gab etwas, das er tun konnte, um auch sie etwas von seiner Erniedrigung spüren zu lassen. Sie würde es bereuen, daß sie geglaubt hatte, sie könnte mit ihm machen, was sie wollte.

Er würde erzählen, was er gesehen hatte.

Patrik hätte sich niemals vorgestellt, daß er in einer Exhumierung eine willkommene Unterbrechung sehen könnte. Aber nach dem gestrigen Abend, der sich quälend hingezogen hatte, erschien ihm sogar eine solche Sache als angenehme Beschäftigung.

Mellberg, Martin und Patrik standen schweigend auf dem Friedhof von Fjällbacka und beobachteten die makabre Szene, die sich vor ihnen abspielte. Es war sieben Uhr früh, und die Temperatur war angenehm, obwohl die Sonne bereits eine Weile am Himmel gestanden hatte. Nur vereinzelt fuhren Autos auf der Straße vor dem Friedhof vorbei, und außer dem Vogelgezwitscher hörte man lediglich das Geräusch der Spaten.

Es war ein neues Erlebnis für alle drei. Eine Exhumierung war ein seltenes Ereignis im Alltag eines Polizeibeamten, und keiner von ihnen hatte eigentlich eine Vorstellung davon, wie die Sache rein praktisch ablief. Nahm man vielleicht einen kleinen Bagger zu Hilfe und grub sich durch die Erdschichten zum Sarg hinunter? Oder erschien ein Trupp professioneller Totengräber und erledigte die scheußliche Tätigkeit manuell? Die zweite Alternative kam der Wirklichkeit am nächsten. Dieselben Männer, die vor jeder Beerdigung die Gruben aushoben, waren jetzt zum erstenmal damit beschäftigt, eine bereits begrabene Person wieder ans Tageslicht zu befördern. Finster und ohne ein Wort stießen sie die Spaten in die Erde. Was sollte man auch sagen? Sollte man über den Sport reden, der gestern im Fernsehen gelaufen war? Oder über die Grillparty vom vergangenen Wochenende? Nein, der Ernst der Stunde legte sich als schweres Schweigen über ihre Arbeit, und so würde es auch bleiben, bis der Sarg endlich gehoben wäre.

»Bist du sicher, daß du weißt, was du tust, Hedström?«

Mellberg wirkte besorgt, und Patrik teilte seine Unruhe. Er hatte gestern seine ganze Überredungskunst aufbringen müssen – hatte gebeten, gedroht und gebettelt –, damit die Mühlen der Gerechtigkeit schneller als je zuvor mahlten und sie die Erlaubnis erhielten, Johannes Hults Grab zu öffnen. Aber noch immer war sein Verdacht nicht viel mehr als ein Gefühl.

Patrik war kein religiöser Mensch, aber der Gedanke, den letzten Frieden zu stören, setzte ihm dennoch zu. Die Stille des Friedhofs hatte etwas Sakrales, und er hoffte, daß er gute Gründe dafür finden würde, die Toten in ihrer Ruhe gestört zu haben.

»Stig Thulin hat mich gestern aus dem Bezirksbüro angerufen, und er war nicht erfreut, kannst du mir glauben. Offenbar hatte sich einer der Leute, denen du gestern hinterhertelefoniert hast, mit ihm in Verbindung gesetzt und erzählt, daß du etwas von einer Konspiration zwischen Ephraim Hult und zwei von Fjällbackas geachtetsten Männern gefaselt hast. Du hättest von Bestechung und weiß der Himmel wovon noch geredet. Er war furchtbar aufgebracht. Ephraim mag ja tot sein, aber Doktor Hammarström lebt, und das tut der Bestattungsunternehmer von damals auch, und wenn sich rausstellt, daß wir grundlose Beschuldigungen vorbringen, dann …«

Mellberg hob resigniert die Arme. Er brauchte den Satz nicht zu beenden. Patrik wußte, welche Konsequenzen das für ihn hätte. Zunächst würde er den Rüffel seines Lebens erhalten, und außerdem würde er auf dem Revier für ewig zum Spott der Leute werden.

Mellberg schien seine Gedanken zu lesen. »Also wäre es verdammt noch mal das beste, daß du recht hast, Hedström!«

Er zeigte mit seinem kleinen, dicken Finger auf Johannes' Grab und trat nervös von einem Fuß auf den anderen. Der Erdhaufen war auf gut einen Meter angewachsen, und auf der Stirn der grabenden Männer glänzte der Schweiß. Es konnte jetzt nicht mehr lange dauern.

Mellbergs in den letzten Wochen so gute Laune war an diesem Morgen etwas weniger gut. Und daran schienen nicht nur die Uhrzeit und die unangenehme Aufgabe schuld zu sein. Da war noch etwas anderes. Die Mürrischkeit, die früher als fester Bestandteil zu seiner Persönlichkeit gehört hatte, aber in den letzten seltsamen Wochen wie weggeblasen gewesen war, hatte sich zurückgemeldet. Noch war ihre volle Stärke nicht erreicht, aber sie befand sich auf bestem Weg dahin. Während des Wartens hatte er nichts anderes getan, als zu klagen, zu meckern und zu fluchen. Seltsamerweise wirkte das bedeutend angenehmer als seine vorübergehende Jovialität. Man war es einfach gewohnt. Mellberg verließ sie, noch immer fluchend, um sich bei dem Team von Uddevalla beliebt zu machen, das gerade eingetroffen war, um hier zu assistieren. Martin flüsterte aus dem Mundwinkel: »Was es auch gewesen ist, es scheint vorbei zu sein.«

»Was war es denn deiner Meinung nach?«

»Zeitweilige Geistesgestörtheit?« zischte Martin zurück.

»Annika hat gestern ein lustiges Gerücht gehört.«

»Was denn? Erzähle«, sagte Martin.

»Er ist doch vorgestern zeitig gegangen …«

»Das ist ja wohl kaum etwas Weltbewegendes.«

»Nein, stimmt schon. Aber Annika hat gehört, daß er in Arlanda angerufen hat. Und er schien es verdammt eilig gehabt zu haben, aus dem Haus zu kommen.«

»Arlanda? Wollte er jemanden vom Flugzeug abholen? Er ist schließlich hier, also kann es ja kaum darum gegangen sein, daß er selber fliegen wollte.«

Martin sah genauso verblüfft aus, wie sich Patrik fühlte. Und neugierig.

»Ich weiß nicht mehr als du darüber, was er dort gewollt haben könnte. Aber die Sache wird immer mystischer …«

Einer der Männer am Grab winkte ihnen zu. Zögernd gingen sie zu dem großen Erdhaufen hinüber und schauten in das Loch daneben. Ein brauner Sarg war freigelegt.

»Da habt ihr euren Burschen. Sollen wir ihn hochholen?«

Patrik nickte. »Aber seid vorsichtig. Ich sag dem Team Bescheid, dann können sie übernehmen, sobald ihr den Sarg oben habt.«

Er ging zu den drei von der Spurensicherung, die mit ernsten Gesichtern dastanden und mit Mellberg redeten. Ein Auto des Bestattungsunternehmens war auf dem Kiesweg vorgefahren und wartete mit offenen Hecktüren, bereit, den Sarg zu transportieren, egal, ob mit oder ohne Leiche.

»Sie sind allmählich soweit. Wollen wir den Sarg hier öffnen, oder macht ihr das in Uddevalla?«

Der Chef der Spurensicherung, Torbjörn Ruud, gab Patrik nicht sofort eine Antwort, sondern instruierte zuerst die einzige Frau im Team, sie möge zum Grab gehen und mit den Aufnahmen anfangen. Erst als das geklärt war, wandte er sich an Patrik: »Wir werden den Deckel schon hier abnehmen. Wenn du recht hast und sich nichts im Sarg befindet, dann ist die Sache ja klar, aber wenn das in meiner Welt Wahrscheinlichere eintrifft, nämlich daß in diesem Sarg eine Leiche liegt, dann nehmen wir ihn mit nach Uddevalla, um sie dort zu identifizieren. Denn das wollt ihr ja wohl?« Sein Walroßschnurrbart wippte, als er Patrik fragend ansah.

Patrik nickte. »Ja, sollte jemand im Sarg liegen, dann hätte ich es gern bestätigt, daß es mit hundertprozentiger Sicherheit Johannes Hult ist.«

»Das können wir erledigen. Ich habe mir schon gestern seine Zahnkarte kommen lassen, also brauchst du nicht lange auf das Ergebnis zu warten. Es eilt schließlich …«

Ruud senkte den Blick. Er hatte selbst eine Tochter im Alter von siebzehn, und man brauchte ihm die Dringlichkeit des Falls nicht zu unterstreichen. Es genügte, sich den Bruchteil einer Sekunde die Angst vorzustellen, die Jenny Möllers Eltern verspüren mußten.

Schweigend beobachteten sie, wie der Sarg sich nun langsam dem Rand des Grabes näherte. Schließlich war der Deckel zu sehen, und Patrik verspürte vor Anspannung ein Kribbeln in den Händen. Bald würden sie es wissen. Im Augenwinkel bemerkte er eine Bewegung weiter hinten auf dem Friedhof. Er richtete den Blick dorthin. O verdammt! Durch das Tor bei der Fjällbackaer Feuerwehr kam Solveig angerauscht. In voller Fahrt. Sie schaffte es nicht, zu rennen, sondern schaukelte heran wie ein Schiff bei Seegang, das Grab im Visier, wo der Sarg jetzt in voller Größe zu sehen war.

»Scheiße, was glaubt ihr eigentlich, was ihr da macht, ihr verdammten Schwanzlutscher?«

Die Männer aus Uddevalla, die noch nie mit Solveig Hult zu

tun gehabt hatten, zuckten zusammen bei ihren vulgären Ausdrücken. Patrik war sich jetzt im nachhinein klar, daß man so etwas hätte voraussehen und eine Absperrung vornehmen müssen. Er hatte geglaubt, daß der frühe Zeitpunkt genügte, um die Leute von der Öffnung des Grabes fernzuhalten. Aber Solveig war natürlich nicht irgendwer. Er ging ihr entgegen.

»Solveig, du solltest nicht hier sein.«

Patrik faßte sie leicht beim Arm. Sie riß sich los und tobte an ihm vorbei.

»Gebt ihr nie auf! Wollt ihr Johannes jetzt auch noch in seinem Grab stören! Wollt ihr unser Leben um jeden Preis kaputtmachen?«

Bevor jemand reagieren konnte, war Solveig beim Sarg angelangt und warf sich auf ihn. Sie heulte wie eine italienische Matrone auf einer Beerdigung und hämmerte mit den Fäusten auf den Sargdeckel. Alle standen wie festgefroren. Keiner wußte, was er tun sollte. Dann entdeckte Patrik zwei Gestalten, die aus derselben Richtung wie Solveig angerannt kamen. Johan und Robert starrten die Polizisten nur haßerfüllt an, bevor sie zu ihrer Mutter hinliefen.

»Mach das nicht, Mama. Komm, wir fahren nach Hause.«

Noch immer standen alle wie erstarrt. Nur Solveigs Geheul und die bittenden Stimmen der Söhne waren auf dem Friedhof zu hören. Johan drehte sich um.

»Sie hat die ganze Nacht nicht geschlafen. Von dem Moment an, wo ihr angerufen habt, um zu sagen, was ihr vorhabt. Wir haben versucht, sie zu hindern, aber sie hat sich rausgeschlichen. Ihr verdammten Scheißkerle, nimmt das denn nie ein Ende!«

Seine Worte waren wie ein Echo dessen, was seine Mutter gesagt hatte. Einen Augenblick lang verspürten sie kollektive Scham über die schmutzige Tätigkeit, zu der sie gezwungen waren, doch gezwungen sein war genau das richtige Wort. Sie mußten das, was sie angefangen hatten, zu Ende führen.

Torbjörn Ruud nickte Patrik zu, und beide gingen zum Grab, um Johan und Robert zu helfen, ihre Mutter vom Sarg wegzuheben. Es schien, als seien Solveigs letzte Kräfte verbraucht, und sie sackte an Roberts Brust zusammen.

»Tut, was ihr tun müßt, aber laßt uns danach in Frieden«, sagte Johan, ohne ihnen in die Augen zu sehen.

Die Söhne geleiteten die Mutter in Richtung des Tores, das aus dem Friedhof hinausführte. Erst als sie außer Sichtweite waren, kam Bewegung in die Männer. Niemand kommentierte das Geschehene.

Der Sarg stand neben der Grube und hütete seine Geheimnisse.

»Hattet ihr den Eindruck, daß jemand darin liegt?« fragte Patrik die Männer, die ihn herausgehoben hatten.

»Läßt sich nicht sagen. Der Sarg selber ist sehr schwer. Manchmal kann auch durch ein Loch Erde reingerieselt sein. Um das genau zu wissen, bleibt nur, ihn zu öffnen.«

Der Augenblick ließ sich nicht länger aufschieben. Die Fotografin hatte alle notwendigen Aufnahmen gemacht. Die Hände mit Handschuhen geschützt, schritten Ruud und seine Kollegen zu Werke.

Langsam wurde der Deckel gehoben. Alle hielten die Luft an.

Punkt acht rief Annika bei der Firma an. Sie hatten den ganzen gestrigen Nachmittag zur Verfügung gehabt, um im Archiv zu suchen, und etwas dürften sie zu diesem Zeitpunkt ja wohl gefunden haben. Sie hatte recht.

»Was für ein Timing. Wir haben gerade den Ordner mit der Kundenliste für FZ-302 aufgestöbert. Aber leider habe ich keine gute Nachricht. Oder übrigens, vielleicht ist es ja sogar eine. Wir hatten nur einen Kunden in eurem näheren Umkreis. Rolf Persson, auch heute noch Kunde hier, aber natürlich nicht bei diesem Produkt. Ich gebe dir jetzt die Adresse.«

Annika notierte die Angaben auf einem Klebezettel. Es war gewissermaßen enttäuschend, daß sie nicht noch andere Namen erhalten hatte. Irgendwie wirkte es ein bißchen mager, daß man nur einen einzigen Kunden kontrollieren konnte, aber der Verkaufsleiter hatte recht, vielleicht war es eine gute Nachricht. Ein einziger Name war schließlich alles, was sie brauchten.

»Gösta?«

Sie war auf ihrem Bürostuhl zur Tür gerollt, hatte den Kopf in den Korridor gesteckt und gerufen. Niemand antwortete. Sie rief noch einmal, diesmal lauter, und wurde mit Göstas Kopf belohnt, der sich genau wie der ihre in den Korridor schob.

»Ich habe eine Aufgabe für dich. Wir haben den Namen eines Bauern aus dieser Gegend, der den Dünger benutzt hat, der an den Mädchen gefunden wurde.«

»Sollten wir nicht zuerst Patrik fragen?« Gösta widersetzte sich. Er hatte noch immer Schlaf in den Augen und hatte die ganze erste Viertelstunde vor dem Schreibtisch nur gegähnt und sich die Augen gerieben.

»Patrik, Mellberg und Martin sind bei der Exhumierung. Wir können sie jetzt nicht stören. Du weißt, weshalb es eilt. Wir können uns diesmal nicht an die Regeln halten, Gösta.«

Selbst im Normalfall war es schwer, sich Annika zu widersetzen, wenn sie diese Seite herauskehrte, und jetzt mußte Gösta zugeben, daß sie besonders schwerwiegende Gründe hatte, ihn zur Arbeit aufzufordern. Er seufzte.

»Fahr nur nicht allein. Es ist diesmal kein normaler blöder Schwarzbrenner, dem wir auf den Fersen sind, vergiß das nicht. Nimm Ernst mit.« Dann murmelte sie leise, damit Gösta es nicht hörte: »Zu irgendwas muß dieser verdammte Mistkerl doch zu gebrauchen sein.« Dann hob sie die Stimme wieder. »Und seht zu, daß ihr euch dort vor Ort gründlich umschaut. Wenn euch irgendwas nur im geringsten verdächtig erscheint, dann tut so, als sei nichts, kommt hierher zurück und berichtet es Patrik, dann kann er entscheiden, was wir machen sollen.«

»Guck an, Annika, ich habe nicht gewußt, daß du von der Sekretärin zur Polizeichefin aufgestiegen bist. Ist das während des Urlaubs passiert?« brummte Gösta verärgert. Aber er wagte es nicht, so laut zu sprechen, daß sie es hörte. So dusselig war er auch nicht.

Wieder drinnen hinter ihrer Glasscheibe, lächelte Annika, die Computerbrille wie gewöhnlich auf die Nasenspitze geschoben. Sie wußte genau, was für aufrührerische Gedanken im Kopf von Gösta Flygare herumgingen, aber das kümmerte sie wenig. Es war lange her, daß sie seine Meinung respektiert hatte. Die Hauptsache war, er machte jetzt seinen Job und erschwerte die Aufgabe nicht unnötigerweise. Ihn und Ernst zusammen loszuschicken konnte gefährlich sein. Aber in diesem Fall mußte sie es machen, wie es die berühmte Köchin Kajsa Warg formuliert hatte: »Man nimmt, was man hat.«

Ernst mochte es nicht, aus dem Bett geholt zu werden. Da er wußte, daß sich der Chef anderswo befand, hatte er damit gerechnet, sich in aller Ruhe noch einmal umdrehen zu können, bevor seine Anwesenheit im Revier erforderlich wurde, doch das schrille Klingeln störte ihn dabei entschieden.

Vor der Tür stand Gösta, den Finger ausdauernd auf dem Klingelknopf.

»Wir haben zu tun.«

»Kann das nicht eine Stunde warten?« fragte Ernst verärgert.

»Nein, wir sollen uns einen Bauern vornehmen, der diesen Dünger gekauft hat, den die Spurensicherung an den Leichen gefunden hat.«

»Hat das dieser Scheiß-Hedström angewiesen? Und hat er gesagt, daß ich dabeisein soll? Ich habe gedacht, ich bin von seiner ganzen verdammten Ermittlung ausgeschlossen?«

Gösta überlegte, ob er lügen oder sagen sollte, wie es sich verhielt. Er entschloß sich zu letzterem: »Nein, Hedström ist mit Molin und Mellberg in Fjällbacka. Annika hat uns darum gebeten.«

»Annika?« Ernst lachte rüde. »Seit wann kann uns eine verdammte Sekretärin Anweisungen erteilen? Nein, du, dann ziehe ich es vor, noch ein bißchen zu pennen.«

Immer noch vor sich hin lachend, wollte er Gösta die Tür vor der Nase zumachen. Ein Fuß hinderte ihn.

»Du, ich finde wirklich, wir fahren dahin und checken die Sache.« Gösta verstummte und griff dann zu dem einzigen Argument, das, wie er wußte, bei Ernst ankommen würde. »Stell dir doch bloß mal Hedströms Miene vor, wenn wir es sind, die den Fall lösen. Wer weiß, vielleicht hat der Bauer, zu dem wir sollen, das Mädel dort auf dem Hof. Wäre es nicht super, mit diesem Bescheid zu Mellberg zu kommen?«

Ein Aufleuchten, das über Ernst Lundgrens Gesicht ging, bestätigte, daß ihm das Argument einleuchtete. Ernst konnte bereits das Lob von seinem Chef hören.

»Warte kurz, ich ziehe mich nur an. Wir sehen uns draußen am Auto.«

Zehn Minuten später waren sie unterwegs in Richtung Fjällbacka. Rolf Perssons Hof lag genau südlich von den Ländereien der Familie Hult, und Gösta fragte sich, ob das Zufall sein konnte. Nachdem sie sich zuerst verfahren hatten, fanden sie schließlich den richtigen Weg und parkten auf dem Vorplatz. Nichts rührte sich. Sie stiegen aus dem Auto und schauten sich forschend um, während sie auf das Wohnhaus zugingen.

Der Bauernhof sah aus wie alle anderen Höfe der Gegend. Ein Viehstall mit rostroten Holzwänden lag einen Steinwurf vom Wohnhaus entfernt, das weiß war und blauumrandete Fenster hatte. Trotz all dem Geschreibe in der Presse, daß die EU-Beiträge wie Manna auf die schwedischen Bauern herabregneten, wußte Gösta, daß die Wirklichkeit düsterer aussah, und der Hof machte unübersehbar einen verfallenen Eindruck. Man konnte feststellen, daß die Besitzer ihr Bestes getan hatten, um ihn instand zu halten, aber an Wohnhaus und Stall begann die Farbe abzublättern, und die Wände strahlten ein unbestimmtes Gefühl von Hoffnungslosigkeit aus. Sie stiegen zur Veranda hoch, wo die Holzverzierungen erkennen ließen, daß das Haus erbaut worden war, bevor die modernen Zeiten Tempo und Effektivität zu heiligen Begriffen erklärt hatten.

»Kommt rein.«

Die kratzige Stimme einer älteren Frau. Sie traten sich gründlich die Füße ab, bevor sie ins Haus gingen. Die niedrige Decke zwang Ernst, den Kopf einzuziehen, aber Gösta, der nicht zur Schar der Hochgewachsenen gehörte, konnte ungehindert, ohne Rücksicht auf eventuelle Schädelblessuren, eintreten.

»Guten Tag, wir kommen von der Polizei. Wir möchten Rolf Persson sprechen.«

Die Alte, die mit der Vorbereitung des Frühstücks beschäftigt war, wischte sich die Hände an einem Küchenhandtuch ab.

»Einen Augenblick, ich werd' ihn holen. Er liegt 'nen Moment auf der faulen Haut, tja. So was kommt vor, wenn man alt wird.« Sie lachte glucksend und ging ins Innere des Hauses.

Gösta und Ernst schauten sich unschlüssig um und setzten sich dann an den Küchentisch. Die Küche erinnerte Gösta an sein Elternhaus, obwohl das Ehepaar Persson nur etwa zehn Jahre älter war als er selbst. Die Frau war nicht so alt, wie es den Anschein gehabt hatte. Bei näherem Hinsehen stellte er fest, daß die Augen jünger waren. Es war die harte Arbeit, die ihrem Körper so zugesetzt hatte.

Die Bewohner benutzten zum Kochen noch immer einen alten Herd mit Holzfeuerung. Auf dem Fußboden lag Linoleum und verbarg bestimmt die wundervollsten Holzdielen. Die jüngere Generation liebte es, solche Böden freizulegen, aber Leute wie ihn und das Ehepaar Persson erinnerte das allzusehr an die Armut der eigenen Kindheit. Das Linoleum war damals, als es schließlich aufgetaucht war, ein deutliches Zeichen dafür gewesen, daß man das armselige Leben der Eltern hinter sich gelassen hatte.

Die Holzverkleidung der Wände war lädiert, aber auch sie weckte sentimentale Erinnerungen. Er konnte nicht widerstehen, mit dem Finger eine Fuge entlangzufahren, und das Gefühl war dasselbe wie in der Kindheit.

Nur das leise Ticken einer Küchenuhr störte die Stille, doch nach einem Weilchen des Wartens hörten sie leises Reden aus dem Nebenzimmer. Sie verstanden genug, um mitzubekommen, daß die eine Stimme erregt klang und die andere bittend. Nach ein paar Minuten kam die Frau mit ihrem Mann zurück. Auch er sah älter aus als seine vermutlich siebzig Jahre, und er war noch ganz schlaftrunken. Die Haare standen ihm zu Berge, und müde Falten zeichneten tiefe Spuren auf seine Wangen. Die Alte kehrte an den Herd zurück. Sie hielt den Blick gesenkt und konzentrierte sich auf den Breitopf, in dem sie herumrührte.

»Was gibt es, das die Polizei herführt?«

Die Stimme klang herrisch, und Gösta konnte nicht übersehen, daß die Frau zusammenzuckte. Er ahnte allmählich, warum sie soviel älter aussah, als sie war. Sie klapperte aus Versehen mit dem Topf, und Rolf Persson fuhr sie an: »Hör auf damit! Du kannst nachher weitermachen. Laß uns hier jetzt in Frieden.«

Sie beugte den Nacken und zog den Topf rasch vom Herd. Ohne ein Wort ging sie aus der Küche. Gösta mußte seine Lust bezwingen, ihr nachzugehen und ein freundliches Wort zu sagen.

Rolf Persson goß sich ein Gläschen ein und setzte sich an den Tisch. Er fragte nicht, ob Ernst und Gösta etwas haben wollten, und sie hätten auch nicht gewagt, ja zu sagen. Als er den Schnaps in einem Zug hinuntergegossen hatte, wischte er sich mit der Rückseite der Hand die Lippen und schaute sie auffordernd an. »Nun? Was wollt ihr?«

Ernst blickte sehnsüchtig auf das leere Glas, und Gösta war also derjenige, der das Wort ergriff: »Hast du früher einen Dünger benutzt, der ...«, er konsultierte seinen Notizblock, »FZ-302 hieß?«

Der Bauer Persson lachte schallend. »Habt ihr mich deshalb aus meinem Schönheitsschlaf geweckt? Um zu fragen, was ich für Dünger benutze? Ja, Himmel, die Polizei scheint heutzutage nicht viel zu tun zu haben.«

Gösta blieb ernst. »Wir haben unsere Gründe für unsere Frage. Und wir möchten eine Antwort darauf.« Seine Abneigung gegen den Mann wuchs mit jeder Minute.

»Ja, ja, ihr braucht euch nicht aufzuregen. Ich habe nichts zu verbergen.« Er lachte von neuem und goß sich noch einen ein.

Ernst leckte sich die Lippen, seine Augen hingen an dem Glas. Nach Rolf Perssons Fahne zu urteilen, war das hier nicht der erste Schnaps des Tages. Da er Kühe hatte, die gemolken werden mußten, war er schon ein paar Stunden auf den Beinen, und wenn man es großzügig rechnete, konnte man mit etwas gutem Willen sagen, daß jetzt für Persson ungefähr Mittag war. Aber auch bei einer so entgegenkommenden Zeitrechnung war es vielleicht doch etwas früh für Alkohol, fand Gösta. Ernst schien ihm da nicht zuzustimmen.

»Ich habe es bis, ja, ungefähr 84, 85 benutzt, glaube ich. Dann hat da irgendein verdammtes Umweltamt herausgefunden, daß es ›negative Auswirkungen auf das ökologische Gleichgewicht‹ haben würde«, er sprach mit gellender Stimme und zeichnete mit den Fingern Anführungsstriche in die Luft. »Also da mußte man dann zu einem zehnmal schlechteren Dünger wechseln, der außerdem noch zehnmal so teuer war. Verdammte Idioten.«

»Wie lange hast du den Dünger benutzt?«

»Tja, gut zehn Jahre vielleicht. Die genauen Jahreszahlen habe ich sicher in den Büchern, aber ich glaube, seit etwa Mitte der Siebziger. Warum interessiert euch das?« Er schielte Ernst und Gösta mißtrauisch an.

»Das hat mit einer Ermittlung zu tun, die wir gerade durchführen.«

Gösta sagte nicht mehr, aber er sah, daß dem Bauern langsam ein Licht aufging.

»Das hat mit den Mädchen zu tun, stimmt's? Mit den Mädchen aus der Königsschlucht? Und diesem verschwundenen Mädel? Glaubt ihr, daß ich was damit zu tun habe? Hä, bildet ihr euch das ein? Nein, jetzt reicht's aber.«

Er stand etwas wacklig vom Tisch auf. Rolf Persson war ein kräftiger Kerl. Nichts vom körperlichen Verfall des Alters war ihm anzusehen, und die Oberarme zeichneten sich stark und sehnig unter dem Hemd ab. Ernst hob abwehrend die Hände und stand ebenfalls auf. In solchen Situationen konnte einem Ernst wirklich von Nutzen sein, dachte Gösta dankbar. Er lebte für solche Augenblicke.

»Jetzt beruhigen wir uns aber. Es gibt eine Spur, der wir zu folgen haben, und wir müssen auch noch andere besuchen. Es gibt keinen Grund, anzunehmen, daß man verdächtig ist. Aber wir würden uns gern ein bißchen umsehen. Nur um dich von der Liste streichen zu können.«

Der Bauer wirkte noch immer mißtrauisch, aber nickte dann. Gösta nutzte die Gelegenheit, um einzuschieben: »Dürfte ich mal die Toilette benutzen?«

Seine Blase war nicht mehr die brauchbarste. Rolf Persson nickte und wies auf eine Tür mit den Buchstaben »WC«.

»Ja, zum Henker, die Leute klauen wie die Raben. Was sollen

redliche Leute wie du und ich …«, unterbrach sich Ernst schuldbewußt, als Gösta nach wohlverrichteter Tat zurückkam. Ein leeres Glas vor dem Kollegen verriet, daß ihm der Schnaps eingeschenkt worden war, nach dem es ihn gelüstet hatte, und er und der Bauer wirkten wie gute alte Freunde.

Eine halbe Stunde später fand Gösta den Mut, den Kollegen auszuschimpfen. »Pfui Teufel, stinkst du nach Schnaps. Wie willst du mit der Fahne an Annika vorbeikommen?«

»Äh, was willst du, Flygare. Sei nicht so 'n verdammter Pedant. Ich hab doch nur 'nen Kurzen gebechert, da ist ja wohl nichts dabei. Und es ist schließlich unhöflich, abzulehnen, wenn einem was angeboten wird.«

Gösta schnaubte nur verächtlich, aber kommentierte die Sache nicht weiter. Er fühlte sich entmutigt. Der halbstündige Rundgang durch den Besitz des Bauers hatte nicht das geringste ergeben. Es fand sich nicht die Spur irgendeines Mädchens und übrigens auch nicht eines kürzlich ausgehobenen Grabes, und der Morgen kam ihm vergeudet vor. Ernst und der Bauer waren jedoch in der kurzen Zeit, die Gösta seine Blase geleert hatte, Freunde geworden und hatten während des gesamten Rundgangs über alles mögliche geplaudert. Gösta war persönlich der Meinung, daß es richtiger gewesen wäre, etwas mehr Abstand zu Personen, die in einer Mordsache eventuell verdächtig waren, zu halten, aber Lundgren folgte wie üblich seinen eigenen Gesetzen.

»Was Brauchbares hat dieser Persson wohl nicht gesagt?«

Ernst atmete in seine gewölbte Hand, um den Geruch zu überprüfen. Er ignorierte die Frage zunächst. »Du, Flygare, kannst du hier nicht mal halten, ich will mir da solche Lutschdragees holen.«

Verärgert bog Gösta in die Tankstelle ein und wartete im Auto, während Ernst in den Laden eilte, um was zu kaufen, das dem Problem mit seiner Fahne abhelfen konnte. Erst als sie wieder weiterfuhren, antwortete er auf Göstas Frage.

»Nein, da waren wir gehörig auf dem Holzweg. Verdammt netter Kerl, wirklich. Ich könnte schwören, daß er nichts damit zu tun hat. Nein, diese Theorie können wir sofort kippen. Die

Sache mit dem Dünger ist ja bestimmt auch nur eine falsche Fährte. Diese blöden Gerichtstechniker hocken doch nur den ganzen Tag auf ihrem Hintern und analysieren sich total kaputt, während wir, die draußen in der Wirklichkeit arbeiten, zu sehen kriegen, wie lächerlich ihre Theorien sind. DNA, einzelne Haare, Dünger, Reifenabdrücke und was es sonst noch alles ist, mit dem sie da rumpuzzeln. Nein, Flygare, da lob' ich mir doch eine ordentliche Tracht Prügel an der richtigen Stelle, damit kannst du es schaffen, daß sich ein Fall wie ein Buch öffnet.« Er ballte die Faust, um zu demonstrieren, was er meinte, und zufrieden damit, wirklich mal gezeigt zu haben, wer hier was von Polizeiarbeit verstand, lehnte er den Kopf nach hinten und schloß für ein Weilchen die Augen.

Gösta fuhr schweigend weiter in Richtung Tanumshede. Er teilte die Ansichten seines Kollegen keinesfalls.

Die Neuigkeit war am gestrigen Abend auch zu Gabriel gedrungen. Alle drei saßen wortlos am Frühstückstisch, jeder in seine Gedanken versunken. Linda war zur großen Verwunderung der Eltern am Abend zuvor mit ihren Schlafsachen aufgetaucht und hatte sich ohne ein Wort in ihr Zimmer, das immer bereitstand, zurückgezogen.

Zögernd brach Laine das Schweigen. »Wie schön, daß du nach Hause gekommen bist, Linda.«

Linda murmelte irgend etwas zur Antwort, den Blick fest auf das Brot gerichtet, das sie gerade mit Butter beschmierte.

»Sprich lauter, Linda, es ist unhöflich, so zu brummeln.«

Gabriel erntete einen vernichtenden Blick von Laine, aber das interessierte ihn nicht weiter. Das hier war sein Haus, und er hatte nicht vor, dieser Göre Honig ums Maul zu schmieren für das zweifelhafte Vergnügen, sie ein Weilchen hier haben zu dürfen.

»Ich habe gesagt, daß ich nur eine Nacht oder zwei hier bleibe, dann gehe ich wieder zurück nach Västergården. Brauchte nur ein bißchen Tapetenwechsel. Die ganze Zeit dieses verdammte Hallelujagequatsche. Und man kommt ja völlig runter, wenn man sieht, was da mit den Kindern abläuft. Ziemlich scheiße, finde ich, wenn die Gören da rumlaufen und von Jesus quasseln ...«

»Ja, ich habe Jacob gesagt, daß sie meiner Meinung nach vielleicht ein bißchen zu streng mit den Kindern sind. Aber sie meinen es nur gut. Und der Glaube ist für Jacob und Marita wichtig, das müssen wir respektieren. Ich weiß zum Beispiel, daß Jacob sehr empört wäre, wenn er dich so fluchen hören würde. Das ist wirklich keine Sprache, die sich für eine junge Dame ziemt.«

Linda verdrehte gereizt die Augen. Sie hatte nur ein Weilchen von Johan wegkommen wollen, hier würde er nicht anzurufen wagen. Aber schon ging ihr das Gemecker auf die Nerven. Sie würde wohl doch heute abend wieder zum Bruder ziehen. Hier hielt man es einfach nicht aus.

»Ja, ich nehme an, daß du bei Jacob von der Exhumierung gehört hast. Papa hat ja gestern dort angerufen und es sofort erzählt, als die Polizei ihn benachrichtigt hat. Was das wieder für ein Blödsinn ist! All das soll angeblich nur was sein, das Ephraim ausgeheckt hat, damit es so aussieht, als ob Johannes tot ist. Das ist das Absurdeste, was ich je gehört habe!«

Flammend rote Flecken waren auf Laines weißer Brust erschienen. Sie fummelte unentwegt an ihrer Perlenkette herum, und Linda mußte sich beherrschen, um sie ihr nicht vom Hals zu reißen und ihr diese Scheißperlen ins Maul zu stopfen.

Gabriel räusperte sich und mischte sich mit entschiedener Stimme in die Diskussion. Die ganze Geschichte mit der Exhumierung ging ihm gegen den Strich. Sie brachte ihn aus dem Konzept und wirbelte in seiner wohlgeordneten Welt Staub auf, was ihm ganz und gar nicht gefiel. Er glaubte nicht einen Augenblick lang, daß die Polizei einen Grund für ihre Behauptungen hatte, aber nicht das war das Problem. Auch war es nicht der Gedanke, daß die letzte Ruhe seines Bruders gestört wurde, selbst wenn das natürlich keine angenehme Vorstellung war. Nein, ihm ging es um die Unordnung, die mit dieser Prozedur einherging. Särge sollten in die Erde gelassen und nicht wieder herausgeholt werden. Gräber, die einmal gegraben worden waren, sollte man nicht mehr anrühren, und Särge, die einmal geschlossen worden waren, sollten geschlossen bleiben. So hatte es zu sein. Debet und Kredit. Vollkommene Ordnung.

»Ja, ich finde es etwas seltsam, daß die Polizei derart eigenmächtig vorgehen kann. Ich möchte nicht wissen, wie man es gedreht hat, um die Erlaubnis für so eine Sache zu bekommen, aber dem werde ich auf den Grund gehen, glaube mir. Wir leben doch schließlich nicht in einem Polizeistaat.«

Wieder murmelte Linda etwas auf ihren Teller hinunter.

»Entschuldige, Schatz, was sagst du?« Laine wandte sich an Linda.

»Ich habe gesagt, solltet ihr nicht wenigstens mal daran denken, wie das für Solveig, Robert und Johan sein muß? Könnt ihr euch nicht vorstellen, was das für ein Gefühl für sie ist, daß Johannes auf solche Weise ausgegraben wird? Aber nein, ihr sitzt nur da und redet davon, wie leid ihr euch selber tut. Denkt vielleicht ausnahmsweise mal an andere!«

Sie warf die Serviette auf den Teller und ging vom Tisch. Laines Hände fuhren wieder zur Kette hoch, und sie schien sich nicht schlüssig, ob sie der Tochter nachgehen sollte. Ein Blick von Gabriel hinderte sie daran.

»Ja, mir ist ja klar, wo sie dieses Überspannte herhat.«

Sein Ton war vorwurfsvoll. Laine sagte kein Wort.

»Diese Frechheit, uns vorzuwerfen, wir würden uns nicht darum kümmern, wie die Sache auf Solveig und die Jungs wirkt. Es ist doch wohl klar, daß wir das tun, aber sie haben schließlich immer wieder gezeigt, daß sie keinen Wert auf unsere Sympathie legen, und wie man sich bettet, so liegt man …«

Manchmal haßte Laine ihren Mann. Er saß da so selbstgefällig und aß sein Ei mit bestem Appetit. Sie stellte sich vor, wie sie zu ihm hinging, seinen Teller nahm und ihm denselben langsam gegen die Brust drückte. Statt dessen begann sie den Tisch abzuräumen.

8

Sommer 1979

Sie teilten jetzt den Schmerz. Wie siamesische Zwillinge drückten sie sich aneinander in einem symbiotischen Verhältnis, das aus gleichen Teilen Liebe und Haß bestand. Einerseits lag Sicherheit darin, hier unten im Dunkeln nicht allein sein zu müssen. Andererseits entstand Feindschaft aus dem Wunsch, davonzukommen und daß es die andere sein möge, der er bei seinem nächsten Kommen Schmerz zufügte.

Sie sprachen nicht viel. Die Stimmen hallten allzu schaurig in der Blindheit der Unterwelt. Wenn sich die Schritte von neuem näherten, fuhren sie auseinander, flohen die Haut der anderen, ihren einzigen Schutz in Kälte und Dunkelheit. Jetzt ging es nur um die Flucht vor dem Schmerz. Und sie wandten sich gegeneinander in dem Kampf, die andere zuerst in die Hände des Bösen zu geben.

Diesmal gewann sie, und sie hörte, wie das Schreien begann. Auf eine Weise war es fast genauso schlimm, diejenige zu sein, die dem Schlimmen entgangen war. Das Geräusch brechender Knochen hatte sich ihr tief eingeprägt, und sie litt jeden Schrei der anderen in ihrem gemarterten Leib. Sie wußte auch, was nach den Schreien kam. Da verwandelten sich diese Hände, die gezerrt und gerissen, gestochen und geschlagen hatten, und legten sich statt dessen warm und zärtlich auf die Stelle, wo der Schmerz am stärksten war. Diese Hände kannte sie jetzt ebensogut wie ihre eigenen. Sie waren groß und stark, doch zugleich weich, ohne jede Unebenheit und Schrundigkeit. Die Finger waren lang, empfindsam wie die eines Pianisten, und obwohl sie dieselben nie gesehen hatte, sah sie deren Bild deutlich vor ihrem inneren Auge.

Jetzt verstärkten sich die Schreie, und sie wünschte, sie könnte ihre Arme heben, um sich die Ohren zuzuhalten. Aber die Arme hingen schlaff und unbrauchbar an ihr herunter und weigerten sich, ihren Anweisungen zu folgen.

Als die Schreie verstummt waren und die kleine Luke über ihrem Kopf sich öffnete und schloß, kroch sie über die kalte, feuchte Unterlage hinüber zur Quelle der Schreie.

Jetzt war die Zeit des Trostes gekommen.

Als der Sargdeckel zur Seite glitt, war es vollkommen still. Patrik ertappte sich dabei, wie er den Kopf drehte und einen unruhigen Blick auf die Kirche warf. Er wußte nicht, was er erwartete. Vielleicht einen Blitz vom Kirchturm, der bei ihrem ketzerischen Tun mitten zwischen ihnen einschlug. Doch nichts dergleichen geschah.

Als Patrik das Skelett im Sarg erblickte, sank ihm das Herz. Er hatte sich geirrt.

»Tja, Hedström. Das war ein verdammtes Chaos, was du hier angerichtet hast.«

Mellberg schüttelte bedauernd den Kopf und erreichte mit diesem einzigen Satz, daß Patrik sich fühlte, als läge sein Kopf auf dem Richtblock. Aber sein Chef hatte schließlich recht. Es war ein verdammtes Chaos.

»Dann nehmen wir ihn also mit, um festzustellen, daß es auch der richtige Kerl ist. Aber da wird es ja wohl kaum Überraschungen geben. Denn du hast ja wohl nicht irgendwelche Theorien über vertauschte Leichen oder ähnliches …«

Patrik schüttelte nur den Kopf. Er vermutete, daß er bekam, was er verdiente. Die Spurensicherung machte ihre Arbeit, und als das Skelett kurze Zeit später unterwegs nach Göteborg war, setzten sich Patrik und Martin ins Auto, um zurück zur Dienststelle zu fahren.

»Du hättest ja recht haben können. So weit hergeholt war die Sache nicht.«

Martins Stimme klang tröstend, aber Patrik schüttelte nur den Kopf.

»Nein, du hattest recht. Meine Konspirationsideen waren ein bißchen zu gewaltig, als daß sie besonders glaubhaft schienen. Ich vermute, daß ich die Sache hier lange ausbaden muß.«

»Ja, damit mußt du wohl rechnen«, sagte Martin mitfühlend. »Aber sieh es doch mal so. Hättest du damit leben können, wenn du davon Abstand genommen hättest und dir hinterher vielleicht zu Ohren gekommen wäre, daß du recht gehabt hast und die Sache Jenny Möller das Leben gekostet hat? Jetzt hast du es wenigstens versucht, und wir müssen weiter sämtliche Ideen verfolgen, die wir haben, egal, ob sie verrückt sind oder nicht. Das ist unsere einzige Chance, das Mädchen rechtzeitig zu finden.«

»Wenn es nicht schon zu spät ist«, sagte Patrik düster.

»Siehst du, genau so dürfen wir nicht denken. Sie wurde noch nicht tot gefunden, also lebt sie. Eine andere Alternative gibt es nicht.«

»Du hast recht. Ich weiß nur nicht, welchen Weg ich jetzt einschlagen soll. Wo sollen wir suchen? Wir kommen ja ständig auf diese verdammte Familie Hult zurück, aber nie ist es konkret genug, als daß wir der Spur folgen könnten.«

»Wir haben den Zusammenhang zwischen den Morden an Siv, Mona und Tanja.«

»Und nichts, was darauf hindeutet, daß Jennys Verschwinden auch damit zusammenhängt.«

»Nein«, gab Martin zu. »Aber das spielt ja eigentlich keine Rolle, oder? Die Hauptsache ist doch, daß wir alles nur Mögliche tun, um nach Tanjas Mörder und nach dem, der Jenny entführt hat, zu suchen. Ob es ein und dieselbe Person ist oder ob es zwei verschiedene sind, wird sich später zeigen. Aber wir tun alles, was wir können.«

Martin betonte jedes Wort des letzten Satzes und hoffte, daß das, was er meinte, bei Patrik ankommen würde. Er verstand, warum der sich nach der mißglückten Exhumierung selbst angriff, aber gerade jetzt konnten sie einen Fahndungsleiter mit mangelndem Selbstvertrauen nicht gebrauchen. Er mußte an das, was sie machten, glauben.

Als sie zum Revier zurückkamen, stoppte Annika sie schon in der Rezeption. Sie hielt den Telefonhörer in der Hand, hielt die Sprechmuschel aber zu, so daß die Person am anderen Ende nicht hören konnte, was sie zu Patrik und Martin sagte.

»Patrik, es ist Johan Hult. Ihm ist ungeheuer daran gelegen, dich zu sprechen. Soll ich ihn in dein Zimmer legen?«

Er nickte und ging rasch hinüber zu seinem Schreibtisch. Eine Sekunde darauf klingelte das Telefon.

»Patrik Hedström.«

Er hörte interessiert zu, unterbrach mit ein paar Fragen und lief dann mit frischer Energie zu Martin.

»Los, Molin, wir müssen nach Fjällbacka.«

»Aber da sind wir doch gerade hergekommen. Wohin wollen wir denn jetzt?«

»Wir werden uns ein bißchen mit Linda Hult unterhalten. Ich glaube, da gibt es was Interessantes, etwas richtig Interessantes.«

Erica hatte gehofft, daß die Gäste, genau wie die Familie Flood, sich tagsüber aufs Meer hinausbegeben wollten, so daß sie die Leute wenigstens los war. Aber sie hatte sich geirrt.

»Madde und ich sind nicht sehr fürs Meer. Wir leisten dir lieber hier im Garten Gesellschaft. Die Aussicht ist ja so wundervoll.«

Jörgen blickte froh auf die Inseln hinaus und bereitete sich auf einen Tag in der Sonne vor. Erica bemühte sich, nicht zu lachen. Er sah völlig unmöglich aus. War bleich wie eine Aspirin, und anscheinend gedachte er dieses Aussehen zu behalten. Er war von Kopf bis Fuß mit Sonnenschutzcreme eingeschmiert, was ihn noch weißer wirken ließ, und die Nase war mit irgendeiner neonfarbenen Schmiere bedeckt, die noch extra schützen sollte. Ein großer Sonnenhut vervollständigte den Look, und nach einer halben Stunde Herumwirtschaftens ließ er sich, zufrieden seufzend, neben seiner Frau in einen der Liegestühle sinken, die Erica sich genötigt gesehen hatte, für die beiden herauszustellen.

»Aaah, das hier ist wirklich das Paradies, stimmt's, Madde?«

Er schloß die Augen, und Erica dachte dankbar, sie könnte sich für ein Weilchen verdrücken. Da öffnete er ein Auge: »Wäre es sehr unverschämt, dich um etwas zu trinken zu bitten? Ein großes Glas Saft käme wirklich genau richtig. Madde will bestimmt auch eins.«

Seine Frau nickte nur, ohne überhaupt hochzuschauen.

Gleich nachdem sie in den Garten gekommen war, hatte sie sich in ein Buch über das Steuerrecht vertieft, und auch sie schien panische Angst vor jeder Form von Sonnenbräune zu haben. Hosen bis zu den Knöcheln und eine langärmlige Bluse verhinderten diese Möglichkeit. Außerdem hatte auch sie einen Sonnenhut auf und neonfarbene Creme auf der Nase. Als sie da so nebeneinander saßen, wirkten sie wie zwei Aliens, die auf Ericas und Patriks Rasen gelandet waren.

Erica watschelte ins Haus, nahm den Sirup und bereitete den Saft zu. Sie würde alles nur Erdenkliche tun, wenn sie nur nicht mit diesen Leuten zusammen sein mußte. Die Gäste waren die mit Abstand langweiligsten Menschen, die ihr je begegnet waren. Wenn sie gestern abend hätte wählen können, ob sie sich mit ihnen beschäftigen oder lieber zugucken wollte, wie frische Farbe trocknete, so hätte es keinen Zweifel gegeben, wie ihre Wahl ausgefallen wäre. Bei Gelegenheit wollte sie Patriks Mutter ein paar deutliche Worte sagen, weil sie ihre Telefonnummer so großzügig weitergegeben hatte.

Patrik konnte der Sache wenigstens ein Weilchen entkommen, indem er zur Arbeit ging. Aber sie sah ihm an, daß er angeschlagen war. Sie hatte ihn nie so betroffen gesehen, so gehetzt, schnell ein Ergebnis zu erzielen. Früher hatte auch nie so viel auf dem Spiel gestanden.

Sie wünschte, daß sie ihn mehr unterstützen könnte. Bei den Ermittlungen zum Tod ihrer Freundin Alex hatte sie der Polizei in mehreren Fällen behilflich sein können, aber damals hatte sie eine persönliche Verbindung zu der Sache gehabt. Jetzt war sie außerdem durch ihre gewaltige Leibesfülle behindert. Ihr Bauch und die Hitze waren eine Verschwörung eingegangen, um sie zum erstenmal in ihrem Leben zu völliger Untätigkeit zu verdammen. Außerdem war ihr so, als funktionierte ihr Gehirn nur noch eindimensional. Alle ihre Gedanken waren auf das Kind in ihrem Bauch und die Herkulesleistung ausgerichtet, die in nicht allzu ferner Zukunft von ihr erwartet wurde. Störrisch weigerte sich ihr Hirn, sich längere Zeit auf etwas anderes zu konzentrieren, und sie staunte über die Mütter, die bis zum letzten Tag vor der Entbindung arbeiteten. Vielleicht war ja sie es, die anders war, aber je weiter die Schwangerschaft fortschritt, um so mehr hatte sie sich zu einem brütenden, pulsierenden, nährenden Fortpflanzungsorganismus reduziert gefühlt. Jede Faser ihres Körpers war darauf eingestellt, das Kind zu gebären, und deshalb erschienen ihr Eindringlinge noch lästiger als gewöhnlich. Sie störten ganz einfach ihre Konzentration. Jetzt konnte sie überhaupt nicht begreifen, warum sie dieses Allein-zu-Hause-Sein so rastlos gemacht hatte. Nun kam es ihr wie das reinste Paradies vor.

Seufzend füllte sie einen großen Krug mit Saft, tat Eiswürfel hinein und trug ihn zusammen mit zwei Gläsern hinaus zu den Marsmenschen auf dem Rasen.

Ein rascher Besuch in Västergården ergab, daß Linda nicht dort war. Marita sah verwundert aus, als die beiden Polizeibeamten auftauchten, aber fragte nicht ausdrücklich, sondern verwies sie statt dessen auf den Gutshof. Zum zweitenmal innerhalb kurzer Zeit fuhr Patrik die lange Allee entlang. Von neuem fiel ihm auf, wie schön es dort war. Er sah, daß Martin neben ihm der Mund offenstand.

»Mann, daß manche Leute so herrlich wohnen können!«

»Ja, manch einer hat es gut«, sagte Patrik.

»Und in diesem großen Haus wohnen also nur zwei Personen?«

»Drei, wenn man Linda mitrechnet.«

»Ja, wahrhaftig kein Wunder, wenn in Schweden Wohnungsnot herrscht«, sagte Martin.

Diesmal öffnete Laine auf ihr Klingeln. »Womit kann ich Ihnen behilflich sein?«

Hörte Patrik da Unruhe in ihrer Stimme?

»Wir möchten zu Linda. Wir waren auf Västergården, aber Ihre Schwiegertochter sagte, daß sie hier ist.« Martin nickte unbestimmt in die Richtung, wo Västergården lag.

»Was wollen Sie von ihr?« Gabriel tauchte hinter Laine auf, die die Tür immer noch nicht weit genug geöffnet hatte, um sie eintreten zu lassen.

»Wir haben ein paar Fragen an sie.«

»Hier werden keine Fragen an meine Tochter gestellt, ohne daß wir erfahren, worum es geht.« Gabriel kehrte den großen Herrn heraus und machte sich bereit, seine Brut zu verteidigen.

Als Patrik Argumente vorbringen wollte, bog Linda um die Ecke des Gutshauses. Sie war in Reitkleidung und schien auf dem Weg in den Stall.

»Wollt ihr zu mir?«

Patrik nickte, erleichtert darüber, der direkten Konfrontation mit ihrem Vater zu entgehen. »Ja, wir haben ein paar Fragen an dich. Willst du, daß wir ins Haus gehen, oder sollen wir hier draußen reden?«

Gabriel unterbrach ihn: »Worum geht es, Linda? Hast du was angestellt, das wir wissen sollten? Wir wollen nicht zulassen, daß die Polizei dich ausfragt, ohne daß wir dabei sind, nur damit du Bescheid weißt!«

Linda, die plötzlich wie ein ängstliches kleines Mädchen wirkte, nickte nur schwach. »Wir können nach drinnen gehen.«

Lustlos folgte sie Martin und Patrik ins Haus und bis ins Wohnzimmer. Die Möbel schienen ihr egal zu sein, und sie setzte sich in den nach Pferden stinkenden Sachen aufs Sofa. Laine konnte nicht umhin, die Nase zu rümpfen, und betrachtete unruhig den weißen Bezug. Linda starrte trotzig zurück.

»Ist es okay, daß wir dir in Anwesenheit deiner Eltern ein paar Fragen stellen? Wäre es ein regelrechtes Verhör, könnten wir ihnen die Teilnahme nicht verweigern, weil du ja noch nicht volljährig bist, aber jetzt wollen wir nur etwas wissen ...«

Gabriel schien bereit, sich in eine erneute Diskussion zu stürzen, aber Linda zuckte nur mit den Schultern. Einen Moment lang meinte Patrik zu sehen, daß sich eine gewisse erwartungsvolle Befriedigung in ihre Nervosität mischte. Aber die verschwand sofort wieder.

»Wir haben gerade einen Anruf von Johan Hult bekommen, deinem Cousin. Weißt du, worum es dabei gegangen sein könnte?«

Sie zuckte wieder nur die Schultern und fummelte desinteressiert an ihren Nägeln herum.

»Ihr habt euch ja wohl ziemlich häufig getroffen?«

Patrik ging vorsichtig vor, Schritt für Schritt. Johan hatte so einiges über die Beziehung zwischen den beiden gesagt, und Patrik begriff, daß die Neuigkeit von Gabriel und Laine nicht gut aufgenommen werden würde.

»Stimmt schon, wir haben uns wohl ziemlich oft gesehen.«

»Verdammt, was sagst du da?«

Laine und auch Linda fuhren zusammen. Wie der Sohn benutzte auch Gabriel nie irgendwelche Kraftausdrücke. Sie konnten sich nicht erinnern, so etwas schon einmal von ihm gehört zu haben.

»Was ist, ich darf ja wohl treffen, wen ich will. Das bestimmst ja wohl nicht du.«

Patrik unterbrach die Diskussion, bevor sie ausarten konnte: »Es ist uns egal, wann ihr euch getroffen habt und wie oft, das darfst du, was uns angeht, gern für dich behalten, aber es gibt einen Zeitpunkt, an dem wir sehr interessiert sind. Johan sagte, ihr hättet euch an einem Abend vor ungefähr zwei Wochen getroffen, auf dem Heuboden der Scheune von Västergården.«

Gabriel wurde vor Zorn hochrot im Gesicht, aber sagte nichts, sondern wartete gespannt auf Lindas Antwort.

»Ja, das ist möglich. Wir haben uns dort mehrmals getroffen, also kann ich nicht genau sagen, wann es war.«

Noch immer pulte sie mit großer Konzentration an ihren Nägeln und sah keinen der Erwachsenen um sich herum an.

Martin machte da weiter, wo Patrik aufgehört hatte: »An diesem Abend habt ihr etwas Besonderes gesehen, wie Johan sagte. Du weißt immer noch nicht, was wir meinen?«

»Da ihr es ja anscheinend wißt, könnt ihr es mir ja vielleicht verraten?«

»Linda! Mach die Sache durch Aufsässigkeit jetzt nicht noch schlimmer. Sei so gut und antworte der Polizei auf ihre Fragen. Wenn du weißt, wovon der Mann spricht, dann sage es. Aber wenn es irgend etwas ist, worin dich dieser ... Strolch verwikkelt hat, dann werde ich ihn ...«

»Du, du hast doch nicht die geringste Ahnung von Johan. Du bist so verdammt scheinheilig, aber ...«

»Linda …« Laines Stimme unterbrach sie warnend. »Mach es jetzt nicht noch schlimmer für dich. Tu, was Papa sagt, und antworte der Polizei auf ihre Fragen, über das andere können wir später reden.«

Nach kurzem Überlegen schien Linda der Ermahnung ihrer Mutter folgen zu wollen und fuhr mürrisch fort: »Ich vermute, Johan hat gesagt, wir haben dieses Mädchen gesehen?«

»Was für ein Mädchen?« In Gabriels Gesicht stand Verwunderung geschrieben.

»Na die, das deutsche Mädchen, das ermordet worden ist.«

»Ja, das hat Johan zu uns gesagt«, bestätigte Patrik. Dann wartete er schweigend, was Linda noch erzählen würde.

»Ich bin überhaupt nicht so sicher wie Johan, daß sie es gewesen ist. Wir haben das Foto auf den Aushängen gesehen, und das war schon ähnlich, nehme ich an, aber es muß ja wohl Massen von Mädchen geben, die ungefähr so aussehen. Und was sollte die auch auf Västergården gewollt haben? Der Hof liegt ja nicht gerade da, wo die Touristen langziehen.«

Martin und Patrik ignorierten die Frage. Sie wußten genau, welche Angelegenheit Tanja nach Västergården geführt hatte. Nämlich der einzigen Spur zu folgen, die es beim Verschwinden ihrer Mutter gab – zu Johannes Hult.

»Wo waren Marita und die Kinder an jenem Abend? Johan sagte, zu Hause seien sie nicht gewesen, aber er wußte nicht, wo sie waren.«

»Sie waren ein paar Tage zu Maritas Eltern gefahren, nach Dals-Ed.«

»Jacob und Marita machen das manchmal so«, erklärte Laine. »Wenn Jacob ein bißchen Ruhe braucht, um am Haus zu bauen, besucht Marita für kurze Zeit ihre Eltern. Dann haben die auch etwas mehr von den Kindern. Wir wohnen ja so nahe, also sehen wir sie so gut wie jeden Tag.«

»Wir lassen mal außer acht, ob es Tanja Schmidt war oder nicht, die du da gesehen hast, aber kannst du uns dieses Mädchen beschreiben?«

Linda zögerte. »Dunkelhaarig, normal gebaut. Die Haare schulterlang. Einfach wie viele. Nicht besonders hübsch«, fügte sie mit der Überheblichkeit derjenigen hinzu, die wußte, daß sie mit einem vorteilhaften Äußeren geboren war.

»Und was hatte sie an?« Martin beugte sich vor, um den Blick dieser Teenagerin einzufangen. Es mißlang.

»Also, das weiß ich nicht mehr richtig. Es ist ja schon so zwei Wochen her, und es wurde draußen auch langsam dunkel ...«

»Versuch es«, forderte Martin sie auf.

»So was wie Jeans, glaube ich. Irgend 'ne Art enges T-Shirt und 'ne Strickjacke. Blaue Jacke und weißes T-Shirt, glaube ich, oder war's umgekehrt? Und dann, ja, 'ne rote Schultertasche.«

Patrik und Martin wechselten einen Blick. Sie hatte genau die Kleidung beschrieben, die Tanja Schmidt am Tag ihres Verschwindens getragen hatte. Und das T-Shirt war weiß und die Jacke blau gewesen und nicht umgekehrt.

»An welchem Zeitpunkt des Abends habt ihr sie gesehen?«

»Ziemlich früh, glaube ich. Vielleicht gegen sechs.«

»Hast du gesehen, ob Jacob sie ins Haus gelassen hat?«

»Es machte jedenfalls keiner auf, als sie geklopft hat. Dann ging sie ums Haus herum, und da konnten wir sie nicht länger sehen.«

»Habt ihr beobachtet, ob sie weggegangen ist?« fragte Patrik.

»Nein, die Straße ist von der Scheune aus nicht zu sehen. Und ich bin, wie gesagt, nicht so sicher wie Johan, daß es genau dieses Mädchen gewesen ist.«

»Hast du eine Idee, wer es sonst gewesen sein könnte? Ich meine, in Västergården kommen ja wohl nicht so viele Fremde vorbei?«

Ein weiteres sichtlich gleichgültiges Achselzucken. Nach einer Weile Schweigen antwortete sie: »Nein, keine Ahnung, wer das gewesen sein könnte. Aber vielleicht wollte ja jemand was verkaufen, was weiß ich?«

»Aber Jacob hat später nichts von einem Besuch erzählt?«

»Nein.«

Sie fügte ihrer Antwort nichts weiter hinzu, und sowohl Patrik als auch Martin verstanden, daß das, was sie gesehen hatte, bedeutend beunruhigender für sie war, als sie vor ihnen zugeben wollte. Vielleicht auch vor ihren Eltern.

»Darf ich fragen, worauf Sie aus sind? Wie ich schon gesagt habe, gleicht das allmählich reiner Schikane gegenüber meiner Familie. Als ob es nicht schon schlimm genug wäre, daß Sie meinen Bruder ausgegraben haben! Und, wie war es damit eigentlich? War der Sarg leer, oder?«

Gabriels Ton klang höhnisch, und Patrik blieb nichts anderes übrig, als diesen Kritikpunkt hinzunehmen.

»Wir fanden eine Person im Sarg, ja. Vermutlich Ihren Bruder Johannes.«

»Vermutlich.« Gabriel schnaubte verächtlich und verschränkte die Arme vor der Brust.

»Wollen Sie sich nun auch über den armen Jacob hermachen?«

Laine sah ihren Mann entsetzt an. Es war, als würde sie erst jetzt die Konsequenzen aus den Fragen der Polizeibeamten begreifen. »Sie glauben doch wohl nicht, daß Jacob ...!« Ihre Hände fuhren zur Kehle hoch.

»Im Moment glauben wir gar nichts, aber wir sind ungemein interessiert zu erfahren, wo und wie Tanja gesehen worden ist, bevor sie verschwand, also kann Jacob ein wichtiger Zeuge sein.«

»Zeuge! Sie versuchen das hübsch zu verpacken, das muß ich Ihnen lassen. Aber glauben Sie bloß nicht, daß wir auch nur einen Augenblick darauf hereinfallen. Sie versuchen das zu Ende zu führen, was Ihre Armleuchter von Kollegen schon 79 angefangen haben, und es spielt keine Rolle, wen Sie drankriegen, die Hauptsache, es ist ein Hult, oder? Zuerst versuchen Sie es so hinzubiegen, daß Johannes immer noch lebt und nach einer Pause von vierundzwanzig Jahren von neuem angefangen hat, Mädels umzubringen, und als sich dann herausstellt, daß er so tot ist, wie man nur sein kann, und daß er in seinem Sarg liegt, ja, da fallen Sie über Jacob her.«

Gabriel stand auf und zeigte auf die Tür. »Raus hier! Ich will Sie hier nicht noch einmal sehen, ohne daß sie die richtigen Papiere vorweisen können und ich unseren Anwalt angerufen habe. Bis dahin können Sie sich zum Teufel scheren!«

Die Flüche kamen ihm immer leichter über die Lippen, und

in den Mundwinkeln blubberten Speichelbläschen. Patrik und Martin verstanden, wann ihre Anwesenheit nicht länger erwünscht war, nahmen ihre Sachen und gingen zur Tür. Kurz bevor die Haustür mit dumpfem Krachen hinter ihnen zuschlug, hörten sie als letztes, wie Gabriel seine Tochter anschrie: »Und was, verdammt noch mal, hast du da getrieben?«

»Die stillsten Wasser …«

»Ja, wer hätte gedacht, was für ein Vulkan unter dieser Oberfläche brodelt«, sagte Martin.

»Obwohl ich ihn irgendwie verstehen kann. Aus seiner Perspektive gesehen, ist …« Patriks Gedanken gingen wieder zurück zu dem furiosen Fiasko dieses Morgens.

»Denk jetzt nicht mehr daran, habe ich doch gesagt. Du hast es so gut gemacht, wie du konntest, und es hat keinen Sinn, sich jetzt endlos weiter zu bemitleiden«, sagte Martin schroff.

Patrik schaute ihn verwundert an. Martin spürte seine Blicke und zuckte nur bedauernd die Achseln. »Entschuldige. Der Streß scheint auch mir langsam auf die Nerven zu gehen, nehme ich an.«

»Nein, nein. Du hast völlig recht. Das ist nicht die richtige Zeit, um mich selbst zu bedauern.« Er löste den Blick einen Moment von der Straße und schaute den Kollegen an. »Und bitte nie um Entschuldigung, bloß weil du ehrlich bist.«

»Okay.«

Ein Weilchen herrschte verlegenes Schweigen. Als sie an Fjällbackas Golfplatz vorbeikamen, sagte Patrik, um die Stimmung aufzulockern: »Willst du dir nicht bald mal die grüne Karte zulegen, dann können wir dort zusammen eine Runde spielen?«

Martin lächelte spöttisch. »Würdest du das wirklich wagen? Vielleicht erweise ich mich ja als Naturbegabung und fege dich von der Wiese.«

»Kann ich mir nicht vorstellen. Man ist schließlich selber ein kleines Ballwunder.«

»Ja, da müssen wir uns wohl beeilen, denn bald dürfte es eine Weile dauern, bis wir wieder ein paar Runden drehen können.«

»Wie meinst du das?« Patrik sah ehrlich verwundert aus.

»Du hast es vielleicht vergessen, aber in ein paar Wochen kommt da bei dir ein Kind. Dann bleibt nicht viel Zeit, sich mit so was abzugeben, verstehst du?«

»Äh, das regelt sich schon. Die Kleinen schlafen ja so viel, also die eine oder andere Golfrunde werden wir schon einschieben können. Und Erica versteht auch, daß ich manchmal was eigenes machen muß. Das haben wir so besprochen, als wir uns für ein Kind entschieden haben. Also die Voraussetzung muß sein, daß wir dem anderen Platz für eigene Dinge einräumen und nicht einfach nur Eltern sind.«

Als Patrik das Ende seiner Ausführungen erreicht hatte, waren Martins Augen voller Lachtränen. Er gluckste vor sich hin und schüttelte den Kopf.

»Ja, ja, bestimmt werdet ihr jede Menge Zeit für eure eigenen Dinge haben. Die Kleinen schlafen ja so viel«, äffte er Patrik nach, was ihn immer mehr zum Lachen brachte.

Patrik, dem bekannt war, daß Martins Schwester fünf Kinder hatte, sah ein bißchen nervös aus, und er fragte sich, was Martin wußte, das ihm selbst entgangen war. Doch bevor er noch fragen konnte, klingelte sein Handy.

»Hedström.«

»Hallo, hier ist Pedersen. Ist es gerade ungelegen?«

»Nein, überhaupt nicht. Warte nur einen Moment, dann werde ich irgendwo parken.«

Sie kamen gerade am Campingplatz von Grebbestad vorbei, was einen düsteren Schatten auf die Gesichter der Männer warf. Patrik fuhr ein paar hundert Meter weiter, bis er den Parkplatz am Anlegesteg von Grebbestad erreichte.

»Jetzt stehe ich. Habt ihr was gefunden?«

Er konnte den Eifer in seiner Stimme nicht verbergen, und Martin betrachtete ihn gespannt. Vor ihrem Auto strömten die Touristen vorbei, hinein in die Läden und Restaurants und wieder hinaus. Neidisch betrachtete Patrik all die glücklichen, unwissenden Gesichter.

»Ja und nein. Wir wollen uns das jetzt etwas genauer vornehmen, aber im Hinblick auf die Umstände dachte ich, daß es für dich recht schön sein könnte, wenn du erfährst, daß aus deiner, wie ich begriffen habe, etwas überstürzten Exhumierung etwas Gutes herausgekommen ist.«

Patrik hielt den Atem an.

»Als erstes, wir haben das mit der Zahnkarte überprüft, und der Mann im Sarg ist zweifellos Johannes Hult, also in dem Punkt kann ich dir leider nichts Interessantes mitteilen. Dagegen«, der Arzt konnte der Versuchung nicht widerstehen, eine Pause einzulegen und so die Wirkung noch zu erhöhen, »ist es der reinste Unsinn, daß er durch Erhängen gestorben ist. Viel eher ist der Grund für sein allzu frühes Hinscheiden der, daß er etwas Hartes auf den Hinterkopf bekommen hat.«

»Mensch, was sagst du da?« Martin fuhr heftig zusammen, als Patrik losschrie. »Was denn Hartes? Hat er einen Knüppel auf den Kopf bekommen, oder was heißt das?«

»Irgendwas in der Richtung. Aber er liegt jetzt gerade auf dem Tisch, sobald ich mehr weiß, rufe ich dich wieder an. Bevor ich die Möglichkeit hatte, mir alles im Detail anzusehen, kann ich leider nicht mehr sagen.«

»Ich bin dir dankbar, daß du so schnell angerufen hast. Melde dich, sobald du mehr weißt.«

Triumphierend klappte Patrik das Handy zu.

»Was hat er gesagt, was hat er gesagt?« Martins Neugier war kaum zu bremsen.

»Daß ich kein völliger Idiot bin.«

»Ja, um das festzustellen, braucht es ja wohl einen Arzt, aber was noch«, konterte Martin trocken, weil es ihm nicht gefiel, auf die Folter gespannt zu werden.

»Er hat gesagt, daß Johannes Hult ermordet worden ist.«

Martin senkte den Kopf auf die Knie und bearbeitete sein Gesicht in gespielter Verzweiflung mit beiden Händen. »Nein, also jetzt schmeiße ich meine Arbeit bei dieser verdammten Ermittlung hin. Das ist doch zu verrückt! Du sagst also, daß der Hauptverdächtige für Sivs und Monas Verschwinden, oder Tod, wie sich jetzt herausgestellt hat, selber ermordet worden ist?«

»Genau das sage ich. Und wenn Gabriel Hult glaubt, sein lautes Brüllen würde uns davon abhalten, in deren schmutziger

Wäsche zu wühlen, dann hat er sich gewaltig geirrt. Wenn irgend etwas beweist, daß bei der Familie Hult etwas unter den Teppich gekehrt wurde, dann wohl das hier. Jemand von denen weiß, wie und warum Johannes Hult ermordet worden ist und auf welche Weise das mit den Morden an den Mädchen zusammenhängt, da gehe ich jede Wette ein!« Er schlug die Faust in die Handfläche und spürte, daß seine morgendliche Niedergeschlagenheit von neuer Energie abgelöst wurde.

»Bleibt nur zu hoffen, daß wir das schnell genug lösen können. Wegen Jenny Möller«, sagte Martin.

Der Kommentar wirkte, als hätte man Patrik einen Eimer kaltes Wasser über den Kopf gekippt. Dieser Wettkampfinstinkt durfte nicht die Oberhand gewinnen. Patrik durfte nicht vergessen, weshalb sie ihre Arbeit taten. Sie blieben ein Weilchen sitzen und betrachteten die passierenden Leute. Dann startete Patrik den Wagen und fuhr weiter in Richtung Dienststelle.

Kennedy Karlsson glaubte, daß alles mit dem Namen angefangen hatte. Es gab eigentlich sonst nichts weiter, worauf man es schieben konnte. Viele der anderen Jungen hatten gute Entschuldigungen, zum Beispiel daß die Eltern soffen und ihre Kinder schlugen. Er selbst hatte irgendwie nur den Namen.

Seine Mutter hatte nach der Schule ein paar Jahre in den USA verbracht. Früher war es hier in der Gegend was Bedeutendes gewesen, wenn jemand in die Staaten fuhr. Doch Mitte der achtziger Jahre, als sich seine Mutter dorthin begab, war es lange her, daß ein Ticket in die USA nichts anderes als die Hinfahrt bedeutete. Viele hatten Kinder, die sich in die Großstadt oder ins Ausland aufmachten. Das einzige, was unverändert geblieben war, wenn jemand die Geborgenheit des kleinen Ortes verließ, war das Gerede, daß die Sache einfach nicht gutgehen konnte. Und im Fall seiner Mutter hatten die Leute auch irgendwie recht gehabt. Nach ein paar Jahren im Gelobten Land war sie mit ihm im Bauch zurückgekommen. Über seinen Vater hatte er nie etwas erfahren. Aber nicht einmal das war eine gute Entschuldigung. Schon bevor er geboren worden war, hatte seine Mutter Christer geheiratet, und der war genauso gut wie ein richtiger Papa. Nein, es war diese Sache mit dem Namen. Er vermutete, daß sie was Besonderes sein wollte, einfach zeigen wollte, daß sie, obwohl sie wie ein begossener Pudel nach Hause hatte zurückkommen müssen, doch in der großen weiten Welt gewesen war. Daran sollte er selbst erinnern. Also ließ sie sich keine Chance entgehen, den Leuten zu erzählen, daß ihr ältester Sohn nach John F. Kennedy genannt worden ist, »weil sie während ihrer Jahre in den USA diesen Mann so bewundert hatte«. Er fragte sich, warum sie ihn in diesem Fall nicht einfach hatte John nennen können.

Seinen Geschwistern hatten Mutter und Christer ein besseres Schicksal zugestanden. Für die reichten Namen wie Emelie, Mikael und Thomas. Normale, ordentliche schwedische Namen, wodurch er sich von dem Haufen noch deutlicher abhob. Daß sein Vater außerdem ein Schwarzer gewesen war, machte die Sache nicht besser, aber Kennedy glaubte trotzdem nicht, daß es das war, wodurch er so herausfiel. Es war dieser verdammte Name, da war er sich sicher.

Er hatte sich wirklich auf die Schule gefreut. Er konnte sich noch genau daran erinnern. An die Spannung, die Vorfreude und den Eifer, etwas Neues anzufangen, zu sehen, wie sich eine völlig neue Welt auftat. Es dauerte nur einen Tag oder zwei, bevor sie ihm den Eifer ausgeprügelt hatten. Wegen des verdammten Namens. Er lernte schnell, was für eine Sünde es war, sich von der Menge abzuheben. Ein komischer Name, eine merkwürdige Frisur, unmoderne Kleidung, egal, was. Das zeigte, daß man nicht wie die anderen war. In seinem Fall betrachtete man es außerdem als erschwerenden Umstand, daß er sich, nach Meinung der anderen, für was Besseres hielt, weil er einen so originellen Namen hatte. Als hätte er sich den selber ausgesucht. Wenn er hätte wählen können, hätte er so was wie Johan, Oskar oder Fredrik genommen. Einen Namen, der ihm automatisch Zutritt zur Gruppe gewährte.

Nach der Hölle schon zu Beginn der ersten Klasse war es einfach immer so weitergegangen. Die Sticheleien, die Schläge, das Ausgestoßensein führten dazu, daß er eine Mauer, hart wie Granit, um sich errichtet hatte, und bald folgten den Gedanken auch Taten. All der Zorn, den er innerhalb der Mauer angesammelt hatte, zischte durch kleine Öffnungen nach draußen, und diese Öffnungen wurden größer und größer, bis jeder seine Wut sehen konnte. Da war es dann zu spät. Da war die Schule geschmissen und das Vertrauen der Familie verloren, und die Freunde waren keine solchen Freunde, die man haben sollte.

Kennedy selbst hatte resigniert vor dem Schicksal, das ihm sein Name bereitet hatte. »Problemkind« stand ihm auf der Stirn geschrieben, und das einzige, was er tun mußte, war, diese Erwartungen zu erfüllen. Eine leichte, aber paradoxerweise dennoch schwere Art zu leben.

All das änderte sich, als er gegen seinen Willen auf den Hof in Bullaren kam. Das hatte man ihm zur Auflage gemacht, nachdem er wegen eines unglückseligen Autodiebstahls geschnappt worden war, und er hatte zu Beginn die Einstellung gehabt, sowenig wie möglich Widerstand zu leisten, um ganz schnell wieder von da wegzukommen. Dann war er Jacob begegnet. Und durch Jacob begegnete er Gott.

In seinen Augen waren die zwei aber fast ein und dasselbe.

Es war nicht durch irgendein Wunder geschehen. Er hatte keine donnernde Stimme von oben vernommen oder einen Blitz gesehen, der vor seinen Füßen eingeschlagen war, zum Beweis, daß ER existierte. Statt dessen war es durch die Stunden, die er mit Jacob verbracht hatte, durch ihre Gespräche gelungen, daß sich vor ihm allmählich das Bild von Jacobs Gott abzeichnete. Es war wie bei einem Puzzle, wo langsam das Bild entsteht, das auf dem Deckel der Schachtel zu sehen ist.

Zuerst war er dagegen angegangen. War abgehauen und hatte mit den Kumpels gewütet. Hatte sich fast totgesoffen und war schimpflich zurückgeschleppt worden, um tags darauf mit brummendem Schädel Jacobs sanftem Blick zu begegnen, der merkwürdigerweise nie vorwurfsvoll war.

Er hatte sich bei Jacob wegen der Sache mit dem Namen beklagt und erklärt, daß der an all den Fehlern schuld war, die er selbst gemacht hatte. Aber Jacob war es statt dessen gelungen, ihm zu erklären, daß dieser Name etwas Positives war, ein Zeichen dafür, wie sich sein Leben entwickeln sollte. Es war ein

Geschenk, das er erhalten hatte, erklärte Jacob. Daß er schon vom ersten Augenblick seiner Geburt an eine so einzigartige Identität bekommen hatte, konnte nur bedeuten, daß Gott ihn vor allen anderen auserwählt hatte. Der Name machte ihn zu etwas Besonderem, nicht zu etwas Merkwürdigem.

Mit demselben Eifer, den ein Ausgehungerter am Mittagstisch zeigt, hatte Kennedy all diese Worte aufgesogen. Langsam war ihm aufgegangen, daß Jacob recht hatte. Der Name war ein Geschenk. Er hob ihn aus der Menge heraus und zeigte, daß Gott mit ihm, mit Kennedy Karlsson, etwas Besonderes vorhatte. Und Jacob Hult hatte er zu verdanken, daß er dies, bevor es zu spät gewesen war, erfahren hatte.

Es machte ihm Sorge, daß Jacob in letzter Zeit so beunruhigt wirkte. Auch ihm war der Klatsch zu Ohren gekommen, der Jacobs Familie mit den toten Mädchen in Verbindung brachte, und er glaubte den Anlaß für Jacobs Besorgnis zu verstehen. Er hatte früher selbst die Boshaftigkeit einer Umgebung zu spüren bekommen, die Blut gewittert hatte. Nun war anscheinend die Familie Hult das Opfer.

Vorsichtig klopfte er an Jacobs Tür. Er hatte gemeint, aufgeregte Stimmen aus dem Zimmer zu hören, und als er die Tür öffnete, legte Jacob gerade mit erschöpftem Gesicht den Hörer auf.

»Wie steht's?«

»Nur ein bißchen Probleme mit der Familie. Nichts, um das du dir Sorgen machen mußt.«

»Deine Probleme sind auch meine Probleme, Jacob. Das weißt du. Kannst du nicht erzählen, was los ist? Vertrau mir, so wie ich dir vertraut habe.«

Jacob strich sich müde über die Augen und fiel gleichsam in sich zusammen.

»Es ist nur alles so dumm. Wegen einer Unüberlegtheit, die mein Vater vor vierundzwanzig Jahren begangen hat, ist die Polizei auf den Einfall gekommen, daß wir etwas mit dem Mord an dieser deutschen Touristin, von der in den Zeitungen gestanden hat, zu tun haben.«

»Aber das ist ja entsetzlich.«

»Ja, und das letzte ist, daß sie heute morgen meinen Onkel Johannes auf dem Friedhof wieder ausgegraben haben.«

»Was sagst du da? Sie haben seine ewige Ruhe gestört?«

Jacob lächelte ein wenig schief. Vor einem Jahr hätte Kennedy noch nicht so gesprochen.

»Leider, ja. Die ganze Familie quält das. Aber wir können nichts tun.«

Kennedy fühlte die altbekannte Wut in sich aufsteigen. Aber heutzutage fühlte sich das besser an. Es war jetzt schließlich Gottes Zorn.

»Aber könnt ihr sie nicht anzeigen? Wegen Schikane oder so?«

Erneut Jacobs schiefes, betrübtes Lächeln. »Also du meinst, deine Erfahrung mit der Polizei sagt dir, daß man damit was erreicht?«

Nein, sicher nicht. Sein Respekt vor den Bullen war gering, um nicht zu sagen, gleich null. Wenn jemand Jacobs Frustration verstand, dann er.

Er empfand ungeheure Dankbarkeit, daß Jacob bereit gewesen war, seine Probleme ausgerechnet ihm anzuvertrauen. Das war ein weiteres Geschenk, für das er Gott beim Abendgebet danken würde. Kennedy wollte gerade den Mund aufmachen, um Jacob davon in Kenntnis zu setzen, als ihn das Klingeln des Telefons unterbrach.

»Entschuldige.« Jacob nahm den Hörer ab.

Als er ihn ein paar Minuten später wieder auflegte, war er noch bleicher geworden. Aus dem, was gesagt worden war, hatte Kennedy verstanden, daß Jacobs Vater angerufen hatte, und er hatte sich bemüht, nicht so auszusehen, als würde er eifrig lauschen, was er jedoch getan hatte.

»Ist etwas passiert?«

Jacob legte langsam seine Brille auf den Tisch.

»Sag doch was, was wollte er?« Kennedy konnte nicht verbergen, daß ihm Angst und Unruhe das Herz abschnürten.

»Es war mein Vater. Die Polizei war da und hat meiner Schwester Fragen gestellt. Mein Cousin Johan hat die Polizei angerufen und behauptet, er und meine Schwester hätten das ermordete Mädchen auf meinem Hof gesehen. Kurz bevor sie verschwand. Gott steh mir bei.«

»Gott steh dir bei«, flüsterte Kennedy wie ein Echo.

Sie hatten sich in Patriks Zimmer versammelt. Es war eng, aber mit etwas gutem Willen war es ihnen gelungen, sich alle hineinzuquetschen. Mellberg hatte sein Zimmer angeboten, das dreimal so groß war wie das der anderen, aber Patrik wollte all das, was er am Anschlagbrett hinter seinem Schreibtisch befestigt hatte, nicht woanders hinbringen.

Das Brett war voller Zettel und Notizen, und in der Mitte befanden sich die Fotos von Siv, Mona, Tanja und Jenny. Patrik hatte sich auf die Ecke des Schreibtischs gesetzt, halb den anderen zugewandt. Zum erstenmal seit langem waren alle gleichzeitig versammelt: Patrik, Martin, Mellberg, Gösta, Ernst und Annika. Der gesamte Brain-Trust der Tanumsheder Polizeidienststelle. Alle Blicke waren auf Patrik gerichtet. Plötzlich fühlte er das ganze Gewicht der Verantwortung auf seinen Schultern lasten, und Schweißtropfen rannen ihm den Rücken hinunter. Er hatte es noch nie gemocht, im Zentrum zu stehen, und der Gedanke daran, daß alle darauf warteten, was er zu sagen hatte, ließ ihn ein unangenehmes Kribbeln verspüren. Er räusperte sich.

»Vor einer halben Stunde hat Tord Pedersen von der Gerichtsmedizin angerufen und erzählt, daß die Exhumierung heute morgen nicht vergebens gewesen ist.« Hier legte er eine Pause ein und kostete sie einen Moment lang aus. Es hatte ihm nicht behagt, zur Zielscheibe des Spottes zu werden.

»Die Untersuchung von Johannes Hults Leiche hat erwiesen, daß er sich nicht erhängt hat. Statt dessen sieht es so aus, als hätte er irgendeine Art harten Schlag auf den Hinterkopf bekommen.«

Ein Raunen ging durch die Versammelten. Patrik fuhr fort, überzeugt davon, jetzt die ungeteilte Aufmerksamkeit aller Anwesenden zu haben. »Es liegt also ein weiterer Mord vor, auch der nicht eben aktuell. Also hielt ich es für notwendig, daß wir uns zusammensetzen und durchgehen, was wir bisher haben.

Soweit irgendwelche Fragen?« Schweigen. »Ja dann, legen wir also los.«

Patrik fing damit an, all das alte Material darzulegen, das sie über Siv und Mona hatten, einschließlich der Zeugenaussage Gabriel Hults. Er fuhr mit Tanjas Tod fort und den medizinischen Fakten, die deutlich machten, daß sie genau dieselbe Art Verletzungen aufwies wie Siv und Mona. Er ging darauf ein, daß Tanja Sivs Tochter war, sowie auf Johans Angaben, daß er Tanja auf Västergården gesehen hatte.

Gösta erhob die Stimme: »Und was ist mit Jenny Möller? Ich bin jedenfalls nicht überzeugt, daß es einen Zusammenhang zwischen ihrem Verschwinden und den Morden gibt.«

Aller Augen wanderten zu dem Foto der blonden Siebzehnjährigen, die ihnen vom Anschlagbrett her zulächelte. Auch Patrik blickte dorthin. Er sagte: »Darin gebe ich dir recht, Gösta. Das ist im Moment nur eine Theorie von vielen. Aber die Suchaktionen haben kein Ergebnis gebracht, und unsere Kontrolle der in der Gegend bekannten Sexualverbrecher hat uns nur auf die falsche Fährte, also zu Mårten Frisk, geführt. Wir können nur noch darauf hoffen, daß die Öffentlichkeit uns zu Hilfe kommt, daß jemand etwas gesehen hat, während wir zugleich mit der Möglichkeit arbeiten, daß dieselbe Person, die am Tod von Tanja schuldig ist, auch Jenny in ihrer Gewalt hat. Beantwortet das deine Frage?«

Gösta nickte. Die Antwort besagte im Prinzip, daß sie nichts wußten, und das bestätigte ungefähr das, was er selbst glaubte.

»Übrigens, Gösta, ich hörte von Annika, daß ihr diese Sache mit dem Dünger kontrolliert habt. Hat das was ergeben?«

Ernst antwortete anstelle Göstas. »Keinen Fatz. Der Bauer, mit dem wir geredet haben, hat nichts damit zu tun.«

»Aber ihr habt euch wohl sicherheitshalber dort umgesehen?« Patrik ließ sich von Ernsts Versicherungen nicht überzeugen.

»Natürlich, klar haben wir das gemacht. Und wie gesagt, kein Fatz«, sagte Ernst verärgert.

Fragend schaute Patrik zu Gösta, und der nickte bestätigend.

»Ja dann. Wir sollten uns vielleicht durch den Kopf gehen

lassen, ob wir mit dieser Spur irgendwie anders weiterkommen. Indessen haben wir eine Zeugenaussage von jemandem erhalten, der Tanja kurz vor ihrem Verschwinden gesehen hat. Johannes' Sohn Johan rief mich heute morgen an und erzählte, daß er auf Västergården ein Mädchen gesehen hat, von der er überzeugt ist, daß es Tanja war. Seine Cousine Linda, Gabriels Tochter, war bei der Gelegenheit mit ihm zusammen, und Martin und ich sind heute vormittag hingefahren und haben mit ihr geredet. Auch sie bezeugte, daß sie dort ein Mädchen gesehen haben, aber war sich nicht genauso sicher, daß es sich um Tanja handelte.«

»Können wir uns denn auf diesen Zeugen verlassen? Johans Strafregister und die Rivalität in der Familie stellen die Glaubwürdigkeit seiner Worte doch wohl ziemlich in Frage«, sagte Mellberg.

»Ja, das macht mir auch Sorgen. Wir müssen wohl abwarten, was Jacob Hult dazu sagt. Doch ich halte es für interessant, daß wir auf irgendeine Weise ständig auf diese Familie stoßen. Wohin wir uns auch drehen, wir landen immer bei den Hults.«

Die Hitze nahm in dem kleinen Zimmer rasch zu. Patrik hatte ein Fenster weit geöffnet, aber das half wenig, weil es auch draußen keine frische Luft gab. Annika versuchte etwas Kühle zu finden, indem sie sich mit ihrem Block Luft zuwedelte. Mellberg wischte sich mit der Handfläche den Schweiß von der Stirn, und Gösta wirkte unter seiner Sonnenbräune beunruhigend grau im Gesicht. Martin hatte die obersten Hemdknöpfe aufgeknöpft, was Patrik neidisch registrieren ließ, daß wenigstens manche Zeit fanden, hin und wieder ein paar Stunden im Fitness-Center zu verbringen. Nur Ernst wirkte völlig unangefochten. Er sagte: »Ja, mein Geld würde ich jedenfalls auf einen dieser verdammten Strolche setzen. Das sind ja die einzigen von denen, die schon früher mit der Polizei zu tun hatten.«

»Außer ihrem Vater«, erinnerte Patrik.

»Genau, außer ihrem Vater. Das beweist nur, daß in diesem Zweig der Familie irgendwas faul ist.«

»Und was ist mit den Angaben, daß Tanja zuletzt auf Västergården gesehen worden ist? Laut seiner eigenen Schwester war

Jacob zu dem Zeitpunkt zu Hause. Weist das nicht eher auf ihn hin?«

Ernst schnaubte verächtlich. »Und wer hat gesagt, daß das Mädel dort gewesen ist? Johan Hult. Nein, ich würde kein Wort von dem glauben, was dieser Bursche sagt.«

»Wann, meinst du, sollen wir mit Jacob reden?« fragte Martin.

»Ich dachte, daß wir beide direkt nach dieser Zusammenkunft nach Bullaren fahren. Ich habe dort angerufen und mich erkundigt, er arbeitet heute.«

»Glaubst du nicht, daß Gabriel Hult dort angerufen und ihn gewarnt hat?« fragte Martin.

»Doch, bestimmt, aber dagegen können wir nichts machen. Wir müssen sehen, was er sagt.«

»Wie verfahren wir mit den Angaben, daß Johannes ermordet worden ist?« fuhr Martin hartnäckig fort.

Patrik wollte nicht zugeben, daß er irgendwie unschlüssig war. Es waren jetzt ein bißchen viele Dinge auf einmal zu klären, und er befürchtete, daß, wenn er einen Schritt zurücktreten und das Ganze gleichzeitig überblicken würde, ihn das Überwältigende der Aufgabe handlungsunfähig machte. Er seufzte. »Wir müssen uns eins nach dem anderen vornehmen. Wir werden bei dem Gespräch mit Jacob nichts davon sagen. Ich will nicht, daß Solveig und die Jungs vorgewarnt werden.«

»Also der nächste Schritt ist dann, mit ihnen zu reden?«

»Ja, vermutlich. Wenn es keine anderen Vorschläge gibt?«

Schweigen. Niemand schien irgendeine Idee zu haben.

»Was sollen wir anderen tun?«

Gösta atmete schwer, und Patrik fragte sich beunruhigt, ob er in der Hitze vielleicht einen Herzinfarkt bekäme.

»Annika hat gesagt, daß von draußen so einige Informationen eingetrudelt sind, nachdem wir das Bild von Jenny in die Zeitungen gebracht hatten. Das scheint inzwischen als interessanteste Neuigkeit zu gelten, also können du und Ernst wohl anfangen, diese Liste abzuarbeiten.«

Patrik hoffte, daß er keinen Fehler machte, wenn er Ernst wieder in die Ermittlung einbezog. Aber der sollte noch eine

Chance bekommen, das hatte er sich überlegt, nachdem Ernst anscheinend auf dem Teppich geblieben war, als er mit Gösta die Düngerspur verfolgte.

»Annika, ich möchte, daß du noch mal bei der Firma anrufst, die den Dünger verkauft hat, und sie bittest, bei der Suche nach Kunden den Einzugsbereich zu erweitern. Mir fällt es zwar schwer zu glauben, daß die Leichen eine längere Strecke transportiert worden sind, aber es ist vielleicht eine Kontrolle wert.«

»Kein Problem.« Annika wedelte noch heftiger mit dem Block. Schweißperlen hatten sich auf ihrer Oberlippe gebildet.

Mellberg wurde keine Aufgabe übertragen. Patrik merkte, daß es ihm schwerfiel, seinem Chef Anweisungen zu erteilen, und außerdem war es ihm lieber, wenn der sich nicht in die täglichen Ermittlungsaufgaben einmischte. Obwohl er zugeben mußte, daß Mellberg eine erstaunlich gute Arbeit geleistet hatte, indem er ihm die Politiker vom Halse hielt.

Noch immer hatte der Chef etwas Merkwürdiges an sich. Normalerweise tönte Mellbergs Stimme am lautesten von allen, aber jetzt saß er still und ruhig da und wirkte, als befinde er sich weit weg. Die Munterkeit, die sie alle über mehrere Wochen konfus gemacht hatte, war von diesem noch beunruhigenderen Schweigen abgelöst worden. Patrik fragte: »Bertil, gibt es etwas, was du hinzufügen möchtest?«

»Was? Entschuldige, was hast du gesagt?« Mellberg war zusammengezuckt.

»Hast du was hinzuzufügen?« wiederholte Patrik.

»Ja, ach ja«, sagte Mellberg und räusperte sich, als er bemerkte, daß sich alle Augen auf ihn richteten. »Nein, ich glaube nicht. Du scheinst die Situation unter Kontrolle zu haben.«

Annika und Patrik warfen sich einen Blick zu. Normalerweise wußte Annika über alles, was im Revier geschah, bis ins kleinste Bescheid, aber jetzt hob sie nur Schultern und Augenbrauen, um zu zeigen, daß auch sie keine Ahnung hatte.

»Noch Fragen? Nein, na dann. Machen wir uns also wieder an die Arbeit.«

Dankbar verließen alle das heiße Zimmer, um irgendwo ein bißchen Kühle zu finden. Nur Martin blieb noch.

»Wann fahren wir?«

»Ich dachte, wir essen erst Mittag und fahren gleich danach.«

»Okay. Soll ich irgendwas für uns besorgen, dann können wir im Pausenraum essen?«

»Ja, das wäre super, dann kann ich Erica vorher noch anrufen.«

»Grüße sie.« Martin war schon fast aus der Tür.

Patrik wählte die Nummer von zu Hause. Er hoffte, daß Jörgen und Madde sie noch nicht zu Tode gelangweilt hatten.

»Ziemlich isoliert, das hier.«

Martin blickte umher, aber sah nur Bäume. Sie waren eine Viertelstunde auf schmalen Waldwegen gefahren, und er fragte sich allmählich, ob sie richtig waren.

»Bleib ruhig, ich kenne mich aus. Ich bin schon mal hier gewesen, als einer der Jungs ein bißchen ausgerastet ist, ich finde den Weg.«

Patrik hatte recht. Kurze Zeit später bogen sie auf den Hof ein.

»Scheint kein schlechter Ort zu sein.«

»Ja, sie haben einen guten Ruf. Zumindest ist die Fassade nach außen in Ordnung. Ich persönlich bin ein bißchen skeptisch, sobald zuviel Halleluja dabei ist, aber das ist nur meine persönliche Meinung. Auch wenn das Anliegen dieser freireligiösen Gemeinden zu Beginn immer ein gutes ist, so scheinen sie früher oder später stets eine Anzahl merkwürdiger Menschen anzuziehen. Sie bieten starken Zusammenhalt und ein Familiengefühl, das für Leute verlockend ist, die sich nirgendwo zu Hause fühlen.«

»Das klingt, als wüßtest du, wovon du sprichst.«

»Na ja, meine Schwester hatte sich ein Weilchen in so eine komische Geschichte reinziehen lassen. Du weißt, diese Zeit der Suche, wenn man Teenager ist. Aber sie kam mit heiler Haut wieder raus, also ist es nie so schlimm geworden. Aber ich habe genug darüber gelernt, wie so was funktioniert, um eine gesunde Skepsis zu entwickeln. Doch wie gesagt, über diesen Ort hier habe ich nie etwas Negatives gehört, also gibt es wohl keinen Grund zu der Vermutung, daß nicht alles okay ist.«

»Auf jeden Fall hat das ja nichts mit unserer Ermittlung zu tun«, sagte Martin.

Es klang warnend, und er meinte es auch ein bißchen so. Patrik war im Normalfall immer beherrscht, aber jetzt hatte in seiner Stimme eine leichte Verachtung mitgeklungen, und Martin fragte sich ein bißchen beunruhigt, wie sich das wohl auf die Befragung von Jacob auswirken würde.

Es war, als könnte Patrik seine Gedanken lesen. Er lächelte. »Mach dir keine Sorgen. Das ist nur eins meiner Steckenpferde, aber das hat nichts mit dieser Sache hier zu tun.«

Sie parkten und stiegen aus dem Wagen. Der Hof pulsierte vor Aktivität. Jungen und Mädchen schienen überall, im Freien und auch in den Gebäuden, tätig zu sein. Eine Gruppe war unten am See zum Baden, und der Geräuschpegel war hoch. Es wirkte wie das ultimative Idyll. Martin und Patrik klopften. Ein Bursche von achtzehn, neunzehn öffnete. Sie stutzten beide. Wäre nicht der dunkle Blick gewesen, dann hätten sie ihn nicht wiedererkannt.

»Hallo Kennedy.«

»Was wollt ihr?« Sein Ton klang feindlich.

Weder Patrik noch Martin konnten ihr Erstaunen verbergen. Verschwunden waren die langen Haare, die ihm ständig ins Gesicht gehangen hatten. Weg waren auch die schwarzen Sachen und die ungesunde Haut. Der Junge, der jetzt vor ihnen stand, war so sauber und gut frisiert, daß er förmlich glänzte. Aber der feindliche Blick war derselbe wie damals, als sie ihn wegen Autodiebstahl, Drogenbesitz und vielem anderen geschnappt hatten.

»Du siehst aus, als ginge es dir gut, Kennedy?« Patrik klang freundlich. Ihm hatte der Junge immer leid getan.

Kennedy würdigte ihn keiner Antwort. Er wiederholte statt dessen seine Frage: »Was wollt ihr?«

»Wir möchten mit Jacob reden. Ist er da?«

Kennedy versperrte ihnen den Weg. »Was wollt ihr von ihm?«

Noch immer freundlich, erwiderte Patrik: »Das geht dich nichts an. Also frage ich noch einmal: Ist er da?«

»Hört, verdammt noch mal, auf, ihn zu schikanieren. Und auch seine Familie. Ich habe sehr wohl gehört, was ihr vorhabt, und ich will euch nur sagen, das ist totale Scheiße. Aber ihr bekommt eure Strafe. Gott sieht alles, und er schaut auch in euer Gehirn.«

Martin und Patrik wechselten einen Blick. »Ja, die Sache geht schon in Ordnung, Kennedy, aber jetzt ist es das beste, wenn du Platz machst.«

Patriks Ton klang jetzt drohend, und nach einem Moment des inneren Kampfes wich Kennedy zurück und ließ sie widerwillig passieren.

»Man dankt«, sagte Martin kurz und betrat nach Patrik den Flur. Es schien, als wüßte der Kollege, wohin er zu gehen hatte.

»Sein Büro liegt ganz hinten im Korridor, glaube ich mich zu erinnern.«

Kennedy folgte ein paar Schritte hinter ihnen wie ein schweigender Schatten. Martin schauderte in der Wärme.

Sie klopften an die Tür. Jacob saß hinter seinem Schreibtisch, als sie eintraten. Er wirkte nicht besonders verwundert.

»Sieh an. Der lange Arm des Gesetzes. Habt ihr keine richtigen Verbrecher zu jagen?«

Hinter ihnen stand Kennedy in der Türöffnung und ballte die Fäuste.

»Danke, Kennedy, du kannst hinter uns die Tür schließen.«

Schweigend befolgte er den Befehl, wenn auch äußerst widerwillig.

»Also, ich vermute, du weißt, warum wir hier sind.«

Jacob nahm die Computerbrille ab und beugte sich vor. Er sah mitgenommen aus.

»Ja, mein Vater hat mich vor etwa einer Stunde angerufen. Er erzählte so eine wahnsinnige Geschichte, daß mein lieber Cousin behauptet hätte, das ermordete Mädchen bei mir zu Hause gesehen zu haben.«

»Ist das eine wahnsinnige Geschichte?« Patrik beobachtete Jacob.

»Natürlich ist sie das.« Er tippte mit der Brille auf die Schreibtischplatte. »Was sollte das Mädchen auf Västergården gewollt haben? Soviel ich weiß, war sie Touristin, und der Hof liegt kaum an der Touristenmeile. Und was Johans sogenannte Zeugenaussage angeht, also … Ja, ihr wißt ja zu diesem Zeitpunkt, wie die Situation in unserer Familie ist, und leider nutzen Solveig und ihre Söhne jede Chance, um unseren Teil der Familie schlechtzumachen. Traurig, aber manche Leute haben eben nicht Gott im Herzen, sondern einen ganz anderen …«

»Schon möglich«, Patrik lächelte verbindlich, »aber jetzt ist es nun mal so, daß wir den Grund kennen, der sie nach Västergården geführt hat.« War da ein unruhiges Blitzen in Jacobs Augen? Er fuhr fort: »Sie hat Fjällbacka nicht als Touristin besucht, sondern um ihren Wurzeln nachzuspüren. Und vielleicht mehr über das Verschwinden ihrer Mutter herauszufinden.«

»Ihrer Mutter?«, fragte Jacob verblüfft.

»Ja, sie war die Tochter von Siv Lantin.«

Die Brille klapperte. War die Verblüffung gespielt oder echt, fragte sich Martin, der es Patrik überließ, das Gespräch zu führen, um statt dessen Jacobs Reaktionen zu beobachten.

»Ja, also, ich muß schon sagen, das ist wirklich eine Neuigkeit. Aber ich verstehe immer noch nicht, welche Angelegenheit sie nach Västergården hätte führen sollen?«

»Wie gesagt, schien sie die Absicht gehabt zu haben, mehr Information über das, was mit ihrer Mutter passiert ist, zu bekommen. Und da ja dein Onkel bei der Polizei als Hauptverdächtiger galt, so …« Er beendete den Satz nicht.

»Ich muß schon sagen, in meinen Ohren klingt das nach wilder Spekulation. Mein Onkel war unschuldig, aber trotzdem habt ihr ihn mit euren Unterstellungen in den Tod getrieben. Da er nicht mehr da ist, wollt ihr anscheinend einen von uns anderen drankriegen. Sagt, was habt ihr für einen Splitter im Herzen, der euch nicht ruhen läßt und ein solches Bedürfnis in euch weckt, zu zerstören, was ein anderer aufgebaut hat? Sind es unser Glaube und die Freude, die wir in ihm finden, die euch in die Augen stechen?«

Jacob hatte einen feierlichen Ton angeschlagen, und Martin verstand, wieso er ein so geschätzter Prediger sein konnte. Seine weiche Stimme, die in Wellen stieg und sank, hatte etwas Beschwörendes an sich.

»Wir machen nur unseren Job.«

Patrik klang kurz angebunden. Er mußte sich beherrschen, um seinen Widerwillen gegenüber all dem, was er für religiöses Geschwafel hielt, nicht zu zeigen. Aber auch er mußte zugeben, daß Jacob, wenn er sprach, einen starken Sog ausübte. Schwächere Menschen als er selbst konnten leicht von dieser Stimme eingefangen und von ihrer Botschaft verlockt werden. Er fuhr fort: »Du sagst also, daß Tanja Schmidt nie nach Västergården gekommen ist?«

Jacob hob die Hände. »Ich schwöre, daß ich das Mädchen nie gesehen habe. War sonst noch was?«

Martin dachte an die Information, die sie von Pedersen erhalten hatten. Daß Johannes keinen Selbstmord begangen hatte. Diese Nachricht würde Jacob wohl ziemlich erschüttern. Aber er wußte, daß Patrik recht hatte. Sie wären nicht weiter als aus dem Zimmer gekommen, bevor das Telefon schon beim Rest der Familie Hult geklingelt hätte.

»Nein, das war's dann wohl. Aber es ist nicht unwahrscheinlich, daß wir bei späterer Gelegenheit wiederkommen.«

»Das sollte mich nicht wundern.«

Jacobs Stimme hatte ihren Predigtton abgelegt und war wieder ruhig und sanft. Patrik wollte gerade die Hand auf die Klinke legen, um die Tür zu öffnen, als diese lautlos aufging. Kennedy stand schweigend davor und hatte sie genau im richtigen Augenblick geöffnet. Er mußte draußen gestanden und gelauscht haben. Jeder Zweifel wurde von dem schwarzen Feuer getilgt, das in seinem Blick brannte. Martin fuhr zurück vor dem Haß, der ihm darin begegnete. Jacob mußte ihn mehr über das biblische »Auge um Auge« gelehrt haben als über das »Liebe deinen Nächsten«.

Die Stimmung um den kleinen Tisch war gedrückt. Nicht, daß sie jemals fröhlich gewesen wäre, seitdem Johannes gestorben war.

»Wann wird das hier jemals aufhören!« Solveig preßte die Hand an die Brust. »Immer müssen wir im Dreck landen. Es ist, als würden alle glauben, wir warten nur darauf, daß man uns in den Hintern tritt!« Sie wimmerte. »Was werden die Leute jetzt sagen? Wenn sie hören, daß die Polizei Johannes ausgegraben hat! Ich hatte gehofft, wo man nun dieses letzte Mädchen gefunden hat, würde das Gerede endlich aufhören, aber jetzt fängt alles von vorn an.«

»Mann, laß die Leute doch reden! Was kümmert es uns, was sie in ihren Buden quatschen?«

Robert drückte seine Zigarette so heftig aus, daß der Aschenbecher umkippte. Solveig zerrte rasch die Fotoalben weg.

»Robert! Sei vorsichtig! Da können doch Brandflecken auf die Alben kommen.«

»Ich habe deine verdammten Fotoalben so satt! Von früh bis spät sitzt du da und fummelst mit den Scheißfotos von früher rum! Kapierst du nicht, daß die Zeit vorbei ist! Das ist hundert Jahre her, und du sitzt da, seufzt und fingerst an deinen blöden Bildern rum. Papa ist weg, und du bist keine Schönheitskönigin mehr. Guck dich doch nur an.«

Robert packte die Alben und schleuderte sie auf den Boden. Solveig warf sich mit einem Schrei darauf und sammelte die Fotos auf, die sich über die Dielen verteilt hatten. Das ließ Roberts Wut nur noch anschwellen. Er ignorierte Solveigs bittenden Blick, beugte sich hinunter, nahm eine Handvoll Bilder und begann sie in Fetzen zu reißen.

»Nein, Robert, nein, nicht meine Fotos. Robert, bitte!« Ihr Mund glich einer offenen Wunde.

»Du bist ein fettes altes Weib, hast du das nicht begriffen! Und Papa hat sich erhängt. Es wird Zeit, daß dir das klar wird!«

Johan, der angesichts der sich vor ihm abspielenden Szene wie erstarrt dagesessen hatte, stand auf und packte Roberts Hand. Er bog ihm die Finger um die Fotoreste auf, die Robert krampfhaft festgehalten hatte, und zwang den Bruder, ihm zuzuhören: »Jetzt beruhigst du dich. Genau das wollen die doch erreichen, begreifst du das nicht? Daß wir uns gegeneinander wenden und unsere Familie zerrissen wird. Aber den Gefallen tun wir ihnen nicht, hörst du! Wir halten zusammen. Jetzt hilfst du Mama, die Alben wieder aufzuheben.«

Roberts Wut verpuffte. Er strich sich über die Augen und betrachtete entsetzt das Durcheinander um sich herum. Solveig lag schluchzend wie ein großer weicher Haufen Verzweiflung auf dem Boden, während ihr kleine Bilderschnipsel zwischen den Fingern durchfielen. Ihr Weinen war herzzerreißend. Robert sank neben ihr auf die Knie und schlang die Arme um sie. Zärtlich strich er ihr eine fettige Strähne aus der Stirn und half ihr dann aufzustehen.

»Entschuldige, Mutter, entschuldige bitte, bitte. Ich werde dir helfen, die Alben wieder in Ordnung zu bringen. Bei den kaputten Bildern kann ich nichts machen, aber das waren ja nicht so viele. Guck mal, die besten sind noch da. Sieh mal, wie schön du hier gewesen bist.«

Er hielt ihr ein Bild hin. Solveig in einem sittsam geschnittenen Badeanzug mit einer Schärpe über der Brust, auf der »Maikönigin 1967« stand. Und sie war schön. Das Weinen ging in trockenes Schluchzen über. Sie nahm ihm das Bild aus der Hand, und ein Lächeln zeigte sich. »Ja, ich bin doch wohl schön gewesen, Robert?«

»Jaa, Mutter, das bist du. Das schönste Mädchen, das ich je gesehen habe!«

»Findest du wirklich?«

Sie lächelte kokett und strich ihm übers Haar. Er half ihr wieder auf den Küchenstuhl.

»Ja, das finde ich. Ehrenwort.«

Ein Weilchen später war alles aufgesammelt, und sie saß wieder da und bosselte glücklich an ihren Alben herum. Johan gab Robert durch ein Nicken zu verstehen, er solle mit nach draußen kommen. Sie setzten sich auf die Treppe vor dem Haus und zündeten sich jeder eine Zigarette an.

»Mensch, Robert, du darfst jetzt nicht ausrasten.«

Robert scharrte mit dem Fuß im Sand. Er sagte nichts. Was sollte er auch sagen?

Johan nahm einen tiefen Zug und ließ den Rauch genießerisch zwischen den Lippen durchsickern. »Wir dürfen ihnen nicht in die Hände spielen. Ich habe wirklich gemeint, was ich da drinnen gesagt habe. Wir müssen zusammenhalten.«

Noch immer saß Robert schweigend da. Er schämte sich. Vor ihm, dort, wo er den Fuß hin und her bewegt hatte, war eine tiefe Kuhle zurückgeblieben. Er warf die Kippe hinein und scharrte Sand darüber. Eine Maßnahme, die an und für sich ziemlich unnötig war. Der Boden um sie herum war übersät von alten Stummeln. Wenig später wandte er Johan den Blick zu.

»Du, das da mit diesem Mädchen, das du auf Västergården gesehen hast«, er zögerte, »ist das wahr?«

Johan nahm einen letzten Zug aus seiner Zigarette und warf sie dann ebenfalls auf die Erde.

»Da kannst du einen drauf lassen, daß das wahr ist.« Dann ging er ins Haus.

Robert blieb sitzen. Zum erstenmal in seinem Leben fühlte er, wie sich zwischen ihm und seinem Bruder ein Abgrund auftat. Das versetzte ihn in Panik.

Der Nachmittag verlief in trügerischer Ruhe. Bevor man ihnen nicht weitere Details zu Johannes' Überresten mitgeteilt hatte, wollte Patrik nichts Übereiltes tun, also saß er mehr oder weniger da und wartete darauf, daß das Telefon klingelte. Er fühlte sich rastlos und ging zu Annika hinüber, um ein paar Minuten zu plaudern.

»Wie läuft's?« Wie üblich sah sie ihn über ihren Brillenrand hinweg an.

»Diese Hitze macht es ja nicht gerade leichter.« Im selben Moment, als er das sagte, bemerkte er eine angenehme Brise in Annikas Zimmer. Ein großer Ventilator lief surrend auf ihrem Schreibtisch, und Patrik schloß vor Wohlbehagen die Augen.

»Warum habe *ich* nicht an so was gedacht? Ich habe doch für Erica zu Hause einen Ventilator gekauft, weshalb habe ich nicht gleich einen für hier mitgenommen? Das werde ich morgen als erstes machen, die Sache ist klar.«

»Erica, ja, wie steht's mit ihrem Bauch? Es muß schwer für die Ärmste sein in dieser Hitze.«

»Ja, bevor ich ihr den Ventilator gekauft habe, war sie nahe daran, sich aufzulösen. Schlecht schlafen tut sie auch, hat

Krämpfe in den Waden, kann überhaupt nicht mehr auf dem Bauch liegen, ja all das, du weißt schon.«

»Na ja, ich kann nicht gerade behaupten, daß ich das weiß«, sagte Annika.

Patrik begriff erschrocken, was er da gesagt hatte. Annika und ihr Mann hatten keine Kinder, und er hatte nie nach dem Grund zu fragen gewagt. Vielleicht konnten sie keine Kinder bekommen, und dann wäre er mit seinem unbedachten Kommentar wirklich ins Fettnäpfchen getreten. Sie sah seine Verlegenheit.

»Mach dir keinen Kopf. Das war unsere eigene Entscheidung. Wir haben uns tatsächlich nie nach Kindern gesehnt. Uns genügt es vollkommen, unsere Hunde mit Liebe zu überschütten.«

Patrik spürte, wie die Farbe in seine Wangen zurückkehrte. »Ja, ich hatte ein bißchen befürchtet, daß ich mich danebenbenommen habe. Wie dem auch sei, jedenfalls ist es jetzt für uns beide stressig, obwohl es für Erica natürlich am schlimmsten ist. Jetzt möchte man das Ganze möglichst schnell hinter sich bringen. Außerdem sind wir in letzter Zeit ein bißchen überfallen worden.«

»Überfallen?« Annika hob fragend die Augenbrauen.

»Verwandte und Bekannte, die der Meinung sind, Fjällbacka im Juli sei eine wunderbare Idee.«

»Und die wollten gern die Gelegenheit nutzen, mit euch zusammen zu sein, oder …«, sagte Annika ironisch. »Ja, ja, das kennt man. Wir hatten anfangs dasselbe Problem in unserem Ferienhaus, bis wir genug bekommen und zu allen Schmarotzern gesagt haben, sie sollten sich verdrücken. Die haben sich seitdem nicht wieder gemeldet, aber man merkt ziemlich bald, daß es niemand ist, den man vermißt. Richtige Freunde, die kommen auch im November. Auf den Rest kann man verzichten.«

»Stimmt genau«, sagte Patrik, »aber leichter gesagt als getan. Erica hat den ersten Trupp, der aufgetaucht war, an und für sich aus dem Haus geworfen, aber jetzt sitzen wir mit der zweiten Runde da und sind höfliche Gastgeber. Und die arme Erica, die den ganzen Tag zu Hause ist, darf herumlaufen und sie bedienen.« Er seufzte.

»Dann mußt du vielleicht Manns genug sein und die Situation klären.«

»Ich?« Patrik sah Annika beleidigt an.

»Ja, wenn Erica sich allmählich kaputtmacht, während du hier Tag für Tag in Sicherheit bist, dann mußt du vielleicht mal mit der Faust auf den Tisch schlagen und dich darum kümmern, daß sie ein bißchen Ruhe bekommt. Die Sache kann sowieso nicht leicht für sie sein. An ihre eigene Karriere gewöhnt, sitzt sie plötzlich von früh bis spät zu Hause und hält Nabelschau, während dein Leben weitergeht wie gewöhnlich.«

»Das habe ich noch gar nicht so gesehen«, sagte Patrik einfältig.

»Das hab' mir schon gedacht. Also heute abend siehst du zu, daß du die Gäste rauswirfst, ohne Rücksicht darauf, was dir der alte Luther ins Ohr flüstert. Und dann kümmerst du dich mal richtig um die werdende Mutter. Hast du überhaupt mit ihr geredet und sie gefragt, wie es ihr so geht, wenn sie den ganzen Tag allein daheim ist? Ich vermute, daß sie bei dieser Hitze kaum vor die Tür gehen kann, sondern so gut wie ans Haus gefesselt ist.«

»Ja.« Patrik flüsterte nur noch. Es war, als hätte ihn eine Dampfwalze überrollt. Die Kehle war vor Angst wie geschwollen. Man mußte kein Genie sein, um zu begreifen, daß Annika recht hatte. Eine Mischung aus kurzsichtigem Egoismus und der Art und Weise, wie er sich von der Ermittlung hatte auffressen lassen, waren die Gründe gewesen, daß er mit keinem Gedanken darüber nachgedacht hatte, wie es Erica wohl ging. Er hatte sich vermutlich vorgestellt, daß es schön für sie sein mußte, einfach nur Urlaub zu haben und sich ganz der Schwangerschaft widmen zu können. Seine Verlegenheit rührte daher, daß er Erica eigentlich besser kannte. Er wußte, wie wichtig es für sie war, etwas Sinnvolles zu tun, und daß es ihr nicht lag, untätig zu sein. Aber es hatte wohl am besten zu seinen eigenen Plänen gepaßt, sich selbst zu betrügen.

»Soo, willst du nicht ein bißchen früher nach Hause fahren und dich um deine Partnerin kümmern?«

»Aber ich muß ein Gespräch abwarten«, kam es automatisch von seinen Lippen, und der Blick, den Annika ihm zuwarf, zeigte, daß es die völlig falsche Antwort war.

»Du meinst, dein Handy funktioniert nur hier in den Wänden der Dienststelle? Ein bißchen sehr eingeschränkte Reichweite für einen solchen Apparat, findest du nicht?«

»Doch«, antwortete Patrik gequält. Er sprang vom Stuhl auf. »Nein, dann haue ich wohl ab nach Hause. Stellst du eventuelle Anrufe auf mein Handy um …«

Annika sah ihn an, als sei er leicht beschränkt, und er ging rückwärts aus der Tür. Hätte er eine Mütze gehabt, hätte er sie wohl in der Hand gehalten – und einen Diener gemacht …

Doch aufgrund unvorhergesehener Ereignisse dauerte es eine weitere Stunde, bevor er sich auf den Weg machen konnte.

Ernst stand bei Hedemyrs und studierte den Kuchen. Er hatte erst zur Bäckerei gehen wollen, aber die lange Schlange dort ließ ihn seine Pläne ändern.

Mitten in der Entscheidung zwischen Zimtschnecken und Delikatkugeln erregte ein Heidenlärm im Obergeschoß seine Aufmerksamkeit. Er legte die Gebäckstücke weg und ging nach oben, um nachzuschauen. Das Geschäft war in drei Etagen unterteilt. Zu ebener Erde lagen das Restaurant, der Kiosk und die Buchhandlung, im Zwischengeschoß befand sich die Feinkostabteilung, und ganz oben konnte man Kleidung, Schuhe und Geschenkartikel erwerben. Zwei Frauen standen an der Kasse und zerrten an einer Handtasche. Die eine Frau hatte ein Namensschild an der Brust, das sie als Verkäuferin auswies, während die andere Frau aussah, als sei sie einem russischen Low-Budget-Film entstiegen. Minirock, Netzstrümpfe, ein Top, das einer Zwölfjährigen gepaßt hätte, und genügend Schminke, um an eine Farbskala der Kosmetikindustrie zu erinnern.

»No, no, my bag!« schrie die Frau gellend in schlechtem Englisch.

»I saw you took something«, erwiderte die Verkäuferin mit deutlich schwedischer Sprachmelodie. Sie wirkte erleichtert, als Ernst auftauchte.

»Gott sei Dank, nehmen Sie die Frau hier fest. Ich habe gesehen, wie sie durchs Geschäft gelaufen ist und sich alles mögliche in die Tasche gestopft hat, und dann wollte sie damit ganz unverfroren hier rausspazieren.«

Ernst zögerte nicht. Mit zwei langen Schritten war er zur Stelle und packte die mutmaßliche Diebin beim Arm. Da er kein Englisch konnte, bemühte er sich gar nicht erst, irgendwelche Fragen zu stellen. Statt dessen riß er ihr brüsk die geräumige Tasche aus der Hand und kippte deren Inhalt ganz einfach auf den Boden. Heraus fielen ein Fön, ein Rasierapparat, eine elektrische Zahnbürste und, aus unerfindlichem Grund, ein Keramikschwein mit einem Mittsommerkranz auf dem Kopf.

»Und was sagst du dazu, he?« fragte Ernst auf schwedisch. Die Verkäuferin übersetzte.

Die Frau schüttelte nur den Kopf und versuchte auszusehen, als wüßte sie nicht, was man von ihr wollte. Sie sagte: »I know nothing. Speak to my boyfriend, he will fix this. He is boss of the police!«

»Was sagt die Person?« fauchte Ernst. Es ärgerte ihn, daß er sich auf Weiber verlassen mußte, um die Sprache zu verstehen.

»Sie sagt, sie weiß überhaupt nichts. Und daß Sie mit ihrem Freund reden sollen. Sie sagt, er ist der Chef der Polizei!«

Die Verkäuferin schaute verblüfft zwischen Ernst und der Frau hin und her, die jetzt ein überlegenes Lächeln aufgesetzt hatte.

»O ja, sie wird schon mit der Polizei reden können. Dann werden wir ja sehen, ob sie bei diesem Gefasel bleibt. Die Nummer funktioniert vielleicht in Rußland, oder wo auch immer Sie herkommen mögen, meine Dame, aber hier klappt so was nicht«, schrie er ihr direkt ins Gesicht. Sie verstand kein Wort, aber wirkte zum erstenmal etwas unsicher.

Brüsk zerrte Ernst sie aus dem Kaufhaus und über die Straße in Richtung Polizeirevier. Die Frau mit ihren hohen Absätzen wurde geradezu hinter ihm hergeschleift, und die Leute in den Autos nahmen das Gas weg, um sich das Spektakel anzusehen. Annika riß die Augen auf, als er an der Rezeption vorbeistürmte.

»Mellberg!« Ernst brüllte so laut, daß es im Flur widerhallte.

Patrik, Martin und Gösta steckten die Köpfe aus ihren Zimmern, um zu sehen, was im Gange war. Ernst rief noch einmal in Richtung Mellbergs Büro. »Mellberg, komm her, ich habe hier deine Verlobte!« Er gluckste vor sich hin. Jetzt würde sie in der Patsche sitzen. Es blieb beunruhigend still in Mellbergs Zimmer, und Ernst begann sich zu fragen, ob der Chef während der Zeit, als er selber einkaufen war, vielleicht das Haus verlassen hatte. »Mellberg?« rief er ein drittes Mal, jetzt etwas weniger begeistert über seinen Plan, die Frau ihrer Lüge zu überführen. Nach einer langen Minute, als Ernst da mitten im Flur stand, die Frau im festen Griff, und alle ihn mit großen Augen anstarrten, kam Mellberg aus seinem Büro. Den Blick auf den Boden gerichtet, begriff Ernst mit einem immer dumpferen Gefühl im Magen, daß sich die Dinge wohl nicht so wunderbar entwickeln würden, wie er es sich vorgestellt hatte.

»Beeertil!« Die Frau riß sich los und rannte auf Mellberg zu, der in seinen Bewegungen erstarrte wie ein Reh im Scheinwerferlicht. Da sie gut einen Kopf größer war als er, sah es, gelinde gesagt, lustig aus, als sie ihn an sich drückte. Ernst kriegte den Mund nicht wieder zu. Mit dem Gefühl, im Boden zu versinken, beschloß er, sofort mit der Formulierung seines Entlassungsgesuches zu beginnen, bevor man ihn hier rausschmiß. Entsetzt wurde ihm bewußt, daß jahrelanges zielbewußtes Kriechen vor dem Chef durch eine einzige unglückselige Handlung zunichte gemacht worden war.

Die Frau ließ Mellberg los und wandte sich nach hinten, um anklagend auf Ernst zu zeigen, der töricht dastand und ihre Handtasche hielt.

»This brutal man put his hands on me! He say I steal! Oh, Bertil, you must help your poor Irina!«

Linkisch tätschelte er ihr die Schulter, was erforderte, daß er die Hand ungefähr zur Höhe der eigenen Nase heben mußte. »You go home, Irina, okay? To house. I come later. Okay?«

Sein Englisch konnte bestenfalls holprig genannt werden, aber sie verstand, was er sagte, und es gefiel ihr nicht.

»No Bertil. I stay here. You talk to that man, and I stay here and see you work, okay?«

Er schüttelte entschieden den Kopf und schob sie mit sanfter Gewalt vor sich her. Sie drehte sich unruhig um und sagte: »But Bertil, honey, Irina not steal, okay?«

Dann stolzierte sie auf ihren hohen Absätzen aus der Tür, nachdem sie Ernst einen letzten triumphierenden Blick zugeworfen hatte. Der starrte jedoch noch immer auf den Teppich, weil er fürchtete, Mellberg anzusehen.

»Lundgren! In mein Büro!«

In Ernsts Ohren klang das, als sei der Tag des Jüngsten Gerichts angebrochen. Er trottete gehorsam hinter Mellberg her. Aus allen Türen lugten noch immer die Köpfe heraus, und die Münder standen offen. Nun wußten sie zumindest, woher Mellbergs Stimmungsumschlag rührte …

»Jetzt bist du so gut und erzählst, was passiert ist«, sagte Mellberg.

Ernst nickte matt. Schweiß stand ihm auf der Stirn. Diesmal war nicht die Wärme daran schuld.

Er berichtete von dem Tumult bei Hedemyrs und wie er die Frau beim Gerangel mit der Verkäuferin gesehen hatte. Mit zitternder Stimme schilderte er auch, wie er den Inhalt der Tasche auf den Boden entleert und eine Anzahl Waren gefunden hatte, die nicht bezahlt worden waren. Dann verstummte er und wartete auf das Urteil. Zu seiner Verwunderung lehnte sich Mellberg mit einem tiefen Seufzer zurück.

»Ja, ein verdammter Schlamassel, in den ich da geraten bin.« Er zögerte einen Moment, dann beugte er sich hinunter, zog eine Schublade auf, nahm etwas heraus und warf es vor Ernst auf den Tisch.

»Das hier habe ich erwartet. Seite drei.«

Neugierig nahm Ernst das Heft auf, das aussah wie ein Schulkatalog, und blätterte es auf. Die Seiten waren voller Bilder von Frauen, versehen mit knappen Angaben über Größe, Gewicht, Augenfarbe und Interessen. Er verstand plötzlich, was Irina war. Eine »Versandhausfrau«. Allerdings gab es keine größere Ähnlichkeit zwischen der wirklichen Irina und dem Porträt plus Informationen, die der Katalog über sie enthielt. Sie hatte wenigstens zehn Jahre, zehn Kilo und zwei Pfund

Schminke verschwiegen. Auf dem Bild war sie schön, wirkte unschuldig und blickte mit einem breiten Lächeln in die Kamera. Ernst sah das Foto an und dann Mellberg, der resigniert die Arme hob: »Du siehst, DAS da hatte ich erwartet. Wir haben ein ganzes Jahr korrespondiert, und ich konnte es kaum erwarten, diese Frau hierherzubekommen.« Er wies mit dem Kopf zu dem Katalog auf Ernsts Schoß. »Und dann ist also die gekommen.« Er seufzte. »Das war wirklich wie eine kalte Dusche, kann ich dir sagen. Und sofort ging es los: Bertil, Liebling, kauf mir dieses und kauf mir das. Ich habe sie sogar dabei erwischt, wie sie, als sie dachte, ich merke es nicht, meine Brieftasche beim Wickel hatte. Ja, Scheiße, was für ein Schlamassel.«

Er schlug sich auf das Haarnest auf dem Kopf, und Ernst konstatierte, daß der Mellberg, der sich eine Zeitlang um sein Aussehen gekümmert hatte, wieder verschwunden war. Jetzt hatte das Hemd erneut Flecken, und die Schweißringe unter den Armen waren groß wie Kuchenteller. Irgendwie wirkte das beruhigend. Die Dinge hatten wieder ihre Ordnung.

»Ich verlasse mich darauf, daß du die Sache hier nicht breittrittst.«

Mellberg drohte Ernst mit dem Finger, der eifrig den Kopf schüttelte. Kein Wort würde ihm über die Lippen kommen. Er verspürte Erleichterung, man würde ihn trotz allem nicht hinauswerfen.

»Können wir diesen kleinen Zwischenfall dann vergessen? Ich werde das schon entsprechend regeln. Gleich mit dem ersten Flieger in Richtung Heimat, und nicht anders.«

Ernst erhob sich und ging dienernd rückwärts zur Tür.

»Und dann kannst du den Leuten da draußen sagen, sie sollen aufhören zu tuscheln und statt dessen lieber ordentlich ihre Arbeit machen.«

Ernst lächelte übers ganze Gesicht, als er Mellbergs barsche Stimme vernahm. Der Chef saß wieder im Sattel.

Wenn er irgendwelche Zweifel an der Richtigkeit von Annikas Behauptung gehabt hatte, dann wurden sie sofort beseitigt, als er daheim durch die Tür trat. Erica warf sich ihm förmlich in die Arme, und er sah, daß die Müdigkeit ihre Züge wie mit einem Schleier überzog. Wieder einmal plagte ihn das schlechte Gewissen. Er hätte hellhöriger sein, sich mehr auf Ericas Gemütszustand einstellen müssen. Hingegen hatte er sich noch mehr als üblich in seine Arbeit vergraben und Erica ohne vernünftige Beschäftigung zwischen den Wänden des Hauses herumlaufen lassen.

»Wo sind sie?« flüsterte er.

»Draußen im Garten«, flüsterte Erica zurück. »O Patrik, ich halte es nicht aus, wenn diese Leute auch nur noch einen Tag länger bleiben. Sie haben vom frühen Morgen an auf ihrem Hintern gehockt und erwartet, daß ich sie bediene. Ich verkrafte das nicht mehr.«

Sie sackte in seinen Armen zusammen, und er strich ihr über den Kopf. »Mach dir keine Sorgen, ich kümmere mich darum. Es tut mir leid, ich hätte in der letzten Woche nicht so viel arbeiten dürfen.«

»Du hast mich schließlich gefragt, und ich habe es abgelehnt, daß du freinimmst. Außerdem hattest du keine andere Wahl«, murmelte Erica an seiner Brust.

Trotz seines schlechten Gewissens war er geneigt, ihr recht zu geben. Wie hätte er anders handeln können, wenn ein Mädchen verschwunden war, vielleicht irgendwo gefangengehalten wurde. Aber gleichzeitig mußte er doch Erica und ihre Gesundheit sowie die des Kindes an die erste Stelle setzen.

»Ich bin ja nicht allein im Revier. Schließlich kann ich auch einiges delegieren. Aber jetzt haben wir erst ein akuteres Problem zu lösen.«

Er machte sich aus Ericas Armen frei, holte tief Luft und ging in den Garten.

»Hallo ihr. Habt ihr's schön gehabt?«

Jörgen und Madde drehten ihm ihre neonfarbenen Nasen zu und nickten fröhlich. Kein Wunder, daß ihr es schön gehabt habt, dachte Patrik, wo man euch den ganzen Tag bedient hat, als sei das hier ein verdammtes Hotel.

»Hört mal, ich habe euer Dilemma gelöst. Habe ein bißchen

herumtelefoniert. Es gibt freie Zimmer in Stora hotellet, weil ja so viele Leute Fjällbacka verlassen haben, aber da eure Reisekasse anscheinend etwas knapp bemessen ist, kommt das wohl nicht in Frage?«

Jörgen und Madde, die einen Augenblick etwas beunruhigt gewirkt hatten, schüttelten eifrig den Kopf. Nein, das kam nicht in Frage.

»Aber«, fuhr Patrik fort und sah zu seiner Befriedigung, wie sie bekümmert die Stirn runzelten, »ich habe auch in der Jugendherberge in Valö angerufen, und stellt euch vor – dort gibt es ebenfalls freie Plätze! Schön, nicht? Billig, sauber und gut. Kann ja wohl nicht besser sein!«

Er klatschte vor übertriebener Begeisterung in die Hände und kam den Einwänden zuvor, die den Gästen auf den Lippen lagen. »Es ist also das beste, wenn ihr gleich mit dem Packen anfangt, schließlich geht das Schiff vom Ingrid-Bergman-Platz schon in einer Stunde.«

Jörgen begann etwas zu sagen, aber Patrik hob abwehrend die Hände. »Nein, nein, ich will keinen Dank hören. Es war überhaupt keine Mühe. Erforderte bloß ein paar Anrufe.«

Grinsend ging er in die Küche, wo Erica heimlich am Fenster gelauscht hatte. Sie zeigten sich die Daumen und mußten sich beherrschen, um nicht laut loszukichern.

»Toll«, flüsterte Erica bewundernd. »Ich wußte nicht, daß ich mit einem Meister machiavellischen Formats zusammen lebe!«

»Du weißt vieles nicht über mich, Liebling«, sagte er. »Ich bin ein sehr komplexer Mensch, verstehst du ...«

»Ach so, bist du das. Und ich fand immer, du wirkst ziemlich eingleisig«, lächelte sie spöttisch.

»Ja, wenn da nicht diese große Kugel im Weg wäre, würde ich dir schon zeigen, wie eingleisig ich bin«, flirtete Patrik zurück, und er spürte, wie die Spannungen bei ihrem liebevollen Geplänkel allmählich nachließen.

Er wurde wieder ernst. »Hast du noch was von Anna gehört?«

Ericas Lächeln verschwand. »Nein, keinen Ton. Ich habe unten am Liegeplatz nachgesehen, aber sie waren schon weg.«

»Glaubst du, sie ist nach Hause gefahren?«

»Ich weiß nicht. Entweder das, oder sie segeln irgendwo weiter die Küste entlang. Aber soll ich dir mal was sagen, ich bin einfach nicht imstande, mich darum zu kümmern. Ich habe ihre Mimosenhaftigkeit so satt, immer muß sie sofort einschnappen, wenn ich was Verkehrtes sage.«

Sie seufzte und wollte gerade weiterreden, als sie von Jörgen und Madde unterbrochen wurden, die vergnatzt an ihnen vorbeirauschten, um ihre Siebensachen zusammenzusuchen.

Ein Weilchen später, als Patrik die unfreiwilligen Urlauber zum Schiff nach Valö gebracht hatte, setzten sie sich auf die Veranda und genossen die Stille. Bemüht, Erica entgegenzukommen, und noch immer mit dem Gefühl, daß er einiges wiedergutzumachen hatte, massierte Patrik ihr die geschwollenen Füße und Waden, während sie vor Wohlbehagen seufzte. Die Gedanken an die ermordeten Mädchen und die verschwundene Jenny Möller schob er in seinem Kopf weit, weit nach hinten. Die Seele brauchte zwischendurch ein bißchen Ruhe.

Der Anruf kam am Morgen. Patrik hatte als ersten Schritt seines Vorhabens, sich besser um seine Partnerin zu kümmern, den Arbeitsbeginn etwas herausgeschoben, und sie saßen im Garten und frühstückten in aller Ruhe, als Pedersen anrief. Mit einem entschuldigenden Blick auf Erica stand Patrik vom Tisch auf, aber sie scheuchte ihn nur mit einem Lächeln los. Sie wirkte schon viel zufriedener.

»Ja, hast du was Interessantes?« fragte Patrik.

»Das kann man wohl sagen. Wenn wir mit der Todesursache von Johannes Hult anfangen, so war meine erste Beobachtung völlig korrekt. Johannes hat sich nicht erhängt. Wenn du sagst, daß er mit einer Schlinge um den Hals auf dem Boden gefunden worden ist, dann ist diese Schlinge erst nach Eintritt des Todes angebracht worden. Die Todesursache ist hingegen ein kräftiger Schlag auf den Hinterkopf, mit irgendeinem harten, aber keinem stumpfen Gegenstand, sondern der hatte eine scharfe Kante. Er hat auch eine Bruchverletzung am Kiefer, was auf einen zweiten Schlag von vorn hindeuten könnte.«

»Es besteht also kein Zweifel, daß es sich um Mord handelt?« Patrik umklammerte den Hörer.

»Nein, er kann sich diese Verletzungen unmöglich selber zugefügt haben.«

»Und wie lange ist er schon tot?«

»Das ist schwer zu sagen. Aber er hat lange in der Erde gelegen. Ich vermute, der Zeitpunkt stimmt ziemlich gut mit dem überein, an dem er sich erhängt haben soll. Also er ist nicht erst später dort hingelegt worden, falls du das glaubst«, sagte Pedersen amüsiert.

Es herrschte einige Augenblicke Schweigen, da Patrik über Pedersens Worte nachdachte. Dann kam ihm eine Idee: »Du hast gerade angedeutet, daß bei der Untersuchung von Johannes noch etwas gefunden worden ist. Und was?«

»Ja, das wird euch gefallen. Wir haben eine Sommerhilfskraft hier, die mehr als eifrig ist, und die hatte den Einfall, einen DNA-Test an Johannes vorzunehmen, wo er doch jetzt sowieso ausgegraben war, und den hat sie mit den Spermaspuren verglichen, die man bei Tanja Schmidt gefunden hat.«

»Ja?« Patrik hörte seinen eigenen, vor Erwartung keuchenden Atem.

»Und hol mich der Teufel, aber da gibt es eine Verwandtschaft! Derjenige, der Tanja Schmidt ermordet hat, ist eindeutig mit Johannes Hult verwandt.«

Patrik hatte den korrekten Pedersen noch nie fluchen gehört, aber jetzt war er geneigt, in dessen Kraftausdruck einzustimmen: Hol mich der Teufel. Als er sich eine Sekunde gesammelt hatte, fragte er: »Könnt ihr sehen, auf welche Weise die beiden verwandt sind?« Das Herz hämmerte ihm in der Brust.

»Ja, da sind wir gerade dabei. Aber dazu braucht man mehr Vergleichsmaterial, also deine Aufgabe ist es jetzt, von sämtlichen bekannten Mitgliedern der Familie Hult Blutproben zu beschaffen.«

»Von allen?« fragte Patrik, und ihm wurden die Knie weich bei dem Gedanken, wie der Clan diese Verletzung seiner Privatsphäre aufnehmen würde.

Er dankte für die Information und ging zurück an den Frühstückstisch, wo Erica wie eine Madonna dasaß, mit wogenden Formen im weißen Nachthemd und mit offenen blonden Haaren. Sie nahm ihm noch immer den Atem.

»Fahr los.« Sie wedelte ihn erneut weg, und er gab ihr dankbar ein Küßchen auf die Wange.

»Hast du heute was zu tun?« fragte er.

»Der Vorteil anspruchsvoller Gäste ist, daß ich mich jetzt auf einen richtig faulen Tag freue. Mit anderen Worten, ich werde heute nicht das geringste tun, habe ich mir vorgenommen. Einfach nur draußen liegen, lesen und mir irgendwas Gutes munden lassen.«

»Das klingt nach einem wunderbaren Plan. Dann versuche ich, heute auch früh nach Hause zu kommen. Spätestens um vier, das verspreche ich.«

»Ja, ja. Du bist da, wenn du da bist. Hau jetzt ab, ich sehe doch, wie es dir unter den Nägeln brennt.«

Das brauchte sie ihm nicht zweimal zu sagen.

Als er gut zwanzig Minuten später das Revier betrat, saßen die anderen im Pausenraum und tranken ihren Morgenkaffee. Schuldbewußt mußte er sich eingestehen, daß es wohl etwas später geworden war, als er vorgehabt hatte.

»Grüß dich, Hedström, hast du heute vergessen, den Wecker zu stellen, oder?«

Ernst, dessen Selbstvertrauen nach dem gestrigen Tag vollständig wiederhergestellt war, gab sich so anmaßend, wie er es nur wagte.

»Also das war wohl eher ein kleiner Ausgleich für all die Überstunden. Es war auch nötig, sich mal um die eigene Partnerin zu kümmern«, sagte Patrik und blinzelte Annika zu, die ihren Platz in der Rezeption ein Weilchen im Stich gelassen hatte.

»Ja, das sind wohl die Privilegien eines Chefs, nehme ich mal an, ein bißchen länger schlafen zu können, wenn einem danach ist«, konnte sich Ernst nicht verkneifen.

»Ich habe zwar die Verantwortung für diese Ermittlung hier, aber ich bin kein Chef«, betonte Patrik sanft. Die Blicke, die

Annika ihrem Kollegen Ernst zuwarf, waren keineswegs so sanft.

Patrik fuhr fort: »Und als Verantwortlicher für die Ermittlung komme ich mit ein paar Neuigkeiten – und einer neuen Aufgabe.«

Er berichtete, was Pedersen gesagt hatte, und ein Weilchen war die Stimmung im Pausenraum der Tanumsheder Polizeidienststelle triumphierend.

»Ja, da sind über Nacht nur noch vier Verdächtige übriggeblieben«, sagte Gösta. »Johan, Robert, Jacob und Gabriel.«

»Und vergiß nicht, wo Tanja zuletzt gesehen worden ist«, sagte Martin.

»Nach dem, was Johan sagt, ja«, erinnerte Ernst. »Vergeßt nicht, daß es Johan war, der das *behauptet* hat. Ich persönlich möchte da erst einen verläßlicheren Zeugen sehen.«

»Ja, aber Linda hat doch auch bestätigt, daß sie an dem Abend dort jemanden gesehen haben, also …«

Patrik unterbrach die Diskussion zwischen Martin und Ernst. »Mit dieser Sache mag es stehen, wie es will. Sobald wir alle von der Familie Hult hier haben und die DNA-Tests gemacht worden sind, brauchen wir nicht mehr zu spekulieren. Dann wissen wir Bescheid. Und ich habe auf dem Weg hierher schon angerufen, um die notwendige Genehmigung zu erhalten. Alle wissen, warum es eilt, also erwarte ich jeden Moment grünes Licht von der Staatsanwaltschaft.«

Er goß sich eine Tasse Kaffee ein und setzte sich zu den anderen. Das Handy legte er mitten auf den Tisch, und keiner konnte sich verkneifen, immer wieder dorthin zu schielen.

»Wie fandet ihr das gestrige Spektakel?«

Ernst lachte kollernd und vergaß schnell sein Versprechen, nicht über das zu klatschen, was der Chef ihm anvertraut hatte. Jeder im Raum hatte zu diesem Zeitpunkt bereits von Mellbergs Versandhaustussi gehört. Ein ähnliches Getratsche hatte es hier seit Jahr und Tag nicht gegeben, und die Sache würde sicher noch lange Zeit für Gesprächsstoff sorgen, wenn der Chef nicht in Hörweite war.

»Ja, Himmel«, lachte Gösta. »Ist man so wild nach einem

Weibsbild, daß man es aus dem Katalog bestellen muß, dann ist man schließlich selber schuld.«

»Sein Gesicht hätte ich sehen wollen, als er sie auf dem Flugplatz abholen wollte und begriff, daß seine Erwartungen, gelinde ausgedrückt, enttäuscht worden waren.« Annika lachte herzhaft über das Mißgeschick. Über das Unglück anderer zu lachen war irgendwie einfacher, wenn Mellberg die Zielscheibe war.

»Ja, aber ich muß schon sagen, die hat sich nicht auf ihren Lorbeeren ausgeruht. Ruckzuck ins Geschäft und sich die Tasche vollgestopft. Und es schien auch nicht so wichtig zu sein, was sie gestohlen hat, die Hauptsache war, es hing ein Preisetikett dran ...«, sagte Ernst prustend. »Apropos stehlen, könnt ihr das begreifen. Der alte Persson, den Gösta und ich gestern besucht haben, erzählte mir, daß irgendein Blödmann ihm diesen verdammten Dünger immer geklaut hat. Jedesmal, wenn er eine neue Lieferung bestellt hat, wurde er um ein paar große Säcke erleichtert. Könnt ihr begreifen, daß die Leute so verdammt geizig sind, daß sie sogar Säcke mit Dreck klauen, Mann? Zwar ist dieses Zeug offenbar teuer, aber trotzdem ...« Er klatschte sich auf die Knie. »Ja, Teufel«, sagte er und wischte sich eine Lachträne aus dem Augenwinkel. Dann bemerkte er, daß es totenstill um ihn geworden war.

»Was hast du gesagt?« fragte Patrik mit unheilverkündender Stimme. Ernst hatte diesen Ton schon früher vernommen, zuletzt erst vor ein paar Tagen, und er wußte, daß er wieder ins Fettnäpfchen getreten war.

»Ja, also, er hat gesagt, daß jemand ihm immer ganze Säcke von diesem Dünger geklaut hat.«

»Und im Hinblick darauf, daß Västergården gleich nebenan liegt, bist du nicht auf die Idee gekommen, daß das vielleicht eine wichtige Information ist?«

Patriks Stimme war so kalt, daß Ernst das Gefühl hatte, der Frost schneide ihm in die Haut. Patrik drehte sich zu Gösta um: »Hast du das auch gehört?«

»Nein, das muß der Bauer erzählt haben, als ich ein paar Minuten auf dem Klo war.« Er starrte Ernst wütend an.

»Daran habe ich nicht gedacht«, sagte Ernst sauer. »Mensch, man kann doch nicht an alles denken.«

»Genau das hat man zu tun, verdammt. Aber über die Sache werden wir später reden, die Frage ist jetzt, was das für uns bedeutet.«

Martin hob die Hand, als sitze er in der Schule. »Bin ich der einzige, der findet, daß wir immer deutlicher Jacob einkreisen?« Niemand gab eine Antwort, also erklärte er, was er meinte. »Erstens haben wir eine Zeugenaussage, wenn auch aus etwas unzuverlässiger Quelle, die besagt, daß Tanja kurz vor ihrem Verschwinden auf Västergården gesehen worden ist. Zweitens weist die DNA-Probe von Tanjas Leiche auf jemanden hin, der mit Johannes verwandt ist, und drittens wurden Säcke von einem Hof gestohlen, der buchstäblich an Västergården grenzt. Ich finde, das reicht ja wohl wenigstens, um ihn zu einer kleinen Unterhaltung herzuholen *und* in der Zwischenzeit das Anwesen ein bißchen unter die Lupe zu nehmen.«

Noch immer sagte keiner ein Wort, also fuhr Martin mit seiner Argumentation fort: »Wie du selber sagst, Patrik, eilt es. Wir verlieren nichts, wenn wir uns dort ein bißchen umschauen und Jacob die Daumenschrauben ansetzen. Das einzige, wobei wir etwas verlieren können, ist, wenn wir nichts tun. Sicher, wir erhalten Bescheid, wenn wir alle getestet und die DNA verglichen haben, aber wir können in der Zwischenzeit nicht nur hier rumsitzen und Däumchen drehen. Wir müssen etwas tun!«

Am Ende ergriff Patrik das Wort: »Martin hat recht. Wir haben genug in der Hand, daß es sich lohnen könnte, mit ihm zu reden, und es schadet auch nichts, sich Västergården einmal näher anzusehen. Also machen wir es jetzt so: Gösta und ich fahren dorthin und holen Jacob. Martin, du rufst in Uddevalla an und bittest um Verstärkung, um eine Haussuchung auf dem Hof vorzunehmen. Bitte Mellberg um Hilfe bei der Beschaffung der Genehmigungen, aber achte darauf, daß sie sich nicht nur aufs Wohnhaus beziehen, sondern auch auf alle anderen Gebäude des Anwesens. Bei Bedarf erstatten wir Annika Bericht. Okay? Irgendwas unklar?«

»Ja, wie machen wir es mit den Blutproben?« fragte Martin.

»O verdammt, das habe ich vergessen. Man könnte sich glatt zerteilen.« Patrik dachte ein Weilchen nach. »Martin, kannst du das auch noch übernehmen, wenn du Hilfe von Uddevalla erhältst?« Martin nickte. »Gut, setz dich auch mit dem Ärztehaus von Fjällbacka in Verbindung, und nimm jemanden von dort mit, der Blut abnehmen kann. Und achte dann um Himmels willen darauf, daß die Proben richtig gekennzeichnet werden und blitzschnell bei Pedersen landen. Also dann, los geht's. Und vergeßt nicht, warum es eilt!«

»Und was soll ich machen?« Ernst sah seine Chance, wieder in Gnaden aufgenommen zu werden.

»Du bleibst hier«, erwiderte Patrik und verschwendete keine weiteren Worte.

Ernst brummte, aber er wußte, wann es geraten schien, sich zurückzuhalten. Doch er würde wirklich mal mit Mellberg sprechen, wenn all das hier vorbei war. So furchtbar schlimm war die Sache ja wohl nicht gewesen. Man ist ja schließlich nur ein Mensch!

Marita ging das Herz in der Brust auf. Der Gottesdienst in freier Natur war wunderbar wie immer, und im Mittelpunkt desselben stand ihr Jacob. Aufrecht, stark und mit sicherer Stimme verkündete er Gottes Wort. Viele waren gekommen. Außer den meisten Bewohnern des Hofes – einige von ihnen waren jedoch noch nicht erleuchtet und hatten sich geweigert – waren gut hundert treue Anhänger erschienen. Sie saßen im Gras, den Blick auf Jacob gerichtet, der auf seinem üblichen Platz stand, auf den glatten Felsen mit dem Rücken zum Meer. Um sie herum wuchsen die Birken hoch und dicht, sie spendeten Schatten, wenn die Hitze unerträglich wurde, und raschelten zur Begleitung von Jacobs melodiöser Stimme. Manchmal konnte Marita ihr Glück kaum begreifen. Daß der Mann, den alle voller Bewunderung betrachteten, sich ausgerechnet für sie entschieden hatte.

Als sie Jacob kennengelernt hatte, war sie erst siebzehn Jahre alt gewesen. Jacob war dreiundzwanzig und stand bereits in dem Ruf, ein starker Mann ihrer Religionsgemeinschaft zu sein. Zum Teil lag das an seinem Großvater, dessen Ruhm auf ihn abgefärbt hatte, aber hauptsächlich war das seiner eigenen Ausstrahlung zuzuschreiben. Sanftheit und Stärke waren die ungewöhnliche Kombination, die seine Anziehungskraft ausmachten, der sich keiner entziehen konnte. Ihre Eltern, und damit auch sie, hatten lange in dieser Gemeinde gelebt und keine Zusammenkunft versäumt. Schon bevor sie zu dem ersten Gottesdienst aufgebrochen waren, den Jacob Hult halten sollte, hatte Marita ein Kribbeln im Magen verspürt, es war wie eine Vorahnung gewesen, daß etwas Großes geschehen würde. Und so war es dann ja auch gekommen. Sie hatte den Blick nicht von Jacob lösen können. Ihre Augen hatten an seinen Lippen gehangen, über die Gottes Worte so leicht wie Wasser rannen. Als sein Blick dem ihren begegnet war, hatte sie Gebete zu Gott gesandt. Fiebrige, bittende, flehende Gebete. Sie, die gelernt hatte, daß man nie um etwas für sich selbst bitten durfte, betete um etwas so Weltliches wie einen Mann. Aber sie konnte nicht damit aufhören. Obwohl sie spürte, wie die Hitze des Fegefeuers die Haut der Sünderin schon versengte, betete sie immer fieberhafter weiter und hörte nicht eher auf, bevor sie wußte, daß Jacob seinen Blick mit Behagen auf ihr ruhen ließ.

Eigentlich verstand sie nicht, warum er sie zur Ehefrau gewählt hatte. Sie wußte, daß sie noch nie etwas anderes als ein alltägliches Äußeres besessen hatte, und was die Persönlichkeit anging, so war sie still und verschlossen. Aber er hatte sie haben wollen, und an dem Tag ihrer Heirat gelobte sie sich selbst, nie darüber nachzugrübeln oder Gottes Willen in Frage zu stellen. ER hatte sie offenbar beide in der Menge erblickt und gesehen, daß es gut getan wäre, und damit mußte sie sich begnügen. Vielleicht brauchte ein so starker Mensch wie Jacob ein schwaches Gegenüber, damit kein Widerstand ihn verschliß. Was wußte denn sie.

Die Kinder, die neben ihr auf der Erde saßen, rutschten unruhig hin und her. Marita bedeutete ihnen streng, sich still zu verhalten. Sie wußte, daß es ihnen in den Beinen kribbelte, weil sie herumrennen und spielen wollten, aber dafür war später

Zeit, jetzt sollten sie ihrem Vater zuhören, wenn er Gottes Wort verkündete.

»Wenn uns Schwierigkeiten begegnen, dann wird unser Glaube auf die Probe gestellt. Aber so wird er auch gestärkt. Ohne Widerstand wird der Glaube geschwächt, und das läßt uns satt und bequem werden. Wir vergessen allmählich, warum wir uns an Gott wenden sollen, damit er uns den Weg weist. Und schon bald sind wir auf Abwege geraten. Wie ihr wißt, habe ich selbst in letzter Zeit Prüfungen durchstehen müssen. Und meine Familie ebenso. Böse Kräfte wirken, um unseren Glauben auf die Probe zu stellen. Aber sie sind zum Scheitern verurteilt. Denn mein Glaube hat an Stärke nur zugenommen. Er ist so stark geworden, daß die Mächte des Bösen keine Chance haben, mich zu erreichen. Lob sei Gott, der mir solche Kraft verleiht!«

Er hob die Hände zum Himmel, und die Versammelten brachen mit vor Freude und Überwältigung strahlenden Gesichtern in Halleluja-Rufe aus. Auch Marita hob die Hände zum Himmel und dankte Gott. Jacobs Worte ließen sie die Schwierigkeiten der letzten Wochen vergessen. Sie vertraute ihm, und sie vertraute dem Herrn, und wenn die beiden nur zusammen waren, konnte nichts sie ins Wanken bringen.

Als Jacob ein Weilchen später den Gottesdienst beendete, sammelten sich die Menschen in Scharen um ihn. Alle wollten ihm die Hand geben, ihm danken und ihn ihrer Unterstützung versichern. Alle schienen das Bedürfnis zu haben, ihn zu berühren, um auf diese Weise einen Teil seiner Ruhe und Überzeugung mit nach Hause nehmen zu können. Alle wollten sie ein Stück von ihm. Aber Marita blieb im Hintergrund – in dem triumphierenden Bewußtsein, daß Jacob ihr gehörte. Manchmal fragte sie sich schuldbewußt, ob ein solches Begehren nach dem eigenen Mann, der Wunsch, jede Faser von ihm zu besitzen, Sünde war, aber dann verjagte sie diese Gedanken wieder. Es war offenbar Gottes Wille, daß sie zusammen sein sollten, und dann konnte es ja kaum falsch sein.

Als sich die Menge um ihn allmählich zerstreute, nahm sie die Kinder an die Hand und ging zu ihm. Sie kannte ihn so gut.

Sie sah, daß all das, was ihn während des Gottesdienstes erfüllt hatte, nun langsam zusammensank und sich statt dessen Müdigkeit in seinen Augen zeigte.

»Komm, wir fahren nach Hause, Jacob.«

»Noch nicht, Marita. Da ist erst noch etwas, das ich tun muß.«

»Nichts, was du nicht morgen machen kannst. Ich nehme dich jetzt mit nach Hause, dann kannst du dich ausruhen, ich sehe doch, daß du müde bist.«

Er lächelte und nahm ihre Hand. »Wie immer hast du recht, meine kluge Frau. Ich will nur im Büro meine Sachen holen, dann fahren wir.«

Sie waren unterwegs zum Haus, als zwei Männer auf sie zuhielten. Erst sahen sie nicht, wer es war, weil ihnen die Sonne direkt in die Augen schien, aber als sie näher gekommen waren, ließ Jacob ein genervtes Stöhnen hören.

»Was wollt ihr denn jetzt schon wieder?«

Marita schaute verwundert von Jacob zu den Männern, bis sie durch Jacobs Ton begriff, daß es Polizisten sein mußten. Sie warf ihnen einen giftigen Blick zu. Die waren es, die Jacob und seiner Familie in letzter Zeit so viel Ärger bereitet hatten.

»Wir möchten ein bißchen mit dir reden, Jacob.«

»Was, in aller Welt, kann es noch geben, das ich nicht schon gestern gesagt habe?« Er seufzte. »Nun ja, es ist wohl das beste, es hinter sich zu bringen. Wir gehen in mein Büro.«

Die Polizisten rührten sich nicht. Sie blickten betreten auf die Kinder, und Marita schwante nichts Gutes. Instinktiv zog sie die Kleinen an sich.

»Nicht hier. Wir möchten mit dir auf dem Polizeirevier reden.«

Der jüngere der Polizisten sprach. Der ältere stand ein wenig abseits und schaute Jacob voller Ernst an. Die Angst schlug ihr die Klauen ins Herz. Es waren wahrhaftig die Mächte des Bösen, die sich näherten, genau wie Jacob in seiner Predigt gesagt hatte.

9

Sommer 1979

Sie wußte, daß das andere Mädchen sie verlassen hatte. Aus ihrer Ecke hörte sie, wie es den letzten Seufzer in die Dunkelheit ausstieß, und sie betete fieberhaft zu Gott, er möge ihre Kameradin in der Not bei sich aufnehmen. In gewisser Weise empfand sie Neid. Weil die andere nun dem Leiden entkam.

Das Mädchen war schon hier gewesen, als sie in diese Hölle geraten war. Der Schrecken hatte sie zuerst gelähmt, aber die Arme des Mädchens um ihren Leib und deren warmer Körper neben ihrem hatten eine seltsame Geborgenheit vermittelt. Zugleich war die andere nicht immer nett gewesen. Der Kampf ums Überleben hatte sie beide zusammen-, aber auch auseinandergetrieben. Sie selbst hatte die Hoffnung bewahrt. Das hatte die andere nicht, und sie wußte, daß sie das Mädchen manchmal dafür haßte. Aber wie hätte sie denn die Hoffnung aufgeben können? Ihr Leben lang hatte sie gelernt, daß sich auch die unmöglichsten Situationen lösen ließen, und warum sollte das diesmal anders sein? Sie sah die Gesichter ihrer Eltern vor sich und fühlte sich sicher in der Gewißheit, daß die beiden sie bald finden würden.

Die andere tat ihr leid. Sie hatte überhaupt nichts besessen. Sie hatte gewußt, wer das Mädchen war, sobald sie ihren warmen Körper in der Finsternis gespürt hatte. Dort oben im Leben hatten sie jedoch nie miteinander geredet, und wie auf eine stillschweigende Vereinbarung hin nannten sie sich hier nicht beim Namen. Das erinnerte allzusehr an die Normalität, als daß sie es ertragen hätten. Aber das Mädchen hatte von ihrer Tochter gesprochen. Da war das einzige Mal Leben in ihrer Stimme gewesen.

Die Hände zu falten, um für diejenige zu beten, die jetzt nicht mehr da war, hatte sie fast übermenschliche Anstrengung gekostet. Ihre Glieder gehorchten ihr nicht mehr, aber indem sie ihre letzten Kräfte zusammennahm, war es ihr mit purer Willenskraft gelungen, ihre wider-

spenstigen Hände zu einer Haltung zusammenzubringen, die an ein Gebet erinnerte.

Geduldig lag sie mit ihrem Schmerz in der Dunkelheit und wartete. Jetzt war es nur noch eine Zeitfrage, bis Vater und Mutter sie finden würden. Schon bald …

Gereizt sagte Jacob: »Ja, ich komme mit aufs Revier. Aber dann hat mit dieser Sache hier Schluß zu sein! Habt ihr gehört!«

Aus dem Augenwinkel sah Marita, wie sich Kennedy näherte. Sie hatte ihn nie gemocht. Er hatte etwas Unangenehmes im Blick, das sich mit Verehrung mischte, wenn er Jacob ansah. Aber Jacob hatte sie ermahnt, als sie ihm von ihren Gefühlen erzählt hatte. Kennedy sei ein unglückliches Kind, das endlich anfange, Frieden zu finden. Was er jetzt brauche, sei Liebe und Fürsorge, nicht Mißtrauen. Aber sie konnte die Unruhe nicht ganz vertreiben. Eine abwehrende Geste von Jacob ließ Kennedy widerstrebend stehenbleiben und dann langsam zurück zum Haus gehen. Er war wie ein Wachhund, der sein Herrchen verteidigen wollte, dachte Marita.

Jacob drehte sich zu ihr um und nahm ihr Gesicht in seine Hände. »Fahr mit den Kindern nach Hause. Es besteht keine Gefahr. Die Polizisten wollen nur noch etwas Öl auf das Feuer gießen, das sie selbst verschlingen wird.«

Er lächelte, um seinen Worten die Schärfe zu nehmen, aber instinktiv zog sie die Kinder noch fester an sich. Die schauten unruhig von ihr zu Jacob. Auf die für Kinder typische Weise fühlten sie, daß da etwas war, was ihre Welt aus dem Gleichgewicht brachte.

Der jüngere Polizist ergriff erneut das Wort. Diesmal sah er ein bißchen betreten aus, als er sagte: »Ich würde empfehlen, daß du mit den Kindern nicht vor heute abend nach Hause fährst. Wir …«, er zögerte, »wir werden dort am Nachmittag eine Haussuchung vornehmen.«

»Was erlaubt ihr euch eigentlich?« Jacob war so empört, daß ihm die Worte fast im Hals steckenblieben.

Marita spürte, wie sich die Kinder unruhig hin und her wanden. Sie waren es nicht gewohnt, daß ihr Vater die Stimme erhob.

»Das werden wir dir erklären, aber erst auf dem Revier. Können wir jetzt fahren?«

Um die Kinder nicht noch mehr aufzuregen, nickte Jacob resigniert. Er tätschelte ihnen den Kopf, küßte Marita auf die Wange und ging zwischen den beiden Männern zum Wagen.

Als die Polizei mit Jacob abfuhr, stand sie wie festgefroren da und schaute ihnen hinterher. Vom Haus her betrachtete Kennedy die Szene. Seine Augen waren schwarz wie die Nacht.

Auch das Gutshaus war in Aufruhr.

»Ich rufe meinen Anwalt an! Das hier ist doch völlig irrsinnig! Uns Blutproben abzunehmen und uns zu behandeln, als seien wir simple Kriminelle!«

Gabriel war so wütend, daß ihm die Hand auf der Klinke zitterte. Martin stand zuoberst auf der Treppe und begegnete ganz ruhig seinem Blick. Hinter ihm befand sich Fjällbackas Bezirksarzt, Doktor Jacobsson, der heftig schwitzte. Sein gewaltiger Leibesumfang machte ihm bei diesen Temperaturen sehr zu schaffen, doch der Hauptgrund dafür, daß ihm der Schweiß von der Stirn tropfte, war, daß er die Situation als äußerst unangenehm empfand.

»Tun Sie das gern, aber teilen Sie dem Anwalt mit, was für Papiere wir haben, dann kann er Ihnen sicher erklären, daß es unser volles Recht ist. Und wenn er nicht in einer Viertelstunde hier sein kann, haben wir im Hinblick auf die äußerste Dringlichkeit dieser Angelegenheit das Recht, den Beschluß ohne seine Anwesenheit in die Tat umzusetzen.«

Martin drückte sich bewußt so bürokratisch aus, wie er nur vermochte. Er vermutete, daß diese Sprache am besten bei Gabriel Hult ankam. Und es funktionierte, widerwillig ließ er sie ins Haus. Er nahm die Dokumente entgegen, die Martin ihm gezeigt hatte, und ging direkt zum Telefon. Martin winkte die beiden Polizisten herein, die man ihnen zur Verstärkung aus Uddevalla geschickt hatte, und bereitete sich auf ein längeres Warten vor. Gabriel sprach erregt und heftig gestikulierend in den Hörer, und nach wenigen Minuten kehrte er zu ihnen zurück in die Diele.

»Er ist in zehn Minuten hier«, erklärte er mürrisch.

»Gut. Wo sind Ihre Frau und Ihre Tochter? Wir müssen auch von ihnen Proben nehmen.«

»Im Stall.«

»Kannst du sie holen?« sagte Martin zu einem der Polizisten aus Uddevalla.

»Klar. Wo ist der Stall?«

»Am linken Flügel führt ein kleiner Weg vorbei. Wenn Sie dem folgen, dann kommen Sie ein paar hundert Meter weiter zum Stall.« Mit einer Haltung, die deutlich zeigte, wie sehr Gabriel die Situation verabscheute, versuchte er dennoch gute Miene zum bösen Spiel zu machen. Kühl fuhr er fort: »Ich denke, die übrigen sollten zum Warten mit nach drinnen kommen.«

Schweigend saßen sie mit einem unguten Gefühl auf der äußersten Sofakante, als Linda und Laine hereinkamen.

»Was soll das hier, Gabriel? Der Polizist sagt, Doktor Jacobsson ist hier, um uns Blutproben abzunehmen! Das muß doch wohl ein Scherz sein!«

Linda, der es schwerfiel, die Augen von dem jungen Uniformierten zu lösen, der sie aus dem Stall abgeholt hatte, war anderer Ansicht. »Cool«, sagte sie.

»Leider scheint es ihr voller Ernst zu sein, Laine. Aber ich habe Rechtsanwalt Lövgren angerufen, und er wird jeden Moment hier sein. Bis dahin gibt es keine Blutproben.«

»Aber ich verstehe nicht, warum wollen Sie das tun?« Laine sah fragend drein, aber wirkte beherrscht.

»Aus ermittlungstechnischen Gründen können wir darauf leider keine Antwort geben. Aber alles wird demnächst seine Erklärung finden.«

Gabriel studierte die Genehmigungen, die er vor sich liegen hatte. »Hier steht, daß Sie die Erlaubnis eingeholt haben, auch von Jacob, Solveig und den Jungs Blutproben abzunehmen?«

War es Einbildung, oder sah Martin einen Schatten über Laines Gesicht ziehen? Eine Sekunde später klopfte es leicht an der Tür, und Gabriels Anwalt kam herein.

Als die Formalitäten wenig später erledigt waren und der Anwalt Gabriel und seiner Familie erklärt hatte, daß die Polizei im Besitz aller erforderlichen Genehmigungen war, wurde einem nach dem anderen Blut abgenommen. Zuerst Gabriel, dann Laine, die zu Martins Verwunderung noch immer am gefaßtesten schien. Er bemerkte, daß auch Gabriel seine Frau verwundert, aber anerkennend betrachtete. Zuletzt war Linda an der Reihe, die mit dem Polizisten einen so intimen Blickkontakt aufgenommen hatte, daß Martin sich gezwungen sah, diesen mahnend anzuschauen.

»Damit ist die Sache erledigt.« Jacobsson erhob sich mühsam vom Stuhl und sammelte die Gläschen mit den Proben ein. Sie waren genauestens mit den Namen der Spender versehen und wurden in einer Kühlbox verstaut.

»Wollen Sie jetzt zu Solveig?« fragte Gabriel. Er lächelte plötzlich schief. »Dann sehen Sie zu, daß Sie Ihre Helme und Gummiknüppel dabei haben, denn die wird ihr Blut nicht widerstandslos hergeben.«

»Wir werden die Situation schon meistern«, erwiderte Martin trocken. Ihm mißfiel das schadenfrohe Funkeln in Gabriels Augen.

»Na ja, sagen Sie nicht, daß ich Sie nicht gewarnt habe ...« Er lachte hämisch.

Laine zischte ihn an: »Gabriel, benimm dich wie ein erwachsener Mensch!«

Aus reiner Verblüffung, weil er von seiner Frau wie ein Kind zurechtgewiesen wurde, verstummte Gabriel und setzte sich wieder. Er musterte Laine, als sehe er sie zum erstenmal.

Martin nahm die Kollegen und den Doktor mit nach draußen, und sie verteilten sich auf zwei Autos. Als sie unterwegs zu Solveig waren, rief Patrik an.

»Hallo, wie ist es bei euch gelaufen?«

»Wie erwartet«, sagte Martin. »Gabriel wurde fuchsteufelswild und hat seinen Anwalt angerufen. Aber wir haben bekommen, was wir wollten, und jetzt fahren wir zu Solveig. Ich rechne nicht damit, daß es dort genauso glatt abläuft ...«

»Nein, das kannst du wohl auch nicht. Sieh nur zu, daß es nicht völlig ausartet.«

»Ja, ich werde total diplomatisch vorgehen. Mach dir keine Sorgen. Wie läuft es bei euch?«

»Gut. Er ist jetzt bei uns im Auto, und wir sind bald in Tanumshede.«

»Viel Glück dann.«

»Euch auch.«

Martin beendete das Gespräch in dem Moment, als sie bei Solveig Hults kläglicher Hütte vorfuhren. Diesmal beeindruckte ihn die Verwahrlosung nicht im gleichen Maße wie beim erstenmal. Aber er fragte sich erneut, wie Menschen nur so wohnen konnten. Armut in allen Ehren, aber schließlich war es doch möglich, um sich herum alles sauber und ordentlich zu halten.

Mit leichtem Beben klopfte er an. Aber selbst in seiner wildesten Phantasie hätte er sich diesen Empfang nicht vorstellen können. Klatsch! Eine brennende Ohrfeige landete auf seiner rechten Wange, und vor Überraschung blieb ihm die Luft weg. Die Polizisten hinter ihm waren drauf und dran, ins Haus zu stürmen, aber er hob die Hand, um das zu verhindern.

»Immer mit der Ruhe. Hier braucht's keine Kraftanstrengung. Nicht wahr, Solveig?« sagte er mit sanfter Stimme zu der Frau vor sich. Sie atmete heftig, aber sein Ton schien sie zu beschwichtigen.

»Ihr wagt es, hier aufzutauchen, nachdem ihr Johannes ausgegraben habt!« Sie stemmte die Hände in die Hüften und versperrte ihnen den Zugang zum Haus.

»Ich verstehe, wie schlimm das gewesen ist, Solveig, aber wir machen nur unseren Job. Und den müssen wir auch jetzt tun, und es wäre mir lieber, wenn du kooperierst.«

»Was wollt ihr denn nun wieder?« stieß sie hervor.

»Kann ich nicht erst mal reinkommen, dann erkläre ich's dir.«

Er wandte sich an die drei Männer hinter sich und sagte: »Wartet hier einen Moment, dann werden Solveig und ich ins Haus gehen und die Sache bereden.«

Im Anschluß an seine Worte trat er einfach durch die Tür und zog sie hinter sich zu. Aus reiner Verblüffung war Solveig zurückgewichen und ließ ihn ins Haus kommen. Martin mobilisierte all seine diplomatischen Fähigkeiten und erklärte ihr die Situation genau. Nach einiger Zeit nahmen ihre Proteste ab, und ein paar Minuten später konnte Martin die Tür öffnen und die anderen hereinlassen.

»Solveig, wir müssen auch die Jungs holen. Wo sind sie?«

Sie lachte. »Die verstecken sich bestimmt hinterm Haus, bis klar ist, weshalb ihr gekommen seid. Die haben eure Visagen bestimmt satt, genau wie ich.« Sie lachte und öffnete ein verdrecktes Fenster.

»Johan, Robert, schert euch her. Die Bullen sind wieder da!«

Es raschelte in den Büschen, und dann kamen Johan und Robert ins Haus getrottet. Abwartend musterten sie die Gesellschaft, die sich in der Küche zusammengedrängt hatte.

»Was ist los?«

»Jetzt wollen sie auch noch Blut von uns«, konstatierte Solveig kalt.

»Scheiße, seid ihr noch ganz dicht? Mein Blut kriegt ihr jedenfalls nicht!«

»Robert, mach jetzt keinen Zoff«, sagte Solveig müde. »Ich und dieser Polizeibeamte haben miteinander geredet, und ich habe gesagt, daß wir kein Theater machen werden. Also setzt euch jetzt hin und haltet die Klappe. Je schneller wir sie wieder los sind, um so besser.«

Zu Martins Erleichterung schienen sie ihr zu gehorchen. Mürrisch gestatteten sie, daß Jacobsson eine Spritze herausholte und ihnen beiden Blut abnahm. Nachdem auch Solveig erledigt war, verstaute er die sorgsam beschrifteten Behältnisse in seiner kleinen Box und verkündete, daß seine Arbeit jetzt beendet sei.

»Wozu braucht ihr das?« fragte Johan, mehr aus Neugier.

Martin gab ihm dieselbe Antwort, die Gabriel erhalten hatte. Dann drehte er sich zu dem jüngeren der zwei Uddevalla-Polizisten um und sagte: »Hol noch die Blutprobe ab, die sich in Tanumshede befindet, und kümmere dich darum, daß alles auf der Stelle nach Göteborg gelangt.«

Der junge Mann, der auf dem Gutshof ein bißchen zuviel

mit Linda geflirtet hatte, nickte. »Ich erledige das. Zwei Leute sind noch aus Uddevalla unterwegs, um euch …«, er verstummte und blickte ein bißchen unsicher auf Solveig und ihre Söhne, die dem Dialog aufmerksam lauschten, »ja, bei eurem *anderen* Vorhaben zu assistieren. Sie treffen euch …«, eine zweite verlegene Pause folgte, »an dem *anderen* Ort.«

»Gut«, erwiderte Martin und drehte sich zu Solveig um. »Dann auch vielen Dank.«

Einen Augenblick erwog er, ihnen von Johannes zu erzählen, aber er wagte es nicht, Patriks ausdrücklicher Anweisung zuwiderzuhandeln. Patrik wollte nicht, daß sie es schon jetzt erfuhren, und da mußte er sich fügen.

Vor dem Haus blieb er einen Moment stehen. Wenn man von dem Verfall des Häuschens, den Autowracks und dem anderen Krempel absah, der hier draußen herumstand, so wohnten sie überirdisch schön. Er hoffte nur, sie selbst waren zuweilen imstande, den Blick von ihrem eigenen Elend zu heben und die Schönheit um sich herum wahrzunehmen. Aber er hegte große Zweifel.

»Na dann, auf nach Västergården«, sagte Martin und ging entschlossen auf den Wagen zu. Eine Aufgabe war erledigt, eine andere wartete. Er fragte sich, wie es wohl bei Patrik und Gösta lief.

»Was glaubst du selber, warum du hier bist?« fragte Patrik. Gösta und er saßen Jacob in dem kleinen Vernehmungszimmer gegenüber.

Jacob betrachtete sie ungerührt, mit gefalteten, auf dem Tisch ruhenden Händen. »Wie soll ich das wissen? Nichts, was ihr gegen meine Familie unternommen habt, hatte irgendeine Logik, also vermute ich mal, jetzt wird es genauso sein.«

»Du meinst also in vollem Ernst, daß die Polizei ihre wichtigste Aufgabe darin sieht, deine Familie zu schikanieren? Welches Motiv sollten wir dafür haben?« Patrik beugte sich neugierig vor.

Von neuem erwiderte Jacob völlig ruhig: »Bosheit und Tücke brauchen kein Motiv. Aber was weiß ich, vielleicht habt ihr gemerkt, daß ihr bei Johannes einen Schnitzer gemacht habt, und versucht die Sache jetzt irgendwie vor euch selbst zu rechtfertigen.«

»Wie meinst du das?« fragte Patrik.

»Ich meine nur, daß ihr vielleicht glaubt, wenn ihr uns heute für etwas drankriegen könnt, dann müßt ihr auch damals bei Johannes recht gehabt haben«, erwiderte Jacob.

»Du findest das nicht etwas weit hergeholt?«

»Was soll man sonst denken? Ich weiß nur, daß ihr euch wie Zecken an uns festgesaugt habt und nicht bereit seid, wieder loszulassen. Mein einziger Trost ist, daß Gott die Wahrheit sieht.«

»Du redest viel von Gott, Junge«, sagte Gösta. »Ist dein Vater genauso gläubig?«

Die Frage schien Jacob unangenehm zu sein, genau wie Gösta beabsichtigt hatte: »Der Glaube meines Vater befindet sich irgendwo tief in ihm. Aber seine«, er schien nachzudenken, welches Wort er wählen sollte, »komplizierte Beziehung zu seinem eigenen Vater hat den Gottesglauben in Bedrängnis gebracht. Doch er ist vorhanden.«

»Sein Vater, ja. Ephraim Hult, der Prediger. Du und er, ihr hattet eine enge Bindung.« Bei Gösta klang das mehr wie eine Feststellung, nicht wie eine Frage.

»Ich verstehe nicht, warum das für euch von Interesse sein sollte, aber ja, Großvater und ich, wir standen uns sehr nahe.« Jacob preßte die Lippen aufeinander.

»Er hat dir das Leben gerettet?« sagte Patrik.

»Ja, er hat mir das Leben gerettet.«

»Wie hat dein Vater die Tatsache aufgenommen, daß sein eigener Vater, zu dem er selbst eine … komplizierte Beziehung gehabt hat – so waren ja deine eigenen Worte –, dir das Leben retten konnte, er selber aber nicht?« fuhr Patrik fort.

»Jeder Vater will schließlich der Held seines Sohnes sein, aber ich glaube nicht, daß er die Sache so gesehen hat. Großvater war es nun einmal, der mir das Leben gerettet hat, und dafür war Papa ihm ewig dankbar.«

»Und Johannes? Wie war seine Beziehung zu Ephraim – und zu deinem Vater?«

»Also, ich verstehe nicht, was das für eine Bedeutung haben soll! All das ist jetzt mehr als zwanzig Jahre her!«

»Das ist uns bewußt, aber wir wären dir dennoch dankbar, wenn du unsere Fragen beantworten würdest«, sagte Gösta.

Jacob, der bis dahin völlig ruhig dagesessen hatte, zeigte erste Anzeichen von Nervosität und fuhr sich mit der Hand durchs Haar.

»Johannes ... Ja, er und Papa hatten wohl so einige Probleme miteinander, aber Ephraim liebte Johannes. Zwar kann man deren Beziehung vielleicht nicht direkt innig nennen, aber bei der damaligen Generation war das wohl so. Man zeigte seine Gefühle nicht.«

»Hatten dein Vater und Johannes viel Streit miteinander?« fragte Patrik.

»Was heißt Streit. Sie hatten wohl ihre Dispute, aber Geschwister kabbeln sich nun mal ...«

»Nach dem, was die Leute sagen, waren es mehr als nur Dispute. Manche behaupten sogar, daß Gabriel seinen Bruder gehaßt hat.« Patrik machte ein wenig Druck.

»Haß ist ein starkes Wort, mit dem man nicht so leichtfertig umgehen sollte. Nein, Papa hegte für Johannes wohl nicht gerade die zärtlichsten Gefühle, aber wenn ihnen Zeit geblieben wäre, denke ich, dann hätte Gott ganz sicher eingegriffen. Ein Bruder soll nicht mit dem anderen Bruder hadern.«

»Ich vermute, du beziehst dich auf Kain und Abel. Interessant, daß du gerade an diese Bibelgeschichte denkst. Stand es so schlimm zwischen den beiden?« fragte Patrik.

»Nein, so war es wirklich nicht. Papa hat seinen Bruder trotz allem schließlich nicht umgebracht, oder?« Jacob schien seine verlorene Ruhe langsam wiederzufinden und faltete die Hände erneut wie zum Gebet.

»Bist du dir da so sicher?« In Göstas Stimme lagen eine Menge Untertöne.

Verwirrt blickte Jacob von einem der vor ihm sitzenden Männer zum anderen.

»Wovon redet ihr? Johannes hat sich erhängt, das wissen doch alle.«

»Na ja, das Problem ist nur, daß sich jetzt, wo wir Johannes' sterbliche Überreste untersucht haben, etwas ganz anderes herausgestellt hat. Johannes ist ermordet worden. Er hat sich nicht das Leben genommen.«

Die Hände, die gefaltet auf dem Tisch lagen, begannen unkontrolliert zu zittern. Jacob schien sich zu bemühen, mit den Lippen Worte zu formen, doch nichts war zu hören. Patrik und Gösta lehnten sich gleichzeitig, so als folgten sie einer Choreographie, zurück und betrachteten Jacob unter Schweigen. Die Sache schien ihm jedenfalls neu zu sein.

»Wie hat dein Vater auf die Nachricht von Johannes' Tod reagiert?«

»Ich, ich ... ich weiß nicht genau«, stammelte Jacob. »Ich war damals noch immer im Krankenhaus.« Ein Gedanke traf ihn blitzartig: »Wollt ihr es so hinstellen, daß Papa Johannes umgebracht hat?« Diese Idee brachte ihn zum Kichern. »Ihr seid völlig verrückt. Mein Vater soll seinen Bruder ermordet haben ... Nein, das kann doch nicht wahr sein!« Sein Kichern ging in lautes Lachen über. Weder Gösta noch Patrik wirkten amüsiert.

»Du findest es zum Lachen, daß dein Onkel Johannes ermordet worden ist. Hältst es also für lustig?« fragte Patrik kühl.

Jacob verstummte abrupt und senkte den Kopf. »Nein, das ist es natürlich nicht. Es war nur ein solcher Schock ...« Er hob wieder den Blick. »Aber dann verstehe ich noch weniger, warum ihr mit mir reden wollt. Ich war damals erst zehn Jahre alt und lag im Krankenhaus, also vermute ich, daß ihr nicht behaupten wollt, ich hätte etwas damit zu tun.« Er betonte das Ich, um deutlich zu machen, für wie absurd er die Sache hielt. »Hingegen ist es ja wohl ziemlich offensichtlich, was damals passiert ist. Demjenigen, der Siv und Mona wirklich ermordet hatte, muß es perfekt vorgekommen sein, daß ihr Johannes zum Sündenbock erklärt habt, und um zu verhindern, daß man ihm doch noch auf die Schliche kommt, hat er Johannes umgebracht und es wie Selbstmord aussehen lassen. Der Mörder wußte, wie die Leute hier reagieren. Daß sie darin einen genauso deutlichen Beweis seiner Schuld sehen wie in einem schriftlichen Geständnis. Und bestimmt hat dieselbe Person diese Deutsche ermordet. Das ist doch hieb- und stichfest, oder?« sagte er eifrig, mit glänzenden Augen.

»Eine ziemlich gute Theorie«, lobte Patrik. »Wirklich nicht dumm, wenn man von der Tatsache absieht, daß wir die DNA-Probe, die wir Johannes gestern entnommen haben, mit einer anderen Probe vergleichen ließen, die vom Sperma an Tanjas totem Körper stammt. Dabei stellte sich heraus, daß Johannes mit dem Mörder von Tanja verwandt ist.« Er wartete auf Jacobs Reaktion, doch die blieb aus. Er saß völlig regungslos da.

Patrik fuhr fort: »Also heute haben wir Blutproben von allen Familienmitgliedern abgenommen und werden sie, zusammen mit der, die wir dir hier bei deiner Ankunft abgenommen haben, nach Göteborg zum Vergleich schicken. Also sind wir ziemlich sicher, bald schwarz auf weiß lesen zu können, wer der Mörder ist. Wäre es nicht das beste, wenn du erzählst, was du weißt, Jacob? Tanja ist zu Hause bei dir gesehen worden, der Mörder ist mit Johannes verwandt – ist das nicht ein etwas sonderbares Zusammentreffen, was meinst du?«

Jacobs Gesicht wechselte die Farbe. Mal war es bleich, dann wieder dunkelrot, und Patrik konnte sehen, wie seine Kiefer arbeiteten.

»Diese Zeugenaussage ist nur dummes Zeug, und das wißt ihr. Johan wollte mich nur drankriegen, weil er unsere Familie verabscheut. Und was Blutproben und DNA und all so was angeht, so könnt ihr so viele Tests machen, wie ihr nur wollt, aber ihr werdet mich holen ... mich um Entschuldigung bitten, wenn ihr die Ergebnisse erhalten habt!«

»Ich verspreche, daß ich in diesem Fall persönlich um Entschuldigung bitten werde«, antwortete Patrik ruhig, »doch bis dahin werde ich alles dafür tun, die Antworten, die wir brauchen, zu bekommen.«

Er wünschte, Martin und seine Gruppe wären mit der Haussuchung fertig gewesen, bevor sie mit Jacobs Verhör begonnen hatten, aber da ihnen die Zeit davonlief, mußten sie mit dem arbeiten, was sie zur Verfügung hatten. Vor allem wünschte er eine Antwort darauf, ob die Erdanalysen aus Västergården Spuren von FZ-302 enthielten. Eventuelle physische Spuren von Tanja oder Jenny hoffte er von Martin bald mitgeteilt zu bekommen, aber die Analyse der Erde konnte man nicht vor Ort vornehmen, sondern die würde einige Zeit erfordern. Zugleich war er skeptisch, ob auf dem Hof wirklich etwas zu finden war. Konnte man denn dort jemanden verstecken und ermorden, ohne daß Marita und die Kinder etwas mitbekamen? Er spürte, daß Jacob in die Rolle des Hauptverdächtigen paßte, aber dieser Punkt hier bereitete ihm Kummer. Wie versteckt man einen Menschen auf dem Hof, wo man wohnt, ohne daß die Familie Verdacht schöpft?

Als könnte Jacob seine Gedanken lesen, sagte er: »Ich hoffe wirklich, daß ihr bei mir zu Hause nicht alles auf den Kopf stellt. Marita wird wahnsinnig, wenn sie heimkommt und alles drunter und drüber liegt.«

»Ich glaube schon, daß die Männer vorsichtig sind«, sagte Gösta.

Patrik schaute auf sein Telefon. Wenn Martin doch nur bald anrufen würde.

Johan hatte sich in die Stille des Schuppens zurückgezogen. Solveigs Reaktion auf die Öffnung des Grabes und dann auf die Blutproben hatten ihm kalte Schauer den Rücken hinuntergejagt. Er konnte all diese Gefühle nicht ertragen und mußte ein Weilchen allein sein und das Geschehene überdenken. Der Zementboden, auf dem er saß, war hart, aber herrlich kühl. Er schlang die Arme um die Beine und legte die Wange aufs Knie. In diesem Moment vermißte er Linda mehr als je zuvor, doch die Sehnsucht war noch immer mit Zorn vermischt. Vielleicht würde es nie mehr anders werden. Zumindest hatte er etwas von seiner Naivität verloren und die Kontrolle zurückgewonnen, die er niemals hätte aus der Hand geben dürfen. Aber Linda war wie ein Gift für seine Seele gewesen. Ihr fester junger Körper hatte ihn zum lallenden Idioten gemacht. Er war auf sich selbst wütend, weil er einer Tussi erlaubt hatte, daß sie ihm so unter die Haut ging.

Er wußte, daß er ein Träumer war. Das war der Grund,

warum er sich derart an Linda verloren hatte. Obwohl sie viel zu jung, viel zu selbstsicher und viel zu egoistisch war. Er wußte, daß sie nie in Fjällbacka bleiben würde und es nicht die Spur einer gemeinsamen Zukunft für sie beide gab. Aber dem Träumer in ihm war es dennoch schwergefallen, diese Tatsache zu akzeptieren. Jetzt wußte er es besser.

Johan gelobte sich, sein Wesen zu ändern. Er wollte versuchen, mehr wie Robert zu werden. Cool, hart und unüberwindlich. Robert landete immer auf den Füßen. Nichts schien ihn zu berühren. Johan beneidete ihn.

Er vernahm ein Geräusch in seinem Rücken und wollte sich umdrehen, in der Überzeugung, daß Robert hereingekommen war. Der Würgegriff um seinen Hals nahm ihm den Atem.

»Rühr dich nicht, sonst breche ich dir das Genick.«

Johan erkannte die Stimme vage wieder, konnte sie aber nicht zuordnen. Als sich der Griff um die Kehle lockerte, wurde er gegen die Wand geschleudert, so daß ihm die Luft wegblieb.

»Verdammt, was machst du?« Johan versuchte sich umzudrehen, aber jemand hielt ihn gepackt und preßte sein Gesicht gegen die kalte Betonwand.

»Maul halten.« Die Stimme klang unversöhnlich. Johan überlegte, ob er um Hilfe rufen sollte, doch glaubte er nicht, daß man ihn bis zum Haus hören würde.

»Verdammt, was willst du?« Die Worte ließen sich nur schwer formulieren, da die eine Gesichtshälfte fest an der Wand klebte.

»Was ich will? Ja, du, das werde ich dir sagen.«

Als der Angreifer seine Forderung stellte, begriff Johan zuerst kein Wort. Aber als er dann herumgedreht wurde und Auge in Auge mit dem stand, der ihn attackiert hatte, fügte sich eins zum anderen. Ein Faustschlag mitten ins Gesicht gab ihm zu verstehen, daß es dem anderen ernst war. Doch da regte sich Trotz in ihm.

»Leck mich«, nuschelte Johan. Sein Mund füllte sich allmählich mit einer Flüssigkeit, die nur Blut sein konnte. Er fühlte sich immer umnebelter, aber weigerte sich nachzugeben.

»Du machst, was ich sage.«

»Nein«, stammelte Johan.

Dann regneten Schläge auf ihn herab. Ohne Pause, bis die große Dunkelheit ihn einhüllte.

Der Hof war wunderbar. Martin konnte nicht umhin, diese Feststellung zu treffen, als sie, um ihre Arbeit zu machen, ins Privatleben Jacobs und seiner Familie eindrangen. Die Farben im Haus waren sanft, die Räume strahlten Wärme und Ruhe aus und wirkten ländlich mit ihren weißen Leinentischdecken und den leichten flatternden Gardinen. Ein solches Zuhause hätte er selbst auch gern gehabt. Jetzt aber waren sie gezwungen, diese Ruhe zu stören. Methodisch gingen sie das Haus Stück für Stück durch. Niemand sagte etwas, alle arbeiteten schweigend. Martin konzentrierte sich aufs Wohnzimmer. Das frustrierende war, daß sie nicht wußten, wonach sie suchten. Selbst wenn sie eine Spur des Mädchens finden sollten, war sich Martin nicht sicher, daß sie erkannt würde.

Zum erstenmal seit er so stark dafür plädiert hatte, daß Jacob der Gesuchte war, begann er zu zweifeln. Es war unmöglich, sich vorzustellen, daß jemand, der in einer so friedvollen Umgebung und auf diese Weise wohnte, einem anderen Menschen das Leben nehmen könnte.

»Wie läuft es bei euch?« rief er den Polizisten zu, die sich im Obergeschoß aufhielten.

»Nichts bisher«, antwortete einer von ihnen. Martin seufzte, zog weiter Schubladen auf und drehte alles um, was nicht niet- und nagelfest war.

»Ich fange draußen mit der Scheune an«, sagte er zu dem Polizisten aus Uddevalla, der sich an der Suche im Erdgeschoß beteiligte.

Die Scheune war wohltuend kühl. Er verstand, warum Linda und Johan diesen Ort zu ihrem Treffpunkt erwählt hatten. Der Heugeruch kitzelte in der Nase und ließ ihn an die Sommer seiner Kindheit denken. Er stieg die Leiter zur Tenne hoch und guckte durch die Ritzen der Bretterwand. Ja doch, hier hatte man eine gute Aussicht auf Västergården, genau wie Johan gesagt hatte. Es wäre kein Problem, jemanden aus dieser Entfernung zu erkennen.

Martin kletterte wieder nach unten. Die Scheune war leer, bis auf eine Reihe alter Landwirtschaftsgeräte, die hier drinnen vor sich hin rosteten. Er glaubte nicht, daß sie in diesem Gebäude etwas finden würden, trotzdem wollte er die anderen bitten, auch einen Blick hineinzuwerfen. Er verließ die Scheune und schaute sich um. Außer dem Wohnhaus und der Scheune mußten sie sich noch einen kleinen Geräteschuppen und ein Spielhäuschen vornehmen, aber er hatte keine Hoffnung, dort jemanden zu finden. Beide waren zu klein, um einen Menschen zu beherbergen, sicherheitshalber würden sie die Orte dennoch kontrollieren.

Die Sonne brannte ihm auf den Kopf, so daß sich auf seiner Stirn Schweißtropfen bildeten. Er ging zum Wohnhaus zurück, um bei der weiteren Suche mitzuhelfen, aber von seinem morgendlichen Enthusiasmus war nicht mehr viel übrig. Das Herz wurde ihm immer schwerer. Irgendwo befand sich Jenny Möller. Doch hier war sie nicht.

Auch Patrik begann langsam zu verzagen. Nach mehreren Stunden Verhör waren sie mit Jacob keinen Schritt weitergekommen. Er schien echt geschockt über die Nachricht, daß Johannes ermordet worden war, und weigerte sich hartnäckig, etwas anderes zu sagen, als daß sie seine Familie schikanierten und er selbst unschuldig sei. Immer wieder ertappte sich Patrik dabei, wie er nach dem Handy schielte, das aufreizend still vor ihm auf dem Tisch lag. Er brauchte dringend gute Nachrichten. Was die Blutproben anging, so würden sie frühestens am nächsten Morgen Bescheid erhalten, das wußte er, also setzte er seine Hoffnung auf Martin und das Team, die in Västergården zugange waren. Doch kein Anruf kam bis kurz nach vier. Dann endlich berichtete Martin. Doch resigniert sagte er, daß sie nichts gefunden hatten und nun aufgeben würden. Patrik bedeutete Gösta, er möge mit aus dem Vernehmungszimmer kommen.

»Martin hat angerufen. Sie haben nichts gefunden.«

Die Hoffnung in Göstas Augen erlosch: »Nichts?«

»Nein, keinen Fatz. Also bleibt uns wohl nichts anderes übrig, als ihn laufenzulassen. Was für eine Scheiße.« Patrik schlug die Hand gegen die Wand, aber nahm sich dann rasch wieder zusammen. »Nun ja, das ist nur vorübergehend. Morgen erwarte ich den Bericht über die Blutproben, und da können wir ihn vielleicht endgültig einbuchten.«

»Ja, aber stell dir mal vor, was er bis dahin machen kann. Er weiß doch jetzt, was wir ihm vorwerfen, und wenn wir ihn laufenlassen, kann er schnurstracks hingehen und das Mädchen umbringen.«

»Aber was, verdammt noch mal, sollen wir deiner Meinung nach tun?« Patriks Frustration verwandelte sich in Zorn, aber er sah ein, wie ungerecht es war, Gösta anzufahren, und er bat sofort um Entschuldigung.

»Ich will nur einen letzten Versuch machen, etwas über die Bluttests zu erfahren, bevor wir ihn gehenlassen. Die können ja vielleicht was gefunden haben, das uns jetzt schon nützt. Die wissen, warum es eilt, und unser Fall hat vor allen anderen Vorrang.«

Patrik ging in sein Zimmer und wählte vom Festnetzanschluß die Nummer der Gerichtsmedizin. Er kannte sie inzwischen auswendig. Wie üblich brauste vor dem Fenster in der Sommersonne der Verkehr vorbei, und er beneidete einen Augenblick lang all die ahnungslosen Urlauber, die mit ihren vollgepackten Autos vorüberfuhren. Er wünschte, daß er genauso unwissend sein könnte.

»Tag, Pedersen, hier ist Patrik Hedström. Wollte nur hören, ob ihr irgendwas gefunden habt, bevor wir den Verdächtigen laufenlassen.«

»Habe ich nicht gesagt, daß wir vor morgen früh nicht fertig sein können? Und schon dafür werden wir heute abend eine erhebliche Anzahl Überstunden machen müssen, verstehst du.« Pedersen klang gestreßt und irritiert.

»Ja, ich weiß, aber ich wollte trotzdem fragen, ob ihr was gefunden habt.«

Ein ziemlich langes Schweigen verriet, daß Pedersen mit sich rang, und Patrik setzte sich gerader hin.

»Ihr habt etwas gefunden, oder?«

»Das ist nur vorläufig. Wir müssen es prüfen und nochmals prüfen, bevor wir es rausgeben dürfen, sonst könnte es katastrophale Konsequenzen haben. Außerdem müssen die Tests vom SKL nachgeprüft werden, unsere Ausrüstung ist nicht so hochentwickelt wie die von denen und …«

»Ja, ja«, unterbrach Patrik, »ich weiß, aber das Leben eines siebzehnjährigen Mädchens steht auf dem Spiel, also wenn du bei einer Gelegenheit die Regeln lockern darfst, dann ist es diese hier.« Er hielt den Atem an und wartete.

»Ja, aber geh bloß behutsam mit der Information um, du ahnst nicht, wieviel Ärger ich mir aufhalsen kann, falls …« Pedersen ließ den Satz unbeendet.

»Ehrenwort, jetzt sag aber, was du hast.« Der Hörer wurde feucht von Patriks krampfhaftem Griff.

»Wir haben uns natürlich zuerst Jacob Hults Blutprobe vorgenommen. Und dabei sind wir auf einige interessante Dinge gestoßen, selbstverständlich noch unbestätigt«, warnte Pedersen von neuem.

»Ja?«

»Nach unserem ersten Test paßt Jacob Hult *nicht* zu der Spermaprobe vom Opfer.«

Patrik ließ langsam die Luft entweichen. Es war ihm nicht einmal bewußt gewesen, daß er den Atem angehalten hatte.

»Wie sicher ist das?«

»Wie schon gesagt, müssen wir den Test mehrfach wiederholen, damit kein Zweifel besteht, aber das ist eigentlich nur eine Formalität wegen der Rechtssicherheit. Du kannst wohl damit rechnen, daß es stimmt«, sagte Pedersen.

»Verdammt noch mal. Ja, das rückt die Sache in ein ganz neues Licht.« Patrik konnte die Enttäuschung in seiner Stimme nicht verbergen. Er sah ein, daß er völlig sicher gewesen war, in Jacob den Gesuchten gefunden zu haben. Jetzt mußten sie wieder von vorn anfangen. Jedenfalls fast.

»Und ihr habt nichts Passendes gefunden, als ihr euch die anderen Proben angesehen habt?«

»So weit sind wir noch nicht. Wir nahmen an, euch wäre es lieb, wenn wir uns auf Jacob Hult konzentrierten, und das haben wir also getan. Deswegen sind wir, abgesehen von ihm, nur noch mit einer Person fertig geworden. Aber irgendwann am morgigen Vormittag werde ich dich über die anderen unterrichten können.«

»Ja, bis dahin muß ich dann also den Mann, den ich im Vernehmungszimmer habe, entlassen. Und außerdem darf ich noch um Entschuldigung bitten«, seufzte Patrik.

»Aber da ist noch was.«

»Ja?« fragte Patrik.

Pedersen zögerte. »Die zweite Probe, die wir uns vorgenommen haben, ist die von Gabriel Hult. Und …«

»Ja?« sagte Patrik noch auffordernder.

»Nach unserer Analyse der DNA-Struktur der beiden kann Gabriel unmöglich Jacobs Vater sein.«

Patrik saß völlig reglos auf seinem Stuhl und sagte kein Wort.

»Bist du noch da?«

»Ja, ich bin hier. So was hatte ich bloß nicht erwartet. Bist du ganz sicher?« Dann begriff er, wie die Antwort ausfallen würde, und kam Pedersen zuvor: »Das ist nur das vorläufige Ergebnis, und ihr müßt weitere Tests vornehmen und so weiter und so weiter, ich weiß, du brauchst es nicht noch mal abzuspulen.«

»Kann das für die Ermittlung von Bedeutung sein?«

»Im Augenblick ist alles von Bedeutung, also kann es uns bestimmt nützen. Hab vielen Dank.«

Unschlüssig blieb Patrik ein Weilchen sitzen und überlegte, die Hände hinter dem Kopf verschränkt und die Füße auf dem Schreibtisch. Das negative Ergebnis von Jacobs Probe bedeutete, daß sie völlig umdenken mußten. Noch immer gab es da die Tatsache, daß Tanjas Mörder mit Johannes verwandt war, und jetzt, wo Jacob aus dem Spiel war, blieben nur noch Gabriel, Johan und Robert übrig. Einer raus, drei im Spiel. Aber selbst wenn es nicht Jacob gewesen war, so könnte er wetten, daß der etwas wußte. Während des ganzen Verhörs hatte er gespürt, daß Jacob irgendwie ausweichend reagierte, es hatte Jacob viel Anstrengung gekostet, irgend etwas nicht an die Oberfläche dringen zu lassen. Die Information, die sie von Pedersen erhalten hatten, brachte ihnen vielleicht den entscheidenden Vorteil, und sie konnten Jacob so sehr durcheinanderbringen, daß er mit ihnen sprach. Patrik nahm die Beine vom Tisch und stand auf. Er erzählte Gösta kurz, was er erfahren hatte, und dann gingen beide wieder ins Vernehmungszimmer, wo Jacob gelangweilt dasaß und seine Fingernägel säuberte. Sie waren sich rasch über die Taktik, die sie verfolgen wollten, einig gewesen.

»Wie lange soll ich hier noch sitzen?«

»Wir haben das Recht, dich sechs Stunden hierzubehalten. Aber wie schon gesagt, hast du das Recht, jederzeit einen Anwalt herzubestellen. Willst du das tun?«

»Nein, das ist nicht nötig«, antwortete Jacob. »Der Unschuldige braucht keinen anderen Verteidiger als den Glauben daran, daß Gott alles wieder in die rechten Wege lenkt.«

»Na dann. In dem Fall müßtest du ja gut gerüstet sein. Du und Gott, ihr scheint ja ›like this‹ zu sein«, sagte Patrik und hielt die Hand hoch, an der Zeige- und Mittelfinger dicht nebeneinander lagen.

»Wir wissen, woran wir miteinander sind«, antwortete Jacob bedächtig. »Und diejenigen können einem leid tun, die ohne Gott in ihrem Leben stehen.«

»Wir Ärmsten sind es also, die dir leid tun, willst du das sagen?« fragte Gösta amüsiert.

»Es ist verlorene Liebesmühe, mit euch zu reden. Ihr habt eure Herzen verschlossen.«

Patrik beugte sich zu Jacob vor. »Schon interessant, diese ganze Sache mit Gott und dem Teufel, der Sünde und alldem. Wie stehen deine Eltern zu der Frage? Leben sie nach den Gesetzen Gottes?«

»Auch wenn Vater sich von der Gemeinde ein wenig zurückgezogen hat, ist er in seinem Glauben unbeirrt, und sowohl er als auch Mutter sind gottesfürchtige Menschen.«

»Bist du dir da sicher? Ich meine, wieviel weißt du eigentlich von ihrem Leben?«

»Wie meinst du das? Ich kenne ja wohl meine eigenen Eltern! Habt ihr wieder was ausgekocht, um *sie* jetzt mit Schmutz zu bewerfen!«

Jacobs Hände zitterten, und Patrik verspürte eine gewisse Befriedigung darüber, daß es ihnen gelungen war, ihn aus seiner stoischen Ruhe aufzuscheuchen.

»Ich meine nur, daß du unmöglich wissen kannst, was im Leben eines anderen vor sich geht. Deine Eltern können ja Sünden auf ihrem Gewissen haben, von denen du keine Ahnung hast, oder?«

Jacob stand auf und ging auf die Tür zu. »Nein, jetzt reicht's wirklich. Nehmt mich fest, oder laßt mich laufen, denn hier bleibe ich nicht eine Minute länger, um mir eure Lügen anzuhören!«

»Weißt du zum Beispiel, daß Gabriel nicht dein Vater ist?«

Jacob blieb mitten in der Bewegung stehen, die Hand auf halbem Weg zur Türklinke. Er drehte sich langsam um. »Was hast du da gesagt?«

»Ich habe gefragt, ob du weißt, daß Gabriel nicht dein Vater ist. Ich habe gerade mit den Kollegen gesprochen, die eure Blutproben untersuchen, und es besteht tatsächlich kein Zweifel. Gabriel ist nicht dein Vater!«

Aus Jacobs Gesicht war jede Farbe verschwunden. Es war offensichtlich, daß ihn diese Mitteilung total überraschte. »Hat man mein Blut getestet?« fragte er mit zitternder Stimme.

»Ja, und ich habe vorhin versprochen, um Entschuldigung zu bitten, wenn ich mich geirrt haben sollte.«

Jacob sah ihn nur an.

»Ich bitte um Entschuldigung«, sagte Patrik. »Dein Blut stimmt nicht mit der DNA überein, die man beim Opfer gefunden hat.«

Wie ein punktierter Ballon sank Jacob zusammen. Er ließ sich schwer auf den Stuhl fallen. »Und was passiert jetzt?«

»Du bist als Verdächtiger für den Mord an Tanja Schmidt von der Liste gestrichen. Aber ich glaube immer noch, daß du etwas vor uns verbirgst. Jetzt hast du die Chance, zu erzählen, was du weißt. Ich finde, du solltest sie ergreifen, Jacob.«

Er schüttelte nur den Kopf. »Ich weiß nichts. Ich weiß überhaupt nichts mehr. Bitte, kann ich jetzt nicht gehen?«

»Noch nicht. Wir wollen erst mit deiner Mutter reden, bevor du das tust. Denn ich vermute, da ist bestimmt das eine oder andere, was du sie fragen willst?«

Jacob nickte nur stumm. »Aber warum wollt ihr mit ihr reden? Das hat doch wohl nichts mit eurer Ermittlung zu tun?«

Patrik merkte, daß er dasselbe wiederholte, was er zu Pedersen gesagt hatte. »Im Augenblick ist alles von Bedeutung. Ihr verbergt etwas, darauf könnte ich einen Monatslohn wetten. Und wir werden herausfinden, was es ist, egal, mit welchen Mitteln.«

Es war, als hätte Jacob jeden Kampfgeist aufgegeben, er vermochte nur noch resigniert zu nicken. Die Neuigkeit hatte ihn offenbar in einen Schockzustand versetzt.

»Gösta, kannst du losfahren und Laine holen?«

»Wir haben ja wohl keine Genehmigung, sie mitzunehmen?« sagte der Kollege mürrisch.

»Sie hat bestimmt gehört, daß wir Jacob zum Verhör hier haben, also dürfte es nicht schwer werden, sie freiwillig zum Mitgehen zu bewegen.«

Patrik wandte sich wieder Jacob zu. »Du bekommst etwas zu essen und zu trinken, dann lassen wir dich hier allein, bis wir mit deiner Mutter gesprochen haben. Danach kannst du selber mit ihr reden. Okay?«

Jacob nickte apathisch. Er schien tief versunken in seine eigenen Gedanken.

Mit gemischten Gefühlen steckte Anna zu Hause in Stockholm den Schlüssel ins Schloß. Ein Weilchen von hier wegzukommen war wunderbar gewesen, sowohl für sie als auch für die Kinder, aber es hatte auch ihren Enthusiasmus in bezug auf Gustav ein bißchen gedämpft. Um ehrlich zu sein, war es ziemlich nervend gewesen, mit ihm auf einem Segelboot zu sitzen und seine Pedanterie zu ertragen. Außerdem hatte da beim letzten Gespräch mit Lucas etwas in dessen Ton mitgeschwungen, das sie beunruhigt hatte. Trotz all der Mißhandlungen, denen er sie ausgesetzt hatte, war sein Auftreten doch immer so gewesen, als hätte er sich und die Situation voll unter Kontrolle. Jetzt war ihr zum erstenmal so etwas wie Panik in seiner Stimme aufgefallen, die Erkenntnis, daß Dinge geschehen konnten, die er nicht im Griff hatte. Über einen Bekannten war ihr das Gerücht zu Ohren gekommen, daß ihm bei der Arbeit so einiges aus den Händen glitt. Er war während einer internen Versammlung aufgebraust, hatte bei anderer Gelegenheit einen Kunden beleidigt und durchweg Risse in der Fassade sehen lassen. Das erschreckte sie. Das erschreckte sie ganz ungemein.

Irgend etwas war komisch mit dem Schloß. Der Schlüssel ließ sich nicht umdrehen. Nachdem sie es ein Weilchen probiert hatte, kam sie hinter den Grund: Die Tür war nicht abgeschlossen. Sie war sich absolut sicher, sie vor einer Woche, als sie von zu Hause losgefahren war, abgeschlossen zu haben. Anna sagte den Kindern, sie sollten bleiben, wo sie waren, und dann öffnete sie vorsichtig die Tür. Die Luft blieb ihr weg. Ihre erste eigene Wohnung, auf die sie so stolz gewesen war, lag in Trümmern. Nicht ein Möbelstück war noch ganz. Alles war zerschlagen, und auf die Wände hatte jemand mit schwarzer Farbe ein Graffito gesprayt. »Hure« stand da mit großen Buchstaben an der Wohnzimmerwand, und sie schlug die Hand vor den Mund, während ihr die Tränen in die Augen stiegen. Sie brauchte nicht zu überlegen, wer ihr das angetan hatte. Was seit dem Gespräch mit Lucas in ihrem Hinterkopf gearbeitet hatte, war zur Gewißheit geworden. Jetzt lief bei ihm alles aus dem Ruder. Haß und Wut, die stets dicht unter der Oberfläche gelegen hatten, kamen nun ungehindert zum Vorschein.

Anna wich ins Treppenhaus zurück. Sie nahm ihre beiden Kinder und preßte sie ganz fest an sich. Ihr erster Impuls war, Erica anzurufen. Dann sagte sie sich, daß sie die Sache selbst regeln mußte.

Sie war so froh über ihr neues Leben gewesen. Hatte sich so stark gefühlt. Zum erstenmal war sie ganz sie selbst gewesen. Nicht nur Ericas kleine Schwester. Nicht Lucas' Frau. Sondern sie selbst. Jetzt war alles zerstört.

Sie wußte, was sie tun mußte. Die Katze hatte gewonnen. Für die Maus gab es nur noch einen Ort, wohin sie ihre Zuflucht nehmen konnte. Es war alles egal, wenn sie nur die Kinder nicht verlor.

Aber eins wußte sie. Was ihre Person anging, gab sie auf. Er durfte mit ihr machen, was er wollte. Aber sollte er erneut eins der Kinder anrühren, würde sie ihn töten. Ohne zu zögern.

Es war kein guter Tag gewesen. Gabriel hatte sich so aufgeregt über das, was er die Willkür der Polizisten nannte, daß er sich in seinem Arbeitszimmer eingeschlossen hatte und sich weigerte herauszukommen. Linda war wieder zu den Pferden gegangen, und Laine selbst saß allein auf der Couch im Wohnzimmer und starrte die Wände an. Der Gedanke an Jacob, der beim Verhör auf dem Polizeirevier saß, ließ ihr vor Demütigung die Tränen in die Augen treten. Es war ihr Mutterinstinkt, ihn gegen alles Böse zu verteidigen, egal, ob er noch ein Kind war oder schon seit langem erwachsen, und obwohl sie wußte, daß sie dazu keine Möglichkeit hatte, war ihr, als hätte sie versagt. Eine Uhr tickte in der Stille, und das monotone Geräusch hatte sie fast in Trance versetzt. Deshalb fuhr sie heftig zusammen, als es an der Haustür pochte. Bebend ging sie öffnen. Inzwischen war es, als würde jedes Klopfen eine unangenehme Überraschung bringen. Daher zeigte sie auch keine größere Verwunderung, als Gösta sich vorstellte.

»Und was wollen Sie jetzt?«

Gösta wand sich verlegen. »Wir haben ein paar Fragen, bei denen Sie uns behilflich sein könnten. Auf dem Revier.« Er verstummte und schien eine Sturzflut von Protesten zu erwarten. Aber Laine nickte nur und folgte ihm auf die Treppe hinaus.

»Wollen Sie Ihrem Mann nicht Bescheid sagen?« fragte Gösta erstaunt.

»Nein«, erwiderte sie nur kurz, und er schaute sie forschend an. Eine Sekunde lang überlegte er, ob sie die Familie Hult vielleicht doch zu sehr unter Druck gesetzt hatten. Dann fiel ihm wieder ein, daß es irgendwo in deren verworrenen Familienverhältnissen einen Mörder und ein verschwundenes Mädchen gab. Die schwere Eichentür fiel hinter ihnen ins Schloß, und wie eine japanische Ehefrau folgte sie ihm mit ein paar Schritten Abstand zum Auto. Die ganze Fahrt über herrschte beklommenes Schweigen, das Laine nur einmal mit der Frage unterbrach, ob sie ihren Sohn noch immer festhielten. Gösta nickte lediglich, und den Rest der Fahrt nach Tanumshede verbrachte Laine damit, aus dem Fenster auf die Landschaft zu starren. Es war schon fast Abend, und die Sonne färbte die Felder rot. Aber die Schönheit der Umgebung war nichts, was beide sonderlich beschäftigte.

Patrik wirkte erleichtert, als Gösta und Laine das Revier betraten. Die Zeit, die Gösta für die Hin- und Rückfahrt gebraucht hatte, war er rastlos vor dem Vernehmungszimmer hin und her gewandert, mit dem brennenden Wunsch, Jacobs Gedanken lesen zu können.

»Hallo«, sagte er mit kurzem Nicken, als Laine hereinkam. Er hielt es inzwischen für überflüssig, sich noch einmal vorzustellen, und ihr die Hand zu geben erschien ihm unter den gegebenen Umständen zu anbiedernd. Sie waren nicht hier, um Höflichkeiten auszutauschen. Patrik hatte sich ein bißchen Sorgen gemacht, wie Laine die Befragung wohl überstehen würde. Sie war ihm sehr sensibel und verwundbar vorgekommen, so als lägen ihre Nerven bloß. Er begriff schnell, daß er sich keine Sorgen hätte machen müssen. Als sie jetzt hinter Gösta den Flur entlangging, wirkte sie zwar resigniert, aber ruhig und beherrscht.

Da die Tanumsheder Polizeidienststelle lediglich ein Vernehmungszimmer besaß, gingen sie in die Küche und nahmen dort Platz. Laine lehnte den angebotenen Kaffee ab, aber Patrik und auch Gösta spürten, daß sie einen Koffeinzuschuß brauchten. Der Kaffee schmeckte nach Metall, aber sie tranken ihn trotzdem, wenn auch nicht ohne das Gesicht zu verziehen. Keiner von ihnen wußte, wie sie anfangen sollten, und zu ihrer Verwunderung kam ihnen Laine zuvor.

»Sie hatten ein paar Fragen, hörte ich.« Sie wies mit dem Kopf auf Gösta.

»Jaa«, sagte Patrik zögernd. »Wir haben eine bestimmte Information erhalten, bei der wir uns nicht sicher sind, wie wir sie handhaben sollen. Und wie sie in die Ermittlungen paßt. Vielleicht tut sie das ja gar nicht, aber im Moment ist die Zeit zu knapp, als daß wir mit Samthandschuhen vorgehen können. Deshalb werde ich direkt zur Sache kommen.« Patrik holte tief Luft. Laine begegnete seinem Blick noch immer völlig unangefochten, aber als er auf ihre Hände schaute, die gefaltet auf dem Tisch lagen, sah er, daß die Knöchel weiß geworden waren.

»Wir haben ein erstes vorläufiges Ergebnis von den Analysen der Blutproben erhalten, die wir Ihnen abgenommen haben.« Nun sah er auch, daß ihre Hände zu zittern begannen, und fragte sich, wie lange sie wohl ihre scheinbare Ruhe bewahren konnte. »Und als erstes kann ich berichten, daß Jacobs DNA nicht mit jener übereinstimmt, die wir am Opfer gefunden haben.«

Laine sackte in sich zusammen. Ihre Hände zitterten jetzt heftig, und Patrik verstand, daß sie aufs Revier gekommen war in der Erwartung, daß man ihren Sohn wegen Mordes verhaftet hatte. Erleichterung war ihrem Gesicht abzulesen, und sie mußte mehrmals schlucken, um das im Hals sitzende Weinen zurückzuhalten. Sie sagte nichts, also fuhr er fort: »Hingegen haben wir etwas Bemerkenswertes beim Vergleich zwischen Jacobs und Gabriels Blut gefunden. Es zeigt deutlich, daß Jacob nicht Gabriels Sohn sein kann ...« Sein Ton ließ die Behauptung als Frage erscheinen, und er wartete gespannt auf ihre Reaktion. Aber die Erleichterung darüber, daß Jacob von allem Verdacht befreit war, hatte ihr einen Stein vom Herzen fallen lassen, und sie zögerte nur eine Sekunde, bevor sie antwortete: »Ja, das stimmt. Gabriel ist nicht Jacobs Vater.«

»Wer ist es dann?«

»Ich verstehe nicht, was das mit dem Mord zu tun hat. Besonders jetzt, wo Jacob offensichtlich nicht schuldig ist.«

»Wie ich schon zuvor gesagt habe, können wir es uns im Moment nicht leisten, solche Überlegungen anzustellen, also wäre ich dankbar, wenn Sie so freundlich wären, mir auf meine Frage zu antworten.«

»Wir können Sie natürlich nicht zwingen«, sagte Gösta, »aber ein junges Mädchen wird vermißt, und wir brauchen jede Information, die wir erhalten können, auch wenn sie nicht zur Sache zu gehören scheint.«

»Wird mein Mann es erfahren?«

Patrik zögerte. »Ich kann nichts versprechen, aber ich sehe keinen Grund, warum wir zu ihm rennen und es ihm erzählen sollten. Aber«, er zögerte, »Jacob weiß es.«

Sie zuckte zusammen. Die Hände hatten wieder zu zittern

begonnen. »Was hat er gesagt?« Ihre Stimme war jetzt nur noch ein Flüstern.

»Ich will Sie nicht anlügen. Es hat ihn schockiert. Und er fragt sich natürlich auch, wer sein richtiger Vater ist.«

Das Schweigen um den Tisch wurde undurchdringlich, aber Gösta und Patrik warteten geduldig, bis sie bereit sein würde zu reden. Nach einem Weilchen kam die Antwort, noch immer als Flüstern: »Es ist Johannes.« Ihre Stimme wurde stärker. »Johannes ist Jacobs Vater.«

Es schien sie zu verwundern, daß sie diesen Satz laut aussprechen konnte, ohne daß ein Blitz vom Himmel sie auf der Stelle tötete. Das Geheimnis mußte mit jedem weiteren Jahr schwerer zu ertragen gewesen sein, und jetzt wirkte es fast, als sei sie erleichtert, daß ihr diese Worte über die Lippen kamen. Sie fuhr in raschem Tempo fort: »Wir hatten eine kurze Affäre. Ich konnte ihm nicht widerstehen. Er war wie eine Naturkraft, die einfach kam und nahm, was sie haben wollte. Und Gabriel war so – ja, anders.« Laine zögerte bei der Wortwahl, aber Patrik und Gösta konnten ohne Mühe ergänzen, was sie sagen wollte.

»Gabriel und ich hatten bereits eine Zeitlang versucht, ein Kind zu bekommen, und als sich herausstellte, daß ich schwanger war, wurde er überglücklich. Ich wußte, daß es von beiden sein konnte, aber trotz der Komplikationen, die das mit sich bringen würde, wünschte ich mir innig, daß es von Johannes war. Ein Sohn von ihm konnte einfach – wunderbar werden! Johannes war so lebendig gewesen, so schön, so – vibrierend.«

Ein Leuchten zeigte sich in ihren Augen, wodurch sich ihre Züge strafften und sie auf einen Schlag zehn Jahre jünger wirkte. Es bestand kein Zweifel, daß sie in Johannes verliebt gewesen war. Selbst nach so vielen Jahren ließ sie der Gedanke an ihre Affäre erröten.

»Woher wußten Sie, daß das Kind von Johannes war und nicht von Gabriel?«

»Das wußte ich sofort, als ich es zu sehen bekam, in derselben Sekunde, als man es mir auf die Brust legte.«

»Und Johannes, wußte er, daß es sein Sohn war und nicht der von Gabriel?« erkundigte sich Patrik.

»O ja. Und er liebte ihn. Ich habe immer gewußt, daß ich für ihn nur ein Zeitvertreib gewesen bin, wie gern ich es auch anders gehabt hätte, aber was Jacob anging, war es anders. Wenn Gabriel auf Reisen war, schlich sich Johannes oft zu uns, um ihn zu sehen und mit ihm zu spielen. Bis Jacob zu groß geworden war und es hätte erzählen können, da mußte er damit aufhören«, sagte Laine traurig. Dann fuhr sie fort: »Es war ihm ein Greuel, zu sehen, daß der Bruder seinen Erstgeborenen aufzog, aber er war nicht bereit, das Leben, das er führte, aufzugeben. Und er war auch nicht bereit, Solveig aufzugeben«, bekannte Laine widerstrebend.

»Und wie war das Leben für Sie?« fragte Patrik mitfühlend. Sie zuckte die Schultern.

»Anfangs war es die Hölle. So nahe bei Johannes und Solveig zu wohnen, zu sehen, wie sie ihre Jungs bekamen, die Brüder von Jacob. Aber ich hatte ja meinen Sohn, und dann, viele Jahre später, bekam ich schließlich Linda. Und es mag unwahrscheinlich klingen, aber mit den Jahren habe ich Gabriel tatsächlich lieben gelernt. Nicht auf dieselbe Weise, wie ich Johannes geliebt habe, aber vielleicht auf eine realistischere Weise. Johannes war kein Mann, den man in großer Nähe lieben konnte, ohne unterzugehen. Meine Liebe zu Gabriel ist trister, aber es ist auch leichter, mit ihr zu leben«, sagte Laine.

»Hatten Sie keine Angst, daß es herauskommen könnte, damals, als Jacob krank geworden war?« fragte Patrik.

»Nein, da gab es andere Dinge, vor denen man mehr Angst hatte«, erwiderte Laine scharf. »Wenn Jacob gestorben wäre, hätte nichts mehr eine Bedeutung gehabt, zuallerletzt, wer sein Vater war.« Dann wurde ihre Stimme weicher. »Aber Johannes zeigte damals so große Besorgnis. Er war verzweifelt, daß Jacob krank war und er nichts tun konnte. Es war ihm ja nicht mal möglich, seine Angst in der Öffentlichkeit zu zeigen, und er konnte nicht an seiner Seite im Krankenhaus sitzen. Das war sehr schwer für ihn.« Sie verlor sich in der Vergangenheit, zwang sich aber zurück in die Gegenwart.

Gösta stand auf, um sich Kaffee nachzufüllen, und hob die Kanne mit einem fragenden Blick zu Patrik, der zustimmend nickte. Als er wieder Platz genommen hatte, erkundigte sich Gösta: »Hat wirklich keiner etwas geahnt oder gewußt? Haben Sie sich niemals jemandem anvertraut?«

Ein finsterer Ausdruck erschien auf Laines Gesicht. »Doch. Johannes hat Solveig in einem schwachen Augenblick von Jacob erzählt. Solange er lebte, wagte sie nichts zu tun, aber nach Johannes' Tod kam sie zuerst mit gewissen Andeutungen, die später in Forderungen übergingen, im selben Maße wie ihre Kasse schrumpfte.«

»Sie hat Sie also erpreßt?« fragte Gösta.

Laine nickte. »Ja, vierundzwanzig Jahre lang habe ich ihr Geld gegeben.«

»Wie haben Sie das tun können, ohne daß Ihr Mann etwas gemerkt hat? Denn ich nehme an, es handelte sich um große Summen?«

Wieder ein Nicken. »Das war nicht leicht. Aber auch wenn Gabriel in bezug auf den Hof peinlich genau ist, was die Finanzen angeht, so ist er zu mir nie geizig gewesen, sondern ich habe immer Geld bekommen, wenn ich darum gebeten habe, um mir etwas kaufen zu können und so, ja, und für den Haushalt ganz allgemein. Um Solveig bezahlen zu können, habe ich dieses Geld sehr zusammengehalten und ihr das meiste davon gegeben.« Laines Ton war bitter, und darunter verbarg sich noch mehr. »Aber ich vermute, daß ich jetzt keine andere Wahl habe, als es Gabriel zu erzählen, also in Zukunft dürfte ich jedenfalls das Problem mit Solveig los sein.«

Sie lächelte schief, aber wurde schnell wieder ernst und sah Patrik direkt in die Augen. »Etwas Gutes hat all das hier, nämlich daß es mir nicht mehr so viel ausmacht, was Gabriel sagt, obwohl mich der Gedanke daran fünfunddreißig Jahre verfolgt hat. Das wichtigste für mich sind Jacob und Linda, und deshalb spielt nichts anderes eine Rolle, als daß Jacob nun reingewaschen ist. Denn ich nehme doch an, daß es so ist?« sagte sie herausfordernd und sah die beiden scharf an.

»Ja, es scheint tatsächlich so, ja.«

»Warum halten Sie ihn dann noch immer fest? Kann ich jetzt gehen und Jacob mitnehmen?«

»Ja, das können Sie«, erwiderte Patrik ruhig. »Aber wir möchten Sie dennoch um einen Gefallen bitten. Jacob weiß etwas über die Sache, und um seinetwillen ist es wichtig, daß er mit uns redet. Nehmen Sie sich gern etwas Zeit dort drinnen bei ihm und sprechen Sie all das durch, aber versuchen Sie ihn zu überzeugen, daß er das, was er weiß, nicht verschweigt.«

Laine schnaufte verächtlich. »Ich kann ihn gut verstehen. Warum sollte er Ihnen helfen, nach allem, was Sie ihm und unserer Familie angetan haben?«

»Weil Sie, je schneller wir diese Angelegenheit klären, um so rascher alle zu Ihrem normalen Leben zurückkehren können.«

Es war schwierig für Patrik, überzeugend zu klingen, denn er wollte das Ergebnis der Analyse nicht nennen, das zwar gezeigt hatte, daß der Täter nicht Jacob war, aber doch jemand, der verwandt mit Johannes war. Es war ihre Trumpfkarte, die er nicht eher als absolut notwendig auszuspielen gedachte. Bis dahin hoffte er, daß Laine seinen Worten dennoch glaubte und seine Überlegungen begriff. Nach ein paar Minuten des Wartens erreichte er, was er wollte. Laine nickte.

»Ich werde tun, was ich kann. Aber ich bin nicht sicher, daß Sie recht haben. Ich glaube nicht, daß Jacob mehr darüber weiß als irgend jemand sonst.«

»Das wird sich früher oder später auf jeden Fall herausstellen«, antwortete er trocken. »Kommen Sie jetzt?«

Mit zögernden Schritten ging sie auf das Vernehmungszimmer zu. Gösta wandte sich mit gerunzelter Stirn an Patrik: »Warum hast du nicht gesagt, daß Johannes ermordet worden ist?«

Patrik zuckte die Schultern. »Ich weiß nicht. Aber ich habe das Gefühl, je mehr ich die Dinge für die beiden dort drinnen durcheinanderwirble, desto besser. Jacob wird es Laine erzählen, und hoffentlich bringt auch sie das aus dem Gleichgewicht. Und vielleicht, vielleicht gelingt es uns dann, daß sich einer von ihnen öffnet.«

»Glaubst du, daß Laine auch irgend etwas verbirgt?« fragte Gösta.

»Ich weiß nicht«, sagte Patrik wieder, »aber hast du nicht ihre

Miene gesehen, als wir sagten, daß Jacob von der Liste der Verdächtigen gestrichen ist? Die drückte Verwunderung aus.«

»Ich hoffe, du hast recht«, sagte Gösta und fuhr sich müde übers Gesicht. Es war ein langer Tag gewesen.

»Wir warten, bis die beiden dort drinnen zu Ende geredet haben, und dann geht's ab nach Hause, damit wir was zu essen und ein bißchen Schlaf kriegen. Es nützt nichts, wenn wir total ausgepowert sind«, sagte Patrik.

Sie setzten sich, um zu warten.

Sie meinte draußen etwas gehört zu haben. Aber dann wurde es wieder still, und Solveig zuckte die Schultern und konzentrierte sich von neuem auf ihre Alben. Nach all den Gefühlsstürmen der vergangenen Tage war es schön, wieder sicher und geborgen inmitten der abgegriffenen Fotografien zu sitzen. Diese veränderten sich nie, wurden lediglich ein wenig blasser und vergilbten mit den Jahren.

Sie schaute auf die Küchenuhr. Zwar kamen und gingen die Jungs, wie sie wollten, aber heute abend hatten sie versprochen, zum Essen nach Hause zu kommen. Robert wollte von »Kapten Falck« Pizza mitbringen, und sie fühlte, wie der Hunger in ihren Eingeweiden wühlte. Kurz darauf hörte sie Schritte auf dem Schotter vor der Tür und stand mühsam auf, um Gläser und Besteck aus dem Schrank zu holen. Teller waren nicht nötig. Sie aßen die Pizza direkt aus der Schachtel.

»Wo ist Johan?« Robert stellte die Pizzas auf die Spüle und schaute sich suchend um.

»Ich dachte, du weißt es. Ich habe ihn seit Stunden nicht gesehen«, sagte Solveig.

»Er ist bestimmt im Schuppen, ich gehe ihn holen.«

»Sag ihm, er soll sich beeilen, ich habe nicht vor, auf ihn zu warten«, rief ihm Solveig hinterher und begann gierig die Schachteln zu öffnen, um ihre Pizza zu suchen.

»Johan?« Robert rief schon, bevor er beim Schuppen angekommen war, aber erhielt keine Antwort. Nun ja, das mußte nichts bedeuten. Manchmal war Johan, wenn er dort drinnen saß, förmlich taub und blind.

»Johan?« Robert rief etwas lauter, aber hörte nur seine eigene Stimme in der Stille.

Verärgert öffnete er die Tür zum Schuppen, bereit, den Bruder auszuschimpfen, weil der sich in seinen Tagträumen verlor. Aber das vergaß er sofort.

»Johan! Verdammt!«

Sein Bruder lag auf dem Boden, eine große rote Gloriole um den Kopf. Es dauerte eine Sekunde, bis Robert begriff, daß es Blut war. Johan rührte sich nicht.

»Johan!« Seine Stimme wurde klagend, und ein Schluchzen stieg in ihm auf. Er sank neben dem Bruder auf die Knie und ließ die Hände unschlüssig über dessen mißhandelten Körper irren. Er wollte ihm helfen, aber wußte nicht, wie, und er hatte Angst, die Verletzungen noch schlimmer zu machen, wenn er ihn anfaßte. Ein Stöhnen ließ ihn handeln. Er stand mit blutbeschmierten Knien vom Boden auf und rannte zum Haus.

»Mutter, Mutter!«

Solveig öffnete die Tür und blinzelte ins Licht. Mund und Finger waren fettig, sie hatte offenbar zu essen begonnen. Jetzt war sie verärgert, weil sie gestört worden war.

»Was ist das für ein verdammtes Theater?« Dann sah sie die Flecken an Roberts Kleidung. Sie wußte, daß es keine Malerfarbe war. »Was ist passiert? Ist was mit Johan?«

Sie rannte zum Schuppen, so schnell es ihr unförmiger Körper zuließ, aber Robert hielt sie auf, bevor sie angekommen war.

»Geh nicht rein. Er lebt, aber jemand hat ihn zu Brei geschlagen! Er ist übel dran, und wir müssen den Notarzt rufen!«

»Wer ...?« schluchzte Solveig und sackte wie eine Puppe in seinen Armen zusammen. Robert machte sich irritiert frei und zwang sie, auf eigenen Füßen zu stehen.

»Das ist doch jetzt scheißegal. Erst müssen wir Hilfe für Johan holen! Geh jetzt rein und ruf an, dann kümmere ich mich um ihn. Und ruf auch im Ärztehaus an, der Krankenwagen muß aus Uddevalla kommen.«

Er erteilte seine Befehle mit der Autorität eines Generals, und Solveig reagierte unmittelbar. Sie hastete zurück ins Haus, und in der Gewißheit, daß bald Hilfe unterwegs war, eilte Robert wieder zum Bruder hinein.

Als Doktor Jacobsson kam, erwähnte keiner von ihnen die Umstände, unter denen sie sich am Vormittag getroffen hatten. Robert zog sich erleichtert ein paar Schritte zurück, dankbar dafür, daß jetzt jemand die Kontrolle übernahm, der wußte, was er tat. Nervös wartete er auf das Urteil.

»Er lebt, aber er muß so schnell wie möglich ins Krankenhaus. Der Krankenwagen ist unterwegs, soviel ich verstanden habe?«

»Ja«, bestätigte Robert mit schwacher Stimme.

»Geh und hol ihm eine Decke.«

Robert war klug genug, um zu begreifen, daß es bei der Anweisung des Arztes mehr darum ging, ihm etwas zu tun zu geben, als daß Johan wirklich eine Decke benötigte, aber er war dankbar, einen konkreten Auftrag zu bekommen und gehorchte bereitwillig. Er mußte sich an Solveig vorbeidrängen, die zitternd in der Tür zum Schuppen stand und still vor sich hin weinte. Seine Kraft reichte nicht aus, sie zu trösten. Er war voll damit beschäftigt, sich selbst zusammenzuhalten, und sie mußte sehen, wie sie allein klarkam. In der Ferne waren Sirenen zu hören. Nie zuvor war er so dankbar gewesen, Blaulicht zwischen den Bäumen schimmern zu sehen.

Eine halbe Stunde saß Laine bei Jacob drinnen. Am liebsten hätte Patrik das Ohr an die Wand gedrückt, aber er mußte sich gedulden. Nur sein Fuß, der auf und ab wippte, verriet seinen Eifer. Er und Gösta waren in ihre Zimmer gegangen, um ein bißchen zu arbeiten, aber es funktionierte nicht. Patrik wünschte, daß er genau wüßte, was er als Ergebnis dieses ganzen Durcheinanders erwartete, aber er konnte sich die Frage nicht beantworten. Er hoffte nur, daß Laine den richtigen Knopf finden mochte, damit Jacob sich öffnete. Aber vielleicht führte diese Sache nur dazu, daß er sich noch weiter verschloß. Patrik wußte es nicht. So war es einfach. Risiken, die gegen eventuelle Erfolge abgewogen wurden, führten zu Handlungen, die man im nachhinein unmöglich logisch erklären konnte.

Es nervte ihn auch, daß sie die Ergebnisse der Bluttests erst morgen früh erhielten. Er hätte gern die ganze Nacht damit verbracht, Spuren von Jenny Möller zu untersuchen, wenn es nur welche gegeben hätte. Statt dessen waren die Blutproben das einzige, was sie im Moment verfolgen konnten, und offenbar hatte er mehr, als er selbst geahnt hatte, damit gerechnet, daß Jacobs DNA die richtige war. Nun, da diese Theorie zusammengebrochen war, saß er da, ein gähnend leeres Blatt vor sich, und mußte wieder von vorn anfangen. Irgendwo dort draußen war das Mädchen, und er hatte das Gefühl, als würden sie jetzt weniger wissen als zuvor. Alles, was sie bisher erreicht hatten, war lediglich, daß sie vielleicht eine Familie auseinandergesprengt und einen vierundzwanzig Jahre alten Mord konstatiert hatten. Darüber hinaus – nichts.

Zum hundertstenmal schaute er auf die Uhr, und voller Frustration ließ er den Stift ein kleines Trommelsolo auf der Tischplatte vollführen. Vielleicht, vielleicht verriet Jacob genau in diesem Moment seiner Mutter einige Details, die das ganze Problem auf einen Schlag lösen würden. Vielleicht ...

Eine Viertelstunde später wußte er, daß diese Schlacht verloren war. Als er gehört hatte, daß sich die Tür des Vernehmungszimmers öffnete, war er vom Stuhl aufgesprungen und hinausgegangen, um die beiden in Empfang zu nehmen. Vor sich sah er zwei verschlossene Gesichter. Augen, hart wie Stein, schauten ihn mit trotzigem Ausdruck an, und in dem Augenblick wußte er, egal, was Jacob auch verbergen mochte, er würde es aus freien Stücken nicht enthüllen.

»Sie haben gesagt, ich könnte meinen Sohn mitnehmen.« Laines Stimme klang eisig.

»Ja«, sagte Patrik nur. Mehr gab es nicht zu sagen.

Jetzt mußten sie das tun, was er vor einem Weilchen zu Gösta gesagt hatte. Nach Hause fahren, essen und ein bißchen schlafen. Hoffentlich würden sie morgen mit frischer Energie weitermachen können.

10

Sommer 1979

Sie machte sich Sorgen, wie es der Mutter ging, die schließlich krank war. Wie sollte ihr Vater es schaffen, sich allein um sie zu kümmern? Die Hoffnung, daß die Eltern sie finden würden, wurde langsam zermürbt von dem Entsetzen darüber, jetzt allein in der Finsternis zu sein. Ohne die weiche Haut der anderen wirkte die Dunkelheit noch schwärzer.

Der Geruch plagte sie ebenfalls. Dieser süße, Übelkeit erregende Todesgeruch verdrängte alle anderen Gerüche. Sogar der Gestank ihrer Exkremente wurde von der widerlichen Süße überdeckt, und sie hatte sich mehrmals erbrochen, nur bittere Galle aus Mangel an Nahrung im Magen. Jetzt begann sie auch Sehnsucht nach dem Tod zu verspüren. Das erschreckte sie mehr als alles andere. Der Tod flirtete mit ihr, flüsterte ihr ins Ohr, versprach, allen Schmerz und das Unbehagen fortzunehmen.

Ständig lauschte sie, ob die Schritte dort oben zu hören waren. Auf das Geräusch der Luke, die sich öffnete, und das Wegziehen der Bretter. Dann würden erneut Schritte folgen, langsam die Treppe herunter. Sie wußte, wenn sie diese das nächste Mal vernahm, würde es das letzte Mal sein. Ihr Körper ertrug nicht noch mehr Schmerzen, und wie die andere würde sie der Verlockung des Todes nachgeben.

Wie auf Bestellung hörte sie die gefürchteten Geräusche. Mit Trauer im Herzen bereitete sie sich darauf vor zu sterben.

Es war wunderbar gewesen, Patrik gestern abend ein bißchen früher zu Hause zu haben. Aber zugleich war das keine Sache, die Erica unter diesen Umständen erwartete. Mit einem Kind im Leib konnte sie die Sorgen der Eltern zum erstenmal richtig nachfühlen und litt mit Jenny Möllers Vater und Mutter mit.

Unversehens fühlte sie sich ein bißchen schuldbewußt, weil

sie den ganzen Tag so zufrieden gewesen war. Nach der Abfahrt der Gäste war Ruhe ins Haus eingezogen und hatte es ihr ermöglicht, mit dem kleinen Kumpel, der dort drinnen strampelte, zu plaudern, sich hinzulegen, um sich etwas zu erholen und ein gutes Buch zu lesen. Sie war auch die Steigung am Gälarbacken hochgekeucht und hatte etwas Gutes zu essen gekauft und eine ansehnliche Tüte Süßigkeiten. Wegen letzterer plagte sie jetzt ein wenig das schlechte Gewissen. Die Hebamme hatte streng darauf hingewiesen, daß Zucker kein nützlicher Bestandteil der Schwangerschaftskost sei und das Kind bei größeren Mengen davon als kleiner Zuckersüchtiger geboren werden könnte. Sie hatte zwar gemurmelt, daß man in diesem Fall ziemliche Massen davon in sich hineinstopfen mußte, aber nichtsdestotrotz gingen Erica ihre Worte nicht aus dem Kopf. Diese Tatsache und die am Kühlschrank hängende gewaltige Liste von Dingen, die man nicht essen sollte, ließen sie manchmal denken, daß es geradezu unmöglich war, das Kind gesund zur Welt zu bringen. Bestimmte Fische durfte man zum Beispiel überhaupt nicht essen, während andere zwar gegessen werden konnten, aber höchstens einmal die Woche, und obendrein hing es davon ab, ob sie im Meer oder in einem Binnensee gefischt worden waren … Ganz zu schweigen von dem Käsedilemma. Erica liebte Käse in allen Formen, und sie hatte sich eingeprägt, welche Sorten sie essen und welche sie nicht essen durfte. Zu ihrem Kummer standen die Schimmelkäse auf der verbotenen Liste, und sie hatte bereits Visionen von der Käse- und Rotweinorgie, die sie gleich nach dem Abstillen zu feiern gedachte.

Sie steckte so tief in ihren Schlemmergedanken, daß sie nicht einmal hörte, als Patrik ins Haus trat. Ungewollt erschreckte er sie so sehr, daß es ihr den Atem nahm, und es dauerte geraume Zeit, bevor ihr Herzrhythmus wieder normal war.

»O mein Gott, du kannst einen erschrecken!«

»Entschuldige, das wollte ich nicht. Ich dachte, du hast gehört, daß ich gekommen bin.«

Er setzte sich neben sie auf die Wohnzimmercouch, und sie zuckte zusammen, als sie sah, wie fertig er war.

»Aber Patrik, du bist ja ganz grau im Gesicht. Ist was passiert?« Ihr kam ein Gedanke. »Habt ihr sie gefunden?« Ein eiskaltes Stahlband legte sich um ihr Herz.

Patrik schüttelte den Kopf: »Nein.«

Mehr sagte er nicht, und sie wartete geduldig. Nach einem Weilchen schien er weitersprechen zu können.

»Nein, wir haben sie nicht gefunden. Und es ist, als wären wir heute ein paar Schritte rückwärts gegangen.«

Er beugte sich plötzlich vor und vergrub das Gesicht in den Händen. Erica rutschte mühsam näher, legte die Arme um ihn und lehnte ihre Wange an seine Schulter. Sie fühlte mehr, als daß sie es hörte, daß er still weinte.

»Was für eine Scheiße, sie ist siebzehn Jahre alt. Kannst du das fassen! Siebzehn Jahre, und irgendein kranker Mistkerl glaubt, er kann mit ihr machen, was er will. Wer weiß, was sie ertragen muß, während wir hier wie ein paar inkompetente Idioten rumrennen und keinen blassen Schimmer haben, was wir machen sollen! Wie konnten wir nur glauben, daß wir eine solche Ermittlung bewältigen würden? Wir haben ja sonst nur Fahrraddiebstähle und solches Zeug zu erledigen! Welcher Idiot hat es uns – hat es mir! – erlaubt, diese verdammte Ermittlung zu leiten!« Er hob resigniert die Hände.

»Niemand hätte es besser machen können, Patrik! Was glaubst du, wie es gelaufen wäre, wenn sie ein Team aus Göteborg, oder welche Alternative du sonst im Kopf hast, hergeschickt hätten? Die haben doch keine Ortskenntnis, wissen nichts über die Menschen hier und auch nicht, wie die Dinge funktionieren. Sie hätten die Arbeit kein bißchen besser machen können, nur schlechter. Und außerdem wart ihr ja nicht ganz allein bei dieser Ermittlung, auch wenn ich verstehe, daß du dieses Gefühl hast. Vergiß nicht, daß Uddevalla ein paar Leute hergeschickt hat, die mit euch zusammengearbeitet haben, zum Beispiel Suchtrupps aufgestellt haben und so weiter. Du hast doch selber dieser Tage gesagt, wie gut die Zusammenarbeit funktioniert. Hast du das vergessen?«

Erica sprach wie zu einem Kind, aber ohne herablassend zu wirken. Sie wollte nur deutlich machen, was sie meinte, und das schien bei ihm anzukommen, denn Patrik wurde ruhiger, und sie konnte spüren, wie sich sein Körper entspannte.

»Ja, du hast wohl recht«, sagte er widerstrebend. »Wir haben alles getan, was wir konnten, aber es kommt einem so hoffnungslos vor. Die Zeit rennt uns davon, und hier sitze ich zu Hause, während Jenny vielleicht gerade in diesem Augenblick stirbt.«

Die Panik in seiner Stimme nahm wieder zu, und Erica drückte seine Schulter.

»Schhh, du kannst es dir nicht leisten, so zu denken.« Sie ließ ihren Ton ein wenig schärfer werden. »Du kannst jetzt nicht zusammenklappen. Wenn du ihr und ihren Eltern etwas schuldig bist, dann, daß du den Kopf oben behältst und immer weiterarbeitest.«

Er schwieg, aber Erica sah, daß er ihr zuhörte.

»Ihre Eltern haben mich heute dreimal angerufen. Gestern viermal. Glaubst du, es liegt daran, daß sie langsam aufgeben?«

»Nein, das glaube ich nicht«, sagte Erica. »Ich glaube nur, daß sie darauf vertrauen, daß ihr euren Job macht. Und in diesem Augenblick ist es dein Job, Kraft für einen weiteren Arbeitstag zu sammeln. Es bringt nichts, wenn ihr euch total auspowert.«

Patrik lächelte schwach, als er von Erica das Echo seiner eigenen Worte zu Gösta hörte. Vielleicht wußte er ja manchmal doch, wovon er sprach.

Er richtete sich nach ihrem Rat. Obwohl das Essen für ihn fad schmeckte, aß er, was vor ihm auf dem Tisch stand, und fiel dann in einen leichten, oberflächlichen Schlaf. In seinen Träumen rannte ein junges blondes Mädchen ständig vor ihm her. Zuweilen war sie so nahe, daß er sie hätte berühren können, aber in dem Moment, wo er die Hand ausstreckte, um sie zu fassen, lachte sie spöttisch und entwischte. Als er vom Klingeln des Weckers erwachte, war er müde und durchgeschwitzt.

Neben ihm hatte Erica in den meisten der wachen Stunden dieser Nacht über Anna nachgegrübelt. So entschlossen, wie sie am vergangenen Tag gewesen war, nicht den ersten Schritt zu tun, genauso sicher war sie nun im Morgengrauen, daß sie Anna, sobald es hell wurde, anrufen mußte. Irgend etwas stimmte nicht. Das konnte sie spüren.

Der Krankenhausgeruch erschreckte sie. Der sterile Duft, die farblosen Wände und die langweilige Kunst hatten etwas Endgültiges an sich. Da sie in der Nacht nicht eine einzige Minute hatte schlafen können, kam es ihr nun so vor, als ob sich alle um sie herum in Zeitlupe bewegten. Das Rascheln der Arztkittel verstärkte sich und klang in Solveigs Ohren lauter als alle anderen Geräusche. Sie erwartete, daß die Welt jeden Augenblick über ihr zusammenstürzte. Johans Leben hing an einem äußerst dünnen Faden, hatte der Arzt irgendwann in den Morgenstunden voller Ernst gesagt, und sie hatte sich schon im voraus auf das Trauern eingestellt. Was sollte sie anderes tun? Alles, was sie im Leben besessen hatte, war ihr wie feiner Sand durch die Finger geronnen und vom Wind fortgeweht worden. Nichts, was sie zu halten versucht hatte, war geblieben. Johannes, das Leben auf Västergården, die Zukunft der Söhne – alles war zu einem Nichts verblaßt und hatte sie in ihre eigene Welt hineingetrieben.

Aber nun konnte sie nicht länger fliehen. Nicht, wenn sich die Wirklichkeit in Form von Bildern, Geräuschen und Gerüchen aufdrängte. Die Tatsache, daß man jetzt an Johans Körper herumschnitt, war zu konkret, als daß man davor fliehen konnte.

Sie hatte vor langer Zeit mit Gott gebrochen, aber nun betete sie mit ganzer Kraft. Sie ratterte alle Worte herunter, die ihr von ihrem Kinderglauben noch in Erinnerung waren, gab Versprechen, die sie nie würde halten können, aber hoffte, daß guter Wille zumindest so weit reichte, daß Johan einen winzig kleinen Vorsprung bekam, der ihn im Leben festhielt. Neben ihr saß Robert mit geschocktem Gesicht, das er den ganzen Abend und die Nacht hindurch behalten hatte. Sie wollte nichts lieber als die Arme nach ihm ausstrecken, ihn berühren, ihn trösten, Mutter sein. Aber viel zu viele Jahre waren vergangen, und nun waren alle Chancen verpaßt. Statt dessen saßen sie wie Fremde nebeneinander, nur vereint durch die Liebe zu dem, der dort drinnen lag, beide schweigend in der Gewißheit, daß er der Beste von ihnen war.

Eine bekannte Gestalt kam zögernd den Korridor herunter. Linda schlich sich an der Wand entlang, unsicher, wie man ihr begegnen würde, aber jede Streitlust war den beiden mit den Schlägen ausgeprügelt worden, die auf Sohn und Bruder herabgeprasselt waren. Still nahm sie neben Robert Platz und wartete ein Weilchen, bevor sie zu fragen wagte: »Wie steht's mit ihm? Ich habe von Papa gehört, daß du ihn heute morgen angerufen und davon erzählt hast.«

»Ja, ich fand, Gabriel sollte es wissen«, sagte Solveig, den Blick noch in die Ferne gerichtet, »trotz allem ist Blut dicker als Wasser. Ich fand einfach, er sollte es wissen ...« Sie schien wieder zu verschwinden, und Linda nickte nur.

Dann fuhr Solveig fort: »Sie operieren ihn noch immer. Wir wissen nicht viel mehr als ... als daß er sterben kann.«

»Aber wer?« fragte Linda, fest entschlossen, die Tante nicht wieder in ihr Schweigen zurücksinken zu lassen, bevor sie eine Antwort auf die Frage bekam, die sie beschäftigte.

»Wir wissen es nicht«, sagte Robert. »Aber wer es auch ist, der Scheißkerl wird dafür bezahlen!«

Er schlug die Hand heftig auf die Armlehne und wachte für einen Moment aus seinem Schockzustand auf. Solveig sagte nichts.

»Was machst du hier überhaupt?« fragte Robert und begriff erst jetzt, wie merkwürdig es war, daß die Cousine, mit der sie nie direkt verkehrt hatten, ins Krankenhaus gekommen war.

»Ich ... wir ... ich«, Linda stotterte, als sie nach Worten suchte, um zu beschreiben, was es zwischen ihr und Johan eigentlich für eine Beziehung gab. Es erstaunte sie auch, daß Robert nichts wußte. Zwar hatte Johan gesagt, daß er seinem Bruder nichts von ihrem Verhältnis erzählt hatte, aber sie hatte es ihm doch nicht ganz geglaubt. Daß Johan ihre Beziehung geheimhalten wollte, war ein Beweis dafür, wie wichtig sie ihm gewesen sein mußte, und diese Erkenntnis ließ Linda plötzlich Scham empfinden.

»Wir … haben uns recht oft getroffen, Johan und ich.« Sie betrachtete eingehend ihre perfekt manikürten Fingernägel.

»Was heißt getroffen?« Robert schaute sie verblüfft an. Dann verstand er. »Aha, ihr habt also … Okay …« Er lachte auf. »Ja, guck an. Der Herr Bruder. Was für ein verdammter Gauner.« Dann blieb ihm das Lachen im Hals stecken, als ihm einfiel, warum er hier saß, und der Schock spiegelte sich erneut in seinem Gesicht.

Während die Stunden dahingingen, saßen sie alle drei schweigend nebeneinander in dem tristen Wartezimmer, aber jedes Geräusch auf dem Flur ließ sie ängstlich nach einem Arzt im weißen Kittel Ausschau halten, der zu ihnen kommen und ihnen das Urteil verkünden würde. Ohne es voneinander zu wissen, beteten sie alle drei.

Als Solveig am frühen Morgen angerufen hatte, war er selbst über das Mitgefühl verwundert gewesen, das er empfunden hatte. Die Fehde zwischen den Familien dauerte schon so lange, daß ihnen die Feindschaft zur zweiten Natur geworden war, aber als er von Johans Zustand erfuhr, war aller Groll verschwunden gewesen. Johan war der Sohn seines Bruders, sein eigen Fleisch und Blut, und nur das zählte. Dennoch war es für ihn nicht selbstverständlich, ins Krankenhaus zu fahren. Er empfand es irgendwie als heuchlerisch und war dankbar, als Linda sagte, sie wolle hin. Er hatte ihr sogar das Taxi nach Uddevalla bezahlt, obwohl er Taxifahren im Normalfall als die Spitze aller Extravaganz betrachtete.

Gabriel saß unschlüssig an seinem großen Schreibtisch. Die ganze Welt schien auf dem Kopf zu stehen, und es wurde immer noch schlimmer. Ihm war, als sei in den letzten vierundzwanzig Stunden alles kulminiert. Jacob, den man zum Verhör geholt hatte, die Haussuchung auf Västergården, die Blutproben, die man von der ganzen Familie gefordert hatte, und jetzt noch Johan im Krankenhaus, zwischen Leben und Tod schwebend. Die ganze Sicherheit, der er sein Leben gewidmet hatte, war im Begriff, vor seinen Augen in Schutt und Asche zu zerfallen.

Im Spiegel an der gegenüberliegenden Wand sah er sein Gesicht, als wäre es das erste Mal. In gewisser Weise war es das auch. Er sah selbst, wie sehr er in den letzten Tagen gealtert war. Die Vitalität des Blickes war verschwunden, das Gesicht war von Kummer zerfurcht, und sein normalerweise sorgfältig gekämmtes Haar war zerwühlt und wirkte glanzlos. Gabriel mußte sich eingestehen, daß er von sich selbst enttäuscht war. Er hatte sich immer als einen Mann gesehen, der mit den Schwierigkeiten wuchs, als jemanden, auf den andere sich in schweren Zeiten verlassen konnten. Aber statt dessen hatte sich Laine als die Stärkere von ihnen beiden erwiesen. Vielleicht hatte er das eigentlich immer gewußt. Vielleicht war auch ihr das klar gewesen, aber sie hatte ihn in seiner Illusion belassen, weil sie wußte, daß er so am glücklichsten war. Ein inniges Gefühl erfüllte ihn. Eine stille Liebe. Etwas, das tief begraben unter seiner egozentrischen Geringschätzung gelegen hatte, bekam jetzt die Möglichkeit, nach oben durchzubrechen. Vielleicht konnte aus all dem Elend doch etwas Gutes entstehen.

Ein Klopfen unterbrach seine Überlegungen.

»Komm rein.«

Laine trat vorsichtig ins Zimmer, und von neuem machte er sich bewußt, welche Veränderung mit ihr vorgegangen war. Verschwunden waren der nervöse Ausdruck im Gesicht und die unruhigen Bewegungen der Hände, sie schien sogar größer geworden zu sein, weil sie jetzt aufrecht ging.

»Guten Morgen, meine Liebe. Hast du gut geschlafen?«

Sie nickte und setzte sich in einen der beiden Sessel, die für Besucher in seinem Büro standen. Gabriel sah sie forschend an. Die Ringe unter ihren Augen widersprachen dem bestätigenden Nicken. Dennoch hatte sie mehr als zwölf Stunden geschlafen. Gestern, als sie, nachdem sie Jacob vom Polizeirevier abgeholt hatte, nach Hause gekommen war, hatte er kaum mit ihr reden können. Sie hatte nur gemurmelt, sie sei müde, und sich dann in ihrem Zimmer schlafen gelegt. Irgend etwas war im Anmarsch, das konnte er jetzt spüren. Laine hatte ihn kein einziges Mal angesehen, nachdem sie das Zimmer betreten hatte, sondern studierte mit äußerster Genauigkeit ihre Schuhe. Die

Unruhe in ihm nahm zu, aber zuerst war er gezwungen, ihr von Johan zu erzählen. Sie reagierte mit Erstaunen und Mitgefühl, aber es war dennoch, als würden die Worte nicht richtig zu ihr durchdringen. Etwas so Fundamentales beschäftigte ihre Gedanken, daß nicht einmal der Überfall auf Johan sie davon ablenken konnte. Jetzt blinkten bei ihm alle Warnlampen.

»Ist etwas passiert? Ist gestern auf dem Polizeirevier etwas passiert? Ich habe doch abends noch mit Marita gesprochen, und sie sagte, man hat Jacob gehen lassen, und da kann die Polizei doch wohl kaum ...« Er wußte nicht genau, wie er fortfahren sollte. Eine Menge Gedanken wirbelten ihm durch den Kopf, und er verwarf eine Erklärung nach der anderen.

»Nein, Jacob ist von jedem Verdacht befreit«, sagte Laine.

»Was sagst du da? Aber das ist ja wunderbar!« Sein Gesicht erhellte sich. »Wie ... was ist es, das ...?«

Immer noch dieselbe finstere Miene, und Laine begegnete auch jetzt nicht seinem Blick.

»Bevor wir dazu kommen, gibt es etwas anderes, das du wissen solltest.« Sie zögerte. »Johannes, er, er ...«

Ungeduldig rutschte Gabriel auf dem Stuhl hin und her. »Ja, was ist mit Johannes? Geht es um diese unglückselige Exhumierung?«

»Ja, das kann man so sagen.« Eine erneute Pause weckte in Gabriel den Wunsch, sie zu schütteln, damit sie das sagte, was sie über die Lippen zu bringen versuchte. Dann holte sie tief Luft, und alles strömte in einem solchen Tempo aus ihr heraus, daß er kaum hörte, was sie sagte: »Die Polizei hat Jacob erzählt, daß sie die Überreste von Johannes untersucht und dabei festgestellt haben, daß er sich nicht das Leben genommen hat. Er ist ermordet worden.«

Der Stift, den Gabriel in der Hand gehalten hatte, fiel auf den Tisch. Er sah Laine an, als hätte sie den Verstand verloren. Sie sprach weiter: »Ja, ich weiß, daß es völlig wahnsinnig klingt, aber sie sind sich offenbar total sicher. Jemand hat Johannes ermordet.«

»Wissen sie, wer?« Das war das einzige, was er sagen konnte.

»Natürlich nicht«, fauchte Laine. »Sie haben es ja gerade erst entdeckt, und bei den vielen Jahren, die vergangen sind ...« Sie hob resigniert die Hände.

»Ja, das sind wirklich Neuigkeiten, muß ich schon sagen. Aber erzähle noch von Jacob. Haben sie um Entschuldigung gebeten«, fragte Gabriel in brüskem Ton.

»Wie gesagt, sie verdächtigen ihn nicht mehr. Sie haben das beweisen können, was wir längst gewußt haben«, sagte Laine, verächtlich schnaubend.

»Ja, das kommt ja wohl kaum überraschend, das war nur eine Zeitfrage. Aber wie ...?«

»Die Blutproben, die sie uns heute abgenommen haben. Sie haben sein Blut als erstes mit irgendwelchen Spuren verglichen, die der Täter hinterlassen hat, und die stimmten also nicht.«

»Ja, das hätte ich ihnen gleich sagen können. Was ich übrigens auch getan habe, wenn mich nicht alles täuscht!« erklärte Gabriel hochtrabend und fühlte, wie sich in ihm ein großer Knoten löste. »Aber darauf müssen wir doch mit Champagner anstoßen, Laine, also dann verstehe ich nicht, warum du so ein finsteres Gesicht machst.«

Nun hob sie den Blick und sah ihm direkt in die Augen. »Weil sie auch schon dazu gekommen waren, dein Blut zu analysieren.«

»Ja, aber das konnte doch wohl auch nicht gestimmt haben«, erwiderte Gabriel lachend.

»Nein, nicht wenn es um den Mörder geht. Aber ... es stimmte auch nicht mit Jacobs überein.«

»Was jetzt, wie meinst du das? Wie stimmte es nicht? Auf welche Weise denn?«

»Sie konnten sehen, daß du nicht Jacobs Vater bist.«

Das Schweigen, das den Worten folgte, glich einer Explosion. Gabriel erblickte sein Gesicht erneut im Spiegel, und nun erkannte er sich nicht einmal mehr wieder. Ein Fremder saß ihm gegenüber, der ihn mit offenem Mund und weit aufgerissenen Augen anstarrte, und er konnte ihn nicht einmal ansehen, sondern wandte den Blick ab.

Laine wirkte, als wären alle Sorgen der Welt von ihren Schultern gefallen, und auf ihrem Gesicht lag ein Leuchten. Er wußte, daß es Erleichterung war. Kurz kam ihm der Gedanke, wie schwer es für sie gewesen sein mußte, ein solches Geheimnis all die Jahre mit sich herumzuschleppen, doch dann schlug die Wut mit aller Kraft zu.

»Was, zum Teufel, sagst du da?« brüllte er so laut, daß sie zusammenfuhr.

»Sie haben recht, du bist nicht Jacobs Vater.«

»Und wer, verdammt noch mal, ist es?«

Schweigen. Langsam ging ihm die Wahrheit auf. Flüsternd sagte er, während er gegen die Stuhllehne zurücksank: »Johannes.«

Laine brauchte es nicht zu bestätigen. Plötzlich war alles glasklar für ihn, und er verfluchte seine eigene Dummheit. Daß er es nicht früher bemerkt hatte. Die verstohlenen Blicke, das Gefühl, daß jemand in seiner Abwesenheit im Haus gewesen war, Jacobs zuweilen unheimliche Ähnlichkeit mit dem Bruder.

»Aber warum …?«

»Warum ich eine Affäre mit Johannes gehabt habe, meinst du?« Laines Stimme hatte jetzt einen kalten, metallischen Unterton. »Weil er all das war, was du nicht warst. Ich war für dich nur die zweite Wahl, eine Ehefrau, genommen aus praktischen Erwägungen, eine, die ihren Platz kannte und dafür sorgen würde, daß dein Leben sich so gestalten würde, wie du es dir vorgestellt hast, mit sowenig Reibungen wie möglich. Alles hatte organisiert, logisch, rational zu sein – einfach leblos!« Ihre Stimme wurde weicher. »Johannes tat nichts, was er nicht selber wollte. Er liebte, wenn er es so wollte, haßte, wenn er es wollte, lebte … Mit Johannes zusammen zu sein war, als würde man eine Naturkraft erleben. Er hat mich wirklich wahrgenommen, hat mich gesehen, ist nicht nur an mir vorbeigegangen auf dem Weg zum nächsten Geschäftstreffen. Jede Liebesstunde mit ihm war, als würde man sterben und erneut geboren werden.«

Gabriel zitterte angesichts der Leidenschaft, die er in Laines Stimme vernahm. Sie legte sich, und Laine betrachtete ihn nüchtern.

»Ich bedauere es wirklich, daß ich dich, was Jacob betrifft, all die Jahre hinters Licht geführt habe, glaube mir, das tue ich wirklich, und dafür bitte ich dich aus ganzem Herzen um Verzeihung. Aber – ich gedenke nicht um Verzeihung zu bitten, weil ich Johannes geliebt habe.«

Impulsiv beugte sie sich vor und legte ihre Hände auf die von Gabriel. Er widerstand dem Wunsch, sie wegzureißen, ließ sie einfach liegen.

»Du hattest so viele Chancen, Gabriel. Ich weiß, daß vieles von dem, was Johannes ausmachte, auch in dir steckt, aber du läßt es nicht heraus. Wir hätten viele gute gemeinsame Jahre haben können, und ich hätte dich geliebt. In gewisser Weise habe ich es schließlich sogar getan, trotz allem, aber ich kenne dich gut genug, um zu wissen, daß du es mir jetzt nicht erlauben kannst, das auch weiter zu tun.«

Gabriel gab keine Antwort. Er wußte, daß sie recht hatte. Sein Leben lang hatte er dagegen angekämpft, im Schatten seines Bruders zu leben, und Laines Verrat traf ihn an seiner verwundbarsten Stelle.

Er erinnerte sich an die Nächte, als er und Laine am Krankenbett des Sohnes gewacht hatten. Damals hatte er gewünscht, daß er als einziger dort neben Jacob sitzen könnte, damit der Sohn sah, wie unwichtig alle anderen waren, einschließlich Laine. Nur um sie beide ging es, all die anderen zählten nicht. Jetzt konnte er darüber nur lachen. Eigentlich war er es gewesen, der in diesem Zusammenhang der Schwarze Peter war. Johannes hatte das Recht gehabt, an Jacobs Seite zu sitzen, seine Hand zu halten, ihm zu sagen, daß alles gut werden würde. Und Ephraim, der Jacobs Leben gerettet hatte. Ephraim und Johannes. Die ewige Zweisamkeit, in die Gabriel nie vordringen konnte. Nun erschien sie ihm unüberwindlich.

»Und Linda?« Er kannte die Antwort, aber mußte die Frage stellen. Wenn aus keinem anderen Grund, dann um Laine einen Stich zu versetzen. Sie schnaubte nur verächtlich.

»Linda ist deine Tochter. Daran besteht überhaupt kein Zweifel. Johannes ist der einzige Mann, den ich während unserer Ehe hatte, und dafür werde ich jetzt die Konsequenzen ziehen.«

Eine andere Frage quälte ihn noch mehr. »Weiß Jacob Bescheid?«

»Jacob weiß es.«

Sie stand auf. Schaute Gabriel traurig an und sagte still: »Ich packe den Tag über. Noch vor dem Abend bin ich weg.«

Er fragte nicht, wohin sie wollte. Es spielte keine Rolle. Nichts spielte mehr eine Rolle.

Sie hatten ihr Eindringen gut kaschiert. Weder sie noch die Kinder hatten es groß gemerkt, daß die Polizei im Haus gewesen war. Gleichzeitig war irgend etwas verändert. Etwas, das sich nicht greifen ließ, aber dennoch vorhanden war. Ein Gefühl, daß ihr Zuhause nicht mehr der sichere Ort war, den sie in ihm stets gesehen hatten. Alles in den Räumen war von fremden Händen berührt worden, alles hatten sie gedreht und gewendet und von allen Seiten betrachtet. Hatten nach etwas Schlimmem gesucht – in ihrem Haus! Zwar nahm die schwedische Polizei Rücksicht, aber zum erstenmal in ihrem Leben meinte sie verstehen zu können, wie es in jenen Diktaturen und Polizeistaaten sein mußte, von denen man in den Fernsehnachrichten erfuhr. Sie hatte immer den Kopf geschüttelt und die Leute bedauert, die unter der ständigen Drohung lebten, daß man in ihre Wohnung eindrang, doch hatte sie nicht gewußt, wie schmutzig man sich hinterher vorkam und wie groß die Angst vor dem Unbekannten war, das als nächstes folgen würde.

Sie hatte Jacob heute nacht im Bett vermißt. Sie hätte ihn neben sich haben, seine Hand in der ihren halten wollen als Versicherung, daß alles wieder werden würde wie zuvor. Aber als sie am gestrigen Abend auf dem Polizeirevier angerufen hatte, war ihr mitgeteilt worden, daß seine Mutter ihn abgeholt hatte, und sie vermutete, daß er also über Nacht dort geblieben war. Sie fand zwar, daß er sie hätte anrufen können, aber schon als ihr dieser Gedanke kam, schalt sie sich, daß es vermessen sei, so zu denken. Jacob tat stets das, was am besten für sie alle war, und wenn es sie schon aufgewühlt hatte, daß die Polizei in ihrem Haus gewesen war, wie mußte es dann erst für ihn gewesen sein, der dort eingesperrt gesessen hatte und mit den unmöglichsten Fragen konfrontiert worden war.

Langsam räumte Marita den Frühstückstisch ab. Zögernd nahm sie den Hörer und begann die Nummer der Schwiegereltern zu wählen, aber dann besann sie sich und legte wieder auf. Er schlief sich heute bestimmt aus, und sie wollte ihn nicht stören. Gerade als sie aufgelegt hatte, klingelte das Telefon, und sie fuhr vor Überraschung zusammen. Auf dem Display sah sie, daß der Anruf vom Gutshof kam, und meldete sich in der Überzeugung, daß Jacob dran war.

»Hallo Marita, hier ist Gabriel.«

Sie runzelte die Brauen. Die Stimme des Schwiegervaters war kaum zu erkennen. Er klang wie ein alter Mann.

»Hallo, Gabriel. Wie steht's bei euch?«

Der fröhliche Ton verbarg ihre Unruhe, aber sie wartete gespannt darauf, was er sagen würde. Ihr kam plötzlich der Gedanke, daß Jacob etwas passiert sei, aber bevor sie noch fragen konnte, sagte er: »Jacob ist nicht zufällig zu Hause?«

»Jacob? Aber Laine hat ihn doch gestern abgeholt. Ich war sicher, daß er bei euch übernachtet hat?«

»Nein, er ist nicht hier gewesen. Laine hat ihn gestern abend vor eurem Hof abgesetzt.« Die Panik in seiner Stimme glich der, die sie selbst spürte.

»Aber mein Gott, wo ist er dann?« Marita schlug die Hand vor den Mund und kämpfte, um sich nicht in Angst aufzulösen.

»Er muß ganz … Er muß wirklich …« Gabriel brachte keine Fortsetzung der Sätze zustande, was ihre Unruhe nur noch verstärkte. Wenn Jacob nicht zu Hause und auch nicht bei den Eltern war, gab es keine weiteren Alternativen. Ein entsetzlicher Gedanke traf sie.

»Johan liegt im Krankenhaus. Er wurde gestern abend zu Hause niedergeschlagen und schwer mißhandelt.«

»Um Himmels willen, wie steht es mit ihm?«

»Sie wissen nicht, ob er überleben wird. Linda ist im Krankenhaus, sie wollte anrufen, wenn sie mehr erfahren hat.«

Marita ließ sich auf einen der Küchenstühle fallen. Ihre Brust krampfte sich zusammen und machte ihr das Atmen schwer. Die Kehle war wie zugeschnürt.

»Glaubst du, daß ...«

Gabriels Stimme war in der Leitung kaum zu hören. »Nein, das kann ja wohl doch nicht sein. Wer würde ...«

Dann begriffen sie beide gleichzeitig, daß all ihre Sorgen darauf basierten, daß ein Mörder frei herumlief. Das Schweigen nach dieser Erkenntnis hallte dumpf.

»Ruf die Polizei an, Marita. Und komm zu uns.« Dann war nur noch der Wählton zu hören.

Wie paralysiert saß er wieder an seinem Schreibtisch. Patrik zwang sich, irgendeine Beschäftigung zu finden, um nicht immer das Telefon anzustarren. Der Wunsch, endlich das Ergebnis der Blutanalysen in Händen zu halten, war so stark, daß er meinte, ihn förmlich greifen zu können. Die Uhr tickte unbarmherzig langsam. Er beschloß, einige der administrativen Dinge aufzuarbeiten, und nahm sich die entsprechenden Papiere vor. Eine halbe Stunde später hatte er noch immer nichts geschafft, sondern saß einfach da und starrte ins Leere. Die Müdigkeit, die daher kam, daß er so schlecht geschlafen hatte, brachte sich wieder in Erinnerung. Er nahm einen Schluck Kaffee aus der vor ihm stehenden Tasse, verzog aber sofort das Gesicht. Das Getränk war kalt geworden. Mit der Tasse in der Hand stand er auf, um sich draußen noch etwas nachzuholen, als das Telefon klingelte. Er stürzte sich so schnell auf den Hörer, daß ein Teil des kalten Kaffees auf den Schreibtisch schwappte.

»Patrik Hedström.«

»Jacob ist verschwunden!«

Er war so sehr auf den Anruf der Gerichtsmedizin eingestellt, daß es eine Sekunde dauerte, bevor sein Gehirn umschaltete.

»Wie bitte?«

»Hier ist Marita Hult. Mein Mann ist seit gestern abend verschwunden!«

»Verschwunden?« Noch immer kam er nicht richtig mit. Die Müdigkeit ließ seine Gedanken nur träge und widerstrebend arbeiten.

»Er ist gestern abend nicht nach Hause gekommen. Und hat auch nicht bei seinen Eltern übernachtet. Und im Hinblick darauf, was mit Johan passiert ist, so …«

Jetzt verstand er wirklich gar nichts mehr.

»Einen Moment, bitte nicht so schnell. Was ist mit Johan passiert?«

»Er liegt doch im Krankenhaus in Uddevalla. Wurde zusammengeschlagen, und es ist nicht sicher, daß er überlebt. Was, wenn dieselbe Person nun über Jacob hergefallen ist? Er liegt vielleicht irgendwo und ist verletzt.«

Die Panik in ihrer Stimme nahm zu, und nun konnte Patriks Gehirn Schritt halten. Allerdings hatten sie hier nichts von dem Überfall auf Johan Hult gehört, also mußte die Anzeige an die Kollegen in Uddevalla gegangen sein. Er wollte sich umgehend mit ihnen in Verbindung setzen, aber zunächst war es wichtiger, Jacobs Frau zu beruhigen.

»Marita, Jacob ist bestimmt nichts passiert. Aber ich schicke jemanden zu euch raus, und ich werde auch in Uddevalla anrufen und hören, was die Kollegen dort über Johan wissen. Ich nehme das, was du sagst, nicht auf die leichte Schulter, aber ich glaube, daß es noch keinen Grund zur Beunruhigung gibt. Es passiert zuweilen, wir erleben es oft, daß jemand aus dem einen oder anderen Grund eine Nacht von zu Hause wegbleibt. Und Jacob war vielleicht aufgewühlt, nachdem wir gestern mit ihm geredet haben, und mußte ein Weilchen für sich sein, was weiß ich?«

Frustriert sagte Marita: »Jacob würde nie wegbleiben, ohne mir mitzuteilen, wo er ist. Dazu ist er viel zu rücksichtsvoll.«

»Ich glaube dir, und ich verspreche, daß wir uns sofort darum kümmern. Jemand kommt nach Västergården und spricht mit euch, in Ordnung? Könntest du deine Schwiegereltern benachrichtigen, damit sie auch zu euch kommen und wir gleichzeitig mit ihnen reden können?«

»Es ist wohl einfacher, wenn ich zu ihnen gehe«, sagte Marita, die dennoch erleichtert schien, daß sofort konkrete Maßnahmen ergriffen wurden.

»Dann machen wir es so«, sagte Patrik und legte auf, nachdem er ein letztes Mal versichert hatte, es bestünde bestimmt kein Grund, das Schlimmste zu befürchten.

Dann war seine bisherige Passivität wie weggeblasen. Trotz der Worte, die er zu Marita gesagt hatte, war auch er geneigt zu glauben, daß hinter Jacobs Verschwinden etwas anderes steckte als irgendwelche natürlichen Ursachen. Wenn man Johan außerdem überfallen hatte oder er sogar einem Mordversuch, oder was es nun war, ausgesetzt worden war, dann gab es wirklich Grund zur Beunruhigung. Er rief als erstes die Kollegen in Uddevalla an.

Ein Weilchen später hatte er alles erfahren, was sie von dem Überfall wußten, aber das war nicht gerade viel. Jemand hatte Johan gestern abend derart mißhandelt, daß er zwischen Leben und Tod schwebte. Da Johan nicht selbst sagen konnte, wer es gewesen ist, hatte die Polizei noch keinen Verdacht. Sie hatten mit Solveig und Robert gesprochen, aber keiner von ihnen hatte jemanden in der Nähe des Hauses gesehen. Einen Moment lang hatte Patrik Jacob im Verdacht, aber das stellte sich rasch als Unsinn heraus. Der Überfall auf Johan war zur gleichen Zeit erfolgt, in der sie Jacob hier auf der Dienststelle hatten.

Patrik war sich nicht schlüssig, was er als nächstes tun sollte. Es gab zwei Aufgaben zu erledigen. Einerseits wollte er, daß jemand ins Krankenhaus nach Uddevalla fuhr und dort mit Solveig und Robert redete, um zu erfahren, ob sie nicht doch etwas wußten. Andererseits mußte er jemanden zum Gutshof schicken, wo Jacobs Familie wartete. Nach kurzem Zögern beschloß er, sich selbst um Uddevalla zu kümmern, während Martin und Gösta zum Gutshof fahren sollten. Aber im selben Augenblick, als er aufstand, um zu gehen, klingelte das Telefon erneut. Diesmal war es die Gerichtsmedizin.

Mit bebender Erwartung bereitete er sich auf das vor, was das Labor zu sagen hatte, vielleicht lieferte man ihnen ja in der nächsten Minute das noch fehlende Puzzlestück. Doch selbst in seiner wildesten Phantasie hätte er sich die Antwort nicht vorstellen können, die er jetzt erhielt.

Als Martin und Gösta zum Gutshof kamen, hatten sie eine lange Diskussion hinter sich über das, was Patrik erzählt hatte. Keiner von ihnen verstand es. Aber der Zeitdruck erlaubte es ihnen nicht, sich noch länger in dieser Unsicherheit zu verlieren. Das einzige, was sie jetzt tun konnten, war, den Kopf vorzustrecken und beharrlich weiterzukämpfen.

Vor der Treppe des Haupteingangs mußten sie über ein paar große Koffer steigen. Neugierig fragte sich Martin, wer hier wohl wegfahren wollte. Es schien mehr Gepäck zu sein, als Gabriel auf einer Geschäftsreise brauchen konnte, und außerdem wirkten die Gepäckstücke so, als gehörten sie einer Frau, also vermutete er, es handelte sich um Laine.

Diesmal wurden sie nicht ins Wohnzimmer gewiesen, sondern durch einen langen Korridor zu einer Küche am anderen Ende des Hauses geführt. Das war ein Raum, in dem sich Martin sofort wohl fühlte. Das Wohnzimmer war zwar schön, aber es wirkte irgendwie unpersönlich. In der Küche herrschte Behaglichkeit, und sie besaß eine ländliche Schlichtheit, die der Eleganz widersprach, die wie ein erstickender Film über dem ganzen Gebäude lag. Im Wohnzimmer hatte Martin sich wie ein Landei gefühlt, hier bekam er Lust, die Ärmel hochzukrempeln und in großen dampfenden Töpfen zu rühren.

An einem gewaltigen rustikalen Tisch saß Marita ganz hinten an der Wand eingeklemmt. Es sah aus, als suchte sie in einer überraschenden und erschreckenden Situation Geborgenheit. In einiger Entfernung hörte er Kinder toben, und als er den Hals reckte und aus dem Fenster in den Garten schaute, sah er Jacobs und Maritas Kinder auf der großen Rasenfläche beim Spiel umherrennen.

Alle nickten sich zur Begrüßung zu. Dann setzten sie sich zu Marita an den Tisch. Martin fand, daß die Stimmung eigentümlich war, aber er konnte nicht genau sagen, woran es lag. Gabriel und Laine hatten so weit voneinander Platz genommen, wie es nur ging, und er bemerkte, daß sie beide genauestens darauf achteten, sich nicht anzusehen. Er dachte an die Koffer vor der Tür. Dann verstand er, daß Laine ihrem Mann von ihrer Affäre mit Johannes erzählt haben mußte. Nicht verwunderlich, daß die Stimmung frostig erschien. Außerdem war das eine Erklärung für die Koffer vor der Tür. Das einzige, was Laine noch immer auf dem Hof hielt, war ihre gemeinsame Sorge wegen Jacobs Abwesenheit.

»Lassen Sie uns von vorn beginnen«, sagte Martin. »Wer von Ihnen hat Jacob zuletzt gesehen?«

Laine winkte leicht mit der Hand. »Das war ich.«

»Und wann ist das gewesen?« fuhr Gösta mit der Befragung fort.

»Gegen acht. Nachdem ich meinen Sohn bei Ihnen abgeholt hatte.« Mit dem Kopf hatte sie auf die Polizisten ihr gegenüber gewiesen.

»Und wo haben Sie ihn dann abgesetzt?« fragte Martin.

»Genau bei der Einfahrt zu Västergården. Ich wollte ihn bis zur Tür fahren, aber er sagte, das sei nicht nötig. Es ist ein bißchen schwierig, dort zu wenden, und da es ja nur ein paar hundert Meter Fußweg waren, habe ich nicht darauf bestanden.«

»Und wie war seine Stimmung da?« fuhr Martin fort.

Er sah verstohlen zu Gabriel. Sie wußten alle, worüber sie hier eigentlich redeten, aber keiner wollte es direkt aussprechen. Martin fiel ein, daß Marita wohl noch nichts von Jacobs veränderten Familienverhältnissen wußte. Aber leider konnte er darauf keine Rücksicht nehmen. Sie mußten jetzt alle Fakten auf den Tisch bekommen und konnten sich nicht mit Wortspielereien aufhalten.

»Er war …«, Laine suchte nach dem passenden Wort, »… nachdenklich. Ich würde wohl sagen, er befand sich irgendwie in einem Schockzustand.«

Verwirrt blickte Marita zu Laine und dann zu den Polizisten.

»Wovon redet ihr? Warum sollte Jacob geschockt sein? Was haben Sie gestern eigentlich mit ihm gemacht? Mein Schwiegervater sagte doch, daß er nicht mehr unter Verdacht steht, warum also sollte er dann geschockt sein?«

Es zuckte leicht in Laines Gesicht als einziges Zeichen für die Gefühlsstürme, die in ihr tobten, und sie legte nur still ihre Hand auf Maritas.

»Meine Liebe, Jacob hat gestern eine aufwühlende Nachricht

erhalten. Ich habe vor vielen, vielen Jahren etwas getan, was ich lange für mich behalten habe. Dank der Polizei«, sie warf Martin und Gösta einen giftigen Blick zu, »hat Jacob gestern davon Kenntnis bekommen. Ich wollte es ihm immer erzählen, aber die Jahre sind so schnell vergangen, und ich habe wohl auf die richtige Gelegenheit gewartet, vermute ich.«

»Die richtige Gelegenheit wofür?« fragte Marita.

»Um Jacob zu erzählen, daß Johannes, nicht Gabriel, sein Vater ist.«

Die ganze Zeit über, während sie sprach, verzog Gabriel das Gesicht und zuckte, als würde ihm jedes Wort einen Messerstich versetzen. Aber der geschockte Ausdruck war verschwunden. Seine Psyche hatte bereits damit angefangen, die Veränderung zu bearbeiten, und es war nicht mehr genauso schwer, sich die Sache anzuhören, wie beim erstenmal.

»Was sagst du da!« Marita schaute Laine und Gabriel mit aufgerissenen Augen an. Dann sackte sie zusammen. »O mein Gott, das muß ihn vernichtet haben.«

Laine fuhr zusammen, als hätte sie eine Ohrfeige bekommen. »Was geschehen ist, ist geschehen«, sagte sie, »jetzt müssen wir vor allem Jacob finden, dann …«, sie zögerte, »dann können wir uns all das andere vornehmen.«

»Laine hat recht. Egal, was der Bluttest ergeben hat, so ist Jacob doch hier mein Sohn«, Gabriel legte sich die Hand aufs Herz, »und wir müssen ihn finden.«

»Wir werden ihn finden«, sagte Gösta. »Es ist vielleicht nicht besonders merkwürdig, wenn er wegbleiben und ein Weilchen über all das nachdenken wollte.«

Marita war dankbar über die väterliche Sicherheit, die von Gösta, wenn er es darauf anlegte, ausgehen konnte. Jetzt diente sie bestens dazu, die Unruhe der Anwesenden zu lindern, und Martin fuhr bedächtig mit seinen Fragen fort: »Er ist also gar nicht nach Hause gekommen?«

»Nein«, sagte Marita. »Laine hatte ja angerufen, als sie vom Revier losfuhren, also wußte ich, daß sie unterwegs waren. Als er dann nicht auftauchte, dachte ich, er ist bestimmt mit zu ihr gefahren und übernachtet dort. Das war zwar nicht besonders typisch für ihn, aber andererseits war er ja, und auch seine ganze Familie, in letzter Zeit einem solchen Druck ausgesetzt gewesen, daß ich dachte, er brauchte es vielleicht, bei seinen Eltern zu sein.«

Während sie den letzten Teil des Satzes sagte, warf sie einen verstohlenen Blick auf Gabriel, der ihr jedoch nur matt zulächelte. Es würde seine Zeit dauern, bis sie Ordnung in die Begriffe brachten.

»Wie haben Sie erfahren, was mit Johan passiert ist?« fragte Martin.

»Solveig hat am frühen Morgen angerufen.«

»Ich dachte, daß Sie mit ihr … verkracht sind?« sagte Martin vorsichtig.

»Ja, so könnte man es vielleicht bezeichnen. Aber Familie ist schließlich Familie, und wenn es wirklich gilt, dann …« Gabriel ließ die Worte ausklingen. »Linda ist jetzt dort. Es hat sich ja herausgestellt, daß Johan und sie einander näherstanden, als wir gewußt haben.« Ein bitteres kleines Lachen war von Gabriel zu hören.

»Sie wissen nicht mehr?« fragte Laine.

Gösta schüttelte den Kopf. »Nein, das letzte, was wir gehört haben, war, daß die Situation unverändert ist. Aber Patrik Hedström ist jetzt unterwegs nach Uddevalla, also müssen wir abwarten, was er in Erfahrung bringt. Aber sollte in irgendeiner Hinsicht etwas passieren, dann wird man es Ihnen sicher genauso schnell mitteilen wie uns. Linda ruft wohl gleich an, meine ich.«

Martin erhob sich. »Ja, dann denke ich, daß wir alle notwendigen Informationen bekommen haben.«

»Glauben Sie, daß derjenige, der die Deutsche ermordet hat, auch versucht haben könnte, Johan umzubringen?« Maritas Unterlippe zitterte schwach. Man konnte sich leicht vorstellen, was sie eigentlich fragen wollte.

»Es gibt keinen Grund, das anzunehmen«, erwiderte Martin freundlich. »Ich bin sicher, daß wir bald erfahren werden, was passiert ist. Ich meine, Johan und Robert haben sich ja nicht gerade wenig in ziemlich zweifelhaften Kreisen bewegt, also ist es wohl wahrscheinlicher, daß so etwas dahintersteckt.«

»Und was tun Sie jetzt, um Jacob zu finden?« bohrte Marita beharrlich weiter. »Wird hier im Gebiet eine Suchaktion vorgenommen, oder?«

»Nein, das werden wir wohl nicht tun. Ehrlich gesagt, glaube ich, daß er sich irgendwohin zurückgezogen hat und nachdenkt … über die Situation und in Kürze zu Hause auftauchen wird. Also das Beste, was Sie tun können, ist eigentlich, zu Hause zu bleiben und uns dann direkt anzurufen, um uns mitzuteilen, daß er wieder da ist. Okay?«

Keiner sagte etwas, und sie nahmen es als Zeichen, daß ihr Vorschlag akzeptiert worden war. Es gab wirklich nicht viel, was sie machen konnten. Außerdem mußte sich Martin eingestehen, daß er keineswegs so viel Zuversicht verspürte, wie er Jacobs Familie zu vermitteln suchte. Es war eine seltsame Parallele, daß Jacob am selben Abend verschwunden war, an dem sein Cousin oder Bruder, oder wie man Johan nun bezeichnen wollte, zusammengeschlagen wurde.

Auf der Rückfahrt im Auto sagte er genau das zu Gösta, der zustimmend nickte. Auch er hatte das dumpfe Gefühl, daß nicht alles in Ordnung war. Solche auffälligen Parallelen gab es in der Realität ziemlich selten, und sie waren nichts, wobei es ein Polizeibeamter belassen konnte. Sie hofften, daß Patrik etwas mehr herausbekam.

11

Sommer 2003

Sie wachte mit rasenden Kopfschmerzen und einem klebrigen Gefühl im Mund auf. Jenny verstand nicht, wo sie war. Das letzte, woran sie sich erinnerte, war, daß sie getrampt war und in einem Auto gesessen hatte, und jetzt fand sie sich plötzlich in irgendeiner Art seltsamer dunkler Wirklichkeit wieder. Zunächst bekam sie nicht einmal Angst. Ihr war, als könnte das nur ein Traum sein, jeden Moment würde sie aufwachen und feststellen, daß sie sich wieder im Wohnwagen ihrer Familie befand.

Nach einer Weile kam ihr langsam die Erkenntnis, daß es sich hier um einen Traum handelte, aus dem sie nicht mehr aufwachen würde. In Panik begann sie in der Finsternis herumzusuchen, und an der letzten Wand fühlte sie Holzbretter unter den Fingern. Eine Treppe. Sie kletterte nach oben, indem sie sich bei jeder Stufe langsam vortastete. Krachend schlug sie mit dem Kopf gegen ein Hindernis. Eine Decke stoppte ihr Aufwärtssteigen schon nach wenigen Schritten, und sie empfand Klaustrophobie. Sie stellte fest, daß sie mit Mühe und Not aufrecht stehen konnte, höher war der Raum nicht. Es war auch schnell gegangen, sich an den Wänden entlangzutasten, es konnten höchstens zwei Meter dazwischen liegen. Voller Panik stemmte sie sich am Ende der Treppe nach oben und fühlte, wie die Bretter ein wenig federten, doch waren sie weit davon entfernt nachzugeben. Ein Rasseln erklang, und sie begriff, daß sich auf der anderen Seite vermutlich ein Vorhängeschloß befand.

Nach ein paar weiteren Versuchen, die Luke aufzustemmen, kletterte sie enttäuscht wieder nach unten und setzte sich auf den Erdboden, die Arme um die Knie geschlungen. Das Geräusch von Schritten über ihr brachte sie dazu, sich instinktiv in die äußerste Ecke zurückzuziehen.

Als der Mann zu ihr herunterkam, sah sie sein Gesicht vor sich, obwohl es im Raum kein Licht gab. Sie hatte ihn gesehen, als er sie im Auto mitgenommen hatte, und diese Tatsache erschreckte sie. Jenny konnte ihn identifizieren, sie wußte, was für ein Auto er fuhr, und das sprach dafür, daß er sie niemals lebend laufenlassen würde.

Sie begann zu schreien, aber er legte ihr sanft die Hand auf den Mund und sprach beruhigend auf sie ein. Als er überzeugt war, daß sie nicht schreien würde, nahm er die Hand von ihrem Mund und begann sie statt dessen vorsichtig auszuziehen. Er befühlte genußvoll, fast liebevoll ihre Glieder. Sie hörte, wie sein Atem schwerer wurde, und preßte die Lider fest zusammen, um den Gedanken an das, was kommen würde, auszusperren.

Hinterher bat er um Entschuldigung. Dann nahm der Schmerz seinen Anfang.

Der Sommerverkehr war mörderisch. Patriks Gereiztheit nahm mit jedem Kilometer zu, der auf der Anzeige zu lesen stand, und als er auf den Parkplatz am Krankenhaus von Uddevalla einbog, zwang er sich selbst, ein paarmal tief durchzuatmen, um wieder zur Ruhe zu kommen. Im Normalfall ließ es ihn kalt, wenn Wohnwagen die ganze Straße einnahmen oder durch die Gegend tourende Fahrer das Tempo herunterschraubten, um auf alles zeigen zu können, was sie entdeckten, ohne sich um die Schlange zu kümmern, die hinter ihnen anwuchs. Aber die Enttäuschung über das Resultat der Analysen hatte seine Toleranzgrenze erheblich sinken lassen.

Er hatte kaum seinen Ohren getraut. Niemand entsprach der Spermaprobe von Tanjas Körper. Er war so überzeugt gewesen, daß sie mit dem Ergebnis der Blutanalysen das Fazit in Händen halten würden, daß er sich von der Überraschung noch immer nicht ganz erholt hatte. Jemand, der mit Johannes Hult verwandt war, hatte Tanja ermordet, das war eine Tatsache, um die sie nicht herumkamen. Aber es war keins der ihnen bekannten Familienmitglieder.

Ungeduldig wählte er die Nummer der Dienststelle. Annika hatte etwas später als normal angefangen, und er hatte nervös auf ihr Eintreffen gewartet.

»Hallo, hier ist Patrik. Du, entschuldige, daß ich ein bißchen gestreßt klinge, aber könntest du so bald wie möglich herausbekommen, ob hier in der Gegend noch etwas über weitere Mitglieder der Familie Hult zu erfahren ist. Ich denke in erster Linie daran, ob es noch Kinder von Johannes Hult gibt, die außerehelich geboren wurden?«

Er hörte, daß sie sich Notizen machte, und legte zwei Finger über Kreuz. Wie es jetzt aussah, war das hier der letzte Strohhalm, nach dem er greifen konnte, und er hoffte inbrünstig, daß sie auf etwas stoßen möge. Andernfalls blieb ihm nichts anderes übrig, als auf seinem Hintern zu sitzen und sich ratlos den Kopf zu kratzen.

Er mußte zugeben, daß ihm die Theorie zusagte, auf die er während der Autofahrt nach Uddevalla gekommen war. Nämlich daß Johannes einen Sohn in der Gegend hatte, von dem sie nichts wußten. Wenn man bedachte, was sie über ihn erfahren hatten, kam ihm das nicht unmöglich vor, sondern es schien immer wahrscheinlicher, je mehr er darüber nachdachte. Das konnte auch ein Motiv dafür sein, warum Johannes selbst ermordet worden war, dachte Patrik, ohne genau zu wissen, wie er diese Fäden miteinander verknüpfen sollte. Eifersucht war ein hervorragendes Mordmotiv, und die Art, wie man ihn ermordet hatte, stimmte mit dieser Theorie bestens überein. Ein impulsiver, ungeplanter Mord. Ein Anfall von Wut und Eifersucht, der den Tod von Johannes zur Folge hatte.

Wie hing das dann mit dem Mord an Siv und Mona zusammen? Das war das Puzzlestück, was er noch nicht richtig einfügen konnte, aber vielleicht halfen Annikas Nachforschungen ihnen auch da ein Stück weiter.

Er warf die Autotür zu und ging zum Haupteingang. Nach einigem Suchen und mit Hilfe des freundlichen Personals kam er schließlich zur richtigen Abteilung. Im Wartezimmer fand er die drei Personen, nach denen er Ausschau hielt. Sie saßen nebeneinander wie Vögel auf einer Telegrafenleitung, sprachen nicht miteinander und hatten den Blick ins Leere gerichtet. Aber er sah, daß in Solveigs Augen ein Funken aufglomm, als sie ihn bemerkte. Mühsam stand sie auf und kam auf ihn zugewatschelt. Sie sah aus, als hätte sie die ganze Nacht nicht geschlafen, was bestimmt auch zutraf. Ihre Sachen waren zerknittert, und stechender Schweißgeruch umgab sie. Die fettigen

Haare waren verfilzt, und unter den Augen zeichneten sich dunkle Ringe ab. Robert sah genauso müde aus, aber hatte nicht Solveigs Schmuddeligkeit. Nur Linda wirkte munter, ihr Blick war klar und ihr Aussehen adrett. Noch immer wußte sie nicht, daß sich ihr Zuhause in Auflösung befand.

»Habt ihr ihn gekriegt?« Solveig zog Patrik leicht am Arm.

»Leider wissen wir noch immer nicht mehr. Haben die Ärzte schon was gesagt?«

Robert schüttelte den Kopf. »Nein, die operieren ihn noch. Es war irgendwas mit dem Druck im Gehirn. Sie machen ihm wohl den ganzen Kopf auf. Sollte mich wundern, wenn sie da überhaupt ein Gehirn finden.«

»Robert!«

Solveig drehte sich wütend um und starrte ihn an, aber Patrik verstand, was er zu tun versuchte. Indem er über die Sache scherzte, wollte er seine Unruhe verbergen und etwas von der Belastung loswerden. Das war eine Methode, die bei ihm selbst auch funktionierte.

Patrik nahm in einer dieser Sitzgelegenheiten Platz, die irgendwo zwischen Stuhl und Sessel einzuordnen waren. Auch Solveig setzte sich wieder.

»Wer kann das meinem kleinen Jungen angetan haben?« Sie wiegte sich vor und zurück. »Ich habe gesehen, wie sie ihn rausgetragen haben, er kam mir wie ein ganz anderer vor. Und alles war voll Blut.«

Linda zuckte zusammen und verzog das Gesicht. Robert saß mit unbewegter Miene da. Als Patrik dessen schwarze Jeans und das schwarze T-Shirt näher betrachtete, sah er darauf noch immer große Flecken von Johans Blut.

»Ihr habt gestern abend nichts gehört und auch nichts gesehen?«

»Nein«, erwiderte Robert irritiert. »Wir haben es den anderen Polizisten schon gesagt, wie oft müssen wir das noch durchkauen!«

»Ich bitte wirklich um Entschuldigung, aber ich muß diese Fragen stellen. Bitte habt einen kurzen Moment Geduld mit mir.«

Das Mitgefühl in seiner Stimme war echt. Polizist zu sein war zuweilen ein schwerer Job, wenn man sich, wie in solchen Fällen, Menschen aufdrängen mußte, die an bedeutend wichtigere Dinge zu denken hatten. Aber Solveig kam ihm unerwartet zu Hilfe.

»Unterstütze ihn jetzt lieber, Robert. Du verstehst doch wohl, daß wir alles, was wir können, tun sollten, um ihnen zu helfen, den zu fassen, der unserem Johan das angetan hat.« Sie drehte sich zu Patrik um.

»Ich glaubte, ein Geräusch zu hören, kurz bevor Robert mich gerufen hat. Aber wir haben niemanden gesehen, weder vorher noch nachdem wir ihn gefunden haben.«

Patrik nickte. Dann sagte er zu Linda: »Und du hast gestern abend nicht zufällig Jacob gesehen?«

»Nein«, erwiderte Linda verblüfft. »Ich habe auf dem Gutshof übernachtet. Er war wohl zu Hause auf Västergården, denke ich. Warum fragst du das?«

»Er scheint gestern abend nicht nach Hause gekommen zu sein, also dachte ich, du hast ihn vielleicht gesehen?«

»Nein, wie gesagt, das habe ich nicht. Aber erkundige dich doch bei meinen Eltern.«

»Das haben wir schon gemacht. Sie haben ihn auch nicht gesehen. Du kennst nicht vielleicht einen anderen Ort, wo er sich aufhalten könnte?«

Nun wirkte Linda allmählich beunruhigt. »Nein, wo sollte das sein?« Dann schien ihr ein Gedanke zu kommen. »Kann er nach Bullaren gefahren sein und dort geschlafen haben? Das hat er zwar noch nie gemacht, aber …«

Patrik ließ die Faust auf den Schenkel knallen. Total bescheuert, daß sie nicht selbst an den Hof in Bullaren gedacht hatten. Er entschuldigte sich und ging Martin anrufen. Der sollte auf der Stelle hinfahren und die Sache kontrollieren.

Als er ins Wartezimmer zurückkam, war die Stimmung verändert. Linda hatte in der Zwischenzeit ihr Handy benutzt, um zu Hause anzurufen. Nun schaute sie ihn mit der ganzen Aufsässigkeit eines Teenagers an.

»Was ist eigentlich los? Papa hat gesagt, daß Marita bei euch angerufen hat, um zu melden, daß Jacob verschwunden ist, und daß diese beiden anderen Polizisten dort gewesen sind und jede Menge Fragen gestellt haben. Papa klang superunruhig.« Sie stand vor Patrik, die Hände in die Seiten gestemmt.

»Es gibt bisher keinen Grund zur Beunruhigung.« Er sagte dasselbe wie Gösta und Martin draußen auf dem Gut. »Vermutlich hat sich dein Bruder zurückgezogen, um ein bißchen für sich zu sein, aber wir müssen all solche Anzeigen ernst nehmen.«

Linda musterte ihn mißtrauisch, aber schien sich mit der Auskunft zufriedenzugeben. Dann sagte sie mit leiser Stimme: »Papa hat auch das von Johannes erzählt. Wann hattest du die Absicht, es denen dort zu sagen?«

Sie wies mit dem Kopf heftig auf Robert und Solveig. Patrik konnte nicht anders, als fasziniert der Bahn zu folgen, die ihr langes blondes Haar durch die Luft beschrieb. Dann fiel ihm ein, wie jung sie war, und er erschrak bei dem Gedanken, daß die Umwälzung, die die Bildung einer Familie mit sich brachte, bei ihm womöglich eine Tendenz zur Altersgeilheit ausgelöst hatte.

Er antwortete im selben leisen Ton. »Wir warten ein bißchen damit. Jetzt scheint mir die Gelegenheit nicht besonders günstig, im Hinblick auf Johans Zustand.«

»Du irrst dich«, erwiderte Linda ruhig. »Gerade jetzt brauchen sie ein paar positive Neuigkeiten. Und glaube mir, die Nachricht, daß Johannes sich nicht das Leben genommen hat, wird in dieser Familie als gute Nachricht betrachtet. Also wenn *du* es ihnen jetzt nicht erzählst, dann tue ich es.«

Was für eine aufsässige Person. Aber Patrik war geneigt, ihr recht zu geben. Er hatte vielleicht schon zu lange gewartet. Es stand ihnen wirklich zu, die Sache zu erfahren.

Er nickte Linda zu und räusperte sich, während er Platz nahm.

»Solveig und Robert, ich weiß, daß ihr so einige Einwände hattet, als wir das Grab von Johannes öffnen wollten.«

Robert fuhr wie eine Rakete vom Stuhl hoch. »Scheiße, bist du völlig bekloppt! Willst du jetzt mit dieser Sache anfangen! Haben wir im Moment nicht schon genug Sorgen, was?«

»Setz dich, Robert«, blaffte Linda. »Ich weiß, was er sagen will, und glaube mir, ihr wollt es erfahren!«

Vor lauter Verblüffung, daß seine zarte Cousine ihm etwas zu befehlen wagte, setzte sich Robert wieder hin und schwieg. Patrik sprach weiter, während ihn Solveig und Robert grimmig anstarrten, erneut erinnert an die Demütigung, die es für sie bedeutet hatte, die letzte Ruhe des Vaters gestört zu wissen.

»Wir haben einen Gerichtsmediziner die ... äh ... Leiche genau untersuchen lassen, und er hat etwas Interessantes festgestellt.«

»Etwas Interessantes«, fauchte Solveig. »Was für ein Ausdruck.«

»Ja, ihr müßt schon entschuldigen, aber man kann das hier nicht auf gute Weise ausdrücken. Johannes hat sich nicht das Leben genommen. Er ist ermordet worden.«

Solveig schnappte heftig nach Luft. Robert saß wie erstarrt, unfähig sich zu rühren.

»Was sagst du da, Mann?« Solveig griff nach Roberts Hand, und er überließ sie ihr.

»Es ist, wie ich gesagt habe. Johannes ist ermordet worden, er hat sich nicht das Leben genommen.«

Tränen begannen aus Solveigs bereits rotgeweinten Augen zu laufen. Dann begann ihr ganzer massiger Leib zu zittern, und Linda sah Patrik triumphierend an. Es waren Freudentränen.

»Ich habe es gewußt«, sagte Solveig. »Ich habe gewußt, daß er so was nicht machen würde. Und all die Leute, die gesagt haben, er hat sich das Leben genommen, weil er diese Mädchen umgebracht hat ... Jetzt kriegen sie es heimgezahlt. Bestimmt hat derselbe, der die Mädchen getötet hat, auch meinen Johannes ermordet. Die sollen auf ihren bloßen Knien angekrochen kommen und uns um Verzeihung bitten. All die vielen Jahre, die wir ...«

»Mama, hör jetzt auf«, sagte Robert irritiert. Er schien das, was Patrik gesagt hatte, noch nicht richtig begriffen zu haben. Er mußte es wohl erst ein Weilchen verdauen.

»Was werdet ihr jetzt tun, damit ihr den zu fassen kriegt, der Johannes ermordet hat?« fragte Solveig eifrig.

Patrik wand sich. »Jaa, das wird wohl nicht so einfach werden. Es sind schließlich eine Menge Jahre vergangen, und Beweise, die man sich vornehmen könnte, sind auch nicht mehr vorhanden. Aber wir werden es selbstverständlich versuchen und unser Möglichstes tun. Das ist alles, was ich versprechen kann.«

Solveig schnaubte verächtlich. »Ja, das kann ich mir denken. Wenn ihr nur genausoviel Mühe darauf verwendet, Johannes' Mörder zu erwischen, wie ihr euch damals gegeben habt, um meinen Mann zu überführen, dann dürfte die Sache kein Problem werden. Und von euch will ich nun erst recht eine Entschuldigung!«

Sie drohte Patrik mit dem Finger, und er verstand, daß es wohl geraten war, aufzubrechen, bevor die Situation aus dem Ruder lief. Er wechselte einen Blick mit Linda, und sie wedelte diskret mit der Hand, um ihm zu bedeuten, er möge verschwinden. Er richtete eine letzte Aufforderung an sie: »Linda, wenn du was von Jacob hörst, versprich, daß du uns sofort anrufst. Aber ich denke, du hattest recht. Er ist bestimmt in Bullaren.«

Sie nickte, aber in ihren Augen war noch immer Unruhe zu lesen.

Sie bogen gerade auf den Parkplatz bei der Dienststelle ein, als Patrik anrief. Martin fuhr wieder auf die Landstraße hinaus, in Richtung Bullaren. Nach einem barmherzig kühlen Morgen war das Thermometer wieder in die Höhe geklettert, und er stellte kurz den Ventilator an. Gösta zog den Kragen seines kurzärmligen Hemdes zu.

»Wenn diese verdammte Hitze doch bloß mal nachlassen würde.«

»Ach ja, draußen auf dem Golfplatz klagst du aber bestimmt nicht«, sagte Martin lachend.

»Das ist ja wohl was ganz anderes«, entgegnete Gösta sauer. Golf und Religion waren zwei Dinge, über die man in seiner Welt nicht scherzte. Eine Sekunde lang wünschte er, wieder mit Ernst zusammenzuarbeiten. Es war zwar produktiver, mit Martin zu fahren, aber er mußte zugeben, daß ihm der Müßiggang, wenn er ein Gespann mit Lundgren bildete, mehr gefiel, als er zuvor geglaubt hatte. Sicher hatte Ernst so einige Schattenseiten, aber andererseits protestierte er nie, wenn sich Gösta ein paar Stunden davonmachte, um ein paar Eimer Bälle zu schlagen.

Im nächsten Augenblick sah er das Foto von Jenny Möller vor sich, und das schlechte Gewissen meldete sich. In einem kurzen Moment der Klarsicht begriff er, was für ein bitterer alter Kerl er geworden war, seinem Vater auf dessen alte Tage erschreckend ähnlich, und wenn er so weitermachte, würde er früher oder später genau wie sein Erzeuger einsam im Altersheim hocken und über eingebildete Kränkungen klagen. Obendrein noch ohne eigene Kinder, die hin und wieder pflichtschuldigst vorbeischauten.

»Was glaubst du, ist Jacob dort?« fragte er, um seine unangenehmen Gedanken zu verjagen.

Martin überlegte, dann sagte er: »Nein, jedenfalls würde mich das mächtig wundern. Aber eine Kontrolle ist die Sache wert.«

Sie bogen auf den Vorplatz ein und waren erneut erstaunt über das idyllische Bild, das sich ihnen darbot. Der Hof schien ständig in sanftes Sonnenlicht getaucht, was die rostrote Farbe im schönen Kontrast zu dem blauen See hinterm Haus aufleuchten ließ. Wie beim letztenmal liefen junge Leute zielbewußt umher, emsig beschäftigt mit ihrem Tun. Worte, die Martin dafür einfielen, waren sauber und gesund, nützlich, prächtig und schwedisch, und die Kombination dieser Worte löste bei ihm leichtes Unbehagen aus. Die Erfahrung sagte ihm, wenn etwas allzu gut aussah, dann war es vermutlich …

»Ein bißchen Hitlerjugend, das Ganze, oder?« sagte Gösta und kleidete Martins Unbehagen in Worte.

»Na ja, vielleicht. Aber das ist wohl ein etwas zu starkes Wort. Sei nicht zu freigebig mit solchen Kommentaren«, entgegnete Martin nüchtern.

Gösta setzte eine beleidigte Miene auf. »Entschuldige«, sagte er übellaunig. »Ich wußte nicht, daß du Zensor bist. Übrigens würden sie ja wohl nicht so jemanden wie Kennedy hier aufnehmen, wenn es ein verdammtes Nazilager wäre.«

Martin ignorierte die Bemerkung und ging auf die Haustür zu. Eine der Betreuerinnen des Hofes öffnete.

»Ja, was wollt ihr?«

Jacobs Groll gegen die Polizei hatte offenbar abgefärbt.

»Wir suchen Jacob.« Gösta war noch immer beleidigt, also übernahm Martin das Kommando.

»Er ist nicht hier. Versucht es bei ihm zu Hause.«

»Bist du sicher, daß er nicht hier ist? Wir würden uns gern selber überzeugen.«

Widerwillig wich die Frau zur Seite und ließ die beiden Polizisten ein. »Kennedy, die Polizei ist wieder hier. Sie wollen Jacobs Büro sehen.«

»Wir finden den Weg«, sagte Martin.

Die Frau beachtete ihn nicht. Mit raschen Schritten kam Kennedy auf sie zu. Martin fragte sich, ob er hier als so was wie ein ständiger Fremdenführer diente. Oder vielleicht machte es ihm einfach nur Spaß, Leuten behilflich zu sein.

Schweigend ging er auf dem Korridor vor ihnen her bis zu Jacobs Büro. Sie bedankten sich höflich und öffneten erwartungsvoll die Tür. Keine Spur von Jacob. Sie traten ein und schauten sich gründlich nach eventuellen Spuren um, die verraten könnten, ob Jacob die Nacht hier verbracht hatte, eine Decke auf dem Sofa, ein Wecker, irgend etwas. Aber da war nichts. Enttäuscht gingen sie wieder nach draußen. Kennedy wartete in aller Ruhe. Er hob die Hand, um sich die Haare aus den Augen zu streichen, und Martin sah, daß sein Blick schwarz und unergründlich war.

»Nichts, verdammt noch mal. Kein Fatz«, sagte Martin, als das Auto wieder in Richtung Tanumshede rollte.

»Nein«, erwiderte Gösta kurz angebunden. Martin verdrehte die Augen. Offensichtlich war er immer noch sauer. Nun ja, dann sollte er es eben sein.

Göstas Gedanken waren mit etwas ganz anderem beschäftigt. Er hatte bei dem Besuch auf dem Hof irgend etwas gesehen, aber die Sache entwischte ihm ständig. Er versuchte, nicht daran zu denken, damit sein Unterbewußtsein frei arbeiten konnte, aber das war genauso unmöglich, wie ein Sandkorn zu ignorieren, das unter dem Augenlid festsaß. Er hatte etwas gesehen, an das er sich erinnern müßte.

»Wie ist es gelaufen, Annika? Hast du was gefunden?«

Sie schüttelte den Kopf. Patriks Aussehen beunruhigte sie. Zuwenig Schlaf, zuwenig vernünftiges Essen und zuviel Streß hatten das letzte bißchen seiner Sonnenbräune verschwinden lassen. Sein Körper schien unter einer gewaltigen Last zusammenzusacken, und man mußte kein Genie sein, um sich auszurechnen, worin diese Last bestand. Sie wollte ihm sagen, daß er Arbeit und Privatleben trennen müsse, aber verkniff sich den Kommentar.

Auch sie fühlte den Druck, und das letzte, was sie abends vor sich sah, ehe sie die Augen zumachte, war der verzweifelte Ausdruck im Gesicht von Jenny Möllers Eltern, als diese das Verschwinden ihrer Tochter gemeldet hatten.

»Wie geht es dir?« begnügte sie sich teilnehmend zu fragen und schaute Patrik über den Brillenrand hinweg an.

»Ja, wie kann es einem unter diesen Umständen gehen?« Er fuhr sich ungeduldig mit den Händen durchs Haar, worauf sie zu Berge standen wie auf einer Karikatur, die einen verrückten Professor zeigt.

»Beschissen, vermute ich«, sagte Annika ungeniert. Es hatte ihr noch nie gelegen, Dinge zu umschreiben. Wenn etwas scheiße war, dann stank es auch nach Scheiße, selbst wenn man Parfüm darüber kippte.

Patrik lächelte. »Ja, so was in der Art. Aber lassen wir das. Hast du gar nichts in den Registern gefunden?«

»Nein, leider. Im Einwohnermeldeamt stand nichts über weitere Kinder von Johannes Hult, und es gibt nicht so viele andere Stellen, an denen man suchen kann.«

»Könnte es trotzdem Kinder geben, obwohl sie nicht registriert sind?«

Annika sah ihn an, als wäre er ein bißchen schwer von Begriff, und schnaubte: »Ja, Gott sei Dank gibt es kein Gesetz, das die Mutter zwingt anzugeben, wer der Vater ihres Kindes ist, also können sich natürlich Kinder von ihm unter der Rubrik ›Vater unbekannt‹ verbergen.«

»Und, laß mich mal raten, davon gibt es eine ziemliche Anzahl ...«

»Nicht unbedingt. Das hängt davon ab, wie weit du die Suche geographisch ausdehnen willst. Hier in der Gegend waren die Leute erstaunlich respektabel. Aber du mußt dir auch im klaren darüber sein, daß wir nicht von den vierziger Jahren reden, sondern Johannes dürfte in den sechziger, siebziger Jahren am aktivsten gewesen sein. Und da war es nicht mehr so eine große Schande, ein uneheliches Kind zu bekommen. In den späten sechziger Jahren sah man darin sogar fast etwas Positives.«

Patrik lachte. »Wenn du von der Woodstock-Ära redest, so glaube ich eigentlich nicht, daß Flower Power und freie Liebe bis Fjällbacka gekommen sind.«

»Sag das nicht, du, auch die stillsten Wasser ...«, erwiderte Annika, froh darüber, die Stimmung ein wenig heben zu können. Das Revier hatte in den letzten Tagen wie ein Bestattungsbüro gewirkt. Aber Patrik wurde rasch wieder ernst.

»Du könntest also rein theoretisch eine Liste von Kindern aufstellen, innerhalb von, sagen wir ... dem Bezirk Tanum, bei denen kein Vater angegeben ist.«

»Ja, das könnte ich nicht nur theoretisch, sondern sogar rein praktisch tun. Aber das dauert ein Weilchen«, warnte Annika.

»Mach es, so schnell du kannst.«

»Wie willst du vorgehen, um anhand dieser Liste herauszufinden, wer vielleicht Johannes zum Vater hat?«

»Ich habe die Absicht, herumzutelefonieren und einfach zu fragen. Funktioniert das nicht, ja, dann muß ich mir von neuem Gedanken machen.«

Die Tür der Dienststelle öffnete sich, und Martin und Gösta kamen herein. Patrik dankte Annika und ging in den Korridor, um die beiden in Empfang zu nehmen. Martin blieb bei ihm stehen, aber Gösta heftete den Blick auf den Teppich und ging in sein Zimmer.

»Frag nicht«, sagte Martin und schüttelte den Kopf.

Patrik runzelte die Stirn. Reibungen zwischen den Kollegen waren das letzte, was sie jetzt gebrauchen konnten. Was Lundgren angerichtet hatte, war schlimm genug. Martin sah, was er dachte.

»Es ist nichts Ernstes, kümmere dich nicht darum.«

»Okay. Wollen wir im Pausenraum einen Kaffee trinken und uns ein bißchen abstimmen?«

Martin nickte. Sie gossen sich jeder eine Tasse ein und setzten sich am Eßtisch gegenüber. Patrik fragte: »Habt ihr in Bullaren irgendwelche Spuren von Jacob gefunden?«

»Nein, nichts. Es sieht nicht so aus, als wenn er dort gewesen wäre. Wie ist es bei dir gelaufen?«

Patrik erzählte rasch von dem Besuch im Krankenhaus.

»Aber kannst du begreifen, warum die Tests nichts ergeben haben? Wir wissen, daß der Gesuchte mit Johannes verwandt ist, aber es ist weder Jacob, Gabriel, Johan noch Robert. Und im Hinblick auf die Art der Probe können wir die Damen ja ausschließen. Hast du eine Idee?«

»Ja, ich habe Annika gebeten, mögliche Angaben darüber herauszusuchen, ob Johannes weitere Kinder in der Gegend hat.«

»Das klingt vernünftig. Bei diesem Burschen scheint es ja eher unwahrscheinlich, daß *nicht* an jeder Ecke uneheliche Kinder von ihm herumspringen.«

»Was hältst du von der Theorie, daß dieselbe Person, die Johan mißhandelt hat, nun über Jacob hergefallen ist?« Patrik schlürfte vorsichtig seinen Kaffee. Er war frisch gebrüht und kochend heiß.

»Es ist zweifelsohne die wahrscheinlichste Annahme. Was glaubst du selber?«

»Dasselbe wie du. Daß es verdammt merkwürdig wäre, wenn es sich nicht um dieselbe Person handelte. Es scheint ja auch so, als ob Jacob völlig von der Erdoberfläche verschwunden ist. Niemand hat ihn seit gestern abend gesehen. Ich muß zugeben, daß ich mir Sorgen mache.«

»Du hast doch die ganze Zeit das Gefühl gehabt, daß Jacob

etwas verbirgt. Kann das der Grund sein, warum ihm etwas zugestoßen ist?« fragte Martin zögernd. »Hat vielleicht jemand erfahren, daß er auf dem Revier gewesen ist, und glaubt nun, er könnte etwas erzählen, das der Betreffende nicht rauskommen lassen will?«

»Vielleicht«, erwiderte Patrik. »Aber genau das ist ja auch das Problem. Im Augenblick ist alles möglich, und wir können nur spekulieren.« Er nahm die Finger zu Hilfe. »Wir haben Siv und Mona, die 79 ermordet worden sind, Johannes ebenfalls, Tanja, die jetzt ermordet wurde, also vierundzwanzig Jahre später, Jenny Möller, die entführt worden ist, vermutlich beim Trampen, Johan, den man gestern zusammengeschlagen, ja vielleicht sogar getötet hat, je nachdem, wie die Sache ausgeht, und Jacob, der spurlos verschwunden ist. Immer scheint die Familie Hult der gemeinsame Nenner zu sein, und dennoch haben wir den Beweis, daß zumindest niemand von den uns bekannten Leuten schuld an Tanjas Tod ist. Und außerdem weist alles darauf hin, daß Tanja von demselben ermordet worden ist wie Siv und Mona.« Er hob die Hände in Ohnmacht. »Das ist, weiß Gott, ein verdammter Schlamassel. Und wir stehen mittendrin und können kaum unseren eigenen Hintern finden, selbst nicht mit der Taschenlampe!«

»Nein, jetzt hast du wieder zuviel von dieser Anti-Polizei-Propaganda gelesen«, sagte Martin grinsend.

»Ja, und was machen wir jetzt?« fragte Patrik. »Ich habe keine Ideen mehr. Die Zeit für Jenny Möller ist bald abgelaufen, wenn sie das nicht schon vor mehreren Tagen ist.« Er wechselte das Thema abrupt, um sich aus seiner Selbstbemitleidung loszureißen. »Bist du übrigens mit diesem Mädel ausgewesen?«

»Welchem Mädel?« fragte Martin und versuchte ein neutrales Gesicht aufzusetzen.

»Du brauchst dich gar nicht erst zu bemühen, du weißt genau, wen ich meine.«

»Falls du von Pia sprichst, dann ging es nicht um so was. Sie hat uns nur ein bißchen dolmetschen geholfen.«

»Sie hat uns nur ein bißchen dolmetschen geholfen«, äffte ihn Patrik im Falsett nach und wiegte den Kopf. »Äh, gib's schon zu. Wenn du von ihr sprichst, höre ich es am Ton, daß du Überlegungen in eine gewisse Richtung anstellst. Aber vielleicht ist sie ja nicht ganz dein Typ. Denn sie ist doch nicht anderweitig gebunden, meine ich?« Patrik lächelte, um seinem Gestichel die Spitze zu nehmen.

Martin konzentrierte sich gerade darauf, eine bissige Antwort zu geben, als Patriks Handy klingelte.

Mit gespitzten Ohren versuchte Martin zu hören, wer da anrief. Es ging irgendwie um die Blutanalysen, wahrscheinlich jemand vom Labor, soviel verstand er. Er wurde auch nicht viel klüger aus Patriks Kommentaren: »Was denn Merkwürdiges? – Aha. – Ach wirklich. – Verdammt, was sagst du da? Aber wie kann … – Okay. – Aha.«

Martin mußte sich bezwingen, um nicht laut loszuschreien. Patriks Gesicht besagte, daß sich etwas Großes tat, aber er blieb dabei, der Person im Labor nur einsilbig zu antworten.

»Du sagst also, ihr habt genau aufgeschlüsselt, wie die Verwandtschaftsverhältnisse zwischen ihnen sind.« Patrik nickte Martin zu, um ihm zu verstehen zu geben, daß er sich bemühte, ihn ein wenig über den Inhalt des Gesprächs zu informieren.

»Aber ich begreife immer noch nicht, wie das zusammengeht …?«

»Nein, das ist doch völlig unmöglich. Er ist tot. Es muß eine andere Erklärung geben.«

Er schien gespannt zu warten, während die Person am anderen Ende nachdachte. Martin flüsterte: »Was ist los?« Patrik hob den Finger, um ihn zum Schweigen zu bringen. Nun bekam Patrik anscheinend irgendeine Form von Bescheid.

»Das ist überhaupt nicht weit hergeholt. In diesem speziellen Fall ist es absolut möglich.«

Sein Gesicht hatte sich aufgehellt. Martin konnte sehen, wie eine Welle der Erleichterung Patriks Körper durchlief, er selbst aber zerkratzte förmlich die Tischplatte.

»Danke! Tausend Dank!« Patrik knallte das Handy zu und drehte sich zu Martin um, noch immer mit demselben Leuchten im Gesicht.

»Ich weiß, wer Jenny Möller hat! Und du wirst deinen Ohren nicht trauen, wenn du die Geschichte hörst.«

Die Operation war vorüber. Johan war in die Intensivstation gerollt worden und hing dort an Dutzenden Schläuchen, weit weg in seiner eigenen dunklen Welt. Robert saß neben dem Bett, Johans Hand in der seinen. Solveig hatte die beiden widerstrebend verlassen, um auf die Toilette zu gehen, und er hatte seinen Bruder ein Weilchen für sich allein, da man Linda nicht hereingelassen hatte. Sie wollten nicht, daß dort drinnen zu viele Leute auf einmal waren.

Der dicke Schlauch, der in Johans Mund führte, war an einen Apparat angeschlossen, der zischende Geräusche von sich gab. Robert mußte sich beherrschen, um nicht im selben Tempo wie der Respirator zu atmen. Es war, als wollte er Johan beim Luftholen helfen, er würde sonstwas tun, um das Gefühl der Machtlosigkeit zu vertreiben, das ihn zu übermannen drohte.

Mit dem Daumen strich er Johan über die Handfläche. Ihm kam der Gedanke, nachzusehen, wie dessen Lebenslinie aussah, aber das scheiterte daran, daß er nicht wußte, welche der drei deutlich sichtbaren Linien die richtige war. Johans Hand zeigte zwei lange und eine kurze Linie, und Robert hoffte, daß die kurze die Liebeslinie war.

Der Gedanke an eine Welt ohne Johan ließ ihn schwindeln. Er wußte, daß es häufig so wirkte, als sei er der Stärkere von ihnen beiden, der Anführer. Aber die Wahrheit war, daß er ohne Johan nur einen Scheißdreck wert war. Johan hatte eine Sanftheit, die er brauchte, um das Menschliche in sich festzuhalten. So viel von dem Weichen in ihm war verschwunden, als er seinen Vater gefunden hatte, und ohne Johan würde die Härte die Oberhand gewinnen.

Während er dasaß, gab er immer weitere Versprechen ab. Er gelobte, alles würde anders werden, wenn Johan nur bei ihm bliebe. Er versprach, nie wieder zu stehlen, sich einen Job zu suchen, sein Leben für etwas Gutes zu benutzen, ja, er versicherte sogar, er würde sich die Haare schneiden lassen.

Das letzte Versprechen gab er nur mit Schaudern ab, aber zu seiner großen Verwunderung schien genau das den Unterschied auszumachen. Ein federleichtes Zittern von Johans Hand, eine nur geringfügige Bewegung des Zeigefingers, als versuchte auch er die Hand des Bruders zu streicheln. Es war nicht viel, aber es war alles, was Robert brauchte. Eifrig wartete er auf Solveigs Rückkehr. Er sehnte sich danach, ihr zu erzählen, daß Johan wieder gesund werden würde.

»Martin, da ruft einer an und sagt, er wüßte etwas über die Mißhandlung von Johan Hult.« Annika hatte den Kopf durch die Türöffnung gesteckt, und Martin blieb stehen und drehte sich um.

»Verdammt, ich habe jetzt keine Zeit.«

»Soll ich ihn bitten, noch mal anzurufen?« fragte Annika verwundert.

»Nein, Scheiße, ich gehe ran.« Martin stürzte in Annikas Büro und nahm ihr den Hörer aus der Hand. Nachdem er ein Weilchen aufmerksam zugehört und ein paar ergänzende Fragen gestellt hatte, legte er auf und rannte zur Tür.

»Annika, Patrik und ich, wir müssen los. Kannst du Gösta Bescheid sagen und ihn bitten, mich auf der Stelle übers Handy anzurufen. Und wo ist Ernst?«

»Gösta und Ernst sind zusammen Mittag essen, aber ich rufe sie übers Handy an.«

»Gut.« Er rannte wieder los. Kurz darauf wurde er von Patrik abgelöst.

»Hast du Uddevalla erreicht, Annika?«

Sie hob den Daumen: »Alles klar, sie sind unterwegs.«

»Super!« Er drehte sich um und wollte gehen, hielt dann jedoch inne. »Du, jetzt brauchst du natürlich nicht noch mehr Arbeit in die Liste der Vaterlosen zu stecken.«

Dann sah sie auch ihn mit raschen Schritten den Korridor hinunter verschwinden. Die Energie in der Dienststelle hatte ein Niveau erreicht, wo sie geradezu greifbar wurde. Patrik hatte ihr hastig erklärt, was los war, und sie fühlte vor Spannung ein Kribbeln in Händen und Beinen. Es war befreiend, mit der

Ermittlung endlich voranzukommen, und jetzt war jede Minute wichtig. Sie winkte Patrik und Martin zu, die vor der Glasscheibe vorbeigingen und durch die Eingangstür verschwanden. »Viel Glück!« rief sie, war sich aber nicht sicher, ob sie es gehört hatten. Eilig wählte sie Göstas Nummer.

»Ja, das ist doch zum Kotzen, Gösta. Hier sitzen wir beide nun, während die Rotzbengel regieren.« Ernst war wieder bei seinem Lieblingsthema, und Gösta mußte sich eingestehen, daß es allmählich ziemlich langweilig wurde, sich immer dasselbe anzuhören. Daß er vorhin auf Martin sauer gewesen war, hatte vor allem daran gelegen, daß er von jemandem zurechtgewiesen worden war, der bloß halb so alt war wie er selbst. Im nachhinein fand er die Sache nicht mehr so schlimm.

Sie waren mit dem Wagen nach Grebbestad gefahren und saßen im Restaurant »Telegrafen« beim Mittagessen. Das Angebot in Tanum war nicht sonderlich groß, also bekam man es ziemlich bald satt, und Grebbestad lag nur zehn Minuten entfernt.

Plötzlich klingelte Göstas Telefon, das vor ihm auf dem Tisch lag, und sie sahen beide auf dem Display, daß es die Nummer der Zentrale ihrer Dienststelle war.

»Scheiße, geh nicht ran. Auch du darfst ja wohl ein Weilchen in Ruhe essen.« Ernst streckte die Hand aus, um das Gespräch wegzudrücken, aber ein Blick seines Kollegen stoppte ihn mitten in der Bewegung.

Es herrschte voller Mittagsbetrieb, und einige der Gäste starrten verärgert auf die Person, die sich erdreistete, mitten im Restaurant ein Gespräch anzunehmen, also starrte Gösta zurück und sprach extra laut. Als das Telefonat beendet war, legte er einen Geldschein auf den Tisch, erhob sich und forderte Ernst auf, dasselbe zu tun.

»Wir haben was zu erledigen.«

»Kann das denn nicht warten? Ich hatte ja noch nicht mal meinen Kaffee nach dem Essen«, sagte Ernst.

»Den mußt du dann auf dem Revier trinken. Jetzt sollen wir uns einen Burschen greifen.«

Zum zweitenmal am selben Tag fuhr Gösta nach Bullaren,

diesmal saß er selbst am Steuer. Er informierte Ernst über das, was Annika berichtet hatte, und als sie nach einer halben Stunde dort ankamen, wartete an der Straße, ein Stück vom Hof entfernt, denn auch ein junger Bursche auf sie.

Sie hielten an und stiegen aus.

»Bist du Lelle?« fragte Gösta.

Der Bursche nickte. Er war groß und kräftig, mit Ringernacken und gewaltigen Fäusten. Wie geschaffen dafür, Türsteher zu sein, dachte Gösta. Oder Handlanger wie in diesem Fall. Doch anscheinend ein Handlanger mit Gewissen.

»Du hast uns angerufen, jetzt darfst du reden«, sagte Gösta weiter.

»Ja, es ist das beste für dich, wenn du sofort den Mund aufmachst«, ergänzte Ernst streitlustig, und Gösta warf ihm einen warnenden Blick zu. Diese Aufgabe erforderte von ihnen keine Kraftdemonstration.

»Ja, wie ich zu der Frau auf dem Revier gesagt habe, so haben Kennedy und ich gestern eine blöde Sache gemacht.«

Eine blöde Sache, dachte Gösta. Der Bursche neigte wahrhaftig zu Untertreibungen.

»Und?« fragte er auffordernd.

»Wir haben den Kerl ein bißchen verprügelt, also den, der mit Jacob verwandt ist.«

»Johan Hult.«

»Ja, ich glaube, er hieß Johan.« Seine Stimme wurde schrill. »Ich schwöre, ich habe nicht gewußt, daß Kennedy so brutal auf ihn eindreschen würde. Er wollte ihn nur zur Rede stellen, hat er gesagt, und ihm ein bißchen drohen. Nichts Schlimmeres.«

»Aber so ist es nicht gekommen.« Gösta versuchte väterlich zu klingen. Das gelang ihm nicht sonderlich gut.

»Nein, er ist völlig ausgerastet. Quasselte die ganze Zeit, wie verdammt gut Jacob ist und daß Johan es Jacob irgendwie versaut hat und irgendwelche Lügen erzählt hat, und Kennedy wollte, daß er sie zurücknimmt, und als Johan nein gesagt hat, da ist Kennedy total ausgeflippt und hat massig auf ihn eingeprügelt.«

Er mußte aufhören, um Luft zu holen. Gösta glaubte, daß er ihm hatte folgen können, aber ganz sicher war er sich nicht. Daß diese jungen Leute heutzutage nicht vernünftig reden konnten!

»Und was hast du in der Zwischenzeit gemacht? Ein bißchen im Garten gewühlt?« fragte Ernst höhnisch. Erneut ein warnender Blick von Gösta.

»Ich habe ihn festgehalten«, sagte Lelle kleinlaut. »Ich hielt seine Arme gepackt, damit er nicht zurückschlagen konnte, aber Scheiße, ich wußte ja nicht, daß Kennedy total durchdrehen würde. Wie konnte ich das wissen?« Er sah Ernst und Gösta an. »Was passiert jetzt? Darf ich jetzt nicht mehr hier bleiben? Komme ich jetzt ins Gefängnis?«

Der große coole Bursche war dem Heulen nahe. Er wirkte wie ein kleiner verängstigter Junge, und Gösta mußte sich nicht länger anstrengen, um väterlich zu klingen, es ging ganz von selbst.

»Das müssen wir später sehen. Irgendwie lösen wir das schon. Im Augenblick ist es das wichtigste, daß wir mit Kennedy reden. Entweder kannst du hier warten, während wir ihn holen fahren, oder du sitzt in der Zwischenzeit im Auto. Das steht dir frei.«

»Ich warte im Auto«, erwiderte Lelle leise. »Die anderen werden es ja doch erfahren, daß ich Kennedy verraten habe.«

»In Ordnung, dann fahren wir.«

Sie legten die letzten hundert Meter zum Hof zurück. Dieselbe Frau, die Gösta und Martin am Morgen geöffnet hatte, machte auch jetzt die Tür auf. Ihre Irritation hatte noch weiter zugenommen.

»Was wollt ihr denn jetzt schon wieder! Bald müssen wir für die Polizei noch eine Pendeltür einbauen. So was habe ich wirklich noch nicht erlebt. Nach all der guten Zusammenarbeit, die wir seit Jahren mit euch hatten, da …«

Gösta unterbrach sie, indem er die Hand hochhielt. Mit strenger Miene sagte er: »Wir haben jetzt keine Zeit für Diskussionen. Wir möchten mit Kennedy reden. Sofort.«

Die Frau hörte, wie ernst es ihm war, und rief umgehend nach Kennedy. Als sie erneut sprach, war ihr Ton etwas sanfter.

»Was wollt ihr von Kennedy? Hat er irgendwas gemacht?«

»Ihr werdet die Einzelheiten später erfahren«, sagte Ernst schroff. »Im Augenblick haben wir nur die Aufgabe, den Burschen mit aufs Revier zu nehmen, um dort mit ihm zu reden. Wir nehmen auch den großen Burschen mit, diesen Lelle.«

Kennedy trat aus dem Schatten. In seiner dunklen Hose, dem weißem Hemd und mit den sorgfältig gekämmten Haaren sah er aus wie ein Junge aus einem englischen Internat, nicht wie ein ehemaliger Rabauke in einem Erziehungsheim. Das einzige, was das Bild störte, waren die Abschürfungen an den Knöcheln seiner Hände. Gösta fluchte im stillen. Genau das hatte er beim letzten Besuch bemerkt, und darauf hätte er reagieren müssen.

»Womit kann ich den Herren behilflich sein?« Seine Stimme war wohltönend, vielleicht ein bißchen zu sehr. Man spürte, daß er Wert darauf legte, fein zu klingen, was die ganze Wirkung verdarb.

»Wir haben mit Lelle geredet. Also begreifst du ja wohl, daß du mit aufs Revier mußt.«

Kennedy beugte den Kopf in stiller Akzeptanz. Wenn Jacob ihm etwas beigebracht hatte, dann dieses, daß man die Konsequenzen seines Handelns tragen mußte, wenn man vor Gottes Augen würdig sein wollte.

Er schaute sich zum letztenmal bedauernd um. Er würde den Hof vermissen.

Sie saßen sich schweigend gegenüber. Marita hatte ihre Kinder genommen und war nach Västergården zurückgegangen, um auf Jacob zu warten. Draußen zwitscherten die Sommervögel, doch drinnen war es still. Unterhalb der Freitreppe standen noch immer die Koffer. Laine konnte nicht fahren, bevor sie wußte, daß Jacob wohlauf war.

»Hast du etwas von Linda gehört?« fragte sie unsicher. Voller Sorge, daß sie die empfindliche Waffenruhe zwischen sich und Gabriel stören könnte.

»Nein, noch nicht.«

»Arme Solveig«, sagte Gabriel nach einer Weile.

Laine dachte an all die Jahre der Erpressung, aber stimmte

ihm dennoch zu. Eine Mutter konnte nicht anders, als Sympathie für eine andere Mutter zu empfinden, deren Kind verletzt worden war.

»Glaubst du, daß Jacob auch ...?« Die Worte blieben ihr im Hals stecken.

Unerwartet legte Gabriel seine Hand auf die ihre. »Nein, das glaube ich nicht. Du hast gehört, was die Polizei gesagt hat, er sitzt bestimmt nur irgendwo und versucht über alles nachzudenken. Dazu hat er ja so einigen Grund bekommen.«

»Ja, das hat er«, erwiderte Laine bitter.

Gabriel sagte nichts, aber ließ seine Hand auf der ihren liegen. Sie empfand das als überraschend tröstlich und begriff plötzlich, daß es in all den Jahren das erste Mal war, daß Gabriel ihr solche Zärtlichkeit erwies. Ein warmes Gefühl breitete sich in ihr aus, doch war es zugleich mit Abschiedsschmerz verbunden. Sie hatte nicht den Wunsch, ihn zu verlassen. Die Initiative hatte sie ergriffen, um ihm die Demütigung zu ersparen, sie aus dem Haus zu werfen, doch mit einemmal war sie unsicher, ob sie richtig handelte. Dann zog er seine Hand weg, und der Augenblick war verpaßt.

»Weißt du, jetzt im nachhinein kann ich sagen, daß ich es immer gespürt habe, daß Jacob mehr nach Johannes kam als nach mir. Ich habe darin eine Verhöhnung durch das Schicksal gesehen. Nach außen kann es so gewirkt haben, als hätten Ephraim und ich uns näher gestanden als er und Johannes. Vater hat bei uns gewohnt, ich hatte den Hof geerbt und all das. Aber es stimmte nicht. Daß die beiden soviel Streit hatten, lag daran, daß sie sich im Grunde sehr ähnlich waren. Manchmal wirkte es, als seien Ephraim und Johannes ein und dieselbe Person. Und ich, ich stand immer außerhalb. Als dann Jacob geboren wurde und ich so viel von meinem Vater und meinem Bruder an ihm bemerkte, da war es, als würde mir eine Möglichkeit eröffnet, in ihre Gemeinschaft aufgenommen zu werden. Wenn ich meinen Sohn eng an mich binden und ihn in- und auswendig kennenlernen konnte, so wäre das gleichzeitig so, als würde ich Ephraim und Johannes kennenlernen. Ich würde ein Teil ihrer Gemeinschaft werden.«

»Ich weiß«, sagte Laine sanft, aber es war, als hörte Gabriel sie nicht. Er blickte abwesend aus dem Fenster und fuhr fort: »Ich beneidete Johannes, der Vaters Lüge, daß wir heilen könnten, wirklich geglaubt hat. Welche Kraft doch in diesem Glauben gelegen haben muß! Seine Hände zu sehen und in der Gewißheit zu leben, daß sie Gottes Werkzeug waren. Menschen zu sehen, die sich erhoben und gehen konnten, Blinde zu erleben, die wieder sehend wurden, und zu wissen, daß man selbst all das möglich gemacht hat. Ich habe nur den Klamauk gesehen. Sah meinen Vater in den Kulissen, wie er die Zügel in der Hand hielt und Regie führte, und ich verabscheute jede Minute. Johannes sah nur die Kranken vor sich. Er sah nur seine Verbindung zu Gott. Welche Trauer er empfunden haben mußte, als diese Verbindung abbrach. Und ich habe kein Verständnis für ihn gehabt. Statt dessen war ich überglücklich. Endlich würden wir normale Jungs werden, Johannes und ich. Endlich wären wir gleich. Aber so wurde es nicht. Johannes zog auch weiterhin Menschen in seinen Bann, während ich, ich …« Die Stimme versagte ihm.

»Du hast all das, was Johannes hatte. Aber du wagst es nicht, es herauszulassen, Gabriel. Das ist der Unterschied zwischen euch beiden. Aber glaube mir, es ist vorhanden.«

Zum erstenmal in all ihren gemeinsamen Jahren sah sie Tränen in seinen Augen. Nicht einmal als Jacob todkrank gewesen war, hatte er gewagt nachzugeben. Sie nahm seine Hand, und er packte die ihre krampfhaft.

Gabriel sagte: »Ich kann nicht versprechen, daß ich verzeihen kann. Aber ich kann versprechen, es zu versuchen.«

»Ich weiß. Glaube mir, Gabriel, ich weiß es.« Sie legte seine Hand an ihre Wange.

Ericas Unruhe wuchs mit jeder weiteren Stunde. Sie war als dumpfer Schmerz im Kreuz zu spüren, und sie massierte die Stelle abwesend mit den Fingerspitzen. Den ganzen Vormittag hatte sie versucht, Anna zu Hause und auf dem Handy anzurufen, aber niemand ging an den Apparat. Über die Auskunft hatte sie die Nummer von Gustavs Handy erhalten, aber er konnte nur berichten, daß er Anna und die Kinder am Tag zuvor nach Uddevalla gebracht hatte und daß sie dort in den Zug gestiegen waren. Sie hätte im Laufe des Abends in Stockholm ankommen müssen. Es ärgerte Erica, daß er selbst kein bißchen unruhig wirkte. Er führte nur eine Menge logischer Erklärungen an, wie, daß sie vielleicht müde gewesen waren und den Stecker herausgezogen hatten, daß der Akku des Handys leer sein könnte, oder, er lachte, vielleicht hatte Anna ja ihre Telefonrechnungen nicht bezahlt. Dieser Kommentar brachte Erica zum Kochen, und sie legte brüsk auf. Wenn sie sich zuvor noch nicht genug Sorgen gemacht hatte, dann jetzt bestimmt.

Sie versuchte Patrik anzurufen, um ihn um Rat zu fragen oder zumindest beruhigt zu werden, aber er meldete sich weder am Handy noch bei seiner Direktnummer. Sie rief die Zentrale an, aber Annika sagte nur, daß er dienstlich unterwegs sei und sie nicht wüßte, wann er zurückkäme.

Hektisch wählte Erica immer weiter. Das dumpfe Gefühl wollte nicht verschwinden. Gerade als sie im Begriff war aufzugeben, antwortete jemand auf Annas Handy.

»Hallo?« Eine Kinderstimme. Das muß Emma sein, dachte Erica.

»Hallo, Liebling, hier ist Tante Erica. Du, wo seid ihr denn?«

»In Stockholm«, lispelte Emma. »Ist das Baby schon gekommen?«

Erica lächelte. »Nein, noch nicht. Du, Emma, könntest du mir Mama geben?«

Emma ignorierte die Frage. Wo sie nun schon das unglaubliche Glück hatte, Mamas Handy erwischt zu haben und jetzt telefonieren zu können, hatte sie nicht die Absicht, das Ding so ohne weiteres wieder herzugeben.

»Weißt du waaaas?« sagte Emma.

»Nein, das weiß ich nicht«, sagte Erica, »aber Liebling, wir reden später darüber, ich würde jetzt unheimlich gern mit Mama sprechen.« Ihr ging allmählich die Geduld aus.

»Weißt du waaaas?« wiederholte Emma störrisch.

»Nein, was denn?« seufzte Erica ergeben.

»Wir sind umgezogen!«

»Ja, ich weiß, das habt ihr schon vor einer Weile gemacht.«

»Nein, heute!« sagte Emma triumphierend.

»Heute?« fragte Erica.

»Ja, wir sind wieder nach Hause zu Papa gezogen«, verkündete Emma.

Das Zimmer um Erica fing an zu rotieren. Bevor sie etwas sagen konnte, hörte sie: »Tschüs, jetzt gehe ich spielen.« Dann war nur noch ein Tuten zu hören.

Mit zentnerschwerem Herzen legte Erica auf.

Resolut klopfte Patrik an die Tür von Västergården. Marita öffnete.

»Hallo, Marita. Wir haben einen Durchsuchungsbefehl.«

»Aber ihr seid doch schon hier gewesen?« erwiderte sie mit fragendem Gesicht.

»Wir haben neue Informationen erhalten. Ich habe ein Team mitgebracht, aber sie gebeten, ein Stück weiter weg zu warten, bis du mit den Kindern gegangen bist. Es ist nicht nötig, daß sie all die Polizisten sehen und Angst bekommen.«

Sie nickte stumm. Die Sorge um Jacob hatte ihr jede Energie geraubt, und sie schaffte es nicht einmal zu protestieren. Sie drehte sich um, weil sie die Kinder holen wollte, aber Patrik stoppte sie mit einer neuen Frage.

»Gibt es auf dem Anwesen noch mehr Gebäude als die hier um uns herum?«

Sie schüttelte den Kopf. »Nein, hier haben wir nur das Haus, die Scheune, den Geräteschuppen und das Spielhäuschen. Das ist alles.«

Patrik nickte und ließ sie gehen.

Eine Viertelstunde später war das Haus leer. Nun konnten sie mit der Suche beginnen. Patrik gab im Wohnzimmer ein paar kurze Instruktionen.

»Wir sind schon einmal hier gewesen, ohne etwas zu finden, aber diesmal werden wir noch gründlicher vorgehen. Sucht überall, und damit meine ich wirklich überall. Wenn es nötig ist, Dielen oder Bretter an der Wand aufzubrechen, so tut das.

Ist es nötig, Möbel auseinanderzunehmen, dann macht das ebenfalls, alles klar?«

Die Männer nickten. Die Stimmung war düster, aber energiegeladen. Patrik hatte ihnen die Entwicklung des Falles kurz skizziert, bevor sie hineingegangen waren. Nun wollten sie einfach nur loslegen.

Nachdem sie eine Stunde ergebnislos gesucht hatten, sah das Haus aus, als wäre es ein Katastrophenort, alles war aufgerissen und umhergestreut. Aber sie kamen nicht weiter. Patrik half im Wohnzimmer, als Gösta und Ernst durch die Tür traten und sich mit großen Augen umsahen.

»Was, zum Teufel, treibt ihr hier eigentlich?« fragte Ernst.

Patrik ignorierte die Frage. »Ging das in Ordnung mit Kennedy?«

»O ja, er gestand ohne Umschweife und sitzt jetzt hinter Gittern. Verdammter Rotzbengel.«

Patrik nickte nur gestreßt.

»Was also ist denn jetzt passiert? Es scheint, als wenn wir die einzigen sind, die nichts wissen. Annika wollte nichts sagen, sondern meinte nur, wir sollten nach Västergården fahren, du würdest uns schon informieren.«

»Ich habe jetzt keine Zeit, euch die Sache zu erklären«, sagte Patrik ungeduldig. »Bis auf weiteres müßt ihr euch damit begnügen, daß alles darauf hindeutet, daß Jacob Jenny Möller hat, und wir müssen einen Hinweis auf seinen Aufenthalt finden.«

»Aber er war es doch nicht, der die Deutsche ermordet hat«, meinte Gösta. »Das hat doch der Bluttest ergeben ...« Er wirkte total verwirrt.

Mit steigender Gereiztheit erwiderte Patrik: »Doch, er ist es vermutlich gewesen, der Tanja ermordet hat.«

»Aber wer hat dann die anderen Mädchen umgebracht? Er war ja damals zu klein ...«

»Nein, das ist er nicht gewesen. Aber all das gehen wir später durch. Helft jetzt lieber mit!«

»Wonach sollen wir suchen?« fragte Ernst.

»Der Durchsuchungsbefehl liegt auf dem Küchentisch. Darin gibt es eine Beschreibung der Dinge, an denen wir interessiert sind.« Dann wandte sich Patrik dem Bücherregal zu.

Eine zweite Stunde verging, ohne daß sie auf etwas von Interesse stießen, und nun fühlte Patrik, wie sein Mut sank. Wenn sie nun nichts fanden? Er hatte vom Wohnzimmer zum Arbeitszimmer gewechselt und dort ohne Ergebnis gesucht. Nun stand er, die Arme in die Seiten gestemmt, und zwang sich, ein paarmal tief durchzuatmen. Er ließ den Blick durchs Zimmer wandern. Das Büro war klein, aber schön und übersichtlich. Regale mit Aktenboxen und Ordnern, sorgfältig mit Etiketten versehen. Keine losen Papiere lagen auf dem großen alten Sekretär herum, und in den Schubladen hatte alles seine Ordnung. Nachdenklich ließ Patrik den Blick zum Sekretär zurückschweifen. Eine Falte tauchte zwischen seinen Brauen auf. Ein alter Sekretär. Da er nicht eine einzige Sendung der »Antiquitätenrunde« verpaßt hatte, kamen seine Gedanken bei der Betrachtung des alten Stücks ganz von selbst auf Geheimfächer. Daß er nicht vorher daran gedacht hatte! Er begann mit dem Aufsatz auf der Schreibplatte, der jede Menge kleiner Schubladen enthielt. Er zog eine nach der anderen heraus und tastete den Hohlraum vorsichtig ab. Als er bei der letzten Schublade angekommen war, fühlte er triumphierend, daß da etwas war. Ein kleiner Metallstift ragte hervor, und als er darauf drückte, gab er nach. Mit einem Plopp öffnete sich die Wand im Hohlraum, und ein Geheimfach wurde sichtbar. Sein Puls beschleunigte sich. Er sah, daß dort ein altes Notizbuch aus schwarzem Leder lag. Er zog die Plastikhandschuhe aus der Tasche, streifte sie über und nahm das Buch vorsichtig heraus. Mit steigendem Entsetzen las er dessen Inhalt. Jetzt drängte es, Jenny Möller zu finden.

Er erinnerte sich an ein Papier, das er beim Durchsuchen des Sekretärs gesehen hatte. Er zog die richtige Schublade auf und fand es nach kurzem Blättern auch. Das Logo der Regionalverwaltung in der oberen Ecke verkündete, wer der Absender war. Patrik überflog die wenigen Zeilen und las den Namen, der ganz unten stand. Dann nahm er sein Handy und rief auf dem Revier an.

»Annika, hier ist Patrik. Du, ich möchte, daß du eine Sache für mich untersuchst.« Er erklärte kurz, worum es ging. »Du mußt mit einem Doktor Zoltan Czaba sprechen. In der Krebsabteilung, ja. Ruf mich zurück, sobald du etwas weißt.«

Die Tage hatten sich unendlich in die Länge gestreckt. Mehrmals täglich hatten sie voller Hoffnung bei der Polizei angerufen, doch vergeblich. Als Jennys Gesicht auf den Zeitungsseiten aufgetaucht war, hatten ihre Handys ununterbrochen geklingelt. Freunde, Verwandte, Bekannte. Alle waren bestürzt, aber versuchten trotz der eigenen Unruhe, Kerstin und Bo Hoffnung zuzusprechen. Einige hatten sich angeboten, nach Grebbestad zu kommen, um bei ihnen zu sein, doch sie hatten freundlich, aber entschieden abgelehnt. Es war, als würde es dann erst recht greifbar werden, daß etwas nicht stimmte. Wenn sie nur hier im Wohnwagen blieben, sich an dem kleinen Tisch gegenübersaßen und warteten, würde Jenny früher oder später durch die Tür treten, und alles nähme wieder seinen gewohnten Gang.

Also saßen sie hier, Tag für Tag, gefangen in ihrer eigenen Unruhe. Der heutige Tag war noch quälender als die vorhergehenden. Die ganze Nacht hatte Kerstin unruhige Träume gehabt. Schweißüberströmt hatte sie sich im Schlaf hin und her gewälzt, während Bilder, die schwer zu deuten waren, hinter ihren Lidern vorüberflimmerten. Mehrmals hatte sie Jenny gesehen. Meist als Kind. Zu Hause auf dem Rasen vor dem Haus. An einem Badestrand beim Camping. Aber diese Bilder wurden die ganze Zeit von dunklen, merkwürdigen Szenen abgelöst, die sie nicht zu deuten vermochte. Es war kalt und dunkel, und irgend etwas lauerte am Rand, das sie nie zu fassen bekam, obwohl sie sich im Traum immer wieder danach ausstreckte.

Als sie am Morgen aufwachte, wurde ihr immer schwerer ums Herz. Während die Stunden vergingen und die Temperatur in dem kleinen Wohnwagen stieg, saß sie schweigend vor Bo und suchte verzweifelt das Gefühl heraufzubeschwören, das sie gehabt hatte, wenn sie die kleine Jenny in den Armen hielt. Aber genau wie im Traum war es, als würde all das außerhalb ihrer Reichweite liegen. Sie erinnerte sich an das Gefühl, das sie seit Jennys Verschwinden so stark empfunden hatte, aber konnte es nun nicht länger spüren. Langsam kam ihr die Erkenntnis. Sie hob den Blick von der Tischplatte und schaute ihren Gatten an. Dann sagte sie: »Jetzt ist sie nicht mehr da.«

Er stellte das, was sie sagte, nicht in Frage. Sobald sie es ausgesprochen hatte, fühlte auch er, daß es die Wahrheit war.

12

Sommer 2003

Die Tage verschwammen wie im Nebel. Sie litt auf eine Weise, die sie sich nie hätte vorstellen können, und sie konnte nicht aufhören, sich selbst zu verfluchen. Wenn sie nur nicht so dumm gewesen wäre zu trampen, dann wäre das nie passiert. Mama und Papa hatten ihr so oft gesagt, daß man in kein fremdes Auto einsteigen dürfe, aber sie hatte gedacht, sie sei unverwundbar.

Das schien so unendlich lange her zu sein. Jenny versuchte jenes Gefühl wieder heraufzubeschwören, um es nur eine Sekunde lang zu genießen. Dieses Gefühl, daß nichts auf der Welt ihr etwas anhaben konnte, daß schlimme Dinge zwar anderen passierten, aber nicht ihr. Was auch immer geschehen mochte, sie jedenfalls würde dieses Gefühl nie wieder verspüren.

Sie lag auf der Seite und kratzte mit der ausgestreckten Hand in der Erde. Der andere Arm war nicht zu gebrauchen, und sie zwang sich, den gesünderen Arm zu bewegen, um die Blutzirkulation in Gang zu halten. Sie träumte davon, sich wie eine Filmheldin auf den Mann zu werfen und ihn zu überwältigen, wenn er zu ihr herunterkam. Sie würde ihn bewußtlos auf dem Boden zurücklassen und nach draußen zu dem Aufgebot der Polizeikräfte fliehen, das sie überall gesucht hatte. Doch war das völlig unmöglich, denn ihre Beine versagten ihr längst den Dienst, aber es war ein wunderbarer Traum.

Das Leben verließ sie ganz langsam, und sie hatte die Vorstellung, daß es in der Erde versickerte und den Organismen dort unten Stärke gab. Würmern und Larven, die ihre Lebensenergie gierig aufsogen.

Als die letzten Kräfte schwanden, dachte sie daran, daß sie nie die Chance haben würde, um Verzeihung zu bitten, weil sie in den vergangenen Wochen so unerträglich gewesen war. Sie hoffte, daß sie es dennoch verstanden.

Er hatte die ganze Nacht mit ihr in den Armen dagesessen. Sie war langsam kälter und kälter geworden. Die Dunkelheit um sie herum war kompakt. Er hoffte, daß dieses Dunkel ihr genausoviel Trost und Geborgenheit gegeben hatte wie ihm. Es wirkte wie eine große schwarze Decke, die ihn einhüllte.

Eine Sekunde lang sah er die Kinder vor sich. Aber dieses Bild erinnerte ihn allzu sehr an die Wirklichkeit, und er verscheuchte es.

Johannes hatte den Weg gewiesen. Er, Johannes und Ephraim. Sie waren eine Dreieinigkeit, das hatte er immer gewußt. Sie teilten eine Gabe, die Gabriel nie besitzen durfte. Deshalb würde er nie verstehen. Er, Johannes und Ephraim. Sie waren einzigartig. Sie standen Gott näher als alle anderen. Sie waren etwas Besonderes. Das hatte Johannes in seinem Buch geschrieben.

Es war kein Zufall, daß er das schwarze Notizbuch von Johannes gefunden hatte. Etwas hatte ihn dorthin geführt, hatte ihn wie ein Magnet angezogen, und er betrachtete das Buch als Johannes' persönliches Vermächtnis an ihn. Er war tief berührt von dem Opfer, das Johannes bereit gewesen war zu bringen, um ihm das Leben zu retten. Wenn jemand verstand, was Johannes hatte erreichen wollen, dann war er das. Welche Ironie, daß es sich als unnötig erwiesen hatte. Großvater Ephraim war gekommen, um ihn zu retten. Es schmerzte ihn, daß Johannes gescheitert war. Es war traurig, daß die Mädchen hatten sterben müssen. Aber er hatte mehr Zeit zur Verfügung als Johannes. Ihm würde es nicht mißlingen. Er würde es immer wieder versuchen, bis er den Schlüssel zu seinem inneren Licht gefunden hatte. Jenes Licht, von dem Großvater Ephraim gesagt hatte, er besitze es ebenfalls, tief in sich verborgen. Genau wie Johannes, sein Vater.

Bedauernd strich er dem Mädchen über den kalten Arm. Es war nicht so, daß er ihren Tod nicht beklagte. Aber sie war nur ein gewöhnlicher Mensch, und Gott würde ihr einen besonderen Platz einräumen, weil sie sich für ihn, einen von Gottes Auserwählten, geopfert hatte. Ein Gedanke meldete sich: Vielleicht erwartete Gott ja eine bestimmte Anzahl Opfer, bevor er Jacob gestattete, den Schlüssel zu finden. Vielleicht war es bei

Johannes genauso gewesen. Es ging nicht darum, daß sie gescheitert waren, es war nur so, daß ihr Herr mehr Beweise ihres Glaubens erwartete, bevor er ihnen den Weg zeigte.

Dieser Gedanke gab Jacob erneut Hoffnung. So mußte es sein. Er selbst hatte schon immer mehr an den Gott des Alten Testamentes geglaubt. Den Gott, der Blutopfer verlangte.

Eine Sache ließ seinem Bewußtsein keine Ruhe. Würde Gott ihm verzeihen, obwohl er der Fleischeslust nicht hatte widerstehen können? Johannes war stärker gewesen. Ihn hatte es nie verlockt, und dafür bewunderte ihn Jacob. Er selbst hatte die weiche zarte Haut an der seinen gespürt, und tief in ihm war etwas erwacht. Einen kurzen Augenblick hatte der Teufel ihn übermannt, und er hatte nachgegeben. Doch danach war seine Reue so tief gewesen, das mußte Gott ja wohl gesehen haben? Er, der ihm direkt ins Herz schauen konnte, mußte gesehen haben, daß seine Reue aufrichtig war, und ihm die Sünden verziehen haben.

Jacob wiegte das Mädchen in seinen Armen. Er strich ihr eine Haarsträhne aus dem Gesicht. Wie schön sie war. Sofort, als er sie an der Straße gesehen hatte, den Daumen hochgereckt, um mitgenommen zu werden, hatte er gewußt, daß sie die Richtige war. Die erste war das Zeichen gewesen, auf das er gewartet hatte. Jahrelang hatte er Johannes' Worte in dessen Buch gelesen, und sie hatten ihn fasziniert. Als das Mädchen an seiner Tür aufgetaucht war und nach seiner Mutter fragte, am selben Tag, als er selbst sein URTEIL erhalten hatte, da wußte er, daß es ein Zeichen war.

Er hatte nicht resigniert, weil er mit ihrer Hilfe die Kraft nicht hatte finden können. Johannes war es mit ihrer Mutter schließlich auch nicht gelungen. Das Wichtige war, daß er durch sie den Weg betreten hatte, der für ihn unausweichlich vorgezeichnet war. Den Fußstapfen seines Vaters zu folgen.

Die beiden Frauen zusammen in die Königsschlucht zu legen war seine Weise, es der Welt mitzuteilen. Die Verkündigung, daß er nun das fortführen würde, was Johannes begonnen hatte. Er glaubte nicht, daß es andere verstehen würden. Es reichte, daß Gott verstand und es guthieß.

Wenn er einen endgültigen Beweis dafür gebraucht hatte, dann war er ihm am gestrigen Abend gegeben worden. Er hatte gewußt, war sich wirklich ganz sicher gewesen, als sie von dem Ergebnis der Blutanalysen zu sprechen begannen, daß er jetzt als Verbrecher ins Gefängnis kam. Er hatte vergessen gehabt, daß der Teufel ihn verführt hatte, Spuren auf dem Körper zu hinterlassen.

Doch dann konnte er dem Teufel direkt ins Gesicht lachen. Zu seiner großen Verwunderung hatten ihm die Polizeibeamten mitgeteilt, daß ihn der Test freisprach. Das war der letzte Beweis, den er brauchte, nun war er überzeugt, auf dem richtigen Weg zu sein und daß nichts ihn hindern konnte. Er war auserwählt. Er war beschützt. Er war gesegnet.

Langsam strich er dem Mädchen noch einmal übers Haar. Er würde ein neues finden müssen.

Es dauerte nur zehn Minuten, dann rief Annika zurück.

»Es war genau so, wie du dir schon gedacht hattest. Jacob hat wieder Krebs bekommen. Aber diesmal ist es nicht Leukämie, sondern ein großer Tumor im Gehirn. Man mußte ihm mitteilen, daß man nichts tun kann, die Krankheit ist zu weit fortgeschritten.«

»Wann hat er diesen Bescheid bekommen?«

Annika schaute in die Notizen, die sie sich auf dem Block gemacht hatte. »Am selben Tag, als Tanja verschwand.«

Patrik ließ sich schwer auf die Couch im Wohnzimmer fallen. Er wußte es jetzt, aber es fiel ihm dennoch schwer, es zu glauben. Das Haus atmete eine solche Ruhe, einen solchen Frieden. Es gab keine Spur der Bosheit, für die er den Beweis in Händen hielt. Nur trügerische Normalität. Blumen in einer Vase, Kinderspielzeug in den Zimmern verstreut, ein halbgelesenes Buch auf dem Sofatisch. Keine Totenköpfe, keine blutbespritzten Kleider, keine schwarzen brennenden Kerzen.

Über dem Kamin hing sogar ein Bild von Jesus, auf seinem Weg in den Himmel nach der Auferstehung, mit einem Heiligenschein um den Kopf, und auf der Erde unter ihm standen betende Menschen, die zu ihm aufblickten.

Wie konnte man die schlimmsten aller Taten damit rechtfertigen, daß man es mit einem Freibrief von Gott tat? Aber vielleicht war das gar nicht so merkwürdig. Im Laufe der Zeiten waren Millionen von Menschen im Namen Gottes ermordet worden. In dieser Macht lag eine Verlockung, die den Menschen berauschte und verwirrte.

Patrik riß sich aus seinen theologischen Überlegungen und bemerkte, daß nun das ganze Team vor ihm stand und ihn ansah, in Erwartung weiterer Instruktionen. Er hatte ihnen gezeigt, was er gefunden hatte, und jeder hatte nun mit sich zu kämpfen, um nicht an die Schrecken zu denken, die Jenny in diesem Moment vielleicht gerade ausstand.

Das Problem war nur, daß sie nicht die geringste Ahnung hatten, wo sich das Mädchen befand. Während Patrik auf den Rückruf von Annika gewartet hatte, war die Suche im Haus noch fieberhafter fortgeführt worden, und er selbst hatte im Gutshof angerufen und Marita, Gabriel und Laine gefragt, ob es noch einen Ort geben könnte, wo sich Jacob möglicherweise aufhielt. Ihre Gegenfragen hatte er schroff abgewehrt. Dazu war jetzt keine Zeit.

Er zerwühlte sich die Haare, die ohnehin schon zu Berge standen. »Verdammt, wo kann er nur sein? Wir können doch nicht die ganze Gegend Zentimeter für Zentimeter absuchen? Und genausogut kann er sie in der Nähe von Bullaren versteckt haben oder irgendwo dazwischen? Scheiße, was sollen wir nur machen?« sagte er frustriert.

Martin verspürte dieselbe Ratlosigkeit und erwiderte nichts. Patrik hatte die Äußerung auch nicht als Frage gemeint. Dann kam ihm ein Gedanke: »Es muß hier irgendwo bei Västergården sein. Denk mal an die Düngerspuren. Ich vermute, daß Jacob denselben Ort wie Johannes benutzt hat, und was ist dann logischer, als daß es hier irgendwo in der Nähe ist?«

»Du hast recht, aber sowohl Marita als auch ihre Schwiegereltern sagen doch, daß es auf dem Anwesen keine weiteren Häuser gibt. Es kann ja an und für sich auch eine Höhle oder so was sein, aber weißt du, wieviel Land die Familie Hult besitzt? Es wäre, wie die Stecknadel im Heuhaufen zu suchen!«

»Ja, aber wie wär's mit Solveig und ihren Jungs? Hast du sie gefragt? Die haben doch vorher hier gewohnt und wissen vielleicht was über diesen Ort, was Marita nicht weiß?«

»Eine verdammt gute Idee. Hängt da in der Küche am Telefon nicht eine Liste mit Nummern? Linda hat doch ihr Handy dabei, also kann ich sie hoffentlich direkt erreichen.«

Martin ging nachsehen und kehrte mit einer Liste zurück, auf der Lindas Name fein säuberlich verzeichnet war. Ungeduldig ließ Patrik den Ruf rausgehen. Nach wenigen Augenblikken, die ihm wie eine Ewigkeit vorkamen, nahm Linda ab.

»Linda, hier ist Patrik Hedström. Ich müßte mit Solveig oder Robert reden.«

»Sie sind bei Johan drin. Er ist aufgewacht!« sagte Linda hocherfreut. Schweren Sinns dachte Patrik, daß die Freude bald aus ihrer Stimme verschwinden würde.

»Hole jemanden von ihnen, es ist wichtig!«

»Okay, mit wem willst du am liebsten sprechen?«

Er dachte nach. Aber wer kannte die Gegend, in der man wohnte, besser als ein Kind? Die Wahl fiel ihm leicht. »Mit Robert.«

Er hörte, wie sie das Telefon weglegte und losging, um ihn zu holen. Bestimmt durfte man das Handy nicht mit ins Krankenzimmer nehmen, weil es die Geräte stören könnte, schaffte Patrik gerade noch zu denken, bevor er Roberts dunkle Stimme im Hörer vernahm.

»Ja, hier ist Robert.«

»Hallo, Patrik Hedström. Du, ich frage mich, ob du uns bei einer Sache helfen könntest. Es ist ungeheuer wichtig«, beeilte er sich zu sagen.

»Jaa, okay, worum geht's?« fragte Robert zögernd.

»Ich möchte wissen, ob du noch andere Gebäude auf dem Anwesen von Västergården kennst als die in der Nähe des Hauses? Ja, eigentlich braucht es auch kein Gebäude zu sein, mehr ein guter Ort, um sich zu verstecken, wenn du verstehst, was ich meine. Aber der muß ziemlich groß sein. Dort muß es Platz für mehr als eine Person geben.«

Er hörte deutlich, wie sich die Fragezeichen in Roberts Kopf häuften, doch zu Patriks Erleichterung zog er den Grund für dessen Nachfrage nicht in Zweifel. Statt dessen antwortete er nach kurzem Nachdenken: »Jaa, das einzige, was mir da einfällt, ist der alte Unterstand. Der liegt ein gutes Stück oben im Wald. Als wir Kinder waren, Johan und ich, haben wir da oft gespielt.«

»Und Jacob«, fragte Patrik, »kennt er den Ort?«

»Ja, wir haben den Fehler begangen, ihm die Stelle einmal zu zeigen. Aber da ist er gleich zu Papa petzen gerannt, der sofort mit Jacob hinkam und uns verboten hat, dort wieder hinzugehen. Es sei gefährlich, hat er gesagt. Also damit war der Spaß zu Ende. Jacob ist immer zu brav gewesen«, sagte Robert verstimmt, als er sich an die Enttäuschung in der Kindheit erinnerte. Patrik dachte, daß Bravheit nicht gerade die Eigenschaft war, die man in Zukunft mit Jacob verbinden würde.

Er bedankte sich rasch, nachdem er eine Wegbeschreibung erhalten hatte, und legte auf.

»Martin, ich glaube, jetzt weiß ich, wo sie sind. Wir versammeln uns alle draußen auf dem Vorplatz.«

Fünf Minuten später standen acht Polizisten mit ernstem Gesicht in der gleißenden Sonne. Vier aus Tanumshede und vier aus Uddevalla.

»Wir haben Grund zu der Annahme, daß sich Jacob Hult ein Stück von hier im Wald in einem alten Unterstand aufhält. Vermutlich hat er Jenny Möller bei sich, und wir wissen nicht, ob sie tot ist oder noch lebt. Deshalb müssen wir uns verhalten, als würde sie leben, und die Situation äußerst behutsam angehen. Wir bewegen uns mit großer Vorsicht, bis wir den Unterstand gefunden haben, und umstellen ihn dann. Unter völligem Schweigen«, sagte Patrik scharf und ließ den Blick durch die Runde schweifen, doch einen Moment länger auf Ernst ruhen. »Wir gehen mit gezogenen Waffen vor, aber keiner tut etwas ohne meinen ausdrücklichen Befehl. Ist das klar?«

Alle nickten ernst.

»Der Krankenwagen ist unterwegs von Uddevalla, aber der wird nicht mit Blaulicht bis dorthin fahren, sondern kurz vor der Einfahrt nach Västergården halten. Geräusche sind hier in den Wäldern weit zu hören, und wir wollen nicht, daß Jacob mitbekommt, daß etwas im Gange ist. Sobald wir die Situation unter Kontrolle haben, geben wir dem Sanitätspersonal Bescheid.«

»Sollten wir nicht am besten einen Sanitäter mitnehmen?« fragte einer der Kollegen aus Uddevalla. »Es kann doch auf die Minute ankommen, wenn wir sie endlich finden.«

Patrik nickte. »Du hast an sich recht, aber wir haben keine Zeit, um auf den Wagen zu warten. Im Moment ist es wichtiger, daß wir sie schnell finden. In der Zwischenzeit ist das Sanitätspersonal dann hoffentlich eingetroffen. Okay, jetzt geht's los.«

Robert hatte beschrieben, wo sie hinter dem Haus in den Wald zu gehen hatten, um hundert Meter weiter auf einen Pfad zu stoßen, der sie zu dem Unterstand führen würde. Der Pfad war fast unsichtbar, wenn man nicht wußte, daß er sich dort befand, und Patrik hätte ihn zuerst fast verfehlt. Sachte bewegten sie sich auf das Ziel zu, und nach ungefähr einem Kilometer meinte er, etwas durch die Blätter wahrzunehmen. Ohne ein Wort drehte er sich um und winkte die Männer hinter sich heran. So leise wie möglich schwärmten sie in einem Kreis um den Unterstand aus, aber es ließ sich nicht vermeiden, daß ein Rascheln und Knacken zu hören war. Patrik verzog das Gesicht bei jedem Geräusch und hoffte, daß die dicken Wände die Laute filterten.

Er zog die Pistole und sah aus dem Augenwinkel, daß Martin dasselbe tat. Auf Zehenspitzen schlichen sie sich näher und befühlten vorsichtig die Tür. Sie war verschlossen. Verdammt, was sollten sie jetzt tun? Sie hatten keine Ausrüstung dabei, um die Tür aufzubrechen, und die einzige Alternative, die ihnen blieb, war, Jacob aufzufordern, freiwillig herauszukommen. Bebend klopfte Patrik an die Tür und trat dann rasch beiseite.

»Jacob. Wir wissen, daß du da drin bist. Wir möchten, daß du jetzt rauskommst!«

Keine Antwort. Er versuchte es noch einmal.

»Jacob, ich weiß, daß du den Mädchen nicht absichtlich weh tun wolltest. Du hast nur gemacht, was Johannes schon getan hat. Komm raus, dann werden wir darüber reden.«

Er hörte selbst, wie wenig überzeugend seine Worte klangen.

Vielleicht hätte er einen Kurs über Methoden bei einer Geiselnahme belegen oder wenigstens einen Psychologen mitnehmen sollen. Da er das aber nicht hatte, blieb ihm nichts anderes übrig, als seine eigenen Ideen auszuprobieren, wie man einen Psychopathen aus einem Unterstand lockte.

Zu seiner großen Verwunderung hörte er eine Sekunde darauf das Schloß klicken. Langsam ging die Tür auf. Martin und Patrik, die beiderseits des Eingangs standen, warfen sich einen Blick zu. Beide hielten die Pistole vors Gesicht und spannten die Muskeln, um bereit zu sein. Jacob trat durch die Tür. In seinen Armen trug er Jenny. Es bestand kein Zweifel, daß sie tot war, und Patrik konnte fast körperlich spüren, wie groß die Trauer und Enttäuschung der Polizisten war, die ebenfalls die Waffen auf Jacob gerichtet hatten.

Der ignorierte sie. Statt dessen hob er den Blick nach oben und sprach direkt in die Luft: »Ich verstehe nicht. Ich bin doch auserwählt. Du wolltest mich beschützen.« Er sah genauso verwirrt aus, als sei die Welt gerade auf den Kopf gestellt worden. »Warum hast du mich gestern gerettet, wenn ich heute deiner Gnade nicht mehr teilhaftig bin?«

Patrik und Martin sahen einander an. Jacob schien völlig irrsinnig. Aber das machte ihn nur noch gefährlicher. Es ließ sich nicht sagen, was er als nächstes tun würde. Sie hielten die Läufe unentwegt auf ihn gerichtet.

»Leg das Mädchen hin«, sagte Patrik.

Jacob hatte den Blick noch immer zum Himmel erhoben und sprach mit seinem unsichtbaren Gott.

»Ich weiß, daß du mir die Gabe gewährt hättest, aber ich brauche mehr Zeit. Warum wendest du dich jetzt von mir ab?«

»Leg das Mädchen hin und nimm die Hände hoch!« sagte Patrik etwas schärfer. Noch immer zeigte Jacob keine Reaktion. Er hielt das Mädchen in seinen Armen und sah nicht so aus, als hätte er Waffen bei sich. Patrik überlegte, ob er ihn niederringen sollte, um den Stillstand zu überwinden. Es gab ja keinen Grund mehr, sich um Jenny zu sorgen. Dazu war es zu spät.

Er konnte den Gedanken gerade noch zu Ende denken, als eine lange Gestalt von schräg hinten hervorpreschte. Patrik war so überrumpelt, daß sein Finger am Abzug zitterte und er nahe daran war, Jacob oder Martin eine Kugel zu verpassen. Mit Entsetzen sah er, wie Ernsts langer Körper durch die Luft flog, direkt auf Jacob zu, mit dem er zu Boden krachte. Jenny fiel aus Jacobs Armen und landete direkt vor Patriks Füßen, mit einem gräßlichen dumpfen Geräusch, wie ein Sack Mehl, den man auf die Erde schleuderte.

Mit triumphierendem Gesicht drehte Ernst dem unter ihm Liegenden die Arme auf den Rücken. Jacob leistete keinen Widerstand, aber hatte noch immer denselben verwunderten Ausdruck im Gesicht.

»Das wär's«, sagte Ernst und blickte auf, um den Jubel der Massen entgegenzunehmen. Alle standen wie erstarrt, und als Ernst die dunklen Wolken sah, die auf Patriks Gesicht aufzogen, begriff er, daß er wohl wieder mal nicht sehr überlegt gehandelt hatte.

Patrik zitterte noch immer, weil er so nahe dran gewesen war, Martin zu erschießen, und er mußte sich beherrschen, um Ernst nicht bei seinem dünnen Hals zu packen und ihn langsam zu erwürgen. Diese Sache hier würden sie sich später vornehmen. Jetzt war es wichtiger, sich um Jacob zu kümmern.

Gösta zog ein Paar Handschellen heraus und legte sie Jacob an. Zusammen mit Martin beförderte er Jacob brüsk auf die Füße und schaute dann fragend zu Patrik, der sich an zwei der Polizisten aus Uddevalla wandte: »Bringt ihn zurück nach Västergården. Ich komme gleich. Sorgt dafür, daß die Sanitäter den Weg hierher finden, und sagt ihnen, sie sollen eine Trage mitbringen.«

Die Männer gingen mit Jacob los, aber Patrik hielt sie noch einmal auf. »Wartet. Ich will ihm nur in die Augen schauen. Ich will sehen, was für Augen jemand hat, der so etwas tun kann.« Er wies mit dem Kopf auf Jennys leblosen Körper.

Jacob begegnete seinem Blick ohne Reue, doch noch immer mit demselben verwirrten Ausdruck. Er sah Patrik an und sagte: »Ist es nicht merkwürdig, daß Gott gestern abend ein Wunder vollbracht hat, um mich zu retten, aber heute zuläßt, daß ihr mich einfach ergreift?«

Patrik versuchte in seinen Augen zu sehen, ob er es ernst meinte oder ob all das nur ein Spiel war, um sich den Konsequenzen seines eigenen Handelns zu entziehen. Der Blick, der ihm begegnete, war klar wie ein Spiegel, und er verstand, daß er in den puren Wahnsinn sah. Müde sagte er: »Das war nicht Gott. Das war Ephraim. Du bist bei dem Bluttest davongekommen, weil Ephraim dir, als du krank warst, sein Knochenmark gespendet hat. Dadurch hattest du sein Blut und seine DNA in deinem Blut. Deshalb stimmte deine Blutprobe nicht mit der DNA-Probe überein, die wir von dem ... Überrest ... genommen haben, den du auf Tanjas Körper hinterlassen hast. Wir begriffen das erst, als die Experten im Labor eure familiären Beziehungen aufschlüsselten und dein Blut zeigte, daß du seltsamerweise der Vater von Johannes und Gabriel bist.«

Jacob nickte nur. Dann sagte er sanft: »Aber ist das etwa kein Mysterium?« Darauf wurde er durch den Wald abgeführt.

Martin, Gösta und Patrik blieben bei Jennys Leiche zurück. Ernst war hastig mit den Polizisten aus Uddevalla losgetrottet und würde wohl alles daransetzen, in nächster Zeit möglichst unsichtbar zu bleiben.

Alle drei wünschten, daß sie eine Jacke bei sich gehabt hätten, um Jenny zu bedecken. Ihre Blöße war so erbarmungswürdig, so erniedrigend. Sie sahen die Verletzungen an ihrem Körper, die identisch waren mit denen, die man bei Tanja gefunden hatte. Vermutlich dieselben, die auch Siv und Mona erlitten hatten, bevor sie starben.

Johannes war trotz seines impulsiven Charakters ein sehr methodischer Mann gewesen. Sein Notizbuch hatte die genaue Aufzeichnung aller Verletzungen enthalten, die er seinen Opfern zugefügt hatte, worauf er den Versuch unternahm, sie wieder zu heilen. Er hatte die Sache wie ein Wissenschaftler konzipiert. Dieselben Verletzungen bei beiden, dieselbe Reihenfolge. Vielleicht um dem Ganzen vor sich selbst den Anschein zu geben, daß es sich um ein wissenschaftliches Experiment handelte. Ein Experiment, dessen unglückliche, aber notwendige Opfer die Mädchen waren. Notwendig, damit Gott ihm die Heilsgabe zurückverlieh, die er in jungen Jahren besessen hatte. Die Gabe, die er während seines ganzen Erwachsenenlebens vermißt hatte und die er so dringend wiederaufleben lassen mußte, als sein Erstgeborener Jacob krank geworden war.

Es war ein unglückseliges Erbe, das Ephraim Sohn und Enkelsohn hinterlassen hatte. Jacobs Phantasie war von Ephraims Geschichten in Gang gesetzt worden, die er über die Heilstätigkeit von Gabriel und Johannes in der Kindheit erzählt hatte. Daß Ephraim, der besseren Wirkung halber, noch hinzugefügt hatte, daß er die Gabe auch bei seinem Enkelsohn sehe, hatte in diesem Ideen geweckt, die im Laufe der Jahre durch die Krankheit, an der er fast gestorben wäre, weitere Nahrung erhalten hatten. Dann war er irgendwann auf Johannes' Notizbuch gestoßen, und wenn man in Betracht zog, wie zerlesen die Seiten waren, hatte er sich das Buch wieder und wieder vorgenommen. Der unglückselige Zufall, daß Tanja sich am selben Tag auf Västergården nach ihrer Mutter erkundigen wollte, als man Jacob sein Todesurteil mitgeteilt hatte, führte schließlich dazu, daß sie jetzt hier vor einem toten Mädchen standen.

Als Ernst Jacob umgerissen hatte, war sie auf die Seite gefallen, und es wirkte fast so, als würde sie sich wie ein Fötus zusammenkrümmen. Verwundert beobachteten Martin und Patrik, wie Gösta sein kurzärmeliges Hemd aufknöpfte. Er ließ einen kreidebleichen, unbehaarten Brustkorb sehen und breitete das Kleidungsstück wortlos über Jenny aus, um soviel wie möglich von ihrer Nacktheit zu bedecken.

»Man soll hier nicht stehen und das Mädel anstarren, wenn sie nichts auf dem Leib hat«, sagte er brummelnd und verschränkte die Arme vor der Brust.

Patrik kniete sich hin und nahm spontan die kalte Hand des Mädchens in die seine. Sie war einsam gestorben, aber sie sollte nicht einsam warten müssen.

Ein paar Tage später hatte sich der größte Tumult gelegt. Patrik saß vor Mellberg und wollte die Sache nun möglichst schnell hinter sich bringen. Der Chef hatte eine vollständige Analyse des Falls verlangt, und obwohl Patrik den Grund kannte – Mellberg brauchte Material, um mit seiner Mitwirkung beim Fall Hult prahlen zu können –, berührte ihn das nicht sonderlich. Nachdem er Jennys Eltern persönlich die Todesnachricht überbracht hatte, fiel es ihm schwer, Ehre und Ruhm im Zusammenhang mit der Ermittlung zu sehen, und er gab dies herzlich gern an Mellberg ab.

»Aber das da mit dem Blut begreife ich immer noch nicht«, sagte Mellberg.

Patrik seufzte und erklärte zum drittenmal, diesmal noch langsamer: »Als Jacob an Leukämie erkrankt war, hatte er von seinem Großvater eine Knochenmarkspende erhalten. Die Folge war, daß das Blut, was von da ab in Jacob produziert worden war, dieselbe DNA hatte wie die des Spenders, also Ephraims. Mit anderen Worten hatte Jacob danach die DNA zweier Personen in sich. Die seines Großvaters im Blut und seine eigene in den übrigen Teilen des Körpers. Deshalb erhielten wir Ephraims DNA-Profil, als wir Jacobs Blutprobe analysieren ließen. Da die DNA-Spuren, die am Opfer gefunden wurden, Sperma waren, so hatten sie sein ursprüngliches DNA-Profil. Also stimmten die Profile nicht überein. Laut SKL ist die statistische Wahrscheinlichkeit, daß so etwas passiert, so winzig, daß es fast unmöglich ist. Aber, wie gesagt, nur fast ...«

Mellberg schien die Erklärung endlich begriffen zu haben. Er schüttelte verwundert den Kopf. »Was für ein verdammtes Science-Fiction-Szenario. Es ist schon eine Menge, was man so zu hören kriegt, Hedström. Ja, ich muß schon sagen, wir haben bei diesem Fall eine höllisch gute Arbeit geleistet. Der Polizeipräsident von Göteborg hat mich gestern persönlich angerufen und für unsere ausgezeichnete Handhabung des Falls gedankt, und ich mußte ihm da einfach zustimmen.«

Patrik fiel es schwer, Mellbergs Sicht der Dinge zu teilen, da es ihnen schließlich nicht gelungen war, das Mädchen zu retten, aber er zog es vor, seinen Kommentar für sich zu behalten. Manche Dinge waren einfach, wie sie waren, und daran ließ sich irgendwie nichts ändern.

Die letzten Tage waren schwer gewesen. In gewisser Weise hatte er Trauerarbeit zu leisten. Er schlief noch immer schlecht, verfolgt von den Bildern, die von den Skizzen und Aufzeichnungen in Johannes' Notizbuch hervorgerufen wurden. Erica hatte ihn unruhig umkreist, und nachts fühlte er, daß sie sich neben ihm ebenfalls hin und her warf. Aber irgendwie hatte er es nicht vermocht, sich nach ihr auszustrecken. Er war gezwungen, allein mit dieser Sache fertig zu werden.

Nicht einmal die Bewegungen des Kindes in ihrem Leib hatten das Wohlgefühl in ihm geweckt, das sie zuvor stets ausgelöst hatten. Ihm war, als sei er plötzlich daran erinnert worden, wie gefährlich die Welt dort draußen war und wie böse oder verrückt die Menschen sein konnten. Wie sollte er ein Kind vor alldem schützen? Die Folge war, daß er sich von Erica und dem Kind zurückzog. Weg von der Gefahr, irgendwann den Schmerz erleben zu müssen, den er in Bo und Kerstin Möllers Gesichtern gesehen hatte, als er vor ihnen stand und, den Tränen nahe, mitteilen mußte, daß Jenny leider tot war. Wie konnte ein Mensch einen solchen Schmerz überleben?

In den dunkleren Stunden der Nächte hatte er sogar überlegt zu fliehen. Einfach seine Siebensachen zu packen und zu verschwinden. Weg von der Verantwortung und allen Verpflichtungen. Weg von der Gefahr, daß die Liebe zu dem Kind eine Waffe wurde, die man ihm an die Schläfe pressen und langsam abdrücken konnte. Er, der stets die Pflichttreue in Person gewesen war, erwog zum erstenmal im Leben allen Ernstes, ob er nicht diesen feigen Ausweg ergreifen sollte. Zugleich wußte er, daß Erica seine Unterstützung jetzt mehr denn je brauchte. Daß Anna mit den Kindern zu Lucas zurückgezogen war, hatte sie verzweifeln lassen. Er wußte es, aber vermochte dennoch nicht, auf sie zuzugehen.

Vor ihm bewegte sich Mellbergs Mund weiter. »Ja, ich sehe keinen Grund dafür, warum man uns beim nächsten Haushaltsplan nicht eine Erhöhung unserer Mittel bewilligen sollte, im Hinblick auf all den Goodwill, den man uns entgegenbringt ...«

Blablabla, dachte Patrik. Worte voller Sinnlosigkeit quollen diesem Mann da über die Lippen. Geld, Ehre, mehr Mittel und Lob vom Vorgesetzten. Sinnlose Maßeinheiten des Erfolgs. Ihn packte die Lust, seine Tasse zu nehmen und den heißen Kaffee langsam über Mellbergs Vogelnest auszugießen. Nur um ihn zum Schweigen zu bringen.

»Ja, und deine Leistung muß selbstverständlich Beachtung finden«, sagte Mellberg. »Ich habe dem Polizeipräsidenten natürlich gesagt, daß ich bei diesem Fall großartige Unterstützung in dir gefunden habe. Aber erinnere mich nicht an meine Worte, wenn die Gehaltsgespräche näher rücken«, sagte Mellberg mit glucksendem Lachen und zwinkerte Patrik zu. »Das einzige, was mir Sorgen macht, betrifft den Tod von Johannes Hult. Ihr habt noch immer nicht die geringste Ahnung, wer ihn umgebracht haben könnte?«

Patrik schüttelte den Kopf. Sie hatten mit Jacob darüber geredet, aber er schien offenbar genauso unwissend zu sein wie sie. Der Mord galt noch immer als ungelöst und würde es wohl auch bleiben.

»Ja, es wäre ja wirklich das Sahnehäubchen, wenn ihr die Sache auch noch hinkriegen könntet. Es schadet schließlich nichts, neben der großen EINS noch ein Goldsternchen zu erhalten, nicht wahr?« sagte Mellberg. Dann setzte er wieder eine ernste Miene auf. »Und ich habe natürlich eure Kritik an Ernsts Verhalten registriert, aber im Hinblick auf seine vielen Jahre in unseren Reihen finde ich, wir sollten uns großzügig zeigen und den kleinen Zwischenfall vergessen. Ich meine, es ist ja trotz allem gut gegangen.«

Patrik erinnerte sich an das Gefühl, als sein Finger am Abzug gezittert hatte, vor ihm Jacob und Martin in der Schußlinie. Jetzt begann die Hand an der Kaffeetasse zu beben. Wie von selbst hob sie die Tasse an und bewegte sie langsam auf Mellbergs kaschierten Schädel zu. Mitten in der Bewegung hielt sie inne, als ein Klopfen an der Tür erklang. Es war Annika.

»Patrik, da ist ein Anruf für dich.«

»Siehst du nicht, daß wir beschäftigt sind«, fauchte Mellberg.

»Ich glaube allerdings, daß er dieses Gespräch annehmen will«, sagte sie und warf Patrik einen vielsagenden Blick zu.

Er schaute sie verwundert an, aber sie weigerte sich, mehr zu sagen. Als sie in ihr Zimmer kamen, wies sie auf den Hörer, der auf dem Schreibtisch lag, und ging diskret auf den Flur.

»Verdammt, warum hast du das Handy nicht an!«

Er blickte an sich hinunter, wo das Handy in seiner Hülle hing, und ihm wurde klar, daß es völlig tot war.

»Der Akku ist leer. Wieso?« Er begriff nicht, warum Erica so empört reagierte. Sie konnte ihn doch über die Zentrale erreichen.

»Weil es losgegangen ist! Und du hast dich nicht an deinem Festtelefon gemeldet, und dann bist du nicht ans Handy gegangen und da …«

Er unterbrach sie verwirrt. »Losgegangen? Was ist denn losgegangen?«

»Die Geburt, du Idiot. Die Wehen haben angefangen, und das Wasser ist abgegangen! Du mußt mich holen, wir müssen jetzt fahren!«

»Aber es sollte doch erst in drei Wochen kommen?« Er war noch immer völlig konfus.

»Das Baby weiß das offenbar nicht, es kommt jetzt!« Dann war nur noch ein Tuten zu hören.

Patrik stand wie festgefroren, den Hörer in der Hand. Ein idiotisches Lächeln umspielte seine Lippen. Sein Kind war unterwegs. Sein Kind und das von Erica.

Auf zitternden Beinen rannte er zum Auto und zerrte verwirrt ein paarmal am Türgriff. Jemand klopfte ihm auf die Schulter. Hinter ihm stand Annika, die baumelnden Autoschlüssel in der Hand.

»Es geht bestimmt schneller, wenn du erst aufschließt.«

Er riß die Schlüssel an sich, und nach hastigem Winken gab er Vollgas und rauschte in Richtung Fjällbacka davon. Annika betrachtete die schwarzen Reifenspuren, die er auf dem Asphalt hinterlassen hatte, und ging lachend an ihren Platz in der Rezeption zurück.

13

August 1979

Ephraim war bekümmert. Gabriel behauptete hartnäckig weiter, es sei Johannes gewesen, den er mit dem verschwundenen Mädchen gesehen habe. Ephraim weigerte sich, das zu glauben, doch zugleich wußte er, daß Gabriel der letzte war, der lügen würde. Für ihn waren Wahrheit und Recht und Ordnung wichtiger als sein eigener Bruder, und aus diesem Grund fiel es Ephraim schwer, die Sache abzutun. Der Gedanke, an den er sich klammerte, war, daß Gabriel sich einfach geirrt hatte. Daß seine Augen vom Dämmerlicht getäuscht worden waren und irgendwelche Schatten oder dergleichen ihm etwas vorgespiegelt hatten. Er wußte selbst, wie weit hergeholt diese Erklärung klang. Aber er kannte auch Johannes. Seinen sorglosen, verantwortungslosen Sohn, für den das Leben ein Spiel war. Er wäre doch nicht fähig, einen Menschen umzubringen?

Gestützt auf den Stock, ging er den Weg vom Gutshof nach Västergården. Eigentlich brauchte er keinen Stock, seiner Meinung nach hatte er eine ebenso gute Konstitution wie ein Zwanzigjähriger, aber er fand, es sah fesch aus. Stock und Hut gaben ihm ein Aussehen, das einem Gutsbesitzer anstand, und er benutzte sie, sooft es sich ermöglichen ließ.

Es quälte ihn, daß Gabriel mit jedem Jahr den Abstand zwischen ihnen beiden vergrößerte. Er wußte, daß sein Ältester glaubte, er bevorzuge Johannes, und um ganz ehrlich zu sein, tat er es vielleicht sogar. Der Grund war lediglich, daß man mit Johannes bedeutend leichter umgehen konnte. Sein Charme und seine Offenheit machten es möglich, ihn mit sanfter Nachsicht zu behandeln, wodurch Ephraim sich im wahrsten Sinne des Wortes als Patriarch fühlte. Johannes war jemand, den er barsch zurechtweisen konnte, der ihm das Gefühl gab, gebraucht zu werden, wenn schon aus keinem anderen Grund, dann um den Sohn trotz all der Weiber, die ihm ständig hinterherjagten, mit beiden Beinen auf der Erde zu halten. Bei Gabriel war es anders. Er sah ihn stets mit einer Verachtung an, die Ephraim veranlaßte, ihn mit einer Art kühler Überlegenheit zu behandeln. Er wußte, daß der Fehler in vieler Hinsicht bei ihm selbst lag. Während Johannes vor Freude kaum hatte stillstehen können, jedesmal wenn er einen neuen Gottesdienst geplant hatte, bei dem die Jungen von Nutzen sein sollten, war Gabriel ganz starr geworden und in sich zusammengesunken. Ephraim hatte es gesehen und die Verantwortung dafür übernommen, denn schließlich hatte er all das nur zum Besten der Jungen getan. Als Ragnhild gestorben war, konnten sie sich nur noch auf seine Zungenfertigkeit und seinen Charme verlassen, um Essen auf den Tisch und Kleider auf den Leib zu bekommen. Es war ein glücklicher Zufall, daß er sich als eine so große Naturbegabung erwies und die verrückte Witwe Dybling ihm dafür am Ende ihren Hof und ihr Vermögen vermachte. Gabriel sollte doch wohl ein bißchen mehr das Resultat im Auge haben, statt ihn ständig mit Vorwürfen wegen seiner »schrecklichen« Kindheit zu plagen. Die Wahrheit war schließlich, daß sie heute all das, was sie hatten, nicht besitzen würden, wenn er nicht auf den genialen Einfall gekommen wäre, die Jungen bei seinen Gottesdiensten einzusetzen. Keiner hatte diesen beiden entzückenden Kindern widerstehen können, denen Gottes Vorsehung die Gabe verliehen hatte, Kranke und Gebrechliche zu heilen. Zusammen mit dem Charisma und der Redegabe, die er selbst besaß, war das eine unschlagbare Kombination. Er wußte, daß er in der freikirchlichen Welt noch heute als legendärer Prediger galt, und das amüsierte ihn ungemein. Er liebte auch die Tatsache, daß ihn der Volksmund mit dem Kose- oder, wenn man so wollte, Spitznamen »Der Prediger« bedachte.

Allerdings hatte es ihn verwundert, mit welcher Betrübnis Johannes die Nachricht aufgenommen hatte, daß er seiner Gabe entwachsen war. Für Ephraim war es eine bequeme Weise gewesen, die Betrügerei zu beenden, und Gabriel hatte auf die Mitteilung mit großer Erleichterung reagiert. Johannes aber war voller Trauer gewesen. Ephraim hatte stets vorgehabt, den Söhnen zu erzählen, daß er all das nur erfunden hatte und die Menschen, die sie »heilten«, völlig gesund gewesen waren. Für ein Geldstück auf die Hand hatten sie bei dem Spektakel mitgespielt. Doch je mehr Jahre vergingen, desto mehr zögerte er. Johannes schien zuweilen so zerbrechlich zu sein. Deshalb war Ephraim jetzt so besorgt über diese Sache mit der Polizei und den Verhören seines Sohnes. Johan-

nes war empfindsamer, als er wirkte, und Ephraim war sich nicht sicher, was all das bei ihm auslösen konnte. Deshalb war er auf die Idee gekommen, einen Spaziergang nach Västergården zu machen und ein Stündchen mit dem Sohn zu plaudern. Ein bißchen zu hören, wie er mit alldem umging.

Ein Lächeln umspielte Ephraims Lippen. Jacob war eine Woche zuvor aus dem Krankenhaus heimgekommen und verbrachte ganze Stunden bei ihm oben. Er liebte seinen Enkelsohn. Er hatte ihm das Leben gerettet, was sie beide für ewig ganz besonders verband. Hingegen war er nicht so leicht hinters Licht zu führen, wie die anderen dachten. Es war möglich, daß Gabriel glaubte, Jacob sei sein eigener Sohn, aber er, Ephraim, hatte sehr wohl gesehen, was da abgelaufen war. Zweifellos war Jacob der Sohn von Johannes, das sah er an Johannes' Blick. Nun ja, das war eine Sache, in die er sich nicht einzumischen gedachte. Aber der Junge war seine Freude jetzt im Alter. Sicher mochte er auch Robert und Johan gern, aber sie waren ja noch so klein. Was ihm am meisten an Jacob gefiel, waren dessen kluge Gedanken und vor allem, daß er Ephraims Geschichten mit einem solchen Eifer lauschte. Jacob liebte es, wenn er davon erzählte, wie Gabriel und Johannes als Kinder mit ihm herumgereist waren. »Die Heilergeschichten« nannte er das. »Großvater, erzähl die Heilergeschichten«, sagte er jedesmal, wenn er zu ihm heraufkam, und Ephraim hatte nichts dagegen, diese Zeiten erneut aufleben zu lassen. Schließlich hatte er damals sehr viel Spaß gehabt. Und dem Jungen schadete es auch nicht, daß er die Geschichten ein bißchen extra ausschmückte. Er hatte die Gewohnheit angenommen, seine Erzählungen mit einer dramatischen Kunstpause zu beenden, worauf er mit seinem knochigen Finger auf Jacobs Brust wies und sagte: »Und du, Jacob, du hast die Gabe auch in dir. Irgendwo, tief dort drinnen, wartet sie darauf, hervorgelockt zu werden.« Der Junge pflegte mit aufgerissenen Augen und weit offenem Mund zu seinen Füßen zu sitzen, und Ephraim liebte es, dessen Faszination zu sehen.

Er klopfte an die Tür des Hauses. Keine Antwort. Alles war still, und es schien auch nicht so, als ob Solveig und die Jungen zu Hause waren. Die Kinder hörte man sonst schon mehrere Kilometer weit. Aus der Scheune drang ein Geräusch zu ihm, und er ging hin, um nachzuschauen. Johannes baute am Mähdrescher rum und bemerkte Ephraim erst, als er direkt hinter ihm stand. Er fuhr zusammen.

»Viel zu tun, sehe ich?«

»Ja, hier auf dem Hof ist immer was zu machen.«

»Ich habe gehört, daß du wieder auf dem Polizeirevier gewesen bist«, sagte Ephraim, der die Gewohnheit hatte, die Dinge direkt anzusprechen.

»Ja«, erwiderte Johannes kurz.

»Was wollten sie denn diesmal?«

»Es waren natürlich noch Fragen zu Gabriels Zeugenaussage.« Johannes werkelte weiter an dem Mähdrescher und schaute Ephraim nicht an.

»Du weißt, daß Gabriel nicht die Absicht hatte, dir zu schaden.«

»Nein, ich weiß. Er ist, wie er ist. Aber das Ergebnis ist trotzdem dasselbe.«

»Nur zu wahr.« Ephraim wippte auf den Absätzen, unschlüssig, wie er fortfahren sollte.

»Wirklich schön, den jungen Jacob wieder auf den Beinen zu sehen, nicht wahr«, sagte er, auf der Jagd nach einem neutralen Gesprächsthema. Ein Lächeln zeigte sich auf Johannes' Gesicht.

»Das ist wunderbar. Es ist, als ob er nie krank gewesen wäre.« Er richtete sich auf und blickte seinem Vater in die Augen. »Ich werde dir dafür ewig dankbar sein, Vater.«

Ephraim nickte nur und strich sich zufrieden über den Schnurrbart. Johannes sprach vorsichtig weiter: »Vater, wenn du Jacob nicht hättest retten können. Glaubst du, daß ...« Er zögerte, aber fuhr dann entschieden fort, um es sich nicht anders überlegen zu können. »Glaubst du, daß ich dann vielleicht die Gabe wiedergefunden hätte? Um Jacob zu heilen, meine ich?«

Die Frage ließ Ephraim vor Verwunderung zurückfahren, und er begriff voller Schrecken, daß er eine größere Illusion geschaffen hatte, als ihm klar gewesen war. Reue und Schuldgefühl entzündeten einen Funken des Zorn in ihm, und zur eigenen Verteidigung fuhr er Johannes wütend an. »Wie dumm bist du eigentlich, Junge! Ich hatte geglaubt, du wärst früher oder später erwachsen genug geworden, um die Wahrheit zu verstehen, ohne daß ich sie dir direkt auf die Nase zu binden brauchte! Nichts von alledem war schließlich echt. Keiner von denen, die du und Gabriel ›geheilt‹ haben«, er zeichnete die Anführungszeichen in die Luft, »war doch tatsächlich krank. Sie haben die Sache bezahlt bekommen! Von mir!« Er schrie die Worte so heftig heraus, daß kleine Speicheltröpfchen umherspritzten. Eine Sekunde lang fragte er sich, was er da getan hatte. Aus Johannes' Gesicht war jede Farbe gewichen. Er schwankte wie ein Betrunkener, und einen Moment überlegte Ephraim, ob der Sohn wohl irgendeinen Anfall erlitt. Dann flüsterte Johannes, so leise, daß es kaum zu hören war: »Dann habe ich die Mädchen umsonst getötet.«

Alle Angst, alle Schuld und Reue explodierten in Ephraim und zogen ihn in ein finsteres, schwarzes Loch, wo er den Schmerz, den ihm die Erkenntnis brachte, irgendwie loswerden mußte. Seine Faust fuhr nach vorn und traf Johannes mit voller Kraft am Kinn. Wie in Zeitlupentempo sah er, daß Johannes mit einem verwunderten Ausdruck im Gesicht hintenüberfiel, auf den Mähdrescher zu. Ein dumpfer Laut hallte durch die Scheune, als sein Hinterkopf die harte Kante traf. Entsetzt stand Ephraim da und blickte auf Johannes hinunter, der leblos am Boden lag. Er ging in die Knie und versuchte verzweifelt, dessen Puls zu fühlen. Nichts war zu spüren. Er legte das Ohr an den Mund des Sohnes und hoffte wenigstens einen schwachen Atemhauch zu hören. Noch immer nichts. Langsam wurde ihm klar, daß Johannes tot war. Gefällt durch die Hand des eigenen Vaters.

Im ersten Moment wollte er losrennen und Hilfe herbeitelefonieren. Dann meldete sich sein Überlebensinstinkt. Und wenn Ephraim Hult in etwas groß war, dann im Überleben. Wenn er Hilfe holte, müßte er erklären, warum er Johannes geschlagen hatte, und das durfte um keinen Preis herauskommen. Die Mädchen waren tot, und Johannes war es nun auch. Auf geradezu biblische Weise war Gerechtigkeit geübt worden. Er selbst hatte nicht den Wunsch, seine letzten Tage im Gefängnis zu verbringen. Es war Strafe genug, den Rest des Lebens mit dem Wissen leben zu müssen, daß er Johannes getötet hatte. Entschlossen begann er mit der Arbeit, sein Verbrechen zu kaschieren. Er hatte glücklicherweise so manchen Gefallen einzufordern.

Er fühlte sich recht wohl mit seinem Leben. Die Ärzte hatten ihm noch maximal ein halbes Jahr gegeben, und er konnte zumindest diese Monate in Ruhe und Frieden verbringen. Sicher fehlten ihm Marita und die Kinder, aber sie durften ihn jede Woche besuchen, und die Zwischenzeit verbrachte er mit Beten. Er hatte Gott bereits verziehen, daß ER ihn im letzten Augenblick im Stich gelassen hatte. Auch Jesus hatte im Garten von Gethsemane gestanden, zum Himmel gerufen und seinen Vater gefragt, warum er ihn verlassen habe, am Abend bevor Gott seinen einzigen Sohn geopfert hatte. Wenn Jesus verzeihen konnte, dann konnte Jacob es auch.

Der Garten der Klinik war der Ort, wo er die meiste Zeit verbrachte. Er wußte, daß die anderen Gefangenen ihn mieden. Sie alle waren verurteilt, die meisten wegen Mord, aber aus irgendeinem Grund glaubten sie, er sei gefährlich. Sie begriffen nicht. Er hatte es nicht genossen, die Mädchen zu töten, und es auch nicht um seiner selbst willen getan. Er hatte es getan, weil es seine Pflicht war. Ephraim hatte erklärt, daß er, Jacob, genau wie Johannes etwas Besonderes war. Daß er auserwählt war. Es war seine Schuldigkeit, das Erbe zu verwalten und nicht einfach dahinzusiechen.

Und noch würde er nicht aufgeben. Konnte nicht aufgeben. In den letzten Wochen war er zu der Erkenntnis gelangt, daß die Methode, nach der Johannes und er vorgegangen waren, vielleicht die falsche war. Sie hatten eine praktische Weise gesucht, um die Gabe zurückzuerhalten, aber vielleicht war es nicht so gemeint gewesen. Vielleicht hätten sie sich statt dessen nach innen wenden sollen. Die Gebete und die Stille hatten ihm geholfen, sich zu konzentrieren. Schritt für Schritt war er immer besser darin geworden, jenen meditativen Zustand zu erreichen, bei dem er fühlte, daß er Gottes ursprünglichem Plan näherkam. Er spürte, wie ihn die Energie erfüllte. Bei diesen Gelegenheiten vibrierte sein ganzes Wesen vor Erwartung. Bald würde er die Frucht seines neuerworbenen Wissens ernten können. Natürlich beklagte er dann um so mehr, daß unnötigerweise Leben zerstört worden war, aber es herrschte ein Krieg zwischen Gut und Böse, und aus dieser Perspektive waren die Mädchen notwendige Opfer.

Die Nachmittagssonne wärmte ihn auf seiner Parkbank. Die heutige Gebetsstunde hatte ihm besonders viel Kraft verliehen, und er hatte das Gefühl, er würde mit der Sonne um die Wette strahlen. Als er seine Hand betrachtete, bemerkte er einen schmalen Lichtschimmer, der sie umgab. Jacob lächelte. Es hatte angefangen.

Neben der Bank entdeckte er eine Taube. Sie lag auf der Seite, und die Natur hatte bereits begonnen, sie zurückzunehmen und in Staub zu verwandeln. Steif und schmutzig lag sie da, die Augen überzogen mit dem weißen Häutchen des Todes. Gespannt beugte er sich vor und studierte das Tier. Es war ein Zeichen.

Jacob erhob sich von der Bank und kauerte sich neben die Taube. Zärtlich betrachtete er sie. Seine Hand glühte, als würde ein Feuer in seinen Gliedern brennen. Zitternd führte er den rechten Zeigefinger zu dem Tier und ließ ihn leicht auf dessen zerrupftem Federkleid ruhen. Nichts geschah. Die Enttäuschung drohte ihn zu überwältigen, doch er zwang sich, an dem Ort zu bleiben, wohin die Gebete ihn stets lenkten. Nach einem Weilchen erzitterte die Taube. Ein Zucken eines ihrer steifen Beine folgte. Dann geschah alles auf einmal. Die Federn erhielten ihren Glanz zurück, der weiße Film über den Augen verschwand, sie stellte sich auf die Füße, und mit einem kräftigen Flügelschlag erhob sie sich zum Himmel. Jacob lächelte zufrieden.

An einem der Fenster zum Garten stand Doktor Stig Holbrand und beobachtete Jacob zusammen mit Fredrik Nydin, der einen Teil seiner weiteren ärztlichen Ausbildung in der Gerichtspsychiatrie machte.

»Das ist Jacob Hult. Er ist bei uns so was wie ein Spezialfall. Er hat zwei Mädchen gefoltert, um dann zu versuchen, sie wieder zu heilen. Sie starben an den Verletzungen, und er ist wegen Mord verurteilt. Aber bei der rechtspsychiatrischen Untersuchung ist er nicht durchgekommen, und außerdem hat er einen Gehirntumor, der sich nicht behandeln läßt.«

»Wie lange hat er noch?« fragte der junge Arzt. Er sah die Tragik des Falls, aber fand die Sache zugleich ungemein spannend.

»Ungefähr sechs Monate. Er behauptet, daß er selbst imstande sein wird, sich zu heilen, und verbringt den größten Teil des Tages mit Meditieren. Wir lassen ihn gewähren. Er tut ja hier keinem etwas zuleide.«

»Aber was macht er denn jetzt?«

»Ja, damit ist nicht gesagt, daß er sich nicht manchmal ziemlich merkwürdig aufführt.« Doktor Holbrand blinzelte durch die Scheibe und hielt die Hand über die Augen, um besser sehen zu können. »Ich glaube, er wirft gerade eine Taube in die Luft. Nun ja, das arme Tier war wenigstens schon tot«, fuhr er trocken fort.

Dann begaben sie sich zum nächsten Patienten.

Liza Marklund

Weißer Tod

Kriminalroman.
Aus dem Schwedischen von
Anne Bubenzer und Dagmar Lendt.
Taschenbuch.
Auch als E-Book erhältlich.
www.list-taschenbuch.de

***»Eine packende Geschichte, die eine ganz neue Facette an Annika Bengtzon zeigt.«** NDR 1*

In einer Schneewehe liegt eine blasse schöne Frau. Sie ist die vierte junge Mutter, die innerhalb weniger Wochen in einem Stockholmer Vorort erstochen wurde. Mitten in Annika Bengtzons journalistischen Recherchen zu den grausamen Verbrechen wird ihr Mann Thomas in Nairobi von Terroristen als Geisel genommen. Er hatte dort an einer internationalen Konferenz teilgenommen. Als Annika mit allen Mitteln versucht, ihren Mann zu retten, entdeckt sie plötzlich eine Verbindung zu den Morden in Stockholm.

»Lesestoff, der süchtig macht.«
Hörzu

List